옛 시정을 더듬어

下

옛 시정을 더듬어 下

지은이 손종섭
1판 1쇄 인쇄 2011. 11. 28
1판 1쇄 발행 2011. 12. 7

발행처_ 김영사 • 발행인_ 박은주 • 등록번호_ 제406-2003-036호 • 등록일자_ 1979. 5. 17 • 경기도 파주시 교하읍 문발리 출판단지 515-1 우편번호 413-756 • 마케팅부 031)955-3100, 편집부 031)955-3250, 팩시밀리 031)955-3111 •

값은 뒤표지에 있습니다. ISBN 978-89-349-5543-6 03810 • 독자의견 전화_ 031) 955-3200 • 홈페이지_ http://www.gimmyoung.com • 이메일_ bestbook@gimmyoung.com • 좋은 독자가 좋은 책을 만듭니다 • 김영사는 독자 여러분의 의견에 항상 귀 기울이고 있습니다.

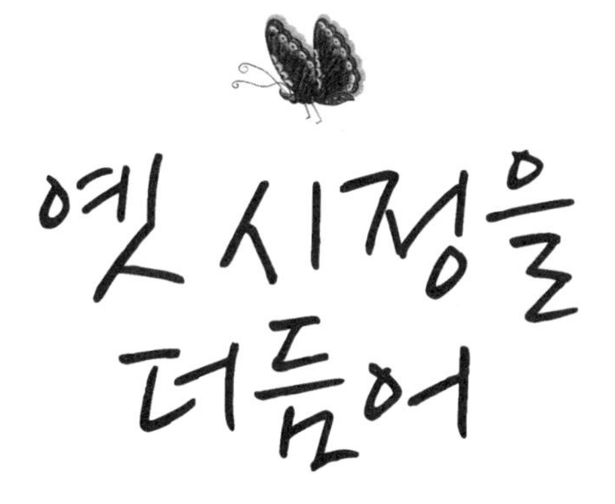

下

김영사

讀東文選有感

青丘日月長 開落一何忙
千古人歸盡 文華尙自香

'동문선'을 읽으며

푸른 언덕에
해달은 긴데
꽃은 피랑지랑
그리 바쁜고!

천고에 임들 다
가곡 없건만
글꽃만은 여태도
향기로워라!

明逸精舍에서 雲影

著者筆

조선 중기

조선 후기

여류

부록

차례 옛 시정을 더듬어 上

신라 · 고려

조선 전기

범례

- 여기 수록한 시는 진작부터 만인의 입에 오르내리던 정평(定評)난 작품 가운데의 일부이나, 그렇지 못한 중에서도 새로이 그 가치를 인정, 선입한 작품 수도 적지 않다.
- 역사상 호평되지 못하는 분들의 작품도 채택하는 데 주저하지 않았으니, 거기 인생의 깊은 사려(思慮)가 실려 있음에야 마땅히 작자와는 별도로 평가되어야 할 것이요, 또 그 사무사(思無邪)한 시의 배태·출산 과정에서, 더 근본적으로 작자의 본 모습을 이해할 수도 있을 것이기에, 정히 불이인폐시(不以人廢詩)인 것이다.
- 작품을 시대 순으로 배열하다 보니, 자연 각 시대별 특색이 드러나게 마련이나, 그렇다고 혼재(混在)하여 있는 타시대적(他時代的) 명작을 의도적으로 배제하지는 않았다.
- 오언(五言)·칠언(七言)의 절구·율시가 주종이나, 5·7언(五七言)의 배율(排律)과 고시(古詩)도 간간이 섞여 있다.
- 여기의 시는 어디까지나 작품 본위로 선정하여 감상 본위로 다루었으며, 외람함을 무릅쓰고 평설로 사견(私見)을 덧붙이면서, 여러 시화류집(詩話類集)에 산재하여 있는 선인들의 촌평(寸評)을 곁들이기도 하였다.
- 역시(譯詩)는 경우에 따라 의역(意譯) 또는 대역(對譯), 혹은 그 절충식(折衝式)을 취했다. 또 원시의 정형률(定型律)을 살려 역시 또한 정형률로 다룬 것이 보통이나, 흩트려 내재율(內在律)로 유지한 것도 있다. 내용에 따라 시조의 형식을 취한 것이 있고, 장시의 경우 가사의 형태를 딴 것도 있다. 혹은 미흡한 나머지 동일 작품에 시·시조를 함께 시도한 것도 있다. 어느 경우나

시로서의 생명을 잃지 않으려 애썼으며, 언어의 율동적 조형에 마음을 썼다.

- 감상의 편의를 위하여 '주제별(主題別) 찾아보기'를 뒤에 붙였다.
- 자음(字音)의 이상적 배열에 의한 음악적 조형(造形)으로서의 평측률(平仄律)과 압운율(押韻律)은, 한시 율격(律格)의 기본으로, 이의 이해 없이는 시작(詩作)은 물론, 올바른 감상도 불가능하게 된다. 그런 만큼 그 수련 또한 쉽지 않으니, 복잡한 여러 형태의 평측보(平仄譜)를 일일이 암기하기에는, 그 번거로움을 감당하기 어렵다. 그러나, 그 원리를 구명하면 속수법(速修法)의 창출도 가능하리라 하여 궁리하던 끝에, 문득 그것이 공교롭게도, 남북(SN) 양극이 상인(相引)·상척(相斥)하는 자석의 원리와 감쪽같이 부합함을 발견하게 된 것이다.

이 원리로 평측 배열의 이치를 추리하면 아무리 초심자라도 모든 평측보를 일거(一擧)에 회득(會得)할 수 있으니, 이 곧 '평측자기론(平仄磁氣論)'이다. 말미에 부록하여 뜻 있는 독자의 편의에 공하는 바이다.

조선 중기

달천을 지나며

윤계선

옛 싸움터 푸른 풀은 봄마다 새롭건만

비바람에 내맡겨진 이끼 푸른 저 해골은

밤마다 아내 꿈속을 드나드는 '임' 이어라!

古場芳草幾回新　無限香閨夢裏人

風雨過來寒食節　髑髏苔碧又殘春

〈過達川有感〉

임란 후 고향에 돌아와서

장현광

고향 그리움 견디다 못해
전나귀 채쳐 천 리를 왔네.

철 되니 봄빛은 가득하다만
사람 없는 마을은 적막도 하다.

산하에 비바람 훑어 간 뒤요,
해 달도 캄캄하게 막혔던 터라.

번화턴 자취는 죄다 찢기어
개벽하던 당초나 다름없어라!

不堪鄉國戀　千里策蹇驢
節古春光滿　人消境落虛
山河風雨後　日月晦塞餘
剝盡繁華跡　渾如開闢初
〈亂後歸故山〉

評說 임진왜란을 치르고 난 직후의 고향의 몰골이다. 봄빛은 예나 같아 꽃은 찬란히 피고, 퍼렇게 산천은 물들어 있다마는 폐허가 된 마을에는 사람의 그림자를 찾아볼 수가 없다.

國破山河在　나라는 부서져도 산하는 있어,
城春草木深　옛 성엔 봄이라 초목이 깊다.

안록산 난리로 폐허가 되어 버린 장안(長安)에서의 두보의 감개도 이러했던가? 번화하던 옛 자취는 흔적도 없고, 집은 불타고, 세간은 부서지고, 논밭은 잡초만 우거져 차마 눈 뜨고 볼 수 없는 처참상이다. 피난길에서 장차 몇 사람이나 살아 돌아올 것이랴?

전란 중에 무수한 백성들이 죽은 것이다. 의분에 찬 선비며 백성들이 전선으로 달려가 장렬히 싸우다 죽은 의병들은 물론, 왜적의 잔학한 총칼 앞에 쓰러진 양민들의 남녀노소를 헤아릴 수가 없었다. 이 칠 년 전쟁에서 우리 인구의 절반이 줄었다 하니 알 만한 일이다. 집도 세간도 모조리 부서졌으니, 고향이라 돌아와도 몸 붙일 데가 없다. 초근목피로 연명하는 일이 어찌 쉬우랴? 농사를 지으련들 씨앗을 어디서 구하리요? 모든 것이 손써 볼 수도 없이 철저히 거덜 나 있었다.

아! 호전자여, 침략자여! 영원히 저주받을진저! 영원히, 영원히…….

蹇驢(건려) 저는 나귀. 먼 길에 지쳐 다리를 저는 나귀.
境落(경락) 지경의 안. 경내(境內).
晦塞(회색) 어둡고 막힘.

| **장현광(張顯光, 1554~1637, 명종 9~인조 15)** 문신·학자. 자는 덕회(德晦). 호는 여헌(旅軒). 본관은 인동. 학문과 덕행으로 천거되어, 대사헌, 공조판서 등 20여 차례나 관직에 임명되었으나, 모두 사퇴, 학문 연구에만 전심했다. 저서에 《여헌문집》이 있다. 영의정에 추증. 시호는 문강(文康).

이 강산 예 있다기

차천로

백두대간 정기 뻗어
삼각산에 서려 있고,
한강수 푸른 맘은
오대산서 발원했다.

끝없는 세월 타고
지나던 한 영웅이
이 강산 예 있다기
우주에 내 왔노라.

華山北骨盤三角　漢水東心出五臺
無端歲月英雄過　有此江山宇宙來
〈失題〉

華山(화산) 서울의 진산(鎭山)인 삼각산(三角山)의 딴 이름. 곧 도봉산(道峰山)에서 갈려 나온, 백운대(白雲臺)·국망봉(國望峰)·인수봉(仁壽峰)의 세 봉우리를 묶어서 이르는 이름.
北骨(북골) 북쪽에서 내려오는, 우리나라의 등뼈 격인 백두대간(白頭大幹)을 이름.
無端(무단) 끝이 없음.
過(과) 들름. 지나가는 길에 잠시 기탁(寄託)함. 또 지나쳐 감. 할 일이 없어 그대로 지나쳐 감.

評說 서울의 지세를 대관하면, 줄기차게 남으로 달려온 백두대간(白頭大幹)의 우람한 정기(精氣)가 솥발처럼 서리어 솟은 삼각산의 세 봉우리 되어 북쪽에 진좌(鎭坐)하고, 남으로 느직이 흐르는 한강 물의 푸른 정신은 오대산(五臺山)에서 발원하여 굽이굽이 서쪽으로 서쪽으로 달려왔으니, 한강과 삼각산이 얼싸 만나는 이 서울은, 곧 산수(山水)의 우렁찬 정기가 종횡(縱橫)으로 마주쳐 이룩된, 배산임수(背山臨水)의 대승지(大勝地)이다.

無端歲月英雄過　有此江山宇宙來!

이런 호호탕탕(浩浩蕩蕩)한 방언(放言)이 또 있을까? 천상천하 유아독존(天上天下唯我獨尊)만큼이나 거리낌이 없다.

"유구한 시간의 흐름을 타고 우주를 지나던 한 영웅인 내가, 이 아름다운 삼천리강산이 여기 있다니, 내 어찌 과문할 수 있겠는가? 해서 잠시 이렇게 이 땅에 들렀다마는, 그러나 태평성세라 할 일이 바이없어, 영웅 솜씨를 써먹을 길 없이 헛되이 늙히고 있노라"고 호언(豪言)하는 이 풍정! 이 기백! 이야말로 기상(氣象)이 만천(萬千)이다.

'東心'은 '靑心'으로 '푸른 마음'이다. 오대산의 산정기처럼 '늘 푸른 정신'이다. 벼슬한 사람들이 즐겨 내세우는 '단심(丹心: 붉은 마음)'이 충심(忠心)인 것과는 달리 '청심'은 늘 푸른 맑고 깨끗한 마

| **차천로(車天輅, 1556~1615, 명종 11~광해군 7)** 선조 때의 문신·문장가. 자는 복원(復元). 호는 오산(五山). 식(軾)의 아들, 운로(雲輅)의 형. 삼소(三蘇)에 견줌 직한 삼부자의 문벌(文閥) 집. 본관 연안. 서경덕의 문인. 특히 한시에 뛰어났으며 가사 문학에 조예가 깊었다. 저서에 《오산집》, 《오산설림(五山說林)》, 가사에 〈강촌별곡(江村別曲)〉이 있다.

음이며, 천하에 얽매임이 없는 자유의 마음이며, 늙을 줄을 모르는 자연의 마음이다.

동명 정두경은 이 시를 벽에 붙여 놓고 매양 읊으며 칭송하였고, 청음 김상헌은 오산의 시의 높은 경지는 두보라 해도 이보다 낫다 할 수 없으리라 했으며, 율곡도 그의 시격을 매양 격찬했었다 한다.

하늘에 쓰는 글씨

유몽인

장욱·장지 한번 가고
다시 나지 않으니
용틀임하는 그 필세(筆勢)
뉘에게서 놀랄꼬?

때로 여의장 휘둘러
허공 넓음에 휘갈겨 쓰면
한 장 푸른 하늘 종이에
가득 빛나는 글자 글자!

張旭張芝不復生　龍蛇動筆也誰驚
時將如意書空遍　一紙靑天字字明

〈書室〉

評說 이른바 광초(狂草)로 유명한 장욱·장지 같은 초성(草聖)들의, 그 절이불리(絶而不離)로 이어 달린 초서의, 용사비등(龍蛇飛騰)하듯 살아 꿈틀거리는 필세에 세상 사람들은 경탄한다. 가만히 그 필단(筆端)의 궤적(軌跡)을 마음으로 좇아 따라가다 보면, 내

書室(서실) 서재(書齋).
張旭(장욱) 당(唐)의 명필로, 특히 광초(狂草: 힘차고도 자유분방한 필세로 휘달려 쓴 초서)로 유명하여 초성(草聖)으로 일컬어졌다. 술을 즐기고, 두발에 먹을 먹여 글씨를 썼다는 일화도 있다.

닫는 산간의 분류(奔流)와도 같이, 암간(岩間)을 누비며, 경사를 지치며, 천회만절(千廻萬折) 굽이돌아, 비천(飛泉)이 되고 급탄(急灘)이 되어 초고속으로 휘달려 간 주필세(走筆勢)! 그야말로 호단유성(毫端有聲)으로, 붓끝에서 바람 소리가 들렸을 것만 같다.

중체(衆體)를 갖춘 중에서도 특히 초서에 뛰어났던 작자는, 때로 무심중 한바탕 휘갈겨 쓰고 싶은 충동에, 가만있을 수 없는 흥분을 느낀다. 목전에 지필묵이 마련되어 있기라도 한다면, 당장 일필휘지를 어찌 주저하랴만 아쉽다.

마침 안계에는 한 점 구름도 없는 쾌청(快晴)의 푸른 하늘 종이 한 장이 활짝 펼쳐져 있지 않은가? 신명이 동한다. 팔뚝이 들먹인다. 가만있을 수가 없다. 드디어 신들린 듯 여의장을 붓 삼아 휘둘러 회심작(會心作) 시 한 수를 한 하늘 가득 휘갈겨 쓰는 통쾌감! 그

張芝(장지) 후한(後漢) 때의 명필. 못에 임하여 글씨를 익혀 못물이 시커멓게 되었다는 일화가 있다. 장욱·회소(懷素)와 함께 광초를 잘 써 초성으로 일컬어졌다.
也誰驚(야수경) 누구에게서 놀라랴? 이제는 아무에게서도 경탄할 만한 사람이 없다는 뜻. '也'는 발어의 조사.
龍蛇(용사) 용과 뱀. 또는 용. '龍蛇動筆(용사동필)'은 용이 꿈틀꿈틀 하늘로 날아오르는 듯한 활기 넘치는 필세(筆勢)의 형용.
時將如意(시장여의) 때로 여의장(如意杖)을 가지고. '여의장'은 도사(道師)나 강사(講師)가 법회(法會)나 강독(講讀) 때 손에 잡는 자 남짓한 길이의 막대. 끝이 고사리손 같아 가려운 곳을 뜻대로 긁을 수 있음에서 온 이름.
書空遍(서공편) 하늘 넓음에 씀.

유몽인(柳夢寅, 1559~1623, 명종 14~인조 1) 문신·문인. 자 응문(應文). 호 어우(於于). 본관 흥양(興陽). 광해군 때 도승지, 이조참판 등 역임. 인조반정 후 이괄(李适)과 동조할 우려가 있다는 혐의로 사형됐다. 후에 신원. 설화 문학의 대가로, 시문에 빼어났으며, 초서에 뛰어났다. 저서에 《어우집》, 《어우야담》이 있다. 시호는 의정(義貞).

야말로 이백의 시에 이른, "한 장 푸른 하늘 종이에 내 배 속의 시를 휘갈기노라(青天一張紙 寫我腹中詩)"다. 그런데 신기롭게도 그 글자들은 뚜렷이 천공에 인상(印象)되어 이슥토록 사라지지 않고, 한 하늘 가득 선명하게 빛나고 있는 것이다. 여광여취(如狂如醉), 주체할 수 없는 도도한 필흥의 그 호탕한 기개가 눈에 선하다.

빗

유몽인

얼레빗 빗고 나서
참빗 빗으니
엉긴 머리 길 트이고
이 사냥하고…….

어쩌면 천만척
큰 빗을 얻어
만백성 머리 빗겨
이 없이 할꼬?

木梳梳了竹梳梳　亂髮初分蝨自除
安得大梳千萬尺　盡梳黔首蝨無餘

〈詠梳〉

권력에 기생하여 위로 아부하고, 아래로 군림(君臨)하여, 백성의 고혈을 빠는 간악(姦惡)한 관리를, 예로부터 슬관(蝨官)이라 한다.

木梳(목소) 나무로 만든 빗. 얼레빗.
竹梳(죽소) 대나무를 잘게 쪼개어 촘촘하게 만든 빗. 참빗.
亂髮(난발) 어지럽게 뒤얽힌 머리털. 봉발(蓬髮).
初分(초분) (얽혔던 머리카락이) 비로소 낱카락으로 풀리어 가리마가 이루어짐.

이 시는 그 혐오의 극치인 슬관을 철저히 소탕해 버림으로써야 구현될 정의 사회에의 염원을, 해학적 상징적으로 다룬 신랄한 풍자시이다.

후반의 수사는 두보의 '안득광하천만간(安得廣厦千萬間)……'의 수법과 방불하다.

※ 이 시의 작자에 대하여, 《기아》, 《국조시산》, 《해동시선》 등에는 실명으로 다루었는가 하면, 《대동시선》의 편자는, 실명으로 다룬 《기아》의 오류를 지적하면서, 유호인(劉好仁)의 작으로 자신 있게 밝히고 있다. 그러나 이 또한 임계(林溪) 유호인(兪好仁)과의 착오 여부도 미심쩍어 신빙하기 어렵다.
한편 《어우집(卷2 張41)》에 실려 있는 이 시는, '詠梳'란 제하(題下)에 '拾遺錄(습유록)'이란 세주(細註)가 붙어 있으니, 이는 필시, 유고에는 없으나 당시 항간에 '유몽인'의 작으로 구전되고 있으므로, 편자 자신도 확신할 수는 없는 채 수록한 것인 듯하여, 또한 십분 신빙하기는 어렵다. 그러나 유몽인의 많은 시 작품의 태반이 풍교시(諷教詩)요, 그 상당수가 백성의 아픔을 대변하고, 위정자의 각성을 촉구하는 풍자시인 점으로 미루어, 이 시야말로 그 인자(因子)에 그 혈통의 소생이 아닌가 여겨지기도 한다.

끝으로 그의 같은 풍유시(諷喩詩)인 〈상부〉 한 수를 옮긴다.

청상과부 빈 방 지켜 칠십토록 늙었거니,
꽃 같은 남자 있다 시집가라 권하건만
백발에 연지분 단장 낯뜨거워 어이리—.

蝨自除(슬자제) 이는 절로 구제(驅除)됨.
安得(안득) 어찌하여 ~을 얻을 수 있으랴?
盡梳(진소) 남김없이 죄다 빗김.
黔首(검수) (1) 검은 머리. (2) 백성.

七十老孀婦　單居守空壼
慣讀女史詩　頗知妊姒訓
傍人勸之嫁　善男顏如槿
白首作春容　寧不愧脂粉

〈孀婦〉

이는 작자가 인조반정(仁祖反正) 후, 광해(光海)의 유신(遺臣)으로 자처하여, 두 임금을 섬기지 않겠다는 지절(志節)을, 열녀 불경이부(烈女不更二夫)에 기대어 자신의 심지(心志)를 보인 시이다. 원래 보개산사(寶蓋山寺)에 벽서(壁書)했던 것으로, 널리 인구에 회자된 작품이다. 그는 국문을 당하는 마당에서도, 내 상부시로써 뜻을 보였으니 이로써 죄가 된다면 죽어도 한 될 것이 없다 하며 버티다 극형 당했다. 후에 정조(正祖)는 '상부시'의 정신을 이소(離騷)에 남긴 굴원(屈原)의 충절로 높이 평가하여, 증직 사시(贈職賜諡)로 신원해 주었다.

孀婦(상부) 청상과부(靑孀寡婦)의 준말.
單居(단거) 홀로 거함.
空壼(공곤) 빈 규방(閨房). 공규(空閨).
慣讀(관독) 습관처럼 읽음. 늘 읽음.
女史詩(여사시) 여사의 시. '女史'는 '女師'를 이름인 듯. 《시경(詩經)》 갈담장(葛覃章)의 '言告師氏'의 주에 "師, 女師也, 古者女師敎以婦德·婦言·婦容·婦功"이라고 있다.
頗知(파지) 꽤 많이 앎.
妊姒(임사) 주(周) 문왕(文王)의 어머니인 태임(太妊)과, 무왕(武王)의 어머니인 태사(太姒). 높은 부덕을 갖춘 이들로 병칭된다.
寧不(영불) 어찌 ……하지 아니하랴?
脂粉(지분) 연지와 분.
※ **낯 뜨겁다** 남 대하기 부끄러워 얼굴이 화끈 달아올라 붉어짐을 이름.

밤에 홀로 앉아

이항복

말없이 밤내 앉아
돌아갈 길 헤노라니,
지새는 달 방에 들어
내 몰골을 엿보는 듯.

문득 외기러기
하늘 밖을 지나간다.
아마도 저 기러기
한양에서 왔으련만—.

終宵默坐算歸程　曉月窺人入戶明
忽有孤鴻天外過　來時應自漢陽城

〈夜坐〉

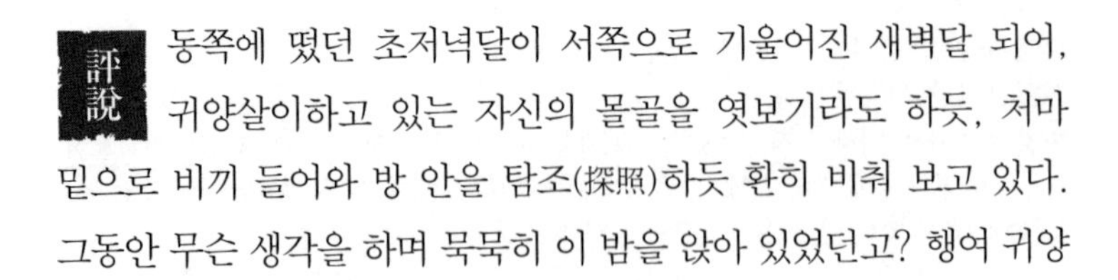

評說 동쪽에 떴던 초저녁달이 서쪽으로 기울어진 새벽달 되어, 귀양살이하고 있는 자신의 몰골을 엿보기라도 하듯, 처마 밑으로 비끼 들어와 방 안을 탐조(探照)하듯 환히 비춰 보고 있다. 그동안 무슨 생각을 하며 묵묵히 이 밤을 앉아 있었던고? 행여 귀양

終宵(종소) 밤 내내.
算歸程(산귀정) 돌아가는 길의 노정(路程)을 헤아림.

이 풀리면 돌아가게 될, 천 리 먼 길을 따라가 본 것이다. 어디를 지나 어디를 거쳐 타박타박 걸어가고 있을 자신을 상상해 본 것이었다.

문득 이 변새(邊塞)의 하늘 밖으로 외기러기가 울며 지나간다. 남쪽에서 듣던 그 소리를 이 북쪽 하늘 끝인 북청에서 듣게 되다니…….

저 기러기는 필시 서울서 오는 길이겠건마는, 소식 한 자 전해 줌이 없이 과문(過問)하고 있는 것이 아닌가?

다시 돌아가지 못할 허망한 그 길이었건만, 부질없이 꿈꿔 보는 애달픔이여! 모진 시대 모진 인간들의 작간(作奸)에 휩쓸린 안타까움이다.

독재 군주 하에서의 벼슬살이에서 참다운 신하 치고, 유배나 사사(賜死)를 겪지 않은 사람이 몇이나 되었으랴? '간언(奸言)'과 '간언(諫言)'을 구별 못하는 그런 혼주(昏主)도 일방적으로 짝사랑해야 하는 연군조(戀君調)의 '유배 문학(流配文學)'은 오백 년간에 가득 넘친다.

그가 북청으로 귀양 가는 도중, 철령에서 읊은 시조도 그러한 것의 하나다.

철령 높은 고개 쉬어 넘는 저 구름아!
고신(孤臣) 원루(寃淚)를 비 삼아 띄워다가
임 계신 구중(九重) 심처(深處)에 뿌려 준들 어떠리—.

| **이항복**(李恒福, 1556~1618, 명종 11~광해군 10) 자는 자상(子常). 호는 백사(白沙). 본관은 경주. 문과. 도승지, 양관 대제학, 우참찬 등 역임. 오성부원군(鰲城府院君)에 봉해졌으며, 임진왜란에 공이 컸다. 1617년 폐모론(廢母論)을 극구 반대하다 북청(北靑)에 유배되어 배소에서 죽었다. 청백리에 녹선. 저서에 《백사집》, 《북천일록》 외 다수. 시호는 문충(文忠).

길을 가며

이수광

날 맞아 춤추는
냇가 실버들
내 노래에 화답하는
숲 속 꾀꼬리

비 개니 산마다
활기 넘치고
바람 따사하니
새싹 움튼다.

풍경은 시 속의
그림 폭인데
시냇물은 멋대로의
거문고 가락

가도 가도 다 못 가는
머나먼 길에
해는 먼 산마루를
비집어 든다.

岸柳迎人舞　林鶯和客吟
雨晴山活態　風暖草生心
景入詩中畫　泉鳴譜外琴
路長行不盡　西日破遙岑

〈途中〉

評說 비 갠 봄날, 먼지 하나 일지 않는 녹녹한 길을, 산 따라 물 따라 걸어가고 있는 작자의 기분은, 날씨만큼이나 밝아 보인다.

이르는 곳마다 연초록 새단장으로 나를 반겨 춤추는 수양버들의 능청거림이 있고, 흥겨운 나의 콧노래에 화답해 주는 꾀꼬리의 아리따운 목소리가 있어, 모두가 정겹다. 봄비에 목욕한 산들의 생기 넘치는 싱그러움, 다사로운 바람에 봄의 낌새를 맡고, 산야 구석구석 빈틈없이 다투어 돋아나려는, 초록 의지의 꿈틀거림! 춘의가 온누리에 미만하다. 시 가운데의 그림 같은 황홀한 경치 속을, 제멋에 겨운 거문고 가락인 양 흐르는 냇물 소리에 지칠 줄 모르며, 발걸음도 가볍게 걷고 있는 이 행객의 화사한 봄 마음도, 주위의 초록 꿈과 혼연히 조화롭다.

그러나, 갈 길은 아직 다하지 않았는데, 해는 어느덧 먼 산마루에

岸柳(안류) 물가의 버드나무.
林鶯(임앵) 숲에서 우는 꾀꼬리.
和客吟(화객음) 나그네의 읊는 시에 화답함.
山活態(산활태) 산이 활기에 차 있는 모습.
草生心(초생심) 풀은 돋아나려는 마음으로 가득함.
景入詩中畫(경입시중화) 경치는 시 속에 든 그림이요.
泉鳴譜外琴(천명보외금) 샘물 소리는 악보에도 없는 거문고 가락을 울림.
破遙岑(파요잠) 멀리 보이는 산봉우리를 헤집고 듦.

그 황홀한 빛을 거두고 있다. 즐거운 하루의 여정도 막이 내린다.

여행길이라 어찌 여행길일 뿐이랴? 백 년 인생길이 또한 여행길인 것을—. 아직 갈 길이 먼 인생길도 도중에 막내리기 일쑤이듯이—. 그러나, 이왕지사 맑고 즐거운 여행길이과저! 가는 곳마다 두루 정을 주고 정을 받는, 이 찬란한 애정 행각(愛情行脚)이 진정 멋스럽지 아니한가!

끝으로 형식 면을 일별하면, 시종 진행 중이라, 왼발 오른발 교호로 옮겨 떼는 발걸음에 걸맞게, 첫 연부터 대구, 대구, 대구의 가지런한 대칭이 오히려 파격 아닌 적격이요, 또 느린 가락의 칠언(七言)을 피하고, 잦은 가락인 오언(五言)을 택한 것도 제격이다. 한편, 평성의 짧고 가벼운 '吟·心·琴·岑'의 'ㅁ'종성(終聲) 압운(押韻)이, 사뿐사뿐한 미투리의 흡수음(吸收音)을 방불케 하여, 문자 그대로 각운(脚韻)의 발장단 또한 경쾌하여 인상적이다.

| **이수광**(李睟光, 1563~1628, 명종 18~인조 6) 문신·학자. 자 윤경(潤卿). 호 지봉(芝峰). 본관 전주(全州). 대사헌, 이조판서 등 역임. 임진왜란을 전후하여 여러 차례 명나라를 왕래하며 천주교와 서양 문물을 소개함으로써 실학의 선구자가 되었다. 시문에도 뛰어났다. 저서에 《지봉유설》, 《채신잡록(采薪雜錄)》 등 많다. 시호는 문간(文簡).

시정도 물드는 가을

성여학

조각달은
깊은 나뭇가지에 깃들였고,
추운 멧새는
낡은 울타리를 파고든다.

비가 오려나,
꿈자리도 뒤숭숭한데,
가을빛은
시정(詩情)마저 물들이려네.

缺月栖深樹　寒禽穴破籬
雨意偏侵夢　秋光欲染詩

〈無題〉

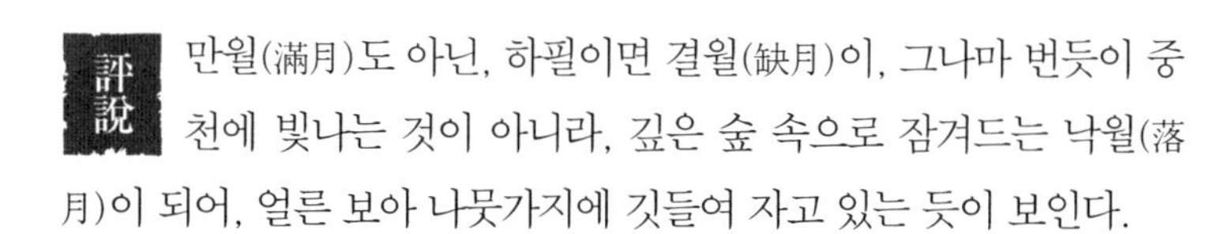

評說 만월(滿月)도 아닌, 하필이면 결월(缺月)이, 그나마 번듯이 중천에 빛나는 것이 아니라, 깊은 숲 속으로 잠겨드는 낙월(落月)이 되어, 얼른 보아 나뭇가지에 깃들여 자고 있는 듯이 보인다.

缺月(결월) 이지러진 달. 조각달.
栖(서) 보금자리 속에 들어 삶. 깃듦.
寒禽(한금) 추위를 타는 새.
穴破籬(혈파리) 해진 낡은 울타리를 뚫음.

그런가 하면, 정작 나뭇가지에 깃들여 자고 있어야 할 멧새는, 가난한 집의 해어진 묵은 울타리 속으로 파고들어, 몸을 옴츠리며 추위를 신음하는 듯, 배배거리는 애잔한 소리가 이따금 흘러나온다.

빗기를 머금은 끄무레한 날씨, 그런 날이면 으레 도지는 신경통, 몸이 찌뿌드드하고 뼈마디가 쑤시니, 꿈자린들 편할 리가 없다.

한밤중 괴롭게 깨어 보는 소조(蕭條)한 가을빛! 아직 겹옷으로 갈아입지 못한, 낡은 베옷 소매로 스며드는 쌀쌀한 냉기, 나뭇잎도 거의 지고, 벌레 소리도 한물 간, 이 아닌 밤의 늦가을 빛은, 저 '결월(缺月)'이며 '한조(寒鳥)'는 물론, 나의 '시정(詩情)'마저도 가을빛으로 물들이는지, 쓸쓸한 심사를 가눌 길이 없다.

시란 일반적으로 다소나마 미화하고 과장하고, 때로는 호기마저 부려 멋을 더하는 것이 한시의 공통된 수법이요 경향이었던 그 시대에 살면서, 그와는 대조적인 이처럼 고담(枯淡)하고도 소적(蕭寂)한 궁기(窮氣)를 부린 시인도 있었으니, 그 이채로움 또한 음상(吟賞)해 봄 직한 일면의 가치 있음을 볼 것이다.

시상(詩相)이란 말이 있다. 시사(詩思)·시취(詩趣)·시품(詩品) 등으로 미루어, 그 작자의 생애를 점쳐 보는 관상(觀相)의 일종이다. 유몽인(柳夢寅)은 《어우야담》에서, "내 친구 성여학은 시재가 일세에 뛰어났으나, 육십이 넘도록 벼슬 한 자리 얻어 하지 못하니 괴이한 일이다.

雨意(우의) 비가 올 듯 흐릿한 날씨. 우기(雨氣).
偏(편) 오로지. 한결같이.
侵夢(침몽) 꿈을 침범함.
欲染詩(욕염시) 시정(詩情)을 물들이려 함.

풀 이슬에
벌레 소리 젖어 있고,
숲을 부는 바람에
새의 꿈이 위태롭다.

草露蟲聲濕　林風鳥夢危

라든지, '雨意偏侵夢 秋光欲染詩' 같은 시구들이 매우 교묘하기는 하나, 그 한담소삭(寒淡蕭索)함이 영귀(榮貴)하게 될 기상은 아니니, 어찌 다만 시가 그를 궁하게 만드는 것뿐이랴? 시 또한 그 궁함에서 우러나는 것임을 알 수 있다"고 말했으니, 이 또한 시상으로서의 견해인 것이다.

이수광은《지봉유설》에서 이 시의 청고(淸苦)함을 기렸는가 하면, 임경(任璟)의《현호쇄담》에는 이런 일화가 전해져 온다. 유몽인이 이정구(李廷龜)에게 성여학을 어찌 백두(白頭)로 늙게 해서 되겠느냐고 추천하자, 이정구는 즉석에서 시학 교관(詩學敎官)을 의제(擬除)했다는 이야기다.

신위는《논시절구》에서,

민머리로 씁쓸히 시를 읊는 성여학은,
문(文)을 숭상턴 때에 미관도 못했으나,
맹교(孟郊)·가도(賈島)와 가난함을 맞겨루어,

| **성여학**(成汝學, ?~?) 선조 때의 시인. 자 학안(學顔). 호 학천(鶴泉)·쌍천(雙泉). 본관 창녕(昌寧). 성혼(成渾)의 문인. 시를 잘하여, 이수광·유몽인(柳夢寅)과 절친했다. 저서에《학천집》,《속어면순(續禦眠楯)》등이 있다.

'한 가닥 가을빛이 시정을 물들인다'나!

白首苦吟成進士　微官不及右文時
直將郊島爭寒晬　一段秋光欲染詩

금강

김상용

강남에도 강북에도
새 풀은 이들이들
눈에 가득 드는 봄빛
회포도 아득하다.

시름겨워 배에 올라
옛 자취 찾아오니
청산은 말이 없고
새들만 괜히 운다

江南江北草萋萋　滿目春光客意迷
愁上木蘭尋古迹　青山無語鳥空啼
〈錦江〉

評說 비단 필을 펼쳐 놓은 듯 아름다운 금강(錦江)! 이제 금강은 강남 강북 어디 없이 초록 융단을 펼쳤는 듯, 시야에 가득 넘치는 봄빛이 나그네의 감회를 아득하게 하고 있다. 시름겨운 마음 어쩌지 못해, 백마강으로 별칭(別稱)되는 부여로 물길 따라 가 보았으나, 아! 어쩌랴? 청산은 묵묵 말이 없고, 멧새들만 부질없이

木蘭(목란) 목란으로 만든 배. 배의 미칭.

우짖을 뿐, 백제 최후의 그날을 말해 주는 이가 없다. 산이 이렇거니 물인들 말 있으며, 멧새들 우짖으니 물새들도 그러할 뿐, 부소산도 낙화암도 무슨 일이 있었더냐는 듯, 시침을 떼고 있다.

도도하게 흐르는 '세월의 큰 강물'은 흥망성쇠의 자국을 자국 자국 지우면서, 금강 강물 위로 질펀히 덮어 흐르고 있을 뿐이다.

| **김상용(金尙容, 1561~1637, 명종 16~인조 15)** 문신. 자 경택(景擇). 호 선원(仙源). 본관 안동. 상헌(尙憲)의 형. 예조·이조판서 역임. 병자호란 때 왕족을 시종하여 강화로 피난했다가 이듬해 강화성이 함락되자 자결했다. 글씨에 뛰어났다. 시조도 여러 수 전한다. 저서에 《선원유고》, 《독례수초(讀禮隨抄)》 등이 있다. 시호는 문충(文忠).

중국 가는 길에서

이정구

낡은 주막이 목잡고 있는 저편 냇가,
다리께엔 수양버들이 물굽이에 비쳐 있다.

봄은 관문 밖 나뭇가지에서들 돋아나고,
해는 달리는 말 앞산마루에로 지고 있다.

경물은 아름다운 계절임을 놀라 빛을 더하는데,
세월은 지친 얼굴에 들어 주름이나 더해 주나니—.

나그네 시름 쏟을 곳 바이없어
시라 지어 볼 뿐 다듬을 필욘 없네.

古店依西岸　河橋柳映灣
春生關外樹　日落馬前山
物色驚佳節　年華入病顔
羈愁無處寫　詩就不須刪

〈朝天途中〉

評說 지루한 북경행 사신 행차의, 객수를 달래는 마상의 즉흥이다. 1·2구는, 경로(經路) 중 어느 한 곳의 실경(實景)인 듯, 냇가 다리께에 목을 잡고 있는 낡은 주점, 그 앞으로 구부정하게 휘어들

어 웅덩이를 이루고 있는 냇굽이에 그림자를 드리우고 섰는 몇 그루의 수양버들, 이런 곳은 행인들이 쉬어 가기 알맞은 교통의 요처로서, 그림에서도 흔히 보게 되는, 별로 낯설지 않은 풍경이다.

제3구는, 마상에서 이국의 봄을 맞는 감개이다. 봄은 온갖 나무에 들 오고 있다. 가지마다 돋아나는 저 잎이며 꽃이야말로, 봄의 정혼이자 봄의 육신 바로 그것이다. 이국의 땅에서 맞는 고국에서와 같은 봄! 정히 "마상봉한식 도중속모춘(馬上逢寒食 途中屬暮春)"(宋之問)의 감개가 아닐 수 없다.

이의 대구인 제4구는, 광야의 낙일을 달리는 말안장 위에서 바라보는 흥치이다. 진심갈력(盡心竭力) 종종걸음치고 있는 말 위에서, 시종 일정한 높이로 꼿꼿이 쳐들고 달리는 충직(忠直)한 말대가리를 통해, 그 조준선상(照準線上)으로 아득히 내다보이는 먼 산마루로, 오늘의 하루해가 막 져 가고 있는 광경이다.

'馬前山!' '말의 앞산'이기 전에, 타고 가는 자신의 앞산이기도 하니, 그저 '前山'이면 족할 것을, 구태여 '馬'에게 미룬 것은 무엇인

古店(고점) 낡은 주점(酒店). 또는 낡은 반점(飯店).
依(의) 의지하여 있음. 자리 잡아 있음.
河橋(하교) 내에 걸친 다리.
彎(만) 물굽이. 강물이 구부정하게 휘어든 곳.
關外樹(관외수) 관문 밖의 나무. 이국의 나무.
馬前山(마전산) 말을 타고 가는 방향의 앞산.
物色(물색) 풍물(風物). 경물(景物). 만상(萬象).
驚佳節(경가절) 아름다운 계절임을 놀라 깨달음.
年華(연화) 세월.
病顔(병안) 병색이 드러나 보이는 얼굴. 객고(客苦)에 치친 얼굴.
羈愁(기수) 여수(旅愁). 객수(客愁).
無處寫(무처사) 쏟을 곳이 없음. '寫'는 瀉.
就(취) 이룸.
不須刪(불수산) 고치지 않음. 고칠 필요가 없음. '須'는 '用'의 뜻.

가? 그러나 설명이 무슨 필요이랴? 누구나 직감하리라, 주행중(走行中)의 마상에서 보는 '앞산'인 줄을—. 이리하여, '前山'이나 낙일(落日)이 어느 정지된 위치에서 바라보는 정태(靜態)가 아니라, 산도 해도 사람도 한결같이 와랑차랑 워낭 소리에 가락 맞춰 끄떡자떡 흔들리며 달려가고 있는 동태(動態)로 파악되어짐을—.

보라, 중국 대륙의 끝없이 넓은 광야의 저편, 말대가리로 가늠해 내다보이는 일직선상의 나직한 먼 산의 출렁거림과, 그 산마루로 져 가고 있는 붉은 태양의 뉘엿거림을—. 조준구(照準具) 구실을 하고 있는 이 말대가리는, 한편 방향타(方向舵) 노릇도 하고 있어, 일행의 가고 있는 방향이 해가 지고 있는 서쪽임도 말없이 일러 주고 있으니, 이 일자다의(一字多義)로 전편을 생동케 한 '馬'의 신공(神功), 그 조사(措辭)의 묘는 삼탄(三嘆)이 아깝지 않다.

5·6구의 대우를 보자. 때가 봄철임을 놀라 깨달은 삼라만상은, 서로 빛을 더하여 아름다움을 다투는데, 긴 여로에 지친 나그네의 얼굴에는, 세월의 낙인인 양 깊은 주름살만 늘어나고 있을 뿐이다. 이 전후구의 낙차(落差)가 이렇듯 큰 것은, 그만큼 객고(客苦)가 적지 않음을 뜻함이다.

7·8구는 작시 경위이다. 여수(旅愁)를 쏟을 곳이 없어, 부질없는 시사(詩思)로 자위해 본 것일 뿐, 그러므로 시라기보다 한갓 시름을 쏟아 낸 하수격이기에 퇴고(推敲)도 하지 않은 채 구점(口占)으로 그쳐 버린다는 겸사이나, 사족(蛇足)의 감이 없지 않다.

끝으로 〈스님을 찾아갔다가〉 한 수를 옮겨 덧붙인다.

돌사다리 미끄럼길
막대 짚어 오르다니

흰 구름이랑 어정거리는
성긴 풍경 소리…….

동자중 문에 나
합장하여 이르는 말
"큰스님은 앞산에 자고
아니 돌아왔소이다."

石逕崎嶇杖滑苔　淡雲疎磬共徘徊
沙彌叉手迎門語　師在前山宿未廻
〈隱寂尋僧爲尹正郎景說作〉

이정구(李廷龜, 1564~1635, 명종 19~인조 13) 문신·학자. 자 성징(聖徵). 호 월사(月沙). 본관 연안(延安). 병조판서, 좌의정 등 역임. 여러 차례 사신으로 명나라를 왕래하면서 문명을 떨쳤다. 신흠(申欽)·장유(張維)·이식(李植)과 함께 조선 중기의 4대 문장가로 일컬어졌으며, 글씨에도 뛰어났다. 저서에 《월사집》, 《조천기행록(朝天紀行錄)》 등이 있다. 시호는 문충(文忠).

임은 안 오고

이정구

봄바람이 실버들
마구 흔들어
그림 다리 서쪽으로
해는 지는데……

꽃보라 어지러운
꿈같은 봄을
아, 어쩌나? 방주에
임은 안 오고……

搖蕩春風楊柳枝　畵橋西畔夕陽時
飛花撩亂春如夢　惆悵芳洲人未歸
〈柳枝詞 五首中一〉

評說 수양버들은 가장 일찍 바람피우는 봄의 낭만물이다. 미처 해동이 되기도 전에 어느덧 늘어진 실가지마다에 연기 같은 아지랑이 같은 어렴풋한 빛이 물들기 시작하면, 사람들의 가슴 가슴에도 꿈같은 그리움 같은 그 무엇이 싹트기 시작한다. 나날이 짙

畵橋(화교) 그림처럼 아름다운 다리. 화려한 무지개다리.
芳洲(방주) 향기로운 풀과 꽃이 피어 우거진 물가. 방초주(芳草洲).
※ **꽃보라** 눈보라처럼 마구 날리는 꽃잎.

어져서는 황금빛이 되고, 연둣빛이 되고, 초록빛이 된다. 초록이 짙어짐에 따라 몸놀림도 한없이 부드러워져, 봄바람이 하자는 대로 춤사위도 다양해진다. 이때면 이미 진달래도 활짝 피어, 우리네 산천은 어디 없이 초록과 분홍으로 뒤덮이고, 사람들의 가슴 가슴은 낭만으로 부풀어 오른 공간에, 그리움이 가득 자리 잡아 들어앉는다.

봄바람이 실가지에 살랑거릴 때면 그리움에도 잔잔한 물결이 인다. 그러나 변심한 봄바람이 광풍이 되어, 꽃이란 꽃 천 점 만 점 마구 떨구어 휘날리고, 숱 많은 여인네 머리채 같은 수양버들 실가지를 마구 뒤흔들어 요동을 치면, 가슴마다의 그리움도 몸부림을 치게 된다.

강남 가신 우리 임이 이 봄에는 오시려나? 종일토록 물가에서 기다렸건만, 임 실은 배는 오지 않고, 오늘도 헛되이 해는 지는데, 아! 어쩌나. 해는 지는데…….

〈유지사(柳枝詞)〉는 〈양류지사(楊柳枝詞)〉와 같은 악부(樂府)의 사곡명(詞曲名)이다. 백낙천에서 시작되어, 많은 당 시인들이 새로운 멋으로 지었던 시체로서, 〈죽지사(竹枝詞)〉 비슷하여, 대개 칠언 사구(七言四句)에 '절양류(折楊柳)'의 이별의 정을 부쳤으나, 훗날에는 다만 수양버들에서 유발되는 낭만의 정을 읊었다.

까마귀 우는 밤

신흠

밤은 어이 이리
하룻밤이 한 해 같아
까마귀마저 울어
잠 못 들게 하는 것고?

까옥까옥 거듭하는
까마귀 울음소리
무심히 울련마는
유심히도 들리어라!

네 슬픔 내 알랴만,
임 이별이 한스러워
눈처럼 지는 꽃을
시름겨이 보고 있다.

夜如何其夜如年　烏啼樹頭人未眠
一聲兩聲復三聲　烏本無心人有情
不恨烏啼恨離別　桂楹愁看花似雪

〈烏夜啼〉

〈오야제(烏夜啼)〉는 남녀 간의 이별을 주제로 한 옛 악부(樂府)의 제명(題名)이다.

까마귀가 밤에 우는 것은 짝을 잃은 탓이라 한다.

아니라도 이별의 슬픔에 잠 못 이루어 뒤척이는 이 아닌 밤에, 까옥까옥 까마귀 우는 소리가 들려온다. 저 미물도 짝 잃은 슬픔에 겨워 저리도 애타하는 것이려니 생각하니, 무심히 우는 것으로 들었던 그 소리가 유심하게도 들려온다. 이별! 이 세상에 이별은 왜 있어야 하는 것인가? 저 미물의 작은 가슴에까지도 이별의 슬픔을 안겨 주는 조물자(造物者)의 그 잔인함이 원망스럽다. 바깥은 캄캄한 밤, 흰 꽃잎들이 눈처럼 운명처럼 우수수 어지럽게 지고 있다. 이 칠흑 같은 어둠 속에서도 저렇듯 슬픈 이별들이 이루어지고 있었을 줄이야! 아. 천지에 가득한 서러운 이별들이여!

형식은 연운(連韻)으로, 연(聯)마다 환운(換韻)되어 있는 고시체이다.

이백의 〈오야제〉를 함께 차려 본다.

不恨烏啼(불한오제) 우선 당장 내 이별의 슬픔에 겨워, 미처 까마귀의 슬픔에까지 동정이 미치지 못함을 이른 말.
桂楹(계영) 계수나무로 된 기둥. 기둥의 미칭.

| **신흠(申欽, 1566~1628, 명종 21~인조 6)** 학자·상신. 자 경숙(敬叔). 호 상촌(象村)·현옹(玄翁). 본관 평산(平山). 계축옥사(癸丑獄事) 때 파직. 인조반정 후 좌·우의정, 영의정 역임. 이정구·장유·이식과 함께 한학 사대가의 한 사람. 저서에 《상촌집》 외 다수. 시호는 문정(文貞).

黃雲城邊烏欲棲　황혼 놀 성 머리에 잘 곳을 찾아
歸飛啞啞枝上啼　돌아와 까옥까옥 가지에 울 제,
機中織錦秦川女　베틀에 비단 짜던 진천 아낙은
碧紗如煙隔窓語　연기 같은 사창 너머 중얼거리며,
停梭悵然憶遠人　북 놓고 아득히 먼 임 그리다
獨宿空房淚如雨　혼자 지샐 밤을 울어 눈물 비 오듯…….
〈烏夜啼〉

무고에 앉아

신흠

밤비에 푸른 못물
치면히 불어
연꽃 연잎 올몽졸몽
싱그러워라!

꽃 사이엔 쌍쌍 원앙
깃들였나니,
아서라. 갈바람은
불지 말렷다.

一雨中宵漲綠池　荷花荷葉正參差
鴛鴦定向花間宿　分付西風且莫吹

〈雨後坐軍器寺臺閣〉

評說 밤사이 흐뭇이 내린 단비도 말끔히 갠 청명한 아침이다. 연당에는 가득히 물이 넘치고, 어제까지만 해도 그저 홍성드뭇하던 연이, 밤사이 거룩한 비의 조화를 입어, 크작고 높낮은 잎이

軍器寺(군기시) 병기(兵器), 기치(旗幟), 융장(戎仗) 등의 조영(造營)을 맡아 다스리던 관아. 무고(武庫).
臺閣(대각) 누각. 관청.
中宵(중소) 한밤중. 중야(中夜).

며 꽃들이 온 수면을 덮어 올몽졸몽 싱그럽다. 그 사이사이의 꽃그늘에는 끼리끼리 정다운 원앙들이 쌍쌍이 몸을 기대어 한가롭게 졸고 있다. 무던히나 평화로운 정경이다.

저 원앙과 연꽃은, 동·식물로서의 현수(懸殊)한 생리의 차이에도 불구하고, 다 같이 누리고 있는, 고귀한 생명자로서의, 저 충만한 삶의 즐거움·정겨움·아름다움으로 이웃하여 또한 무던히나 조화롭다.

이 조화롭고 평화로운 화조(花鳥)의 경역(境域)에, 만의 하나, 무법의 침입자 '갈바람'이라도 불어 닥쳐, 연은 시들고 원앙은 경동하여 처소를 잃게 될 일을 상상하면 끔찍하다. 저 진선진미(盡善盡美)한 상태는 오래오래 지속되어야 한다. 훼방자의 침입은 단연코 용납하지 말아야 한다.

작자는 시방 연당을 우리나라 지형의 한 축도(縮圖)인 양 조감(鳥瞰)하고 있는 것이다. 저 아름다운 금수강산 방방곡곡에 원앙처럼 오순도순 살고 있을 백성들의 단란하고 평화로운 생활상을 마음 사이 그리면서 무척이나 흐뭇해하고 있는 모습이다. 전 국토를 휩쓸어 불었던 임란(壬亂) 회오리의 상흔(傷痕)도 이제 아쉬운 대로 어느 만큼 복구되고, 우순풍조(雨順風調)로 등풍(登豊)의 조짐마저 있

漲綠池(창녹지) 푸른 못에 물이 넘침.

參差(참치) 크고 작고, 길고 짧고, 서로 드나들어서 가지런하지 않은 모양. 참치부제(參差不齊).

鴛鴦(원앙) 원앙새. '鴛'은 수컷, '鴦'은 암컷, 암수가 늘 짝지어 있으므로, 필조(匹鳥)라고도 하여 부부의 애정에 견준다.

定向(정향) 일정한 방향. 곧 짝지어 나란히 향함.

花間宿(화간숙) 꽃 사이에 머물러 편안함. '宿'은 '住·安'의 뜻.

分付(분부) 명령함. 지시함.

且(차) 만일. 어쩌다가라도.

莫吹(막취) 불지 마라.

어, 백성들은 제각기 처소를 얻어 비로소 안도의 숨을 쉬게 되었으니, 실로 오랜만에 맞게 되는 시화 연풍(時和年豊)이 아닌가? '이 땅에 다시는 전쟁이나 변란 따위 모진 바람은 절대로 불게 하여서는 안 된다'라고—.

국태민안(國泰民安)을 바라는 위정자의 간절한 염원이다.

기치 창검(旗幟槍劍)으로 가득한 무고(武庫)의 삼엄하고도 살벌함과는 대조적인 그 연당의 정경이기에, 평화와 전란의 대립 관념이 더욱 두드러지게 비쳐졌음이리라. 저 장황한 시제(詩題)도, 그 정지(情地)를 방불케 하려는 의도에서였는지도 모를 일이다.

저녁

신흠

밝은 달이 막 숲을 벗어나는데,
어디선가 샘물 소리 돌 뿌리를 울린다.

구름 밖 절간에선 경쇠 소리 애잔터니,
해 지는 마을에선 다듬이 소리 요란하다.

잘 새는 둥지 찾아 날갯짓이 바빠지고,
흐르는 반딧불이는 이슬 띠어 번득인다.

혼자 읊조리다니 정신이 개운한데,
산문엔 노을빛이 붉게도 물들었네.

明月出林表　暗泉鳴石根
磬殘雲外寺　砧急崦中村
宿鳥尋巢疾　流螢帶露翻
獨吟仍不寐　霞影落山門

〈詠夕〉

評說 산촌의 저녁 풍경이 동영상으로 펼쳐지고 있다.
숲 위로 달이 떠오르고, 돌너덜겅 밑으론 돌돌돌 샘물 소리가 요란하다. 어느 먼 절에서 들려오는 애잔한 경쇠 소리, 마을에서 들려오는 요란한 다듬이 소리…… 소리들의 잔치 속에, 잘 새들의 날갯짓, 번득이는 반딧불이, 산문을 물들인 놀 그림자 등, 시청을 통한 시흥이 자못 맑다.

磬殘(경잔) 경쇠 소리가 애잔함. '경쇠'란 예불 때 흔들어 소리 내는 작은 종.
砧急(침급) 다듬이 소리가 다급함.
崦中村(엄중촌) 해가 지는 마을. '崦'은 해 지는 곳의 산 이름. 엄자(崦嵫).
流螢(유형) 날아다니는 반딧불이.

농가

양경우

탱자꽃 꽃 핀 곁에
사립문 닫아 놓고,
들밥 내간 이 집 아낙
돌아오기 늦나 보다.

멍석엔 곡식 널어
초가집이 고요한데,
쌍쌍으로 병아리들
울 틈으로 나랑 들랑……

枳殼花邊掩短扉　餉田村婦到來遲
蒲茵曬穀茅簷靜　兩兩鷄孫出壞籬

〈田家〉

농번기의 농가는 으레 낮이면 비어 있게 마련이다. 햇병아리들 바깥세상이 궁금해선지 둘 둘씩 짝을 지어 울타리 터진 틈새로 세상구경들 나와 쌓는다. 바깥은 길이다. 길은 온 세상의

枳殼花(지각화) 탱자꽃.
餉田(향전) 들일하는 데 내가는 점심밥. 들밥. 엽반(饁飯).
蒲茵(포인) 멍석.
曬穀(쇄곡) 곡식을 널어 말림.

이동 전시장이다. 안에서 어미닭이 안달게 불러 쌓는데도 아랑곳하지 않는 제멋대로의 나들이, 저 종종걸음의 호기심 이글거리는 눈매들! 한껏 부풀어 오른 모험심! '도대체 이런 신기로운 세상이 여기 있었다니, 이것이 모두 우리 세상이라니' 그저 황홀할 뿐이다. 어디고 한없이 가 보고 싶은 충동 충동 충동! 탐험대의 선두주자로 한없이 달리는 마음이다. '똘똘이의 모험', '보물섬', '삼총사'가 어찌 인간의 자식들에만 있는 것이랴?

병아리도 이 세상을 '우리 세상'이라 했다. 산토끼도 물까마귀도 저들 세상이라 하겠지. 그런데 사람들은 한결같이 자기네들의 전유 세상으로만 여긴다. 어찌 방자한 생각이 아니랴? 한 시대에 살고 있는 모든 동물이며 식물들은 함께 어울려 서로 보탬을 주고받는 공동 사회의 성원인 것을—.

이렇게 이 시의 감상은, 제4구 이후의 여운 속, 병아리의 호기심과 모험심에서 이루어진다. 1·2·3구는 우리네 농가에서 흔히 보는 실경(實景) 풍속화로, 제4구의 배경들이다.

茅簷(모첨) 草家(초가)의 처마.
鷄孫(계손) 병아리.
壞籬(괴리) 울타리가 헐어 생긴 틈새. 울 틈.

| **양경우**(梁慶遇, 1568~?, 선조 1~?) 자는 자점(子漸). 호는 제호(霽湖). 본관은 남원(南原). 장현광의 문인. 문과. 교리, 봉상시첨정 등 역임. 저서에 《제호집》이 있다.

송도

권갑

눈 달은
예런 듯 흰데

고려를 우는가
찬 종소리

남루에 홀로
시름으로 서면

헌 성곽에 이는
저녁연기 —.

雪月前朝色　寒鐘故國聲
南樓愁獨立　殘郭暮烟生
〈松都懷古〉

評說 작자는 시방 고려 유구(遺構)인 남루의 다락에 올라, 모색이 짙어 가는 폐허를 굽어보며, 흥망성쇠를 거듭해 온 천고 역사의 감회에 젖어 있다.

雪月(설월) 눈과 달. 눈에 비친 달빛.
前朝(전조) 전 시대의 왕조.

멀리 어느 고찰에선가, 고려를 통곡하듯 싸느라이 떨어 우는 범종 소리, 느린 간격으로 들려오고, 폐허를 덮어 가리어 당시를 재현해 놓은 듯한 설경(雪景)의 고도(古都)에, 달빛은 예런 듯 밝아 있는데, 오백 년 왕업(王業)을 둘러, 피의 공방(攻防)을 거듭하다 이제는 그 잔해(殘骸)뿐인 헌 성곽에는, 시름인 양 저녁연기가 피어오르고 있다.

'남루·잔곽'은 고려의 유적으로, 회고의 정을 일으킨 실마리요, '월색(月色)·종성(鐘聲)'의 광파(光波)·음파(音波)는 당시로 거슬러 가는 타임머신의 항로(航路)이다. 또 눈으로 표백된 '달빛'과 '싸느라이 식은 종소리'의 그 황량감(荒凉感)·무상감(無常感)에서 서려 나는 '시름'과, 그 시름의 표상(表象)인 양 서려 오르는 저녁연기, 이 흉곽(胸廓)의 '시름'과 성곽(城廓)의 '저녁연기'는 안팎이 대응(對應)하듯, 같은 가락 같은 흔들림으로 하염없이 모락모락 피어오르고 있는 것이다.

기·승구는, 달빛과 종소리의 시청각을 통하여, 고려 당시를 방불하게 입체화해 놓았으며, 전·결구는, 시름과 저녁연기를 연기론적

寒鍾(한종) 싸느라이 느껴지는 맑은 종소리.
故國(고국) 옛 나라. '전조'와 함께 다 고려를 가리킴.
南樓(남루) 성곽 남쪽의 문루(門樓).
殘廓(잔곽) 이지러진 남은 성곽.
暮烟(모연) 저녁연기.

| **권갑**(權韐, ?~?) 문신. 자 여명(汝明). 호 초루(草樓). 본관 안동(安東). 권벽(權擘)의 아들, 권필(權韠)의 형. 음보로 종부시주부(宗簿寺主簿)를 지내다 아우의 참변 때 은퇴. 대북(大北) 일당의 정권 농단을 꾸짖다 화를 당할 뻔도 했다. 저서에 《초루집》이 있다.

(緣起論的) 시각에서 일원화해 놓고 있다.

5언 4구의 20자, 그 일자 일구를 이처럼 유기적으로 조직하여, 불가형용의 수회(愁懷)를 가시적(可視的)·가청적(可聽的)으로 영상화한, 그 신운(神韻)의 솜씨는, 단연코 마힐(摩詰)의 화시법(畫詩法)을 능가한다 해도 과언은 아닐 것 같다.

충주석

권필

충줏골 고운 돌이 유리 같으니,
천 사람 만 마리 소, 쪼개 나르네.
묻노니 돌은 실려 어디로 가나?
가서 세돗집의 신도비 되네.
비문은 그 누구의 지음이런고?
글씨도 힘차고 문장도 좋다.

비문은 말한다 — '공(公)은 생전에
천품과 학문이 우뚝 빼어나,
임금께는 충성하고 정직한 신하,
집에서는 효도하고 인자한 덕행,
문전엔 뇌물 바리 끊어져 있고,
곳간엔 재물이라 둔 게 없었다.
말씀은 세상의 본이 되었고,
행실은 만인의 스승이셨다
한평생 행하신 일거일동(一擧一動)이
도리에 벗어남 없었노라' — 고,

번듯이 새기어 전하는 뜻은
길이길이 훼손 없길 바람이지만,
이 말을 믿으랴? 믿지 말으랴?

남들이 알아주랴? 안 알아주랴?

드디어 충줏골 산 위의 돌은
날로 달로 쪼개 내어 바닥이 났네.
돌이라 미련한 것 입 없기망정
입 있었음 응당히 할 말 있으리—.

忠州美石如琉璃　千人斸出萬牛移
爲問移石向何處　去作勢家神道碑
神道之碑誰所銘　筆力崛强文法奇
皆言此公在世日　天姿學業超等夷
事君忠且直　　居家孝且慈
門前絶賄賂　　庫裏無財資
言能爲世法　　行足爲人師
平生進退間　　無一不合宜
所以垂顯刻　　永永無磷緇
此語信不信　　他人知不知
遂令忠州山上石　日銷月鑠今無遺
天生頑物幸無口　使石有口應有辭

〈忠州石 效白樂天〉

評說 조상의 명성을 사후에나마 높여, 후세에 길이 빛나게 하고자 함은, 조상의 영광이 곧바로 자손에게로 이어지는 것이라, 자손 된 자의 위조선(爲祖先)하는 도리는 인지상정이기도 하여,

---

琉璃(유리) 칠보에 드는 미옥(美玉)의 한 가지.
斸出(촉출) 쪼개어 냄.

바이 나무랄 바는 못 된다. 그러나, 그 허구의 사실이 어찌 세인을 승복케 할 수 있으며, 또 아무리 금석에 깊이 새긴들 어찌 영원하기를 바랄 수 있으랴? 하물며 세가(勢家)들이 그 권세를 앞세워, 미사여구로 그 조상을 미화 내지 성화한들, 그 비문의 내용을 어느 누가 곧이곧대로 믿어 주며 알아주랴? 더구나 돌도 풍마우세(風磨雨洗)되고 결 일어, 마침내는 판독조차 못하게 될 날이 올 것이며, 더더구나, 권불십년(權不十年)이요, 세불백년(勢不百年)이라, 주위 정세가 바뀌고 나면, 그 돌마저 온전치 못할 수도 없지 않을 것임에서랴?

'此公在世日'에서 '無一不合宜'까지는 비문으로 새긴 주인공의 행의(行儀)이다. 그 내용대로라면 그는 다름 아닌 성현 군자일밖에 없다. 그러나, 생각해 보라. 권세를 잡아 일세에 드날린 그의 생애

勢家(세가) 권세 있는 집안. 세돗집.
神道碑(신도비) 묘도(墓道)에 세우는 비.
銘(명) 비석에 새겨 공적을 찬양하는 글. 비명(碑銘).
崛强(굴강) 우뚝하고 힘참.
文法奇(문법기) 문장이 기발함.
天姿(천자) 타고난 자질.
超等夷(초등이) 평범에서 뛰어남.
事君(사군) 임금을 섬김.
忠且直(충차직) 충성스럽고도 정직함.
賄賂(회뢰) 뇌물.
庫裏(고리) 곳간의 안.
進退間(진퇴간) 모든 행동. 기거동작(起居動作).
無一不合宜(무일불합의) 한 가지도 합당하지 아니한 일이 없음.
垂顯刻(수현각) 번듯이 새기어 길이 후세에 전함.
磷緇(인치) 마멸되거나 때 묻어 검어짐.
日銷月鑠(일소월삭) 나날이 다달이 쪼개어 냄.
頑物(완물) 미련한 물건. 여기서는 '돌'을 가리킴.
使石有口(사석유구) 돌로 하여금 입을 있게 한다면.
應有辭(응유사) 응당 할 말이 있을 것임.

가, 과연 일 점 하자도 없는 진선진미(盡善盡美)로 일관된 생애이었을 것인가? 도학(道學)으로 한평생 청빈(淸貧)에 살다 간 것도 아니요, 풍파 사나운 환해(宦海)에서 살아남기 위하여는, 또는 승리를 쟁취하기 위하여는, 적잖이 권모술수도 부렸을 것임을 상상하면, 성급한 대답 대신, 널리 일반에게 던진 '此語信不信 他人知不知'의 반문 속에, 해답은 오히려 자명해진다 할 것이다.

끝구의 '使石有口應有辭'에는 각별히 심장한 함축이 있다. 돌로 하여금 입을 있게 한다면, 돌은 도대체 어떤 말을 할 것인가? 시제(詩題)에서 이미 자주(自註)한 대로, 그가 본받은 백낙천의 〈靑石〉의 다음 일절이야말로 바로 그 의중인 '돌의 할 말'일 것 같다.

남의 집 무덤 앞에 신도비 되기 원찮으니,
무덤 흙 마르기 전에 이름 먼저 없어지고,
관청 앞 길거리에 송덕비 되기 원찮으니,
진실은 안 새기고 거짓만 새기더라.

不願作人家墓前神道碣　墳土未乾名已滅
不願作官家道傍德政碑　不鐫實錄鐫虛辭

곧, 생전 박덕(生前薄德)을 사후미화(死後美化)에 급급해하는 세가들의 허구 날조의 내면을 폭로 고발하는 내용이 될 것이다.

형식은 칠언 고시체의 서사시, 압운은 '支' 운(韻)으로 일관했으며, 시풍은 호방하여 얽매임이 없다.

끝으로 작자의 생애에 대하여 약간 첨기하기로 한다.

석주는 송강의 문인으로, 성품이 고상하여 세속에 물들지 않고,

과거에도 뜻이 없어 시주(詩酒)를 일삼으며 가난하게 살면서도, 언제나 비판적 풍자적으로 세상을 깨우치려 한, 기인(奇人) 불기인(不羈人)이었다.

광해군의 비(妃) 유씨의 아우 유희분(柳希奮) 등 척족(戚族)들의 방종을 보다 못해, 비방 풍자한 문제의 '궁류시(宮柳詩)'는 다음과 같다.

宮柳青青鶯亂飛　滿城桃李媚春暉
朝家共賀昇平樂　誰遣危言出布衣

푸르디푸른 궁 안 버들에 꾀꼬리 어지러이 나니,
온 성안의 복사꽃 오얏꽃이 봄볕에 재롱떤다.
조정이 다 함께 태평을 하례하는데,
그 누가 바른말을 선비 입에서 나게 하였는고?

마지막 구 '誰遣危言出布衣'는 임숙영(任叔英)이 과거에서 대책을 올려 권문세가의 횡포와 왕실의 부정을 비난한 사실을 가리켜 이름이다. 이 시가 발각되자 광해군이 대로하여, 친국(親鞫) 끝에 경원(慶源)으로 유배했다. 귀양 길에 오른 그는, 동대문 밖에 이르렀을 때 사람들이 대접하는 술을 통음(痛飮)하고 이튿날 죽었다. 시상판(屍牀板)을 하려고 주인집 문짝을 떼니, 거기 다음과 같은 글귀가 적혀 있었다.

正是青春日將暮　桃花亂落如紅雨
權君終日酩酊醉　酒不到劉伶墳上土

이 시는, 저 유명한 당 시인 이하(李賀)의 〈장진주(將進酒)〉의 끝 부분인데, 이에다 '況'을 '正'으로, '勸'을 '權'으로 바꾼 것이다.

정히 이 청춘 장차 저무려는데,
붉은 비 내리듯 복사꽃 어지러이 지네.
권필이 진종일 무진무진 취하노니
술도 유령의 무덤 흙엔 못 미친다네.

"때는 삼월 그믐, 주인집 담장 밖엔 복사꽃이 반이나 졌고, '勸'을 '權'으로 바꾼 것 또한 교묘하게 부합되니, 어찌 미리 죽기를 작정하고 한 일이 아니겠는가?"라고, 이수광은 《지봉유설》에서 탄식하고 있다. 이리하여 그는 44세를 일기로 최후의 순간까지 얽매이지 않은 일생을 떳떳하게 살고 갔다.

그와 쌍벽인 시의 맞수요 지기지우(知己之友)인 이안눌(李安訥)은 《동악집(東岳集)》에서, 그날이 4월 초이렛날 입하(立夏) 날이었다고 증언하며, 그도 전기 시에 얽힌 긴 일화를 소개하면서 이를 시참(詩讖)으로 다루고 있다. 후에 동악은 동문 밖 그가 운명한 곳을 지나다가 그를 애도하여 읊었다.

동문 밖 꽃 지던 곳 지나가자니
그 님의 시뼈다귀 이날토록 서러워라.

行過廓東花落處　故人詩骨至今悲

〈行過東門悼汝章·抄〉

끝으로, 그가 평소에 술과 친구를 좋아하면서도, 그나마 서로 어긋나 뜻 같지 못한 일에 비겨, 차타(蹉跎) 일생을 한탄한 칠절(七絶) 한 수를 옮겨 본다.

벗 만나 술 찾으면
술을 못 얻고
술 대해 벗 그리면
벗이 안 오네.

한평생 이내 일이
매양 이러니
허허 웃고 기울이네
혼자 서너 잔……

逢人覓酒酒難致　對酒懷人人不來
百年身事每如此　大笑獨傾三四杯
〈尹而性有約不來 獨飮數器戱作俳諧句〉

| **권필(權韠, 1569~1612, 선조 2~광해군 4)** 시인. 자 여장(汝章). 호 석주(石洲). 본관 안동(安東). 권벽(權擘)의 아들. 정철(鄭澈)의 문인. 과거에 뜻이 없어 유생들을 가르치며 가난하게 살았다. 광해군의 척족의 방종·방자함을 비방한 '궁류시(宮柳詩)'의 시화(詩禍)로 유배 도중 폭음으로 죽었다. 시문에 뛰어났다. 저서에 《석주집》이 있다.

송강의 묘소에 들러

권필

쓸쓸히 비 뿌리는
잎 지는 빈 산.

적막도 하여라
상국 풍류여!

애닯다. 한 잔 술
어이 드리리.

이를 이름일레
옛날 그 노래—.

空山落木雨蕭蕭　相國風流此寂寥
惆悵一杯難更進　昔年歌曲卽今朝

〈過松江墓有感〉

가을비 쓸쓸히 내리고, 나뭇잎도 시름없이 떨어지는 텅 빈 산자락, 잔디도 누렇게 이운, 봉긋한 흙무더기 하나! 이것이

蕭蕭(소소) 쓸쓸한 모양.
相國(상국) 좌·우의정, 영의정의 총칭.
寂寥(적요) 적적하고 고요함.

존경하는 스승의 무덤, 아니 일국의 정승의 묘소, ―이르는 곳마다 가곡에 문장에 시주 일화로 일세를 떠들썩하게 하던 멋쟁이 재상의 마지막 남긴 일부토(一抔土)라니? 그, 길이 함묵(緘默)해 버린 '풍류'의, 적막함이여! 그 소조감(簫條感), 그 무상감(無常感)이야 이루 다 어떻다 하랴?

일정 백 년 산들 긔 아니 초초(草草)한가.
초초한 부생(浮生)에 무슨 일을 하려 하여
내 잡아 권하는 잔을 덜 먹으려 하는다?

이렇듯 애음(愛飮)·호음(豪飮)하던 술! 그 술 한 잔 여기 무덤 앞에 따라 놓고, 드디어 터뜨린 일성 장우(一聲長吁)의 조곡(弔哭)! 그러나 곡성은 허허로이 메아리로 흩어지고, 술잔은 사뭇 감감, 흠향의 기척이 없다. 일찍이 이 무덤의 주인공이 읊었던 〈장진주사〉의 한 대문:

'어욱새 속새 떡갈나무 백양 숲에 가기 곧 가면, 누른 해·흰 달·가는 비·굵은 눈·소소리 바람 불 제, 뉘 한 잔 먹자 할꼬?……'

깊이 탄식하던 그 노래야말로, 다름 아닌 오늘의 이 을씨년스러운 정황을 예언이라도 해 둔 것이나 아니었던 것인지?

남용익(南龍翼)은, "옹문주(雍門周)의 거문고 가락이 만인을 울리는 듯하다" 했고, 허균(許筠)은 "절세미인이 화장도 않은 차림으

惆悵(추창) 개탄하여 슬퍼하는 모양.
難更進(난갱진) 다시 진상(進上)하기 어려움. 권해 올릴 수 없음.
昔年歌曲(석년가곡) 옛 노래. 여기서는 송강의 〈장진주사(將進酒辭)〉를 가리킴.

로, 열구름도 귀 기울일, 장엄하고도 처절한 노래를 촛불 아래 부르다가, 다 끝내지도 않은 채 일어나 가 버린 듯도 하다" 했는데, 남용익이 이를 다시 새겨, "시어가 꾸밈없이 아름다워, 시간이 지날수록 여정(餘情)이 새로워짐을 이름이라"고 주를 달았다.

신위는《논시절구》에서 읊었다.

백의로서 뽑히어 좌빈사(佐賓使) 되니
재상이 된 거나 무엇 다르리?
절창이라, 악부로 여태 전함은
정철의 가곡에, 권필의 시라,

白衣妙選稱從事　何異將身到鳳池
樂府至今傳絶唱　松江歌曲石洲詩

※ 1·2구의 내용은, 명나라의 대문장가 고천준(顧天俊)이 사신으로 왔을 때, 이를 접반(接伴)할 문사로, 권필이 야인에서 뽑혔던 일을 이름이다.

끝으로, 송강의 〈장진주사〉 전문을 김춘택(金春澤)의 한역 시와 함께 부기한다.

한 잔 먹세그려. 또 한 잔 먹세그려. 꽃 꺾어 산(算) 놓고 무진무진 먹세그려. 이 몸 죽은 후면, 지게 위에 거적 덮여 주리어 매여 가나, 유소보장(流蘇寶帳)에 만인(萬人)이 울어 예나, 어욱새 속새 떡갈나무 백양(白楊) 속에 가기 곧 가면, 누른 해 흰 달 가는 비 굵은 눈 소소리 바람 불제 뉘 한 잔 먹자 할꼬. 하물며 무덤 위에 잰나비 파람 불 제야 뉘우친들 어찌리.

一盃復一盃　折花作籌無盡杯　此身已死後　束縛藁裹屍　流蘇兮寶帳　百夫緦麻哭且隨　荒茅樸樕白楊裏　有去無來期　白月兮黃日太雪細雨悲風吹　可憐誰復勸一盃　況復孤墳猿嘯時　雖悔何爲哉.

두시를 읽고

권필

두보의 문장은 천하의 으뜸!
한 번 읽을 때마다 가슴 한 번 열리나니,

신비로운 회리바람 깊은 골에 일어나고
하늘의 풍악 소리 편종(編鐘)에서 울리는 듯,

구름 없는 창공에 송골매 비껴 날고
달 밝은 창해에 뭇 용이 뛰노는 듯…….

의연히 선산 길을 걸음걸음 드노라니
천봉을 다한 거기 다시 또 만봉일레!

杜甫文章世所宗　一回把讀一開胸
神飆習習生陰壑　天樂嘈嘈發古鐘
雲盡碧空橫快鶻　月明滄海戲群龍
依然步入仙山路　領略千峰更萬峰
〈讀杜詩偶題〉

評說 시중유화(詩中有畵)라지만 두보의 시에서만은 '시중유활화(詩中有活畵)'라 함 직하다. 그 속에는 난데없이 회오리바람이 일어나기도 하고, 부드러운 하늘의 음악 소리가 들려오기도 하

며, 푸른 하늘에 보라매가 비껴 날기도 하고, 달 밝은 바다에 뭇용이 희롱하기도 하는 ― 웅심(雄深) 청원(淸遠), 아정(雅正) 유수(幽邃), 장쾌(壯快) 쇄락(灑落), 웅혼(雄渾) 장대(壯大)한 ― 살아 꿈틀거리는 기개(氣槪)가 넘쳐, 매번 읽을 때마다 한 가슴이 탁 트이는 통쾌감을 일으키게 한다. 이는 곧 그의 시가 독자의 답답한 가슴을 씻어 주는 크나큰 정화 작용에서 오는 것일 터이다.

그의 시경(詩境)은 깊고도 높아, 일천 봉우리를 다하고 나면, 다시 더 높은 일만 봉우리가 저만치서 손짓을 한다. 이렇듯 그의 시의 봉우리들은 끝 간 데가 없다. 공자의 덕은 '우러를수록 더욱 높아(仰之彌高)', 그래서 공성(孔聖)이듯이, 두보의 시 세계도 '앙지미고', 그래서 그는 시성(詩聖)인 것이다.

世所宗(세소종) 온 세상이 으뜸으로 떠받듦.
把讀(파독) 책을 펼쳐 읽음.
神飆(신표) 신비로운 회오리바람.
習習(습습) 바람이 기세 좋게 부는 모양.
嘈嘈(조조) 화음되어 나는 악기의 소리.
快鶻(쾌골) 몹시 빠른 송골매.
古鐘(고종) 옛 편종(編鐘). 조율된 12개의 종을 2단에 나누어 매단 아악기의 한 가지.
依然(의연) 수목이 무성한 모양. 또는 그리워 사모하는 모양.
領略(영략) 뜻을 깨달아 앎. 회득(會得)함. 영회(領會)함.

초당에서

권필

맑은 개울가에 터 잡았으니
문 열면 곧바로 작은 소(沼)일다!

창이 비었으니 산 빛이 자리에 들고
처마가 짧으니 침상에 비 뿌리지만

소원이 이룩되니 하늘땅이 널찍하고
애쓰는 일 없으니 해 달도 느직하다.

다만 시와 술버릇은 오히려 늘어나
늙어 갈수록 더욱 미쳐 갈 뿐이어라!

卜地依清澗　開軒對小塘
窓虛山入座　簷短雨侵牀
得意乾坤濶　無營日月長
唯餘詩酒習　老去益癲狂

〈慢題〉

이는 강화도 송해면 하도리의 막바지, 고려산 기슭에 자리 잡은 작자의 초당이다.

지금 그 있던 초당 자리에는 우거진 잡초 속에 조그마한 유허비가

서 있을 뿐, 집 앞에 있었다는 작은 웅덩이도 형적이 없다. 그러나 산 기슭을 흐르는 개울물은 아직 노래를 그치지 않았고, 그가 손수 팠으리라는 옹달샘도, 낙엽을 밀치고 보면 한 옹달 옥수가 고여 있다.

돈이 없어 조금씩 힘닿는 대로 제자들과 함께 지어 가는 처지라, 창문도 아직 달지 못했으니, 산 경치가 제멋대로 방 안에 들어앉고, 짧은 처마라서 비바람이 치면 침상에까지 빗물이 뿌려든다. 이렇듯 미완의 협소한 집이요, 환경 또한 사방이 산으로 둘린 곳이지만, 내 뜻하던 바를 이루어, 심신을 대자연에 기탁할 수 있고 보니, 천지도 한결 널찍해 보이고, 물욕이나 출세욕으로 애쓰는 일이 없으니, 해와 달도 느직한 듯 바쁠 것이 없다. 이 광활하고도 넉넉한 시공간(時空間)에 처하여, 궁리진성(窮理盡誠), 한 점 거리낌이 없으니, 이야말로 맹자 소위, "거천하지광거(居天下之廣居)하여 입천하지대의(立天下之大義)하고 행천하지대도(行天下之大道)"가 아니고 무엇이랴?

다만 시주(詩酒) 버릇은 늙어 갈수록 더욱 극성스러워져, 거나한 가운데 시 쓰는 재미는 그만둘래야 둘 수가 없다. '익전광(益癲狂)!' 이런 걸쭉한 멋이 또 있을까? '미쳐 가다'는 '광기(狂氣)를 더해 가다'의 뜻으로, 상사람들이 함부로 쓰는 '제어(制御)할 수 없게 되어 가다'의 상말이다. '아편에 미치다, 도박에 미치다'와 같이 '인박이다(중독되다)'는 뜻이기도 하여, 시와 술에 인박여, 그만두면 금단현상(禁斷現象)으로 온몸이 뒤틀려 못 견디게 되리라는 뜻이기도 하다.

卜地(복지) 집터를 골라 정함.
淸澗(청간) 맑은 개울.
開軒(개헌) 앞창을 엶.
小塘(소당) 작은 웅덩이. 작은 소(沼).
得意(득의) 뜻하던 일을 이룸.
癲狂(전광) 미침. 점점 그 방면으로 깊이 빠져듦. 곧 시주(詩酒)의 흥에 도취(陶醉)됨.

홍도화

허균

이월은 봄도 덜 깬 서울 골목 어느 담 머리,
찡긋 씌는 눈짓 있어 힐끗 돌아보는 거기,
홍도화! 천리에 임 만난 듯, 빵긋 정을 주고 있었네.

二月長安未覺春　墻頭忽有小桃顰
嫣然却向詩翁笑　如在天涯見故人

〈小桃〉

評說 이른 봄이라지만 아직은 봄인가도 싶지 않은 서울 거리를 적막히 걷고 있던 작자의 눈길이, 문득 어느 집 담 머리에 피어 있는 홍도화의 다정스러운 눈짓에 이끌리는 순간, 마치 하늘 끝 외진 타향에서 그리던 옛 임을 만난 듯, 그 그지없는 반가움을 이루 가누지 못해 하는 장면이다.

이 시의 기절처(奇絶處)는 '顰'의 묘용(妙用)이다. 지나가는 사람

小桃(소도) 복숭아나무의 일종으로 정이월에 꽃이 핀다. 홍도화. 구양수(歐陽脩)의 시 〈小桃〉에 "雪裏開花人未知 摘來相顧共驚疑"란 구가 있다.
墻頭(장두) 담 머리. 또는 담 모롱이.
顰(빈) 눈썹을 찌푸림. 얼굴을 찡그림.
嫣然(언연) 아리땁게 웃는 모양. 애교 부리어 요염하게 웃는 모양.
却向(각향) 돌이켜 향함. ~쪽으로 돌아봄.
詩翁(시옹) 시를 짓는 늙은이. 작자 자신을 이름.
天涯(천애) 하늘 끝. 아득히 먼 타향.

의 시선을 이리로 돌려 나를 보게 하려는, 일종의 자기 암시(自己暗示)로, 용을 쓰고 염력(念力)을 다한 나머지, 얼굴 매무새까지 순간적으로 찌그러뜨리는 표정, 곧 '찡긋'이다.

이를 행인의 처지에서 말한다면: 무엇인가 극히 희미한 그림자 같은 것이, 언뜻 비친 것도 같고, 아니 비친 것도 같으나, 그러나 어떤 낌새, 무슨 조짐인 듯한, 그리하여 마치 신이라도 지핀 듯, 괜히 씌는 마음에서 결국 힐끗 시선을 그리로 돌리게 된 것이다. 요약하자면, '찡긋'으로 발신한 영파(靈波)가 '언뜻'으로 감응(感應) 수신되어, 마침내 '힐끗'으로 반응함을 보고야 '빵긋'으로 수응(酬應)하게 되고, 비로소 '오오'로 환호하는, 지극히 은미(隱微)한 이심전심(以心傳心)의 영통(靈通)이다. 불편하거나 언짢을 때의 표정인 '顰'이 이처럼 긴절(緊切)한 역설적인 효과로 차용될 줄이야!

기구는 승구의 배경으로, '未覺春'이 어둡고 쓸쓸할수록 '小桃'의 밝고 상냥함이, 어둠 속 등불처럼 두드러지게 대조되어 있음을 볼 것이다.

전구의 '却'은 '顰'에서 '笑'에로의 회전축(廻轉軸) 구실을 하고 있다.

결구의 '故人'은 옛 임, 옛 친구, 이제는 이 세상에 없는 다정했던 사람, 혹은 잃어버린 청춘 시절의 자신…… 등, 매우 다의적(多義的)이다.

전체적으로, 조사(措辭)의 긴절함이 돋보이고, 고인의 넋인 양 의인(擬人)한 홍도화와의 서로 부딪는 진한 정교(情交)가 감명적이다.

작자 교산(蛟山)은, 삼당시인(三唐詩人) 손곡(蓀谷) 이달(李達)에게서 시를 배워, 시명을 일세에 들날린 재사였다. 호곡(壺谷) 남용익(南龍翼)은 그의 시를 평하여, 백체(百體)가 구비하여 시의 묘리를 두루 통달하였으니, 비록 성세(盛世)라 할지라도 그의 오른편에 나설 사람은 없을 것이라고 했다.

그는 부조리 불평등한 현실의 모순을 척결하고, 새로운 이상 사회를 건설하고자 하는 대망을 품고 있었으니, 《홍길동전》은 바로 그 꿈을 그린 작품이다. 뿐만 아니라, 그의 시편 가운데 단연 많은 비중을 차지하고 있는 '귀거래(歸去來)'도, 정작 그가 돌아가고자 한 전원은, 수탈당하고 학대받는 소민(小民)들의 가난의 현장인 전원이 아니라, 그가 언제나 동경하고 있는 이상향(理想鄕)이었음을 이해할 수 있는 것이다.

그는 한때 불도에도 심취하여, 그 때문에 파직된 적도 있었으나, 이 또한 타오르는 혁명에의 불길을 스스로 제어(制御)해 보려는, 내적 갈등에서가 아니었던지 모를 일이다. 문벌 세가(文閥世家)의 적출(嫡出)로서 영달의 문이 높이 열려 있었음에도, 구태여 서출(庶出)의 문인들과 교유하며, 암암리에 큰 꿈을 실현하려 하다가, 뜻을 이루지 못한 채 형장의 이슬이 되고 말았으니 아까운지고!

허균(許筠, 1569~1618, 선조 2~광해군 10) 문신·시인·소설가. 자 단보(端甫). 호 교산(蛟山)·성소(惺所). 본관 양천(陽川). 엽(曄)의 아들. 성(筬)·봉(篈)·난설헌(蘭雪軒)의 아우. 예조·호조참의, 좌참찬 등 역임. 당시의 모순된 사회제도에 반대, 서출(庶出)의 문인들과 혁명을 꾀한 혐의로 처형됐다. 시문에 뛰어났다. 저서로 《홍길동전》은 국문소설로 유명하고, 그 밖에 《성수시화(惺叟詩話)》, 《성소부부고(惺所覆瓿稿)》 등 많다.

답답한 이 심사

허균

지친 새는 어느 제나 둥지로 모여들랴?
외로운 구름 또한 돌아오지 아니하네.
뜬 이름을 좇느라 흰머리는 자라나고
돌아간다 간다면서 청산을 저버렸네.
하고 한 세월을랑 의자에서 뭉게이고
넓으나 넓은 천지 문지기로 들어 있네.

새 시는 운율에 얽매이지 않았으니
잠시 이로써나마 주름살을 펴보노라.

倦鳥何時集　孤雲且未還
浮名生白髮　歸計負青山
日月消穿榻　乾坤入抱關
新詩不縛律　且以解愁顔
〈有懷〉

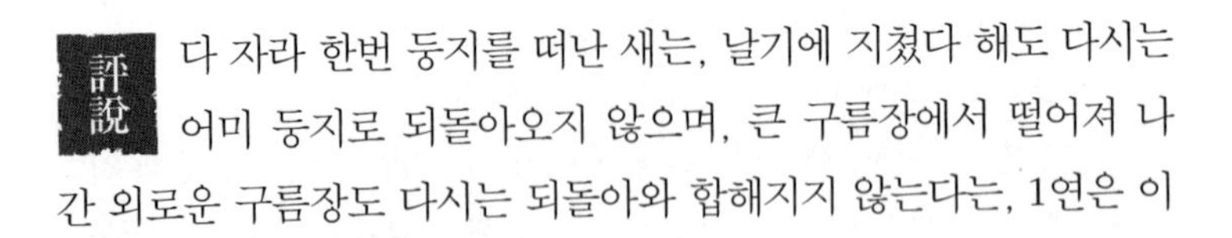
評說 다 자라 한번 둥지를 떠난 새는, 날기에 지쳤다 해도 다시는 어미 둥지로 되돌아오지 않으며, 큰 구름장에서 떨어져 나간 외로운 구름장도 다시는 되돌아와 합해지지 않는다는, 1연은 이

穿榻(천탑) 의자가 뚫어짐. 한 자리에 너무 오래 머물러 있음을 이름.
抱關(포관) 문지기. 하찮은 벼슬을 이름.

상의 세계를 좇아 한없이 달리는 그의 꿈이요,

부질없는 명예 따위를 좇아 골몰하느라 머리가 세고, 하찮은 벼슬 버리고 자연으로 돌아가리라 입버릇처럼 뇌면서도, 필경 청산과의 약속을 저버리고 말았다는 2연은, 동경하는 곳이 따로 있건만 차마 떠나지 못하고 현실에 맴돌고 있음의 자탄이다.

아까운 세월은 의자에 구멍이 날 만큼 노상 앉은 자리에서 뭉그적거리고, 넓으나 넓은 천지간에 한 문지기와도 같은 하찮은 벼슬자리에 안주(安住)하고 있다는 제3연은, 내게 주어진 귀중한 시간과 공간을 헛되이 엉뚱한 곳에 소비하고 있다는 한탄이다.

이렇듯 그는 어느 청산(이상향)을 그리어 새처럼 구름처럼 훨훨 날아가길 염원하면서도, 부질없는 이름과 어쭙잖은 벼슬에 얽매어, 속절없이 꿈을 압살(壓殺)하고 있는 자신이 너무나 한심한 것이다.

이런 답답한 심사를 달랠 길 없어, 시로써나마 답답한 회포를 풀어 봄으로써 잠시나마 시름겨운 얼굴을 펴 보는 느낌이다. 더구나 새로 짓는 이 시는, 종래의 율격(律格)에 얽매이지 않은, 이른바 '조선시'이기에 더욱 그러하다.

이상은 한 가슴에 공존하고 있는, 이상 실현과 현실 안주 사이, 웅비의 야망과 전통의 수구 사이의 갈등으로, 그의 걸작 〈홍길동전〉을 회임 출산하기까지의 입덧이요 산고(産苦)였던 것이라 할 만도 하다.

이처럼 그의 가슴에는 상치되는 두 생각의 갈등과 고민 속에서도, 될 수 있는 대로 과격을 제어하여 마음을 한가롭게 가지려는 노력도 적지 않았으니, 그의 〈청한록(淸閑錄)〉 가운데의 한 구절, "한

不縛律(불박률) 한시를 지음에 있어 지켜야 할 염(簾). 곧 소정된 평측(平仄)이나 구법(句法) 따위에 얽매이지 아니한.

가한 사람이 아니고서는 한가로운 마음을 얻을 수 없나니, 그러므로 한가한 사람이란 등한한 사람과는 다른 것이다(不是閑人閑不得 閑人不是等閒人)" 한 것을 보면, 얼마나 한아(閒雅)한 선비 마음으로 수양하려는 의식적인 노력도 적지 않았음을 짐작해 볼 수 있다.

이는 다음 작품 〈혼자 앉아서〉에서 더욱 그 심충(深衷)을 엿볼 수 있을 것 같다. 한때 불교에 심취하였던 것도 실은 자신의 과격한 성격의 병폐를 자인한 나머지의, 자기 처방이었으리란 짐작도 든다.

경 몇 권, 향연 한 올, 소릿기 없는 방 안
도사의 집인 양 쓸쓸코 적적하다.

經卷(경권) 경전(經典).
爐薰(노훈) 향로에서 피어나는 향내.
不譁(불화) 시끄럽지 않음.
蕭然(소연) 쓸쓸한 모양.
羽人(우인) 신선. 도사(道士).
烘(홍) 쪼임.
梅蘂(매예) 매화의 꽃술. 또는 매화꽃.
撲戶(박호) 지게문을 두드림.
輕颸(경시) 슬쩍 지나가는 서늘바람.
鄴瓦(업와) 기와로 만든 벼루.
兎翰(토한) 붓의 딴 이름. 위(魏)의 조식(曹植)의 악부(樂府)에 "墨出靑松煙 筆出狡免翰" 이라 있다.
焦坑(초갱) 차(茶) 이름. 초갱다.
方熟(방숙) 바야흐로 약이 오름.
龍茶(용다) 상품차(上品茶)를 이르는 말.
休言(휴언) ……라 이르지 마라.
趁(진) 따름. 여기서는 넘나듦.
兩衙(양아) 두 방. 곧 벌의 집과 나의 집. '蜂衙'는 벌통. 벌집〔蜂房〕. 봉소(蜂巢).

축대의 따뜻한 볕 매화꽃을 쪼이고
지게에 부딪는 바람 버들개지를 흩는다.

벼루 오래 말랐으니 붓을 던졌음이요,
초갱다 약오르니 귀한 맛을 보리로다.

외진 곳이라 오는 이 없다 마라
산 벌 있어 두 집을 넘나드나니—.

經卷爐薰寂不譁　蕭然如在羽人家
當階暖日烘梅蘂　撲戶輕飔墮柳花
鄴瓦久乾抛兎翰　焦坑方熟試龍茶
休言地僻無來往　自有山蜂趁兩衙

〈獨坐〉

규원

조신준

갈바람에 나뭇잎이 이울어지듯,
눈물 흘러 홍안(紅顔)도 시들어졌네.
수척해진 몰골이야 임 탓이련만
임이 정작 돌아와선 나를 버리리—.

金風凋碧葉　玉淚銷紅頰
瘦削只緣君　君歸應棄妾
〈閨怨〉

評說 가을 들어 찬 서릿바람이 불면 푸른 나뭇잎도 이울어 떨어지듯, 임 그리워 흘린 하고 한 눈물로 말미암아, 아리땁던 홍안 미색도 시들어 수척한 몰골이 되고 말았다. 따져 보면 이는 전적으로 임 때문에 일어난 일이건만, 그러나 임이 돌아와서는, 수척해진 내 몰골 볼품사납다며, 도리어 나를 내칠 것이 뻔하다는 걱정이

金風(금풍) 서풍. 가을바람. '金'은 오행으로 '西'.
瘦削(수삭) 야윔. 수척함.

| **조신준(曺臣俊, 1573~?, 선조 6~?)** 문신. 자는 공저(公著). 호는 영내(寧耐)·무민(無悶). 본관 가흥(嘉興). 차운로의 문인. 문과. 찰방(察訪) 부사(府使) 등 역임. 저서에 《영내유고》, 《송도잡기(松都雜記)》 등이 있다.

다. 과연 그러했다면, 세상에 이런 폭거(暴擧)가 어디 또 있다 하랴?

괴팍하고 매몰찬 남편의, 이 부조리 불합리한 가정 처사에 기대어, 임금과 나라를 위하여 충절을 다해 온 충신을, 자기 기호에 맞지 않는다 하여, 일조에 내치는 독재 폭군의 배리(背理)를 넌지시 풍자 고발한 내용이다.

못 잊는 정

금각

보내고 못 잊는 정 광풍이랑 뒤좇다가
강나루 푸른 버들 실가지에 걸리었네.
연사(烟絲)여! 내 맘 알거든 임의 옷이나 잡아 주렴.

送君心逐狂風去　去掛江頭綠柳枝
綠柳能知心裏事　烟絲强欲繫郎衣

〈楊柳詞〉

評說 녹류지(綠柳枝)에 부치는 춘정(春情)이다.

이는 속 깊이 감추고 있는 어느 특정인에의 연정의 노출을 기피하거나 호도하기 위하여, 또는 자신의 상대에 대한 짝사랑을, 상대의 자신에 대한 연정으로 뒤바꿈으로써, 스스로 황홀한 환상에 젖어 보는 보상 심리(補償心理)에서, 흔히 쓰던 고래의 수법을 따라, 남녀의 처지를 뒤바꾸어 놓은 내용이다.

작자는 그의 스승인 허봉의 딸을 깊이 연모하다 병이 되어 18세

心逐(심축) 마음속으로 좇아 따라감.
狂風(광풍) 미친바람.
心裏事(심리사) 마음속의 일. 속사정.
烟絲(연사) 수양버들의 가는 가지를 이름. 이른 봄, 연초록 수양버들의 길게 드리운 실가지들이, 푸른 연기같이 아지랑이같이 바람에 일렁이는 원경을 형용하여 이른 말.
强欲(강욕) 억지로라도 ……하고지고.
繫郎衣(계낭의) 낭군의 옷을 붙잡아 맴.

꽃다운 나이로 한세상을 끝마친, 한 많은 총각이었다고도 하니, 그렇다면, 이 시야말로, 바로 그 가슴앓이하던 당시 정념의 불길이 아니고 무엇이랴?

온갖 나무 중에서도 맨 먼저 봄을 알아, 초록 단장으로 연심(戀心)을 부채질하는 수양버들! 올올이 물올라 부드러운 실가지의, 꽃샘바람에 미친 듯 몸부림치는 그 천사만사(千絲萬絲)는, 카락카락 풀어 헤친 그 임의 숱 많은 긴 머리채인 양도 하고, 혹은 춤추는 그 임의 치맛자락인 양도 하여, 마음으로 떠나보내려는 그 임을, 한사코 못 잊게 일깨우며 부추기며 충동인다.

"아, 실버들이여! 그 연기 같은 천만사(千萬絲)로 내 마음을 사로잡듯, 가는 임의 마음 자락이나 붙잡아 매어 주렴."

속절없는 사랑이라 잊어야 한다는 도덕적 강박 관념은, 차라리 가혹한 형벌인 양한데, 아무리 잊으려 잊으려도, 새록새록 되살아나는 불길은 끌 길이 바이없어, 부질없이 부려 보는 실버들에의 지다위이다.

화풍병(花風病)이 이미 이리도 위중하거니, 그 몸이 어찌 보전되기를 바랄 수 있으리요? 아깝다, 그 천성으로 다감하고도 박복한 총각이여!

끝으로, 그의 슬프고도 애달픈 사랑의 노래 〈공후원〉 한 수를 옮겨 본다.

이는 고조선 때의 여옥(麗玉)이 지은 〈공후인(箜篌引)〉의 한역 시:

公無渡河　公竟渡河
墮河而死　將奈公何

를 부연한 내용이다.

황하(黃河) 용문(龍門) 지날 제
떠들썩한 놀란 물결
갠 날에 벼락인 양
우레·번개 섞어 치니
어룡(魚龍)도 시름이요
물귀신도 울음 운다.

공후의 저 원한은
그 누구를 원(怨)함인가?
머리카락 풀어 헤친
미친 바보 늙은이여!
강물 굽이굽이
험함이 이렇거든
잡은 옷 뿌리치고
뛰어드니 어찌할꼬?
아무도 못 말리고
아내 홀로 가로막네.

임아 건너지 말랬지만
임은 기어코 건너가네.
사나운 호랑이야
때려 잡도 하려니와
황하를 걸어 건넘
아니 죽고 어이하리?
임은 바다로 떠내려가고
이 몸만 홀로 강가에 있네.

강가와 바닷가……!
한 곡조 공후의
그지없는 슬픔이여!
아! 공후 공후
슬픈 원한 풀자 한들
그 원한 곡조 속에
길이길이 못 잊는 정,
무리 잃은 외기러기
슬피슬피 우는 밤에
짝을 여읜 외론 난새
애처로운 그 소릴다.

강물도 이로 하여
파랑(波浪) 죽여 고요하고
은하도 이로 하여
흐리락 개락 한다.
강물이야 차라리
막을 수나 있다손
이 원한 어느 때에야
다할 날이 있으리?

黃河觸龍門　白日驚濤喧　霹靂相豗　雷奔電擊　魚龍愁馮夷泣　箜篌怨怨何人　被髮叟狂而癡　其險也如此　拂衣臨流欲奚爲　人不止兮妻止之　公無渡兮苦渡之　搏猛虎尙可　憑河應溺死　公流海之湄　妾在河之涘　河之涘海之湄　一曲箜篌無限悲　箜篌箜篌寫哀怨　哀怨曲中長相思　離群獨雁酸嘶夜　失雄孤鸞哀其聲　河

水爲之靜其波　河雲爲之陰且晴　長河尙可捧土塞　此怨何時有終極

〈釣臺寃稿-箜篌怨〉

| **금각**(琴恪, ?~?) 자 언공(彦恭). 본관 봉성(鳳城). 허균(許筠)의 막역한 시우(詩友)이며, 허봉(許篈)의 애제자(愛弟子)였으나, 18세의 총각으로 요절하였다. 유고집《조대원고(釣臺寃稿)》가 있다.

봄날의 기다림

송희갑

물가엔 실버들
산엔 진달래,

그립고 보고 싶어
장탄식하다,

억지로 막대 집고
문에 나 보니,

이 아이 아니 오고
봄날은 지네.

岸有垂楊山有花　離懷悄悄獨長嗟
强扶藜杖出門望　之子不來春日斜

〈春日待人〉

작자는 일찍부터 시재(詩才)가 특출하여, 강화에 우거하던 석주 권필의 문하에서 각별한 사랑을 받다가, 아깝게도 요

山有花(산유화) 산에 꽃이 피어 있다는 뜻인 한편, 시집살이의 구박에 못 견디어 낙동강에 투신한 슬픈 아낙의 사연을 노래한, 경북 예천 지방 민요의 제목이기도 하다.

절한 불우한 시인이다. 그러므로 이 시는 자신의 체험 감정을 읊은 것이 아니라, 객지에 나가 있는 자신의 돌아옴을 기다리고 있을 부모의 처지에서 읊은 대리 감정이라 보아야 할 것 같다. 큰 명절 전날, 또는 아무 날 돌아가기로 예정되어 있는 그 날짜를 부득이한 일로 어기게 된 그날, 늙은 부모의 의려지망(倚閭之望)을 이렇게 애타해한 것이 아닌가 여겨진다.

'수양버들'과 '진달래'는, 가장 먼저 봄을 알리는 우리네 산천의 대표적인 홍록(紅綠)이다. 한편 수양은 이별의 상징이요, 산유화는 서러운 사연을 담고 있는 우리 민요이기도 하여, 이 작자에게는 그 모두가 한 가닥 감상물(感傷物)로 비쳤음 직하다.

오리란 그날은 이른 아침부터 이제나저제나 눈이 감도록 기다리는 긴 한낮을 거쳐 석양 무렵이 되었는데도 기척이 없자, 억지로 지팡이에 의지하여 동구 밖까지 나간다. 여문(閭門)에 기대어 오는 길목을 감감히 지켜보고 있은 지도 한참이나 되었건만, 이 아이 오지 않고, 봄날의 긴긴 해도, 이젠 설핏이 기울어 가고 있다.

낙심하는 양이 역력한 부모님의, 그 무슨 일이나 있어서가 아닌지, 온갖 사위스러운 상상에 시달리고 있는, 그 모습이 여운 속에 선하다.

離懷(이회) 이별의 회포. 그리움.
悄悄(초초) 가엾어하는 모양. 걱정하는 모양.
長嗟(장차) 길이 탄식함.
藜杖(여장) 명아주 대궁이로 만든 지팡이. 가벼워서 노인들에게 애용되었다.
出門望(출문망) 이문(里門) 밖으로 나가 오는 길목을 바라봄. 의려지망(倚閭之望).
之子(지자) 이 아이. 출가한 아이.

| **송희갑(宋希甲)** 생몰년 미상. 본관은 은진(恩津). 석주 권필의 애제자로, 요절한 시인이다. 조찬한이 지은 《송생전》에 그의 편모가 전한다.

봄 시름

박엽

진홍 꽃 연초록 풀
아침 햇살 머금어

꾀꼬리 제비 소리
남의 애를 태우는데,

함초롬 이슬에 젖은
비취빛 이끼 위엔

눈 내리듯 살구꽃
연지 곤지 향기롭다.

妖紅軟綠含朝陽　鶯吟燕語愁人腸
苔痕漬露翡翠濕　杏花樣雪臙脂香

〈傷春曲〉

評說 상춘곡(賞春曲) 아닌 상춘곡(傷春曲)으로, 아내를 여읜 봄의 애상(哀傷)이다. 그러나, 승구의 '愁人腸' 석 자가 없었던들 어느 구석에 그런 슬픈 사연이 서려 있느냐고 반문할 만큼, 전편이

妖紅(요홍) 아리따운 붉은빛. 꽃을 이름.
軟綠(연록) 연한 초록색. 신록의 새 잎을 이름.

한결로 화사하기만 하다.

봄은 맹동의 계절, 초목 군생들이 다 양기 발동하여, 짝을 부르고 염용(艶容)을 자랑하는 사랑의 계절이다. 그러나, 이 작자는 봄이 아름답고 화사할수록 외로움과 슬픔은 반비례로 짙게 그늘져 옴을 어찌하지 못해하고 있다.

아침 햇살을 머금어 더욱 영롱해진 붉은 꽃 푸른 잎, 작자는 문득 '녹의홍상'의 황홀한 색조를 떠올린다. 꾀꼬리·제비의 저 수다스러움은, 벗 부르고 짝을 불러 서로 만나 즐기는 생의 찬미이겠지만, 어쩌면 저 요설(饒舌)꾼들은, 저들의 사랑을 과시하여 외로운 사람을 용용 약 올리며 조롱이라도 하고 있는 듯, 괜히 수란해진다. 아침 이슬에 촉촉이 젖어, 마치 여인의 장신구인 비취옥처럼 새파란 이끼, 그 이끼로 뒤덮인 뜰엔, 하롱하롱 내려앉는 눈송이처럼, 연지 찍듯 곤지 찍듯 떨어져 내려 쌓는 연붉은 살구꽃 낙화! 그 낙화의 꽃향기에서 연지 분내를 환각하는 작자! 어느덧 봄 경치 위엔 꿈처럼 연하처럼 오버랩되는 영상—녹의홍상에 연지분 향내 산뜻한, 신혼 당시 아내의 영상이 차츰 선명하게 클로즈업되어 나타난다.

갱장(羹墻) 현상이다. 이러한 현상을 빚게 한 것은, 말할 것도 없이 이 한 편의 시에 빼곡히 들어차 있는 휘황한 소재들의 환상적인 상호 작용에 의함이다.

무척 감각적이다. 우선 시각적인 색채만도 보라, 빨강, 초록, 비

鶯吟(앵음) 꾀꼬리의 노래.
燕語(연어) 제비의 지저귐.
愁人腸(수인장) 사람의 마음을 시름겹게 함.
苔痕(태흔) 이끼 자국.
漬露(적로) 이슬에 적심.
翡翠(비취) 짙은 초록빛. 비취색.
臙脂(연지) 화장용품의 한 가지. 연지.

취, 분홍, 설백(雪白), 게다가 간접적이기는 하나 꾀꼬리의 노랑, 제비의 까망 등, 전편이 진한 색조로 농염(濃艶)하다. 거기다 승구의 청각, 전구의 촉각, 결구의 후각 등, 거의 모든 감각이 총동원되어 있음을 본다. 곧 이 시의 특색은, 농염한 시어(詩語), 기교를 다한 수사(修辭), 다채로운 감각, 환상적인 이미지 등이다.

그의 시격(詩格)은 허균(許筠)과 혹사(酷似)하여 가끔 사람들을 헷갈리게 했다는 일화도 있다.

박엽(朴燁, 1570~1623, 선조 3~인조 1) 문신. 자 숙야(叔夜). 호 국창(菊窓). 본관 반남(潘南). 함경·황해도 병마절도사, 평안도 관찰사 등 역임. 시명이 있었다.

새벽길

임숙영

나그네 새벽길에 오르면
진작 하늬바람을 타게 되네.

달 진 뒤에야 첫닭이 울더니
새벽 추위에 물안개 인다.

외딴 주막엔 맞다듬이 소리
빈 숲에는 벌레들 노래…….

아! 가엾다. 천 리 밖 몸이
뿌리 뽑힌 쑥대로 길이 떠돎이여!

客子就行路　早乘西北風
鷄聲月落後　水氣曉寒中
孤店鳴雙杵　空林語百蟲
自憐千里外　長作一飛蓬

〈早行〉

評說 첫닭도 울기 전에 새벽길을 나선다. 물안개 이는 추위 속, 옷자락 펄럭펄럭 하늬바람에 이끌리며 등떠밀리며, 바람에 몰려가듯 허공에 뜬 발길, 숫제 바람을 타고 하늘을 달리는 느낌이다.

이윽고 달은 지고, 이어 첫닭이 우는데, 불빛이 빤한 외딴 주막에는 도드락도드락 자지러지는 맞다듬이 소리가 들려오고, 그 장단 가락에 맞추듯이, 나뭇잎 져 버린 빈 숲길에는, 온갖 가을벌레들의 합창이 들려온다. 생각하니 스스로 가엾다. 이 천 리 타향에서, 뿌리째 뽑혀 버린 다북쑥 모양으로, 이리 굴리고 저리 날리며 정처 없이 떠도는 자신이 —.

무슨 일 그리 바빠, 하늬바람을 타고 새벽길을 달리는 나그네! 다북쑥 신세라 한탄한다만, 그 시정(詩情)이리도 밝음에 마음 적이 놓인다.

다음은 동햇가에서 가을바람에 부쳐 온, 영동 나그네로서의 향수도 아울러 들어 보자.

여러 해 고생스런 길먼지에 찌들었거니
또 교주를 향해 나루를 물어 감이여!

시름일레. 저무는 가을은 원수인 양 두렵고
취해선 밝은 달일랑 임인 양 사랑하나니,

다락에 올라선, 강산 먼 데 와 있음을 깨닫고

早行(조행) 아침 일찍 길을 떠남.
客子(객자) 나그네.
就行路(취행로) 길 떠남. 여행길에 오름.
西北風(서북풍) 서북쪽에서 불어오는 바람. 하늬바람.
孤店(고점) 외로운 주점(酒店).
雙杵(쌍저) 다듬이. 다듬이질함.
自憐(자련) 스스로 가엾이 여김.
飛蓬(비봉) 뿌리 없이 굴러다니는 쑥. 정처 없이 떠돌아다님의 비유. 전봉(轉蓬).

경물(景物)을 바라보곤, 계절 바뀜에 자주 놀란다.

만 리 밖 지친 나그네, 돌아가지 못하나니
동햇가 가을바람이 고향 꿈을 불어 깨우네.

多年苦厭路岐塵　又向喬州試問津
愁怯暮秋如大敵　醉憐明月若佳人
登樓漸覺江山遠　覽物頻驚節候新
萬里倦遊歸未得　西風吹夢海東濱

〈嶺東歸思〉

| **임숙영**(**任叔英, 1576~1623, 선조 9~인조 1**) 문신. 자 무숙(茂叔). 호 소암(疎庵). 본관 풍천(豊川). 광해군 3년 별시 문과에 응시, 대책문(對策文)에서 척신(戚臣)의 무도함을 공박하여 왕의 노여움을 샀으나, 영의정 이항복(李恒福)의 무마로 병과에 급제, 지평(持平) 등 역임. 부제학(副提學)에 추증. 문장이 뛰어나고 경사(經史)에 밝았다. 저서에 《소암집》이 있다.

밤에 앉아

김상헌

높은 가지에 바람 설레니
위태로운 둥지의 까치가 춥다.

달빛은 창에 부딪혀 부스러지고
산 기운은 가슴에 들어 허허로운데,

한평생 외롭고 쓸쓸한 심사
여읜 임들의 삼삼한 얼굴!

온갖 시름 아울러 한 몸에 품고
외로이 앉았네, 밤이 맞도록—.

高樹涼風動　危巢露鵲寒
月華當戶碎　山氣入懷寬
落落生平志　依依死別顔
一身兼百慮　孤坐到宵殘

〈夜坐〉

천사만려(千思萬慮)로 지새우는 가을밤의 상념(想念)이다.
잎도 이미 져 버린 높은 나뭇가지에 서느러운 바람이 설레는 밤, 나목(裸木) 꼭대기에 위태로이 노출되어 있는 둥지의, 이슬

맞은 까치도 저 바람에 씻기우기 오죽 추우랴 싶다. 일종의 대리 감정(代理感情)이다. 이런 살뜰한 동정은, 필경 저 까치나 다름없는 외롭고 쓸쓸한 자신에의 연정(憐情)에서일지도 모른다.

사람은 부귀영화나 권세의 유무에 상관없이, 지극히 고요한 때, 지극히 그윽한 마음의 눈이 떠지게 되면, 문득 자신이 고독한 존재임을 인식하게 된다. '혼자'라는 깨달음! 가신 임도 혼자 갔다. 누구나 종말에는 혼자 가야 하는, 외로운 단독자(單獨者)임을 깨닫게 된다.

한 생애를 살다 보면 사랑하는 이와의 사별은 갈수록 늘어나게 마련이다. 부모 처자 친지……, 당해서 못 당할 일 없다는 속담대로, 차마 못 당할 일도 당하며 산다. '사노라면 잊힐 날 있으리라'지만, 세월이 암만 가도 안 잊히는 얼굴 있음에야 어이하리. 눈에 삼삼 귀에 쟁쟁, 차마 잊지 못할, 불시에 떠오르는 얼굴들! 혹은 장면 장면의 생동하는 모습으로, 혹은 한 하늘을 가린 대사된 모습으로…… 선연히 명멸(明滅)하는 그리운 영상들!

가을바람 스산히 설레는 잠 아니 오는 달밤을, 이런 죽어 간 이들의 모습이나 떠올리며, 온갖 우수에 젖어 밤을 지새우고 있는 작자는, 천성 다정다감한 정한인(情恨人)임에 틀림없다.

危巢(위소) 높은 곳에 있는 새의 둥지.
露鵲(노작) 잎이 진 가지에 노출(露出)되어 있는 까치. 또는 이슬에 젖은 까치.
月華(월화) 달빛. 월광(月光).
當戶碎(당호쇄) 창호(窓戶)에 부딪혀 부서짐.
山氣(산기) 산기운. 산간 특유의 싸늘한 공기.
入懷寬(입회관) (호흡으로) 체내에 들어 가슴속이 넓어짐.
落落(낙락) 외롭고 쓸쓸한 모양.
生平(생평) 평소(平素).
依依(의의) 차마 잊지 못하는 모양.
兼百慮(겸백려) 온갖 걱정을 아울러 가짐.
到宵殘(도소잔) 밤이 샐 때까지. 밤새도록.

청(淸)의 시인 왕사정(王士禎)은 《어양시화(漁洋詩話)》에서, 청음(淸陰)의 가구(佳句) 몇을 열거하고는 "과연 조선이 시를 아는 나라로다" 하며 탄복했고, 신위는 《논시절구》에서 그 사실을 들어 "나라를 빛냈다"고 기리었다.

시조 3수가 전하는데, 병자호란 후 척화신(斥和臣)으로 청에 잡혀 갈 때에 부른 "가노라 삼각산아 다시 보자 한강수야……"는 널리 알려진, 그의 애절한 심사의 절조(絶調)이다.

그의 다정다감은 〈길가의 무덤〉에도 미쳐 있음을, 다음에서 음미해 보자.

길가에 묵어 있는 외로운 저 한 무덤
자손은 어디 가고 돌사람 한 쌍만이
그 오랜 풍상을 지켜 떠날 줄을 모르는고!

路傍一孤塚　子孫今何處
惟有雙石人　長年守不去
〈路傍塚〉

끝으로, 관계(官界)를 떠나려도 차마 떠나지 못해, 고민하는 심사를 부친 〈못 떠나는 마음〉 한 수를 더 옮겨 본다.

늙으니 임의 은혜 더욱 무거워
밭이나 갈자던 뜻 어그러지네.

시세 바룰 묘책이라 무엇 있으리?
마음 달래려도 시도 없는 채

아름다운 시절은 훌훌이 가고
풍류로운 놀이는 분명 글렀네.

봄 오는 길목의 실버드나무
스스로 눈썹 펴는 네가 부럽다.

到老君恩重　歸田宿計非
匡時那有策　遣興亦無詩
佳節騰騰過　淸遊歷歷違
春來楊柳樹　羨爾自舒眉
〈次玄悟詩卷韻〉

| **김상헌**(金尙憲, 1570~1652, 선조 3~효종 3) 문신·학자. 자 숙도(叔度). 호 청음(淸陰). 본관 안동(安東). 대제학, 각조의 판서 역임. 병자호란에 척화(斥和)를 주장하여 3년간 심양(瀋陽)에 잡혀가 억류됨. 귀국 후 좌의정을 지냈다. 시문을 잘했으며 글씨도 잘 썼다. 저서에 《청음집》, 《야인담록(野人談錄)》, 《남한기략(南漢紀略)》 등이 있고, 시조 4수가 전한다. 시호는 문정(文正).

귀거래

김상헌

현명한 인 낌새를 미리 알아서
나아가든 물러나든 재빨리 하네.

소문산에 휘파람 분 손등은 물론
장한 또한 어찌 현명하지 않으랴?

언제나 그 천성을 보전해야만
주어진 한 평생이 온전해지리.

사람이면 사람 도를 좇을지언정
어찌하여 신선 되길 바랄 것이랴?

인생 길 험난하다 이르지 마라.
귀거래면 만사가 편안할 것을—.

君子貴知微　行藏無後先
蘇門固已高　張翰豈不賢
終始保厥性　乃得全其天
人生適吾道　何必慕登仙
莫言行路難　歸來方坦然

〈次竹陰韻〉

評說 현명한 사람은 사물이 맹동하는, 그 은미(隱微)한 낌새를 재빨리 알아차리고 미리 대처하는 일이 소중하니, 이를테면 세상이 어지러울 기미가 나타나기만 하면, 선후를 따질 것 없이 벼슬에서 물러나는 일이 현명한 일이다. 보라! 손등이나 장한은 그 낌새를 미리 알아차렸기에 그 즉시로 벼슬을 버리고 자연으로 돌아갔으니, 어찌 현명하다 하지 않겠는가?

사람은 언제나 사람으로서의 타고난 성품을 온전히 할 줄 알아야 일생(一生)을 온전하게 할 수 있는 것이다. 뿐만 아니라, 사람으로 태어났으면 마땅히 인륜 도리를 다해야 하겠거늘, 어찌하여 분에 없는 신선 되기를 바란단 말인가? 인생 길 험난하다 불평만 늘어놓을 것이 아니라, 부질없는 일체 욕망 끊어 버리고, 대자연으로 돌아가기만 하면 인생이란 얼마나 즐거운 것이며, 인생 길 또한 평탄한 길인가를 비로소 알게 될 것이다.

벼슬자리에 연연하지 말고, 행장(行藏) 진퇴(進退)의 시기(時機)를 기민하게 포착하여 현명하게 처신할 것을 권고하고 있다.

이는 벼슬자리가 높으면 높을수록 명철보신(明哲保身)하는 기민함 없이는 유배(流配), 사사(賜死) 등 신명을 보전하기 어려움에서 터득하게 된, 일종의 난세철학(亂世哲學)인 것이다.

貴知微(귀지미) 일이 드러나기 전, 그 은미(隱微)하게 싹틀 때 미리 알아차림이 소중하다는 뜻.
行藏(행장) 세상에 나가 벼슬하는 일과 물러나 은거하는 일.
蘇門(소문) 云云(운운) 진(晉)의 은사(隱士)인 손등(孫登)의 휘파람 소리가 청고(淸高)하다는 뜻으로, 세속을 떠나 마음을 맑게 함을 이름.
張翰(장한) 云云(운운) 진(晉)의 장한이 가을바람이 불자 고향의 순채나물과 농어회 생각이 나서, 벼슬을 그만두고 고향으로 돌아가니, 그 또한 현명하다는 뜻.
吾道(오도) 유생(儒生)들이 유교(儒敎)의 도(道)를 이르는 말. '적(適)'은 좇음. 따름.
坦然(탄연) 평탄한 모양.

피리 소리

박계강

해맑은 석양 밖, 느릿 걷는 먼 마을길,
한 가락 울려 퍼지는 소 등의 피리 소리,
온 산의 가득한 구름을 불어 헤쳐 버리네.

澹澹夕陽外　遲遲過遠村
一聲牛背笛　吹破滿山雲
〈山行聞笛〉

評說 저물어 가는 산촌의 목가(牧歌) 풍경이다.
번져 가는 산그늘에 점차 먹혀 들어가고 있는, 해맑은 석양 권외의 먼 마을길을, 느릿느릿 한가로이 걷고 있노라니, 어디선가 피리 소리가 들려온다.

한나절 산허리에 놓아 먹여, 불룩하게 부풀어진 소 등을 지그시 눌러 타고, 산마을로 돌아오며 부는 목동의 피리 소리일 것이다. 산천도 떠나가라 울려 퍼지는 그 소리의 너무나 당차고도 옹골찬 놀라운 음량과, 그 밝고 맑은 유량한 음색은, 온 골짜기에 가득 잠겨 있는 안개구름을 후련히 흩어 걷어치우는 듯, 천지가 개운하게 새

澹澹(담담) 깨끗한 모양. 고요하고 말쑥한 모양.
夕陽外(석양외) 석양이 비치는 경계의 밖. '外'는 권외(圈外).
吹破(취파) 불어서 깨뜨림.
滿山雲(만산운) 온 산에 가득히 잠겨 있는 구름.

로 밝아 오는 느낌이다.

승구는 시제(詩題)에 비추어 보아, '山行'하는 작자 자신의 행동이다. '피리 소리'에 '산천이 밝아 오는 느낌'은, 청각과 시각의 공감각적(共感覺的) 연대(連帶)에서 오는, 일종의 환시(幻視) 현상이니, 저 고경명(高敬命)의 "橫笛數聲江月白"이나, 이후(李垕)의 "橫將一笛聲 欲使靑山動"이 다 그렇다. 송강의 〈관동별곡〉의 한 대문: "고각(鼓角)을 섞어 부니 해운(海雲)이 다 걷는 듯"도 같은 현상이다. 그리고, 피리 소리의 놀랍도록 당찬 그 음량은, 정작 소리의 주인공인 목동의 존재를 시각적으로 봉쇄하여, 청각 인상의 분산을 억제한 데서 얻게 된, 소리의 가증폭(假增幅) 현상이라 할 만하다.

이러한 돋들림의 미묘한 현상을, 짐짓 확대, 능동(能動)케 한 '吹破滿山雲'의 결구는, 전편을 영활(靈活)케 한 명구 중의 명구이다.

| **박계강(朴繼姜, ?~?)** 위항 시인(委巷詩人). 호 시은(市隱). 유희경(劉希慶), 백대붕(白大鵬), 최기남(崔奇男) 등과 시사(詩社)를 이뤄, 풍류향도(風流香徒)라 불리었다.

월계

유희경

산은 우기 머금어
물연기 엷게 일고
푸른 풀 호숫가엔
해오라기가 존다.

해당화 꽃숲 사이로
길은 비스듬히 굽어드는데,
가지 가득 향긋한 꽃잎
채찍 서슬에 흩어지네.

山含雨氣水生煙　靑草湖邊白鷺眠
路入海棠花下轉　滿枝香雪落揮鞭

〈月溪〉

이 시는 강원도 양양 유람 길에서 얻은 것이라 자주(自注)해 있다.

주제는 만춘(晩春)의 여정(旅情)으로, 전반은 사실이요, 후반은

月溪(월계) 경기도 팔당~양수리의 옛 이름. 여기서는 강원도 동해안의 한 지명은 아닌지? '달내'?
雨氣(우기) 비가 올 듯한 기미.
湖邊(호변) 호수의 가.

낭만이다.

바람 한 올 없는 구름 낀 날씨, 산은 어둑어둑 우기로 그물어 있고, 물 연기 그윽이 서린 호숫가 풀섶에는 흰 백로가 느직이 졸고 있는, 이상 정적의 한낮이다.

여기 한 흰옷 차림의 나그네가 활태처럼 휘어드는 해당화꽃 아랫길을, 그야말로 '구름에 달 가듯이' 말을 채쳐 가고 있다. 가지마다 가득가득 흐드러진 꽃잎들이, 휘두르는 채찍 서슬에, 붉은 눈이 쏟아지듯 후루룩후루룩 떨어진다. 꼭지 짬이 제물에 돌려, 바람이 있었으면 진작 떨어졌을 것들이, 핑계 없어 못 지고 있다가, 채찍 바람 빌미 삼아 무더기로 쏟아지는 낙화다. 봄도 함께 여지없이 허물어져 가고 있는 것이다. "세월이……, 인생이……", 감겨드는 상념을 뿌리치기라도 하듯, 짐짓 채찍을 휘두르며, 끝없이 이어져 가는 꽃 사잇길을 한결로 달리고 있는, 이 나그네의 풍정(風情)을 짚어보라. 송강(松江)의 〈관동별곡〉의 한 대문:

명사(鳴沙) 길 익은 말이 취선(醉仙)을 비끼 실어, 바다를 곁에 두고 해당화로 들어가니, 백구야 나지 마라, 네 벗인 줄 어찌 아난?

과는 또 다른 풍미(風味)가 감돌고 있음을 보지 않는가? 마치 색향(色鄕)의 이색 지대(異色地帶)를 누비는 춘정(春情) 겨운 풍객(風客)과도 같은—.

白鷺(백로) 해오라기.
轉(전) 굽어 돎.
滿枝(만지) 가지에 가득함.
香雪(향설) 향기로운 눈. 지는 꽃잎의 형용.
揮鞭(휘편) 휘두르는 채찍.

해당화는 늦봄에 피어 그 봄과 함께 지는 꽃이다. 같은 장미과의 출신이지만, 인간의 애호 하에 있는 장미만큼의 귀품(貴品) 대접을 받지 못함은 물론, 마치 서출(庶出)인 양 야한 꽃으로 홀대하기가 일쑤다. 농염(濃艶)한 진홍빛에 진한 향기를 뿜는 이 정열의 꽃은, 혹은 홍등가(紅燈街)의 유녀(遊女)로 비유되기도 하나, 줄기며 가지에 밀생(密生)하여 있는 날카로운 가시는, 결코 그녀가 헤프거나 천골(賤骨)이 아님을 말해 주고 있다. 산야에 자생하여 스스로 자신을 지키자니 장미보다 몇 갑절이나 많은 가시가 필요했음에서이리라. 관목(灌木)이기는 하나, 나귀 탄 키가 묻힐락 말락 한 높이로 떨기를 이루고 또 숲을 이루어 자란다. 동해안, 특히 원산 부근의 명사십리는 고래의 명산지로 많은 시가에 오르내렸으니, 고려의 중 선탄(禪坦)의 "鳴沙十里海棠花 白鷗兩兩飛疏雨"란 시구가 있고, 이를 시조로 의역한 신위(申緯)의:

묻노라 저 선사야 관동 풍경이 어떻더니?
명사십리에 해당화 붉어 있고,
원포(遠浦)에 양량 백구는 비소우(飛疎雨)를 하더라.

도 그 하나다.

화창한 바람, 눈부신 햇살을 짐짓 피한 저의, 우기를 머금은 산의

| **유희경**(劉希慶, 1545~1636, 명조 1~인조 14) 명·선(明宣) 연간의 시인·학자. 자 응길(應吉). 호 촌은(村隱). 본관 강화(江華). 남언경(南彦經)의 문인. 효성이 지극했고, 예학(禮學)에 밝았다. 임란 때 의병을 모아 관군을 도왔으며, 광해군 때 폐모론(廢母論)을 반대하여 은거했다. 저서에 《촌은집》, 《침류대시첩(枕流臺詩帖)》, 《상례초(喪禮抄)》 등이 있다.

침묵, 엷은 물 연기 수면에 서려 있는 무풍 상태, 아니라도 한가로운 백로를 잠들게 하여, 시공(時空)을 온전히 정지 상태로 이끌어 간 의취, '청초(青草)'와 '백로(白鷺)'의 색조(色調), 하필이면 구부정한 길로 휘어들게 한 '轉'의 멋, 채찍 하나로 와랑차랑 달리고 있는 말이며, 말 탄 이의 끄떡자떡하는 몸짓까지 방불케 한 '편(鞭)'의 묘용(妙用) 등을 음미할 것이다.

깨진 거울

최대립

향로에 불 꺼지고
밤은 늦은데,
꿈 깬 빈집, 침병의
써늘함이여!

매화가지 끝에 걸린
고운 반달은
당시 깨진 거울의
그 한 쪽인 듯—.

睡鴨薰消夜已闌　夢回虛閣寢屛寒
梅梢殘月娟娟在　猶作當年破鏡看
〈喪室後夜吟〉

評說 어느 미궁(迷宮)에서 돌아 나오듯 희미하게 정신이 돈아난다. 꿈이었다. 오랜만에 만났던 아내의 모습 홀연 간 곳 없고, 덩그런 빈집에 썰렁하게 혼자 누워 있는 자신을 확인한다.

※ **題意** 아내를 여의고 밤에 읊음.
睡鴨(수압) 향로를 이름. 옛날 구리로 만든, 잠든 오리 모양의 향로. 수압로(睡鴨爐).
薰消(훈소) 훈향이 사그라짐.
夜蘭(야란) 밤이 늦음. 밤이 이슥함.

향로에 불 꺼진 지도 오래인 듯, 머리맡의 병풍마저 허허로이 느껴지는 이슥한 밤이다.

문을 열고 내다본다. 매화 핀 가지 끝에 연연한 반달이 걸려 있다. 매월(梅月)이 상조(相照)하는 깊은 봄밤이다.

그 맑고 고운 반달을 바라보고 있노라니, 그것은 마치, 아내와의 사별로 반 쪼개져 나간 거울의, 그 한 쪽인 듯, 아내의 얼굴로 겹쳐 보인다.

반야의 천공에, 그리움이 가득 고인다.

夢回(몽회) 꿈에서 돌아옴. 곧 꿈에서 깨어 의식이 돌아옴.
虛閣(허각) 빈집.
寢屛(침병) 머리맡에 치는 병풍. 머리 병풍.
殘月(잔월) 지새는 반달. 여기서는 이지러진 달. 조각달.
娟娟(연연) 아리따운 모양. 달빛이 맑고 밝은 모양.
當年(당년) 어떤 일이 있던 그해. 당시(當時).
破鏡(파경) (1) 부부 이별의 비유. 부부가 난리 통에 이별할 때, 거울을 쪼개어 각각 한 쪽씩 가졌던 것의 인연으로 훗날 재회하게 된, 진(陳)의 서덕언(徐德言)의 고사. (2) 이지러져 둥글지 못한 달. 조각달. 반달을 이름. 여기서는 (1), (2)의 중의.

| **최대립(崔大立, ?~?)** 위항 시인(委巷詩人). 자 수부(秀夫). 호 창애(蒼崖)·균담(筠潭). 본관 수성(隋城). 역관(譯官).

만청

최대립

산 아랜 산비둘기
비 개라 울고,
마을 가엔 개살구꽃
눈 온 양 희다.

구름 틈새 몇 군데나
햇발이 새나?
마을 집들 반반씩
켜졌다 꺼졌다…….

山下林鳩喚晴　村邊野杏如雪
幾處斜陽漏雲　人家一半明滅
〈中和途中晩晴〉

중화로 가는 도중에 목격한, 평화로운 한 마을의 인상이다. 비둘기는 가물 때는 환우조(喚雨鳥)이기도 하나, 장마 때는

林鳩(임구) 산비둘기.
喚晴(환청) "비야 개라, 비야 개라" 하며 욺.
漏雲(누운) 구름 터진 사이로 햇발이 내리쏘는 현상.
明滅(명멸) 켜졌다 꺼졌다 함.
中和(중화) 평안남도의 한 군 이름.

환청조(喚晴鳥)이기도 하다. 딴 민족의 귀에는 비둘기의 울음소리가 "구구구구 구구구구……"로 단조롭게 들리는 모양이나, 다정다감한 우리 선인들의 귀에는 "비들뜰뜰 비들뜰뜰, 계집 죽고 자식 죽고, 물가 전지(田地) 수폐(水廢)하고……, 비들뜰뜰 비들뜰뜰……" 이렇게 4분의 4박자의 구슬픈 가락으로 들려왔던 것이다. 모든 새들이 제 이름을 부르며 울듯, 저들도 그래서 '비둘기'로 된 것이리라. 이미 비 피해가 막대하다는 슬픈 사연을 늘어놓으면서 날이 개어 주기를 기원하는 비둘기! 비둘기는 우리 인간과 매우 친근한 사이임을 우리의 선인들은 민요로 전해 준다.

비둘기의 소원대로, 내리던 비도 그치고, 짙게 덮였던 구름이 조각나면서 그 터진 틈새를 비집고 석양 햇발이 지상으로 내리꽂힌다. 하늘과 땅 사이에 다리를 놓은 듯, 지척으로 가까워진 사이로 명멸하는 조명에 따라, 눈 내린 듯 살구꽃이 흐드러지게 피어 있는 한 마을의 집들이, 반반으로 켜졌다 꺼졌다를 되풀이하고 있다. 천공(天公)이 연출하는 이 진기한 우주 쇼를 보고 있노라니, 이 인간 세상이야말로 평화의 고장, 지상의 천국, 또는 장자 소위 무하유향(無何有鄕)인 양, 진실로 살 만한 아름다운 고장임을 깨닫게 해 주는 듯하다.

이호우(李鎬雨)의 시조 〈살구꽃 핀 마을〉이 생각난다.

살구꽃 핀 마을은 어디나 고향 같다.
만나는 사람마다 등이라도 치고지고!
뉘 집을 들어서면은 반겨 아니 맞으리?

승속(僧俗)이 함께 취해

이지천

세속을 떠났다 뉘 다 옳으며,
인간에 머무른다 뉘 다 그르리?

아무튼 우선 어서 술을 내오라.
취한 후에 함께 시로 말하세.

녹수는 응당 탈 없을 테고
청산이야 으레 어김없으니,

성긴 발일랑 일찍 걷으라.
비단 구름달이 눈썹 같으이—.

物外知誰是　人間問誰非
姑先催進酒　然後合言詩
綠水應無恙　青山定不違
疎簾宜早捲　雲細月如眉
〈次玄悟軸中韻〉

評說 출가했다 해서 누가 다 옳다고만 여기며, 속세에 머물러 있다 해서 누가 다 그르다고만 하랴? 필경은 사람 될 나름 아닌가? 아무튼 어서 술이나 내어 오게. 마시고 취한 후에 우리 시로

논하세그려.

우리의 벗은 자연이니, 녹수는 변하기 쉽다지만, 그건 일시적 부분적인 소견일 뿐, 대관하면 언제나 넉넉하고 유유한 탈 없는 그 흐름이요, 청산이야 원래 미더워 우리와의 신의를 저버릴 리가 없지—. 저 성긴 발일랑 일찌거니 걷어 올리는 것이 좋을 것이, 보라, 섬세한 비단 구름 사이로 미인의 눈썹 같은 초승달이 추파를 보내고 있지 않은가? 녹수, 청산, 섬운(纖雲), 미월(眉月)의 이 아름다운 밤을, 중이다 속이다를 떠나 우리 함께 즐겨 보세나!

승속(僧俗)이 함께 어우러진 마음과 마음의 만남이다. '속'이라지만 불가에 출가하지 않았다 뿐, 명리를 떠나 산수 운월(山水雲月)의 대자연을 즐김에 있어서야 서로 다를 바가 없으니, 더구나 술자리를 함께할 수 있는 이 호승(豪僧)과 은사(隱士)와의 한 마당 대작(對酌) 풍정(風情)이야, 실로 근사하다 할 수 있지 않은가?

※ **題意** 현오 스님의 시축(詩軸) 가운데의 운으로 차운(次韻)함.
物外(물외) 세상 물정을 벗어난 바깥. 여기서는 불가에 출가함을 이름.
姑先(고선) 아무튼. 우선.
進酒(진주) 술을 나숨. 곧 술을 가져다 드림.
疎簾(소렴) 성긴 발.
雲細(운세) 구름이 섬세함.

| **이지천(李志賤, 1589~?, 선조 22~?)** 자 탄금(彈琴). 호 사포(沙浦). 본관 여주. 광해군 때 문과에 급제. 벼슬은 우윤(右尹)에 이르렀다.

중구날 술에 취하여

백대붕

수유 꽂고 홀로
산에 취하다
빈 술병 베개하여
달에 누웠소.

"뭘 하는 놈이냐?"
묻지를 마오.
티끌 바람 흰 머리의
'전함노(典艦奴)'라오.

醉插茱萸獨自娛　滿山明月枕空壺
傍人莫問何爲者　白首風塵典艦奴

〈九日醉吟〉

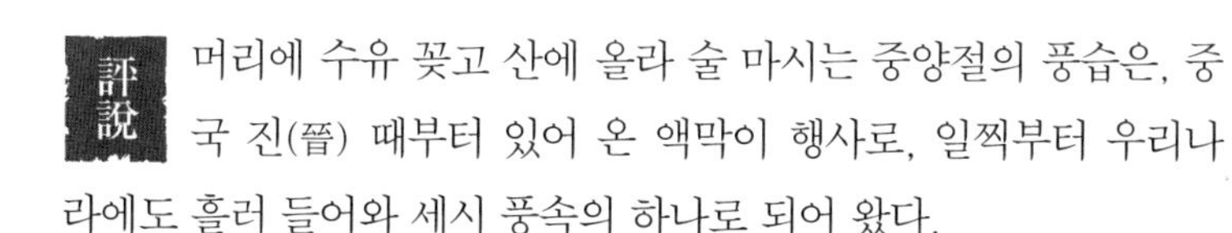

評說 머리에 수유 꽂고 산에 올라 술 마시는 중양절의 풍습은, 중국 진(晉) 때부터 있어 온 액막이 행사로, 일찍부터 우리나라에도 흘러 들어와 세시 풍속의 하나로 되어 왔다.

九日醉吟(구일취음) 9월 9일 중양절(重陽節)에 취하여 읊음.
醉插茱萸(취삽수유) 술에 취하여 산수유 가지를 꺾어 머리에 꽂음.
枕空壺(침공호) 빈 술 단지를 베개 삼아 벰.
傍人(방인) 옆에 있는 사람. 여기서는 옆으로 지나가는 사람의 뜻. 과방인(過傍人).

남들은 친구들끼리 또는 가족끼리 마시며 즐기는 명절놀이건만, 명절이라 해서 모처럼 얻어진 하루의 자유를, 술 메고 산에 올라 혼자 마시고 있는 작자이다.

혼자서 거듭거듭 마시다 보니, 어느덧 해는 지고 달이 밝다. 드디어 술은 바닥나고 몸은 곤드레만드레다. 어쩌랴. 쓰러지는 빈 술병 베개 삼고 달빛 휘영청한 청산에 벌렁 누워 버린다.

한 잔 한 잔 혼자 권해 마시지마는
술 다하면 빈 병이랑 함께 쓰러져

一觴雖獨進　杯盡壺自傾

버리는 도연명(陶淵明)의 취태(醉態)이다.

취하여 공산에 누웠노라니
하늘땅이 그대로 요이불일다.

醉來臥空山　天地卽衾枕

이태백의 이런 호기를 연상케도 한다.

하늘을 이불 삼고
땅을 요 삼아

風塵(풍진) 바람에 날리는 티끌. 바람과 티끌.
典艦奴(전함노) 전함사(典艦司)에 딸린 노복(奴僕). 전함사는 조선 때 함선(艦船)에 관한 일을 맡아보던 관청. 사수감(司水監)이라고도 한다.

달등촉 밝히고
산병풍 둘러
활개 활짝 벌린
크나큰 댓(大)자

가 되어 버린 것이다.

그러나 다음에 이어지는 3·4구의 침통성으로 미루어 보는, 이 1·2구의 호기는, 그것이 결코 저 도연명이나 이태백의 그저 희멀겋기만 한 호기류가 아님을 알게 해 준다. 그것은 다름 아닌, 민울(悶鬱)과 오뇌(懊惱)를 삭이기 위한 자포자기의 홧술일시 분명하다. 그러고 보면, 그 마시는 풍정도 호쾌(豪快)한 호음(豪飮)이 아니라, 통한(痛恨)의 통음(痛飮)이 아니고 무엇이랴?

그러나, 사무친 통한이야 통음으론들 달래어질까? 어처구니없게도 출생과 함께 덮씌워진, 이 천형의 굴레, 운명의 질곡(桎梏)에 사로잡혀, 갖은 천대와 수모와 고난의 티끌바람에 시달리는 굴종의 모진 한 생애를 치러 오는 가운데, 이제는 허옇게 세어 버린 인생 황혼에서도 오히려 못 벗는 멍에 '전함사의 노복!'이 극도로 혐오스럽고 저주스러운, 타기(唾棄)하고픈 신분을, 스스로 입에 올려 공언(公言)하는, 그 침통한 외침, 그것은 이날토록 눌러 견뎌 온 분한(憤恨)의 자폭임에 틀림없다. 그러나 이미 허탈한 듯한 그 폭음의 울림 속엔, 한없는 자모(自侮)와 자조(自嘲)의 서글픔이 서려 있고, 억울함의 하소연에도 귀가 먹은 천지신명에의 야속함과 서러움이 서려

| **백대붕(白大鵬, ?~1592, ?~선조 25)** 시인. 전함사(典艦司)의 노복이었으나, 인품이 준수하고 호협한 풍도가 있었으며, 시에 능했다. 임진왜란 때 상주(尙州)서 전사했다. 박계강(朴繼姜), 유희경(劉希慶) 등과 시문학 활동을 했다.

있다. 그러면서도 한 가닥 기조음은, 반인간적(反人間的) 부도덕한 인간 사회를 눈 흘기며 규탄 선언하는 비분강개(悲憤慷慨)의 격앙(激昂)된 숨결이, 여운의 가락을 타고 길이 메아리져 옴을 느끼게 하고 있다.

사미인곡 창을 들으며

이안눌

(1) 십 년을 상강(湘江)의
강리를 캐며
선궁(仙宮)의 임 이별을
설워했거니,
계집들은 그때 일
알도 못하고
미인곡만 헛되이
불러 대는고!

(2) 칠아는 이미 늙고
석아는 죽고
오늘날의 명창은
옥아이로세.
높은 집 떠나갈 듯
미인곡 가락
들을수록 인간곡은
아닌 듯하이.

十年湘浦採江籬　望斷瑤臺怨別離
兒女不知時世態　至今空唱美人辭

七娥已老石娥死　今代能歌號阿玉
高堂試唱美人辭　聽之不似人間曲

〈聞玉娥歌故寅城鄭相公思美人曲〉(《東岳集》續集 張 21)

評說 〈사미인곡〉은 1585년(선조 18), 송강(松江)이 양사(兩司)의 논척(論斥)으로 전남 성산(星山)에 퇴우(退寓)하여 있을 때의 가사 작품이다.

그는 정계에서 쫓겨날 때마다 여러 차례 이곳에 와 몸을 부쳤으니, 성산을 흐르는 송강(松江) 기슭의 강마을은, 10년 세월을 한결같이 우국연군(憂國戀君)으로 가슴을 태우던 곳이라, '채강리(採江籬)'로 연군 수절을 은유하고 있다.

〈사미인곡〉은 남녀 애정에 기탁(寄托)한 우시 연군(憂時戀君)이 주제인 만큼, 그 작품 동기의 배경인, 당시 동서 붕당(朋黨)의 흉흉

湘浦(상포) 상강(湘江)의 갯가. 상강은 중국 호남성을 거쳐 동정호로 흘러드는 강. 우리나라 호남 지방이 소상(瀟湘) 지방에 상응한다 하여, 송강이 퇴우(退寓)하였던 전남 성산(星山)을 흐르는 송강(松江) 가의 강마을을 비겨 이른 것.
江籬(강리) 강리과에 속하는 홍조류(紅藻類)의 하나. 줄기는 20~30센티미터가량의 산발한 머리 같음. 꼬시래기. '採江離'는, 청렴결백하게 절개를 지킴의 은유. 〈이소(離騷)〉에 "扈江離與辟芷兮紉秋蘭以爲佩"라 있다.
望斷(망단) 바라던 일이 허사가 됨.
瑤臺(요대) 옥으로 지은 선궁(仙宮). 여기서는 대궐을 가리킨다.
兒女(아녀) 여기서는 기녀(妓女).
時世態(시세태) 당시의 세상 형편.
空唱(공창) 깊은 속뜻은 이해하지 못하는 채, 부질없이 노래 부름.
七娥(칠아) '娥'는 아녀자 이름에 붙이는 애칭. 원주에 의하면 '七娥'의 이름은 칠이(七伊)요, '石娥'의 이름은 석개(石介)라 했다.
號阿玉(호아옥) 이름 끝 자가 '玉'인 기녀. '阿'는 사람을 다정하게 부를 때, 그 성이나 이름 위에 붙여 쓰는 접두어.
高堂(고당) 높은 집. 높은 대청마루.
試唱(시창) 시험 삼아 노래 부름. 한번 불러 봄.

한 정정(政情) 등이 충분히 고려되고서야 이해될 수 있는 가사이건만, 기녀들에게는 다만 그 일차적 표면적인 남녀 애정, 곧 소박맞은 아내의 남편을 그리는 애타는 정곡(情曲), 그것만으로도, 저들이 품고 있는 그 원정(怨情)에 사무치게 공감되어, 바로 제 설움인 양 받아들여짐으로써, 저리도 애절하게 혼신의 피를 끓이듯 애창(哀唱) 열창(熱唱)하고 있는 것이다. '至今空唱美人辭'의 '空'이 일견 그녀들의 무지를 비웃는 듯, 기실 스스로 깊이 감탄 매료되어 있음을 역설적으로 말해 주고 있음을 음미할 것이다.

둘째 수에서는, 당시 이 〈사미인곡〉이 대대의 명창에 의하여 가곡으로 불리어져 왔음과, 높다란 정루(亭樓)에 자리하여 부르는 명기 명창의 미인곡 가락은, 천상의 음곡(音曲)인 양, 알운요량(遏雲繞梁)의 황홀한 경지였음을 말해 주고 있다.

다음에 이 천고 절조인 〈사미인곡〉의 서사(緖詞)와 결사(結詞)의 일부를 옮겨 놓는다.

이 몸 삼기실제 임을조차 삼기시니,
한생 연분이며 하늘 모를 일이런가?
나 하나 젊어 있고, 임 하나 날 괴시니,
이 마음 이 사랑 견줄 데 다시 없다.
평생에 원하오되 한데 가자 하였더니,
늙거야 무슨 일로 외오 두고 그리는고?
엊그제 임을 모셔 광한전에 올랐더니
그사이 어찌하여 하계(下界)에 나려오니?
올 적에 빗은 머리 얽히인지 삼 년이라.
연지분 있네마는 눌 위하여 고이할꼬?
마음에 맺힌 시름 첩첩이 쌓여 있어,

짓는 이 한숨이요, 지는 이 눈물이라.
인생은 유한(有限)한데 시름도 그지없다.

……중략……

어와 내 병이야 이 임의 탓이로다.
차라리 죽어지어 범나비 되오리라.
꽃나무 가지마다 간 데 족족 안니다가
향 묻은 날개로 임의 옷에 옮으리라.
임이야 날인 줄 모르셔도 내 임 좇으려 하노라.

| **이안눌(李安訥, 1571~1637, 선조 4~인조 15)** 문신 · 시인. 자 자민(子敏). 호 동악(東岳). 본관 덕수(德水). 각처의 지방 장관, 강화 유수, 예조판서 등 역임. 시문에 뛰어나 권필(權韠)과 쌍벽(雙璧)으로, 4천 수백 수의 시 작품을 남겼으며 글씨도 잘 썼다. 저서에 《동악집》이 있다. 시호는 문혜(文惠).

강두의 여창을 들으며

이안눌

강나루에 뉘 부르나
사미인곡을

바야흐로 외론 배에
달은 지는데—

애닯다 임 그리는
무한한 뜻을

온 세상 다 몰라도
저는 아누나!

江頭誰唱美人詞　正是孤舟月落時
惆悵戀君無限意　世間唯有女郎知

〈聞歌〉(《東岳集》續集 張 38)

評說 달도 져 가는 아닌 밤중, 강나루에서 흘러오는 〈사미인곡〉의 애틋한 여창(女唱)을, 묵고 있는 배 안에서 듣고 있는 정황이다.

노래 가사에 담겨 있는 사연이 송강(松江)의 연군(戀君)의 정임과는 아랑곳없이, 저 여인에게는, 오직 자신의 가슴속에 맺혀 있는 임 그린 정한으로 다가온다. 일구월심(日久月深) 잊지 못할, 사무친 그 임에의 정한이기에, 가사의 구구절절이 '내 사연'이요 '내 설움'인 것이다. 그리하여 그 사무친 하고 한 한을, 이 밤사 저 강두에다 마구 쏟아 내고 있는 것이다. 그러기에 저건 노래라기보다 차라리 하소연이요, 울부짖음이요, 통곡이다. 간장을 에는 애창(哀唱)이요, 몸을 굻이는 열창(熱唱)이다. 온 영혼을 떨어 절규하고 있는 저 여인만큼 '미인곡'의 충곡(衷曲)을 사무치게 느끼는 사람이 이 세상에 어디 또 있다 할 수 있으리? 인생 별리(別離)의 새삼 서러움에 허희탄식하는 작자이다.

어찌 그뿐이랴? 애애절절 애달픈 강두의 여창, 이를 들으며 굽이굽이 애끓는 주중(舟中)의 객심(客心), 이들을 함께 비추며 운명하듯 잠겨 가고 있는 처량한 낙월(落月), 그 그믈어져 가는 마지막 달 그림자에 흔들리는 강두와 주중의 두 심사(心事)를, 전지적(全知的) 시점(視点)에서 바라보며, 새삼 인생무상의 무한수(無限愁)에 위연태식(喟然太息)하는 독자는 또 얼마이리……?

그러나 이러한 감개가 어찌 다만 이 시의 내용에서만 온다 할 수 있으랴? 그 운율에 힘입음이 또한 크다 할 것이니, 한마디로 이 시는 시이자 음악이다. 내용을 제거하고도 악곡으로 훌륭히 독립할

江頭(강두) 강가의 나룻배 타는 곳. 강나루.

美人詞(미인사) 정철(鄭澈)의 〈사미인곡(思美人曲)〉과 〈속미인곡(續美人曲)〉을 총칭한 이름. 임금을 사모하는 신하의 정을, 남편을 그리워하는 아내의 정에 기탁한 충신연군지사(忠臣戀君之詞)이다.

正(정) 정히. 바야흐로. 이제 막.

惆悵(추창) 슬퍼하고 한탄하는 모양.

戀君(연군) 임금을 그리워함. 또 임을 그리워함.

世間(세간) 세상.

唯有(유유) 오직 ~만이 있음.

女郎(여랑) 소녀. 기녀(妓女). 여기서는 후자의 뜻.

수 있는 단장의 명곡인 것이다. 시험 삼아 다음과 같이 토를 달아 4·3으로 띄어 가며 고저장단을 좇아 나직이 흥얼거려 보라. 거기 연무같이 가득 서리는 감동을 느끼리라.

강두수창∨미인사(오) 정시고주∨월락시(라).
추창연군∨무한의(를) 세간유유∨여랑지(라).

'∨'은 띄움, '-'은 장음, '´'은 고조음(高調音).

"마치 실꾸리의 실이 풀려 나오듯, 적벽강 퉁소 소리가, 무한 의사(無限意思)를 머금어 있는 것과도 같다"고, 소동파(蘇東坡)의 〈적벽부(赤壁賦)〉 일절을 인용 비유한, 호곡(壺谷) 남용익(南龍翼)의 평에 공감이 가리라.

무릇 시의 내용과 운율은 이원적이면서도 서로 일원화하려는 지향성(志向性)이 있으니, 그 둘이 트집 없이 일치되었을 때가, 시로서의 가장 이상적인 조화의 경지에 이르렀다 할 것이다.

그러므로, 한시 작시에 있어, 소정(所定)된 기본율을 완벽하게 적용했다 해서 능사를 다한 것은 못 된다. 같은 뜻을 지닌 평성자 또는 측성자라도 그 시경이나 시정에 가장 효과적인 자음(字音)의 취사선택에 부심하는 일은 물론, 가장 효과적인 각종 수사법을 동원하는 일 등은, 다 기본율 외의 작업이다. 그러나 여기서는 오직 그 내용에 따라 정밀하게 감응 반영되는—순 한국적 음성 관념에 의한 음감·음상(音像) 등을 창출하는—음운 배열의 효용성에 대하여 잠깐 언급해 보기로 한다. 그리고 그것은 순수한 우리 가락의 멋(맛)으로, 우리 한시 운율에만 적용되는 플러스알파인 부분이다.

이제 총 28자의 끝소리를 이루는 중·종성을 보면, 승구의 '落' 외에는 죄다 개방음으로서 인근 음까지 유성음화하여 유창감·유려미를 더해 주는 유성 종성으로 이루어져 있다. 그중에서도 비음 종성이 열 개나 있다. 이들은 동화 작용이 더욱 강해 접속되는 상하음을 모조리 비강음화(鼻腔音化)함으로써, 대전체(帶電體)에 자장(磁場)이 형성되듯, 공동음(空洞音)에 진동을 띠게 됨으로써, 이것이 감동, 감탄, 탄식, 영탄, 침통, 오열 등의 내용과 표리를 이루었을 때는 한결 떨림을 더해 주는 바이브레이션의 효용으로 작용하게 됨을 본다. 그런가 하면 유일한 무성 종성인 '落'자 또한 묘미가 있으니, 한 시기를 구획 짓는 듯한 'ㄱ' 종성의 단락감(段落感)은, 더구나 '月'과의 연음에서 빚어지는 'ㄹㄹ'의 크게 굽이쳐 구르는 혓소리의 음상(音像)은, 마치 한 가련한 운명이 전성기의 고비를 넘어서면서 급거 전락의 구렁텅이로 재촉받고 있는 듯한, 처창감마저 느껴지게 하고 있다.

또 초성의 거친 음으로는 파열음 '唱', '惆悵'이 있는데, 일반적으로는 이런 거센소리는 유창감을 감쇄(減殺)하는 장애 요인임에도 불구하고, 그 위치에서의 그것들은 얼마나 또 적절히 전체 운율에 이바지하고 있는가를 볼 것이다. 먼저 기구의 '唱'을 보라. 거성(去聲)으로서의 듬직한 무게가 실린 '창'의 충격적인 진동은 인근 음에 공명(共鳴)의 떨림을 일으켜, 처음부터 앙양(昂揚)된 분위기로 이끌어 가기에 족하고, '추창'의 연발 격음은 애닯다 '쯧쯧' 혀 차는 소리를 방불케 하는 음상이다.

뿐만 아니라, 고저장단에서 일어나는 운율의 미묘한 감정 파동, 그중에서도 우리나라에서만의 현상인 '측성 앞에서 평성의 고조(高調) 현상'은 한시의 운율에 있어서도 큰 몫을 차지하고 있다 할 만하다. 본시에서는 '惆悵', '無限', '唯有'가 이에 해당한다. 이들은 한 의미 단위를 이룬 평측(平仄) 구조로서, 평성자인 '惆·無·唯'가

측성자인 '悵·限·有'를 만나는 순간, 발칵 긴장 고조하여 악센트(Pitch accent)를 나타내는 현상이다(졸저 《우리말의 고저장단과 악센트》 참조). 이때의 격앙된 성조는 거의 전후를 압도할 만하니, 그것이 전·결구의 가까운 간격을 두고 연발한 이 충격적인 파동은, 이 시의 감개를 더욱 고양하여, 끝없는 여운 속으로 이끌어 가고 있는 느낌이다.

이처럼 우리 한시는, 우리 음운으로 조탁되고 연마되어 있어, 한 번 읽어 봄으로도 이내 그 착 달라붙는 맛이 서투르지 아니하고, 더군다나, 칠언·오언에 일이언(一二言)의 토를 더하여 능청능청 너울너울 읽을 때의 우리 한시는, 아무 군소리 없이 자음(字音)만으로 붙여 읽을 때와는 사뭇 다른, 우리 가락 우리 멋이 거기 있음을 직감하게 된다.

그렇건만, 이 시를 옮기면서 그 음악을 옮기지 못함을 깊이 탄식한다.

사월 십오일

이안눌

四月十五日　사월이라 십오일 날!
平明家家哭　날새자 집집마다 곡소리 나니
天地變蕭瑟　천지도 쓸쓸히 끄무러지고
凄風振林木　슬픈 바람 숲을 뒤흔드나니.

哭聲何慘慽　"이 어인 곡소리 이리 슬프뇨?"
驚怪問老吏　늙숙한 아전에게 놀라 물으니,
壬辰海賊至　"임진년에 왜적이 들이닥치어
是日城陷沒　바로 오늘 동래성이 무너졌습죠.

惟時宋使君　그 당시 우리 고을 송 사또께선
堅壁守忠節　성벽을 굳게 하여 충절 지킬 제
闔境驅入城　관내의 백성들도 성에 몰려와
同時化爲血　다 함께 피바다가 되었답니다.

投身積屍底　시체 더미 바닥에 몸을 던지어
千百遺一二　천백에 한두 사람 살아난 이들,
所以逢是日　해마다 돌아오는 이날이 되면
設奠哭其死　제수 차려 그 죽음을 통곡합니다.

父或哭其子　아비가 그 자식을 우는가 하면

子或哭其父　자식이 그 아비를 울기도 하고
祖或哭其孫　할아비가 그 손자를 우는가 하면
孫或哭其祖　손자가 그 할아빌 울기도 하죠.
亦有母哭女　어미가 그 딸을 우는가 하면
亦有女哭母　딸이 그 어미를 울기도 하고
亦有婦哭夫　지어미가 지아비를 우는가 하면
亦有夫哭婦　지아비가 지어미를 울기도 하죠.
兄弟與姉妹　형·아우·언니·동생 따질 것 없이
有生皆哭之　살아 있는 사람이면 다 운답니다."

蹙頞聽未終　콧날이 시큰하여 듣다가 말고
涕泗忽交頤　주루룩 눈물 흘러 턱에 얼린다.

吏乃前致詞　그러자 그 아전 또 하는 말이,
有哭猶未悲　"울어 줄 이 있는 이야 그래도 낫지
幾多白刃下　시퍼런 칼날 아래 온 가족 죽어
擧族無哭者　울어 줄 이 없는 집은 또 얼만데요……"
〈四月十五日〉

1592년(선조 25) 4월 15일! 이날은 왜적의 침공으로 동래성이 무너진 바로 그날이다.

慘慽(참척) 몹시 슬픔.
宋使君(송사군) 송 사또. 임진왜란 당시 동래 부사였던 송상현(宋象賢)을 가리킴.
闔境(합경) 온 경내(境內). 온 관내(管內).
蹙頞(축알) 콧날을 찡그림.
涕泗(체사) 콧물과 눈물.

이보다 앞서 일본의 정세를 탐문하고 돌아온 통신부사(通信副使)의 침공은 없으리란 말만 믿고, 아무 방비도 대책도 없이 정쟁(政爭)만 일삼던 구안(苟安)의 이 땅에 마침내 올 것이 온 것이다.

4월 13일 느닷없이 들이닥친 칠백여 척의 왜적의 대선단이 부산 앞 바다에 상륙하기가 무섭게 그날로 부산진성이 맥없이 무너지고, 기고만장해진 왜적은 그 등등한 승세를 몰아 14일 동래성을 쳐들어 왔다. 이 동래성은 북상하려는 적을 저지하는 최전선의 요충으로, 당시 부사 송상현은 이를 사수하려 건곤일척(乾坤一擲)의 결전을 각오하고 있었다. 이에 앞서, 양산(梁山)·울산(蔚山)의 인근 고을 수령도 군사를 이끌고 합세해 왔으며, 동래 백성들은 피난차 성안으로 마구 몰려 들어왔다. 싸움은 치열하였다. 부녀자들까지도 기왓장을 걷어 던지며 분전했으나, 저들의 조총 앞에는 끝내 당해 내지 못하여 성은 무너지고, 성안은 피바다가 되고 말았다. 거의가 몰사한 것이다.

제4연에서, 여러 경우의 울음을 일일이 들어 일컬은 것은 다소 번다한 감이 없지 않으나 다시 생각해 보면, 그것을 개괄적으로 한데 묶어 일컬을 수 없음을 느끼게 된다. 부자, 조손, 모녀, 부부, 형제 자매 등의 그 우는 울음의 정황이 각각 다르기 때문이다. 자식이 아비를 우는 울음과 아비가 자식을 우는 울음이 같을 수 없고, 남편이 아내를 우는 울음이 아내가 남편을 우는 울음과 같다 할 수 없다. 집집마다의 울음이 한결같이 창자를 에는 가운데서도, 그 서러운 정곡(情曲)은 서로 다르다.

처음엔 죽음이 서러워 울고, 가엾어 울고, 불쌍해 울고, 원통해 울다가, 어느덧 자신을 울게 된다. 사는 것이 욕되어 울고, 따라 못 죽는 한으로 울고, 살아갈 길의 막막함에서 울고, 산다는 것의 허망함에서 울고, 민족을 울고, 나라를 울고……, 이리하여 울음은 울음을 낳고, 서러움은 서러움을 부추겨 울음바다를 이루고, 그 소리들은 뒤헝클어져 하늘로 치닫는다. 그리고 그 어느 울음의 눈물에도 원수에 대한 철천의 저주가 진하게 녹아 있음은 말할 나위도 없다.

4월 15일은 해마다 오고, 그날이 오면 해마다 되풀이되는 눈물의 바다, 동래를 뒤덮는 혈조현상(血潮現象)이 일어난다.

끝구는 점층적으로 이끌어 온 격정을 다시 최고조로 격앙(激昂)케 해 놓고는 문득 단애만장(斷崖萬丈)으로 뚝 떨어져 이룬 여운(餘韻)의 심연(深淵)으로 독자를 이끌어 가고 있다.

우리는 이 시를 읽을 때마다, 고금인을 막론하고, 왜구에 대한 얼마나 많은 절치부심을 하게 했던가를 생각하게 한다.

우리는 당시의 참혹한 정황을 어느 역사서에서보다도 핍진(逼眞)하게 보여 주고 있어 두보의 〈삼리삼별(三吏三別)〉에 대등할 만한 사시(史詩)로서 높이 평가하고자 하는 것이다.

이는 작자가 몸소 시청한 바를 긴박감·현장감 있게 서술한 사실적 서사시로서, 문답식의 점층법으로 전개하고 있다. 운은 입성운(入聲韻)에서 상성운(上聲韻)으로 한 번 환운(換韻)되어 있다.

평설자(評說子)는 평소에 선조 당시의 전쟁 문학에 대한 한 가지 의문을 품고 있다. 당시는 목릉성세(穆陵盛世)라 하여, 특히 문단의 성황은 조선조 이래의 눈부신 한 시대였음에도 불구하고, 다른 작품들의 풍성함과 대조적으로 전쟁 문학은 어찌하여 희소한가 하는 의문이다.

7년을 끈 이 전쟁을, 이 시대의 어느 누군들 그 고초를 겪지 아니한 사람이 있었을까? 인구의 절반이 감소됐다고 할 만큼 죽음을 겪고, 죽음을 목도했건마는 어찌하여 전쟁에 대한 시문(詩文)은 흔치 못한가 하는 의문인 것이다.

그윽이 생각건대, 이 또한 '지정무문(至情無文)'의 탓은 아니었던지? 감정이 너무도 지극해지면 도리어 글을 이룰 수가 없기 때문이었으리라. 몸소 전쟁을 겪은, 그리하여 다행히 어쩌다 살아남은 목숨이라, 그 너무나 끔찍하고도 절박했던 고비고비의 감정을 다시 떠올리기조차 몸서리치는 터라, 될 수 있는 대로 건드리지 않으려는 심리에서가 아니었을까 여겨진다. 또는 그런 감정들이 문학으로 성취되기 위하여는, 그 몸서리치는 감정들이 일단은 흐뭇이 삭아 숙성된 후라야 비로소 문학적 감정으로 순화될 수 있었겠건마는, 그런 과정을 거칠 겨를이 없었으며, 또한 그것은 그의 일생을 통해서도 언제나 그 당시처럼, 삭지도 숙성되지도 못한, 언제나 치를 떨게 하는 생생한 그대로였기 때문이었으리라.

두보는 그 많은 전쟁 시를 써 남겼지만, 그에게는 이를 삭이고 숙성시키는 내적 비결이 있었는지도 모를 일이다. 본시의 작자 이안눌은 두시를 만독(萬讀)했다는 두시광(杜詩狂)답게 이렇게도 값진 사시적(史詩的) 전쟁 문학 작품을 남기고 있다.

아! 침략자 호전자 및 그의 추종자들이여! 악마가 어찌 따로 있으랴? 너희야 바로 악마이니 반드시 저주받을진저! 반드시, 반드시……. 이 지구의 어느 귀퉁이에서든 호전자, 침략자 및 그의 추종자들이여! 영원히 저주받을진저! 영원히, 영원히…….

갓 돌아온 제비

이식

만사가 느긋하니
웃기는 일도 많다.
초당에 봄비 오기
사립문 닫았더니,
뜻밖에도 갓 돌아온
발 너머 제비 녀석
날 보고 '왜 닫았냐?'
따지고 드네그려.

萬事悠悠一笑揮　草堂春雨掩松扉
生憎簾外新歸燕　似向閒人說是非

〈新燕〉

評說 세간 명리를 떠나 산림에 파묻히고 나니, 만사 바쁠 것이 없고, 대하는 이 자연이요, 통정하는 이 또한 자연이라, 때로는 한바탕 껄껄 웃고 싶은 충동을 느끼기도 한다.

悠悠(유유) 느긋하고 한가한 모양.
一笑揮(일소휘) 한바탕 기세 좋게 웃음. 껄껄 웃음.
草堂(초당) 초가.
掩松扉(엄송비) 사립문을 닫음.
生憎(생증) 공교롭게도. 하필이면 언짢은 때에.

갠 날에도 찾는 이 없는 산촌에, 비 오는 날 누가 오랴? 아예 사립문도 닫아 버리고, 초당에 한가로이 누워 있노라니, 하필이면 공교로운 때에, 문발 너머로 귀에 익은 제비 소리가 들려온다. 이 봄 들어 처음 찾아온 지난해의 그 제비일 성싶다. 여전히 그는 요설(饒舌)꾼으로, 오자마자 끝도 없이 사설을 늘어놓고 있다.

제비는 《논어(論語)》 학이장(學而章)을 읽는다는 말이 있으니, 저것도 그 대문일까?

지지위지지(知之爲知之)오 부지위부지(不知爲不知), 시지야(是知也)니라(아는 것은 안다 하고, 알지 못하는 것은 알지 못한다고 하는 것이, 이 곧 아는 것이니라).

그러나 저건 아무래도 그렇게 들리지를 않는다. 오랜만의 만남을 반기는 수인사 같기도 하나, 어찌 들으면 사립문을 닫고 저를 맞아주지 않은 무정함을 나무라고 있는 것 같다.

"밤도 아닌 대낮에 문은 왜 닫아……, 사립문 닫았다고 못 들어올까 봐……."

무척 섭섭하다고 원망원망하는 투다. 그러더니 이번에는, 매월당(梅月堂)의 시로 알려져 오는,

簾外(염외) 주렴 밖. 창밖.
新歸燕(신귀연) (강남에서) 막 돌아온 제비.
閒人(한인) 한가한 사람. 은자(隱者).
似(사) 같음. 비슷함.
說是非(설시비) 옳고 그름을 따져서 말함. 잘못을 타이름.

> 시시비비 비시시(是是非非非是是), 비비시시 시비비(非非是是是非非)라(옳은 일은 옳다 하고, 그른 일은 그르다 해야, 그르고 옳은 일이 바르게 되건마는, 그른 일을 그르다 하고 옳은 일을 옳다고 해도, 옳고 그른 일이 뒤틀려지네).

를 되풀이하며, '시비'에 대해서는 도통했다는 듯, 자못 조세(嘲世)의 강개(慷慨)한 어조로 나를 타이르고 있으니, 참으로 어처구니없는, 사람 웃기는 일이 아니고 무엇이랴?

무척이나 낙천적 해학적이면서도 정감적이다. 이는 결코 무료(無聊)를 달래기 위한 문자의 희롱이 아니다. 이는 산화 야조(山花野鳥)는 물론, 천지만물을 다 유정자(有情者)로 보아 대화로 통정하는, 곰살궂은 인정의 소유자이고서야 가능한 일이고 보면, 진실로 자연을 사랑하는 은자의 진면목을 이에서 대하는 듯하다 할 만하지 않은가?

끝으로 그의 〈자규야 울든 말든〉 한 수를 더 옮겨 본다.

> 배꽃 꽃보라 쳐
> 사립문에 불어 들고
> 구름 그림자 달 그림자
> 서로 갈마드는데
> 자규야 밤새도록
> 울거나 말거나
> 노곤한 봄잠에, 이내
> 그믈어지고 말았네.

梨花吹雪入柴門　雲影參差斂月痕
不管子規啼到曉　惱人春睡已昏昏
〈宿龍津村〉

| **이식**(李植, 1584~1647, 선조 17~인조 25) 문신·학자. 자 여고(汝固). 호 택당(澤堂). 본관 덕수(德水). 대사헌·각조 판서 등 역임. 사대 문장가의 한 사람으로, 두보의 시에 조예가 깊었다. 저서에 《택당집》, 《두시비해(杜詩批解)》 등 많다. 시호는 문정(文靖).

한식

최기남

봄바람에 가랑비
스쳐 간 방축

풀빛은 연기런가
아스라한데,

한식날 북망산
산아랫길엔

들까마귀 날아올라
백양나무에 우네.

東風小雨過長堤　草色如烟望欲迷
寒食北邙山下路　野烏飛上白楊啼

〈寒食〉

評說 한식날 성묘 길의, 어버이 그리는 감모(感慕)의 정(情)이다. 공동묘지에는 여기저기 성묘객들이 보이고, 무덤 앞에 차렸던 음식 부스러기를 주우려고 까마귀들도 모인다.

까마귀는 자오(慈烏)니 반포조(反哺鳥)니 하여, 자라서는 늙은 어미에게 먹이를 물어다 먹이는 효조(孝鳥)로 알려져 오는 새다.

다가오는 사람을 피하여, 펄쩍 백양나무 가지 위로 날아올라 우는 까마귀, 반포를 하려도 이미 늦은, 외톨이 되어 떠돌아다니는 저 들까마귀의 울음을 듣고 있자니, 일시에 엄습해 오는, 천애 고독한 자신의 외로움과, 좀 더 잘해 드리지 못했던 지난날의 돌이킬 수 없는 회한에, 가슴은 미어지는 듯 저려 온다.

봄비가 스쳐 가고 봄바람이 불어오는 산야에는, 갓 돋아나는 연초록 풀빛으로 바라보는 눈도 아스라한데, 묘지 여기저기에 엉성히 서 있는 멀쑥한 백양나무에도 나비만큼이나 넓어진 어린 새잎들이 꽃샘바람에 무진 떨고 있다. 만물이 다 소생(蘇生)하는 계절이건만, 길이 못 돌아오는 어버이에 대한 풍수(風樹)의 탄(歎)은, 이날따라 더욱 누를 길이 없다.

상촌(象村) 신흠(申欽)의 시조,

한식 비 온 밤에 봄빛이 다 퍼졌다.
무정한 화류(花柳)도 때를 알아 피었거든,

寒食(한식) 동지(冬至)로부터 105일째 되는 날. 양력 4월 4·5일경. 진(晉)의 현인(賢人) 개자추(介子推)가 이날 산에서 불에 타 죽었으므로, 그 넋을 애도하여 불을 금하여 찬 음식을 먹는다는 설이 있다. 이날 민간에서는 성묘(省墓)를 한다.
東風(동풍) 봄바람.
長堤(장제) 긴 방죽.
草色(초색) 풀빛.
望欲迷(망욕미) 바라보매 눈이 아득 아물거려 딴 세상에 온 듯, 헷갈리는 것 같다는 뜻.
北邙山(북망산) 중국 낙양(洛陽)의 북쪽에 있는 산. 역대 제왕, 귀인, 명사의 무덤이 많았으므로 공동묘지. 또는 사람이 죽어서 가는 곳이란 뜻으로 일반 명사화한 말.
野烏(야오) 들까마귀. '野'는 일정한 곳이 없는, '떠돌이', '외톨이' 등의 뜻.
白楊(백양) 백양나무. 고래로 무덤에 심어 왔으므로 두보의 시에도 "白楊今日幾人悲", 또는 "荒草何茫茫 白楊亦蕭蕭" 등의 구가 있고, 송강의 〈장진주사〉에도 "덥가나무 백양 숲에 가기 곧 가면……"의 대문이 있다.

어찌다, 우리 임은 가고 아니 오시는고.

는 본시의 1·2구의 내용과 비슷하다. 그러나 본시는 그 대상이나 정회를, 이 시조에서처럼 직설(直說)하지 않고, 그 정황만을 객관적으로 묘사하였을 뿐, 숫제 슬픔을 나타낸 정감적(情感的)인 일언반구(一言半句)도 내비친 곳이 없다. 그러면서도 오히려 그 그립고 애달픈 뜻은 전편의 자자구구(字字句句)에 미만히 서려 있는 느낌이다. 그것은, 소생하여 다시 푸르러진 '草色'이, 애달픈 정을 자아내는 그윽한 실마리가 되어, 이날따라 사무치게 느껴워지는 감모(感慕)의 정이건만, 차라리 이렇다 저렇다 언어화(言語化)하지 않고, 지그시 속으로 삭이는 눈물을 '들까마귀의 울음'에 기탁하고 있는, 그 대범 속에, 도리어 어버이 그리움은 물론, 그늘 잃은 자식으로서의 설움마저도 울림하여, 독자로 하여금 무한 감개를 자아내게 하고 있다. 이는 저 고산(孤山) 윤선도(尹善道)의 시조:

산은 높고 높고 물은 멀고 멀고,
어버이 그린 뜻은 많고 많고 하고 하고,
어디서 외기러기는 울고 울고 가느니—.

가, 성묘하고 무덤 앞에 하염없이 앉아, 멀리 산야 물야 어버이 그리움의 무한한 정을 외기러기 울음에 부친 정곡보다 더욱 그윽함이

| **최기남**(崔奇男, 1586~1665, 선조 19~현종 6) 시인. 자 영숙(英叔). 호 귀곡(龜谷). 여항 출신이나 시명이 높았다. 유희경·백대붕 등과 시사(詩社)를 이루었으며, 일본 사신 윤순지(尹順之)를 백의로 수행하여, 시명을 떨쳤다. 시집으로 《귀곡집》이 있다.

있다 하겠다.

동양위(東陽尉) 신익성(申翊聖)은 작자의 시집인 《귀곡집》의 서문에서, "그의 학문은 선(禪)에 가깝고, 그의 시는 당(唐)에 가깝다"고 평한 바 있다.

가을날

최기남

별자리 점차로 옮아가더니
쌀쌀한 날씨 날로 다그쳐 오네.

숲에선 슬픈 매미 목이 메이고
귀뚜라민 귀뚤귀뚤 빈 벽에 운다.

세상 만물이 성쇠 바뀌고
자연의 변화도 반복되나니,

난간에 기대어 한 목청 뽑자
들길엔 비바람이 자오록하다.

이해도 이렁성 끝나 가나니
덧없는 이 시름 놓일 길 없네.

冉冉星紀移　寒暑日催迫
哀蟬號樹間　促織鳴虛壁
群物替豐悴　萬化相尋繹
憑軒發謳吟　風雨暧脩陌
今歲亦已矣　憂來不可釋

〈秋日〉

評說 사람들은 계절이 바뀔 때마다 세월이 덧없다 탄식한다. 하노라 한 보람은 보이지 않고, 부질없이 세월만 헛되이 보내고 있었음을 계절이 엇바뀌어 드는 그 고비에서야 새삼 절감하기 때문이리라.

늦가을 석양에 듣는 쓰르라미 소리는 남은 날이 촉박하다는 듯 쫓기는 호흡으로 숨이 가쁘고, 벽 틈에 울어 쌓는 귀뚜라미도, 세상이 왜 이리 뒤숭숭하냐는 듯 시름겨이 수군거리는 것 같다. 어찌 들리는 것만이랴? 눈에 가득 들어오는 가을 풍물들이 쇠퇴 일로(衰退一路)로 걷잡을 겨를 없이 바뀌어 가고 있다. 마음이 상하여, 헌함에 기대어 한 목청 길게 시조 한 장 띄우고 났더니, 마치 내 노래에 응답이라도 하듯, 바람이 비를 몰아 먼 들길에 자오록이 몰려오고 있다.

이러구러 이 한 해도 여느 해나 다름없이, 어정어정하는 가운데 끝나 가고 있나니, 보람 없이 허송하는 한 해 한 해의 세월이 나를 내동댕이치듯 따돌려 놓고, 저만 훌훌이 떠나가는 것을 속수무책으로 목송(目送)이나 해야 하는, 이 수수로운 심사를 어찌할 길이 없다.

형식은 고시체, 운은 'ㄱ' 종성의 입성운(入聲韻).

冉冉(염염) 세월이 거침없이 지나가는 모양.
星紀(성기) 별자리. 세서(歲序).
寒暑(한서) 추움과 더움. 여기서는 추운 날씨의 뜻으로, '暑'는 조자.
促織(촉직) 본디는 '베짱이(여치)'를 이름이나, 여기서는 '귀뚜라미(蟋蟀)'의 뜻으로 쓰인 듯. 고래로 서로 혼동함이 많았다.
催迫(최박) 재촉함. 독촉함. 핍박함. 다그쳐 옴.
豊悴(풍췌) 성쇠(盛衰).
尋繹(심역) 되풀이하여 행함.
脩陌(수맥) 먼 들길.
曖(애) 몽롱한 모양.

고산에 돌아와서

윤선도

인간 세상에는 참된 벗이 적다마는
속세를 떠난 곳엔 동지도 많을시고!
어즈버. 산새·산꽃이 다 내 벗인가 하노라.

人寰知己少　象外友于多
友于亦何物　山鳥與山花
〈病還孤山江上感興〉

評說 인간이 모여 사는 사회는 이해를 좇아 유유상종(類類相從)하는 사귐이 많다 보니, 이해가 상반되면 안면을 바꾸는 일쯤은 항다반한 일이다. 그래서 속세는 오욕칠정(五慾七情)에 부대끼는 세계, 시기, 질투, 배신, 음모가 자행하는 세상이다. 그러나 그러한 속계를 벗어난 대자연은 모두가 서로 믿을 수 있는 아름다운 세상이다. 거기서 만나는 모든 것, 이를테면 멧새 한 마리, 산꽃 한 송이라도, 그들은 내 귀를 즐겁게 하고, 내 눈을 즐겁게 해 주면서도 바라는 바가 없다. 그들과의 사랑에는 배신이 없고, 시기도 질투도 음모도 없다. 언제나 평화와 사랑으로 가득한, 이 진정 지상의 천국인 것이다.

人寰(인환) 인간이 사는 세상. 인세(人世).
象外(상외) 세속의 밖. 대자연. 세외(世外).
友于(우우) 친구. 동지.

그래서 작자도 필경 벼슬 그만두고 돌아와 자연과의 벗이 됐으니, 그의 〈오우가(五友歌)〉에 손꼽은 '물, 바위, 솔, 대, 달'은 자연계의 하고 한 벗 가운데의 가장 가까운 다섯 벗이다.

작자는 한시보다도 시조 문학의 일인자로 정평이 나 있으니, 〈어부사시사〉, 〈산중신곡〉, 〈산중속신곡〉 등 장편 연시조들도 그 내용은 다 자연을 읊은 절조(絶調)들이다.

같은 작자의 칠절(七絶) 한 수를 덧붙인다.

眼在青山耳在琴　눈에는 청산이요 귀에는 거문고라,
世間何事到吾心　그 어떤 속세 일이 내 마음에 와 닿으랴?
滿腔活氣無人識　가슴 가득 솟는 기운 아는 이 바이없어,
一曲狂歌獨自吟　한 곡조 미친 노래 나 홀로 부르노라!

| **윤선도**(**尹善道, 1587~1671, 선조 20~현종 12**) 시인. 자는 약이(約而). 호는 고산(孤山). 본관은 해남(海南). 문과. 공조참의, 동부승지 등 역임. 치열한 당쟁으로 일생의 거의 반을 벽지의 유배 생활로 보냈다. 시조 문학의 대가로서, 그의 시조는 정철의 가사 문학과 쌍벽을 이루었다. 작품은 《고산유고》에 수록되어 있다. 이조판서에 추증. 시호는 충헌(忠憲).

벽파정

장유

하늘가 햇발이
창해를 내리쏘아,
구름 끝 아득히
섬 푸름을 갈랐네.

저녁이자 급해진
하늬바람 소리
흰 물꽃 피랑 지랑
철썩이는 벽파정!

天邊日脚射滄溟　雲際遙分島嶼青
閶闔風聲晩來急　浪花飜倒碧波亭
〈珍島碧波亭〉

評說 벽파정에서 바라보는 우주와 인생에의 느꺼움이다.
먼 하늘가, 구름 터진 사이로 내리쏘아 꽂히는 햇발이, 크작은 섬들을 갈라, 밝은 푸른 섬들과 어두운 푸른 섬들로 양분하고 있

碧波亭(벽파정) 진도(珍島)의 벽파진(碧波津)에 있는 정자 이름.
日脚(일각) 햇발. 구름 사이로 내리쏘는 태양광선.
滄溟(창명) 넓고 큰 바다. 창해(滄海).
雲際(운제) 구름의 가. 구름장의 끝.

다. 음(陰)과 양(陽), 건곤이 아스라하다. 우주란 무엇인가?

이윽고 저녁 무렵이 되자, 햇발을 쏟아 내던 저 하늘 문에서 불어오는 듯한, 하늬바람 소리 더욱 급해지면서, 온 넓은 해면에 흰 물꽃 피랑 지랑, 정자 아래 절벽에로 종종걸음쳐 달려와서는 스스로 부딪혀 뒤집히곤 하는 물결의 철썩임! 그 물결 머리마다 피기 바쁘게 지기 바쁜 물꽃의 하얀 물거품! 인생이란 무엇인가?

벽파 철썩이는 벽파정 난간에 기대어, 벽파랑 철썩이는 낭만의 시정이다.

다음에 몇 수 더 옮겨 본다.

● 북망행

북망산 산자락 연달은 비탈
보이는 건 늘비한 무덤뿐이라.
새 무덤 옛 무덤 높낮은 무덤
날마다 보나니 상여뿐일다.

상여 와 산모롱이 돌아들 제면
길에선 노랫소리 산엔 곡소리.

島嶼(도서) 섬의 총칭.
閶闔(창합) (1) 천상의 문. (2) 가을 바람. 서풍. 여기서는 (1), (2)의 중의.
晩來(만래) 저녁이 되면서. 저녁 무렵.
浪花(낭화) 물결꽃. 물꽃. 물결 머리가 뒤집혀 거꾸러지면서 일어나는 흰 물거품을 꽃에 비겨 이름.
飜倒(번도) 뒤집히어 거꾸러짐.
碧波(벽파) 푸른 물결.

금분(金粉) 글자 십척 높이 붉은 명정은
뉘 다시 백골 두고 차별하는고?

무덤 앞엔 백양나무 심을 땅 없고
이운 풀만 서리에 젖어 있고녀!
상석 위에 낮잠 자던 여우와 삵이
사람 보자 달아나 풀숲에 숨네.

노래 춤에 봄바람은 무르익건만
천금으로도 불사약은 살 수 없어라.
괜히들 백년 계책 세워 쌓지만
북망산 앞 강물은 길이 흐르네.

北邙山下連坡陀　纍纍滿目丘墳多
新墳崔嵬舊墳堆　日日但見喪車來
喪車來入山曲路　路上人歌山上哭
紅旌紛字高十尺　白骨誰復分榮辱
墳前無地種白楊　斷蓬宿草沾新霜
狐狸晝眠石床上　見人走入深叢藏
高抬歌舞春風闌　千金難買九轉丹
人生浪作百年計　北邙山前水東逝

〈北邙行〉

北邙山(북망산) 낙양(洛陽) 북쪽에 있는 무덤 많기로 유명한 산. 일반적으로 묘지, 또는 공동묘지를 이름.
坡陀(파타) 비탈져 평평하지 않은 모양.
崔嵬(최외) 높은 모양.

● 방언

큰 벌레는 작은 벌레를 먹고
강자는 약자 고기로 배를 불리네.
먹고 먹히는 이 세상에서
만물은 서로들 남을 해치네.

강한 자라 언제나 강한 자리요?
때론 더 강한 자와 마주치나니
힘으로 할 양이면 힘은 한없고
지혜로 한대도 가지가지라.

지인(至人)은 나남의 구별을 없애어
마음이 허공이랑 비어 있나니
허공이 만물을 이기려 않듯
만물 또한 허공은 못 이기거든!

大蟲食小蟲　强者飽弱肉
呑啖世界內　物物相殘賊

旌(정) 죽은 사람의 신분을 밝혀 쓴 깃발. 명정(名旌).
白楊(백양) 중국 습속으로 묘 앞에 심는 나무.
斷蓬(단봉) 뿌리에서 잘려 굴러다니는 쑥대.
九轉丹(구전단) 도교에서 이르는, 불로장생(不老長生)한다는 약.
逝(서) 한번 가면 돌아오지 아니하는 길을 감.
放言(방언) 거리낌 없이 함부로 말해 버림.
至人(지인) 도교에서 이르는, 도덕이 지극히 높은 경지에 이른 사람.

至人斷人我　心與虛空廓
虛空不勝物　物亦勝不得

〈放言〉

放言(방언) 거리낌 없이 함부로 말해 버림.
至人(지인) 도교에서 이르는, 도덕이 지극히 높은 경지에 이른 사람.

| **장유**(張維, 1587~1638, 선조 20~인조 16) 문신·학자. 자 지국(持國). 호 계곡(谿谷). 본관 덕수(德水). 김장생(金長生)의 문인. 예조판서·우의정 등 역임. 병자호란 때 강화(講和)를 주장. 문장에 뛰어나 신흠·이정구·이식과 함께 한학 사대가의 한 사람으로 꼽힌다. 천문·지리·의술·병서·그림·글씨에도 능했다. 저서에 《계곡집》, 《계곡만필》 등 많다. 시호는 문충(文忠).

생명은 저마다

장유

해오라긴 절로 희고 까마귀는 절로 검고,
반 희고 반 검기는 가지 위의 까치로다.

하늘이 형형색색 만물을 낳았어도
백과 흑을 선악으로 편 가르진 않았었네.

산 꿩은 깃털 무늬 비단보다 아름다워
그림자 물에 비춰 제 모습에 반하지만,

어여쁘다! 저 뱁새도 한 가지〔枝〕 차지하여
대붕새 부럽잖이 자유 누려 즐긴다네.

白鷺自白烏自黑　半白半黑枝頭鵲
天生萬物賦形色　白黑未可分善惡
山鷄文采錦不如　照明青潭或自溺
獨憐鷦鷯占一枝　逍遙不羨垂天翼

〈古意〉

評說 이 땅에 목숨을 받아 존재하는, 저 모든 생명을 가진 존재들은 어느 것 하나 그 존재 목적, 존재 가치를 지니지 아니한 것이 없다. 형형색색 외모가 다르고, 습성은 다를지언정, 그것들은

다 서로가 평등하며 하나같이 귀중한 존재로서, 저마다의 삶을 즐길 당당한 권리 있음을 강조하고 있다.

이는 말할 것도 없이, 인간 생명의 존엄성과 인간 생명의 평등성을 강조하려는 데에 그 주지(主旨)가 숨어 있음은 물론이다. 금수도 저러하거든 하물며 인간에 있어서랴? 하는 이물급인(以物及人)의 논법이다. 부귀빈천이나 궁달(窮達) 포폄(褒貶)에 아랑곳없이 인간은 누구나 다 저 나름대로의 삶이 있고, 즐거움을 누릴 권리가 있다는 인권 사상을, 그 당시에 이미 이처럼 선언하고 나선 것이다.

제3연의 '或自溺'은 부귀한 사람들 가운데는 간혹 자홀(自惚)하여 사치 방종하는 예가 없지 않음을 지적한 것으로, 물에 비친 자기 그림자에 스스로 반한 나르시스의 수선화 이야기를 방불케 함이 있다. 끝구의 '占一枝'는 각자 소유할 지분(持分)이 있음이요, 맨 끝구는 남부러울 것 없이 저마다의 즐거움을 누릴 권리 있음을 강조한 것이다.

형식은 고시체, 운은 'ㄱ' 종성의 입성운(入聲韻)으로 일관.

같은 주제의 옛 시조 한 수:

감장새 작다 하고 대붕(大鵬)아 웃지 마라.
구만리(九萬里) 장공(長空)을 너도 날고 저도 난다.
두어라 일반(一般) 비조(飛鳥)니 네오 제오 다르랴?

_이택(李澤)

照影(조영) 그림자를 비춰 봄.
自溺(자익) 자기가 자기에게 반함.
鷦鷯(초료) 굴뚝새와 비슷한, 박새과에 속하는 새. 뱁새. 감장새. 몸집이 매우 작고, 깃털도 꾀죄죄하여 볼품이 없다.
垂天翼(수천익) 대붕새를 가리킴.

달천을 지나며

윤계선

옛 싸움터 푸른 풀은 봄마다 새롭건만,
비바람에 내맡겨진 이끼 푸른 저 해골은
밤마다 아내 꿈속을 드나드는 '임'이어라!

古場芳草幾回新　無限香閨夢裏人
風雨過來寒食節　髑髏苔碧又殘春
〈過㺚川有感〉

評說 작자는 임진왜란을 겪은 당시의 사람이다. 미처 거두지 못한 백골들이 달천 냇가에 널려 있다. 아군인지 왜적인지 이제는 피아(彼我)를 가릴 계제가 아니다. 그들은 다 어느 집의 귀한 아들이요, 남편이요, 아빠일 터이다. 기다림에 지친 가족들! 전사했으려니 짐작은 하면서도, 그 짐작을 완강히 거부하는 알뜰한 미련들! 금시라도 성큼 문에 들어설 듯, 더구나 꽃다운 아내의 방에서는 밤마다 꿈마다 그와 만난다.

저 해골들은 다만 주인 없이 내버려진 무명전사의 뼈가 아니라, 저마다 제 고향 집 아내의 꿈속으로 현신(現身)하는 알뜰한 낭군으로서의 존재인 것이다. 수절하는 청상과부의 호호백발 되기까지,

---

㺚川(달천) 충청북도의 탄금대 앞을 흘러 남한강에 합류하는 내 이름. 임진왜란 때 신립(申砬) 장군이 배수의 진을 쳤다 패한 옛 전쟁터.

밤이면 밤마다 끝없이 현신하는 '무정한 낭군', '야속한 낭군'이기도 하다.

호전(好戰)을 저주하는 염전시(厭戰詩)이다.

이 시의 제2구는, 저 유명한 당(唐) 시인 진도(陳陶)의 〈농서행(隴西行)〉의 점화(點化)로도 볼 수 있다.

可憐無定河邊骨　가엾어라 무정하변 널려 있는 저 백골은
猶是春閨夢裏人　오히려 봄 안방의 꿈속의 사람일다.

| **윤계선**(**尹繼善, 1577~1604, 선조 10~선조 37**) 자 이술(而述). 호 파담(波潭). 본관 파평. 선조 때 등과. 교리, 평안도도사(平安道都事) 등 역임. 일찍 죽음.

고향에 돌아와서

신익성

선달에 떠났다가
사월에 돌아오니
강물도 탈이 없이
흰 갈매기 날으네.

어초(漁樵)의 짝이 되자
다시 다짐 두면서
비에 연기에 타여
낚시터에 오르네.

臘月行人四月歸　江波無恙白鷗飛
從今更約漁樵伴　和雨和烟上釣磯

〈還淮中〉

評說 '無恙'은, 질병이나 근심 걱정이 없음을 이르는 문안부(問安否)의 관용어이다. '白鷗飛'의 한정(閒情)과 '上釣磯'의 망기(忘機), 이들과 삼각으로 호응된 '江波無恙'은, 이백(李白)의 '布帆

臘月(납월) 선달.
從今(종금) 이제로부터. 앞으로.
無恙(무양) 몸 성함. 탈이 없음. 이백(李白)의 시에 "霜落荊門江樹空 布帆無恙掛秋風"의 구가 있다.

無恙' 보다도 멋스럽다.

'和雨和烟'은 또 어떤가? '和'는 '섞이다, 타이다, 화합하여 구별할 수 없게 되다'의 뜻으로, 비 오면 오는 대로 비에 젖으며, 안개 끼면 끼는 대로 안개에 잠겨, 세사를 망각한 채, 자연에 몰입되어 있는 낚시꾼의 허심한 마음 자세인 동시에, 어부를 만나면 어부와, 나무꾼을 만나면 나무꾼과 스스럼없이 담소(談笑)하며 한데 어울리는 '漁樵伴'의 격의(隔意) 없는 친화 양상(親和樣相)이기도 한 것이다.

같은 작자의 〈전원에 돌아와서〉 한 수를 더 보기로 한다.

한식 바람에 곡우 비 흐뭇 내리더니
빰을 비비며 물고기 떼 여울에 갓올랐다.
아이야 그물 성기게 떠라 작은 고기 걸릴라.

寒食風前穀雨餘　磨腮魚隊上灘初
乘時盡物非吾意　故使兒童結網疎

〈歸田結網〉

更約(갱약) 다시 약속함. 재차 약속함.
漁樵伴(어초반) 어부와 초부(나무꾼)의 벗이 됨.
上釣磯(상조기) 낚시터에 오름.
穀雨(곡우) 청명과 입하(立夏) 사이에 드는 절기. 백곡(百穀)을 기를 봄비가 내릴 때란 뜻.
磨腮(마시) 빰을 비빔.
魚隊(어대) 물고기 떼.
上灘(상탄) 여울물을 타고 오름.
乘時(승시) 때를 탐. 철을 만남. 제철을 얻어 기세를 부림.
盡物(진물) 생물 따위를 있는 대로 죄다 없앰.
故使(고사) 일부러 하게 함.
結網疎(결망소) 그물코를 성기게 뜸.

봄비 흐뭇이 내린 뒤의, 새물내 맡고 오르는 물고기 떼, 남보다 뒤질세라, 서로 뺨을 비비다시피 주줄이 횡대(橫隊)를 이루어, 기를 쓰며 여울을 타고 오르는 물고기 떼의, 그 활발발(活潑潑)한 생동태(生動態)가, '磨腮魚隊'와, 이를 현재 진행케 하는 '初'의 호응 속에 살아 있다.

유심한 관찰과, 이 새물내 같은 시어의 발견이, 필경 구투를 벗지 못한 결구(結句)마저, 일부러 부려 보는 옛티처럼 새맛스럽게 하여, 전편을 갓 잡아 내놓은 은린(銀鱗)의 퍼덕거림처럼 싱그럽게 하고 있다.

신익성(**申翊聖, 1588~1644, 선조 21~인조 22**) 선조의 사위. 자 군석(君奭). 호 낙전당(樂全堂). 본관 평산(平山). 흠(欽)의 아들. 동양위(東陽尉)에 봉해짐. 척화 오신(斥和五臣)의 한 사람. 시문과 글씨에 능했다. 시호는 문충(文忠).

월계를 지나며

이민구

한 줄기 맑고 밝은 거울로 열린 물길
두 기슭 단풍 빛이 어우러진 가을 속을
저 물은 서으로 서으로…… 나는 동으로 동으로…….

廣陵山色碧於笞　一道澄明鏡面開
峽岸楓林秋影裏　水流西去我東來

〈月溪峽〉

評說 남한강 북한강이 한데 모여 이룬 저 어마어마한 흐름 위로 한 나뭇잎 같은 조각배는 나를 태워 이제 달냇골을 빠져나가고 있다. 물과 배는 등을 스치며 서로 반대 방향으로 내리달리고 있다. 물은 허위단심 서울로 서울로 흘러드는데, 나는 서울에서의 복잡한 인간관계 훌훌이 벗어난 몸 되어, 동으로 동으로 떠나오고 있는 것이다. 그러나 이 마음은 어떻다 종잡을 수가 없구나. 홀가분함인가? 시

月溪(월계) 광나루에서 양수리(兩水里)에 이르는 협곡의 옛 이름. 달냇골.

| **이민구**(李敏求, 1589~1670, 선조 22~현종 11) 자는 자시(子時). 호는 동주(東洲). 본관은 전주. 지봉(芝峰) 수광(睟光)의 아들. 문과. 교리, 이조 참판 등 역임. 시문에 뛰어났다. 저서에 《동주집》, 《독사수필(讀史隨筆)》, 《당률광선(唐律廣選)》 등이 있다.

원섭섭함인가? 아니면, 서울로 서울로 뒤돌아보이는, 차라리 못 잊힘인가? 그리워짐인가? 아니면, 연속되는 양안의 단풍 그림자 황홀한 상하천(上下天) 수정궁으로 빨려 들어가는 듯한 속도감에 그저 얼떨떨 비몽사몽(非夢似夢)인가? 여광여취(如狂如醉)인가?…….

정히 형언하기 어려운 만감교착(萬感交錯)의 감개(感慨)이다.

창수원

오숙

첩첩산중 험한 길 차례로 거쳐
아늑한 창수원에 수레 멈췄네.

산 빛은 석양에 물들어 곱고
바다 놀은 봄 안개랑 황홀도 하다.

고향 온 꿈이런가? 춤추는 나비,
객심(客心)인 양 퍼덕이는 내걸린 깃발,

애오라지 공무의 여가를 틈타
베개에 느직 기대 한 목청 읊다!

歷盡千重險　停車一院深
山光仍晩照　海氣雜春陰
舞蝶疑歸夢　懸旌似客心
聊偸簿書暇　倚枕發孤吟
〈蒼水院〉

경상도 관찰사로서 관내를 순찰 중이다. 서쪽은 태백산맥이 분수령을 이루어 있으니, 작자의 역정(歷程)은 산악 지대를 거쳐 동해안으로 향하여 이곳에 다다른 듯하다.

산과 바다가 맞닿은 곳, 바야흐로 석양에 물든 산빛, 바다 노을과 봄 안개가 어우러져 이룬 수륙(水陸) 경관은 그저 황홀하기만 하다. 춤추고 있는 나비를 지켜보고 있노라니, 마치 장자의 나비처럼 내가 나비인지 나비가 나인지, 어느덧 내 집에 돌아왔는가 싶기도 하더니, 내걸어 놓은 정기(旌旗)의 펴덕이는 깃발은 아직도 낭만의 여심(旅心)을 부추기고들 있다.

아무리 공무의 행차라지만, 사사로운 내 시간도 즐길 수 있어, 느직이 베개에 기대어 한 목청 길게 새 시 한 수를 시창(詩唱) 가락으로 뽑아 본다. (본시가 이루어진 과정인 것이다.)

경상도 일원을 순시하던 작자는 이 행차에서, 당시도 이미 얻어 보기 어려워 희귀본(稀貴本)으로 알려졌던 《두시언해(杜詩諺解)》 한 질을 발견하는 행운마저 얻게 되었다. 그는 이를 다시 목판본으로 새겨 내니 이것이 곧 인조 10년에 완간(完刊)된 《중간두시언해》인 것이다.

蒼水院(창수원) 경상북도 영덕(盈德)의 북쪽에 있었던 역원(驛院).

| **오숙(吳䎘, 1592~1634, 선조 25~인조 12)** 자는 숙우(肅羽). 호는 천파(天坡). 본관은 해주. 문과. 승지, 관찰사 등 역임. 저서에 《천파집》이 있다.

친구를 보내고

이명한

지는 꽃 버들개지
옷에 부딪고
삼월 강 마을엔
제비 나는데,

아, 외로운 배로
그대 보내고
차마 어이 석양 띠고
돌아올거나!

落花流絮點人衣　三月江村燕子飛
怊悵孤舟南岸別　不堪空帶夕陽歸
〈書堂別席醉書子時扇〉

떠나는 친구에게 석별(惜別)의 정(情)을 담아 부채에 써 준 송별시이다.

제비는 옛집을 찾아 돌아오는데, 어찌타! 지는 꽃 버들개진 이 봄과 함께 허정허정 떠나가는고? 그대 또한 이 봄과 함께 떠나가다니 —.

子時(자시) 동주(東洲) 이민구(李敏求)의 자(字).
流絮(유서) 공중에 표류하는 버들개지.

일엽편주로 강물 따라 석양에 떠나보낸 친구, 아물아물 나비처럼 모기처럼 멀어지다가 마침내 불티처럼 사라지고, 하릴없이 돌아서는 석양 귀로의 허청거림이여!

같은 작자의 다음 시조도 석양 송별의 애끓음이다.

울며 잡은 소매 떨치고 가지 마소.
초원 장제(長堤)에 해 다 져 저물었다.
객창에 잔등(殘燈) 돋우고 앉아 보면 알리라.

| **이명한**(李明漢, 1595~1645, 선조 28~인조 23) 문신. 호 백주(白洲). 본관 연안. 좌의정 정구(廷龜)의 아들. 대제학, 이조판서 등 역임. 병자호란 때 척화파로 심양(瀋陽)에 잡혀가 억류된 바 있다. 저서에 《백주집》이 있다.

백마강

이명한

고대(高臺)는 어디었고
고루(高樓)는 어디런고?
산은 첩첩 저무는데,
물은 적적 흘러갈 뿐……

용도 죽고 꽃도 진 건
그 옛날 일인 것을—
뜬 인생 부질없이
시름도 그지없다.

何處高臺何處樓　暮山疊疊水西流
龍亡花落他時事　漫有浮生不盡愁

〈白馬江〉

저물어 가는 백마강을 하염없이 굽어보며, 백제 최후의 날의 슬픈 장면들을 마치 오늘의 일처럼 떠올리며 깊은 시름에 잠겨 있는 작자이다.

龍亡花落(용만화락) 백마강에 솟아 있는 조룡대(釣龍臺) 바위에서, 용을 낚아 죽였다는 전설과, 백제 최후의 날, 삼천 궁녀가 낙화암 벼랑에서 꽃이 지듯 떨어졌다는 전설을 이름.
漫(만) 공연히. 부질없이.
浮生(부생) 덧없는 인생.

여기저기 높은 누대(樓臺)들이 즐비했던 그곳들은 어디 어디 있었던지, 지금은 잡초만 우거져 황량할 뿐, 산도 물도 대답을 주지 않고, 저물어 가는 어둠 속으로 잠겨 가고 있다.

돌이켜 생각하니, 이는 이미 천 년 전의 일이 아니었던가? 그런 것을 어쩌자고 덧없는 한 인생이 오늘의 일처럼 시름하고 있단 말인가? 정히 "백 년도 못 사는 인생, 언제나 천 년의 시름을 품어 있음이(人生不滿百 常懷千載憂: 古詩)" 이를 두고 이름이 아니던가?

호서(湖西) 명기 취선(翠仙)의 시를 함께 차려 본다. 〈용망화락(龍亡花落)〉의 같은 소재, 같은 주제의 화운(和韻)이다.

晩泊皐蘭寺　　밤늦게야 고란사에 배를 멈추고
西風獨倚樓　　갈바람에 호올로 누에 기댔네.
龍亡雲萬古　　용 없어도 구름은 만고에 희고
花落月千秋　　꽃은 져도 천추에 달은 밝고녀!

전원의 봄

정두경

놀인 양 만 그루 꽃
한 마을이 자욱하니
백 년 하늘 땅에
이 그윽한 '내 집'일다.

나무꾼 찾아들 젠
매양 놀라지만
시냇물 건너오는
산승 보면 반갑다.

뜰가에 술독 열면
봄새들 지절대고,
창가에 기대앉으면
들려오는 낮닭 소리……

요사이 게을러져
시도 짓지 않았다가,
한 귀 얻은 이 아침
종이 찾아 적어 본다.

萬樹煙花一巷迷　百年天地此幽棲
每驚樵客來尋洞　却喜林僧訪過溪
庭畔開樽春鳥語　窓間隱几午鷄啼
比來懶惰詩兼廢　得句今朝覓紙題

〈田園卽事〉

評說 봄날의 전원 한정(田園閒情)이다.

〔1·2구〕 도리행화(桃李杏花) 따위 키 큰 나무꽃들이, 집집마다 골목마다 흐드러지게 피어 있어, 멀리서 보는 한 마을이 구름인 듯 놀인 듯 자우룩한 그 속에 '내 집'이 있다. 내 집! 광막한 하늘땅 사이에 내 한 생애를 우로 풍상(雨露風霜)으로부터 보호해 주는 유일한 나의 의지처라 생각하니, '내 둥지', '내 보금자리'란 애착마저 느껴진다. 전구는 전원 춘경의 대관(大觀)이요, 후구는 무한한 시공간의 한 위치를 점유(占有)하고 있는 묘연(杳然)한 자신의 좌표(座標)의 확인이다. '내 집'에 대한 각별한 애착의, 그 착 달라붙는 맛은 어디서 오는가? 그것은 전적으로 '此'의 강조·감탄에서 조미(調

煙花(연화) 안개와 꽃. 봄 경치를 이름.
百年(백년) 일생(一生).
此(차) 이(지시 대명사). 여기서는 '幽棲'를 강조 · 감탄한 것.
幽棲(유서) 속세를 떠나 고요하게 숨어 사는 집.
樵客(초객) 나무꾼. 초부(樵夫).
林僧(임승) 산사의 승려. 산승(山僧).
庭畔(정반) 뜰가.
隱几(은궤) 안석에 기댐.
比來(비래) 요사이. 근래.
懶惰(나타) 게으름.
得句(득구) 시구를 얻음.
覓紙(멱지) 종이를 찾음.

味)된 결과이니, 이 한 자, 그 조사(措辭)의 묘(妙)가 이와 같음을 깊이 음미해 볼 만하다.

〔3·4구〕 간혹, '쩡쩡' 깊은 수림 속에 울려 퍼지는 나무꾼의 도끼 소리—. 앞뒷산도 놀라 반향(反響)을 일으키는 이 유곡(幽谷)의 충격(衝擊)은 적지않이 사람을 놀라게 한다. 이 외진 곳을 어찌 알고 어디로 해서 어떻게 들어왔는지에 대한 놀라움도 놀라움이다. 그런가 하면, 때로는 앞 시내의 외나무다리 위로 느릿느릿 걸음을 옮겨 오고 있는 산승을 보면, 옛 시가나 그림에서 흔히 대하는, 그 '독목교(獨木橋)의 노승' 같아 친숙감이 든다. 외계와 두절된 두메 마을에서 외객(外客)을 대하는 감개이다. 사람을 놀라게 하는 나무꾼이라지만, "벌목정정산갱유(伐木丁丁山更幽: 쩡쩡 도끼 소리에 산은 다시 깊어지고……)"(杜甫)의 정취 또한 없지 않으며, 친근감이 드는 산승의 내방은 다 같이 속세를 떠나 욕심 없이 살고 있는 사람으로서의 공통된 이해에서일 것이다.

〔5·6구〕 뜰가의 꽃그늘에 앉아, 막 괴어 익은 춘주(春酒)를 개봉(開封)하여, 독작(獨酌)하고 있노라니, 어느새 술 향기 맡고 모여든 산새들은 꽃가지마다 오롱조롱 앉아 수다를 떤다. 노상 재잘거리는 놈, 곡예하듯 까불거리는 놈, 가끔 감탄조로 외마디 목청을 뽑는 놈……. 술 향기·꽃향기에 취한 봄새들의 취태(醉態)도 가지가지다. 그 몸짓 그 지껄거림은 통역 없이도 이해하기에 어렵지 않다. 봄의 찬미요, 생의 희열이요, 구애(求愛)의 몸짓들이다.

거나한 김에 창가 안석에 느직이 몸을 맡기노라니, 때마침 공교롭게도 어디선가 한낮을 알리는 긴 낮닭 소리가 들려온다. 태고의 정적(靜寂)을 몰고 오는, 그 긴 목청의 여운으로 산마을은 한결 더 깊어지는 고요 속에 평화로움이 끝없이 번져 간다.

전구는 산새들과 수작(酬酌)하는 풍류 운치요, 후구는 유연(悠然)

한 전원 한정을, '隱几'에 계기(繼起)하는 '午鷄啼'의 우합(遇合)으로 무봉(無縫)하게 묘출(描出)했으니, 이 일련은 가위 신운(神韻)이 도는 경지라 할 만하다.

〔7·8구〕 봄 들면서부터는 이른바 춘곤(春困)으로 게을러져서, 평소에 좋아하는 시작(詩作)마저도 철폐했다가, 오늘 아침에야 비로소, 도도(滔滔)하게 도래(到來)하는 춘흥·시흥(詩興)으로 즉흥 한 마리를 얻게 된 것이다.

이는 본시의 작시 경위로서, 따로 내세울 서설(序說) 같은 내용이다. 이로 하여 도리어 시맥(詩脈)이 돈좌(頓挫)된 감이 없지 않으니, 특히 후구는 이 옥(玉)의 한 티가 아닌가 싶다.

'詩兼廢'의 '兼'에서, 폐한 것이 시뿐 아니라, 더 본질적인 것이 폐해져 있음을 짐작케 하고 있으니, 그것은 봄에 도취되고 자연에 몰입되어 무아(無我)·무위(無爲)의 상태로 지내 왔음을 암시하는 듯, 또 그것은, 지필묵의 소재조차 잊을 만큼 얼마나 심했던가를 '覓紙'에서 보여 주고 있다.

이 시는 2수 중의 둘째 수로서, 그 첫 수는 다음과 같다.

수양버들 그늘 아래
오솔길 따라가면
나무마다 꽃이 벌고
풀 향기 그윽한데,

나 홀로 잔질해도
시흥은 절로 일고
마을 노인 만날 때면
담소에 시비 없다.

봄물엔 흰 고기들
풀떡풀떡 뛰놀고
들에는 참새들
포록포록 날거니

이 한가로운 맛
적공은 어찌 몰라
문전에 거마 없음을
한스러워했던고?

垂柳陰中一逕微　雜花生樹草芳菲
騷人獨酌有詩句　村老相逢無是非
春水白魚爭潑潑　野田黃雀自飛飛
翟公未解閒居興　枉恨門前車馬稀

계곡(溪谷) 장유(張維)는 동명의 경구(警句)들을 모아 벽면에 적어 놓고, 무시로 이를 애상(愛賞)했다고, 남용익은 《호곡시화》에서 증언하고 있다.

백곡(栢谷) 김득신(金得臣)은 《종남총지》에서, 자신의 시를 고인에 견준다면 누구를 들겠는가라는 짓궂은 물음에, 동명은 빙긋이 웃으면서, 이백·두보는 감히 당해 낼 수 없겠으나, 고적(高適)·잠삼(岑參)이라면 비견해 볼 수 있을지 모르겠다고 자부했다는 일화를 적으면서, 그런, 그의 시의 고절청상(高絶淸爽)한 운격(韻格)은, 이백을 불러일으킨 듯, 잠삼보다 빼어났다고 덧붙였다.

또 홍만종(洪萬宗)은 《소화시평》에서, 동명은 진한(秦漢)·성당(盛唐)의 고전에 정통하여, 기개는 사해를 삼키고, 안목은 천고를 꿰뚫어, 한 세대의 태산북두(泰山北斗)로 숭앙된 시의 거장이라고 격찬하고 있다.

| **정두경**(鄭斗卿, 1597~1673, 선조 30~현종 14) 문신·학자. 자 군평(君平). 호 동명(東溟). 본관 온양(溫陽). 지승(之升)의 아들. 이항복(李恒福)의 문인. 교리, 홍문관 제학 등 역임. 시문과 글씨에 뛰어났다. 시조 2수가 전한다. 저서에 《동명집》이 있다.

전주

정두경

전주라 춘삼월은 번화토 번화하다.
제비는 날아날아 햇빛 속에 버득인다.

삥야호호 말이 우니 능수버들 댁에서요,
덩기덩 비파 소린 주렴 걷은 집에설다!

시내 흘러 마을마다 샘 줄이 넉넉하고
동산엔 온갖 과목 번갈아 꽃이 핀다.

저물녘 더 높은 곳 다시 올라 바라보니
저녁연기 반공에 올라 노을이랑 얼리었네.

名都三月盛繁華　燕子飛飛白日斜
叱撥馬嘶垂柳宅　琵琶聲出捲簾家
溪流潤作千村井　園木交開百果花
薄暮更登高處望　炊烟曾結半空霞
〈題全州府〉

評說 유명한 고을이면 고을마다 그 고장의 풍물시(風物詩)가 있다. 아니, 풍물시가 있어 그 고장을 더욱 유명하게 했는 것일 수도 있다.

전주는 후백제의 옛 도읍지로서, 경관이 수려할 뿐만 아니라, 주민들이 풍류를 즐기는 멋의 고장, 예술의 고장인 데다 산물이 풍요로워 각종 요리가 발달한 맛의 고장이기도 하다.

1연은, 고도 전주의, 봄 경치의 대관(大觀)이요,

2연은, 풍요로운 멋의 고장, 아름다운 소리의 고장임을,

3연은, 오곡백과가 풍요로운 곡창(穀倉) 지대로서의 살기 좋은 고장임을,

4연은, 근심 걱정 없는 태평스러운 고장임을, 각각 상징적으로 찬양하고 있다.

시점(視點)은 이 고장을 한눈에 부감(俯瞰)하는 전지적(全知的) 위치이다.

척척 늘어져 바람에 능청거리는 능수버들 큰 가지에 말 매어 놓고, 별당(別堂)의 구슬발 반만 걷은 사이로 '덩기덩' 들려오는 비파 가락에 황홀히 귀 기울이고 서 있는, 청포(靑袍)를 입은 선비, 말도 신이 난 듯 '뼁야호호호호' 한 목청 길게 뽑아내는, 봄날의 연정(戀情)이며 예도(藝都)의 풍정(風情)이다.

맑은 시내의 넉넉한 흐름에 윤택해진 마을 마을에는, 봄이면 색색 꽃향기 번갈아 피어나고, 가을이면 주렁주렁 오곡백과가 무르익는 풍성한 고도!

저녁 무렵이면 집집마다 취연(炊煙)이 향연(香煙)인 양 피어올라, 반공의 저녁놀과 서로 어우러져 꽃구름을 이루는 광경은 진정 배불리 먹고 격양가(擊壤歌)라도 부르는 태고연(太古然)한 평화로운 고장임을 보여 주고 있다.

叱撥馬(질발마) 중앙아시아 지방에서 생산되는 말의 일종. 다락말. 호마(胡馬).

탄금대에서

이소한

비 뿌리는 탄금대를
구름이랑 지나다가,
그 임들 넋을 불러
술 한 잔 치고 나서
당시의 패한 연유
물어보자 하였건만,
저무는 산 말이 없고……
물은 마냥 흐느끼고……

片雲飛雨過琴臺　招得忠魂酹酒回
欲問當時成敗事　暮山無語水聲哀

〈彈琴臺〉

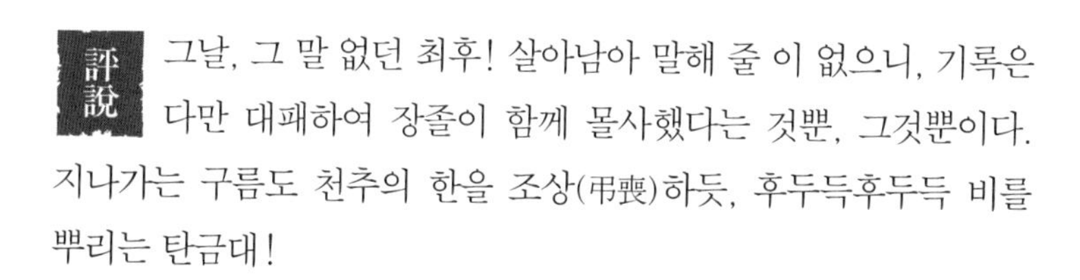

評說 그날, 그 말 없던 최후! 살아남아 말해 줄 이 없으니, 기록은 다만 대패하여 장졸이 함께 몰사했다는 것뿐, 그것뿐이다. 지나가는 구름도 천추의 한을 조상(弔喪)하듯, 후두득후두득 비를 뿌리는 탄금대!

彈琴臺(탄금대) 충주 북서 4킬로 지점에 있는 명승지. 옛날 우륵이 이곳에서 가야금을 타며 놀았다는 곳이나, 임진왜란 때 신립 장군이 이곳에 배수진을 치고 싸우다 전세가 불리하여 장졸이 몰사한 곳이다.
酹酒(뇌주) 술을 땅에 부어 강신(降神)하는 일.

돌아갈 길 없이 떠도는 무수한 원혼들께 술 한 잔 뿌려 위로하고, 그 당시의 패인(敗因)을 물어보고자 하나, 저물어 가는 산은 말이 없고, 물도 여울여울 목메어 흐느낄 뿐, 대답이 없다.

치솟는 분노와 불타는 의기 누를 길 없어, 죽기를 맹세하고 달려간 전선(戰線), 그러나 원수를 무찌르지 못한 채, 몸이 먼저 죽고 말다니? 아. 어쩌면 이렇게도 허망할 줄이야! 어느 누구의 아들이요, 어느 아낙의 지아비며, 어린것들의 아빠인, 그 원혼들을 생각하며, 작자도 말이 없이 어둠 속 물소리 속으로 아득히 잠겨 들고 있다.

| **이소한**(李昭漢, 1598~1645, 선조 31~인조 23) 문신. 자는 도장(道章). 호는 현주(玄洲). 본관은 연안. 저서에 《현주집》이 있다.

해 지킴

손필대

한재에 촛불 외로이
지새워 앉아
남은 해 보내려니
마음 아파라!

그 옛날 강남땅
나그네 시절
석양 정자가에
임 보내는 듯—.

寒齋孤燭坐侵晨　餞罷殘年暗損神
恰似江南爲客日　夕陽亭畔送佳人

〈守歲〉

評說 흔히 역려(逆旅) 인생이라고들 한다. 커다란 흐름의 세월 속에 잠시 기탁했다 떠나는 여관의 나그네나 다름없는 인생이란 뜻이다. 그런 인생관으로 본다면 이승이란 누구에게나 타관이

寒齋(한재) 찬 서재. 또는 작자의 당호(堂號)인 세한재(歲寒齋)의 약칭. '歲寒'은 새한 송백(歲寒松柏)의 뜻으로, 지조의 굳음을 뜻한다.
孤燭(고촉) 고등(孤燈).
侵晨(침신) 이른 새벽. 조조(早朝).

요, 사람은 다 한 나그네인 셈이 된다.

그 가장 친밀한 동반자는 세월이니, 우여곡절의 애환을 같이해 온 360일, 그 마지막 날의 마지막 시간을 영영 떠나보내는 그 애착과 석별의 정은 각별할 수밖에……. 그러나, 한갓 추상적인 '길이'만으로 관념되는 시간을, '임'으로 의인(擬人)한 그 비유는 어딘가 버성긴 듯, 밀착감을 느끼기에는, 아무래도 노년에야 절감되지 않을까 여겨진다. 무한히 연속되어 가는 숫자 계열 상의 '일년'으로 관념하는 현대 젊은이들의 인식과는 달리, 간지(干支)로 표시되어, 주재(主宰)하는 상징 동물이 바뀌어 등퇴장(登退場)하는 '일년', 한 해 한 해가 독립적 단위로 관념되는 옛 사람의 '일년'은, 그 관념의 근본부터가 달랐던 것이나, 십이지 석상들이 한결같이 직립한 사람의 몸뚱이에다 각각 십이 동물의 얼굴이 면면 조각되어 있음과도 같음을 감안한다면, 일년이란 세월을 '佳人'으로 의인함이, 젊음이라 해서 바이 이해되지 못할 것만도 아니리라 여겨지기도 한다.

끝으로 소품 〈전가〉 한 수를 덧붙인다.

저물도록 김매고
돌아오자니
어린 녀석 문에 마중
알리는 말이

餞罷(전파) 끝까지 전송함.
殘年(잔년) 남은 해.
暗傷神(암상신) 그윽이 마음이 상함.
亭畔(정반) 정자의 근처.
佳人(가인) 미인. 다정한 친구.
守歲(수세) 섣달 그믐날 제야에 등촉을 밝히고, 온 밤을 새우는 풍습. 해 지킴.

"동쪽 이웃집 동부레기가
갯밭 기장을 다 먹었어요."

日暮罷鋤歸　稚子迎門語
東家不愼牛　齕盡溪邊黍

〈田家〉

| **손필대**(孫必大, 1599~?, 선조 32~?) 시인. 자 이원(而遠). 호 세한재(歲寒齋). 본관 평해(平海). 통례원 통례(通禮), 지제교(知製敎) 등 역임. 시문에 능했다.

그리워 눈에 삼삼

이득원

임 이별 아득하다
몇 날이던고?
그리워 눈에 삼삼
못 잊힘이여!

등잔불 가물가물
꺼질락 말락
외론 밤은 이경 삼경
깊어 가는데—.

遠別悠悠幾日　相思耿耿深情
殘燈欲滅未滅　獨夜二更三更
〈夜坐有懷〉

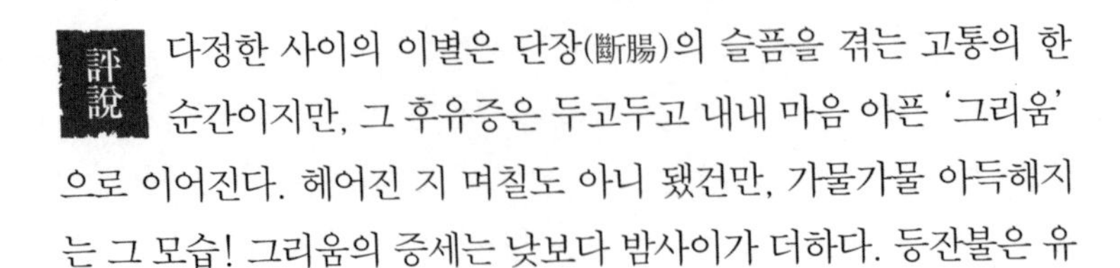
評說 다정한 사이의 이별은 단장(斷腸)의 슬픔을 겪는 고통의 한 순간이지만, 그 후유증은 두고두고 내내 마음 아픈 '그리움'으로 이어진다. 헤어진 지 며칠도 아니 됐건만, 가물가물 아득해지는 그 모습! 그리움의 증세는 낮보다 밤사이가 더하다. 등잔불은 유

耿耿(경경) 잊히지 않는 모양. 또 불빛이 깜박깜박하는 모양.
殘燈(잔등) 쇠잔한 등잔불.

일한 위안인 동시에, 그것은 또한 그리움의 오솔길로 이끌어 가는 유도등(誘導燈) 구실을 하기도 한다. 꺼질락 말락 가물거리는 등불 속에 명멸하는 삼삼한 얼굴! 불면의 밤이 깊어 갈수록 함께 깊어 가는 그리움!

그리움은 시간과 시간, 공간과 공간을 이어 주는, 인간 정서의 가장 아름다운 무선의 통로이다.

형식은 육언 절구(六言絶句). '悠悠', '耿耿', '欲滅未滅', '二更三更' 등의 반복, 반전, 점진 등에 의한 시정의 점층적 고조와 운율의 최박감(催拍感)이 극대화되어 있다.

| **이득원**(李得元, 1600~1639, 선조 33~인조 17) 인조(仁祖) 때 사람. 서예가. 자 사춘(士春). 호 죽재(竹齋).

낙화 쓸기 바쁜 봄

임유후

산은 절을 품어
돌길이 비껴 있고
골짜기 그윽하여
구름·놀 잠겼는데,
중은 내게 이르네.
봄이라 일이 많다고,
아침마다 문앞거리
낙화 쓸기 바쁘다나—.

山擁招提石逕斜　洞天幽杳閟雲霞
居僧說我春多事　門巷朝朝掃落花

〈題僧軸〉

評說 사방 산으로 둘려, 외계(外界)와 절연(絶緣)되어 있는 별천지(別天地)! 하늘로만 트여 있는 골짜기엔 하늘로 오르내리는 통로인 양, 돌길이 비껴 있다. 이런 외딴 곳이건만 그래도 못 놓

招提(초제) 절. 사원(寺院). 범어에서 온 말.
幽杳(유묘) 그윽함. 깊숙함.
閟雲霞(비운하) 운하를 잠금. 운하는 구름과 놀.
居僧(거승) 한 절에 상주하는 중.
門巷(문항) 문 앞 거리.

인다는 듯, 항시 구름과 놀이 동천(洞天)을 가리어, 절의 소재(所在)를 감추고 있다.

아침저녁 낙화 쓸기에 골몰일 만큼 절은 꽃나무로 뒤덮여 있는 선굴(仙窟)이다. 낙화 쓰는 일, 그것도 일은 일이라고, 일 많다 늘어놓는, 거승(居僧)의, 이 즐거움에 겨운 엄살은, 정히 별유천지(別有天地)의 비인간(非人間)인가? 속인(俗人)을 약 올리는 '용용'인가?

작자의 같은 제하(題下)의 오절 한 수를 아울러 감상하자.

돌 깎아 이름을 새기렸더니
산승은 웃음을 못 멈추네.
하늘 땅도 물거품 허깨비거니
능히 몇 때나 머무를 수 있으리라고—.

鑱石題名石　山僧笑不休
乾坤一泡幻　能得幾時留
〈題僧軸〉

鑱石(산석) 돌을 깎음.
泡幻(포환) 물거품과 허깨비. 환포(幻泡).

임유후(任有後, 1601~1673, 선조 34~현종 14) 문신. 자 효백(孝伯). 호 만휴당(萬休堂)·휴와(休窩). 본관 풍천(豊川). 도승지, 경기 감사 등 역임. 저서에 《만휴당집》, 《휴와야담(野談)》 등이 있다. 시호는 정희(貞僖).

산길

강백년

십 리에 인기척 없고
산은 비었는데 봄새가 운다.

중 만나 앞길을 물었건만
중 가고 나니 길은 도로 헷갈려…….

十里無人響　山空春鳥啼
逢僧問前路　僧去路還迷

〈山行〉

評說 어찌 산길뿐이랴? 인생길 또한 그러한 것을―.
앞 사람들 발자국이 거듭되어 난 길이건만, 길에는 으레 갈림길도 많아, 한 번 엇길로 들게 되면 갈수록 글러만 가는 산길, 인생길!

알듯 말듯 알쏭한, 누구에게나 첫 길인 낯선 인생길, 물어물어 가는 길이라지만, 물을 데도 만만찮고 물었는데도 되레 헷갈리는 길, 그 산길 인생길!

人響(인향) 사람의 소리. 인기척.
路還迷(노환미) 길이 도리어 헷갈림.

※ '問前路'의 위치는 마땅히 '平仄仄'이어야 할 자리인데, '仄平仄'이 되어, 모두가 기피하는 소위 '고평(孤平)'이 되었는데도, 적당히 조절되지 못했던 듯하다. '春鳥啼'의 '春'자 자리도 측성이어야 할 자리다. 그러고 보면, 이를 고시체의 오언 소시(五言小詩)라고나 해둘까?

| **강백년(姜栢年, 1603~1681, 선조 36~숙종 7)** 상신(相臣). 자 숙구(叔久). 호 설봉(雪峰)·한계(閑溪). 본관 진주(晉州). 문명이 높고, 청백리(淸白吏)에 녹선(錄選), 벼슬이 영의정에 올랐다. 저서에 《설봉집》, 《한계만록》 등이 있다.

아내의 죽음을 애도하여

이계

신혼 때 장만한 옷
태반이 새 옷이라,
옷상자 챙기자니
마음 더욱 아프구나.

생전에 아끼던 것
다 챙겨 보내나니
공산이 해 주는 대로
흙이 되고 말려무나?

嫁日衣裳半是新　開箱點檢益傷神
平生玩好俱資送　一任空山化作塵

〈婦人挽〉

아내는 가고 말았다. 그렇게도 가기 서러워하던 그 길을 기어코 가게 되고 만 것이다.

장례 날이 다가오매, 입관 때 보공(補空)에 쓸 옷가지를 챙기려

挽(만) 만장(挽章). 죽은 이를 애도하는 글.
玩好(완호) 노리개 따위 완상하며 좋아하는 것.
資送(자송) 장만하여 보냄.
一任(일임) 아주 다 맡김.

옷상자를 열고 하나하나 들춰 본다. 신혼 때 장만한 옷이 태반이 그대로다. 그 옷 다 입어 헤어지게 할 겨를도 없는, 덧없는 죽음이기도 하지마는, 그보다도 그 대부분의 아름답고 값진 것들은, 입기마저 아까워, 가람으로 모셔 놓고만 있어 온 것들이다. 가엾은 사람! 박복한 사람! 마음이 한없이 상한다.

몇백 년이나 살 것처럼 아끼던 그 옷이며, 철부지 아기처럼 좋아하던 노리개며 장신구 따위를 다 갖추어, 마지막 가는 길에 장송품(葬送品)으로 넣어 보낸다.

그러나 그것이 망자(亡者)에게 무엇이리오? 백골과 함께 모두가 영영 흙먼지 되고 말 그것들이련만, 그러나 어쩌랴? 그래라도 하지 않고는 못 배길, 살아 있는 자의 무너져 내리는 가슴의 가엾은 자기 위안에서임을—.

슬퍼함은 이미 망자의 몫이 아니라, 생자의 몫일 뿐이다. 무릇 죽은 이의 손때 묻은 것치고 상심되지 않는 것이 있으랴만, 가장 마음 아프기론 의복보다 더한 것은 없으리라. 그 품이며 화장이며 기장 등에서 느끼는 체상(體相)이며 체모(體貌), 그 재질(材質)이며 색체 등에서 느끼는 체부(體膚)며 체취 등, 직접 그 육체를 실감하는 듯하게 해 주기 때문이다.

지정무문(至情無文)이란 말대로, 그 와중에 무슨 글이 있을 수 있으리오. 그런 중에서도 작자는, 그 헝클어진 심서(心緖)를 가닥 잡아, 사랑하는 아내의 젊은 죽음에서 오는 크나큰 충격과 애끓는 슬픔을 차분하고도 품위 있게 한 편의 작품으로 소화해 내었으니, 이는 전혀 그 진실에서 우러나오는, 과장도 넋두리도 아닌, 꾸밈없는 도타운 인정 그대로의 발로였기 때문임은 말할 나위도 없다.

끝으로 그의 〈여름의 산촌〉 한 수를 더 옮겨 본다. 시 중 3·4구는 인구에 회자된 명구이다.

오막살이 밥 짓는 연기 더운 기 달아올라
나무 그늘에 발 뻗고 앉아 먼 바람을 기다리네.

뜬구름은 저절로 먼 산에 비 되어 내리더니
되비치는 햇볕, 문득 강 건너 무지개를 이뤘네.

세상 이야기 전해 줄 길손은 오지 않고
야인끼리 서로 만나 농사일만 걱정하네.

앞 시내 물이 얕아 통발도 드러나니
백로도 펄쩍 날아 다른 떨기로 옮아 앉네.

斗屋炊煙暑氣烘　樹陰箕坐待遙風
浮雲自作他山雨　返照俄成隔水虹

斗屋(두옥) 말[(斗)]만 한 집. 오두막집.
箕坐(기좌) 키 모양으로 두 다리를 뻗고 앉음.
漁梁(어량) 냇물에 가로질러 고기를 잡는 발. 통발.
白鷺翻飛(백로번비) 백로가 훨훨 낢. 이는 어량에 걸리는 고기를 노리고 있던 백로가, 물이 말라 별 볼일 없게 되자 딴 데로 옮아감을 이름이다.

| **이계(李烓, 1603~1642, 선조 36~인조 20)** 문신. 자 희원(熙遠). 호 명고(鳴皐). 본관 전주. 홍문관 수찬(修撰), 사간(司諫) 등 역임. 선천 부사(宣川府使)로 재임 중, 명나라 상선과 밀무역한 혐의로 처형되었다.

過客不來談世事　野人相見念農功
前溪水淺漁梁涸　白鷺翩飛占別叢
〈夏日村居〉

남행

김득신

호서땅 두루 밟아
회정(回程)에 들 제
긴 긴 여로(旅路) 잠시도
한가치 않아
나귀 등의 말뚝잠
문득 눈 뜨니
저녁 구름·남은 눈
이 어느 산고?

湖西踏盡向秦關　長路行行不暫閑
驢背睡餘開眼見　暮雲殘雪是何山

〈湖行〉

북상하여 오는 봄을 마중하여, 필마(匹馬)를 채쳐 남으로 달리는 '봄맞이 여행'이다.

남하할수록 점점 짙어져 오는 봄빛, 연일 강행군으로 달리는 마

湖西(호서) 충청도 지방을 이름.
踏盡(답진) 고루 다 밟음. 답파(踏破).
秦關(진관) 중국 관중(關中)의 땅. 여기서는 경기 지방을 이름.
不暫閑(부잠한) 잠시도 한가하지 않음.
驢背(노배) 나귀의 등.

상에서, 연방 갈아드는 새봄의 낯선 풍물을 두루 애상(愛賞)하려니 잠시도 한가할 겨를이 없다. 집 떠난 지 이미 여러 날, 쌓인 여독(旅毒)은 필경 나귀를 탄 채로 말뚝잠을 자기까지에 이른 것이다. 문득 제물에 깜짝 놀라 눈을 퍼뜩 떠 보니, 도대체 이게 어느 곳이더란 말인가? 나귀는 자신을 싣고, 어딘지 모를 첩첩 산협으로 열심히 종종걸음치고 있는 중이다. 어느덧 해도 기울어 저녁 구름이 나직이 드리웠고, 녹다 남은 지난해 눈이 군데군데 희뜩희뜩 쌓여 있다. 봄은 다시 겨울로 후퇴하여 있는 것이다. 한동안 깜박했는 듯한 느낌뿐인데, 그 많은 시간이 내리흐르고 치흘러, 시공(時空)이 이렇듯 엄청나게 바뀌어 있을 줄이야! 나귀란 놈, 잠깐 주인의 감시 늦춘 틈을 타고, 제멋대로 놀아난 결과려니—. 선잠 깬 덩둘하고 어정쩡한 상태에서 '是何山고?' 놀라는 '엉뚱의 멋'을 음미할 것이다.

어디 이뿐이랴? 다음의 〈봄잠〉에 이르러서는 그 엉뚱함이 한결 심하니:

나귀 등의 봄잠이 흐무뭇하여
꿈속에 푸른 산을 지나갔더니
깨고서야 알았네. 비 왔던 줄을
물 불은 시내의 새물 소리여!

驢背春睡足　青山夢裏行
覺來知雨過　溪水有新聲

〈春睡〉

睡餘(수여) 졸던 나머지.
殘雪(잔설) 녹다 남은 지난겨울의 눈.
湖行(호행) 호서 지방의 여행.

그러므로 세인들이 '흐리멍텅 김백곡'이라고들 하였으나, 바로 말하자면 '엉뚱의 멋 김백곡'이었던 것이다.

여담으로, 호곡(壺谷) 남용익(南龍翼)의 〈남행(南行)〉 시에 대한 술회 한 도막을 듣기로 하자.

"나의 시선집(詩選集)인 《기아(箕雅)》를 간행(刊行)할 때 일이다. 백곡 김득신의 〈용호시(龍湖詩)〉가 일세에 회자되기로 서슴없이 이를 선입(選入)하였더니, 그 후 다시 보니, 그의 〈호행〉 절구는 그보다 더욱 어운이 아름답지 않은가? 그러나, 선집은 이미 출간된 뒤였는지라, 어찌할 수 없었으니, 이는 일찍이 내 견문이 미치지 못했던 탓이라, 길이 탄식할 뿐이다. 이 이른바, '바다를 기울이어 진주는 걸러 냈으나, 끝내 거기 잠긴 명월은 놓치고 만(倒海漉珠 竟遺明月)'격이 되었다."

자하 신위는 그의 《논시절구》에서 읊었다.

저녁 구름, 남은 눈, 이 어느 산고?
나귀 등에 오뚝한 추운 말뚝잠.
그때를 탄식하는 호곡 늙은이
달은 잃고 진주만 걸러 냈다고 —.

暮雲殘雪是何山　驢背詩人兀睡寒
歎息當時壺谷老　竟遺明月漉珠瀾

끝으로 예의 〈용호시〉를 보자. 이는, 술렁이는 정계, 어수선한 시국에 기민하게 대처하는 관인들의 보명책(保命策)으로 서두르는 몸단속이 실감나게 암유되어 있는 걸작이다.

고목은 찬 구름 속이요,
가을 산은 흰 빗발 가이로다.
저무는 강에 바람 물결 이니,
어부 재빨리 뱃머리를 돌리는도다.

古木寒雲裡　秋山白雨邊
暮江風浪起　漁子急廻船
〈題畫〉

| **김득신**(金得臣, 1604~1684, 선조 37~숙종 10) 시인. 자 자공(子公). 호 백곡(栢谷). 본관 안동. 안풍군(安豊君)에 습봉(襲封). 시명(詩名)이 높았다. 저서에 《백곡집》, 《종남총지(終南叢志)》 등이 있다.

벼슬길에 오르면서

송시열

냇물은 성난 듯
떠들썩하고
청산은 찌푸린 채
말이 없어라!

고요히 산수의 뜻
헤아리자니
풍진길 가는 나를
미워함일레.

綠水喧如怒　青山默似嚬
靜觀山水意　嫌我向風塵
〈赴京〉

당쟁으로 영일(寧日)이 없던 당시의 정계에서, 우여곡절(迂餘曲折)의 일생을 겪은 작자이다.

赴京(부경) 벼슬하여 서울로 감.
喧如怒(훤여노) 성난 듯 떠들썩함.
默似嚬(묵사빈) 얼굴을 찌푸린 듯 입을 다물고 있음.
靜觀(정관) 고요히 관조(觀照)함.
嫌(혐) 미워함. 싫어함.
風塵(풍진) 속세간. 여기서는 관도(官途).

누차의 유배 생활 끝에, 이제는 학문에만 전념, 제자나 기르며 녹수청산 벗 삼아 여생을 살리라 하고, 청주 화양동에 은거, 화양 동주(華陽洞主)로 자호(自號)하고는,

청산도 절로절로 녹수도 절로절로
산절로절로 수절로절로 산수간에 나도 절로절로
그 중에 절로절로 자란 몸이 늙기도 절로절로……

하리라며, 시조 한 수 지어 읊으면서, 마음을 다졌건만, 임금의 간곡한 소명(召命)을 받고는 차마 거절하지 못해, 내키지 않는 채로 상경 길에 오른다.

여느 때야 노래노래 흥겹던 냇물 소리요, 너울너울 춤추듯 밝은 청산이었건만, 오늘따라 소리소리 성내어 외치는 듯, 주름주름 찌푸린 어두운 얼굴들이다. 이 산수 저버리지 않으리라 산에 맹세하고 물에 다짐했던 바로 그 산수를 뒤로하고, 또다시 홍진만장의 벼슬길에 오르는 자신의 무신(無信)과 어리석음을 저들은 탓하며 미워함이리라.

이는 물론 자격지심의 소치일 것이나, 그러나, 이 길이 마침내 유배·사사(賜死)로 이어지는, 그의 최후의 길이 될 줄을 예감이라도 한 듯한, 차마 내키지 않는 무거운 발길이 딱하기만 하다.

| **송시열(宋時烈, 1607~1689, 선조 40~숙종 15)** 학자·상신. 자 영보(英甫). 호 우암(尤庵). 본관 은진(恩津). 서인(西人)의 거두. 후에 노론(老論)의 영수. 좌·우의정 등 역임. 당쟁으로 누차의 파란을 겪다가, 숙종 15년 세자 책봉 문제로 유배되고, 이어 사사(賜死). 후에 신원. 주자학과 예론에 정통했으며, 글씨도 잘 썼다. 저서에 《송자대전(宋子大全)》 등 100여 권이 있다. 시호는 문정(文正).

금강산

송시열

구름이랑 산이랑
다 함께 희니
구름인지 산인지
몰라 볼러니
구름은 돌아가고
산 홀로 서니
아하!
일만 이천 봉이여!

雲與山俱白　雲山不辨容
雲歸山獨立　一萬二千峰
〈金剛山〉

評說 금강산 같은 첩첩 장관이야 천만어(千萬語)론들 설진(說盡)할 수 없거늘, 하물며 20자의 절구, 고 표주박만 한 용기로 몇 건더기나 담아 낼 수 있으랴? 이미 수많은 고래의 시인 묵객(詩人墨客)들이 시도(試圖)해 본 면면기관(面面奇觀)의 나열은, 기껏 2·3을 건지고 7·8을 빠뜨리는, 그리하여 한 번도 성공하지 못한,

---

俱白(구백) 함께 흼. 똑같이 흼.
不辨容(불변용) 용모를 분변할 수 없음.
雲歸(운귀) 잠겨 있던 구름이 하늘로 걷혀 올라감.

그 낡은 수법은 이제 그만—. 차라리 입은 다물어 두자. 중요한 건 눈! 불여일견(不如一見)이다.

그렇다, 우선 흰 구름을 장막 삼아 십습 비장(十襲秘藏)해 두었다가, 어느 비 개고 햇살 밝은 좋은 한 때를 골라, 일만 이천 영봉(靈峰)의 전모 대관(全貌大觀)을 극적으로 제막(除幕)하여 보이는 일이다. 그리하여 홍몽(鴻濛)이 부판(剖判)하는 조물자(造物者)의 낙성(落成) 현장을 육안으로 보게 하는 것이다. 감흥은 각자의 것, 작자가 앞장설 일은 아니다.

이상이 이 시의 구상의 대강이었으리라.

이리하여, 작자는 오히려 다물었던 입을, 우리는 지금 그 장쾌감에 사로잡혀 아연(啞然) 입을 다물지 못하고 있는 것이다.

소동파(蘇東坡)의 〈연강첩장도(煙江疊嶂圖)〉의 일절:

산인지 구름인지 아득하더니
연기·구름 흩고 나니 산은 예런 듯……

山耶雲耶遠莫知　煙空雲散山依然

과 비슷한 구상이나, 그러나 '山依然'에서는, 늘 보아 오던 산의 모습이 변함없이 그대로 거기 있었음을 확인함에 그쳤을 뿐, 본시에서처럼 황홀한 초대면의 경탄성(驚歎聲)은 들려오지 않는다.

수사법으로는, 고저장단의 평측법(平仄法)·압운법(押韻法)에 두운법(頭韻法)·반복법·연쇄법 등이 가세하여, 사슬이 맞물려 넘어가듯, 긴박한 박동감(搏動感)·호흡감을 실감케 하고 있다.

머리를 감다가

송시열

청강(淸江)에 머리 감다
아뿔싸! 낙발(落髮) 하나
둥실둥실 동해에로……
떠내려가는구나.

봉래산 신선들이
저를 만약 볼 양이면
인간이라 사는 세상
백발 있음 웃을 테지—.

濯髮淸川落未收　一莖飄向海東流
蓬萊仙子如相見　應笑人間有白頭

〈濯髮〉

評說 맑은 강물에 머리를 감다 보니, 빠진 머리털 한 카락이 강물에 떠내려가고 있다. 미처 거둘 겨를도 없이, 저만치 둥실둥실 떠내려가고 있는 것을 어찌할 길 없이 멀거니 바라보면서 탄식한다.

蓬萊(봉래) 산 이름. 영주산(瀛洲山), 방장산(方丈山)과 함께 삼신산(三神山)의 하나로서, 동해 한가운데 있어, 신선이 살고 있다는 전설의 산.
如(여) '만약'의 뜻.

저 한 올의 흰 머리카락이 저 길로 둥둥 떠내려가게 되면, 동해로 흘러들 것이요, 마침내 동해상에 있다는 신선들의 고장인 봉래산 기슭에까지 이르게 될 것이다. 신선들은 이를 바라보면서, 유한(有限)한 인간 생명에 대해서 긍련(矜憐)의 웃음을 흘릴 것이 뻔하다. 저들은 그 한 카락을 건져 탁자 위에 올려놓고, 저마다 한 마디씩 하겠지 — "백발은 신고(辛苦)의 기록이요, 무상(無常)의 상징이며, 유한 생명의 말기 현상"이라고 — 그것은 마치 동물학자들이 영장류(靈長類)의 생태를 연구 발표하듯이. 그런 조소(嘲笑)의 대상이 된다는 것은 여간 자존심 상하는 일이 아니다. 평소에는 그들의 세계를 동경해 왔다손, 이렇게 맞서는 처지가 되고 보면, 용납할 수가 없다.

머리카락 한 올에서 발단한 상상은 마침내 인간 세계에서 신선 세계에까지 미쳤으니 백발동심(白髮童心)의 익살도 그러려니와 21세기 첨단 과학의 사이버 공간에서 '흑발 대 백발'의 대결을 펼치는 만화 영화 같은 장면을 그 당시에 이미 펼쳐 보이고 있으니, 이처럼 천진한 동심의 풍부한 상상력은 진정 천부의 시심(詩心)에서일 것이 분명하다.

옥중에서 아내에게

오달제

부부의 사랑이 지중하건만
만난 지 두 해도 채 아니 되네.

이제 만 리 이별당하고 나니
헛되어 백 년 기약 저버렸구려.

땅이 넓어 편지도 부칠 길 없고
첩첩이 산도 멀어 꿈도 더디다.

내 목숨 아직 짐작 못하니
태중의 아기나 잘 길러 주오.

琴瑟恩情重　相逢未二朞
今成萬里別　虛負百年期
地濶書難寄　山長夢亦遲
吾生未可卜　須護腹中兒
〈瀋獄寄內南氏〉

評說 심양 옥중에서 아내에게 보낸 편지다.
이역만리, 적국의 옥중에 전범(戰犯)으로 갇혀 있는 처지니, 살아 돌아가리라고는 바랄 수가 없다. 나라에 바친 몸이라지만, 아내가 너무 가엾다. 백 년 두고 맹세한 처지건만, 고작 두 해도 못 되는 신혼에 이 지경이 되다니 —.

끝 연은 태중 아이에 대한 인지(認知)요, 유촉(遺囑)인 동시에 유복자에 남겨 놓는 아비로서의 일언(一言)이며, '未可卜'은 아내의 혼절(昏絶)을 염려한 약간의 배려일 것이다. 쯧쯧!

琴瑟(금슬→금실) 부부. 부부 사이의 화락한 정의(情誼).
百年期(백년기) 일생을 같이할 것을 맹세한 약속.
未可卜(미가복) 생사에 대해서는 아직 예견할 수 없다는 뜻.

| **오달제(吳達濟, 1609~1637, 광해군 1~인조 15)** 자 계휘(季輝). 호 추담(秋潭). 본관 해주. 벼슬은 수찬(修撰). 병자호란 때 청나라와의 화의에 반대하여 심양으로 끌려가 절의를 지키다 처형된 삼학사 중 한 사람. 《충렬공유고》가 있다.

거미줄

윤증

허공을 가로질러
거미가 그물 쳤다.

너 잠자리 녀석들아!
처마껠랑 얼씬 마라.

蜘蛛結網罟　橫截下與上
戒爾蜻蜓子　愼勿簷前向

〈蜘蛛網〉

評說 허공에 그물을 쳐놓고 먹이가 걸려들기를 숨어서 기다리는 저 음흉한 거미의 소행은, 그것이 비록 약육강식의 살벌한 이 지상에 살아남기 위한 천부(天賦)의 습성이라 하더라도, 소인배의 교지(狡智)와 같아 떳떳해 보이지가 않는다.

더구나 저 무고한 잠자리 — 왕방울 눈에 그저 순진하기만 한 발가숭이 철부지 —, 세상 두려운 줄 모르고, 날개 얻은 기쁨에만 도취되어, 함부로 철철 날아다니는 그 길목에, 저런 위험이 처처에 도사리고 있으니, 미물에 있어서도 이 세상은 진실로 살기 어려운 곳

蜘蛛(지주) 거미.
網罟(망고) 그물.
蜻蜓(청정) 잠자리. '子'는 애칭의 접미사.

이 아니랴?

"너 잠자리 녀석들아(戒爾蜻蜓子)!"의 '爾'와 '子'에 배어 있는 곰살가운 애정 또한 음미할 것이다.

> 일생에 얄미울 손 거미 외에 또 있는가?
> 제 배알 풀어내어 망량(魍魎) 그물 널어 두고,
> 꽃 보고 춤추는 나비를 다 잡으려 하더라.

이는 작자 미상의 옛 시조이려니와, 모두 다 선량한 군자를 해치려는 소인들의 덫을 경계하라는 내용들이다. 한편 같은 소재이면서도 남병철(南秉哲)의 〈거미〉는 대조적이다.

屋角墻頭設網羅	추녀에서 담머리로 쳐 놓은 저 거미줄
辛勤跨脚織成窠	애써 넘나들며 집이라 얽었다만,
秋來稍稍蚊蠅少	가을 들며 모기 파리 점차로 줄어드니
充腹無多費腹多	배부를 날보다는 허기질 날 많겠구나!

〈蜘蛛〉

작자는 훨씬 후대인 구한말의 이조판서, 대제학 등을 역임한 과학자이기도 한 사람이다.

실 끝도 붙일 수 없는 막막한 저 허공에 저렇듯 정미로운 공작을 베풀자면 그 애씀이 오죽했으랴? 그러나 지금은 사정이 달라졌다. 가을 들면서 파리 모기도 점점 줄어들었으니, 허기진 많은 날을 어찌들 견디는고? 애처롭기 그지없다. 거미에의 동정이다. 여기에서의 포획 대상은 파리와 모기다. 그것이 인간의 해충이 되다 보니, 거미에의 동정도 떳떳한 온정이 된다.

그러나 또 보라. 이호우(李鎬雨) 시인의 시조 〈영위〉를—:

삶이란 애달픈 소모(消耗)
영위(營爲)의 시점(始點)을 찾아

오직 바람에 맡겨
허공(虛空)에 날려진 실 끝

겨우 그 이룬 거미줄들의
무심히도 걷힘이여!

거미집이란, 그리도 어렵사리 이룬 생활 수단의 전부건만, 외력에 의하여 무심히, 실로 무심히 아무렇지도 않게 걷히고 마는 저 허망함! 인간의 영위도 저와 같은 것이 아니랴? 풀숲 사이에 주춧돌만 남아 있는 옛 궁터, 끊어진 철도, 홍수가 할퀴고 간 마을, 부도난 공장 건물, 불타 버린 유흥가……. 어찌 유형물에만 한하리요? 그리도 진하던 애정도, 우정도, 신심도, 더구나 이(利)를 좇아 옮아 다니는 철새 인간들! 한번 돌아서고 난 뒤의 그 허망함!

| **윤증(尹拯, 1629~1714, 인조 7~숙종 40)** 자는 자인(子仁). 호는 명재(明齋). 본관은 파평. 학행(學行)으로 천거되어, 호조참의, 우참찬, 좌찬성 등 역임. 저서에 《명재유고》, 《명재의례문답(明齋疑禮問答)》 등이 있다. 시호는 문성(文成).

눈 내리는 밤

김수항

허술한 집에 스산한 바람 불어 들고
빈 뜰엔 흰 눈이 쌓이는데,
시름의 가슴과 저 등잔불은
이 밤에 타고 타 함께 재가 되누나.

破屋凄風入　空庭白雪堆
愁心與燈火　此夜共成灰
〈雪夜獨坐〉

진도 유배시의 어느 눈보라 치는 밤이다.
배소(配所)의 허름한 오두막집엔 찬바람 스산하게 문틈으로 휘몰아 들고, 텅 빈 뜰엔 원한인 양 흰 눈이 쌓이는데, 이 엄청난 원죄(冤罪)의 하소연할 길 없는 억울함을, 저 등잔불만은 알아주는가? 이 몸의 속이 타고 타, 재가 되어 가듯이, 저도 심지를 태우고 태우며, 이 밤에 나와 함께 재가 되어 가고 있다.

마침내 재로 남고 꺼져 버릴 자신의 운명에 동정하여 함께 속을 태우고 있는 등잔불에서, 가엾은 동지애적 일말의 위안을 느끼는, 의지 없는 심사의 토로이다.

凄風(처풍) 처량한 바람.
堆(퇴) 쌓임.

끝구의 애절함은, 고려 시인 김극검(金克儉)의 〈규정(閨情)〉을 연상케도 한다.

부치지도 못할 겨울옷을
부질없이 밤늦도록 다듬질하네.
등잔불도 제 마음 같아
눈물 다하도록 저마다 속을 태우네.

未授三冬服　空催半夜砧
銀釭還似妾　淚盡各燒心

| **김수항**(**金壽恒, 1629~1689, 인조 7~숙종 15**) 상신. 자 구지(久之). 호 문곡(文谷). 본관 안동. 김상헌의 손자. 영의정 재직 중 기사환국(己巳換局)으로 진도에 유배된 후 사사(賜死)되었다. 전서(篆書)를 잘 썼다. 저서에 《문곡집》이 있다. 시호는 문충(文忠).

산중의 달밤

허적

구름 걷힌 높은 하늘 달은 밝은데
바람이 건들 불어 이슬이 맑다.

이내는 아른아른 놀에 이었고
지는 잎은 우수수 빗소리어라!

들숲이랑 긴 멧부린 아득히 먼데
외기러기 외론 학의 고고한 풍정(風情)

고요한 중 홀연히 휘파람 부니
은하도 북두성도 기울었고녀!

雲捲層霄月正明　風吹淅瀝露華清
輕煙苒苒連霞氣　落葉蕭蕭作雨聲
平楚脩岑迷遠望　斷鴻孤鶴引高情
悠悠忽發蘇門嘯　河漢西流北斗傾

〈山中月夜〉

달 밝은 가을밤의 청철(清澈)한 야색(夜色), 청고(清高)한 기개(氣槪)를 읊고 있다.

이 시의 안목(眼目)은 제8구요, 그중의 '蘇門嘯'는 안정(眼睛)에 해당한다. 위에는 하늘, 아래는 땅인데, 하늘과 땅 사이에 내가 우뚝 서 있어, 한 점 부끄러울 것이 없으니, 또한 거리낄 것이 무엇이랴? 이러한 자유분방한 고정숙기(高情肅氣)를 끝내 안으로 삭이지 못하고, 마침내 무심코 긴파람 한 파람을 '휘이익' 내질러 허공에로 놓아 보내는 그 기상! 정히 천이요 또 만이다.

'忽發'! 한밤의 정적을 깨고, 돌연 내지르는 날카로운 휘파람 소리의 그 드높은 기상에, 천지도 잠을 깬 듯 반야(半夜) 천상(天象)에 군성(群星)이 쇄락(灑落)하다.

휘파람은 태초인의 감탄의 제1성(第一聲)으로, 우주에 홀로 깨어난 맑은 영혼의 기지개인 양, 독립 자존의 선언이요, 분방(奔放)한 낭만이며, 삽상(颯爽)한 창신(暢神)이요, 울체(鬱滯)한 것의 방기(放氣)이기도 하다.

層霄(층소) 높은 하늘.
淅瀝(석력) 소조한 모양. 바람이나 비 소리의 형용.
苒苒(염염) 연약한 모양. 아른거리는 모양.
平楚(평초) 높은 곳에서 내려다보아 평지같이 보이는 숲. 수해(樹海).
脩岑(수잠) 긴 멧부리. 장대한 산등성이.
斷鴻(단홍) 무리를 잃은 기러기. 외기러기.
蘇門嘯(소문소) 멋들어진 휘파람(長嘯). 쾌재의 긴 휘파람. 진(晉)의 손등(孫登)이 소문산에서 완적(阮籍)을 만나 장소(長嘯)한 고사.

| **허적(許樀)** 인조 때 사람. 호 수색(水色). 기타 미상.

창가에 벽오동은 심지 말 것을

이서우

이 님이 어디 간고? 등잔불만 가물가물,
가을비 잎 치는 소리 꿈 깨울 줄 알았더면,
창가에 벽오동나문 아예 심지 말을 것을……

玉貌依稀看忽無　覺來燈影十分孤
早知秋雨驚人夢　不向窓前種碧梧

〈悼亡〉

죽은 아내를 그리는 애꿎은 푸념이다. 어렴풋이 나타났던 아내의, 그 예런 듯 고운 모습이 홀연 간데없이 사라졌다. 가까스로 눈을 뜨니, 그 있던 위치엔 등잔불 그림자만이 끄물거리고 있을 뿐, 창가의 벽오동 잎에는 가을비 소리가 스산하다. 꿈이었구나! 날 만나러 왔다가 저 어두운 밤비를 맞으며 돌아가고 있을 아내가 그저 안쓰럽기만 하다. 저 야속한 벽오동 잎이 요란을 떨어, 모처럼의 우리의 만남을 허무하게 갈라놓은 것이다. 진작 그럴 줄

悼亡(도망) 망실(亡室)을 애도함. 곧 죽은 아내를 슬퍼함.
依稀(의희) 어렴풋함.
覺來(각래) 깸. '來'는 조자(助字).
十分(십분) 넉넉히. 무척. 몹시.
早知(조지) 진작 ~을 앎.
驚(경) 놀라게 함. 곧 깨움.
種碧梧(종벽오) 벽오동나무를 심음.

알았던들 오동나무 따위 잎 넓은 나무를 창가에 심지는 않았을 것을—.

죽은 아내에 대한, 너무나 간절한 그립고도 아쉬운 정은, 필경 철없고 분별없는 치졸(稚拙)한 푸념마저 낳게 한 것으로, 선원(仙源) 김상용(金尙容)에게도 비슷한 내용의 시조가 있다.

오동에 듣는 빗발 무심히 듣건마는
내 시름 하니 잎잎이 수성(愁聲)이로다.
이 후야 잎 넓은 나무를 심을 줄이 있으랴.

이미 유연성을 잃고 뻣뻣하게 말라 가는 오동잎의, 그 어울리지 않게 넓은 잎자락에 후두두둑 떨어지는 가을비 소리는, 몇 갑절 몇십 갑절이나 건성으로 확성(擴聲)되어, 공연히 초조롭고, 왠지 수란(愁亂)하게 심사를 뒤흔들어 놓게 마련이다.

당현종(唐玄宗)이 죽은 양귀비를 차마 못 잊어 번민하는 때를 일러:

봄바람에 도리화 피는 밤이요,
가을비에 오동잎 지는 때이라.

春風桃李花開夜　秋雨梧桐葉落時

| **이서우(李瑞雨, 1633~?, 인조 11~?)** 문신. 자 윤보(潤甫). 호 송곡(松谷). 본관 우계(羽溪). 예문관 제학, 공조참판 등 역임. 갑술옥사(甲戌獄事)로 삭직. 시문, 특히 과시(科詩)에 뛰어났으며, 글씨도 잘 썼다.

고, 백낙천(白樂天)은 〈장한가(長恨歌)〉에서 노래하고 있다.

다 오동잎같이 관대한 잎이 본의 아니게도 구설수에 오른 예라 할 것이다.

한 생애를 마치며

손만웅

밝은 시대 버림받고 시골에 와 누웠으니
병 잦은 몇 해째론 나들이도 싫어졌네.

임 그린 가난살이 사람 도린 다하려고,
질탕한 자리에는 발길 아예 끊었었지.

땅이 마땅하매 부지런히 밭을 갈고,
집에 있는 서책으로 자손들 가르쳤네.

한가로운 시골 흥치 나 홀로 즐겼거니,
자연의 온갖 소리야 번거롭다 여겼으랴?

明時見棄臥田村　多病年來懶出門
葵藿園中全性命　紛華場裏斷趍奔
地宜稼穡勤耕耨　家有詩書勸子孫
野興閒情吾自樂　耳邊衆楚不須煩

〈絶命詞〉

"백구야 펄펄 나지 마라. 너 잡을 내 아니다.
성상(聖上)이 바리시니 너를 좇아 예 왔노라."

이는 십이가사의 하나인 〈백구사〉의 첫머리다. 벼슬살이에서 뜻을 얻지 못하면 강호 야인으로 갈매기를 벗하여 자연에 노닌다는 음풍농월(吟風弄月)의 사설이다. 당시 은사풍(隱士風)의 시가가 다 이런 식으로 심한 허풍과 낭만의 방언(放言)으로 자위를 일삼던 것과는 대조적으로 위의 시는 너무나 진지하고 겸허하다. 혹시 방일(放逸)해질세라, 매양 조신(操身)하며 인륜 도리를 다하려는 옛 군자의 마음가짐으로, 청빈한 가운데 연군의 정을 품고, 농사일에 힘쓰는 한편, 자손들 가르치며, 농촌의 한가로운 흥취를 낙으로 삼으니, 눈에 넘치는 자연 풍치며, 귓전을 스치는 자연의 온갖 소리가 다 정겹고 아름다웠다는, 지난 한 생애의 총회고이다.

운명하던 날 아침, 작자는 문득 병석에서 몸을 일으켜 머리를 빗게 하고, 물수건으로 세수하고, 옷을 갈아입고 정좌하여, 자손들에 면면 훈계 유언한 뒤, 위의 시 한 수를 불러 받아쓰게 하고는, 이윽고 조용히 운명하였다 하니, 그 밝고 맑은 참된 정신은 최후의 일순까지도 이러했거니, 그 일생의 군자행(君子行)이야 새삼 일러 무엇하리요?

작자의 문우(文友)인 병와(甁窩) 이형상(李衡祥)은 서문을 갖추어 이 시에 차운(次韻)하니 다음과 같다.

見棄(견기) 버림을 받음. '見'은 피동(被動).
葵藿(규곽) (1) 아욱과 콩잎. 곧 맛없는 채소. 가난한 생활. (2) 해바라기. 임금을 그리는 마음. 규곽지(葵藿志). 여기서는 (1), (2)의 뜻을 함께 나타냄.
衆楚(중초) 자연에서 나는 온갖 소리. 숲을 지나는 바람 소리, 새 소리, 벌레 소리 따위. 중뢰(衆籟). 만뢰(萬籟).
絶命詞(절명사) 죽기 전에 지어서 일생의 뜻을 밝히는 글. 임명시(臨命詩).

風流寂寞鎖空村　풍류 끊인 빈 마을이 적막 속에 잠겼는데,
落木寒沈月下門　나뭇잎 지는 추위 월하문에 고여 드네.
堂撤素帷沿道哭　흰 휘장 걷은 빈소(殯所) 길가에도 곡성이요,
仗他丹旐徹宵奔　붉은 명정 세운 아랜 밤새도록 분상(奔喪)일다!
殘花已結新阡子　새 무덤의 쇠잔한 꽃, 열매 이미 맺어 있고,
破竹猶生舊砌孫　옛 축대의 꺾어진 대〔竹〕, 죽순 외려 돋아나네.
鵑血午啼山似咽　두견이 낮에 우니 산도 목이 메이는 듯,
草間蟲響可誰煩　풀숲 사이 벌레 소리 그 누구를 괴롭히랴?

※ **이형상(李衡祥)** 숙종·영조 때의 문신·학자. 자 중옥(仲玉), 호 병와(瓶窩). 본관 전주. 문과. 제주 목사, 한성 부윤 등 역임. 영천의 성남서원(城南書院)에 제향. 저서에 《병와집》이 있다.

| **손만웅(孫萬雄, 1643~1712, 인조 21~숙종 38)** 문신·학자. 자는 적만(敵萬). 호는 야촌(野村). 본관 경주. 문과. 청환직(淸宦職)을 두루 거쳐 서장관, 암행어사, 경주 부윤 등 역임. 문행(文行)으로 칭송되었다. 저서에 《야촌집》이 있다.

두메 사람

김창협

말을 내리어 주인 찾으니
아낙이 나와 맞아들인다.
초가집 아래 손님 앉히고
반찬 갖추어 상을 내온다.

"바깥주인은 어디에 있소?"
"쟁기 지고 일찍 산에 가
비탈밭 갈기 힘들어선지
해가 진대도 아니 옵네다."

사방은 적적 이웃은 없고
개·닭들만이 비탈에 논다.
숲엔 사나운 호랑이 많아
나물 한 쟁반 못 뜯는다네.

"가엾다, 홀로 무엇이 좋아
험한 두메에 살고 있는고?"
"살기 좋기야 들녘이지만
원님 무서워 못 갑네다."

下馬問人居　婦女出門看
坐客茅屋下　爲我具飯餐
丈夫亦何在　扶犁朝上山
山田苦難耕　日晩猶未還
四顧絶無隣　鷄犬依層巒
中林多猛虎　採藿不盈盤
哀此獨何好　崎嶇山谷間
樂哉彼平土　欲往畏縣官

〈山民〉

評說 《예기(禮記)》에 이런 이야기가 있다. 공자가 산길을 가다가, 한 여인이 무덤 앞에서 하도 섧게 울고 있기에, 필시 무슨 특별한 곡절이 있을 것 같아, 제자인 자로(子路)를 시켜 까닭을 물어 오게 하였다. 여인의 대답은 이러했다. 이전에 시아버님이 범에게 죽고, 저번에는 남편이 범에게 죽고, 이번에는 자식이 범에게 죽었다는 것이었다. 그럼 왜 범 없는 곳으로 가 살지 않느냐는 물음에, 그래도 여기는 학정(虐政)은 없지 않느냐는 대답이었다는 것이다. 공자 탄식하여 가라사대, "가혹한 정치가 범보다 더 무서운져(苛政猛於虎)!"

問人居(문인거) 주인 있느냐고 물음.
看(간) 맞아 대우함.
扶犁(부리) 쟁기를 옆에 낌.
層巒(층만) 중첩(重疊)한 산.
採藿(채곽) 콩잎을 딴다는 뜻. 나물을 채취함을 이름.
不盈盤(불영반) 쟁반에도 차지 않음. 한 쟁반도 안 됨.
崎嶇(기구) 산길이 험악함. 팔자가 사나움.
平土(평토) 평지의 땅.

이 시는, 바로 그 '가정맹어호'의 실정을, 화전민 아낙과의 대화를 통하여 실증해 보인, 풍자적 교훈적 서사시이다.

시형은 4단 구성의 오언 고시,

1단(1~4구)은 도입으로, 두메 사람의 생활 현장에 임하여, 그 순박한 인정미에 접하는 장면이요,

2단(5~8구)은 문답을 통해 알게 되는 고된 생활상이며,

3단(9~12구)은 목도하는 바와 산민의 진술로 알게 되는 딱한 생활의 실태로서, 위의 2·3단은 본론에 해당한다.

4단(13~16구)은 주제 연으로, 가렴주구하는 탐관오리의 지극한 해독을 지적한 것으로, 특히 맨 끝구는 전편의 내용을 총집약하여 결론한, 이 시의 안목이다.

작자는 관벌·문벌 집안의 출신이면서도, 이처럼 학대받는 서민의 고통을 대변하여, 목민자(牧民者)에 일침(一針)을 가한 이 작품은, 그런 면에서 높이 평가되어 마땅할 것이다.

| **김창협(金昌協, 1651~1708, 효종 2~숙종 34)** 학자. 자 중화(仲和). 호 농암(農巖). 본관 안동(安東). 수항(壽恒)의 아들. 대사간, 대사성 등 역임. 기사환국(己巳換局) 후 영평(永平)에 은거, 성리학 연구로 여생을 보냈다. 문장에 뛰어났고, 글씨도 잘 썼다. 저서에 《농암집》이 있다. 시호는 문간(文簡).

행운유수

이만원

바람은 자도
꽃은 지고

새 울고 나서
더 깊어진 산

하늘은 흰 구름이랑 새고
물은 밝은 달이랑 흐른다.

風定花猶落　鳥鳴山更幽
天共白雲曉　水和明月流
〈古意〉

評說 꽃이 지는 일을 흔히 바람 탓이라 한다. 그러나 보라. 바람은 자도 꽃은 제물에 떨어지고 있다. 자연의 이세이다. 산꿩이 아침을 환호하여, 청높은 가락으로 한 목청 길게 뽑고 나자, 산은 한결 더 깊은 정적 속으로 잠겨 든다. 하늘은 흰 구름과 함께 새벽빛으로 희읍스레 밝아 오고, 물은 지새는 달그림자랑 함께 시원스럽게 흘러가고 있다.

아침이 오는 소리요, 광명이 다가오는 그림자다. 모든 것은 순리다. 꽃도, 새도, 하늘도, 구름도, 물도, 달도, 다가오는 '아침' 앞에 순종하고 있다. 질서! 자연은 질서다. 질서는 우주 만물을 관리하고 규율하는 유일한 헌장이다. 작자도 이 우주 질서에 흐무뭇이 동화되어 있음을 본다.

참 좋은 아침이다.

이만원(李萬元, 1651~?, 효종 2~?) 문신. 호 이우당(二憂堂). 상주 목사, 이조참판 등 역임. 연릉군(延陵君)에 습봉(襲封). 기사환국(己巳換局) 때 의주로 유배된 바 있다. 청백리(淸白吏)로 이름남.

새벽에 일어앉아

김창흡

새벽 초당에 일어앉으니
지새는 달빛 창에 가득다.
은하 그림자 해사히 맑고
마을 닭들은 홰를 잦힌다.

사방은 적적 기척 없는데,
허공에 걸린 거미 한 마리
밤새 흰 이슬 흥건히 내려
가을 산들이 새단장한 듯,

평소의 이 심정 이를 길 없네.
경물은 날로 쓸쓸하여라.
신 끌며 홀로 서성거리니
그윽한 회포 새삼 적막다.

晨起坐茅亭　微月當窓白
河漢影淸淺　村鷄聲斷續
四顧闃無言　蠨蛸掛虛壁
白露夜來濕　秋山似膏沐
端居不可道　景物日蕭索
蹤履獨彷徨　幽懷更寂寞

〈曉吟〉

評說 "시(詩)는 언지(言志)요, 가(歌)는 영언(永言)이라" 했다. 같은 맥락에서, "시란, 가장 절절한 체험들이 잠재의식으로 용해되어 있는 심지(心地)의 최심층에서 솟구쳐 오르는 언어 광천(鑛泉)의 여울이다"라고 말할 수도 있을 것 같다.

그러므로 한 편의 시를 깊이 이해하려면, 먼저 그 작자의 심층에 잠재해 있는 내면 세계의 이해에서부터 시작되어야 할 것은 당연하다.

작자는 상헌(尙憲)의 증손이요, 수항(壽恒)의 아들이요, 창집(昌集)·창협(昌協)의 아우로서, 일세에 일컬어지는 관벌 집안이요 문벌(門閥) 집안의 출신이건만, 기사환국(己巳換局)에 아버지가 원사한 후론, 영평(永平)에 은거하여 벼슬을 거절하였으며, 신임사화(辛壬士禍)에 형 창집이 또한 원사하자, 지병(持病)이 악화되어 그해에 죽었으니, 그 철천의 한이 오죽했었겠는가?

茅亭(모정) 띠를 이은 정자. 초당(草堂).
微月(미월) 희미한 달빛.
河漢(하한) 은하(銀河).
斷續(단속) 끊어질랑 이어질랑 함.
蠨蛸(소소) 갈거미. 《시경》에 "蠨蛸在戶"라 있고, "此蟲來着人衣 當有親客至有喜也"라 하여, '아침 거미는 반가운 손이 올 조짐'이란, 우리 속설과 일치한 풀이가 있다.
虛壁(허벽) 빈 벽.
膏沐(고목) 머리를 감고 연지를 찍음. 곧 몸단장을 함.
端居(단거) 평거(平居). 평소(平素).
不可道(불가도) 말로 할 수 없음. '道'는 '言'.
景物(경물) 철 따라 달라지는 풍물(風物). 풍경.
蕭索(소삭) 소조(蕭條)하고 삭막(索莫)함.
蹤履(종리) 신을 끎. 신을 신음.
彷徨(방황) 서성거림. 배회(徘徊).
幽懷(유회) 그윽한 회포.
※ **홰를 잦히다** 홰를 잦(頻)게 하다. '홰'란 새벽에 닭이 우는 번수를 세는 말. 첫 홰, 두 홰, 세 홰…… 등 홰를 거듭할수록 새벽이 점점 밝아진다.

이러한 작자의 깊은 한을 전제로 해서만이, 이 시의 비상식적인 여러 곳의 감정 이해에 실마리가 잡혀 가리라 본다. 한밤의 휴식을 취한 아침 기분이 도리어 침울해진 것이나, '端居不可道'의 침음(沈陰)한 일상생활, 긴 잠을 못 이루는 '晨起坐茅亭', 기쁜 일이 있을 조짐의 아침 거미나, 새단장한 듯 산뜻한 산의 경관도, 그것이 도리어 슬픔으로 이어지는 따위가 그것으로, 이는 "꽃이 눈물을 뿌리게 하고, 새 노래도 마음을 놀라게(花賤淚 鳥驚心)" 하는 두보의 감시(感時)·한별(恨別)의 심정과 궤(軌)를 같이하는 것이라 할 것이다.

시형은 오언 고시, 각운(脚韻) '白·續·璧·沐·索·寞' 등의 입성운(入聲韻)을 취함으로써, 그 내파음(內破音)의 독특한 음감(音感)은, 아니라도 침중(沈重)한 시의 분위기를, 한 걸음 한 걸음 그 도를 다져 나가고 있는 듯한 인상이다.

| **김창흡(金昌翕, 1653~1722, 효종 4~경종 2)** 학자. 자 자익(子益). 호 삼연(三淵). 본관 안동(安東). 성리학에 밝았으며, 특히 시재에 뛰어났다. 기사환국(己巳換局) 때 아버지가 사사(賜死)되자 영평(永平)에 은거, 조정의 부름을 거절했다. 저서에 《삼연집》이 있다. 시호는 문강(文康).

이장

김창흡

관 뚜껑 덮이고도
모를 일 또 있으니
자손들 성대하면
무덤 파여 옮겨지네.

살아서는 좋은 집에
오래도록 편턴 몸이
죽어서의 다북쑥 신세
어찌 아니 슬프리요?

蓋棺猶有事難知　子大孫多被堀移
生存華屋安身久　死作飄蓬豈不悲

〈移葬〉

발복설(發福說)로 변질(變質)된 풍수설(風水說)의 폐단을 정(情)에 기대어 하소연한 계자손(戒子孫)의 유언시(遺言詩)이다.

구산(求山)의 주된 정신이 체백(體魄)을 편안하게 할 곳을 물색하

蓋棺(개관) 관의 뚜껑을 닫음. 인생을 마감함.
飄蓬(표봉) 뿌리째 뽑히어 바람에 굴러다니는 다북쑥. 정처 없음의 비유.

는 데 있는 것이 아니라, 오히려 삼 정승 육 판서가 날 명당을 구하는 데 혈안이 되어 있던 비뚤어진 당시의 이장 풍조—이는 오늘날도 오히려 일부 계층에 의하여 암암리에 행해지고 있는 폐단이지만—를 엿보게도 해 주고 있다.

낮닭 소리

윤두서

조촐한 집 먼지 없고
비 갠 경치 밝은데,
주렴에 무늬질세라
실바람은 솔솔…….

뜰 가득 푸른 이끼
비단을 펴 놓은 듯
정향화 꽃그늘에
낮닭이 운다.

小閣無塵霽景明　簾波不動惠風輕
滿地綠苔如鋪錦　丁香花下午鷄鳴
〈偶題〉

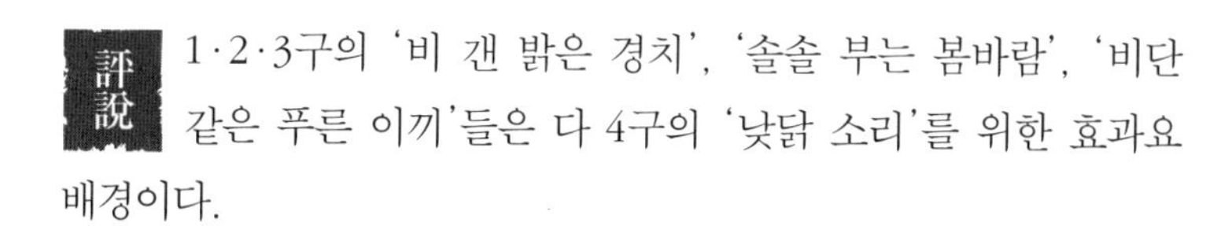

評說 1·2·3구의 '비 갠 밝은 경치', '솔솔 부는 봄바람', '비단 같은 푸른 이끼'들은 다 4구의 '낮닭 소리'를 위한 효과요 배경이다.

小閣(소각) 작은 집. 작은 누각.
霽景(제경) 비 온 뒤의 맑게 갠 경치.
簾波(염파) 발 그림자의 흔들리는 결.
惠風(혜풍) 화창하게 부는 바람. 봄바람.

丁香花下午鷄鳴!

이 무한한정(無限閒情)의 선운(仙韻)을 보라. 만개한 정향나무 꽃그늘에서, 그 찬란한 날개자락으로 홰 툭툭 쳐 놓고는, 껄끄럽게 가다듬은 유창한 목청으로, 길게 길게 띄워 보내는 수탉의, 그 맑고 밝은 그윽한 아룀은, 곧바로 대공(大空)을 투과(透過)하여 지상 무양(地上無恙)을 계고(啓告)하는, 보평안(報平安)의 신호로 천문(天門)에 직달(直達)할 듯하다.

이때, 땅 위의 모든 존재는 다 제 처소에 안도하여, 아늑하고 평화롭고 조화롭다. 모든 것이 아름답고 미덥고 사랑스럽고 흡족하다. 호흡과 혈맥은 순평(順平)하고, 마음은 고요하고 편안하다. 포근한 고운 정감이, 실바람에 무늬지는 주렴의 미세한 흔들림처럼, 담담하고 잔잔하게, 연기처럼 행복처럼 고요히 서리어 있어, 모든 자연과 인간이 한결같이 그 진경(眞境)에 들어 있음을 볼 것이다.

綠苔(녹태) 푸른 이끼.
丁香花(정향화) 정향나무의 꽃. 목서과에 속하는 낙엽 활엽 관목. 한국 특산으로 산기슭에 나는데, 5월에 적자색 또는 담자색의 꽃이 핀다. 관상용으로 정원에 심는다.

| **윤두서(尹斗緖, 1668~?, 현종 9~?)** 조선 중기의 서화가. 자 효언(孝彦). 호 공재(恭齋)·종애(鍾厓). 본관 해남(海南). 시문에 능하였으며, 인물·동식물화에 능했다. 현재(玄齋)·겸재(謙齋)와 아울러 삼재(三齋)의 한 사람.

조선 후기

흰 구름을 좇아

신유한

돌자리를 쓸고 물가에 앉아
"대사는 어디에서 오시오?"
"소승은 운수(雲水)이오라,
흰 구름 좇아 왔나 보외다."

掃石臨流水　問師何處來
師言無所住　偶來白雲回
〈磧川寺過方丈英禪師〉

인왕산 기슭에서

임인영

인왕산 기슭이라
찾아올 이 없으니,
두건 젖버듬히 쓰고
돌이끼에 앉아 읊네.

저무는 날 실바람
봄은 적적 고요한데,
바위꽃 수도 없이
보는 가운데 벌고 있네.

仁王山下少人來　岸幘孤吟坐石苔
日暮東風春寂寂　巖花無數望中開

〈仁王山偶吟〉

인왕산 기슭이라면, 오늘날은 수도의 천만 인구에 에워싸인 번화 지역으로 탈바꿈해 있는 곳이지만, 그때만 해도 '少人來'라, 자세 좀 흐트러졌기로 허물 될 것 없는 은서(隱棲)의 적지(適地)였다니, 실로 창상(滄桑)이 여차(如此)!

仁王山(인왕산) 서울의 서쪽 성내에 있는 산.
岸幘(안책) 두건을 뒤로 젖혀 써 이마를 드러내는 일.

장시간에 걸친 미세한 움직임의 꽃 피는 과정을 담은 미속도 촬영(微速度撮影)의 필름을 고속도로 돌리는 듯, 형형색색 이름도 모를 산꽃들의 봉오리들이, 일시에 부풀어 오르며 벙글어 벌어지며 흐드러지는 개화 장면이, 안전에서 급진행되어 가고 있는 장관이다.

'春寂寂'한 가운데의 이 '望中開'는, '정중동(靜中動)'의 세월의 흐름, 그 시간의 동태를 육안으로 확인하고 있는 듯한 느낌이기도 하다.

| **임인영**(**林仁榮, ?~?**) 조선 경종(景宗) 때 사람. 기타 미상.

금강산도 식후경

홍세태

누워 청산 사랑하다,
매양 늦게 일어날 제,
뜬구름 흐르는 물……
그 모두 내 시(詩)ㄹ러니,

우습다! 다시 보니,
이 몸 신선 아닌 줄이—
배 속 가득 서린 연하(煙霞)
배고픔은 못 고치네.

臥愛靑山起每遲　浮雲流水亦吾詩
此身却笑非仙骨　滿腹煙霞未解飢

〈遣興〉

評說 1·2구는 생활 주변에 있는 실경(實景) 산수의 부운 유수(浮雲流水)를 한가로이 완상하는 느직한 의태(意態)를 이름이나, 한편 '臥愛靑山'은 '와유강산(臥遊江山)'과도 같은 뜻으로, 노쇠하여 나다닐 수 없게 되면 화중(畵中)의 산수를 누워서 애상(愛賞)

煙霞(연하) 안개와 노을. 아름다운 산수의 경치. 여기서는 그런 경치에 도취되어 있는 시정(詩情).
不解飢(불해기) 배고픔을 해결하지 못함.

하거나, 산수의 자연시(自然詩)를 애송하며 시화경(詩畵境)에 소요(逍遙)하는 일을 이름이기도 하다.

황홀한 선경에 도취되어 시간 가는 줄 모르다가, 문득 시장기를 느낀다. 선경에 노니느라 매양 끼니때를 넘기다 보니 그럴 수밖에—. 한데 시장기란 배 속에 가득한 연하풍월(煙霞風月)로는 요기(療飢)가 되지 않는 것이 문제다. 그의 배 속 곧 작자의 내면 세계에는 청산유수(靑山流水)며 연하풍월(煙霞風月)로 시정(詩情)이 가득하건마는, 그것들은 도무지 시장기를 해결하는 데 있어서는 아무런 소용도 되지 않으니 어찌하랴? 먹지 않고도 배고프지 않은 것이 신선일진댄, 시장기를 느끼는 자신은 이미 선골(仙骨) 아님이 분명하다. 순간, 자신도 모르는 사이에 흘리고 만 웃음, 이 얼마나 서글픈 자조(自嘲)의 웃음이며, 시가 밥 먹여 주지 않음을 알면서도, 시를 떠날 수 없는 자신에 대한 민소(憫笑)인가? 그것은 필경 '금강산도 식후경'이요, '수염이 대 자라도 먹어야 산다'는 평범한 진리를 아무도 부인할 수 없는, 인간의 일원(一員)으로서의 자괴(自愧)의 웃음이기도 하다.

| **홍세태(洪世泰, 1653~1725, 효종 4~영조 1)** 문인. 자는 도장(道長). 호는 유하(柳下). 본관은 남양(南陽). 경사(經史)에 통하고, 시에 능했으며, 글씨도 잘 썼다. 이문학관(吏文學官), 울산 감목관(蔚山監牧官) 등을 지냈다. 저서에 《해동유주》, 《유하집》 등이 있다.

늙은 말

홍세태

시골이라 어느 집에 늙은 암말 있었으니
천리마 망아지로 이 세상에 태어났네.

목덜미엔 용의 갈기 털빛은 오색 화문(花紋)
신준(神俊)한 그 골격은 세상에 다시 없네.

남다른 그 생김새 촌사람들 알지 못해.
서로 다퉈 빌려다가 섶 달구지 끌게 할 제,

두 귀도 축 처진 체 양 가는 길 소 가는 길
날마다 험한 길을 몇십 리씩 시달렸네.

서울엔 넓고 큰 길 달림 직도 하건마는
이 말은 촌구석에서 한평생을 마치었네.

田家有老牝　生得天馬駒
龍鬐五花文　神骨世所無
里閭不見異　爭借駕柴車
垂耳逐羊牛　終日數里餘
長安有大道　此馬終村墟

〈雜興〉

評說 작자는 천성으로 뛰어난 재능이 있었음에도 불구하고, 나라에 중용(重用)되지 못하는 위항인(委巷人)으로 한평생을 가난과 울분 속에서 한스럽게 살다 간 시인이다.

이는 불우한 자기 신세를 '늙은 말'에 기탁한 풍자시이다.

인재를 알아보는 안목 없음을 한탄하는 한편, 비록 인재인 줄 알면서도 중용(重用)될 수 없는 사회, 그 봉건사회의 모순된 신분의 세습 제도에 대한 강한 비판이며, 장지(壯志)를 펴 보지 못한 채, 한 생애를 억울하게 끝마치게 됨의 비분강개(悲憤慷慨)이다. 출생과 동시에 운명적으로 덮어씌워진, 이 기막힌 중인(中人) 신분! 그 억울한 굴레를 쓰고, 단립(短笠) 단의(短衣), 갖은 수모를 겪어야 하는 울부짖음이기도 하다.

'垂耳逐羊牛'의 '垂耳'는 기진(氣盡)한 형용이요, '逐羊牛'는 '말 가는 데 소 가는 데 못 갈 데 없다'는 속담으로, 길 아닌 험한 곳을 다니지 않는 곳이 없다는 뜻이나, 여기서는 주인공을 이미 '말'에 견주었으므로, '말'을 피하여 '양'을 대입한 것이다.

옛 시조 한 수 곁들이면;

섶 실은 천리마(千里馬)를 알아볼 이 뉘 있으리
십 년(十年) 역상(櫪上)에 속절없이 다 늙었다.

牝(빈) 짐승의 암컷. 수컷은 모(牡).
天馬(천마) 천리마. '駒'는 망아지.
鬐(기) 갈기.
五花文(오화문) 오색의 꽃무늬.
神骨(신골) 신준(神俊)한 골격.
駕(가) 멍에. 여기서는 멍에를 씌움.
里(리) 거리를 나타내는 단위. 1리는 현실 단위로 10리이다.
長安有大道(장안유대도) '서울에는 큰길 또는 크게 출세할 길이 있건마는'의 속뜻.

어디서 살찐 쇠양마(馬)는 외용지용하느니?

김천택(金天澤)

소곰수레 메웠으니 천리만 줄 제 뉘 알리?
돌 속에 버렸으니 천하보(天下寶) 줄 제 뉘 알리?
두어라 알 이 알지니 한할 줄이 있으랴?

정충신(鄭忠信)

산에 살며

박상립

산집이 적적한데
낮그늘 비껴 있고
뜰 가득 푸른 이끼
반만 깔린 낙화로다.

홀로 냇가에 와
뉘 함께 짝했는고?
저물도록 물새들과
울멍줄멍 서 있었네.

山齋空寂晝陰斜　滿地蒼苔半落花
溪上獨來誰與伴　水禽終日立楂牙

〈林居〉

評說 '무료하다. 심심하다'는, 인간의 군취 본능(群聚本能)의 한 자각 증후(自覺症候)이다. 보아 주는 이 없는 두메의 꽃을 쓸쓸하다고 느끼거나, 홀로 우두커니 서 있는 왜가리를 외롭다고 여

山齋(산재) 산집. 산가(山家).
空寂(공적) 텅 비어 쓸쓸함.
滿地(만지) 땅에 가득함.
蒼苔(창태) 푸른 이끼.

기는 따위는, 인간의 사회성적 본능의 시각에 비친, 이입(移入)된 자기감정일 뿐이다.

은거란 이러한 인간의 본능을 스스로 거세하는 일인 한편, 실은 선택적으로 더욱 강화 확대하는 일이기도 하여, 뜻을 같이하는 친구를 선호하는 대신, 명리(名利)에 관계되는 일체의 외인을 기피하고 배제하는, 한 생활 양태인 것이다. 뜻을 같이하는 친구란, 현세인만이 아니라, 독서를 통한 고인과의 접촉도 시공(時空)을 초월한 사귐의 대상이 됨은 물론이다. 또한 그것은 비단 인간에만 국한되는 것이 아니라, 범자연적(汎自然的)인 영역으로 확대되어, 광풍 제월(光風霽月)이며, 구로 미록(鷗鷺麋鹿)이며, 야초 농수(野草壟樹)의 모든 자연물이 다 그 범주에 들 수 있다.

명리에서 벗어난 허심한 경지에서는, 물아(物我)의 대립 의식이 사라지게 되고, 오히려 저들과의 동류 의식으로 친화감 일체감이 됨으로써, 자연과 동화되고 자연으로 귀화한다.

냇가에 와 물새들과 한나절을 함께한 작자는, 무료해서도 심심해서도 아니다. 저들과 함께 순수한 대자연의 한 부분으로서 존재하고 있을 뿐이다. 그것은 우주 공간에서의 한 우연적인 만남이기는 하나, 그러나 그것은 극히 자연스러운 존재 현상에 불과함일 뿐이다.

냇가에 서 있는 갖가지 색깔의 크작은 물새들 ― 그것은 왜가리 · 두루미 · 해오라기 · 오리 · 황새 · 갈매기 · 할미새 · 원앙새 · 호반새 · 가

溪上(계상) 시냇가.
誰與伴(수여반) 누구와 더불어 짝하였는가?
水禽(수금) 물새.
終日(종일) 해가 저물도록. 진종일의 뜻이 아님.
楂牙(사아) 착잡하여 가지런하지 않은 모양. 참치 부제(參差不齊)한 모양.
林居(임거) 산림(山林)에 삶.

마우지·물떼새…… 등등일 것이다. 철저히 자유로운 제멋대로의 자세로, 혹은 상류에, 혹은 하류에, 혹은 물갓바위에, 또는 모래톱에, 혹은 조는 듯, 먼 데를 바라보는 듯, 멀쑥한 긴 다리의 높은 키 낮은 키로 울멍줄멍 서 있는 물새들—거기, 그들의 일원으로 참여해 있는, 그들 중에서는 가장 덩치가 큰 흰옷 차림의 작자! 그 심경을 한정(閑情)이라기에는 너무 정감적(情感的)이고, 완물(玩物)이라기에는 자의식(自意識)이 모나고, 무념무상(無念無想)이라기에는 너무 허적(虛寂)하고……, 차라리 나무처럼 밝은 햇살 시원한 바람 속에 건강한 삶을 무의식적으로 누리고 있음이라 해 둠이 어떨지?

시의 현장은 둘로 나뉘어 있다. 전반은 산재(山齋)요, 후반은 계상(溪上)이다. 1·2구는 낮잠에서 깨어났거나, 독서 삼매(三昧)에서 헤어났거나 하여 문밖을 내다본, 한낮이 느직한 무렵의 정경이다. 땅에 가득한 창태(蒼苔)는 사람의 왕래가 드묾이요, 푸른 이끼 위에 반만 깔려 있는 붉은 꽃잎은 저물어 가는 봄의 흔적이다. 1·2구는 사경(寫景)의 서정(抒情)으로, 경 속에 정을 부쳤고, 3·4구는 서정의 사경으로, 정 속에 경을 그려 냈다.

주제는 모춘의 은거 정취, 요처는 결구, 특히 기상천외의 묘용(妙用)인 '立楂牙'에 있다.

| **박상립**(朴尙立, ?~?) 조선조 경종 때의 위항 시인(委巷詩人). 자 입지(立之). 호 나재(懶齋). 경남(擎南)의 아들.

연정에서

손덕승

이내랑 아지랑이 저녁 경치 흐르는데,
앞 개의 푸른 연잎 푸른 섬을 이뤘는 듯,

대 그림자 고요히 축대에 가득하고,
버들개진 바람결에 진종일 떠도는 날,

책 읽다 싫증나면 그대로 잠이 들고
두고 난 바둑돌은 쉬고 나서 거두나니

바위굴 진배없는 깊숙한 외딴 골엔
철마다 꽃다웁고 일마다 그윽하다.

空靄晴嵐晚景流　綠浦荷葉似汀洲
竹陰影靜當階滿　柳絮風輕盡日浮
書卷倦來閑更睡　局棋休後散初收
沈冥不必棲岩穴　物色芳華事事幽

〈蓮亭卽事〉

評說 연정은 작자의 은퇴 후의 서식처이다.
바야흐로 봄을 맞은 주변의 경물과 거기 기거하고 있는 주인의 느긋한 생활태가 그림인 양 펼쳐져 있다.

맑은 대숲 그림자 고요히 흔들리는 축대, 버들개지 바람결에 진종일 떠도는 봄날! 누워서 글을 읽다 그대로 잠이 들고, 다시 눈이 뜨이면 글을 읽는 한가로움! 흩어진 바둑돌 흩어진 채로, 마음 내키면 그제야 거두어 담는, 얽매일 것이 없는 천하태평의 자유인이다.

물욕 명예욕 다 버리고 나니, 애쓸 일이 없고, 바쁠 것이 없다. 정겨운 것은 언제나 자연이요, 하는 일이란 일마다 그윽한 정취가 무르익는 일들뿐이다.

蓮亭(연정) 정자 이름. 연당(蓮塘)을 끼고 있는 정자.
空靄(공애) 아득히 낀 이내.
晴嵐(청람) 갠 날 증발하는 산 기운. 아지랑이.
晚景(만경) 저녁 경치.
綠浦(녹포) 푸른 물가.
汀洲(정주) 물가. 못, 강의 물이 얕고 흙모래가 드러난 곳.
局棋(국기) 한판의 바둑.
沈冥(침명) 잠잠함. 고요하여 기척이 없음.
芳華(방화) 꽃답고 빛남.

| **손덕승(孫德升, 1659~1725, 효종 10~영조 1)** 학자. 자는 현수(玄叟). 호는 매호(梅湖). 본관은 경주. 양민공(襄敏公) 소(昭)의 후손. 문과. 벼슬은 지평(持平). 일찍이 치사(致仕)하고, 정사(精舍)를 지어 후진 교육에 전념했다. 저서에 《매호집》이 있다.

새벽 교외에서

고시언

새벽 산은 아직도
어렴풋한데
숲 바람은 사뭇
윙윙거린다.

찬 내에 다다르자
말은 우짖고
지새는 별 우수수
눈처럼 진다.

曉嶂尙依微　林風吹烈烈
馬嘶臨寒流　殘星落如雪
〈曉出東郭〉

評說 자연에 대한 인간의 감정이 크게 흔들릴 때는 어느 때인가? 그것은 말할 것도 없이, 자연의 변화가 엇갈리는 고비 고비이다. 1년이면 계절이 바뀌는 환절기요, 하루 중이면 명암(明暗)이 엇갈리는 새벽과 황혼이다.

曉嶂(효장) 새벽의 산.
依微(의미) 희미함.
馬嘶(마시) 말이 삥야호호 하며 울부짖음.

먼 길이라, 이른 새벽에 출발한다. 성곽을 지난 동쪽 교외! 어슴푸레 사방에 둘러 있는 잠이 덜 깬 산봉우리들, 벽제(辟除)하듯 숲을 꿇리며 사납게 불어 가는 바람 떼, 말도 '어이 건너랴' 기가 차는지, 삥야호호 길게 우짖는 찬 냇물, 하늘에는 지새는 별들이 눈 내리듯 우수수 떨어지고들 있다. 그러한 속을 홀로 말을 채쳐 가고 있는 유령과도 같은 자신의 희미한 그림자가 마냥 낯설기도 하고 허허롭기만 한 것이다. 명암의 미분화(未分化)에서 빚어지는 불확실성 때문일까?

| **고시언(高時彦, 1671~1734, 현종 12~영조 10)** 자는 국미(國美). 호는 성재(省齋). 본관은 개성. 역관으로서 여러 차례 청나라에 다녀와 위계가 2품에 이르렀다. 경사(經史)에 통달했으며, 시에 뛰어났다. 만년에는 서민 시집 《소대풍요(昭代風謠)》를 편찬했다. 저서에 《성재집》이 있다.

늙은 소

정내교

힘을 다하여
산전을 갈고
나무에 매여
외로이 우네.

무슨 수로
개갈을 만나
억울한 곡절
하소연하료?

盡力山田後　孤鳴野樹根
何由逢介葛　道汝腹中言

〈老牛〉

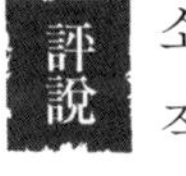

소는 억울하다. 한평생 푸대접 속, 일에 묻혀 늙었건만, 아직도 무거운 멍에 못 면하고, 고된 일에 부대끼며 고삐 매여 살고 있다. 아무리 억울해도 하소연할 데가 전혀 없다.

'소가 된 이야기' 하나 들어 보자.

介葛(개갈) 介葛盧(개갈로)를 이름. 춘추 시대 개국(介國)의 임금. 소의 말에 능통하였다 함.

두멧길 헤매던 길손 불빛 따라 찾아 든 집
호호한 영감 하나 탕건 뜨다 반기더래.
맞는지 써 보라면서 덮어 씌자 소가 됐대.

코뚜레에 굴레 씌워 고삐 잡혀 매였더래.
'사람 살류' 외칠수록 '음메음메'뿐이더래.
날 새자 장에 끌려가 서푼 값에 팔렸더래.

손종섭, 〈소가 된 이야기〉, 1966년

세상엔 소 된 사람 그 얼마나 많았으며, 지금도 소인 사람 그 얼마나 많을런고? 모략 음모의 올가미에 얽혀 든 무실의 죄인은 얼마이며, 가혹한 단근질로 지져 만든 죄인은 얼마이며, 혼미한 독재 군주의 혀끝에서 만들어진 희생은 또 얼마였던고? 그보다도 더 억울한 건, 태어나자마자 숙명적으로 덮씌워진 미천한 신분의 세습이다. 이들은 한결같이 벗어나려 몸부림쳐 보지만 허사다. 난 아니라 아니라며, "왜 이러슈? 사람 살류……" 외칠수록 '음메음메' 소리 날 뿐, 몸부림쳐 댈수록 고삐만 조여들 뿐, 하소연할 길 없이 소인 채로 늙는 사람, 소인 채로 죽는 사람, 그 얼마나 이 세상엔 많고도 많은 건고?

여북 답답했으면 전설의 인물인 '개갈'에 하소연하고자 하는 것이랴? 소인 채로 늙어 가고 있는 작자 자신의 한에 겨운 독백이다.

| **정내교**(鄭來僑, 1681~1757, 숙종 7~영조 33) 문인. 자는 윤경(潤卿). 호는 완암(浣巖). 본관은 창녕. 중인 출신으로 문명이 높았으며, 특히 시에 능했다. 역관으로 일본에 다녀왔으며, 승문원 제술관(承文院 製述官)을 역임했다. 저서에 《완암집》이 있다.

방조제

이익

물길 트고, 포구 옮겨,
방축 쌓으면,
짠기 가셔, 벼 자라,
모두가 옥토.

반듯반듯 새 거리
새 마을 되면
씨 뿌려 매가꾸기
걱정 없나니.

그 뉘라 이 산천
고루 일구어
황무지로 버리는 일
없게 하려뇨?

바다도 뽕밭으로
쉬 바뀌나니
좋은 계책 백성에게
물어 이루라.

穿渠移浦築防潮　鹹減禾生盡沃饒
聚落仍成居井井　鉏耰何患莠驕驕
誰敎山澤無遺利　可見平蕪免浪抛
碧海桑田容易變　良謀輸與訪芻蕘

〈海居防築〉

이는, 오늘의 간척(干拓)에 대한 선각자의 꿈이요 예언이다. 1·3구는 설계(設計)·시공(施工)·낙성(落成)이요, 2·4구는

穿渠(천거) 도랑을 뚫음. 물길을 냄.
移浦(이포) 포구(浦口)를 옮김.
築防潮(축방조) 방조제를 쌓음.
鹹減(함감) 짠 기가 줄어지거나 없어짐.
沃饒(옥요) 곡식이 잘되는, 비옥(肥沃)하고 풍요(豊饒)한 땅.
聚落(취락) 촌락. 부락.
仍成(잉성) 인하여 이루어짐.
居(거) 주거(住居).
井井(정정) 반듯반듯 가지런한 모양. 또 왕래가 빈번한 모양.
鉏耰(서우) 호미와 써레. 농기구. 또 경작(耕作)함.
莠(유) 가라지. 강아지풀. 잡초.
驕驕(교교) 풀이 무성한 모양.
誰敎(수교) 그 누가 ~로 하여금 ……하게 하랴?
山澤(산택) 산천(山川).
遺利(유리) 내버려 둔 이익.
平蕪(평무) 잡초 우거진 들판.
浪抛(낭포) 함부로 내버림.
碧海桑田(벽해상전) 푸른 바다가 뽕나무밭이 됨. 세상이 아주 바뀜의 비유. 상전벽해를 뒤집은 말.
良謀(양모) 좋은 계책.
輸與(수여) 이루어 줌.
訪(방) 물음. 널리 의논함.
芻蕘(추요) 꼴꾼과 나무꾼. 비천한 사람.
防築(방축) 둑. 방죽. 여기서는 방조제(防潮堤).

그 결과의 효용(效用)이다. 5·6구는 국토 개발에 의한 토지 이용의 극대화(極大化)요, 7·8구는 거대한 토목 공사의 가능성과, 널리 민중의 지혜에서 묘책(妙策)을 구할 것을 시사함이다.

노비를 해방하고, 양반도 생업에 종사하여 자활(自活)의 길을 찾으라고 역설해 온 작자이며, 개인의 대토지 점유(大土地占有)를 억제하는, 토지 제도의 개혁과, 국토의 개발 및 그 합리적 이용을 촉구해 온 작자이다. 그러한 실학자의 안목에서, 당시로서는 한갓 터무니없는 공상으로 일소(一笑)에 부쳐졌을 간척의 꿈을, 이미 이처럼 찬란하게 펼쳐 놓았던 것이다.

작자는 안산(安山) 첨성촌(瞻星村)에 주거하여, 평생을 국리 민복을 위한 학문에만 전념하였으니, 그 질펀한 서해안의 굴곡 많은 간석지(干潟地)를 매양 바라보면서, 그 이용후생(利用厚生)의 방도가 이처럼 확연하건마는, 현실로 이루어 내지 못함을 또한 얼마나 애달파하였을까?

이곳은 오늘날 간척 사업의 대역사(大役事)로 온 세상이 떠들썩한 소위 시화 지구(始華地區)로서, 그 설계는 이 대선각자에 의해 2백년 전에 이미 이렇게 이루어져 있었던 것이다.

맨 끝구 "良謀輸與訪芻蕘"는 《시경(詩經)》, 대아(大雅)의 '선민유언(先民有言)'의 전주(箋注)에 이른: "옛날 어진 사람의 말에, 의심쩍은 일이 있으면 마땅히 나무꾼과 더불어 의논하라(古之賢者有言有疑事 當與薪采者謀之)"와 같은 의취이다.

모든 학문이나 문학은 실제 사회에 유용한 것이 아니어서는 아무 의미가 없는 것이라고 주장한 작자였는지라, 그 시풍(詩風) 또한 월로 풍화(月露風花) 따위 낭만적·심미적 작풍(作風)과는 아주 대조적임을 이해하기에 어렵지 않다.

흔히 이르기를, 시의 모태(母胎)는 감성(感性)이니, 또는 시란 진

폭(振幅)이 큰 감동의 소생이니 한다. 그렇다면 이 시와 같은, 근본 지성적·의지적인 시에서는, 감정은 아예 배제되어 있는 것인가? 아니다. 특히 2·3·4구를 보라. 이는, 1구와 같은 방축 청사진의 일환이기는 하면서도, 그 청사진 위에 장차 현현(顯現)될 황홀한 낙토(樂土), 그리고 거기 깃들 주민들의 꿈같은 생활상이 환상화(幻想畵) 같은 미래도(未來圖)로, 감동의 떨림을 머금고 있음을 본다. 곧 그 지성과 의지는 감성의 전류로 대전(帶電)되고 자화(磁化)되어 있는 상태에서임을 알 수 있다. 다른 말로 하면, 지(知)와 의(意)가 정(情)의 충격으로 점화됨으로써 마침내 시로서 불타게 되었으니, 만일 생경(生硬)한 지와 의만이었다면, 한 편의 산문은 되었을망정 시로 승화하지는 못하였을 것이다. 그러고 보면, 시에 있어서의 감정의 비중은 어느 경우에나 역시 큰 것임을 일깨워 주는 듯도 하다.

※ 원제는 '花浦雜詠十七首'. 이 시는 그중의 여섯째임. 《星湖文集 券四》

| **이익(李瀷, 1681~1763, 숙종 7~영조 39)** 실학자. 자 형여(洞如). 호 성호(星湖). 본관 여주(驪州). 관계에 나가지 아니하고 일생을 학문에 전념, 유교의 고전·성리학·실학·서학에 두루 미쳤으며, 특히 유형원(柳馨遠)의 학풍을 계승 발전하여 실학자의 중조가 되었다. 저서에 《성호문집》, 《성호사설(星湖僿說)》, 《곽우록(藿憂錄)》 등 방대하다.

흰 구름을 좇아

신유한

돌자리 쓸고 물가에 앉아
"대사는 어디서 오시오?"
"소승은 운수(雲水)이오라,
흰 구름 좇아 왔나 보외다."

掃石臨流水　問師何處來
師言無所住　偶來白雲回
〈磧川寺過方丈英禪師〉

評說 떠 가는 구름, 흘러가는 물이나 바라보며 시냇가 바위에 앉아 있다. 저만치 오솔길엔 이따금 행인이 오간다. 서로 덤덤히 바라보며 지나친다. 닭 소 보듯, 소 닭 보듯—.

석장(錫杖) 짚고 터덜터덜 중이 오고 있다.
"반석이 좋으니 좀 쉬어 가시오."
"고맙소이다."

臨流水(임유수) 흐르는 물가에 임함.
師(사) 대사. 선사.
無所住(무소주) 일정한 주거지가 없음.
偶來(우래) 우연히 옴.
回(회) 어정거림. 回=徊.
磧川寺(적천사) 경북 청도군 화악산에 있는 신라 고찰.

성명은 서로 알 필요가 없으니, 수인사로는 이 정도로 족하다. 물을 향해 나란히 앉은 두 사람의 대화다.

'無所住!' 일정한 머무르는 곳이 없는 탁발승(托鉢僧), 구름 따라 물 따라 떠다니는 운수승(雲水僧)이다. 우연히 흰 구름을 좇아 걷다 보니, 기약하지도 않게 여기까지 오게 된 것 같다고 그는 말한다.

이 한 몸, 물인 양
뜬구름인 양
한가로이 내맡겼네.
가거나…… 오거나…….

一身如雲水　悠悠任去來

진정 어느 옛 운수승의 시정 그대로다.

흰 구름 속엔
청산도 많고
푸른 산 속엔
백운도 많다.

날로 구름 산
길이 벗하니
어디 없이 몸 편안키
집 아니 하네.

白雲雲裡青山重　青山山中白雲多
日與雲山長作伴　安身無處不爲家

이런 고시의 시정이기도 하다.

어디서 오느냐는 물음에, 어디서라고 말할 곳이 없고, 어디로 가느냐는 물음에 어디라고 말할 곳이 없다. 어느 곳이든 상관이 없고, 어디든 그것은 목적지 아닌 경과지일 뿐이다.

그게 어찌 운수만이랴? 어느 뉘 자신은 아니라고 부정할 수 있으리?

허공을 건너는, 새로 인 흰 구름을 좇아 중은 다시 길을 뜨고, 바쁜 듯 흘러가는 냇물을 바라보며, '인생이란 무엇인가?' 하염없는 생각에 잠겨 드는 작자이다.

신유한(申維翰, 1681~?, 숙종 7~?) 문장가. 자 주백(周伯). 호 청천(靑泉). 본관 영해(寧海). 제술관(製述官)으로 통신사를 따라 일본에 다녀왔으며, 시문이 탁월했다. 저서에 《청천집》, 《해유록(海遊錄)》 등이 있다.

쌍제비

김이만

쌍제비 벌레 물고
주린 배 참으면서
제 새끼 먹이느라
오랑가랑 수고롭다.

두 날개 다 자라자
높이 날아가 버리니
그 어찌 부모 사랑
안다 할 수 있으리요?

雙燕銜蟲自忍飢　往來辛苦哺其兒
看成羽翼高飛去　未必能知父母慈

〈雙燕〉

애써 길러 준 부모를 돌보지 아니하는 세상의 불효자들을 제비에 기탁하여 나무라고 있다.

그러나 평설자 문득 반론(反論)이나 펴볼까 싶네.

제 배 곯아 가며 먹여 기른 새끼건만, 날개 나자 높이 날아 떠나가고 말았다니, 제비는 일러 길조(吉鳥)라 하고, 까마귀는 일러 흉

銜蟲(함충) 벌레를 묾.
忍飢(인기) 배고픔을 견딤.
哺其兒(포기아) 그 새끼를 먹임.

조(凶鳥)라 하건만, 설마 흉조이면서도 반포(反哺)하여 효조(孝鳥) 소리 듣게 되는 까마귀보다 못할손가? 흥부네 은혜 잊지 않고 박씨 물어다 갚은 의리의 새였으며, 더구나 제비는 허다한 곳 다 버리고, 하필이면 선비네 집 처마 밑에 곁방살이를 하면서, 밤낮으로 글 읽는 소리를 태교(胎敎) 삼아 들어 왔기에, 스스로도 "지지위지지 부지위부지 시지야라(知之爲知之不知爲不知是知也: 아는 것은 안다 하고, 알지 못하는 것은 알지 못한다고 하는 것이, 곧 아는 것이니라 —《논어》 학이편)" 날만 새면, 눈만 뜨면, 노상 이렇게 《논어(論語)》를 입에 달아 놓고 있거니, 《효경(孝經)》인들 어찌 아니 읽었으랴?

의(義)는 효(孝)에 뿌리하여 있거니, 어찌 의만 알고 효를 모를 리야?

아마도 강남서 만나기로 약속되어 있음이렷다.

김이만(金履萬, 1683~1758, 숙종 9~영조 34) 자 중수(仲綏). 호 학고(鶴皐). 본관은 예안(禮安). 벼슬은 사간(司諫). 저서에 《학고집(鶴皐集)》이 있다.

소 타는 재미

권만

소 타는 맛 여태껏
몰랐더니만
이제야 말〔馬〕 없으니
알겠더구나.

십 리 먼 들판
나들이 길에
봄날이랑 함께
느직도 하이.

不識騎牛好　今因無馬知
長郊十里路　春日共遲遲

〈騎牛〉

評說 말은 달리는 맛에, 소는 느리나 듬직한 맛에, 저마다 타는 맛이 다르다. 말을 타면 아무 바쁜 일이 없다가도 괜히 새삼 달리고 싶어 채찍을 갈기게 되고, 와랑차랑 달리다 보면 제물에 바람이 나서, 더 달리지 못해 안달이 난다. 그야말로 "뜬세상 인생이 공연히 스스로 바쁜 것이다(浮生空自忙)".

말이 없게 된 후론, 아쉬운 대로 소를 타고 다닌다. 그러다 보니, 이 어찌 알았으랴? 인생 사는 맛이 말 탈 때와는 정반대로 달라질 줄이야! 십 리 먼 봄 들판 나들이 길에 바쁠 것이 전혀 없다. 느직이 흐르는 흰 구름 그림자 잠긴 냇물을 따라, 나비랑 동행하며 꽃구경도 하다, 새들 지저귀는 숲길을 지나, 아지랑이 풀밭에 잠시 풀을 뜯기기도 하며, 노래를 부르랴 흥얼거리랴, 먼 눈 가까운 눈 두루 살피며, 때로는 아득한 청산에 눈을 놓아 보내며, 유유연 호호연 가슴속에 대기(大氣)를 간만(干滿)케 함이 소 등에서야 가능한 것으로, 길어진 봄날만큼이나 마음 자락도 느직해진다.

어찌 그뿐이랴? 말의 경망함과는 달리, 소의 듬직함은 태산과 같아, 믿음직한 길동무이기도 하니, 그래선가 옛날 도인들도 소를 타고 다녔다. 노자는 청우(青牛)를 타고 다녔고, 곽여도 조운흘도 소를 타고 다녔었다.

유유한 세월, 곱씹고 되씹어 가며 속속들이 맛보는 세월 맛!

—어느 질주하고 있는 마상인에게 어딜 그리 바삐 가시오? 하고 물으니, 나도 모르겠소. 말에게 물어보시오? 했다는 웃지 못할 일화처럼, 지향하는 자신의 인생 방향마저 알지 못한 채, 열에 뜨인 듯 살아온 지난날! 제물에 뒤쫓기듯 정신없이 마구 서둘러, 초조로이 뜀박질로 소비해 버린, 마상의 그 세월이 새삼 아깝다.

※ 아무 바쁠 것 없다가도, 타기만 하면 바빠지고, 더 달리지 못해 안달이 나는 오토바이도 자동차도, 가뜩이나 짧다는 인생을, 더욱 몰아치고 다그치고 쭈그러뜨리는 것은 아닌지, 한번쯤 진지하게 생각해 봄 직도 하련만—.

| **권만**(**權萬**, **1688~?, 숙종 14~?**) 문신. 자는 일보(一甫). 호는 강좌(江左). 본관은 안동. 문과. 병조정랑, 창의(倡義)의 공으로 이조참의에 추증(追贈). 저서에 《홍범책(洪範策)》, 《역설(易說)》 등이 있다.

송도

최성대

낭자머리 붉은 단장
개성 아가씨

꽃 같은 그 얼굴
반만 가리고

저녁나절 궁터에
풀싸움 갈 제

은비녀에 날개 사뿐
접는 꽃나비.

開城少婦貌如花　高髻紅粧半面遮
向晩宮墟鬪草去　葉間胡蝶上銀釵
〈松京〉

評說 이 시는, 주인공으로 등장한 '少婦'의 미화(美化)에 초점이 모아져 있다. 낭자머리에 붉은 단장한 꽃 같은 얼굴이며, 그 얼굴을 반만 가린 교태도 그러려니와, 예쁜 그녀를 꽃으로 착각하

少婦(소부) 젊은 아낙.

여 은비녀에 올라앉는 나비마저도, 미녀의 뒷맵시를 돋우는, 살아 움직이는 실물의 나비잠〔蝶簪〕으로, 또는 그 나비 같은 여인의 영상을 구성하는 인상 매체(印象媒體)로 제공되어 있음을 본다. 곧 나비의 그 가냘픈 예쁜 몸매며, 그 가뿐가뿐 민첩한 몸짓의 이미지는, 곧바로 꽃의 요정(妖精), 나비의 요정 같은 여인상을 떠올리게 하는데 이바지되어 있기도 하다.

그러나, 참으로 시를 이해하는 이라면, 유독 초점이 강조되어 있는 성장 미녀의, 이 천연색 화면에만 혹하여, 그 배후의 흐릿하게 바림되어 있는 흑백의 바탕 화면을 도외시하지는 않으리라. 제3구의 '宮墟, 鬪草'는 이를 계시(啓示)해 주는 단서이며, 시제도 '松京'으로 이를 귀띔하여 주고 있다.

생각해 보라. 얼마나 잡초가 우거진 궁터이면, 뜯어 모은 풀의 종류의 다과(多寡)로 승부를 가리는, 풀싸움 놀이의 적지(適地)로 선정이 되었을까! 바야흐로 풀꽃은 한물로 흐드러져 운집한 벌 나비들이 봄을 잔치하고 있는 궁터! 반천년 왕업(王業)이 이드르르한 잡초에 부쳐진 석양 만월대(滿月臺)의 빈터에서, 거기 어떤 사연이 있는지조차 관심 없는, 다만 저의 미모와 교기(嬌氣)에만 자홀(自惚)해 있는, 무심한 시속(時俗) 여인을 바라보는 감회는, 낙화암의 진

高髻(고계) 낭자를 덧얹어 긴 비녀를 꽂은 여자의 머리 단장.
紅粧(홍장) 연지 등으로 붉게 화장함.
半面遮(반면차) 얼굴을 반쯤 가림.
向晩(향만) 저녁 무렵.
宮墟(궁허) 궁터.
鬪草(투초) 풀싸움. 놀이의 한 가지.
胡蝶(호접) 나비.
上銀釵(상은차) 은비녀에 올라앉음.
松京(송경) 송도(松都). 곧 개성(開城).

달래, 휴전선의 양귀비처럼, 역사와 현실의 낙차(落差)가 크면 클수록 그 괴리감(乖離感), 그 무상감(無常感)은 증폭되게 마련이다.

그러므로 작자가 그리고자 한 것은, '少婦'에만 있는 것이 아니다. '少婦'를 미화(美化)하면 할수록 상대적으로 심화(深化)되어 가는 역사적 감개, 이 양극(兩極)을 극대화함으로써 더욱 금석지감(今昔之感)을 두드러지게 하고자 한 것임을 알 수 있다.

작자의 지기(知己)인 신유한(申維翰)은, 그의 시풍을 개평(槪評)하여, 담적(澹寂), 한완(閒婉), 농섬(穠纖), 연일(姸逸)하다 하였는데, 이 말은 이 시에도 감쪽같이 부합되는 적평(適評)이라 할 만하다.

| **최성대(崔成大, 1691~?, 숙종 17~?)** 문신. 자 사집(士集). 호 두기(杜機). 본관 전의(全義). 장령, 대사간 등 역임. 시명이 높았다. 저서에 《두기집》이 있다.

낙조

박문수

석양이 홍조(紅潮)되어 청산에 뉘엿댈 제
까마귀는 한 자 두 자 구름 사일 자질한다.

나루 묻는 말 탄 손님 채찍질 잦아지고
절 찾는 중의 막대 한가롭지 못하구나.

동산에 풀 뜯는 소 긴 그림자 띠어 있고,
망부대 위 화석녀(化石女)도 쪽 찐 머리 떨구었네.

푸른 연기 서려 있는 앞 시내 고목 길엔
더벅머리 머슴아이 피리 불며 돌아온다.

落照吐紅掛碧山　寒雅尺盡白雲間
問津行客鞭應急　尋寺歸僧杖不閒
放牧園中牛帶影　望夫臺上妾低鬟
蒼煙古木溪南路　短髮樵童弄笛還

〈落照〉

評說 서산마루에 뉘엿거리는 해가 붉은빛을 토하며 저녁놀을 빚을 무렵이면 지상의 모든 것들은 이내 뒤따라올 어둠의 늪에 잠기기 전에 하루를 마무리하려는 저마다의 다급한 마음들로 분

주해진다.

까마귀의 날갯짓, 나그네의 발길, 중의 지팡이, 풀 뜯는 소, 돌아오는 나무꾼……, 모두가 서두르는 바쁜 마음들이다. 특이한 것은 망부석이다. 그녀는 오늘 하루의 임 기다림도 허사란 듯, 쪽 찐 머리를 시름겨이 떨구고 있다. (빛의 농담이나, 보는 각도에 따라 그렇게 보였음인가? 아니면 시인의 감정이입인가?) 잘 곳을 찾아가는 까마귀는 마치 저 넓은 하늘을 측량이라도 하듯, 똑같은 간격으로 한 자 두 자 자질을 하며 허위단심 건너가고 있다.

밀려드는 '어둠'에 쫓기는 '서두르는 마음들'이 한눈에 들여다보이는 농촌의 저녁 풍경이다.

寒鴉(한아) 까마귀.
問津(문진) 나루 있는 곳을 물음. 공자의 고사에서 온 말.
妾低鬟(첩저환) 기다리는 임은 오지 않고, 오늘 해도 헛되이 지고 마는 실망감에, 화석녀의 쪽 찐 머리가 시름겨이 숙어져 있다.

| **박문수(朴文秀, 1691~1888, 숙종 17~영조 32)** 자는 성보(成甫). 호는 기은(耆隱). 본관은 고령(高靈). 문과. 호조판서, 우참찬 등 역임. 일찍이 명어사(名御史)로 많은 일화가 전해 온다. 시호는 충헌(忠憲).

동강서원

손한걸

파란 강엔 아리따운 물결이 일고
온 산엔 진한 초록 무르녹는데,

어부들 뱃노래 들리다 말다
한가로운 물새들 뜨랑 잠기랑

실버들 채질에 배는 떠나도,
지친 손 묵어가라 꽃은 반기네.

내일 아침 이 몸은 돌아갈망정
맑은 꿈은 저 물가를 감돌아들이—.

綠水波光媚　青山樹色稠
漁歌連復斷　江鳥沒還浮
柳拂輕舟去　花邀倦客留
明朝歸去後　淸夢繞長洲
〈東江書院次梅湖公韻〉

전반은 서경이요, 후반은 서정이다.
푸른 물에 반짝이는 아지랑이 같은 흰 물결, 진한 초록빛 무르녹는 꿈같은 산빛, 나루에서 들려오는 단속(斷續)되는 어부가의

한정(閒情)이며, 부침(浮沈)하는 물새들의 자유로운 의태(意態) 등이 손에 잡힐 듯 그려져 있다.

나를 싣고 온 조각배는 강나루의 수양버들의 실실이 채질하는 등쌀에 다시 손님을 맞으러 떠나가고, 서원의 꽃들은 먼 길 오느라 지친 나를 하룻밤 묵어가라 정답게 맞아 준다.

할아버지 품에 안긴 포근한 하룻밤을 지나, 아침이 되면 몸은 비록 떠날 것이나, 차마 그리운 내 마음은 이곳으로 감돌아들곤 할 것 같은 미진한 추모의 정이다.

다음에 같은 작자, 같은 제하(題下)의 또 한 수를 음미해 보자.

月白風淸水不波　　달 밝고 바람 맑아 잔잔한 물결
江山何用一錢賖　　강산이야 일전인들 돈 들여 사랴?
最是此間淸絶態　　그중에도 청절한 이곳 경관은
天光雲影浩無涯　　하늘빛 구름 그림자 가이없어라!

전반은 서원을 두른 맑고도 평화로운 천혜의 경관이요, 후반은 선생의 높은 뜻과 넓은 덕을 칭송한 이물상심(以物象心)이다.

東江書院(동강서원) 경주시 강동면(江東面) 유금리(有琴里)에 있는 서원. 중종 때의 문신·학자인 우재(愚齋) 손중돈(孫仲暾)을 제향(祭享)하는 곳.
倦客(권객) 먼 길에 지친 나그네.
長洲(장주) 길게 연해 있는 물가.
梅湖(매호) 손덕승(孫德升)의 호.

| **손한걸(孫漢杰, 1689~1755, 숙종 11~영조 31)** 자는 경삼(景三). 호는 난고(蘭皐). 본관은 경주. 우재 중돈(仲暾)의 후손. 저서에 《난고집》이 있다.

이른 봄

이천보

빈 뜰에 막대 짚고 몸 푸노라 너울댈 제
봄바람에 두건이야 기울든 말든 내맡겼네.

봄 뜻은 제 스스로 보슬비 되어 내리는데,
가난한 집 싫다 않고 산 빛 이미 찾아왔네.

한가하면 바둑 두며 세상 기밀 관찰하고
늘그막에 시 읊으며 경물이나 완상한다.

더구나 기쁘구나. 금년은 철이 일러
어느덧 동산에는 진달래를 꺾을레라!

空庭扶杖一婆娑　拂面東風任幘斜
春意自能成細雨　山光旣不厭貧家
閒從棋局觀機事　老向詩篇玩物華
更喜今年時候早　園中已折杜鵑花

〈早春偶題〉

評說 봄을 맞는 기쁨이 봄비처럼 자오록하다.

삼동을 방 안에서 웅크리고 있어 온 굳어진 몸을, 뜰에 나서서 팔다리를 크게 휘두르며, 귀뚜라미 춤추듯, 몸을 풀어 본다. 이른바 스트레칭이다. 상쾌하기 이를 데 없다. 이때 이 '婆娑'는 천혜(天惠)의 기어(奇語)이다. 어떤 말이 따로 있어 이 말이 지닌, 그 너울너울한 동작과 멋을 단 두 자로 대신해 줄 수 있으랴?

마침 얼굴을 스쳐 지나가는 봄바람이 두건을 기우뚱하게 비틀어 놓는다. 그러나 구태여 바로잡으려 하지 않는다. 바람이 삐딱하게 해 주는 대로, 바람의 뜻에 내맡겨 둔다.

만물을 생성(生成)하려는 '봄 뜻'은 제 스스로 보슬비로 몸바꿈하여 자오록이 내리는데, 봄은 공평도 하여, 빈부귀천 가리지 않고, 가난한 내 집에도 싫다 않고 이미 찾아와, 우리 집 동산인 앞산 뒷산 산빛을 울긋불긋 찬란하게 꾸며 대고 있다. 봄비의 방울방울마다에 녹아 있는 '봄 뜻'! 그것은 대지의 실핏줄을 타고 구석구석 스며들어, 잠자고 있는 생명들을 눈뜨게 하고 있다.

이럴 때 친구가 오면 바둑판을 대좌(對坐)하여, 반상(盤上)에 전개되어 가는 인간사(人間事)의 오묘한 이치와 다를 바 없는, 세상 기밀사(機密事)를 관찰하면서, 승패에 아랑곳없이 즐거움을 누리게 된다. 아니면, 늙은 몸 시부(詩賦)를 대하여 그림을 감상하듯, 와유

婆娑(파사) 춤추는 모양. 여기서는 춤을 추듯 팔다리를 폈다 오그렸다 하며, 몸을 푸는 동작의 모양.
春意(춘의) 봄 뜻. 만물을 생성하려는 봄의 마음.
物華(물화) 풍경. 경치.
機事(기사) 기밀(機密)한 사항. 비밀한 일.
觀(관) 관찰(觀察).
巾(건) 두건.

| **이천보(李天輔, 1698~1761, 숙종 24~영조 37)** 자는 의숙(宜叔). 호는 진암(晉庵). 본관은 연안. 문과. 이조판서, 좌·우의정, 다시 영의정 등 역임. 저서에 《진암집》이 있다. 시호는 문간(文簡).

강산(臥遊江山)하는 즐거움을 또한 누리기도 한다.

이러한 일련의 시 세계가 얼마나 평화롭고도 아름답게 펼쳐져 있는가를 볼 것이다. 1, 2, 3, 4구는, 명구(名句)가 따로 없다.

조화(造化)

이용휴

시골 봄 경치가
날로 꽃다워지니
소나무 그늘에 앉아
조화나 구경할거나.

금빛 잠자리
은빛 나비들이
장다리 꽃밭을
신들린 듯 날고 있다.

村郊景物日芳菲　閒坐松陰玩化機
金色蜻蛉銀色蝶　菜花園裏盡心飛

〈寄靖叟〉

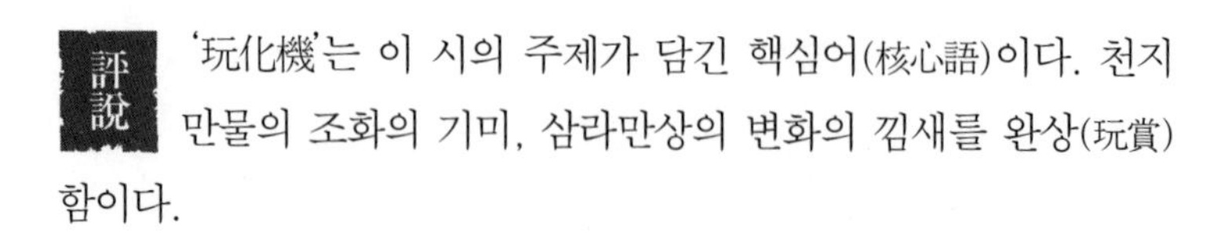

‘玩化機’는 이 시의 주제가 담긴 핵심어(核心語)이다. 천지 만물의 조화의 기미, 삼라만상의 변화의 낌새를 완상(玩賞)함이다.

村郊(촌교) 시골 마을 근처의 들.
景物(경물) 철 따라 바뀌는 풍물(風物).
芳菲(방비) 향기롭고 무성함.
玩(완) 구경함. 완상(玩賞)함.

날로 꽃다워지는 봄빛! 봄은 생장의 의지로 충만하다. 장다리도 꽃 피고 나비 잠자리도 난다. 저들은 한갓 어쭙잖은 푸성귀요 미물이지마는, 생명의 신비로움, 그 절대 생명의 고귀함에 있어서는, 여느 생명체나 존분도 다를 바가 없다.

저 하루살이에 그치는 짧은 영화를 위하여, 그 수많은 인고(忍苦)의 나날과, 여러 단계의 죽음에 준하는 변신(變身)의 고역을 치르고, 가까스로 얻어 낸 '날개'가 아닌가? ―우주 공간에 버려진 한 작은 점에 불과한 '알'에서, 혐기(嫌忌)와 증오의 대상으로 천대받던 '애벌레'의 시절을 거쳐, 세상을 닫아걸고 어둡게 눈감은, 산송장이나 다름없는 '번데기'로서의 긴 겨울을 내고, 구사일생으로 살아남아 요행으로 우화(羽化)해 얻은, 오늘의 저 찬란한 '날개'인 것이다.

이제 저들은 비록 짧으나마 생의 황금기, 미의 절정에서, 저 환상적인 우의(羽衣)로 사랑을 맞아, 이날이 저물기 전에, 생애 최절정의 삶의 환희를 누리기에 여념이 없다.

장다리 집 꿀 잔치에 초대되어, 암수 끼리끼리 꿈같이 짝으로 만나 펼치는 저 황홀한 공중무! 장다리꽃들의 자지러진 노란 웃음 갈채 속에, 날개 끝으론 연신 금빛 태양 가루를 흩뿌리면서, '비상하비상하 비비 상상 하하(飛上下飛上下飛飛上上下下)하는 쌍무(雙舞)·군무(群舞)·난무(亂舞)로 여광 여취(如狂如醉) 신들린 듯, 추고 추고

化機(화기) 변화의 낌새. 바뀌어 가는 조짐. 또 조화(造化)의 기미(機微).

蜻蛉(청령) 잠자리.

菜花園(채화원) 장다리꽃밭.

盡心飛(진심비) 심력(心力)을 다하여 낢.

※ 飛上下……飛上下飛上下飛飛上上下下圓中耽花之蝶 潛浮沈潛浮沈潛潛浮浮沈沈江上窺魚之鷗.

또 추어도 지칠 줄을 모르는, 은빛 나비 금빛 잠자리들의, 저 수유(須臾)를 아끼는 눈부신 몸짓들! 그리고, 저 찬란한 꽃들의 환호(歡呼)!

꽃은 식물에서의 날개요, 정채(精彩)로운 눈동자며, 감미로운 웃음이다. 그 놓아 보내는 향기는 중생을 매료(魅了)하는 노래! 일생일대의 정혼(精魂)을 송두리째 쏟아 넣어 빚어낸 생명의 진수(眞髓)! 그러나 피기 바쁘게 지는 그 짧은 동안을, 저들과 어우러져 생의 희열(喜悅)을 만끽하고 있는, 저 동식물의 교환(交懽)! 그리고, 저 삶의 구가(謳歌), 사랑의 찬미인 환락의 축제 속에서, 저들도 의식하지 못하는 사이에 이루어지는 다음 세대의 배태, 종족 보존의 성취…….

소나무 그늘에 한가로이 앉아, 한 작은 봄의 편모(片貌) 단서(端緖)에서, 신비의 장막으로 겹겹이 가리워 둔, 생성 변화의 오묘한 음양 이치를 엿보고 있자니, 조화옹(造化翁)의 그 전자동적(全自動的), 합목적적(合目的的) 세심한 배려(配慮)가 손에 잡힐 듯이 들여다보여, 회심(會心)의 미소를 짓고 있는 작자이다.

이덕무(李德懋)는 《청비록》에서 말했다. 그의 시는 율격(律格)이 엄정하고 조사(藻詞)가 빛나며, 풍월 따위 낭만을 배격하여, 멀리 동떨어진 사실적 새로운 시 세계를 열었다고—.

이리하여, 그의 이러한 새로운 시 세계에는, 이후 많은 추종자들이 문하에 드나들었던 것이다.

| **이용휴(李用休, 1708~1782, 숙종 34~정조 6)** 시인. 자 경명(景明). 호 혜환(惠寰). 본관 여주(驪州). 가환(家煥)의 아버지. 익(瀷)의 조카. 재야 한사(在野寒士)로 문명이 높았으며, 특히 시에 있어서는 음풍농월을 배격한, 사실적인 새로운 시 세계를 열었다. 저서에 《혜환시고》, 《혜환잡저(雜著)》가 있다.

석류꽃집

이용휴

솔밭 길 벗어나니
길은 세 갈래
언덕가에 말 세우고
이처사(李處士) 댁 묻노라니,
농부는 호미를 들어
동북쪽 가리키며
'까치집 있는 마을
석류꽃 핀 집'이래.

松林穿盡路三丫　立馬坡邊訪李家
田夫擧鋤東北指　鵲巢村裏露榴花

〈有感〉

울창한 송림 사이로 이어진 터널 같은 긴 솔밭 길을 뚫어 가다시피 하여 다 지나고 나면, 길은 세 갈래로 나뉜다. 어느

穿盡(천진) 끝까지 뚫고 나감.
三丫(삼아) 세 갈래.
坡邊(파변) 언덕의 가.
擧鋤(거서) 호미를 들어 가리킴.
鵲巢(작소) 까치집.
露榴花(노유화) 석류꽃이 바깥으로 드러나 보임.

길일까? 밭 매는 농부에게 물으니, 그는 일하던 호미를 들어 동북쪽을 가리키며 말한다. 그가 말하는 이처사 댁 주소는 ○○리 ○○번지가 아니라, '까치집마을 석류꽃집'이다. 마을 어귀의 키 큰 나무에 까치집이 있는 동리, 드나드는 마을 사람들의 안면을 휑하게 다 알고 있는 까치들, 마을 파수꾼으로 자처하고 있는 저들은, 동구에 낯선 사람이 들어서기가 바쁘게, 얼른 저 먼저 안마을로 날아가서는, 손님 온다고 동네방네 울어 알린다. 마을 사람들은 '누가 오려나' 저마다 그리운 이 모습을 떠올리며 동구 쪽으로 눈길을 보낸다. 이날 이처사도 그 한 사람이었을 테지…….

각양각색의 꽃들로 집집마다 특색이 뚜렷하다. 석류꽃집 이웃에는 복사꽃집, 오얏꽃집, 살구꽃집. ○○꽃집…… 등등, 꽃 이름으로 대명(代名)되는 택호(宅號)의 꽃마을이다.

송림으로 격세(隔世)된 두문동(杜門洞) 같은 유심처(幽深處), 밭이나 갈고 꽃이나 가꾸면서, 죄 없이 살아가고 있는 이 낙천적인 백성들의 태고연한 평화로운 생활상이 눈에 선하게 느껴지지 않는가?

신광수를 보내며

이용휴

세속 사람들
노상 하는 말,
"글하는 사람
쓸데없다"고—.

그대 한번
이 말을 씻어,
문인 중한 줄
알게 하게나!

世俗有恒言　文人無所用
公爲一洗之　使知文人重……(이하 생략)

〈送申使君光洙之任漣川〉

연천으로 부임하는 신광수 현감을 송별하면서 부치는 당부 말이다. 한 마디로 '선정(善政)'하라는 뜻이다.

세상 사람들 입버릇처럼 하는 말이 있다. '먹물 들어간 시꺼먼 복장'이니, '고을 땅 서치(三寸)를 걷어 먹는다' 등의 속담이 그것인데, 요새 말로 한다면 '배운 만큼 지능범'이니, '입 다신 부처님' 등 가렴주구(苛斂誅求)를 일삼는 악덕 지방관에 대한 신랄한 비꼼들이다. 그만큼 지방관의 횡포가 전체 문인들의 얼굴에 먹칠을 하던 때다.

이러한 모진 말들을 여기서는 묶어 '문인무소용(文人無所用)'으로 대폭 완화했다. 수령에 대한 백성들의 인식이 이와 같으니, 그대는 부디 선정을 베풀어, 문인에 대한 세상 사람들의 그릇된 인식을 바로잡도록 노력해 주기를 바란다는 부탁이다.

이 시는 전 12구로 된 고시체이나, 앞부분 4구만을 초(抄)한 것이다.

신광수는 과만(瓜滿)으로 퇴임한 후 노모를 모실 집 한 간도 없음이 알려져, 영조는 집과 노비를 하사하고 승지로 발탁했다는 청백한 사람이다. 시서화(詩書畵) 삼절(三絶)로, 과시(科詩)에 능했으며, 특히 〈관산융마(關山戎馬)〉는 그의 대표작으로서 후세에까지도 널리 애송되었다.

다음에 같은 작자, 같은 주제인 〈서하령으로 부임하는 홍광국공을 보내며〉를 덧붙여 둔다.

人與人相等　　사람과 사람 사이 서로 같거늘
官何居民上　　관(官)이 어찌 백성 위에 군림하리요?
爲其仁且明　　어질고 명철한 공의 자질로
能副衆所望　　민중들 소망을 채워 주구려!
一粒民之血　　한 톨의 낟알도 백성의 피요
一絲民之筋　　한 파람의 실도 백성 살이라.
於此常存心　　이 점에 언제나 마음 둔다면
方不負吾君　　이 바로 임의 뜻을 받듦이어니—.

〈送洪光國令公之任西河 二首〉

나무꾼의 노래

신광수

가난한 집 계집종이
벌거벗은 맨다리로
나무하러 산에 가니
너덜겅도 하고 많다.
칼돌에 발 베이어
붉은 피 흘러나고
나무 뿌리 찍으려다
낫 중동이 부러졌네.
발 다쳐 피 흘러도
그 아픔은 뒷전이요,
다만 겁나는 건
주인 노염뿐일레라.
저문 날 한 단 섶을
머리에 이고 와서,
서홉 조밥 먹고 난들
허기진 배 메워질까.
하릴없이 주인 꾸중
호되게 듣고 나서
문밖에 나와 숨어
소리 삼켜 슬피 우네.
남자의 꾸중이야

한 번으로 끝나지만,
여자의 노여움은
밑도 끝도 없을레라.
남자야 그래도 낫지
여자 더욱 어렵네.

※ 가사체로 옮김.

貧家女奴兩脚赤　上山採薪多白石
白石傷脚脚見血　木根入地鎌子折
脚傷見血不足苦　但恐鎌折主人怒
日暮戴薪一束歸　三合粟飯不療飢
但見主人怒　出門潛啼悲
男子怒一時　女子怒多端
男子猶可女子難

〈採薪行〉

이는 노비들의 비참한 생활상과, 상전들의 가혹한 인권유린의 실상을 폭로 고발한 작품이다.

악의 악식(惡衣惡食)에 인간 이하로 혹사되고 학대당하는 노속들,

行(행) 한시의 한 체.
赤(적) 벌거벗음.
採薪(채신) 땔나무를 채취함.
傷脚(상각) 발을 다침.
不足苦(부족고) 그리 괴로울 것이 없음.
鎌子(겸자) 낫.
戴薪(대신) 섶나무단을 머리에 임.
一束(일속) 한 묶음. 한 단.

신체의 부상은 불문에 부치고, 어쭙잖은 낫 한 자루 부러뜨린 것을 가지고도 호되게 질타하는 비인간적인 상전, 더구나 안주인의 모질고 끈질긴 잔혹성(殘酷性)이 고발되어 있다.

서술은 비록 객관적·서사적이나, 묵묵히 설움을 삭이고 있는 이 양순한 하녀에 대한 무한한 연민의 정은 구구절절 행간에 서려 있음을 본다.

한편 그런 와중에서도, 더군다나 노주간(奴主間)의 엄청난 신분차(身分差)에도 불구하고, 이 주인공의 천진스러운 독백인 끝 3구에 여지없이 노출된, 이성 상구(異性相求) 동성 상투(同性相妬)의 치사스러운 인정의 기미(機微)는, 독자로 하여금 부지중 민소(憫笑)를 자아내게 하기에 족하다.

칠언 고시의 형식이나, 대맞이가 없이 단구(單句)로 끝난 결구(結句)는 우리의 고유 문학인 가사체의 낙구(落句)에 혹사하여, 표기만 한문일 뿐, 실은 한 편의 가사 문학이란 인상을 짙게 해 주는 작품이다.

작자는 두시(杜詩)에 정통하여, 과시(科詩) 〈관산융마(關山戎馬)〉로 일세에 알려진 시객인 한편, 저항 시인으로서의 비중도 매우 높이 평가되고 있다.

그는 당시의 부패한 사회상을 폭로하고, 모순된 제도를 고발한 많은 작품을 남겼으니, 〈민황(憫荒)〉·〈잠녀가(潛女歌)〉·〈납월구일

三合(삼홉) 서 홉. '合'은 '升'의 10분의 1.
粟飯(속반) 조밥.
療飢(요기) 허기를 면함.
但見主人怒(단견주인노) 도리 없이 주인에게서 야단을 맞음. '見'은 피동.
潛啼(잠제) 소리 죽여 욺.
多端(다단) 사단(事端)이 많음. 간단하지 않음.
猶可(유가) 오히려 나음.

행(臘月九日行)〉 등도 그 대표적인 작품들이다.

끝으로 그의 장시 〈관산융마〉의 초두 몇 줄만을 옮겨 둔다.

秋江寂寞魚龍冷　추강이 적막하고 어룡도 차가운데,
人在西風仲宣樓　중선루 갈바람에 서성이는 나그네여!
梅花萬國聽暮笛　매화 핀 저문 날에 피리 소리 가득한데
桃竹殘年隨白鷗　남은 생애 죽장 짚고 백구를 따르누나!
烏蠻落照倚檻恨　오만땅 지는 해에 헌함 지고 한탄함은
直北兵塵何日休　저 북쪽 전란이야 어느 제나 그칠런고?
春花古國濺淚後　봄꽃에도 고국 생각 눈물 뿌려 떠난 후로
何處江山非我愁　어느 곳 강산인들 내 시름 아닐런가?
………………

| **신광수(申光洙, 1712~1775, 숙종 38~영조 51)** 문인. 자 성연(聖淵). 호 석북(石北). 본관 고령(高靈). 우승지, 돈령도정(敦寧都正) 등 역임. 시서화(詩書畫)에 뛰어났으며, 특히 과시(科詩)에 능하였다. 저서에 《석북집》, 《부해록(浮海錄)》 등이 있다.

집이라 돌아오니

신광수

반년을 나돌던 서울 길 나그네가
집이라 돌아오니 회포도 새로워라!

자식들은 이전처럼 문에 나와 바라건만
베 짜다 맞아 주던 아내 모습 안 보이네.

한스러워라! 모진 고생 함께 하던 일
무정도 하여라! 유명(幽明)을 달리하다니?

텅 빈 여막에 한바탕 울고 나니
휑뎅그렁하여라! 늘그막의 신세여!

半歲秦京客　還家懷抱新
依然候門子　不復下機人
有恨同貧賤　無情隔鬼神
虛帷一哭罷　廓落暮年身

〈還家感賦〉

評說 이럴 수가? 아, 어이 이럴 수가!
언제나처럼 베 짜다 말고 달려 나와 맞아 줄 줄 알았더니,
이럴 수가!

애타게 날 기다리다 못 보고 떠나는 그 임종! 어이 눈인들 감았으랴? 모진 가난 함께 해오던 지난 일들 안쓰럽다. 약속한 사람…….

'어이 어이 어어이 어어이이…….' 한바탕 망인(亡人)을 울고, 자신을 울고, 인생을 운다. 한바탕 울고 난 뒤의 아! 이리도 허망함이여! 늘그막 인생의 아! 이리도 휑뎅그렁함이여!

귀양 가 있는 제주도에서 아내의 부보(訃報)를 듣고 지은 추사 김정희의 〈配所挽妻喪〉은 늘어놓는 사설(辭說)이 너무 논리적으로 말 많음이 오히려 흠이기는 하나, 또한 그 애끊는 마음은 이에 못지않다.

那將月老訴冥司	어쩌면 월로(月老)로 하여금 명부(冥府)에 하소연해
來世夫妻易地爲	내세에는 우리 부처 바뀌어 태어나서
我死君生千里外	나 죽고 그대 살아 천 리 밖 배소(配所)에서
使君知我此心悲	이 마음 이리 슬픔을 그대 알게 하려뇨?

※ '那'는 전편에 미친 의문사. '月老'는 '月下老人', 곧 부부 사이의 인연을 맺어 준다는 전설의 노인. '冥司'는 명부. 저승을 관장하는 저승의 관부(官府).

같은 내용의 원진(元稹)의 당시(唐詩) 한 수를 함께 차려 본다.

나는 동정호 물결 따라 떠도는 사이
그대는 함양 고을 한 줌 흙이 됐소그려!

秦京 '秦'은 관중(關中)의 땅, 곧 중앙의 요지란 뜻에서, 서울을 이르는 말.
候門(후문) 문에서 기다림.
下機人(하기인) 베 짜다가 베틀에서 내려오는 사람. 곧 아내를 가리켜 한 말.
廓落(확락) 텅 빈 모양. 휑뎅그렁함.

만사가 시드러운 한식, 어린년을 안고 우오.

我隨楚澤波中水　君作咸陽泉下泥
百事無心値寒食　身將稚女帳前啼

〈遣懷〉

길에서 만난 여인

강세황

비단 버선 사뿐사뿐
걷던 그 걸음
겹대문 한번 들곤
가뭇없어라!

다만 단장 밑의
남은 눈 위에
찍혀 있는 그 발자국
정겹도 하이!

凌波羅襪去翩翩　一入重門便杳然
惟有多情殘雪在　屐痕留印短墻邊

〈路上所見〉

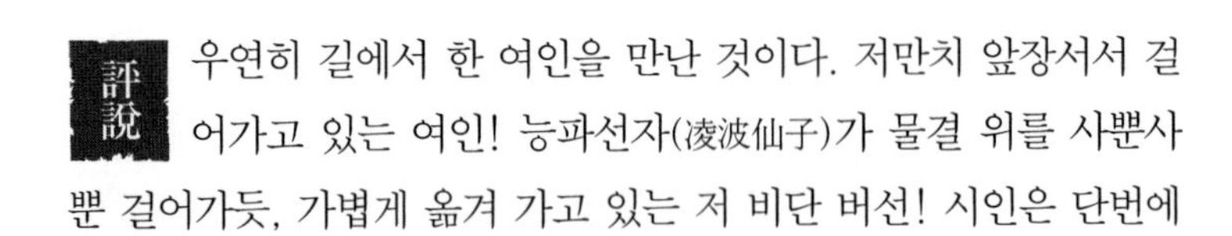

評說 우연히 길에서 한 여인을 만난 것이다. 저만치 앞장서서 걸어가고 있는 여인! 능파선자(凌波仙子)가 물결 위를 사뿐사뿐 걸어가듯, 가볍게 옮겨 가고 있는 저 비단 버선! 시인은 단번에

凌波羅襪(능파나말) 물결 위를 거니는 듯한 미인의 가벼운 걸음걸이. '나말'은 '비단버선'. 곧 걸음걸이와 호응한 미인의 대유(代喩). '아미(蛾眉)'가 다소곳함과 호응한 미인의 대유이듯이.

重門(중문) 겹으로 된 대문. 곧 대문과 중문을 아울러 일컬은 말.

꿈결엔 듯 매료되고 만다. 저도 모르게 발밤발밤 뒤따라가다 보니, 그녀는 문득 한 솟을대문 안으로 표연히 사라지고는 가뭇없다.

이럴 수가! 허탈한 심사를 가누지 못한다. 문득 눈에 언뜻 띈 그녀의 발자국! 단장 밑 녹다 남은 눈 위에 도장 찍듯 찍혀 있는 그녀의 발자국! 무심코 흘려 놓은 그녀의 향낭(香囊)이라도 발견한 듯, 어쩐지 살갑고도 정겹다. 고 옴폭한 속에 샘물처럼 맑은 연정이 솟아 고이고 있는 것이다. 치정(癡情)스러이 발자국을 들여다보면서, 아쉬움의 갈증을 축이고 있는 시인의 모습을 떠올리면서, 다시 한 번 읽어 보라. 과연 시서화(詩書畫) 삼절(三絶)답게 이 젊은 시인의 이성에 대한 연정이 터무니없는 단서에서도 발동하는, 그 미묘 맹랑한 심리를 극명하게 그려 낸 사실적 필치에 거듭 감탄하게 될 것이다.

제3구의 '多情'의 소재는 '殘雪'이 아니라, 잔설에 찍혀 있는 '屐痕'임에 주의할 것이다.

殘雪(잔설) 봄이지만 미처 덜 녹고 남아 있는 지난겨울의 눈.
屐痕(극흔) 신 자국. 발자국.
短墻(단장) 키 낮은 담.

| **강세황(姜世晃, 1712~1791, 숙종 38~정조 15)** 서화가·문신. 자는 광지(光之). 호는 표암(豹菴). 본관은 진주. 호조참판을 거쳐 기로소(耆老所)에 들어갔다. 시서화 삼절로 이름이 높다. 저서에 《표암집》이 있고, 서화 작품이 많다. 시호는 헌정(憲靖).

매화

강세황

매화 볼 때마다
마음 절로 부끄럽다.
이 세상 쓰는 말이
청신한 맛 전혀 없다.

분분한 속인들이
마구 읊어 농했거니,
뉘 맑은 저 향기로
내 악시를 씻어 준담?

每對梅花心自愧　滿襟塵土語無奇
紛紛俗子爭吟弄　誰把淸香洗惡詩
〈梅花十詠中〉

評說 매화를 대하여 매화 시를 지으려니, 매화만큼 맑고 향기로운 말을 찾아낼 수가 없어, 언제나 매화에 부끄럽기만 하다. 매화에 대한 우리말에 신기한 맛이 없어지게 된 것은 워낙 많은 시

滿襟(만금) 가슴에 가득한.
塵土語(진토어) 속세간에 쓰는 말.
爭吟弄(쟁음롱) 서로 다투어 농락하다시피 함부로 써서 남용함.
把(파) ~를 가지고. ~로써.

인이라 자처하는 사람들이 매화에 대한 시어(詩語)를 남용했기 때문이다. 이제 그렇게 남용되어, 청신함을 잃고 만 시어들을 써서 지은 내 매화 시도, 도리 없이 악시(惡詩)로 될 수밖에 없었으니, 어느 누가 있어, 저 매화 향기에다 나의 악시를 씻어, 환골탈태(換骨奪胎)케 해줄 것인가?

같은 시제(詩題) 가운데의 또 한 수를 옮겨 본다.

終朝吟賞還無厭	아침내 예뻐하여 홍얼대도 안 물리고,
月下移盆更一奇	분 옮겨 달 아래 두면 딴 맛으로 또 예쁘고……
瘦影橫窓全是畵	여윈 그림자 창에 비끼니 영락없는 수묵환데,
暗香撩我又成詩	그윽한 향기 나를 부추겨 또 한 수를 짓게 하네.

아무리 사랑해도 물리지 않는 사랑! 그 그윽한 향기가 나를 충동질하여 또 한 수를 짓게 한다. 이리하여 같은 운으로 열 수의 매화시를 연작(連作)하게 되었으니, 그 한 수 한 수는 다 이렇듯 향기며 자태며 정신의 부추김에 이끌리어 이루어진 것들이다.

부벽루에서

형군소

강루의 피리 소리 잠든 용을 일으킬 듯
취중의 풍류 가락 '낮 신선'이 되었는 듯,

먼 산은 구름인 양 구름은 산마룬 양,
넓은 하늘 물에 뜨고 물은 또한 하늘에 떠

두 기슭 갈마듦은 높고 낮은 봉우리요,
만 갈래 모여듦은 크고 작은 강물일다!

저 한 잎 조각배엔 어느 곳 나그네뇨?
아득히 홀로 가네. 저녁별 비낀 가로—

江樓孤笛動龍眠　醉裏風流白日仙
遠岫似雲雲似岫　長天浮水水浮天
兩崖出沒高低嶂　萬派朝宗巨細川
一葉片舟何處客　茫茫獨去夕陽邊

〈永明寺浮碧樓〉

評說 금수산(錦繡山) 모란봉(牡丹峰) 위 을밀대(乙密臺)에 앉아 평양의 산하를 조망한 풍물시(風物詩)이다. 이러한 조망 시의 제일성은 자연 시각적인 경(景)으로 시작되는 것이 일반적이나, 여

기서는 청각적인 피리 소리에 감물지정(感物之情)이 앞서고 있다.

굽어보이는 부벽루에서 향연처럼 피어오르는 한가로운 피리 소리를 취기 거나한 가운데 듣고 있노라니, 마치 자신이 신선이 되어 하늘로 떠오르고 있는 듯한 백일승선(白日昇仙)의 환상 속에 든 기분이다. 이 시는 이 화창한 피리 소리를 전편의 밑바닥에 배경 음악으로 깔고 있다.

2연의 산과 구름과 하늘과 물의 표묘(縹緲)한 경개(景槪)는 김황원(金黃元)이 같은 시점(視點)에서 첫 연을 읊고는, 후속구가 나오지 않아 붓을 꺾고, 통곡하며 내려왔다는 저 유명한 시구:

長城一面溶溶水　긴 성곽 한편에는 넘실넘실 강물이요,
大野東頭點點山　큰 들판 동쪽에는 울멍줄멍 산이로다.

를 오히려 능가했다 할 만하다.

2연이 전체 대관의 원경을 일모(一眸)에 수렴(收斂)한 것이라면, 3연은 부감(俯瞰)하는 상공으로 시점(視點)을 옮겨 확대 부연(敷衍)한 것이라 할 만하니, 전구는 산하가 서로 갈마들어 이룬 고저 굴곡의 아름다운 조감도(鳥瞰圖)이며, 후구는 이곳을 중심으로 인물 물자가 모여드는 고래의 도읍지로서의 대승지(大勝地)임을 찬양한 내용이다. 2·3연에 깃든 이 부드러운 반복의 멋과, 피리 가락에 화음

浮碧樓(부벽루) 평양 모란봉에서 대동강을 바라보는 중턱에 있는 누각, 영명사(永明寺)의 부속 건물임. '江樓'는 이 부벽루를 가리킨 것.
遠岫(원수) 먼 산마루.
萬派(만파) 만 갈래의 물.
朝宗(조종) 강하(江河)가 바다로 향해 모여듦. 원 뜻은 제후(諸侯)들이 봄과 여름에 천자께 알현하는 일.

된 느직한 음률(音律)의 아름다움은 정히 평양의 인정(人情) 풍물(風物)을 설진(說盡)했다 할 것이다.

끝 연은 또 어떤가? 산그늘 내려 반강(半江)에 비낀 석양의 가장자리로 아득히 흘러가고 있는 한 점 조각배! 거기 홀로 앉아 어디론지 가고 있는 나그네! 그것은 또한 투영(投影)된 자신의 객체(客體)이기도 하다. 노경에 든 자신의 쓸쓸한 뒷모습이며, 유구한 대자연과 수유의 인생의 대비(對比)이기도 한 것이다.

이 시는 태평하던 시절의 평양! 그 느긋하고도 넉넉한 인정 풍물을 읊은 것이건만, 어찌타! 이제는 메마르고도 각박한 고장으로 변하고 말았으니, 이 시를 대하는 이, 새삼 금석지탄(今昔之歎)을 어이하료?

| **형군소(邢君紹)** 조선 경종 때 사람. 기타 미상.

상산을 바라보며

홍양호

구월이라 맑은 가을
기러기 남을 날고,
서리 국화 갓 피고
들벼는 살올랐다.

어느 집 농가에서
술 빚어 거르는고?
이따금 산과일이
행인의 옷에 진다.

상산의 비단 나무
반공에 비쳐 나고
낙수의 맑은 구름
말갈기에 흩날린다

이 길로 줄곧 가면
군성도 멀잖을 듯,
늘어선 만 그루 나무
아침해에 수줍구나!

淸秋九月雁南歸　霜菊初黃野稻肥

何處田家釃白酒　有時山果落征衣
商山錦樹天中出　洛水晴雲馬首飛
此去郡城應不遠　萬株槐柳隱朝暉

〈望商山〉

중국 사신이 되어 북경으로 가는, 상산 경로(經路)의 마상음(馬上吟)이다.

음력 9월이면 가을도 늦가을, 이 무렵의 계절감(季節感)을 돋우는 가장 대표적인 것이라면, 하늘엔 기러기, 울타리엔 황국화, 들에는 황금물결이다.

해마다 북에서 오는 기러기를 남에서 맞던 고국에서의 감회와는 달리, '남으로 돌아가는 기러기'를 그리움으로 바라보고 있는, 이 북국에서의 감회는, 한마디로 '향수' 바로 그것이다. '雁南歸'의 '歸'가 이를 말해 주고 있다. 그러나, 향수 따위는 그때그때 가볍게 날려 버릴 뿐, 사로잡히지 않는 작자이다.

商山(상산) 중국 섬서성(陝西省)에 있는 사호(四皓)가 은거했던 산.
野稻肥(야도비) 들에 패어 있는 벼 이삭이 충실하게 여물어 있음.
釃白酒(시백주) 탁주를 거름.
有時(유시) 이따금.
征衣(정의) 행인(行人)의 옷.
錦樹(금수) 비단처럼 아름다운 나무.
天中出(천중출) 반공중에 나타남.
洛水(낙수) 중국 섬서성을 동류하는 황하의 지류.
郡城(군성) 한 고을의 성. 한 지방의 도시.
應不遠(응불원) 아마도 멀지 않을 것임.
槐柳(괴류) 느티나무와 버드나무.
隱朝暉(은조휘) 아침 햇빛이 눈부시어 몸을 숨기고자 한다는 뜻으로, 그 빛이 너무 황홀하여 스스로 수줍어하는 듯함을 이름.

어느 마을 길을 지나노라니, 문득 바람결에 풍겨 오는 술 향기! 고향 집 막걸리 맛을 불현듯 일깨운다. 술독에서 고요히 익어 가고 있는 술이 아니라, 이제 막 거르고 있는 술내다.

햇곡식도 거두었는 듯
벌써 부엌에선 술 거르는 소리 들려라!

賴知禾黍收　已覺糟床注
〈杜甫〉

두보 못지않은 후각이다. 항아리에 쳇다리 걸치고, 반 기울인 쳇바퀴에 전국을 넣어 저으면, 쳇불에선 낙숫물 지듯 요란한 물소리와 함께 흰 막걸리가 내리게 마련이다. 남편을 위한 이만 정성을 스스로 즐겁게 맡아 하는 어느 아낙의 소매 걷어 올린 흰 팔뚝을 상상하며, 잠시 아내 생각을 했을는지도 모른다. 행인도 청하여 함께 먹는 들밥에 곁들인 막걸리, 고국의 순후한 농촌 인심이 떠올랐을지도 모른다. 모두가 풍요로운 가을의 순미(醇味)다. 풍요로움은 산에도 있다. 산길을 지나노라면 무심결에 투닥 옷에 떨어지는 산과일, 흠뻑 익어 제물에 지는 머루랑 다래랑, 혹은 개암·아람·도토리·팽·호도·돌감·고욤……. 태고연한 정취다.

한 줄기 길을 따라 말을 달리고 있노라니, 저만치 흰 구름 위 하늘 한 자락에, 영롱한 신기루 같은 것이 나타나 보인다. 상산이라 한다. 찬란한 비단옷을 입은 듯한 단풍으로 물든 수림은, 어찌 보면 하늘 한 폭을 온통 불태우고 있는 놀처럼 황홀한 영상을 반공에 비춰 내고 있는 장관이다. 시끄러운 세상을 피하여, 백발 네 늙은이가 저 산속에서 바둑이나 두며 은거했었다는 '사호(四皓)'의 옛 일을 잠시 생각해 본다.

말은 시방 낙수의 강변길을 달리고 있다. 걷혀 올라가고 남은 흰 구름의 이지러진 조각들이 말갈기에 서렸다가는 날려 흩어진다. 구름 오리 살바 하여 나는 천마(天馬)처럼……. 말도 낙수에 비친 제 그림자를 한눈팔며 달리기에 여념이 없다.

저물어 가는 앞길 찾아가자니
구름 오라기 말을 곁따라 날으네.

向晩尋征路　殘雲傍馬飛

두보의 신안(新安)길 생각이 난다.

이 길로 줄곧 가면, 지방 도시인 군성(郡城)에도 머지않아 가 닿을 듯, 길은 한결로 곧고 평탄해졌는데, 입성(入城)을 환영하여 도열(堵列)한 병정처럼, 천이요 만이요 연도에 늘어선 느티나무며 버드나무들은 바야흐로 돋아 오르는 은빛 아침 햇살을 받아 눈부시게 찬란하다.

가벼운 향술랑은 술 향기마냥 날리면서, 이국 정취를 만끽하는 가운데, 시종 밝고 구김살 없는 여심(旅心)은, 아침 햇살처럼 청신하다.

| **홍양호(洪良浩, 1724~1802, 경종 4~순조 2)** 문신·학자. 자 한사(漢師). 호 이계(耳溪). 본관 풍산(豊山). 이조판서, 양관 대제학 등 역임. 수차 청나라에 다녀왔으며, 그곳 학자들과 교유, 시명을 떨쳤다. 글씨도 잘 썼다. 저서에 《이계집》, 편저(編著)에 《목민대방(牧民大方)》이 있고, 《영조실록》, 《동국보감(東國寶鑑)》 등의 편찬에 참여했다. 시호는 문헌(文獻).

여치·베짱이

홍양호

진종일 풀숲 속에 소리 나더니
밤새도록 베개맡에 울어 쌓누나.
모르겠네. 얼마나 베를 짰는지?
북·바디 소리 내내 끊이질 않네.

盡日林中響　通宵枕底鳴
不知織多少　長作弄梭聲

〈促織〉

여치! 독자들이 여치를 한 번이라도 본 적 있고, 그 우는 소리를 한 번이라도 들은 적이 있다면, 말이 쉽게 통하련만—.

여치는 우화(羽化)하는 곤충 가운데 가장 아름다운 곤충이다. 날씬하고 가냘픈 몸매에 앳된 얼굴을 한, 녹의 녹상(綠衣綠裳)의 초록 신부다. 그 청초한 얼굴과 가냘픈 몸매는 사람으로서도 반할 만하다. 더구나 그 가련한 듯 마음씨 고운 연약한 소리로 쉴 새 없이 베를 짜는 북 바디 소리! 그래서 '베짱이'란 이름으로도 통하고, 좀 유식하다는 사람은 방직낭(紡織娘)이라고도 부른다. 그 우는 애잔한 소리에 귀 기울이고 있노라면, 전생으로 이어지는 어떤 한스러

通宵(통소) 밤 내내.
弄梭聲(농사성) 북을 놀리는 소리. 곧 베 짜는 소리.
促織(촉직) 여치. 베짱이. 혹은 귀뚜라미로 오인되기도 한다.

운 시집살이의 전설이라도 있음 직한, 측은한 생각에 마음이 언짢아지기도 한다. 낮에도 풀숲 사이에서 찌이짝 찌이짝……, 가을밤이면 베개맡에서도 찌이짝 찌이짝…… 저렇듯 연약한 몸으로 밤낮 쉴 새 없이 짜고 또 짜서 무엇에 쓰자는 것일까? 작자는 이러한 무한 동정으로 안쓰러워하고 있다.

정히 미물의 세계로 통하는 자비의 일말이다.

이승훈(李承薰)의 〈촉직〉을 아울러 감상해 보자. 이는 '促織(베 짜기를 재촉함)'의 자의(字意)를 좇아, 앞의 시를 번의(飜意)한 것이다.

夜深號草根　밤 깊어 풀뿌리에 울어 대나니
喞喞斷還續　짤깍짤깍 끊어졌단 또 이어졌다…….
何意不自織　어찌해 제 스스론 짜지 않고서
盡情向人催　사람보고 짜라고만 재촉하는고?

산사에 묵으며

백효명

불등(佛燈) 그물그물
밤은 사뭇 깊어 가는데,
끝없는 바람 소리
숲 사이에 서려 있다.

삼경달 산에 오르길
맥맥히 기다리다니
석루의 맑은 경 소리
앞산마루로 건너들 가네.

禪燈明滅夜將闌　無限風聲在樹間
坐待三更山月出　石樓淸磬度前巒

〈宿山寺〉

'앞산마루'는 돋아 오르는 달빛을 미리 머금어, 은은히 윤광(輪光)을 띠고 있는데, 법당에서는 그물거리는 촛불 아래 심야 예불을 드리느라 한창이다. 곧 얼굴을 내밀 달을 이제나저제나

禪燈(선등) 부처 앞에 바치는 등불. 불등(佛燈).
明滅(명멸) 끔벅끔벅함.
夜將闌(야장란) 밤이 장차 늦어지려 함.
坐待(좌대) (1) 앉아서 기다림. (2) 만연(漫然)히 기다림. 여기서는 (1), (2)의 중의.

기다리자니 시선은 연신 앞산마루로 달리는데, 법당에서 울려 나는 경소리 또한 시선 따라 연신 앞산마루로 건너가곤 한다. 마치 산달을 마중 가듯, 그 맑은 경 소리의 건너가는 방향이며 경로(經路)며, 속도며, 가까이서 멀리로 도막도막 선을 그으면서 건너가는 소리의 실체가 생생히 눈에 보이듯 들려온다.

이는 관심의 집중처(集中處)에로 쏠려 드는 시청(視聽)의 연대적(連帶的) 공감각(共感覺)으로, 마치 퇴계(退溪)의 〈의주잡제(義州雜題)〉 중의 한 구:

산성문 닫히도록 부질없이 기다리다니
뿔피리 부는 소리 압록강을 건너가네.

坐侍山城門欲閉　角聲吹度大江西

에서처럼 묘사가 살아 있다.

石樓(석루) 석대(石臺) 위에 세운 누각.
淸磬(청경) 맑은 경 소리. '磬'은 예불(禮佛)할 때 흔드는 작은 종.
前巒(전만) 앞산마루.
度(도) 건너감〔渡去〕, 지나감〔通過〕 등의 뜻.

| **백효명(白孝明, ?~?)** 조선 경종(景宗) 때의 위항 시인(委巷詩人). 자 여술(汝述). 본관 김해(金海). 최기남(崔奇男)의 외손.

새벽길을 가면서

박지원

수숫대에 잠자는
까치 한 마리

밝은 달 흰 이슬
도랑물 소리

둥글바위 흡사한
고목 밑 초가

지붕 위의 박꽃이
별인 양 밝다.

一鵲孤宿薥黍柄　月明露白田水鳴
樹下小屋圓如石　屋頭匏花明如星

〈曉行〉

評說 달빛 아래 안온하게 잠들어 있는 초가을 농촌의 새벽 풍경이다.

하필이면 쑥 빼어난 수숫대 위에 구부정히 앉아 자고 있는 까치가 정겹고도 익살스럽다. 풀숲에 흥건히 맺힌 이슬이 달빛에 번쩍이는 들길, 일찍 깨기로 이름난 까치마저도 아직 자고 있는 이른 새벽은, 돌돌돌 논물 소리로 하여 더욱 고요하고, 고목나무 밑 둥글바위 같은 오두막 지붕 위엔 흰 박꽃이 평화롭다.

저 투박한 바윗덩이로 착각했던 낡은 오두막 속은, 정과 정이 응결되어 있는, 단란한 한 가족의 생활의 보금자리며 평화로운 꿈의 현장인 것이다. 본디 나지막한 기둥인 데다, 누대로 덧이은 지붕은 그 부피와 무게로 처마도 내리휘어, 달빛 아래 언뜻 보아 둥글바위로 착각할 만하다.

그 낡은 오두막 지붕엔, 마치 그 둥근 품 안에 자고 있는 한 가족들의, 순박한 얼굴 평화로운 꿈의 상징인 양, 흰 박꽃들이 이슬 젖은 별빛처럼, 새벽 달빛 아래 은은히 빛나고 있는 것이다.

박꽃! 비록 잘나지는 못했을망정 천성 순진하고 소박한 그 마음씨는, 죄 없는 백성들의 순속(淳俗)을 닮아, 언제나 흉허물 없이 그들과 같은 생활권 내에서 함께해 오고 있는 것이다

박꽃은 늘 수줍어 남의 앞에 나서지 못한다. 향기도 화려함도 없이, 담담한 소복(素服) 소면(素面)으로, 황혼에 피어 별빛에 바래다가, 아침 해가 뜨기 전에 숨어 버리는 꽃이다. 그 순소(純素)한 자태는, 흰옷 차림의 시골 아낙네같이 그저 수수하고 착하기만 하여, 특출(特出)을 좋아하는 고래의 시인 묵객의 관심은 끌지 못했으나, 꽃

一鵲(일작) 한 마리의 까치.
孤宿(고숙) 외로이 잠잠.
蜀黍柄(촉서병) 수숫대.
露白(노백) 이슬이 흼.
田水(전수) 논물.
小屋(소옥) 오두막.
屋頭(옥두) 지붕.
匏花(포화) 박꽃.
曉行(효행) 새벽길을 감.

아닌 다른 부분은 그렇지도 않았다. 박잎은 나물로 일컬었고, 박씨는 아름다운 잇바디〔瓠犀〕에 비유되었으며, 그 둥근 열매는 타서, 대소 형형의 생활 용기로—아마도 토기(土器) 문화 이전부터도 인간의 애용을 입었을 바가지로, 또는 주홍을 돋우는 박잔〔匏爵〕으로, 자주 일컬어져 왔으나, 그 꽃을 노래함에는 인색했던 듯하다.

우리는 이 박꽃과, 박꽃을 찬미한 작자의 시심(詩心)에 한없이 토속미와 친숙미를 느낀다.

시풍은 종래의 풍월과는 달라, 작자의 감정이 노출되지 않은, 사실적 묘사의 회화적인 시이다.

박지원(**朴趾源, 1737~1805, 영조 13~순조 5**) 문장가·실학의 대가. 자 중미(仲美). 호 연암(燕巖). 본관 반남(潘南). 일찍이 청나라에 다녀와서 저술한 《열하일기(熱河日記)》는 중국에까지 문명을 떨쳤다. 홍대용, 박제가 등과 함께 청조의 문물을 배워야 한다는 북학파의 영수로, 이용후생의 실학을 강조했다. 저서에 《연암집》 등 많다.

선형을 그리며

박지원

선친 보고플 젠 형에게서 봐 왔더니,
그리워라. 선형 모습 어디서 본단 말고.
스스로 의관 갖추고 냇물에나 비춰 볼까.

我兄顔髮曾誰似　每憶先君看我兄
今日思兄何處見　自將巾袂映溪行

〈憶先兄〉

評說 부자간 형제간이란 용모뿐만 아니라, 언행 성벽까지도 비슷하기가 보통이다. 더구나 연령의 같은 단층끼리 비교하면 더욱 혹사(酷似)하기가 일쑤이다.

돌아가신 아버지의 전형(典型)을 형에게서 보아 오다가, 이제 형마저 세상을 뜨시니, 부형의 전형을 말미암을 곳이 없게 되었다. 우리 형제가 아주 닮았다고 남들이 말해 왔으니, 의관을 갖추고, 거울

先兄(선형) 돌아가신 형.
先君(선군) 돌아가신 아버지.
顔髮(안발) 안면과 모발. 곧 모습.
曾誰似(증수사) 일찍이 누구와 같았던고?
每憶(매억) 매양 생각함.
思兄(사형) 형을 사모함.
自將(자장) 스스로 ~로써.
巾袂(건메) 의관(衣冠).

같이 맑은 시냇물에 나 자신을 비추어 보면, 그리운 형님의 모습, 나아가서는 아버님의 모습까지도 행여 볼 수 있을는지……?

영결 종천한 부형에 대한 추모의 정이 새록새록 이리도 간절함이여!

아버지를 닮지 못한 자식이란 뜻의 불초자(不肖子)란 말은, 외모의 닮지 못함을 뜻함이 아니라, 선대의 덕망이나 유업을 대받지 못한 자식이란 뜻으로, '불효자(不孝子)'에 맞먹는, 다분히 인격의 내면이 강조되어 있는 말이다.

자신에게서 선부형(先父兄)의 모습을 찾아보고자 하는 이 시의 주인공도, 단순한 외모만이 아닌, 그 내면까지를 성찰하고자 하는 의도임은 자명하다. 그것은, '거경 궁리(居敬窮理) 성의 정심(誠意正心)'하던 선부형의 평소의 유자 의형(儒者儀形)에서부터 실마리를 잡고자 '스스로 의관을 정제하고자 함'에서 그 심층이 엿보이기 때문이다.

끝으로, 비슷한 내용의 청허자(淸虛子) 휴정(休靜)의 오절 한 수를 부기해 본다.

어머님 한번 여읜 이후로
세월은 무척이나 흘러갔었네.
늙은 아이 아버님 얼굴과 같아
물 밑 들여보다 깜짝 놀랐네.

一別萱堂後　滔滔歲月深
老兒如父面　潭底忽驚心

산길을 가며

박지원

'이러…… 어디여……' 소 부리는 소리
흰 구름가로 들려오는데,
까마득한 멧부리의 비늘 다랑논이
파르라이 하늘 위로 이어져 있다.

견우직녀는 왜 하필
오작교로만 건너는고?
은하수 서쪽가에
나룻배로 떠 있는 조각달을 두고서……

叱牛聲出白雲邊　危嶂鱗塍翠挿天
牛女何須烏鵲橋　銀河西畔月如船

〈山行〉

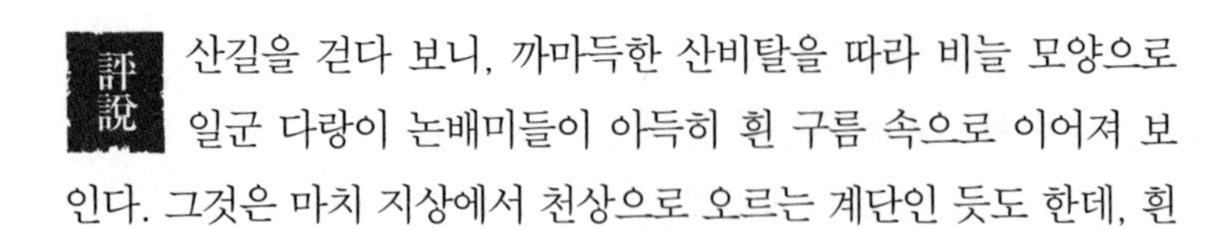
評說 산길을 걷다 보니, 까마득한 산비탈을 따라 비늘 모양으로 일군 다랑이 논배미들이 아득히 흰 구름 속으로 이어져 보인다. 그것은 마치 지상에서 천상으로 오르는 계단인 듯도 한데, 흰

叱牛(질우) 소를 꾸짖는다는 뜻으로, 소를 부리는 소리.
危嶂(위장) 높은 멧봉우리.
鱗塍(인승) 비늘 모양으로 된 논둑. 산비탈에 계단식으로 일군 논배미. 다랑논. 다랑이.
翠挿天(취삽천) 파랗게 하늘에 꽂혀 있음.

구름 가장자리에서 들려오는 소 부리는 소리의 주인공은, 어느 부지런한 지상의 농부가 아니라, 직녀의 은하 대안(對岸)에서 밭을 갈며, 일 년에 단 한 번인 칠석을 기다리고 있는, 우직한 견우의 목소리로 들린다. 견우직녀 말이니 말이지만, 그들은 왜 하필 오작교로만 건너려고 할까? 은하수 서쪽 기슭에 예쁜 나룻배로 떠 있는 조각달을 놔두고서……. 저 조각달 황금 배라면, 일 년에 열두 번도 더 직녀를 만나러 갈 수 있을 텐데…….

선녀담에 내려와 목욕을 마친 선녀들이 붉은 줄을 더위잡아 순식간에 승천한다듯이, 흰 구름 속으로 괴어 올라간 다랑논의 비늘 같은 논둑을 계단으로 밟아, 홀연 지상에서 천상으로, 농부의 목소리에서 견우의 목소리로, 말하자면 현실에서 동화의 세계로 감쪽같이 이어져 있다. 말미암은 경로가 뚜렷하니, 이는 비약이 아니라, 지상과 천상이 따로 없는 일원화의 경지요, 현실의 세계와 전설의 세계가 하나로 접목되어 있는 동화의 세계이다.

연암의 초기작인 듯, 꿈과 낭만이 깃든 동심의 발로로서, 앞에 든 시들과는 대조적인 작품이라 할 만하다.

牛女(우녀) 견우(牽牛)와 직녀(織女).
何須(하수) 구태여 꼭. 하필(何必).

농촌

박지원

할아버진 새 본다고 언덕 위에 앉았는데
개꼬리 같은 조 이삭엔 참새들이 오롱조롱

맏아들 둘째 아들 밭으로 다 나가고
농삿집엔 진종일 사립문이 닫혀 있다.

병아리 노린 솔개 채려다 허탕치곤
박꽃 핀 울타리께엔 꼬꼬댁 소리 요란하다.

젊은 아낙 들밥 이고 냇물 건널 궁리인데
발가숭이, 누렁이는 앞서거니 뒤서거니…….

翁老守雀坐南陂　粟拖狗尾黃雀垂
長男中男皆出田　田家盡日晝掩扉
鳶蹴鷄兒獲不得　群鷄亂啼匏花籬
小婦戴棬疑渡溪　赤子黃犬相追隨

〈田家〉

評說 할아버지는 비탈밭의 맨 위쪽에 자리 잡아 앉았다. 새 보는 일을 맡은 것이다. 밭 전체의 동정이 한눈에 들어오는 위치다. 할아버지는 먼 산 먼 구름을 바라보면서, 바람을 시원해하면서

가을 날씨 잘한다고 감탄해하고 있다. 할아버지는 "내가 버티고 있으니 녀석들이 얼씬도 못하고 있다"면서, 자못 시흥에 들떠 있다. 옆에 서 있는 허수아비도 신들신들하고 있었으리라.

그러나 녀석들은 어느 틈엔지 감쪽같이 날아들어 밭 한 귀퉁이를 점령하고 있는 것이다. 저들은 살찐 개 꼬리처럼 척척 드리워진 잘 익은 조 이삭에 오롱조롱 매달려 "얌얌 맛있다. 용용 애달지……" 수다를 떨며 할아버지를 잔뜩 놀려 먹고 있는 것이다.

한편 맏아들 둘째 아들은 기슭에 있는 논밭으로 나가 가을걷이며 가을갈이에 눈코 뜰 새가 없다. 그러니 집은 텅 비어 있을밖에—. 빈집을 노린 솔개 녀석, 병아리 채려고 잔뜩 눈독을 들이다가, 기회다 하고 쏜살같이 내리꽂혔으나, 허탕을 치고, 꼬꼬댁거리는 소동으로 한동안 온 동네 닭까지 부산해진다. 울타리께의 박 덩굴에는 박꽃이 아직 다 오므라지지 않고 있다. 평화로운 소동은 이윽고 쓸은 듯이 진정되고, 마을은 다시 정적으로 돌아간다.

들밥을 내가는 젊은 아낙은 함지박을 이고 개천을 건널 궁리를 하고 있는데, 발가벗은 개구쟁이는 누렁이하고 시종 장난하며 물을 먼저 건너려고 첨벙거리고 있다.

한 가족의 활동하는 장면 장면의 동화상이다. 눈 뜬 장님 격인 할아버지의 엉터리 새 보기, 할아버지 놀려 먹는 참새 녀석들! 하마터면 큰일 날 뻔한 닭들 일가에 닥쳤던 위기, 소동을 겪은 뒤에 다시

南陂(남파) 남쪽으로 향한 산비탈.
粟拖(속타) 조 이삭. '拖'는 '朶'와 통한다.
掩扉(엄비) 사립문을 닫음.
鳶(연) 솔개.
攫不得(확부득) 채려다 채지 못함.
匏花(포화) 박꽃.
戴捲(대권) 함지박을 머리에 임.

드는 정적!

누렁이는 집 지켜 주기를 바라지만 어림도 없는 일. 개구쟁이랑 함께 저들 먼저 서둘러 저만치 앞장서서 껑충거리고 가는 것을 뉘 감히 말리랴? 농촌의 한낮은 일일이 유심(幽深)하다.

낭만으로 허풍을 부린 풍월시(風月詩)가 아니다. 농번기의 농촌 실상을 구석구석 묘사한 사실적인 시이다. 염(簾)에는 관심을 두지 않은 이른바 '조선시'이다.

같은 작자의 〈새해 아침 거울을 보며〉 한 수를 더 옮겨 본다.

忽然添得數莖鬚　문득 몇 카락의 흰 수염이 더했을 뿐,
全不加長六尺軀　육척 나의 키에 자란 것이 전혀 없다.
鏡裏顏容隨歲異　거울 속 비친 얼굴 해마다 달라져도,
穉心猶自去年吾　어릴 적 그 마음이야 거년 나나 다름없네.
〈元朝對鏡〉

꺾어 낸 버들가지

이삼환

실버들 두어 가질 그대 위해 꺾어 내니,
임 이별 서러운 정은 저들도 같아선가?
바람 앞 몸을 뒤틀며 가누지를 못하네!

楊柳依依拂地垂　爲君攀折兩三枝
離情亦似風前葉　搖蕩東西不自持

〈折楊柳〉

評說 떠나는 이에게 이별의 정표로 버드나무 가지를 꺾어 주는 것은 하나의 관행으로 굳어져 있다. 그래서 이별의 피리 곡조로 '절양류곡'이 또한 유명하다. 이 시의 제목인 '절양류'도, 그러한 옛 악부시의 제목이다.

가는 임께 주어 보내려고, 치렁치렁 휘늘어진 수양버들 두어 가지를 꺾어 냈더니, 저들은 저들대로 저들끼리의 이별의 슬픔을 어찌하지 못하는 듯, 특히 꺾여 나온 가지는, 바람 앞에 통곡하듯 몸부림치듯 온몸을 뒤틀면서 이리 휘청 저리 비틀 스스로 몸을 가누지 못하고 있어, 손에 들고 있기조차 어렵게 하고 있다.

세상 사람들이 다 무심히 지나쳐 버리는 저 버드나무 가지의 이

攀折(반절) 나무에 올라가 가지를 꺾음.
搖蕩(요탕) 심하게 요동침.
不自持(부자지) 스스로 몸을 가누지 못함.

별 슬픔을 발견해 낸 것은, 작자가 지닌 평소의 다사로운 남물지정(覽物之情)에서일 것이다.

고래의 수많은 '절양류(折楊柳)' 제하(題下)의 시 가운데, 이처럼 경(景)을 빌려 — 그것도 마치 어느 무심한 운명의 손길에 의하여, 자신들의 이 이별의 고통을 당하고 있는 것과도 같은 인과 관계로, 무심하게 저지른 자기네의 소행에 의하여 무한한 이별 슬픔을 끼쳐 주게 된, 그 대상물의 슬픔을 빌려 — 자기네들의 이별의 내면 정황을, 한결 절박하게 그려 낸 작품이 어디 또 있었던가? 정히 고금 별장(別章)의 이채(異彩)로운 가구(佳句)라 할 것이다.

같은 제하(題下)의 당 시인(唐詩人) 양거원(楊巨源)의 또 하나 이채로운 시 한 수를 함께 차려 본다.

水邊楊柳麴塵絲　물가의 수양버들 초록빛 실가지들,
立馬煩君折一枝　그대 말 세우고 꺾어 준 그 한 가지
惟有春風最相惜　오직 봄바람이 마음 가장 아파하여
殷勤更向手中吹　손에 든 가지에게로 어루만져 불어오네.

사람들의 이별 등쌀에, 억울하게도 저들의 이별을 강요당한 실버들가지, 꺾여 나간 그 한 가지가 가엾다. 그중에도 가장 애석히 여기는 인 유정도 한 봄바람으로, 손에 들려 있는 가지를 위무(慰撫)하듯, 그 부드러운 손길로 어루만지듯 불어오고 있는 것이다.

| **이삼환(李森煥)** 영조 때 문신. 자는 자목(子木). 호는 목재(木齋). 본관은 여주, 정산(貞山) 병휴(秉休)의 아들. 문명(文名)이 높았다.

매화

이광려

매화에 대 얼리어 일렁이는 묵화 한 폭
한밤중 창에 가득 달이 돋아 오름일다.
흐뭇이 몸에 배서리 향기 감감 몰라라!

滿戶影交脩竹枝　夜分南閣月生時
此身定與香全化　嗅逼梅花寂不知

〈詠梅〉

매·죽·월(梅竹月)의 청아한 영상미(映像美)와, 매향(梅香)에 동화된 흐뭇한 자긍(自矜)이다.

'매화' 하면 으레 눈과 달이 짝되게 마련이지마는, 같은 사군자(四君子)의 하나인 '대'와의 어울림도 고래로 일컬어 왔으니, 둘 다 정심불개(貞心不改)의 군자절(君子節)이라, 서로의 만남은 지취(志趣)의 당연함이라 할 만하다.

세상이 다 잠들어 있는 아닌 밤중에, 창 한 틀을 가득 은막(銀幕)

影交(영교) 그림자가 한데 어울림.
脩竹(수죽) 긴 대나무.
夜分(야분) 한밤중. 야반(夜半).
南閣(남각) 건물의 남쪽 채.
定(정) 필시. 틀림없이.
嗅逼(후핍) 아주 가까이 코를 대고 냄새를 맡음.
寂(적) 적적함. 아무 소식이 없음.

삼아, 바야흐로 돋아 오르는 밝은 달빛으로 어른어른 영사(映寫)되고 있는, 매죽의 생동하는 수묵화의 영상은, 참으로 깨기를 잘했다고 재탄(再嘆) 삼탄(三嘆) 희한해할 만큼의 기절 묘절(奇絶妙絶)한 청경(淸景)이 아닐 수 없다.

그러나, 진작부터 온 집 안에 가득하던 매화 향기는 웬일인지 정작 소식이 없다. 일어나 창을 열고 활짝 피어 있는 매화에 코를 가까이 가져다 대고 맡아 본다. 그러나 적적 감감할 뿐이다. 문득《공자가어》의 한 대문이 떠오른다. "착한 이와 함께 있으면, 마치 지초·난초의 방에 든 것과 같아, 이윽고 그 향기를 맡지 못하게 되나니, 곧 그와 함께 동화되었기 때문이다(與善人居 如入芝蘭之室 久而不聞其香 卽與之化)." 그렇다. 매화 향기도 같은 이치로, 이미 온몸 속속들이 포화 상태로 배어 있기에, 새삼스러이 느끼지 못하기 때문임을 깨닫는다. 그 청아 고결(淸雅高潔)한 매화 정신에 자신도 이미 동화되어 있음을 의식하며, 그지없이 흡족해하는 작자의 그 아치청흥(雅致淸興)에 우리도 부지중(不知中) 동참(同參)한 듯한 느낌이 든다.

자다 말고 일어난 야반의 심미(審美) 소동의 한 장면이다.

기·승구의 생동하는 수묵화는 삼자 합동으로 연출하는 영상미의 극치이다. 또 '매화' 하면 누구나 그 은은히 부동(浮動)하는 암향 청취(暗香淸臭)에 도연(陶然)히 매료(魅了)되는 말초적 상미(爽味)를 일컫거니와, '寂不知'와 같은, 통째로 잡아떼는 강한 부정으로, 도리어 일대 반전(一大反轉)의 절대 긍정을 이끌어 낸 결구의 반의적 수사 솜씨 또한 기발하다 할 만하지 않은가?

| **이광려(李匡呂, ?~?)** 자 성재(聖載). 호 월암(月巖). 본관 전주(全州). 학문과 문장이 뛰어나 박지원과 교분이 두터웠다. 저서에《이참봉집(李參奉集)》이 있다.

등잔불

이언진

등잔불 이삭 맺어
치 남짓 자랐는데,
속눈썹 졸음 비빈 눈엔
까끄라기뿐일러니,
개개마다 한가운덴
콩알만 한 부처님 있어
온몸 두루 내쏘는
자금빛 원광이어라!

油燈結穗寸來長　睡睫摩挲眼盡芒
一個當中如豆佛　通身圍繞紫金光

〈燈〉

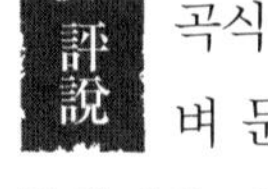
評說

곡식에 이삭이 패듯, 이삭같이 팬 등잔불! 게다가 졸음을 비벼 문지른 눈의 속눈썹을 통해 보는 그것은 온통 까끄라기투성이의 이삭이었는데, 수마(睡魔)에서 헤어난 정각(正覺)의 눈에

油燈(유등) 기름불. 등잔불.
結穗(결수) 이삭을 맺음. 이삭이 팸.
寸來長(촌래장) 한 치쯤 자람. '來'는 정도(程度).
睡睫(수첩) 졸음 겨운 속눈썹.
摩挲(마사) 손으로 비빔.

비친 그것은, 등잔불도 이삭도 까끄라기도 아닌, 콩알만 한 작은 부처님의, 온몸에서 방광(放光)하는 자금빛 원광(圓光)이었다는 내용이다.

작자가 보았다는 부처님이란, '등화(燈花)'를 두고 이름이다. 등화란, 등불의 심지 끝이 타면서 생기는 탄소 입자(炭素粒子)가 불꽃의 내염(內焰) 한가운데 작은 알맹이로 뭉치어, 영롱한 홍보석처럼 이글거리는, 속칭 '불똥'의 미칭(美稱)이다. 이렇게 불똥이 앉는 것을 등화보(燈火報)라 하여, 까치 소리, 아침 거미와 함께 예로부터 길조(吉兆)로 알려져 오는 터이다.

등잔불에서 곡식의 이삭으로 일전(一轉)하고, 까끄라기투성이로 재전(再轉)했다가, 천외(天外)의 기상(奇想)인 불신(佛身)의 방광으로 삼전(三轉)하는 그 단계 단계의 변신이, 너무나 깜찍스럽고 감쪽같다. 그것은 아마도 '이삭', '이삭의 까끄라기' '까끄라기 같은 속눈썹', '불신에서 방산(放散)하는 까끄라기 같은 빛살' 등, 일련의 연쇄상 연상(連鎖狀聯想)이 상호 긴밀하고도 천연스러움에 힘입은 것이리라.

등잔불을 이삭으로, 빛살을 까끄라기로 본 것이야, '一穗寒燈'이니 '光芒'이니로 표현한 선인들의 발견을 원용한 것이라 할지라도, 불똥을 부처님으로 본 착상이야말로 영통한 발견이 아니고 무엇이랴. 그것도 '콩알만 한 부처님'이라니, 얼마나 귀엽고도 앙증스러운, 친근감이 드는 부처님인가. 그것은 아마도 그의 영롱한 재주,

---

芒(망) 까끄라기.
當中(당중) 가장 중심이 되는 곳. 중앙.
通身(통신) 온몸. 전신(全身). 만신(滿身).
圍繞(위요) 두름. 둘러쌈.
紫金(자금) 자금빛. 금빛에 가까운, 도자기의 잿물 빛의 한 가지.

사물을 보는 영묘한 투시력, 그리고, 비록 귀의하지는 못했으나 불계(佛界)에로의 한 가닥 동경 등에서 얻어진 발견이 아닐는지?

또 '콩알만 하다, 좁쌀만 하다, 입쌀만 하다, 깨알 같다' 등은, 농경 문화 이래로 이 땅에 관용되어 오는, 어림 대중의 계량 단위이다. 그러나 이 말들은, 몇 치 몇 푼으로 실측한 척도보다 한결 직감적으로 짐작이 가는, 조상들의 구기(口氣)에 절어 있는 친숙한 맛이 있다.

등잔불 아닌 촛불에도 간혹 불똥이 맺는 수가 있으니, 불똥을 유심히 본 바 있는 사람이면 "그러고 보니 정말 그렇군" 하고 탄복하리라. 불꽃 한복판에 의젓이 자리 잡은 가부좌한 앉음앉음, 두부(頭部)며 몸매며 그 모두가 금동여래상에 혹사할 뿐만 아니라, 그 몸 둘레를 두른 불꽃은, 변조 시방(遍照十方)하여 무명(無明)을 두루 밝히는 원광으로 또한 천연스럽기 때문이다.

예리한 관찰, 기발한 착상, 사실적 묘사가 다 특출한 가운데, 특히 사실적 묘사와는 공존할 수 없는 환상적 상념이 아무런 트집도 없이 일체화되어 있음은 더욱이나 신기하다.

그는, 위항 시인으로, 그의 남다른 총명한 지혜와 재치가 편편이 번득이는 주옥같은 시 작품이 많았다고 하나, 기이와 특출로 빼어나지 못할 바엔 존재 가치가 없다 하여, 그 시고(詩稿)들을 가차 없이 불태워 버렸다고 한다. 그만큼 그 자신에도 엄격했던 그 특출한 시재를 다 발휘하지도 못한 채 27세로 요절하였으니 아깝다. 세상에서는 그를, 같은 나이로 요절한 당(唐)의 귀재 이하(李賀)의 화신이라고들 했다. 그를 사랑하는 스승 이용휴는, 10수로 된 곡진한 그의 만장에서, 희세보(稀世寶)를 잃었노라고 마냥 애석해했다. 또 박지원은 《우상전(虞裳傳)》을 지어 젊은 죽음을 애도하며, 그의 시재를 기렸고, 김조순·이덕무·이상적 등도 한결같이 그를 찬양하는 기록들을 남기고 있다.

다음에 그의 〈창빛〉 한 수를 아울러 보기로 한다.

검푸르던 창빛이
진홍으로 변해진 건
영마루 저녁놀에
낙일(落日)이 불탐일레.

기절한 저 경관을
무엇과 같다 하리?
복사꽃 수풀 속의
수정궁 그것일레.

窓光蒼黑變成紅　嶺上殘霞落日烘
欲象此時奇絶觀　桃花林裏水晶宮

〈窓光〉

〈등잔불〉에서 '부처'를 발견하던 그의 형안(炯眼)이, 이번에는 '저녁놀 속에 이글거리는 지는 해'를 '복사꽃 수풀 속의 수정궁'으로 바라보고 있는 것이다.

| **이언진(李彦瑱, 1740~1766, 영조 16~영조 42)** 위항 시인(委巷詩人). 자 우상(虞裳). 호 송목관(松穆館). 본관 강양(江陽). 이용휴(李用休)의 문인. 통신사를 따라 일본에 다녀왔으며, 시문에 뛰어나 정지윤·홍세태·이상적과 함께 역관사가(譯官四家)로 꼽히었으나, 27세로 요절하였다. 저서에 《송목관집》이 있다.

단오날 집관헌에서

이덕무

석류꽃 이글이글
푸른 가지에 불이 댕겨
미색 깁발에 어리비쳐
해그림자랑 옮아가는 한낮.

멎을 듯 피어오르는 전연(篆煙)
보글보글 차 끓는 소리
이 진정 은자(隱者)의
한 폭 그림 속 시정(詩情)이어라!

的的榴花燒綠枝　緗簾透影午暉移
篆烟欲歇茶鳴沸　政是幽人讀畫時
〈端陽日集觀軒〉

評說 푸른 가지를 다 사를 듯, 점점이 타고 있는 석류꽃의, 그 붉게 이글거리는 또렷또렷한 그림자가, 연노랑 깁발에 어리비치어, 해그림자와 함께 조용히 옮아가고 있는 한낮이다.

端陽日(단양일) 단오일(端午日).
的的(적적) 또렷또렷한 모양. 썩 분명한 모양.
榴花(유화) 석류꽃.
緗簾(상렴) 옅은 황색의 깁으로 만든 문발. 곧 담황색 깁발.

한 오라기 가느다라이 꾸불꾸불 서려 오르는 향연(香煙)이, 사라질 듯 이어 오르는 방 안에는, 보글보글 차 끓는 소리가 그윽하게 들려온다. 이 영기(靈氣) 감도는 유심(幽深)한 분위기, 이는 진정 한 폭 그림 속의 시정(詩情)으로, 은거 생활의 도미(道味)를 만끽하는 수연(粹然)한 진경(眞境)이다.

기구의 참신 기발한 은유, 승구의 전이(轉移)하는 시간의 가시화(可視化), 전구의 신운(神韻)이 감도는 분위기, 결구의 허심 염담(虛心恬澹)한 관조의 경계, 그리고 전편을 통한 홍(紅)·녹(綠)·황(黃)의 선명한 색채의 대조, 시(視)·청(聽)·후(嗅)·미(味)의 새뜻한 감각적 이미지, 그리고, 시·서·화에 다 능했던 작자의, 그 시신(詩神)에 화혼(畫魂)이 지핀 듯한 시중 유화(詩中有畫)의 높은 운치 등을 감상할 것이다.

그의 사우(師友)인 박지원(朴趾源)은, "아정의 글은, 일자 일구라도 다 인정 도리에 꼭 들어맞는 진경을 그려 냄으로써, 그 오묘한

透影(투영) 그림자가 내비침. 속까지 환히 비치어 보임. 투영(透映).
午暉移(오휘이) 한낮의 해그림자가 옮아감.
篆烟(전연) 전자(篆字) 모양으로, 꾸불꾸불 가늘게 피어오르는 향연(香煙).
欲歇(욕헐) 멎을 듯 멎지 않고 피어오름.
茶鳴沸(다명비) 차 달이는 물이 보글보글 끓음.
政是(정시) 바로 이. 이야말로. 정시(正是).
幽人(유인) 속세를 피하여 은거하는 사람. 은사(隱士).
讀畫(독화) 그림에서 시적 정취를 감상함.

| **이덕무(李德懋, 1741~1793, 영조 17~정조 17)** 실학자. 자 무관(懋官). 호 아정(雅亭)·청장관(青莊館)·형암(炯庵). 본관 완산(完山). 박제가·유득공·이서구와 함께 근세 사대가의 한 사람으로 박학다식하고 문장에 뛰어났으며, 서화에도 출중했다. 벼슬은 규장각 검서관, 적성 현감에 그쳤으나, 저서에는 방대한 내용을 포괄한《청장관전서》가 있다.

맛을 곡진히 했다"고 칭찬했다.

일찍이 유연(柳璉)을 통해 중국에 소개된 사가(四家)의 시집《한객건연집(韓客巾衍集)》이 청의 문사 이조원(李調元)·반정균(潘庭筠)·육비(陸飛) 등의 호평으로 시명이 국외에까지 널리 알려졌던 작자는, 또 그들과의 교유를 통해 건륭 문화(乾隆文化)의 흡수에도 적잖이 공헌했던 것이다.

새벽길

이덕무

서리닭 울어 쌓는
동녘 하늘엔
샛별 신랑 반달 각시
눈짓 맑은데,
말굽 소리 갓 그림자
흐릿한 들을
아낙의 꿈속 길로
닫는 새벽길—.

不已霜鷄郡舍東　殘星配月耿垂空
蹄聲笠影朦朧野　行踏閨人片夢中

〈曉發延安〉

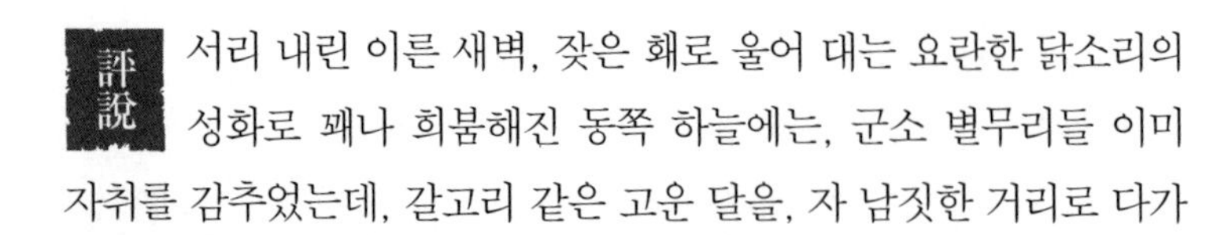

評說 서리 내린 이른 새벽, 잦은 홰로 울어 대는 요란한 닭소리의 성화로 꽤나 희붐해진 동쪽 하늘에는, 군소 별무리들 이미 자취를 감추었는데, 갈고리 같은 고운 달을, 자 남짓한 거리로 다가

曉發(효발) 새벽에 출발함.
不已(불이) 그만두지 않음. 계속함.
霜鷄(상계) 서리 내린 추운 새벽에 우는 닭. 서리닭.
郡舍(군사) 동헌(東軒). 군재(郡齋).
殘星(잔성) 새벽별. 여기서는 샛별. 곧 금성(金星).
配月(배월) 달을 짝함. 달을 배필(配匹) 삼음.

선 샛별의, 그 맑고도 정겨운 눈으로 연신 달에게 보내는 비밀스러운 눈짓이 천공에 누설(漏洩)되고 있는 새벽이다.

아득히 울려 멀어져 가는 말발굽 소리의 장단에 따라 흔들리고 있는 흐릿한 갓 그림자의, 그 유령 같은 영상은 숫제 현실이 아닌 꿈속이요, 내가 보는 나의 자화상이 아니라, 아내의 꿈길에서 그녀의 시야(視野)에 비친 나의 행색(行色)이다. 이 들길 아닌 아내의 꿈길을 마냥 달려 달려갈 양이면, 그 막다른 끝은, 꿈에 젖어 있는 아내의 침실일 것이다

아내에의 연정에 부푼, 마음이 앞서 달리는 귀가 길이다.

잦은 홰로 울어 쌓는 닭소리는, 날 새기를 재촉하는 성화인 동시에, 늦을세라 조바심 나는 출발의 심정을 암시하고 있으며, '霜'은 추운 계절, 청명한 날씨, 맑은 정신 등을 시사하고 있다.

제2구는 예로부터 일컬어 오는 '샛별 같은 눈빛'의 '반달 같은 미인'에게로 보내는 염정(艶情)의 속삭임으로, 하늘나라의 한 신화의 세계요, 동화의 세계이다.

3·4구는 현실과 꿈이 일원화(一元化)된 감응(感應)의 현장(現場)이다. '朦朧'은 달빛·별빛·새벽빛의 복합된 어스름이요, 그 수식의 범위는 시청각을 포괄한다. '笠影'은 땅에 지워진 갓의 그림자가 아니라, 어둠 속에 희미한 그 실체이다. '蹄聲'은 유령 같은 갓 그림자에 현실감·생동감을 부여했다. 그리하여, 최상단의 영상인 '笠影'

耿垂空(경수공) 깜박이는 맑은 빛이 하늘에 내리비침.
蹄聲(제성) 굽 소리. 말발굽 소리.
笠影(입영) 갓 그림자.
朦朧(몽롱) 흐릿함. 분명하지 않음.
行踏(행답) 출발함. 밟아 감. 달려감.
閨人(규인) 규중(閨中)에 있는 사람. 여기서는 아내를 가리킴.
片夢(편몽) 짧은 꿈. 또는 외진 꿈. 외로운 꿈. 편시몽(片時夢).

과 최하단의 음향인 '蹄聲'이 시청각적으로 그 정체(正體)의 윤곽을 입체화(立體化)하여, '새벽 들길을 달리고 있는 한 선비의 행색'을 구성하고 있다. 그러나 그것은 이내 현실에서 몽환으로, 들길은 꿈길로 암전(暗轉)된다. 이리하여, 천공과 지상과 몽중이 일원화한 무대에서, 남녀 간의 정념(情念)이 자성(磁性)의 인력처럼 텔레파시로 상호 감응하는, 애정의 극치를 연출하고 있다.

이 작품에는 이미 현대시에서 추구하는 시정신의 깊이가 있고, 그 깊이의 오묘한 진경(眞景)을 곡진(曲盡)히 그려 내려니, 자연 다소의 난해성도 피할 수 없게 된 듯하다.

남녀 간의 애정에 대해서도, '체통'에 저촉될까 두려워, 숫제 경원·묵살해 버리거나, 기껏 피상적 언저리에 맴돌던, 당시의 그 인습적인 문학관에서 탈피하여, 이처럼 대담하고도 참신한 새 경지를 열어 놓은 것은, 다만 작자의 천부의 시재(詩才)에서뿐만 아니라, 그의 미지의 시경(詩境)에 대한 열정적인 개척 의욕에 힘입은 바라 아니할 수 없을 것 같다.

끝으로, 그의 색다른 칠절, 〈선연동(嬋娟洞)〉 한 수를 덧붙인다.

선연동 풀은 비단 치만 양
분향내 그윽한 옛 무덤이여!
현재 홍랑들아 아리땁다 자랑 마라.
이 중의 많은 이도 그대들 같았네라.

嬋娟洞草賽羅裙　剩粉遺香暗古墳
現在紅娘休詑艶　此中無數舊如君

※ '嬋娟洞'은 평양 교외에 있는 기생들의 공동묘지. '紅娘'은 기녀.

연광정에서

이가환

강정(江亭) 사월 꽃은 지고, 훈풍에 제비 날고……
푸른 초원으로 연이은 푸른 물결,
몰라라! 이별의 한이 어느 뉘게 있는고?

인성사·조천석 슬프다 지난 세월,
주야장 흐르는 대동문 밖 장강 물은,
오로지 가기만 할 뿐, 돌아옴은 못 볼레라.

江樓四月已無花　簾幕薰風燕子斜
一色碧波連碧草　不知別恨在誰家

仁聖遺祠歲月多　朝天舊石足悲歌
大同門外長江水　不見廻波見逝波
〈練光亭次鄭知常韻 二首〉

정지상의 〈서도(西都)〉와 〈대동강〉 두 시의 운에 차운 화답한, 연광정에서의 초여름의 서정이다.

꽃도 이미 자취를 감추어 봄도 가 버린 연광정, 사월의 훈훈한 바

江樓(강루) 강정(江亭). 여기서는 관서 팔경의 하나인 연광정. 이는 대동강가 절벽 위에 세워진 옛 정자로, 6·25 때 소실되었으나, 1986년에 옛 모습대로 복원되었다 한다.
簾幕(염막) 주렴과 장막.

람에 부드럽게 흔들리는 주렴 너머로, 어느새 제비는 돌아와 하늘을 비껴 날고, 먼 초원으로 넘실넘실 이어 흐르는 푸른 물결의 대동강은 마냥 유유하기만 하다.

봄 동안 그토록 잦은 대량의 이별을 치르고 난 뒤이건만, 무슨 일이 있었더냐는 듯 평온하게 흐르고 있는 대동강! 그것은 마치 어처구니없는 역사적 사건들을 수없이 삼키고도 '쓸은 듯 내색 없는 시간의 흐름과도 같다. '不知別恨在誰家'는 정시(鄭詩)의 '別淚年年添綠波'에 대한 짐짓 해 보는 반문인 동시에, 이러한 장강(長江)의 능청스러운 시치미에 동조하는 척 뒤를 치는, 역설적 반의로서, 필경 정시에 대한 부정인 듯 부정 아닌, 완곡하면서도 강한 긍정으로 귀결되어 있음을 본다.

한편 이 끝구는, '誰'의 부정칭(不定稱)으로, 두루 세인(世人)의 별한(別恨)의 소재(所在)를 탐문(探問)함으로써, 정작 언외(言外)에 두고 있는 자신의 별한을 강조하는 딴청 수법이기도 하니, '아득히 흘러가는 대동강을 바라보고 있노라면, 저 물길 따라 떠나보낸 그 많은 이별의 한 가닥 슬픈 한을 품고 있지 않은 사람이 누굴일까마는, 그러나 내 가슴에 맺혀 있는 슬픔만큼 절절함은 어느 누구에게도 없으리라'는 자기중심의 강한 반의를 담고 있기도 하다. 이는 저 당

薰風(훈풍) 초여름의 훈훈한 바람.
燕子(연자) 제비.
斜(사) 비껴 낢.
誰家(수가) (1) 누구의 집. (2) 누구. '家'는 첨사(添詞). 여기서는 (2)의 뜻.
仁聖遺祠(인성유사) 동명성왕의 옛 사당.
朝天舊石(조천구석) 조천석. 동명왕이 하늘로 올라갈 때의 디딤돌이었다는 전설의 돌.
足(족) 넉넉함.
大同門(대동문) 평양의 동쪽 성문.
迴波(회파) 되돌아오는 물결.
逝波(서파) 영영 흘러가 버리는 물결.

시인 왕건(王建)의 "今夜月明人盡望하니 不知秋思在誰家오"의 수법과 비슷하다 하겠다. 다 겉으로 아무렇지도 않은 듯, 애이불상(哀而不傷)의 점잔을 유지하면서도, 기실 속으로 아픔을 삭이기에 골몰하고 있는 장면인 것이다.

둘째 수의 기·승구는, 역사적 유물에서 보는 '시간의 흐름'이요, 전·결구는, 눈앞에 굽어보는 장강의 흐름이다.

작자는 이 가시(可視), 불가시(不可視)의 두 흐름이 합류(合流)한 '시공(時空)의 흐름'에서 인생을 보고 있다. 저 도도한 태초 이래의 흐름은, 이 세상의 유형 무형의 모든 것을 영겁의 저편으로 날라 가고 있는 것으로, 우리 또한 본의 아니게도 그 '흐름'에 휩쓸려, 한마디 항변도 못하는 채, 떠내려가고 있는 중이 아닌가? 이별! 그게 바로 이별인 것이다. 이리하여, 무수한 이별이 소리도 없이 부단히 대량으로 이루어지고 있음을, 장강에 비춰 보는 '시공의 흐름'에서 보고 있는 작자이다.

영원히 가기만 할 뿐, 돌아오지 아니하는 장강의 물결을 바라보며, 그윽이 인생을 관조하고 있는, 이 깊숙하고도 조용한 침음(沈吟) 속에 무한 감개가 서려 있음을 음미할 것이다.

| **이가환**(李家煥, 1742~1801, 영조 18~순조 1) 실학자. 자 정조(廷藻). 호 금대(錦帶). 본관 여주(驪州). 용휴(用休)의 아들. 형조판서 등 역임. 문명이 높았으나, 천주교도로서 신유박해(辛酉迫害) 때 순교했다. 저서에 《금대유고》가 있다.

산에 살며

정지묵

두건도 취해 삐뚜름히
석양에 앉았으니,
바람이 송화를 날라
옷에 가득 떨구놋다!

주렴 밖 흩은 산이
눈에도 넘치거니
저 작은 사립문으로
삼춘(三春)을 가릴 수야—.

醉欹烏帽坐斜暉　風動松花落滿衣
簾外亂山多在眼　三春不掩小柴扉

〈鄭處士山居〉

評說

정처사의 은거처를 방문하여 그의 고풍(高風)을 찬양한 내용이다.

높은 위치에 집이 있어, 대청의 발을 걷어 올리면, 눈 아래 흩어

醉欹(취의) 술에 취해서 ~가 기우뚱함.
烏帽(오모) 벼슬아치가 평복에 받쳐 쓰는 모자. 사모(紗帽). 오사모(烏紗帽).
亂山(난산) 흩뿌려 놓은 듯 어지럽게 널려 있는 높낮은 산들.
三春(삼춘) 초춘, 중춘, 만춘. 봄의 석 달. 날짜로 하여 구십춘광(九十春光).

놓은 듯한, 높고 낮고 크고 작은 산들이 한눈에 들어온다. 주객이 얼큰히 취하여 오사모도 기우뚱하게 기울어진 채로 석양에 비스듬히 기대 앉아 경물을 바라보고 있노라니, 바람이 무덕무덕 지나가면서, 노란 송홧가루를 머금고 와서는 옷에 가득 부려 놓곤 한다.

때는 바야흐로 봄이라, 만산의 홍록(紅綠)이 끝없이 펼쳐져 있다.

은거란 사립문 닫아걸고 속세를 등진, 외진 생활을 이름이다. 하기야 여기도 울타리에 사립문도 닫아걸기는 했다마는, 그러나 저 시야에 펼쳐져 있는 넓으나 넓은 무진장한 구십춘광(九十春光)의 찬란한 봄 경치를 가리기에는, 저 작은 사립문 가지고는 어림도 없을 뿐이다.

簾外亂山多在眼　三春不掩小柴扉!

이는 완연한 선경 속에 살고 있는 집주인을, 신선으로 추대하는 명구이다.

시를 실사(實辭)와 허사(虛辭)로 나누어 보면, 대다수의 한시에 허사가 적지 아니 삽입되어 있는 것과는 달리, 이 시에는 실사만으로 빼곡히 채워져 있음을 본다. 따라서 우리말로 옮겨 내는 데도, 한 호흡 속에 다 수용할 수 없을 정도로 내용이 넘쳐난다.

그것은 특히 기구와 결구에 있어 두드러져 있으니. 우선 기구를 의역해 보면:

'술에 취하여 오사모도 삐딱하게 기울어진 채, 비낀 저녁볕에 비스듬히 기대어 앉았으니'가 된다. 그것은 '취의(醉倚)'가 '烏帽'만이 아니라, '坐'도 간접적으로 수식하고 있기 때문이다. 또 결구를 보면, '저 작은 사립문 가지고는 구십춘광(九十春光)의, 매일같이 갈아드는 무진장한 봄 경치를 다 가릴 수가 없다'가 된다. 이렇듯 한 호흡에 넘치는 긴긴 내용을 일곱 자 안에 압축해 놓으려니, 허사를 용납할 여지가 없음은 당연하다. 실사만으로도 모자라 행간(行間)이며 자간(字間)에까지 언외의 뜻을 부쳐 있으니, 이를 옮기는 데 있어, 특별한 수법을 쓰지 않는 한, 한 구로 운율화하기란 무리한 작업이 아닐 수 없다.

한시의 형식은 극도로 제약되어 있어서 오언 절구면 총 20자, 칠언 율시라도 고작 56자에 불과하다. 이러한 제약 속의 한 자 한 자는 귀하기 천금 같으니, 함부로 허사로써 낭비하기란 아까운 일이 아닐 수 없다. 그런 면에서 본다면, 이 시의 작자는 진실로 일자천금(一字千金)의 오의(奧義)를 체득한 이라 할 만하지 않은가?

| **정지묵**(丁志默, 1747~?, 영조 23~?) 문인. 자는 원길(元吉). 호는 운곡(雲谷). 본관은 나주(羅州). 벼슬은 좌윤(左尹). 기타 미상.

송도

유득공

황량도 하여라!
이십팔 왕릉
해마다 비바람
까막등인데,
진봉산 산중의
붉은 철쭉은
봄 들자 오히려
겹겹이 폈네.

荒凉二十八王陵　風雨年年暗漆燈
進鳳山中紅躑躅　春來猶自發層層

〈松都〉

이 시는, 단군 조선에서 고려 말까지의 역대 도읍을 회고한, 43수의 장편 시인 〈이십일도 회고시〉 중의 한 수이다.

荒凉(황량) 황폐하여 쓸쓸함.
暗漆燈(암칠등) 깜깜한 등. 까막등. 칠등(漆燈).
進鳳山(진봉산) 《여지승람》에 의하면, 진봉산은 개성 동남쪽 9리쯤에 있는 산으로, 철쭉꽃이 유명하여 '진봉 철쭉'으로 일컬어져 온다 하였고, 또 《문헌비고》에는, 고려 태조 이하 28대의 왕릉이, 개성부 송악(松岳)·진봉산·벽곶동(碧串洞)·봉명산(鳳鳴山)의 여러 곳에 있다 하였다.

오백 년 고려 왕업이 일조에 무너지고, 왕릉의 장명등(長明燈)에 불이 꺼진 지도 이미 수백 년, 그 오랜 비바람 치는 밤을, 석등은 어둠 속에 적막하고, 능역(陵域)은 황량하기 그지없다. 그렇건만, 이 산중의 철쭉꽃은 그런 사실에 아랑곳없이 해마다 봄이 되면 저처럼 떨기떨기 흐드러지게 피어 있지 않은가. 일세의 권위와 영화를 독차지했던 군왕들의 말로도 저러하거니……!

전반과 후반이 대조되어 있다. 곧 '불 꺼진 등'과 '층층이 핀 꽃', 그것은 생(生)과 사(死), 흥(興)과 망(亡)의, 극과 극의 대조로써 무상감(無常感)을 두드러지게 하고 있다.

발상(發想)이나 율조가 민요풍이다. '荒凉, 王陵, 風雨, 年年, 進鳳山, 春來, 發層層' 등 'ㄴ, ㅇ' 종성에서 오는 공동감(空洞感)이, 의미 내용과도 조화되어, 허허로운 무한 감개를 자아낸다.

이 장편 회고시는 그가 연경(燕京)에 출입할 때, 그곳 문사들의 호평을 입어 거기서 발간되기까지 했던 작품이다.

그의 지기인 이덕무(李德懋)는 그의 시를 근세의 절품(絶品)이라 칭찬했고, 청의 문사 이조원(李調元)은, 그를 동국의 문봉(文鳳)이라 일컬었으며, 반정균(潘庭筠)은, 재주와 정서가 풍부하고, 풍격(風格)

紅躑躅(홍척촉) 붉은 철쭉꽃.
猶自(유자) 제 오히려.
發層層(발층층) 겹겹이 핌.

| **유득공(柳得恭, 1749~?, 영조 25~?)** 실학자. 자 혜보(惠甫). 호 영재(泠齋) 혹은 냉재(冷齋). 본관 문화(文化). 박지원의 문인. 박제가, 이서구, 이덕무와 함께 문장 후사가(後四家)의 한 사람. 규장각 검서, 풍천 부사 등 역임. 실사구시(實事求是)로 산업 진흥을 주장하였다. 《발해고(渤海考)》, 《영재집》, 《영재시초》 등 저서가 많다.

과 율조가 홀로 빼어나, 때때로 푸른 바다에 고래가 몸을 뒤치는 듯 한 장관이라고 비유하기도 했다.

백운대

박제가

수륙(水陸)이 맞닿는
가는 경계선
하늘과의 닿은 짬도
실금 같아라!

인생이란 조알인 양
작은 주제에
산 마르고 돌 익을 때를
염려하다니—.

地水俱纖竟是涯　圓蒼所覆界如絲
浮生不翅微如粟　坐念山枯石爛時

〈白雲臺〉

삼각산 백운대에 올라 천지를 한눈에 조망한 소감이다. 광대한 우주, 무한한 시간 앞에, 인생의 미소함을 새삼 절감하며, 스스로 겸허해진 자신에로의 성찰이기도 하다.

地水(지수) 땅과 물. 대지와 바다.
俱纖(구섬) 함께 가늚. 수륙의 경계가 지극히 섬세(纖細)한 선으로 이루어져 있음을 이름.
竟是涯(경시애) 궁경(窮竟)의 한계(限界).
圓蒼(원창) 궁륭상(穹隆狀)으로 드리운 푸른 하늘.

멀리 서쪽 끝은 바다와 육지의 맞닿은 선으로 이어져 있다. 땅도 거기가 끝이요, 바다도 거기가 끝이다. 두 끝이 맞닿아 이룬 그 선을 '纖'이라 표현해 본다. 그리고 궁륭상(穹隆狀)으로 덮어 드리운 하늘 자락의 먼 가장자리를 극목(極目)하여 둘러보면, 바다 끝과 맞닿아 이룬 일직선의 수평선과, 참치 부제(參差不齊)한 산능선과 맞닿아 이룬, 이른바 스카이라인을 '絲'라 해 본다.

대지와 대해와 대공의 삼대(三大)로 이루어진 우주 공간! 저 삼대가 만나는 짬의 부즉 불리(不卽不離)한 경계선은 무봉(無縫)하게 이어져, 상하·좌우·전후의 삼차원(三次元) 속에 내가 서 있다. 저 선은 기실 너비도 부피도 없는 한 기하학적인 선일 뿐이다. 저 있는 듯도 없는 듯도 한 선을 무엇이라 형용해야 하나? 그는 무척 고심 끝에 '纖'과 '絲'를 차선자(次善字)로 대용하고 만다. 이건 한갓 호도(糊塗)요, 미봉(彌縫)이란 불만감·자책감에서 벗어나지 못한 채로…….

그는 또 생각해 본다. 우주는 과연 무시무종(無始無終)인가? 아니다. 태초에 지구가 형성되고 거기 생물이 깃들기 시작했다니, 이는 유시(有始)라, 유시면 유종(有終)일 것이니, 언젠가는 저 산천초목도 마르고 돌도 닳아 문드러지는, 지구의 종말이 올는지도 모를 일

所覆(소부) 덮은 바.
不翅(불시) ……뿐만 아니라=不啻.
微如粟(미여속) 조알같이 작음. 소식(蘇軾)의 〈적벽부(赤壁賦)〉에 "寄蜉蝣於天地 渺滄海之一粟"이라 있다.
坐念(좌념) 공연스레 생각함. 부질없이 상념함.
山枯(산고) 산의 초목이 마름. 《도덕지귀론(道德指歸論)》에 "陰陽失序 萬物盡傷 山枯谷竭 赤地數千"이라 있다.
石爛(석란) 돌이 익어 문드러짐.
白雲臺(백운대) 서울 삼각산(三角山) 가운데의 가장 높은 봉우리. 해발 836미터.
※ **실금** 실같이 가는 금.

이다. 그러다 이내 생각을 지운다. 창해일속(滄海一粟)인 주제에 부질없이 그런 끔찍한 생각을 하다니…….

1구는 횡적(橫的)이요, 2구는 종적(縱的)이며, 3구는 공간적이요, 4구는 시간적이다. 이리하여 그의 상념은 4차원의 시공 세계에로 미쳐 있다.

실학자로서, 또 북학파(北學派)의 선구자로서, 사물을 관찰하는 과학스러운 눈매와, 시를 다루는 사실적인 솜씨가, 종전과 얼마나 딴판인가를 볼 것이다.

| **박제가(朴齊家, 1750~?, 영조 26~?)** 실학자. 자 차수(次修). 호 초정(楚亭)·정유(貞蕤). 본관 밀양. 규장각 검서관, 영평 현감 등 역임. 박지원의 문인. 북학파(北學派)의 선구자. 이덕무·유득공·이서구와 함께 시문 사대가의 한 사람. 여러 차례 사신 수행원으로 청나라에 다녀왔다. 저서에 《북학의(北學議)》, 《정유고략(貞蕤稿略)》 등 많다.

꽃향기

박준원

세상 사람 빛으로
꽃을 보지만
나는야 향기로
꽃을 본다네.

이 향기 천지에
가득할 새면
나 또한 한 떨기
꽃이련마는—.

世人看花色　吾獨看花氣
此氣滿天地　吾亦一花卉

〈看花〉

評說 세상 사람들이 꽃을 완상함에 있어, 대다수가 꽃의 외양, 곧 꽃의 빛깔을 중시하는 듯하나, 자신은 그런 외양보다, 오히려 내면적인 정신, 곧 꽃의 향기를 중시한다는 주장이다.

대개 우주 정기(精氣)의 맑은 기운이 모여 넘쳐 풍기는 것이 향기(香氣)요, 그 탁한 것이 모여 넘쳐 풍기는 것이 냄새, 곧 취기(臭氣)

花氣(화기) 꽃 정기. 꽃 정신. 꽃향기. 만물 생성의 우주 정기(宇宙精氣).

이다. 그러므로 꽃은 그 외모보다 그 내면에서 풍기는 꽃의 정신, 곧 깃들어 있는 우주 정기의 맑고 흐림에 따라 평가되어야 한다는 내용이다.

이는 육체보다 정신을, 외모보다 내면을 중시함이니, 외모가 아름답다 하여 심성도 아름답다 할 수 없으며, 심성이 고약하다 해서 외모도 그러하다 단정할 수 없다. 오히려 그 반대일 경우도 얼마든지 있다.

향기에는 청향(淸香), 유향(幽香), 방향(芳香), 암향(暗香) 등이 있는가 하면, 취기 또한 기취(奇臭), 악취(惡臭), 부취(腐臭) 등 가지가지가 있다. 향기에는 또 경계해야 할 기향(奇香), 요향(妖香), 교향(嬌香) 등도 있으니, 달기, 포사, 서시, 조비연, 양귀비 등과 같은 경국(傾國)·경성(傾城)의 미색(美色)들이 그것이다.

이런 기준에서 고래로 엄선된 화품(花品)의 일품(一品)을 들면 매화, 국화, 난초, 장미, 연꽃 등이니, 태임, 태사, 신사임당, 서영수각 등이다.

아무튼 향기와 취기는 대립 관계에 있고, 또 길항(拮抗) 관계에 있으니, 그러므로 공자는 유향백세(遺香百世)인가 하면, 도척(盜跖)은 유취만년(遺臭萬年)이 아니던가?

작자는 자신은 물론, 모든 사람은 저마다 한 떨기의 꽃과 같은 존재로 보고 있다. 자신이 꽃이라면 어떤 꽃일까? 향기 나는 꽃? 아니면 냄새나는 꽃? 그러나 화품(花品)을 품평(品評)하는 일은 전적으로 자기 아닌, 세인들의 몫일 뿐이다.

| **박준원**(**朴準源, 1739~1807, 영조 15~순조 7**) 자는 평숙(平叔). 호는 금석(錦石). 본관은 반남(潘南). 사마시에 합격. 어영대장, 형조판서 등 역임. 저서에 《금석집》, 《소학문답》이 있다.

작자는 이 시에서 화품에 기대어 인품(人品)을 논하고 있는 것이다. 썩은 냄새를 풍기는 인품들로 가득한 사회는 바로 이 땅의 지옥화 현상일 것이나, 맑은 향기를 풍기는 인품들로 가득한 사회는 바로 지상의 낙원이요, 천국일 것이다.

사월

이서구

콩깍지배 한들한들
저녁 물가에 일리는데,
쑥대머리 저 어부는
종다래낄 겯고 있다.

맑은 강 사월달은
복어도 여위는데,
흩나는 버들개지
반은 둥둥 흘러가네.

豆殼船閑漾晚汀　蓬頭漁子理新笭
清江四月河豚瘦　柳絮紛飛半化萍
〈雜畫〉

화제(畵題)인 듯하다.
'콩깍지만 한 배〔豆殼船〕'는 토속어 그대로의 신조어(新造語)

豆殼船(두각선) 콩깍지만 한 작은 배.
漾(양) 일림. 쌀을 일 때처럼 부드럽게 흔들림을 이름.
蓬頭(봉두) 헝클어져 있는 머리. 쑥대머리.
笭(령) 잡은 물고기를 담는 기구. 종다래끼.
河豚(하돈) 복어.

이다.

겨울 동안 뱃일을 못하다가, 이제 강이 풀렸으니 고기잡이를 시작할 양으로, 고기 담을 종다래끼를 겯고 있는 부스스한 어부! 그러나 사월의 강은 배불룩이 복어도 먹을 것이 없어 홀쭉하게 여윈다는 '사월 복어'란 속담처럼 강은 너무나 맑다.

버들개지는 자오록이 반공에 흩날리다가, 태반은 강물에 떨어진다. 떨어지자마자 부평초처럼 둥둥 물결 따라 떠내려간다. 자오록이 떠내려가고 있는 저 무상(無常)의 행렬! 반공에 표랑(飄浪)할 때나, 강물에 표류(漂流)할 때나, 봄날의 버들개지는 봄마음을 하염없게 하는 서글픈 낭만물(浪漫物)이다.

동면에서 풀려난 듯 부스스한 어부의 고기잡이가 사월 보릿고개처럼 어려울 것이지만, 그런 중에서도 노총각의 마음은 버들개지를 따라 들뜨고, 강물을 따라 하염이 없다.

당 시인 원진(元稹)의 〈강화락〉이 떠오른다.

江花何處最腸斷　강변 꽃은 어느 제에 애를 끊느뇨?
半落江水半在空　반은 날고 반은 져 강에 흐를 때—.
〈江花落〉

| **이서구**(李書九, 1754~1825, 영조 30~순조 25) 학자·시인·문신. 자 낙서(洛瑞). 호 강산(薑山). 본관 전주. 이조판서, 우의정 등 역임. 명문장가로 특히 시명이 높아, 박제가·이덕무·유득공과 함께 근세 문장 4대가로 꼽힌다. 저서에 《강산집》이 있다.

소나무 그늘에 누워서

이서구

푸른 시내 언덕에 집이 있자니
저녁나절 불어오는 세찬 물바람
긴 수풀 사람은 아니 보이고
논바닥에 멀쑥이 선 백로 그림자.

때로 저녁 해그림자 되비친 속을
홀로 청산 모롱일 거니노라면
떠나가라 울어 대는 쓰르라미들
숲 너머 흩어지는 맑은 물소리…….

솔뿌리에 걸터앉아 글 읽노라니
책장 위에 무심코 지는 솔방울
돌아가자 막대 짚고 일어서려니
영마루엔 반나마 구름이 희다.

家近碧溪頭　日夕溪風急
脩林不逢人　水田鷺影立

時向返照中　獨行青山外
鳴蟬晩無數　隔林飛淸籟

讀書松根上　卷中松子落
支笻欲歸去　半嶺雲氣白
〈晩自白雲溪復至西岡口少臥松陰下作〉

評說 푸른 시냇물 흐르는 언덕배기에 집이 있자니, 저녁 무렵이면 물바람이 세게 몰아오기가 일쑤다. 외진 숲에 가린 동떨어진 곳이라, 진종일 사람은 아니 만나지고, 어쩌다 "저기 웬 사람이……!" 하다, 다시 보면, 사람 아닌 해오라기 녀석이 논바닥에 멀쑥이 서서, 멀거니 나를 건너다보고 있기도 한다. 성큼한 긴 다리에 베잠방이 한껏 걷어붙이고, 논매던 일손 잠깐 쉬느라, 허리 펴고 서 있는, 흰옷 차림의 농부인 양, 그림자처럼 희뜩 눈에 띄었던 해오라기! 사람으로 속았지만 속았다는 생각 없이, 그들과는 이미 정들어 있어, 서로 무혐하게 지내는 친구인 백로다.

※ **詩題** 저녁 무렵 백운계로부터 다시 서강 어귀에 이르러, 잠시 소나무 아래 누워서 지음.
碧溪頭(벽계두) 푸른 시냇가.
日夕(일석) 아침 저녁. 또는 저녁때.
溪風急(계풍급) 물바람이 셈.
脩林(수림) 장대(長大)한 숲. 긴 숲.
水田(수전) 논.
鷺影(노영) 해오라기(白鷺)의 그림자.
返照(반조) 저녁 해그림자. 반영(反影).
鳴蟬(명선) 우는 매미.
隔林(격림) 숲을 격하여. 숲 너머.
淸籟(청뢰) 자연의 맑은 소리.
松子(송자) 솔방울.
支笻(지공) 지팡이를 짚음.
半嶺(반령) 영마루의 반쯤.
雲氣(운기) 공중으로 떠오르는 기운. 여기서는 '白'과 호응하여 흰 구름(白雲).

가끔 해거름에 푸른 산모롱이를 도는 오솔길을 따라 거니노라면, 온 세상 떠나가라 울어 대는 무수한 저녁 매미들! 합창을 하는지 성량(聲量) 겨루기를 하는지, 저녁 한때를 온통 저들이 독점한 가운데, 숲 저편에 흩어지는 비천(飛泉)의 맑은 물소리가 매미 소리와 화음이 되어 황홀경을 이룬다.

용틀임하듯 불거져 서린 소나무 뿌리에 걸터앉아 글을 읽고 있노라니, '푸석' 무심중 책장 위에 떨어지는 낡은 솔방울! 삼매경(三昧境)을 벗어나니 사방은 어둑어둑 고요가 짙다. 인제 돌아가라는 신호인가 보다 생각하며, 지팡이 짚고 일어서면서 바라보는 영마루에는, 어느덧 흰 구름 장막이 반쯤이나 내리덮이고 있다. 저 장막이 산자락까지 내려오면, 그것으로 오늘 하루도 막을 내리게 되는 것이다.

맑고도 고요하고 전아(典雅)하고도 담박(淡泊)한 이 한 편을 나직이 읊조리고 있노라면, 어느덧 왕유(王維)나 도잠(陶潛)의 시를 외고 있는 듯한 착각에 든다. 자연 시인·전원 시인들의 그 많은 작품 속에서도, 이처럼 청신한 자연의 미와 자연의 숨결이, 인간의 그것과 혼연히 일치 조화된 시편이란 그리 흔하지 않다.

그의 스승인 박지원(朴趾源)은, "심령(心靈)이 일찍부터 열려, 슬기로운 식견(識見)이 구슬 같다" 했고, 그의 지기인 이덕무(李德懋)는, 전재(典裁)하기는 왕사정(王士禎) 같고, 박학 고아(博學高雅)하기는 주이준(朱彝尊) 같다고 평했다.

자잘한 꽃들

이승훈

뜰에 핀 꽃들이 잡초에 숨어
긴 여름 잇달아 꽃을 피우네.

저마다 고운 빛 서로 비추며
그윽한 향기를 풍겨다 주네.

산새도 문득 기뻐 날뛰고
나비도 지나다 되돌아오네.

작은 꽃이 진정 귀엽기도 해라!
손수 가꾼 것도 아니건마는.

庭花隱亂草　長夏續能開
分戶色相映　襲衣香暗來
幽禽便喜蹴　飛蝶自知廻
微卉眞堪愛　不須勤手栽

〈雜花〉

評說 길바닥에 나서, 오가는 발길에 밟히기만 하는 천덕꾸러기 질경이도, 화분에 옮겨 방 안에 모셔 놓고 보면, 그 나름대로의 아름다움이 있다. 꽃이 있고 향기가 있고, 보면 볼수록 신비롭

고 엄숙한 생명의 존엄성도 느껴진다.

마당에 우거진 잡초 사이에 이름 없이 끼여 있는 풀꽃들의 그 아름다움을 발견해 낸 작자! 그저 일시적 지나는 감정으로서가 아니라, 긴 여름 동안 고운 애정의 눈으로 유심히 지켜보고 있었던, 작자의 그 곰살가운 감물지정(感物之情)이 다사롭다.

모든 생명체가 갖추고 있는, 생명의 존귀성, 평등성, 자유성 등, 또 알게 모르게 서로의 존재에 이바지하고 있는 사회성적 존재 가치를 달관하고 통찰한 듯, 그것은 필경 이물급인(以物及人)으로 인간 사회의 하대받는 계층의 가난과 어려움 속에서도, 정겹게 서로 도우며, 예절 바르게, 죄 없이 살아가고 있는 고운 마음씨며 인정의 향기를 깨달은 귀한 발견이 아닐 수 없다.

分戶(분호) 저마다 따로 삶. 분가(分家).
襲衣(습의) 향기 같은 것이 문득 엄습해 와서 옷에 뱀.
微卉(미훼) 작은 풀꽃.

| **이승훈(李承薰, 1756~1801, 영조 32~순조 1)** 천주교인. 본관은 평창. 가환(家煥)의 생질, 정약용의 매부. 진사시에 합격, 평택 현감 등 역임. 신유박해(辛酉迫害) 때 화를 입었다.

아조 〈雅調〉

이옥

1. 검은 머리 파뿌리 되도록

한번 풀어 쪽 찐
새파란 머리
파뿌리 되도록
변치 말잤네.

안 그러려 할수록
부끄러워서
석 달이나 신랑과는
말도 못했네.

一結靑絲髮　相期到蔥根
無羞猶自羞　三月不共言

작자는 문운(文運)이 흥왕하던 조선 후기 영정조(英正祖) 시대의 문인이다. 그 자신 실학자로 자처하지는 않았으나, 당

一結(일결) 한번 쪽을 지음.
蔥根(총근) 파뿌리. 파뿌리를 하얗게 씻어 거꾸로 들고 보면, 백발동안(白髮童顔)을 방불케 한다. 이와 반대인 녹발동안(綠髮童顔)인 '무릇각시'(무릇 뿌리에다 그 푸른 잎을 틀어 비녀로 꽂은 것)도 있으니, 다 어린 시절 각시놀음의 가지가지다.

시 정약용 등 실학파 문인들에 의하여 창도된 이른바 '조선시(朝鮮詩)'를 고집한 시인으로 그 독특한 문체는 그의 전 작품에 일관되어 있다.

그는 조선시 중에서도 민요 시풍을 고집하였으니, 《예림잡패(藝林雜佩)》에 실려 있는 65수는 모두 항간에 상용되는 속담, 토속어 등을 여과 없이 시어로 사용하였으니, '蔥根, 異凝' 등은 같은 한자 문화권의 다른 나라에서는 주해 없이는 통할 수 없는 말들이다.

여기 뽑은 세 수의 오언 절구는, 〈아조(雅調)〉에 차례대로 연속되어 있는 연작시이다.

시집살이하는 새색시지만 유가나 사대부 집안에서 시부모의 사랑을 받고 있는 며느리라, 여느 학대받는 시집살이와는 다르다.

'蔥根'은 백발의 암유로서, '검은 머리 파뿌리 되도록 해로(偕老)하라'는 신혼 덕담으로 오늘날도 널리 쓰이는 혼례 축하의 관용어이다. '靑絲髮'은 새파란 머리털, 곧 검은 머리〔黑髮〕의 미칭으로, '녹발(綠髮)'보다 더욱 청춘다운 윤기가 돈다.

'부끄러움'은 부끄러워하지 말자고 마음먹을수록 더욱 부끄러워지는 법, 그것은 신랑도 마찬가지여서 '三月共不語'가 과장만은 아닌 것이다. 그러면서도 서로의 가슴 깊으나 깊은 곳엔 한없는 신뢰가 차곡차곡 말 없는 가운데 쌓여 가면서, 이신일심(二身一心)으로 숙성되어 가는 것이다. 그만큼 오늘날의 겉으로만 내비치는, 비열(比熱) 낮은 겉사랑보다, 속속들이 다져져 가는 비열 높은 속사랑은, 그 어려운 고난 속에서도 그야말로 '검은 머리 파뿌리 되도록' 백 년이 하루같이 이어져 갔던 것이다.

2. 이응자의 뾰족한 뿔

일찍부터 익혀 온
궁체 글씨의
'이응'자에 돋아난
뾰족한 그 뿔!

시부모님 보시더니
기뻐하시며
언문 여제학이
났다 하시네.

早習宮體書　異凝微有角
舅姑見書喜　諺文女提學

궁체 글씨로 초성(初聲)의 'ㅇ'자를 모필로 쓰려면, 붓끝에 빳빳이 힘을 모아, 약간 빼뚜룸한 각도로 점 찍듯 찍어 대어 모은 힘을 그 한 점에 서려 두고 가볍게 들어 올리면서 동그라미 획으로 옮아가는 것인데, 이때 점 찍듯 찍어 댄 붓 끝에서 점 이전에

宮體書(궁체서) 궁체 글씨. 궁중의 여관들이 쓰던 한글 글씨체의 한 가지.
異凝微有角(이응미유각) 한글 초성의 'ㅇ'자를 궁체로 쓸 때, 맨 처음 붓을 눌러 댄 자국이 마치 귀여운 작은 뿔 모양으로 동그라미 좌상(左上) 귀에 갸우뚱하게 돋쳐 있는 것을 형용하여 이른 말.
舅姑(구고) 시아버지와 시어머니. 여기서는 시아버지를 일컬은 것.
諺文(언문) 한글의 옛 일컬음.
女提學(여제학) '제학'은 홍문관의 벼슬 이름. 당대의 문장 대가가 그 벼슬에 임명됨에서, 여자로서의 문장 대가란 찬사. 며느리가 귀여워서 농으로 일컬은 말.

이루어진 자연 형성의 붓 자국인 작은 돌기(突起), 그것이 바로 여기서 일컬은 '작은 뿔(微有角)'이다. 그것은 이제 막 돋아나는 새싹처럼 이쁘고, 아기 도깨비의 한쪽 머릿귀에 뾰족이 내민 외뿔같이 귀여운, 볼수록 앙증스럽고도 매혹적인 존재인 것이다. 거기서 착안이라도 한 듯, 사람들은 아기 머릿귀에 빨간 댕기를 물리는가 하면, 요새도 애완동물 목에다 리본을 매되, 대칭을 비대칭화하는 멋이, 다 일련의 같은 맥락에서라 할 것이다.

아무튼 며느리 글씨에서 고 작은 '꼭지 뿔'을 발견한 것은, 시아버지의 글씨에 대한 놀라운 안목이 아닐 수 없으며, 또 이에 감탄하여 '우리 집에 여제학이 났구나' 하는 시아버지의 농 한마디엔, 며느리 귀여운 정이 흐뭇이 배어 있어, 온 가정에 무엇인가 솔솔 피어오르는 것이 있는 듯하니, 이 다름 아닌 '사는 재미'렷다.

제2구의 '角'은 이 시의 안정(眼睛)이요, 2·4구는 묘구(妙句)로서 독자로 하여금 재탄(再歎), 삼탄(三歎)케 함이 있다.

※ 한자에는 동그라미 획이 없다. 그것은 죽각(竹刻)에 어려움이 있기 때문이었다. 한글에서도 동그라미 획은 이종(異種)으로 여러 많은 글자 가운데서도 귀상일 씨 분명하다.
한글 아음(牙音)의 꼭지 있는 'ㆁ'을 '이응(異凝)'이라 이름 지은 이는 최세진이다. 후음의 꼭지 없는 'ㅇ'는 후세에 '이으'라 이름 했다. 그러므로 종성의 'ㆁ'만이 '이응'일 뿐, 초성의 그것은 사실 '이응'이 아니라, '이으'인 것이다. 그러나 후세에 혼동하여 둘 다 이응으로 호칭한다. 여기서 말한 '이응'이란 것도 초성의 '이으'를 혼동해서 이름이다. 또 그것을 궁체로 꼭지 있게 쓰는 것도 초성에서뿐이다. 곧 종성의 이응 받침은 위에서 흘러오는 필세를 순하게 이어받아 동그라미로 이어지게 할 뿐 꼭지를 만들지 않는다.

3. 사경에 일어나 머리 빗고

사경에 일어나
머리를 빗고
오경에는 부모님께
문안드리네.

요 다음 친정엘
가김 가 봐라.
먹도 않고 대낮토록
잠만 자리라.

四更起梳頭　五更候公姥
誓將歸家後　不食眠日午

評說 이른 아침부터 기동하는 집은 흥왕하는 집이다. 닭이 첫 홰를 울면 일어나, 양치질하고 세수하고 머리 빗어 단장한다. 그러는 동안에 시부모님도 기침(起寢)하여 등을 밝히면, 부부가 함께 아침 문안 인사를 드린다. 이것이 '정성지예(定省之禮)'다.《예기(禮記)》'내칙(內則)'에 있는 그대로의 실천이다(婦事舅姑 如似父母 鷄初鳴 咸盥漱 櫛縰笄總 衣紳 左右佩用 衿纓綦屨).

그러려니 매양 부족한 것이 잠이다. 수마(睡魔)는 체면불고(體面不顧)다. 무시로 퍼부어 대는 잠! 언제나 한번 실컷 자 보나가 소원이다. 그래서 별러 댄다. 얼마 안 있어 근친(覲親) 가게 되겠지만,

---

候公姥(후공모) '후'는 문후(問候). 시부모님께 문안 인사를 드림.

어디 가기만 해 봐라. 잠 뿌리를 한번 뽑아 놓고 말리라고—.

| **이옥**(李鈺, 1760~1813, 영조 36~순조 13) 자는 기상(其相). 호는 무문자(無文子)·매사(梅史)·화석자(花石子). 본관은 전주. 31세 때 생원시에 급제, 그러나 정조의 문체반정(文體反正)에 저촉되어 이후 대과 응시가 불허되고, 군적(軍籍)에 편입되어 고초를 겪었다. 저서에 《담정총서(薄庭叢書)》, 《예림잡패(藝林雜佩)》 등이 있다.

사공의 한탄

정약용

나는 본디 약 캐던
산중 늙은이
어쩌다 강에 와서
사공이 됐네.
서풍 불어 서쪽 뱃길
끊어 놓기에
동으로 되가려다
동풍 만났네.

바람이야 일부러
나를 어기랴?
내 스스로 바람을
아니 따른 탓,
아아, 바람 그르니 내 옳으니
따져 뭘 하나?
돌아가 산속에서
약 캐기나 하려네.

我本山中採藥翁　偶來江上爲篙工
西風吹斷西江路　却向東江遇東風
豈其風吹故違我　我自不與風西東

已焉哉莫問風非與我是　不如採藥還山中

〈篙工歎〉

다산(茶山)은 경세제민(經世濟民)의 대사상가요, 실사구시(實事求是)의 대학자인 동시에 사실주의의 대문학자이었다. 그의 해박한 학식과 풍부한 감정은, 오랜 유배 생활을 통하여, 철학·정치·경제·지리·역사·의학 등의 광대한 저술로 나타났으며, 시에서도 2천 수백 수에 이르는 장단편이 오늘날에 남아 있다. 그리고 그것들은 종래의 풍월식 구투를 완전히 탈피한, 그의 독특한 사실적 필치의, 전혀 새로운 작품들이다.

그는 시에 있어서 이익(李瀷)을 사숙(私淑)하고, 두보(杜甫)를 흠모했다. 그의 시론(詩論)은, 나라를 근심하고 백성을 어여삐 여기는 마음 바탕에서 나오지 않은 시는 시가 아니며, 바람과 달을 읊으며, 바둑이나 술을 노래하는 시는 시가 아니라고 단정했다. 고사를 쓰되 중국 것을 인용하는 얼빠진 짓을 지탄하면서, 우리나라 고사의 보고인 《삼국사기》, 《고려사》, 《국조보감》, 《여지승람》, 《징비록》, 《연려실기술》 등 문헌을 열거해 보이기도 했다. 또 그는 과감히

採藥翁(채약옹) 약을 캐는 늙은이.
偶來(우래) 우연히 옴.
篙工(고공) 뱃사공.
却向(각향) 반대쪽으로 향함.
故違我(고위아) 일부러 나를 어김.
不與(불여) 함께하지 않음.
已焉哉(이언재) 절망의 감탄사. 아아, 글렀구나.
莫問(막문) 묻지 마라.
風非(풍비) 바람이 그름.
我是(아시) 내가 옳음.
不如(불여) 같지 못함. ……하는 편이 나음.

나야 조선 사람이기에
달게 조선시를 짓노라

我是朝鮮人　甘作朝鮮詩

고 선언하였다. 한시를 한시로 짓는 것이 아니라, 주체적 민족정신인 조선 정신을 담아 쓴다는 뜻이다.

이 〈사공의 한탄〉은, 그가 극도로 혐기하여 배격하는 사색 붕당으로 말미암아, 그 자신 어느 당파에도 속해 있지 않으면서, 오히려 양쪽의 거센 바람을 독판 맞아, 누차의 오랜 유배 생활을 겪게 되는 일을, 동서 역풍(逆風)에 난항(難航)을 거듭하는 뱃길에 우의한 작품이다.

다산은 주로 농어민의 세계에서 그들과 애환을 같이하면서, 거기 기생하는 탐관오리(貪官汚吏)의 수탈(收奪)을 비판하고 대변하고 고발한 수많은 시를 썼으니, 그 한 예로 〈제비의 하소연〉을 옮겨 본다.

제비 한 마리 오자마자
지지위지지위 그치질 않네.
그 말뜻 잘은 몰라도
집 없는 시름의 하소연인 듯,
"느릅나무 회나무 고목이 되면
많은 구멍들 뚫려 있는데,
그런 덴 왜 깃들지 않니?"
제비 그 말에 대답하는 듯,
"느릅나무 구멍은

두루미 와서 쪼고
회나무 구멍은
뱀이 와서 뒤져요."

燕子初來時　喃喃語不休
語意雖未明　似訴無家愁
楡槐老多穴　何不此淹留
燕子復喃喃　似與人語酬
楡穴鶴來啄　槐穴蛇來搜
〈古詩二十七首中其八〉

이는 한 우화시(寓話詩)로서, 제비에 가탁(假託)한 소민(小民)들의 슬픔과, 두루미·뱀에 가탁한 탐관오리의 가렴주구(苛斂誅求)가 우의되어 있다.

한편, 그는 또 일하는 사람들의 생동하는 모습을 그려, 고난 속에 깃든 즐거움을 노래함으로써, 은연중 그들을 고무 격려하기도 했으니, 그 한 예로 〈보리타작 노래〉 일절을 옮겨 본다.

응헤야! 메김소리
발장단을 맞추면서
도리깨질 삽시간에
한 마당이 낭자하다

주고받는 타작 노래
가락 한결 높아지니
풀풀 날아 튀는 낟알

추녀 앞이 자욱하다.

활짝 펴진 얼굴마다
즐거움이 흐뭇하니
고된 일에 쫓기어도
괴롬만은 아니었네.

낙원이 따로 없네
여기가 거긴 것을,
무슨 일 짐짓 떠나가
풍진객이 되리야?

呼耶作聲擧趾齊　須臾麥穗都狼藉
雜歌互答聲轉高　但見屋角紛飛麥
觀其氣色樂莫樂　了不以心爲形役
樂園樂郊不遠有　何苦去作風塵客

〈打麥行〉

정약용(丁若鏞, 1762~1836, 영조 38~헌종 2) 실학자. 자 미용(美鏞). 호 다산(茶山)·여유당(與猶堂). 본관 나주(羅州). 동부승지, 병조참의 등 역임. 천주교도 신유박해(辛酉迫害) 때 장기(長鬐)로 유배, 후에 강진(康津)으로 이배되어 19년간 학문에 전념했다. 유형원(柳馨遠)·이익(李瀷)의 실학사상을 계승하고, 박지원(朴趾源)·홍대용(洪大容) 등 북학파의 사상을 흡수하여, 유학의 정신 체계에 기반을 둔 실천 윤리로 집대성했다. 희세(稀世)의 대저작가로서, 《목민심서(牧民心書)》, 《흠흠신서(欽欽新書)》, 《경세유표(經世遺表)》 등 5백여 권의 저서를 남겼다.

또 하나 통쾌한 일

정약용

이 늙은이 또 하나의 통쾌한 일은,
미친 듯 바른 말 함부로 쓰기,

어려운 운자에 얽매지 않기,
퇴고(推敲)는 간명히 지체 안 하기

흥이 솟구치면 뜻을 굴리기,
굴리다 잡히면 당장에 쓰기…….

나야 본디 타고난 조선인이기
짓는다면 '조선시'를 달게 짓노라.

老人一快事　縱筆寫狂詞
競病不必拘　推敲不必遲
興到卽運意　意到卽寫之
我是朝鮮人　甘作朝鮮詩
〈老人一快事〉

이는, 다산 노인의 여섯 가지 쾌한 일 가운데의 하나로서 주로 시문(詩文)에 관한 쾌함이니;

첫째, 위태로운 말을 아무 거리낌도 없이 쓰는 일이다. 하고 싶은 말 탕탕 거침없이 써 내리는 일, 이야말로 독자와 더불어 울적(鬱積: 스트레스)을 해소하는 유일한 길임에랴? 이 어찌 통쾌하지 아니하랴?

둘째, 한시를 짓는 데는 운자(韻字)를 먼저 정해 놓고, 그 운자를 바탕으로 운목(韻目)을 돌리게 마련이나, 괴벽한 운자(險韻)를 만나게 되면, 매우 곤혹(困惑)스러울 뿐만 아니라, 용하게 운을 달았다 할지라도 시상은 하는 수 없이 비꼬여 있기 십상이다. 그러므로 아예 처음부터 그런 운자 따위의 굴레를 벗어 버리고, 내 가락대로 시를 짓는 자유로움, 이 또한 얼마나 통쾌한 일인가?

셋째, 글을 퇴고(推敲)하는 데도 주지(主旨)가 뚜렷하면 그만, 문식(文飾)에 시간 들이지 않아, 이내 한 수, 또는 한 편씩 탈고(脫稿)해 내는 재미! 이 또한 쾌하지 아니하랴?

넷째, 어떤 영감 같은 흥이 솟구치면, 생각을 이리 굴려 보고 저리 굴려 보고 하는 가운데 그 정체가 또렷이 잡히면, 일기가성(一氣呵成)으로 한 편의 글을 이루어 내는 재미! 이 또한 어찌 쾌하지 아니하랴?

다섯째, 나는 본디 조선 사람으로 이 땅에 태어나, 국적을 옮긴 일도 없으니, 내가 쓰는 시는, 글자만 한자를 빌렸을 뿐, 거기 담긴 내용은 나의 사상이요 나의 감정일 뿐이다. 그 형식으로도, 염(簾: 平仄, 句法 等)을 도통 무시해 버렸으니, 이는 한시라 할 수 없다. 이르되 '조선시'인 것이다. 조선시! 이 또한 어찌 통쾌한 일이 아니고 무엇이랴?

競病(경병) 험운(險韻)을 압운(押韻)하는 일. '험운'은 압운하기 어려운 괴벽한 운자(韻字).
縱筆(종필) 붓을 마음대로 놀림.
狂詞(광사) 미친 말. 거침없이 내뱉는 바른말. 방언(放言).
運意(운의) 뜻을 굴림. 최선을 찾기 위하여 이리저리 생각을 굴려 보는 일.

我是朝鮮人　甘作朝鮮詩!

이는 다산의 '조선시 선언'이라 하여, 당시의 실사구시(實事求是) 학계에 큰 충격을 일으켰으며, 이에 추종하는 시풍이 시단에 넘쳤으나, 정조의 문체반정(文體反正)의 역풍을 만나, 크게 발전하지 못했음은 실로 애석하기 이를 데 없는 일이었다.

가난을 한탄하며

정약용

가난에 편하리라 작심했건만
막상 가난하니 편치 못하네.

아내의 바가지에 체통 꾸기고
아이들 배고프니 매도 못 들어,

꽃을 봐도 그저 쓸쓸만 하고
책을 대하여도 심드렁할 뿐…….

請事安貧語　貧來却未安
妻咨文采屈　兒餒敎規寬
花木渾蕭颯　詩書摠汗漫…….

〈歎貧抄〉

評說 옛 사람들 '안빈낙도(安貧樂道)'란 말을 쉽게 하지만, 여간 모진 작심이 아니고서는 함부로 쓸 수 없는 말이다. 의식주의 최소한도는 보장되고서야 할 수 있을 뿐, 당장 혼권(渾眷)이 춥고 배고픔에야 어찌하랴? 금강산도 식후경! 허기진 몸으로 즐길 수 있는 것은 도(道)이기에 앞서 음식물(飮食物)일 뿐이다. 인간의 신

請事(청사) 일을 청부함. 곧 결심함.
汗漫(한만) 공허하여 절실하지 않음.

체 구조도 모든 동식물의 그것과 마찬가지로 에너지의 잇따른 공급 없이는 일반 기계 장치나 다를 바 없이, 활동을 멈춰 버리고 만다. '에너지 불변의 법칙'인 것이다. 영양 부족, 영양 결핍은 수명(壽命)과 직결되어 있는 문제이다. 공자의 수제자로, 쌀뒤주를 자주 비우던 안회(顔回)는 스물아홉 살에 백발이 되고, 서른두 살에 요절했으니, 얼마나 가엾은 일인가? 그러나 수요장단(壽夭長短)은 하늘이 점지하는 것으로 알고 있던 때이라, 그저 하늘의 뜻으로만 받아들였을 뿐, 오늘날까지 그 사인(死因)에 대하여 문제 제기한 사람이 없었다. 하기야 만일 그러했다가는 사문난적(斯文亂賊)으로 지탄받을 것이 뻔했기 때문이기도 해서였으리라.

꽃을 봐도 쓸쓸하고, 글을 읽어도 심드렁해지는 증상, 이는 며칠을 굶고 난 뒤에 나타나는 일련의 기아증후군(饑餓症候群)으로서 이미 위험한 단계에 이르렀음을 알리는 경고인 것이다.

'안빈낙도'란 함부로 쓸 수 있는 말이 아님을 경고한 내용이다.

보리타작 노래

정약용

新篘濁酒如湩白	새물로 걸러 내온 젖빛 같은 흰 막걸리
大碗麥飯高一尺	자 높이로 수북 담은 큰 사발 보리밥을
飯罷取枷登場立	순식간에 뚝딱하고 도리깨 잡고 썩 나서니,
雙肩漆澤翻日赤	검붉은 두 어깨가 햇빛에 번득인다.

呼耶作聲擧趾齊	옹헤야! 매김 소리 발장단도 가지런히
須臾麥穗都狼藉	도리깨질 삽시간에 한 마당이 낭자하다.
雜歌互答聲轉高	주고받는 온갖 노래 가락 점점 높아 가고,
但見屋角紛飛麥	풀풀 날아 튀는 낟알 추녀 앞이 자욱하다.

觀其氣色樂莫樂	활짝 펴진 얼굴마다 즐거움이 흐뭇하니,
了不以心爲形役	고된 일에 쫓기어도 괴롬만은 아니었네.
樂園樂郊不遠有	낙원이 따로 없네. 여기가 거긴 것을,
何故去作風塵客	어찌해 짐짓 떠나가 풍진객이 되리아?

〈打麥行〉

評說 다산은 일하는 사람들의 생동하는 모습을 그려, 고난 속에 깃들어 있는 즐거움을 노래함으로써, 은연중 그들을 고무 격려하기도 하였으니, 이 노래는 강진(康津) 배소(配所)에서 지은, 그 대표적인 작품이다.

구릿빛으로 짙게 그을린 여러 장정들이 노동가의 앞소리 뒷소리를 주고받으면서, 그 리듬에 춤을 추듯 일제히 도리깨질에 신이 나 있는 광경을 매우 실감나게 묘사하고 있다.

그를 유심히 바라보고 있노라니, 농사일이 괴로움만은 아닌 것 같다. 그 가운데 또한 저절로 한 가닥 흥가락이 일고, 신바람이 일어난다. 땀 흘려 일하고 배불리 먹으며, 다정한 인정끼리 어우러져 사는 죄 없는 백성들! 거기 사시로 갈아입는 아름다운 대자연이 낙원이라면 낙원이 아니랴? 이런 정겨운 고장을 내버리고, 구태여 홍진만장(紅塵萬丈)의 도시로 나가, 스스로 풍진객(風塵客)이 될 까닭이 무엇 있으랴 싶다. 이는 내심 도시를 동경하고 있는 청장년들을 위한 배려이기도 하다.

다음은 같은 작자의 또 하나 다른 주제의 〈보리타작〉을 함께 차려 본다.

이는 같은 〈보리타작〉이면서도, 앞의 노래와는 반대로, 농민들의 고된 삶을 그려 위정자의 무심을 깨우치려 함이다.

篘(추) 술 같은 것을 거름.
僮白(동백) 젖빛 같은 흰빛. 유백(乳白).
飯罷(반파) 밥 먹는 일을 마침.
取枷(취가) 도리깨를 손에 잡음.
漆澤(칠택) 검고 광택이 남.
呼邪(호야) 노동가에서 주고받는 매김 소리. 호야(呼耶). 옹헤야.
擧趾齊(거지제) 발뒤꿈치 드는 것을 가지런히 한다는 뜻으로, 여러 사람의 발장단이 한결같음을 이른 말.
狼藉(낭적) →(낭자). 어지럽게 흩어져 있는 모양.
屋角(옥각) 지붕의 귀퉁이. 추녀.
樂莫樂(낙막락) 그보다 더 즐거울 수가 없음.
了不以心爲形役(요불이심위형역) 육체를 위하여 마음을 사역함이 아님을 깨달음. 곧 고된 일을 하지마는 괴로운 마음으로 하는 것이 아님을 알겠다는 뜻.
風塵客(풍진객) 속세간(俗世間)을 떠도는 나그네.

구성 면으로 일별하면; 애타는 일 고된 일들의 어두운 면을 열거한 끝에, 이웃과 나누는 약간의 위안물로 한 가닥의 빛을 주어, 글을 살려 내는 솜씨도 그러하거니와 '큰 쥐〔碩鼠〕', 곧 악덕 지방 장관의 수탈을 고발함도 잊지 않고 있음을 유의해 볼 것이다.

打麥復打麥　보리타작 보리타작 연달아 하니
打麥何辛苦　보리타작 그 얼마나 고된 일인지
辛苦無人知　그 고생 아는 이 바이없기에
爲君且一吐　잠시 적어 우리 임께 실토(實吐)하려네.

耕時已苦旱　씨 뿌릴 젠 가물어서 애태우더니
刈時復苦雨　거둘 때는 장마 져서 속을 썩이네.
雨多貫旬朔　십여 일을 비는 줄곧 처정거리어
氣蒸半欲腐　찌는 듯한 무더위에 반은 썩는데,
鷄鴨有餘食　닭·오리 푸지게도 먹어 치우고
碩鼠有餘糧　큰 쥐는 양식이 남아도는 판……

今朝天乍霽　오늘 아침 하늘이 반짝 개이어
曈曨麗日光　고운 햇빛 훤히 밝아 오기에
打麥未云半　보리타작 시작했다 반도 못하여
濕雲又度墻　비구름 또다시 담 넘어온다.
僅可充甁罌　간신히 독에는 채웠다마는
何以輸官倉　환곡(還穀)은 무엇으로 바친단 말고?

姑酌眞一酒　아서라, 막걸리나 한 잔 하리라.
且喚隣翁嘗　이웃 노인 불러와 함께 마시니

辛苦雖無比　　농사 고생 견줄 데 비록 없지만
爲樂未遽央　　즐거움도 그런대로 없지는 않네.
誰爲打麥圖　　그 누가 보리타작 그림 그려다
持之獻吾君　　우리 임금님께 갖다 바칠꼬?

〈打麥行〉

임을 보내며

신위

휘모리 피리 가락 이별 잔을 재촉는데,
마셔도 취토 않고 노래도 되지 않고,
강물도 우리를 위해 치흐르진 않아라!

急管催觴離思多　不成沈醉不成歌
天生江水西流去　不爲情人東倒波
〈西京次鄭知常韻〉

評說 진양조 느직하던 피리 가락이 어느덧 자진모리 휘모리로 접어들어, 나루터의 분위기를 다급하게 몰아치고 있다. '이별이 임박하오, 술잔을 비우시오. 한 잔 또 한 잔 잔을 거듭 비우시오.' 하소하듯 흐느끼듯 가쁜 숨 몰아쉬듯, 목전에 닥친 이별을 위해 어서 빨리 잔을 거듭하라고 재촉하여, 가는 이 보내는 이를 격정의 도가니로 휘몰아 넣고 있다.

急管(급관) 빠른 가락의 피리 곡조. '管'은 오죽(烏竹)으로 만든 피리의 일종.
催觴(최상) 술잔을 빨리 비우도록 재촉함.
離思(이사) 이별의 슬픔. 이한(離恨).
沈醉(침취) 흠뻑 취함.
情人(정인) 정든 사람.
東倒波(동도파) 동쪽으로 물을 거꾸로 흐르게 함.
西京(서경) 평양의 옛 이름.
※ **휘모리** 노래 곡조의 한 가지. 자진모리보다 빨리 급하게 휘몰아 붙이는 곡조.

'차라리 술이나 무진 마셔 슬픔을 잊으리라. 미친 듯 노래 불러 스스로 달래리라.' 몇 번이고 마음을 구슬려 보기도 하나, 그나마도 뜻 같지가 않다. 마셔도 마셔도 흠뻑 취해지지가 않고, 노래를 부르려 해도 맨숭맨숭 어우러지지 않으니, 어이하랴? 저 대동강 강물이야 하늘의 마련대로, 태초 이래 서으로 서으로만 흐르고 있지마는, 어쩌면 우리의 이 애절한 사연을 어여삐 여겨, 동으로 동으로 거꾸로 흘러, 임을 실어 가지 못하도록 해 줌 직도 하다마는, 남의 사정 내 몰라라 그저 느물느물 서으로만 흐르고 있는 장강물이다.

감상(感傷)에 치우쳤다 하지 마라. 지구를 한 바퀴 돌아오는 데도 불과 며칠이면 족한 오늘날의 젊은이들이, 한 번 가면 자칫 영이별이 되기 일쑤인 당시의 이별의 정을 어찌 이해할 수나 있으랴? 하물며 한번 들인 정은, 남녀의 경우 일생으로도 모자라 삼생(三生)으로 기약하는, 옛날의 그 차진 정임에서랴?

가는 이도 보내는 이도 이제는 막무가내요 막부득이한 이별이라, 오죽하면 대동강 물이 동으로 흐르는 기적이라도 일어나 주기를 바라는, 그 터무니없는 천우신조(天祐神助)에다 기대어 보려 하는 것이랴?

이별의 슬픔이 어떤 것인가는, 몸소 겪어 45년! 백발 된 이날까지도 그 한에서 놓이지 못하고 있는, 남북 이산가족들이야 진정 알리라.

이 시는 정지상(鄭知常)의 〈대동강〉의 '多·歌·波' 운을 딴, 같은 주제의 차운시(次韻詩)이다.

끝으로 언급하고자 하는 것은, '東倒波'의 '東'이다. 이는 원운의 '添綠波'의 '添'과 마찬가지로, 측성(仄聲) 위치에 의도적으로 평성자를 써서 원운과 똑같은 운율을 재연(再演)해 보려고 한 점이다. 물론 '添綠波'만큼 성공했다고는 할 수 없으나(이에 대해서는 〈대동강〉

p. 53 참조), 적어도 그의 운율에 대한 조예와 그 재생을 시도한 정신은 높이 보지 않을 수 없다.

작자는 시서화(詩書畫) 삼절(三絶)로 이름이 높았을 뿐만 아니라, 《동인논시절구(東人論詩絶句)》 35수는, 이미 본고에서도 누차 인용한 바대로, 역대의 명한시(名漢詩)에 대한 시평(詩評)으로 유명하고, 시조 40수를 한역한 〈소악부(小樂府)〉로도 널리 알려져 있다.

| **신위**(申緯, 1769~1847, 영조 45~헌종 13) 시인·서화가. 자 한수(漢叟). 호 자하(紫霞)·경수당(警修堂). 본관 평산(平山). 도승지·호조참판 등 역임. 시·서·화 삼절(三絶)로 이름이 높다. 저서에 《경수당전고》가 있다.

소악부 〈小樂府〉

신위

1. 동짓달 기나긴 밤

동짓달 긴긴 밤을
반나마 잘라 내어,

봄바람 이불 아래
서리서리 서렸다가,

등 밝히고 술 따끈한
임 오신 밤이어든,

굽이굽이 펴어 내어
긴긴 봄밤 되고나 지고!

截取冬之夜半强　春風被裏屈蟠藏
燈明酒煖郎來夕　曲曲鋪成折折長

〈冬之永夜〉

이는 그의 〈소악부(小樂府)〉에 실려 있는 황진이의 시조:

동짓달 기나긴 밤을 한 허리를 둘에 내어,

춘풍 이불 아래 서리서리 넣었다가,

정든 님 오신 날 밤이어드란 굽이굽이 펴리라.

의 한역시(漢譯詩)이다. 우선 원작부터 감상해 보기로 하자.

이 시조는 그야말로 '동짓달의 기나긴 밤', 임을 그려 뒤척이다, 비몽사몽 중 홀연 영매(靈媒)의 접신(接神)으로 회임(懷妊)하게 된 천래(天來)의 걸작이라 할 것이다.

임도 잠도 아니 오는 이 지겨운 동짓달 긴긴 밤을, 반 중동 뚝 잘라서 그 한 끝을 저장해 두었다가, 언제나 덧없이 짧기만 한 임 오시는 그 밤에다 이어서 길게 길게 늘일 수만 있다면, 그 얼마나 좋으리. 이야말로 절장보단(截長補短)의 일거양득이 아니고 무엇이랴? 그러자면 그 잘라 낸 밤은, 봄바람이 서리는 포근한 비단이불 속에다 넣어, 봄밤으로 따뜻하게 숙성(熟成)시키는 것이 좋으리—. 그러나 그 멋없이 길게만 생겨 먹은 밤을 이불 속에 넣으려면, 새끼나 노끈을 서리듯이 '서리서리' 서려서 넣어야 하리—. 그리고 그것을 풀어 낼 때는, 서렸던 것의 반대 수순으로 한 굽이 두 굽이 '굽이굽이' 펴내야 하리—.

문득 이런 기발한 묘안(妙案)의 발상(發想)에서, 그녀의 눈은 문득 심해의 진주처럼 맑게 빛나며, 초·중·종장의 시조 가락으로 조율을 거치게 되면서, 드디어 이 만고의 걸작은 이 땅에 탄생하게 되었던 것이리라.

자하는 이를 한역함에 있어 무척이나 고심한 자취가 역력하다. '燈明酒煖'은 원작에는 없는 시정의 첨가이다. 구태여 첨가하자 해서가 아니라, 삼행(三行)의 시조를 사행(四行)의 칠언 절구로 옮기려니 빈 구석이 생기므로 원작에서 못다한 정을 짐작해 넣은 것이다. 임 오신 날 밤이면 으레 등불 밝히고, 따끈하게 데운 주안상이 차려질 것임으로써다. '半强'은 '반이 실하게', '반 넉넉하도록'의 뜻으로, 너그러운 우리 민족의 관용 어법이요, 또한 역자의 표현의 '멋'이기도 하다. '曲曲'은 '굽이굽이'로서, '서리서리(屈蟠)'의 역수순이다. '서리서리'도 '曲曲'처럼 첩어(疊語)로 된 한자어가 없을까 하여 얼마나 고심했을까? 그러나 아무리 굴려 봐도, '서리서리'에 대등한 첩어로 된 한자어를 찾아낼 수 없으니 어찌하랴? '屈蟠'은 부득이한 차선(次善)일 뿐이다. 불만스럽기는 '曲曲'도 마찬가지다. '곡곡'의 꺾어진 'ㄱ'의 모난 음이 마음에 거슬린다. 그러나 이 '서리서리, 굽이굽이'와 같은 천연적인 부드러운 음률의 동형사가 우리말 말고야 어느 외국어에 또다시 있을 것인가. '제제(折折)'는 포근하고도 안온한 모양이니, 이 또한 역자의 보족(補足)이다.

'서리서리'와 '굽이굽이'의 적절한 한자어를 끝내 얻지 못한 채, 긴 탄식으로 붓을 던지는 역자의 수척한 모습이 보이는 듯하지 않는가?

2. 나비야 청산 가자

흰나비 너도 가자
청산에 가자.
범나비도 무리 지어
함께들 가자.

가다 가다 해 저물면
꽃에 들러 자고 가자.
꽃에서 푸대접하거든

잎에서나 자고 가자.

白蝴蝶汝青山去　黑蝶團飛共入山
行行日暮花堪宿　花薄情時葉宿還

〈蝴蝶青山去〉

이는 작자 미상인 다음 시조의 한역이다.

나비야 청산 가자 범나비 너도 가자
가다가 저물어든 꽂에 들어 자고 가자
꽂에서 푸대접하거든 잎에서나 자고 가자

청산엔 시방 봄의 축제가 무르익고 있다. 나무마다 발정(發情)하여 형형색색 꽃을 피워 날 봐 달라 교태 짓고, 향기 놓아 소리친다. 꽃이란, 속으로 앓던 봄앓이의 열병이, 바야흐로 홍진에 발반(發斑)하듯, 겉으로 내뿜어 나온 열꽃〔發疹〕! 춘심(春心)의 나상(裸像)이며, 에로스의 극치(極致)이다.

삼천리엔 청산마다 봄 축제가 한창인데, 나도 장자마냥 나비로 화신하여, 흰나비 노랑나비 문관으로 거느리고, 호반(虎班)인 호랑나비 떼 시위(侍衛) 속에 왕나비 되어, 팔도강산 두루두루 상춘(賞春) 행각(行脚)을 펼치고 싶은 충동이다.

꽃을 연모(戀慕)하여 가만있지 못하는 나비의 연정(戀情)에 가탁(假託)한 춘정의 발동이다. 날개 훨훨 청산을 날아, 이 꽃 저 꽃 노닐다가, 하루해가 저물거든, 꽃 속에 들어 날개 접고, 향기 속에 밤을 샐 것이요, 만일에 꽃에서 박대라도 할 양이면, 신록(新綠)의 푸른 잎새 속에서 하룻밤을 새운들 또한 좋지 않으랴?

넘쳐 넘쳐나는 봄 마음의 낭만이요, 감당할 수 없는 유혹에의 이끌림이다. 하룻밤 묵어가려는 '꽃'이 어찌 꽃만이랴?

원시의 능청능청한 음율이 역시에도 극명하게 옮겨져 감쪽같다.

시를 번역하는 일은 또한 창작만큼이나 어려운 일이다. 그것은 내용이 아무리 충실히 옮겨졌다 할지라도, 운율이 무시되었다면 그것은 이미 시일 수는 없기 때문이다. 자하의 한역시는 때로는 원시를 능가할 만큼, 내용과 운율이 생동하여 사계(斯界)의 귀재(鬼才)란 정평이 결코 과장이 아님을 보여 주고 있다.

3. 두견이 울음

배꽃에 달이 밝은
이 아닌 봄밤을
소리소리 피로 우는
원한의 두견이여!

다정도 병인 줄을
나도 익히 안다마는
인간사 무심하려도
잠들 수가 없구나!

梨花月白五更天　啼血聲聲怨杜鵑
儘覺多情原是病　不關人事不成眠

〈子規啼〉

이는 이조년(李兆年)의 다음 시조의 한역시(漢譯詩)이다.

이화(梨花)에 월백(月白)하고 은한(銀漢)이 삼경(三更)인 제,
일지 춘심(一枝春心)을 자규(子規)야 알랴마는,
다정도 병인 양하여 잠 못 들어 하노라.

시조에서 한역시로, 한역시에서 다시 국역으로, 이 엎치락뒤치락이, 이 또한 잠 못 들어 뒤척이는 몸짓인 양도 한데, 경경(耿耿)한 불매(不寐)의 정(情)은, 천 길 바닷속 깨어 있는 진주의 시름인 양 아득하기만 하다.

배꽃에 달이 밝아 화사할수록
두견인 피 토하며 짐짓 되뇌어
그리움과 한스러움 일깨우나니
생각사록 서러움 북받쳐 나고
새록새록 그 모습 간절한 것을
도대체 정이란 그게 뭐길래
잊으려 해보아도 잊을 수 없고
못 들은 척 못 본 척도 그게 안 되나?

달 밝은 봄밤의 두견이 울음
잠 못 드는 영혼의 뒤척임이여!
진정 다정도 병인 양하여
굽이굽이 여린 애만 끊어지는고!

_평설자

끝으로 그의 창작시 〈봄날의 산마을〉 한 수를 덧붙여 둔다.

縣市人心惡　　도시 인심들 야박하지만
山村物性良　　산마을엔 짐승들도 맘이 착하네.
茅柴三四屋　　초가 서너 집의 사립문께는
鷄犬盡羲皇　　닭도 개도 모두가 희황씨로고!
〈春日山居〉

춘궁 〈春窮〉

조수삼

보릿고개

송기를 벗겨 산은 하얗고,
풀뿌리 캐어 들엔 푸름이 없네.
밀 보리가 있지 않느냐고요?
황내려 마른 데다 누리마저 덮쳤다오.

보리여울

찧은 보리는 저자에 내다 팔고
풋보리를 잡아 저녁 끼니라 때우네.
보릿고개도 넘기 어렵거든
어찌타 또 보리여울이뇨?

剝松山盡白　挑草野無青
莫道來牟在　乾黃又蜮螟
〈麥嶺〉

舂臼趁虛市　殺青充夜餐
麥嶺斯難過　如何又麥灘
〈麥灘〉

해마다 넘어야 하는 보릿고개요, 해마다 건너야 하는 보리 여울이다.

인생의 가장 절박한 설움이 굶주림보다 더한 것이 어디 있으랴? 초근목피(草根木皮)로 연명해 가는 참혹상이다.

풋보리를 잡아 저녁이라 때우는 경황에도, 낟알이라 든 것은 찧어서 시장에 내다 파는 서민들의 이 눈물겨운 실정이 목 메지 않는가? 소득 6천불 시대에 살고 있는 오늘날의 젊은이들이, 할아버지 시대에 겪었던 이 슬픔을 어찌 상상이라도 할 수 있으랴?

'殺青'이란, 낟알이 아직 여물지 않은 푸른 보리를 베다가 잎·줄기·이삭 할 것 없이 모조리 총총 썰어서 볶아 가루를 내어, 절량(絶糧)의 구급식(救急食)으로 곡기(穀氣)라 취하던 것인데, 그 과정을 일러 '풋보리 잡는다'고 하던 순우리말의 한역으로, 이 말의 중국 뜻과는 전혀 다르다. 그것은 '麥嶺, 麥灘'도 마찬가지다. 이는 '높새바람'을 '高鳥風', '마파람'을 '馬兒風', '돈모'를 '錢秧', '까치놀'을 '鵲凄' 등으로 훈차(訓借)하거나, '하늬바람'을 '寒意風', '아가(며느

剝松(박송) 소나무 껍질을 벗김. 곧 송기(松肌)를 벗겨 냄.
挑草(도초) 풀을 뽑음. 곧 풀뿌리를 캐어 냄.
莫道(막도) ~라고 말하지 마라.
來牟(내모) 밀과 보리.
乾黃(건황) 황이 내려 마름. '黃'은 보리 줄기가 누렇게 되는 병.
蜮螟(역명) 곡식의 잎을 갉아 먹는 해충. 황충이. 누리.
舂臼(용구) 방아를 찧음.
趁虛(진허) 시장으로 나아감.
市(시) 매매함. 여기서는 팖.
斯難過(사난과) 넘기 어려움. '斯'는 조사. '難過'를 강조한 것.
夜餐(야찬) 저녁 끼니.
麥灘(맥탄) 보리여울. '보릿고개(麥嶺)'에 대응하여, 역시 건너기 어려운 고비임을 뜻하는 조어(造語).

리)'를 '兒哥' 등으로 음차(音借)하여 시어로 쓰던, 탈중국(脫中國)의 민족시로서, 한시 아닌 조선시를 선언했던, 정약용(丁若鏞) 등 실학파 시인들과 궤를 같이한 것이라 할 것이다.

이상의 보릿고개나 보리여울은 다 단경기(端境期) 한때의 어려움이지만, 같은 작자의 다음 〈풍전역〉은 흉년이 들어 어찌할 길 없이 맥을 놓고 있는 정황을, 허울 좋은 지명에 빗댄 내용이다.

보리는 황내려 시들었고
밀은 퍼런 채 겉말랐네.
굶주린 시름 눈에 넘치거니
어디라 이 '풍년밭'이뇨?

大麥黃而萎　小麥靑且乾
飢荒愁溢目　何處是豊田
〈豊田驛〉

조수삼(趙秀三, 1762~1849, 영조 38~헌종 15) 시인. 자 지원(芝園). 호 추재(秋齋). 본관 한양. 시문에 뛰어났으며, 글씨도 잘 썼다. 저서에 《추재시초(詩抄)》, 《추재기이(記異)》 등이 있다.

영남악부 〈嶺南樂府〉

이학규

해제 | 《영남악부》는 실학파 문인 이학규(李學逵)가 1808년 김해(金海) 유배지에서 지은 68수의 연작시이다. 이는 그의 《금관죽지사(金冠竹枝詞)》, 《해동악부(海東樂府)》와 함께 작자의 모든 시가 문학 중의 득의작으로, 우리나라 악부의 집대성이라 할 만하다. 이에는 우리나라의 역사와 풍속 등을 소재로 한 시, 서민들의 고혈을 빠는 혹리(酷吏)를 고발한 해학 풍자의 시, 그리고 서민들의 애환이 담긴 민요 속요 등을 소재로 한 민가풍(民歌風)의 시들로 이루어져 있다. 이러한 경향은 필경 민족에 대한 자각과 민중에 대한 새로운 인식에 바탕한 것으로, 이는 탈중화적(脫中華的) 자주 사상의 개안(開眼)에서 보게 된 새로운 시 세계인 것이다. 그러므로 한시의 온갖 형식적 제약에도 구속되지 않고, 방언과 속어마저도 시어화(詩語化)하여 자유롭게 쓴, 이른바 '조선시'인 것이다.

1. 쌍가락지

곱고 가는 쌍가락지
다섯 손가락에 빛이 나네.

멀리 보니 달일러니
곁에 보니 그일레라.

입매 고운 우리 오빠
말은 퍽도 고약하다.

내 자는 잠자리에
콧숨소리 둘이라니?

내사 본래 황화자라
어려서도 단정했네.

간밤에 남풍 사나워
문풍지가 덜덜 떨었다오.

纖纖雙鑞環　摩挲五指於
在遠人是月　至近云是渠
家兄好口輔　言語太輕疎
謂言儂寢所　鼾息雙吹如
儂實黃花子　生小愼興居
昨夜南風惡　窓紙鳴噓噓

〈雙鑞環〉

評說 이는 영남 지방에서 불리어지는 모심기 노래〔移秧歌〕의 일부를 윤색 한역한 것이다. 무논에 일렬 횡대로 죽 늘어선 모내기꾼들이 좌우편으로 나뉘어 한 소절씩 호가 상답(互歌相答)하는 것

纖纖(섬섬) 가늘고 고운 모양.
鑞環(납환) 납으로 만든 가락지.
摩挲(마사) 귀여워함. 빛이 남. 어루만짐.

으로, 가사 내용은 남녀 관계가 대부분이다. 이렇게 주거니 받거니 끝없이 엮어 가다 보면, 어느 결에 해가 기울었는지, 고된 줄 모르게 하루 일이 끝나게 되는 것이다.

이의 소재가 된 원가는 대략 다음과 같다.

상금상금 쌍가락지
다섯 손가락에 서기(瑞氣)인다.

멀리 보니 달일레라.
곁에 보니 처잘레라.

그 처자야 자는 방에
숨소리가 둘일레라.

입매 고운 오라버니
그런 모함 제발 마소.

지난밤에 바람 불어
문풍지가 떨었다오.

渠(거) 그 사람. 그이. 그녀. 저 사람.
口輔(구보) 입 언저리. 입가. 입매.
儂(농) 일인칭 나(我). '歡'의 대칭인 속어.
鼾息(한식) 코 고는 소리.
黃花子(황화자) '황화'는 국화. 국화의 굳은 절개에 기댄 표현인 듯하나 미상.
生小(생소) 어렸을 때.
興居(흥거) 기거(起居).

2. 주흘령

듣자니 '주흘령'의
제일봉 '천서추'는,
구름도 쉬어 넘고
바람도 쉬어 넘고
날쌘 송골매도
쳐다보곤 시름한대.

나 같은 여자 다린
언덕길이 고작이나
그 너머 임 있다면
높은 재도 평지같이

단숨에 상상꼭대기를 날아 뛰어넘으리라.

曾聞主紇嶺　上峰天西陬
雲亦一半歇　風亦一半休
豪鷹海青鳥　仰視應復愁
儂是弱脚女　步履只甌窶
聞知所歡在　峻嶺卽平疇
千步不一喙　飛越上上頭

〈主紇嶺〉

이성을 갈구하는 절박한 감정을 수다와 익살로 과포장한, 실명인의 사설시조(엇시조로 볼 수도 있다)를 윤색 한역한 작품이다.

원 시조는 다음과 같다.

바람도 쉬어 넘는 고개, 구름이라도 쉬어 넘는 고개,
산진이 수진이 해동청 보라매라도 다 쉬어 넘는 고봉 장성령고개.
그 너머 임이 왔다 하면 나는 아니 한 번도 쉬어 넘으리라.

밤낮으로 애타게 그리는, 사랑하는 그 임의 소재를 알게만 된다면야, 제아무리 높고 험한 태산이 가로막혀 있다손, 단숨에 훌쩍 나는 듯이 뛰어넘으리라는, 비상한 기세의 호언장담이다.

그러나, 그 공상 만화 같은 터무니없는 초능력을 정색으로 과신하여 지나치게 수다를 떠는, 그 천진 소박한 사랑 타령이, 국외자

主紇嶺(주흘령) 문경(聞慶)에 있는, 소백산맥 중의 고봉의 하나. 충청 · 경상의 경계를 이룸. 주흘산.
豪鷹(호응) 날쌘 매.
海青鳥(해청조) 매의 일종. 송골매. 해청.
步履(보리) 걸음. 걸어감.
甌窶(구루) 언덕진 좁은 땅.
歡(환) 임. 정인(情人). '儂'의 대칭으로, 여자가 좋아하는 남자를 지칭하는 속어.
平疇(평주) 평지의 밭. 평전(平田).
不一喙(불일훼) 한 번도 숨을 쉬지 않음.

이학규(李學逵, 1770~?, 영조 46~?) 학자. 자 형수(亨叟). 호 낙하생(洛下生) · 문의당(文漪堂) · 인수옥(因樹屋). 본관 평창(平昌). 외조부인 이용휴(李用休)에게서 교육을 받아 18세에 이미 《규장전운(奎章全韻)》, 《홍재전서(弘齋全書)》 등의 편찬에 참여할 만큼 학문이 성숙했다. 외숙 이가환(李家煥)의 천주교 사건으로 신유사옥(辛酉邪獄)에 연루되어, 김해(金海)에 24년간 유배되는 동안 학문에 더욱 정진했다. 저서에 《영남악부》, 《문의당고(稿)》, 《인수만필(漫筆)》, 《낙하생집》, 《명물고(名物考)》 등 많다.

(局外者)의 눈에는 한갓 익살맞기만 하여, 사람으로 하여금 무심코 웃음을 흘리게 하기 십상이다. 하나 다음 순간, 마냥 웃지만은 못하게 하는 그 무엇을 느끼게 함이 있으니, 그것은 아마도 사랑의 엄숙성과 진실성과 그 절박성에서가 아닐는지?

더구나 본시에서와 같이, 그 주체가 여성으로 뒤바뀜에 있어서는, 그 절박감 또한 배가한 느낌이 없지 않다.

아가야 울지 마라

이양연

아가야 울지 마라
살구꽃이 피었다.
꽃 지고 열매 열건
너랑 나랑 따먹자.

抱兒兒莫啼　杏花開籬側
花落應結子　吾與爾共食
〈兒莫啼〉

評說 우는 아기 달래는 노래다. 동요요, 동시요, 자장가다.
아기 울음은 몸이 불편해서가 아닌 한, 약간의 호기심·충동으로도, 언제 울었더냐는 듯이 이내 방긋, 뒤끝이 깨끗하다.

아기를 달래는 방법에는 일반적으로 자주 쓰이는 몇 가지 유형이 있다. 눈짓, 손짓, 몸짓으로 코미디를 연출하는 까꿍형이 있고, "뚝 그치면 착하지, ……큰애지, ……양반이지" 등 구슬림형이 있고,

---

抱兒(포아) 아기를 안음. 또는 안은 아기.
杏花(행화) 살구꽃.
籬側(이측) 울타리 쪽 가. 울타리께.
應結子(응결자) 응당히 열매를 맺음.
吾與爾(오여이) 나와 너.
兒莫啼(아막제) 아이야, 울지 마라.

“우는 소리 듣고 ○○가 온다”는 식으로, 호랑이·늑대·고양이 등이 동원되는 으름형이 있는가 하면, 곶감·밤·대추 등 달콤한 것으로 꾀는 꾐형 등이 있다. 그러나 가장 듬직하고 바람직한 형은 자장가를 불러 주는 일이다. 잠 트집이든 생트집이든, 이미 장기화한 칭얼거림에는 자장가가 가장 효과적이다. 느직이 업거나 안고, 둥둥거리거나 토닥이면서 나직한 가락으로 실바람 불듯 서러움을 어루만져 주는 자장가! 그 전래되는 가사에도 여러 가지가 있으니,

자장 자장 워리 자장
앞집 개도 잘도 자고
뒷집 개도 잘도 자고
우리 강아지도 잘도 잔다.

이는 그중의 하나이지마는, 이처럼 정착되어 일반화한 자장가는, 그 노래 그늘에서 자라나 늙은 할아버지 할머니들이, 다시 그 자녀 손자녀에로 불러 주며 이어져 온, 대대 조상들의 구기(口氣)에 절은 노래들이다.

그러나, 즉흥적으로 그때그때의 정황에 따라 불리어지는, 이 작품과 같은 자장가는 또 얼마나 많았으며, 그 즉시로 사라져 전해지지 못한 걸작인들 좀 많았을까? 단조로운 가락에 단조로운 율동을 곁들이며 지체 없이 이어져 가는 그 사연은, 할아버지 할머니의 가슴에 깊이 잠들어 버린 동심의 일깨움이며, 어린것에게만 들려주는 것이 아니라, 한 가닥 자신에게도 들려주는, 어린 시절 그리움의 타령이기도 하다.

아기의 울음은 잠의 전주곡이기도 하여, 아무리 고집스러운 칭얼거림도 자장가 그늘에선 쌔근쌔근으로 마무려지게 마련이다. 이때

듣는 자장가는 꿈의 세계에로 이어지게 되고, 그 가사의 내용은 꿈을 구성하는 유력한 소재가 된다.

손자를 안고 달래는 할아버지의 이 노래의 유일한 소재는 살구꽃이다. 꽃 하면 굽어보는 풀꽃도 있고, 쳐다보는 나무꽃도 있다. 나무꽃으로는, '도리행화(桃李杏花)'로 병칭(倂稱)되는 복사꽃·오얏꽃·살구꽃이 전통적으로 친숙한 동양적 정취의 대표적인 꽃이다.

울타리께 서 있는 낙락한 살구나무에 분홍색 살구꽃이 한머리 피면서 한머리 지고 있는, 봄날의 한낮이다. 저 꽃이 진 자리엔 응당 아기 살구가 맺을 것이고, 올가을엔 황금빛 굵은 살구가 주렁주렁 익으리라. 그 탐스러운 살구를 나랑 너랑 우리 함께 따먹자꾸나!

'나와 너', '너와 나'를 한 묶음으로 묶은 거기에, 혈연으로서의 유대감과 친밀감도 함께 다져지고 있다. 또, 꽃이 지는 일은 그것으로 끝이 아니라, 보다 찬란한 내일에의 약속과 희망으로 이어져 있다. 그날을 기다리자는 손자에의 타이름은, 한편 갓 맺은 풋과일 같은 어린것이, 어서어서 자라서 출중하게 성취하기를 고대하는, 자신에의 다잡음이며, 달램이며, 고무이기도 하다.

드레드레 농익은 살구나무 아래 긴 장대를 들고, 할아버지는 따고 손자는 주워 담는, 천진 소박한 영상이 아가의 꿈동산에 펼쳐진다. 마냥 평화로운 얼굴로 칭얼칭얼은 쌔근쌔근으로 이어지면서…….

| **이양연(李亮淵, 1771~1853, 영조 47~철종 4)** 문신. 자 진숙(晉叔). 호 임연(臨淵). 동지의금부사 등 역임. 시에 뛰어났으며, 《석담작해(石潭酌海)》, 《침두서(枕頭書)》 등 많은 저서를 남겼다.

무덤 가는 길

이양연

한평생 시름으로
살아오느라
밝은 달은 봐도 봐도
미나쁘더니,

이젠 길이 길이
대할 것이매
무덤 가는 이 길도
해롭잖으이—.

一生愁中過　明月看不足
萬年長相對　此行未爲惡

〈自輓〉

작자는 83세의 장수를 누렸다. 이 시는 한평생 살 만큼 산 그가, 자신의 죽음에 부쳐 스스로 조상한 자기 만장(輓章)이다. 한평생 하고 한 시름을 달에게 하소연하며, 달에게서 위안을 받

看不足(간부족) 아무리 보아도 양이 차지 않음.
萬年(만년) 여기서는 '영원'의 뜻.
長相對(장상대) 길이 서로 마주 대함.
此行(차행) 이 가는 길. 곧 죽어 무덤으로 가는 길.

아 오는 가운데, 달은 둘도 없는 그의 다정한 벗이요 사랑이 되어 온 것이다. 그런지라, 아무리 바라보아도 물리지 않고, 늘 부족하게만 느껴 오는 달이다.

이제 이 길로 무덤에 가면, 공산에 찾아드는 그와 길이길이 마주 대할 수 있을 것이고 보면, 죽음이란 일반적인 통념처럼 그저 나쁜 것, 슬픈 것, 또는 두려운 것으로 여길 것만은 아닐 것 같다. '此行未爲惡!' 이는 실로 인생을 달관한 허심한 경지요, 사생을 초월한 입명(立命)의 자세이다.

이 시에서 가장 강조되어 있는 것은 달이다. 그러나 그보다 더욱 강조되어 있는 것은, 달빛에 가리어 조금밖에 언급되어 있지 않은 '시름'이다. 아무리 보고 보고 또 보아도 양이 차지 않는 '달'을 강조하면 할수록, 역설적으로 커지는 것은 '시름'이기 때문이다. 그 시름 오죽이나 감당하기 어려웠으면 달에 하소하며 달에게서 삭여 왔을까? "백 년도 못 되는 인생, 언제나 천 년의 시름을 품어(生年不滿百 常懷千歲憂〈古詩〉)" 오자니, 그러므로 죽음의 길이란, 어느 모로는 시름의 굴레에서 벗어나는 홀가분한 길이기도 하다는 감마저 풍기고 있다.

그러면, 그 하고 한 '시름'이란 어떤 시름일까? 누구나 숙명적으로 타고난다는 인생고(人生苦)·백년수(百年愁)야 남대로 치른다손, '다정도 병인 양한' 천생의 다감(多感)에다, 나라 시름 세상 걱정까지 한 몸에 실은 그였음에랴? 학정에 시달리는 하민들의 시름까지 대변한 그의 많은 시 작품들을 감안하면, 그야말로 '제 시름 남의

未爲惡(미위악) 나쁘지 않음. 괜찮음.
自輓(자만) 자신의 죽음을 스스로 애도하여 지은 만장.
※ **미나쁘다** 양이 차지 않아 좀 더 있었으면 하는 마음.

시름 다 짊어지고 장탄식 장탄식하는' 수인(愁人)의 일생이었음을 짐작하게 한다.

그가 얼마나 정에 겨운 사람이었는가를 그의 〈꿈〉에서 하나 더 보자.

고향은 천릿길, 길보다 긴 가을 밤,
옛 산천 가고 오기 열 번도 더했건만
아직도 첫닭 소리는 들리지가 않는다.

鄕路千里長　秋夜長於路
家山十往來　簷鷄猶未呼

〈夜夢〉

임이여 배는 사지 마오

이양연

임이여! 제발 부디
배는 사지 말랬더니,
이제 그 배 팔지라도
밭을랑 사지 마오.

내 옛날 뼈빠지게
일해서 얻은 거란
주린 배 견디면서
십 년을 베 짰을 뿐—.

願郎勿買船　賣船勿買田
予昔勤苦得　忍飢十年織
〈東家婦〉

評說 고기잡이나 해 먹자며 배를 사려는 남편을, 극력 만류하였건만, 기어코 배를 사더니, 여러 번 풍파를 만나 죽을 고비를 겪고 나서는, 차라리 배를 팔아 밭을 사서 농사나 지어 먹자 한다. 아내는 시집오기 전의 경험으로 남편을 또 만류한다. 농사일 뼈빠지게 골몰해도 흉년 들면 거덜나고, 요행으로 풍년이 든다 해도 장리(長利) 곡식 갚고 나면, 해마다 보릿고개 굶주림 못 면하고, 밤을 새워 베를 짜기 십 년을 했건마는 다그치는 세리(稅吏)들에 몫몫

으로 주고 나면, 새 옷 한 벌 못해 입는 누더기 신세라며 탄식한다.

이 시는 장만(張晩)의 다음 시조에 대한 역설조(逆說調)의 화답(和答)이라 보여진다.

풍파에 놀란 사공 배 팔아 말을 사니
구절양장(九折羊腸)이 물보다 어려워라.
이후란 배도 말도 말고 밭 갈기나 하리라.

'밭 갈기나 하리라'의 그 말투로 보아, 농사일이야 손대기만 한다면 의식쯤이야 문제없다고 여기는 모양이나, 어디 두고 보라지. 그것 또한 어렵기는 매한가지임을 알게 되리라.

거리에 잡화점 하는 가게가 하나 있더니, 얼마 안 되어 음식점으로 간판이 바뀌더니, 지난해에는 이발관으로 바뀌어 재미를 본다는 소문이더니, 오늘 지나다 보니, 다시 내부를 개조하고 있다. 이번에는 어떤 간판이 걸리려는고? 이 세상에서 먹고살기란, 예나 이제나 어렵기만 한가 보다.

다음에 같은 작자의 〈딱따구리〉 한 편을 더 옮겨 본다. 오늘날의 '환경 오염, 노사 갈등' 등 많은 문제들을 시사하는 듯도 하다.

啄木休啄木　딱따구리야 더 쪼지 마라.
古木餘半腹　늙은 나무덩치 반만 남았다.
風雨所漂搖　비바람 아득히 몰아칠 제면
爾將焉寄宿　넌 장차 어디에 몸을 부칠래?
〈啄木鳥〉

63억 인간 딱따구리들이 지구를 못살게 쪼고 있다. 장차 인류는 어디에 몸을 부치려고?

강남

한재렴

나무 나무 번갈아
꽃들이 피고
꾀꼬리는 펄펄펄
풀은 이드르르……

강남은 이렇듯
좋은 곳임을
북쪽 사람들도
알게 해 주렴.

樹樹花交發　鶯飛草長時
江南如此好　乞與北人知

〈溪亭〉

評說 꽃 소식은 남에서 북상해 오고, 꾀꼬리도 남에서 북상해 온다. 강남은 바야흐로 만화방창(萬化方暢)하건만, 강북은 아직도 겨울 그림자를 벗어나지 못하고 있다. 이렇게 봄의 아름다움을 북쪽 사람들은 모르고 있으니, 알게 해 줄 만한 일이다.

양지바른 남쪽과 그늘 짙은 북쪽, 미구에 꽃 소식도 꾀꼬리 행차

乞與(기여) 줌. ~하여 줌.

도 북상하리니, 봄맞이 준비나 착실히 하도록 북쪽 사람들에게도 알려 줄 일이다.

이 시는 어쩌면 오늘날의 남북한 간의 문제를 상징(象徵) 우의(寓意)한 듯한 데가 있지 않은가? 꽃은 번영의 상징으로, 꾀꼬리는 평화의 매신자(媒信子: messenger)로, 그리하여 남북이 평화로운 가운데 함께 번영하면, 얼마나 좋으리! 그 얼마나 좋으리!

| **한재렴(韓在濂, 1775~1818, 영조 51~순조 18)** 학자. 자는 재원(霽園). 호는 심원당(心遠堂). 본관은 청주. 진사. 저서에 《심원당 시문초(詩文抄)》가 있다.

산국화

김매순

돌비탈 백천 굽이 기를 쓰며 오른 절지(絶地),
뉘 맡으라 향기 놓아 벼랑을 수놓으며,
산국화, 찬 하늘을 향해 정성스레도 펴 있구나.

磴道千回幷磵斜　馬蹄磊落蹋崩沙
崖縫紫菊無人嗅　自向寒天盡意花

〈咸從道中〉

누가 보아 주고, 알아주고가 무슨 대수랴? 어느 외진 곳에 홀로 있어도, 제 목숨 제 가치는 언제나 진선진미(盡善盡美), 제 스스로 다스려야 하는 것, 누구 보라 해서가 아니며, 누가 알아

磴道(등도) 돌이 많은 비탈길.
幷磵斜(병간사) 경사진 개울가를 곁따라감.
馬蹄(마제) 말발굽.
磊落(뇌락) 작은 일에 구애되지 않음. 여기서는 말이 위태로운 길을 대담하게 밟는 모양.
蹋崩沙(답붕사) 무너지는 토사(土沙)를 밟음.
崖縫(애봉) 기슭을 누빔. 벼랑을 수놓음.
無人嗅(무인후) 냄새 맡아 줄 사람이 없음.
盡意花(진의화) 온 정성을 다하여 꽃 핌. '花'는 동사적 용법으로 쓰인 것.
咸從道中(함종도중) 평안남도 함종 지방을 여행하는 도중.
※ **절지(絶地)** 인적이 끊어진 먼 외진 곳.
※ **人不知而不慍 不亦君子乎**(《論語》) 남이 나를 알아주지 않아도 성내지 아니하면 또한 군자가 아니겠는가?

주기를 바라서가 아니다. 이는 바로 '인부지이불온(人不知而不慍)'의 군자(君子) 정신인 것이다.

심산궁곡(深山窮谷) 외따로 은거하면서도, 첫닭에 세수하고, 의관정제(衣冠整齊)하여, 매무시 하나 흩뜨리지 않고 '자강 불식(自彊不息)'하는, '성기의(誠其意) 신기독(愼其獨)'의 처신(處身)! 산국화에서 바로 그 군자 정신을 발견했음이다.

인간의 발길이 닿지 못하는 이 절인처(絶人處), 위태로운 벼랑 끝에 아름다운 미소 머금고, 그윽한 맑은 향기 풍기며, 서리 뜻 품은 싸늘한 하늘을 향해 정성스럽게도 피어 있는 산국화! 거기는 이미 '보아 줄 이 없음의 외로움'도, '남이 알아주지 않음의 서운함'도 없다. 절대 생명의 고귀함과, 그 절대 정신의 고결함이 있을 뿐이다.

싸늘히 깨어 있는 고고(孤高)한 영혼! 산국화에의 이 기쁨은, 다름 아닌 산국화에 투영(投影)되어 있는, 고고한 자신의 영혼과의 만남의 기쁨인 것이다.

| **김매순(金邁淳, 1776~1840, 영조 52~헌종 6)** 학자·문신. 자 덕수(德叟). 호 대산(臺山). 본관 안동(安東). 예조참판, 강화 유수 등 역임. 시문에 뛰어났고, 덕행(德行)으로 저명했다. 저서에 《대산집》, 《전여일록(篆餘日錄)》, 《열양세시기(洌陽歲時記)》 등 많다. 시호는 문청(文淸).

봄비

김매순

눈에 띄는 건 다 붉은 꽃
갈 길도 헷갈리는데,
지팡이 한가로이
시냇길 건너왔네.

지난밤 한 자락 비
뉘 헤아려 맞췄는고?
꽃 피기엔 딱 알맞고
길은 질지 않게시리—.

觸眼紅芳逕欲迷　杖藜閒步到溪西
夜來一雨誰斟酌　纔足開花不作泥

〈出溪上得一句〉

評說 이르지도 늦지도 않은 꼭 알맞은 때에, 꽃 피기엔 딱 알맞고, 길은 질척거리지 않을, 양미 양전(兩美兩全)의 적정량(適正量)으로, 그것도 사람들 다 잠들어 모르는 밤사이에 살짝 내려놓고는, 시침 떼듯 뚝 그치고 나선 봄비 갠 아침!

觸眼(촉안) 눈에 스치는. 눈에 띄는 모든 것.
紅芳(홍방) 붉은 꽃.
逕欲迷(경욕미) 갈 길이 헷갈릴 듯함.

말갛게 헹궈 놓은 파란 하늘에 빙긋이 얼굴을 내민 아침 해의, 골고루 놓아 보내는 영롱한 햇살을 받아, 어디에 숨어 있다가, 일시에 '야!' 소리라도 치며 쏟아져 나오는 듯한 꽃, 꽃, 꽃들의, 전후좌우 원근 고저 할 것 없이, 온통 흐드러지게 피어나는 그 붉은빛에, 눈앞이 어지러워 갈 길을 헤맬 지경인데, 길바닥이 빚어내는 이 알맞은 탄력! 미투리를 격해 녹진녹진 감촉되는 발바닥 맛이란 그저 그만이다. 발끝 닿는 대로 한없이 걸어 보고 싶은, 아, 이 최상의 기분!

이런 세심한 배려를 해 준 이야 누군 누구겠는가? 물론 천공(天公)이겠지마는, 그 천공이 그저 고맙기만 하다.

행복이란 언제나 노다지처럼 덩어리로만 존재하는 것만은 아닌 것 같다. 어쩌면 별것도 아닌 속에서 얻어질 수 있을 것 같기도 하지 않은가? 이런 부스러기 즐거움이나 싸라기 기쁨을 그때그때 놓치지만 않는다면—.

杖藜(장려) 명아주대 지팡이를 짚음. 명아주의 대궁이는 가벼워서 노인의 지팡이로 애용됐다.
溪西(계서) 시내의 서쪽 기슭. 시내의 대안.
一雨(일우) 한 차례 온 비. 한 자락 비. 우량의 단위로 호미자락(호미 깊이만큼 땅속으로 스민 양), 보지락(보습 깊이만큼 스민 양) 등으로 헤아린다.
斟酌(짐작) 헤아려서 알맞게 함.
纔足(재족) 겨우 넉넉함. 곧 꼭 알맞음.
不作泥(부작니) 진흙 되게 하지 않음. 곧 질척거리지 않음.

용알 뜨기

김여

푸른 비단 저고리의
마을 새댁들
사립문께 모여들어,
소곤대더니,
모두 함께 동이 끼고
시내로 나가
용알 동동 물에 띄워
이고들 오네.

閭閻閣氏綠紬衣　細語噥噥集竹扉
約伴携瓺溪上去　手撈龍卵滿擎歸

〈撈龍卵〉

評說 세시 풍속의 하나인 '용알 뜨기' 행사이다. 정월 대보름날 첫닭 울 때를 기다려, 마을의 젊은 아낙들이 우물물이나 시냇물을 길어 오는 풍습인데, 이것은 하늘에서 용이 내려와 물에 알

閭閻(여염) 백성들의 집이 늘어 있는 곳.
噥噥(농농) 도란도란 이야기하는 모양.
約伴(약반) 친구로 언약함. 의좋게.
携瓺(휴추) 물동이를 가지고 감. 빈 물동이를 옆으로 뉘어 한쪽 손을 동이 안에 넣어 옆으로 끼고 가는 일.

을 낳는다는 속설에서 온 것으로, 지방에 따라 다소 다르다.

대보름날 밤 첫닭이 울자마자, 마을의 젊은 아낙들이 약속된 장소로 모여든다. 그들은 모두 푸른 비단 저고리—아마도 신혼 때 입었던 녹의홍상의 그 저고리리라. 그렇다면 바늘에 실 따르듯 붉은 치마까지 갖추었을 것은 뻔하다. 이렇게 다시 차려 보는 신혼 기분에 새삼 울렁거리는 가슴을 달래며, 물동이를 옆에 끼고 일렬로 걸어가고 있는 월하의 성장(盛裝) 행렬도 볼 만하거니와, 치면치면한 물동이마다에 동그란 달(용알) 한 덩이씩을 띄워 가지고 돌아오고 있는 그 황홀한 광경이야말로 하강한 선녀들의 퍼레이드가 어디 따로 있다 하겠는가?

이날 밤 이 마을의 달은 도대체 얼마이랴? 물동이마다에 뜬 달! 아낙네의 가슴마다에 뜬 달! 어딘가에 숨어서 지켜보고 있는 마을 젊은이들의 가슴가슴에 뜬 달! 마당에 멍석 깔고, 집집마다 모셔다 놓은 물동이마다의 밝은 달은 또 얼마이며, 그것이 마을마다 고을마다 펼쳐질 것에 상도(想到)하면, 월인천강(月印千江)이 아니라, 월인천가(月印千家)의 장관이 아니고 무엇이랴?

원시나 역시에도 '달〔月〕'은 언급이 없다. 그러면서도 달이 이렇게도 많을 줄이야!

달을 왜 달이라 하지 않고, 굳이 용알이라 하는 뜻을 알게 되면, 이 행사의 속뜻이 어디 있는가를 쉬 알게 되리라.

달이 품에 드는 태몽은 딸 낳을 꿈이요, 용이 품에 드는 꿈은 아들 낳을 꿈이란, 이미 해몽가(解夢家)들의 정설이다. 아들! 용 같은 출중한 아들! 이는 모든 여인네의 염원이다. 같은 달이건만 염원에

手撈(수로) 손수 건져 냄.
滿擎歸(만경귀) 물동이에 가득히 받들어 이고 돌아옴.

따라 달이기도 하고 용알이기도 하다. 그런 용알을 점지해 달라는 천지신명에의 소원은 행사의 자초지종을 일관하고 있다. 물을 길어 올릴 때의 마음가짐은 물론, 이고 돌아오는 자국자국마다 간절한 소원으로 고여지고 다져진다.

집집마다 마당에 멍석 깔아 상하에 달 밝혀 놓고, 이 남은 밤의 단잠에는 집집마다 용알 품는 태몽들로 신혼 꿈이 무르익어 가고 있을 것은 물론이다.

이처럼 천상과 지상, 자연과 인간, 인간과 인간 사이의 이리도 아름다이 교감하는 세시풍속이, 이 지구 위 어느 다른 민족 다른 나라에 또 있었으리라 생각할 수 있을 것인가?

작자는 단원의 풍속도처럼 이러한 풍속시를 많이 읊었으니, 〈다리밟기〉, 〈더위팔기〉, 〈널뛰기〉, 〈쥐불놀이〉 등.

다음에 〈나무 시집보내기〉 한 수를 더 옮겨 볼까?

瓦礫前宵拾得多　전날 밤에 돌멩이들 잔뜩 주워 두었다가
鷄鳴嫁樹占交柯　닭 울자 샅에 끼워 나무 시집보내나니,
年年老杏迎新壻　해마다 살구나무 새서방은 맞는다만
四柱無兒奈爾何　사주에 없는 아이 늙은 넌들 어이하리?
〈稼樹〉

| **김여(金鑢)** 정조 때의 학자. 호는 담정(藫庭). 본관은 연안. 다산의 '조선시' 선언 후, 조선시풍의 시를 즐겨 쓴 이옥, 이학규 등과 함께 일컬어지는 시인의 한 사람이다. 1797년 서학에 연루되어 부령으로 진해로 귀양살이를 하다, 1806년 풀려날 때까지 많은 학문 연구와 시작을 했다. 저서에 《담정집》, 《창가루외사(倉可樓外史)》 등이 있다.

※ 정월 초하루나 대보름날 행하는 '○○나무 시집보내기(嫁樹)' 행사이다. 닭 울 때를 기다려, 과수나무의 밑동 두 갈래진 샅에, 거기 꼭 들어맞는 돌멩이를 끼워 두면, 그해에 과일이 많이 열린다는 속설로, 흔히 '대추나무 시집보내기'를 많이 한다.

이웃집 다듬이소리

정학연

무슨 일 밤새도록
도드락거려
팔목이 시도록
못 쉬는 게요?

이웃집 저 소리
내 집관 달라
한결로 마음 쓰여
시름겹워라!

何事丁東到曉頭　教渠酸腕未能休
隣砧不與家砧別　偏向隣砧一段愁

〈秋砧〉

評說 다듬이 소리란, 규중(閨中)의 심기(心氣)를 장외(牆外)로 방송하는 유일한 매체(媒體)이기도 하여, 귀를 갖춘 사람이라면, 능히 그 소리의 고저장단에서 주인공의 애락(哀樂)의 감정을 가

丁東(정동) 패옥(佩玉) 따위가 서로 부딪쳐 나는 소리의 의성음. '丁冬' 또는 '東丁' 등으로도 표기한다.
教渠(교거) '~이 저 사람으로 하여금 ……하게 하는가?'의 뜻으로, '教'는 '使'의 뜻. '渠'는 제삼자를 가리킴.

늠할 수도 있을 것이다.

사랑방 글 읽는 소리에 가락 맞추듯 평온한 호흡이 서린 '도도락도도락(陶陶樂: 즐거워라! 즐거워라!)'의 가락과, 출정(出征)한 남편의 겨울옷을 다듬는 애달픈 심사의 '도도락도도락(搗搗落: 그리워라! 그리워라!)'의 진후 두 가락은 같은 소리 같으나 울림이 다르다.

안채에서 들려오는 전자의 소리와, 이웃집에서 들려오는 후자의 소리가 너무나 상반되어, 이웃 아낙의 가엾은 심사에 무한 동정이 쏠리는 것을 어찌할 수가 없다.

다듬이 소리에 부친 옛 시가 많은 가운데, 이 색다른 시정이 또한 감동적이지 않은가?

1권 p. 630의 〈다듬이소리〉를 아울러 음미했으면 한다.

| **정학연**(丁學淵, 1783~?, 정조 7~?) 자는 치수(稚修). 호는 유산(酉山). 다산 정약용의 아들. 벼슬은 직장(直長).

정진사 서재에

손염조

명리나 좇는 세속인들은
주인 가난타 그릇 알지만

빛나고 알찬 듬직한 학문
서가에 가득 답쌓인 장서

책상머리엔 창해의 달빛
베개 너머엔 곡강의 봄빛

이들을 몽땅 차지한 속에
마냥 노니는 한 몸이어라!

世間名利輩　錯認主人貧
學業王相重　殘篇鄴架陳
案頭滄海月　枕外曲江春
得此無餘分　優游有一身
〈題鄭上舍書齋〉

評說 속인들은 빈부의 기준을 물질에 두고 있으므로, 이 집 주인 정 진사를 가난하다고 오인하고 있는 듯하나, 실은 그렇지가 않다.

그의 학문은 빛나고 알차서 중후하고, 산일(散佚)되고도 남은 장서는 서가에 가득하다. 이것들은 다 체내나 실내에 들여놓은 유형무형의 재보(財寶)이지마는, 안에는 들여놓을 수 없어 바깥에 둘러두고 즐기는, 저 많은 아름다운 '자연'이 또한 죄다 이 주인의 소유이니, 보라, 책상머리에는 창해에 솟은 둥근 달이 휘영청 밝아 있고, 베개 너머에는 바야흐로 무르녹는 곡강의 봄빛이 찬란하다.

이처럼 많은 재보를 독차지하고, 그 어름에 우유 자적(優游自適)하고 있는 한 은사가 있으니, 이 곧 정진사이다.

3·4, 5·6구의 대련은 열거한 대표적 재보의 목록격이다. 전 2구는 체내와 옥내에 간직해 있는 내실(內實)이요, 후 2구는 옥외에 둘러 둔 외화(外華)이다. 소동파(蘇東坡)는,

한평생 석새 베옷 입고 살아도
흉중에 시서 있으니 기상 절로 빛나네.

名利輩(명리배) 명예나 이익을 추구하는 무리.
錯認(착인) 그릇 앎. 오인(誤認).
王相(왕상) 송(宋)의 학자. 어려서 동자과(童子科)에 급제. 가전(家傳)의 학업을 전승(傳承)하여 빛냈다.
殘篇(잔편) 흩어지고 남은 책. 잔편(殘編).
鄴架(업가) 당(唐)의 이필(李泌)이 업현후(鄴縣侯)로 봉해져, 집에 장서가 많았음에서, 남의 서가를 높여 이르는 말.
陳(진) 답쌓여 묵음. 지나치게 많음.
案頭(안두) 책상머리.
枕外(침외) 베개 바깥. 베개 너머.
曲江(곡강) 경북의 동해안에 위치한 지명. 또는 강 이름.
優游(우유) 느직하고 한가롭게 노님.
上舍(상사) 진사(進士).

麤繪大布裹生涯　腹有詩書氣自華

라고 읊은 바 있다. 비록 물질에는 가난할망정 복사(腹笥: 마음속의 책 상자란 뜻으로, 박학다식함을 이르는 말)와 장서(藏書)가 섬부(贍富)함을 첫째로 강조한 3·4구의 정신과 상통한다. 그런가 하면 무명씨의 시조:

십년을 경영하여 초려(草廬) 한 간 지어 내니,
반간(半間)은 청풍이요 반간은 명월이라.
강산(江山)은 들일 데 없으니 둘러 두고 보리라.

는, 동파의 〈적벽부(赤壁賦)〉: "청풍 명월은 아무리 취(取)하여도 금하는 이가 없고, 아무리 써도 다함이 없으니, 이 아름다운 대자연이야말로 우리가 함께 누릴 수 있는 무진장한 즐거움이다"라고 한 내용과 아울러, 본시의 후 2구의 내용과 상통한 외화의 찬양이다.

곧, 달이 아무리 밝아도 달할 줄 모르고, 봄이 아무리 화창해도 봄할 줄 모르는 둔감 비정(鈍感非情)으로는 그를 향유할 자격이 없다. 천하의 금강산도 탐광인(探鑛人)에겐 몰리브덴광으로서의 채산성에 더 많은 관심이 쏠릴 것이고 보면, 자연미란 미의식(美意識)을 구유(俱有)하지 못한 속물에게는 무유(無有)나 다를 바가 없다. 그러므로 천하 공유(共有)의 달이요 봄이지만, 그것은 필경 그 즐거움을 누릴 줄 아는 사람의 소유로 귀속(歸屬)될 것은 자명한 일이다.

그러나 내실에만 치우치면 골생원이 되기 쉽고, 외화에만 들뜨면 허풍쟁이로 지목되기 쉬우니, 본시에서는 유형 무형의 내외재(內外財)를 안배하여 중정(中正)을 잃지 않았다.

이 시의 주인공은, 비록 물질적으로 가난할망정, 정신적으로는 내

섬 외부(內贍外富)하여 결코 가난하지 않을뿐더러, 아름다운 대자연의 미를 소유하여, 물욕 사념(邪念)에는 초연한 경지에서 심광 신이(心曠神怡)한 곡강 주인으로 유유자적하는 은사임을, 허락하고 있다. 또한 이에는 은연중 구안자 가지(具眼者可知)의 원칙에 의하여, 작자 자신을 아울러 자허(自許)하고 있음도 물론이다.

| **손염조**(孫念祖, 1785~1860, 정조 9~철종 11) 학자. 자 백원(百源). 호 약서(藥西)·무민재(无悶齋). 본관 경주(慶州). 강필효(姜必孝)의 문인. 은일(隱逸)로서, 산림(山林)에 자적(自適)하며 성리학에 전념하는 한편, 무민정(无悶亭)을 얽어 후학 양성에 생애를 다했다. 저서에 《무민집》이 있다.

소나기

김정희

나뭇잎에 여울지며 더운 바람 지나더니
검은 빗줄기 먼 산봉을 밟아 주름주름 건너온다.
갈대 끝 청개구리는 까치 울듯 하여라!

樹樹薰風葉欲齊　正濃黑雨數峰西
小蛙一種靑於艾　跳上萑梢效鵲啼

〈驟雨〉

評說 한 무더기의 무더운 바람 떼가 산비탈을 불어 간다. 나뭇잎들이 일제히 여울목의 비늘 물결 부서지듯 허옇게 뒤집히면서, 요란한 여울물 소리를 낸다. 스멀거리는 구름장들이 서로 마주쳐 어우러지면서, 날은 점점 어두컴컴하게 끄무러지더니, 이윽고

薰風(훈풍) 초여름의 훈훈한 바람.
黑雨(흑우) 검은 구름에서 쏟아지는 비. 소나기.
小蛙(소와) 작은 개구리.
靑於艾(청어애) 쑥보다 더 푸름.
跳上(도상) 뛰어오름.
萑梢(환초) 물억새. 또는 갈대 잎의 끝. '萑'이 '蕉(파초)'로 된 이본도 있으나, 열대 식물인 파초는 사람의 보호 하에서 자랄 수 있는 풀이라, 야생인 청개구리와의 조화에 있어서는 '萑'에 멀리 미치지 못한다.
效鵲啼(효작제) 까치 울음을 흉내 냄.
驟雨(취우) 소나기.

저편 하늘 한 끝에서 장쾌한 빗줄기가 몰려오기 시작한다. 마치 천군(天軍)의 분열식을 보는 듯, 대대별 연대별로 대열을 갖춘 장대한 대군단의 행렬이 건곤(乾坤)을 주름주름 잡으며, 먼 산봉우리들을 징검다리 밟아 뛰듯 지첨지첨 건너오고 있다.

이때 삼라만상은 무슨 하회를 기다리듯, 저마다 제 위치로 돌아가 숨을 죽이고 있다. 이 숙연한 침묵 속에 난데없는 당돌한 목소리의 주인공은 누구뇨?

청개구리! 그것도 어린 청개구리다. 높은 곳을 찾아 갈댓잎 끝에 뛰어오른 그는, 미구에 다닥칠 어떤 위급한 사태를 온 세상에 경고한다는 듯, 숨찬 가슴을 벌름거리며, 허위단심 외치고 있다. 도대체 저 앙증스러운 작은 몸집 어디에 저렇듯 엄청난 성량(聲量)이 울려나는 것일까? 그 음색(音色)·음조(音調)마저도 까치랑 흡사하다. 저들은 천성 우기(雨氣)에 민감하다니, 저것은 일종의 수난 경보(水難警報)인지도 모를 일이다. 아무튼 저 잔약한 어린것이 저렇듯 부르짖는 그 내용이, 전설대로 물가에 쓴 어미 무덤 때문이든 아니든 간에, 그에 있어서는 일대 비상 사태에 대한 애타는 하소연임에도 불구하고, 결코 애조(哀調)를 띠지도 않은, 맹랑하게도 당찬 품이, 가련한 어린 소녀 가장(少女家長)을 대하는 듯 안쓰럽기 그지없고, 또는 어떤 거대한 힘 앞에, 무력한 인간의 깡다구 같기도 하여, 연민의 정을 금할 수 없다.

이 시에서 청개구리의 등장은 매우 극적이요 희화적(戱畫的)이다.

전반의 웅대한 세력 앞에 후반의 돌올(突兀)한 미물(微物)의 등장은, 일견 '태산명동 서일필(泰山鳴動鼠一匹)'의 엉터리 같은 감이 없지 않으나, 그 당당한 한 생명의 외침과 당랑거철(螳螂拒轍)의 기개는, 1·2구에 못지않은 비중의 무게를 느끼게 한다.

예리한 관찰, 자연물에 대한 곰살궂은 애정, 독특한 사실적 묘사의 필치, 이러한 그의 시는, 그의 글씨만큼이나 또한 뛰어나 있음을 말해 주고 있다.

| **김정희**(金正喜, 1786~1856, 정조 10~철종 7) 문신·실학자·서화가. 자 원춘(元春). 호 완당(阮堂)·추사(秋史). 본관 경주. 대사성, 이조참판 등 역임. 실사구시(實事求是)를 주장하였으며, 추사체를 대성한 명필로서 예서에 특출했다. 그림은 죽란(竹蘭)과 산수를 그렸으며, 고증학·금석학에도 밝았다. 저서에 《완당집》 등 많다.

시골집

김정희

몇 떨기 맨드라미 장독대에 피어 있고,
호박 덩굴 싱푸르게 외양간을 타오르고
집집이 접시꽃 피어 길 높이서 붉었다.

數朶鷄冠醬瓿東　南爪蔓碧上牛宮
三家村裏徵花事　開到戎葵一丈紅

〈村舍〉

評說 장독대를 둘러 수줍은 듯 빨갛게 피어 있는 맨드라미, 마구간 지붕 위로 기어오르고 있는 싱싱하게도 푸른 호박 덩굴, 마당가로 둘러 가며 층층이 피어오르고 있는 키다리 접시꽃은, 예나 이제나 우리네 시골집에서 흔히 보는 풍속도이다.

그중에도 접시꽃은 성큼한 키에 화사하게 웃는 싱그러운 꽃송이들, 위층은 꽃봉오리 아래층은 낙화인 무한화서(無限花序)로 층층이 올라가며 피는 꽃이기에, 피어 있는 꽃의 높이로 보아, 계절의 진도(進度)를 엿보게 하는 책력 꽃이기도 하다. 한 길 높이에서 피어 있는 꽃의 현 위치이고 보면, 지금은 봄도 지나 여름으로 접어들고 있

徵花事(징화사) 꽃의 현황에서 계절의 진도(進度)를 따져 본다는 뜻.
三家村(삼가촌) 옛날은 인구가 희소하였으므로, '삼가일촌 오가대동(三家一村 五家大洞)'이라 했다.
戎葵(융규) 접시꽃. 촉규화(蜀葵花).

음을 짐작하게 하고 있다.

'산중에 책력 없어 사시를 모르러니……'가 아니다. 옛날에 있었다는 달녁풀(蓂葉)은 멸종되었어도, 접시꽃이 책력이요, 해바라기가 시계 구실을 하고 있다. 분꽃은 저녁밥 지으라며 피어나고, 자귀나무는 부부 정답게 잠자리에 들라며 잎을 접는가 하면, 달맞이꽃, 박꽃은 너무 일찍 자지 말고, 밤꽃 좀 즐기라며 어둠 속에 피어난다. 피는 꽃, 지는 입, 온 산천이 책력이다. 어찌 그뿐이랴? 자명종 못지않은 새벽닭 소리, 오는 제비, 가는 기러기, 철철이 갈아드는 철새들! 그 모두가 책력이요, 시계가 아니던가?

완당의 작품 하나를 더 감상해 보기로 하자.

옥수수나 지어 먹으며 붙박이로 살아온 두메산골 칠십 평생! 서 있는 빈 옥수수 대궁이의 마른 잎에 부는 썰렁한 가을바람이, 노부부의 백발을 불어 날리는, 그 소조한 광경을 읊어, 이것이 인생임을 보여 주고 있다.

禿柳一株屋數椽　잎 진 버들 한 그루의 오두막집에
翁婆白髮兩蕭然　늙은 부부 백발이 쓸쓸도 하다.
未過三尺溪邊路　석자 폭도 아니 되는 시내 길가에
玉薥西風七十年　옥수수의 가을바람 칠십 년이여!

〈題村舍壁〉

대동강 배 위에서

초의

해는 뉘엿거리고 비는 후련히 개었는데,
시 주머니와 차 종지가 조각배를 함께 했네.

구름 걷으니 정히 하늘 한복판 달빛이 가득하고,
밤이 고요하니 스쳐 오는 물바람 적이 시원하여라!

천 리 길 돌아가고픈 마음 무엇 두고 왔음이뇨?
한 몸에 남아 있는 속루(俗累)의 끝내 비우기 어려움이여!

뉘 알았으리? 겹겹 푸른 산 속 나그네가
만경 금물결 속에 와 머물러 있을 줄이야—.

斜日西馳雨散東　詩囊茶椀小舟同
雲開正滿天心月　夜靜微凉水面風
千里思歸何所有　一身餘累竟難空
誰知重疊青山客　來宿金波萬頃中

〈冽水泛舟〉

評說 제1구는 만청(晩晴)의 청경(淸景)이다. 이 밤의 청유를 위한 예비 작업으로, 이에 앞서부터 내리게 했던 비—특히 달과 바람과 경물을 유난히도 밝고 맑고 청신하게 하기 위하여, 천공(天

空)의 세정 작업(洗淨作業)으로 내리게 했던 비를 거둠으로써, 복선(伏線) 공작이 마무리져 가는 장면이다.

어떤 특성적인 인물을, 그 사람의 기호물이나 휴대물로써 대명하는 익살은 가끔 보는 일이니, 무진 술이나 마시고 밥이나 죽이는 별볼일 없는 사람을 '술부대에 밥자루(酒囊飯袋)'니, 또는 '술독에 밥주머니(酒甕飯囊)'니 하는 투로, 시인·다인(茶人)을 '詩囊'·'茶椀'으로 대명함은 또 얼마나 익살기 듬뿍한 구수한 멋스러움인가? 여기의 '시낭'은 이날 함께 노는 문우(文友)일 개연성도 없지 않으나, 그럴 경우면 일일이 그 누구임을 시제에서 자세히 밝히는, 그의 통례적(通例的) 수법과는 다른 점으로 보아, 이는 오히려 시인이기도 하고 다인이기도 한 자신을 지칭함인 듯도 보인다.

3·4구는 소강절(邵康節)의 〈청야음(淸夜吟)〉: "월도천심처(月到天心處) 풍래수면시(風來水面時)"의 그 개활통투(開豁通透)한 정경을 배경으로 이끌어, 그 중화(中和)의 묘(妙)와 자득(自得)의 즐거움을 십이분 향수(享受)하고 있음이다.

'선시(禪詩)' 하면 대개 탈인간적(脫人間的) 성불의 의황(意況)임과는 딴판으로, 5·6구는 너무나 진솔한 인간의 목소리가 아닐 수 없다. 속세에 얽매인 너더분한 인연을 다 비우지 못한 탓으로, 때로 사바(娑婆)에로 홀연히 회귀(回歸)하는 망상을 숨기기는커녕, 스스로 공개할 수 있는 그 소탈(疎脫)함에서, 그의 시승(詩僧)으로서의 진면목이 돋보이는 대문이다.

雨散(우산) 오던 비가 흩어짐. 곧 비가 갬.
詩囊(시낭) (1) 시고(詩稿)를 넣어 두는 주머니. (2) 시사(詩思). 여기서는 (1)의 뜻.
茶椀(다완) 차를 담는 종지. 찻잔. 차완.
餘累(여루) 남아 있는 속루(俗累). '속루'는 속세의 어수선한 인연.
金波(금파) 달빛에 물든 황금빛 물결.
萬頃(만경) 지면이나 수면의 한없이 넓음.

사실, 인간은 인간이면서 인간 냄새가 완전히 탈취(脫臭)되어 버린, 무색 무취 무미한 증류수 같은 생불연(生佛然)한 시야, 속인들의 구미에는 이미 아무런 감칠맛도 없는, 아니, 자칫하면 오히려 그 '연(然)하는 태도'에 다소 역겨움이나 느껴지게 되기가 일쑤이다.

'초의'는 그 호(號)부터가 남다르다. 모든 고승들의 그것이 한결같이 거룩한 뜻을 머금어 있는 것과는 딴판으로, 그는 불계의 초야인(草野人)으로 자처하고 있다. 체하는 가식이 없고, 지신(持身)에 고루함이 없어, 좌와기거(坐臥起居)에 구애됨이 없다. 그러기에 7·8구에서 스스로도 예측 못했던 일로 의아해하는 달밤의 뱃놀이로 속세의 환락을 누리고도 있는 것이다. 어찌 깨달음이 부실해서랴? 오히려 도통하여 무애 자득(無碍自得)의 경에 다다랐음이라 할 수 있으니, 그가 당대의 일류 문사들과의 교유에 있어, 소외 내지 경원(敬遠)당하지 않고 서로 어우러질 수 있었음도, 그의 인간으로서의 진한 체취가 그들 사이의 유대(紐帶)로 작용했기 때문이었을 것으로 추측된다.

第5구의 '千里思歸'는 고향에의 공간적 거리가 아니라, 사바에의 심적 거리이다. 산문 하나를 벗어나면 도처가 다 사바이지만, 정작 돌아갈 것으로 말할진댄 승(僧)과 속(俗)의 심적 거리는 정히 '千里'의 감이 아닐 수 없으리라.

초의선사의 시에는 언제나 그의 진한 인간취 속에 오히려 선미(禪味)를 느끼게 함이 있으니, 다음의 〈새 소리 듣느라〉에서도 맛볼 것이다.

새소리 듣느라 저녁 염송(念誦)도 거르고
홀가분히 옛 시냇가를 거닐고 있네.
흥겹기는 아름다운 시구를 얻음이요,

즐겁기야 좋은 친구를 만남일다.
샘물 소리는 돌 너덜겅에서요,
솔 소리는 바람 불 때이로다.
차 마시고 나서 물갓 고요한데 임하니,
느긋하여라! 돌아갈 때를 잊었고녀!

聽鳥休晩參　薄遊古澗陲
遣興賴佳句　賞心會良知
泉鳴石亂處　松響風來時
茶罷臨流靜　悠然忘還期
〈金剛山上與彦禪子和王右丞終南別業之作〉

| **초의(艸衣, 1786~1866, 정조 10~고종 3)** 자 중부(仲孚). 속성은 장(張). 이름은 의순(意恂). 초의(艸衣, 草衣)는 승호(僧號). 전남 무안군 삼향 태생. 15세에 입산. 조선 후기의 대표적인 선사로, 시서화 삼절(三絶)이며, 다도(茶道)의 일인자였다. 저서에 《일지암시고(一枝庵詩稿)》, 《선문사변만어(禪門四辨漫語)》, 《초의선과(草衣禪課)》, 《동다송(東茶頌)》, 《다신론(茶神論)》, 《일지암문집(一枝庵文集)》 등 많다.

족한정에서

장도원

비 그친 강 다락엔
푸른 물결 넘치는데,
저녁볕 산 그림자
까마득 더욱 높다.

고깃배 몰려들어
배 매느라 부산한데,
늙은 버들 드리운 곳
술집도 많을시고!

雨歇江樓綠漲波　夕陽山色轉嵯峨
漁舠葉葉爭役岸　老柳中間酒市多

〈次足閑亭韻〉

포구는 언제나 저녁 무렵이면 은성(殷盛)해진다. 시나브로 나갔던 배들이, 석양 무렵에는 한꺼번에 몰려들기 때문이다.

비가 온 뒤라, 푸른 물결이 강에 그득 넘쳐흐른다. 비 온 뒤에는 새물내 맡고 올라온 새 고기들이, 낚시에 자주 속아 본 토박이 고기

嵯峨(차아) 산이 까마득하게 높은 모양.
漁舠(어도) 고기잡이하는 작은 배. 낚싯배.
役岸(역안) 기슭에 배를 붙여 매는 작업을 함. 접안(接岸)하는 일을 함.

보다 어리석고 순해서, 입질을 잘하기에, 낚시 깨나 한다는 사람이면, 이때를 놓치지 않으려 한다. 나가기만 하면 종다래끼에 치면한, 만선의 기쁨을 누릴 수 있기 때문이다.

老柳中間酒市多

여기서 시가 끝나고 말았다. '저기 낚시꾼들이 돌아와 배를 매느라 부산하고, 이쪽엔 늘어선 버드나무 아래로 주막들이 늘어 있다.' 이것이 다다. 그다음은 여운 속에서 독자의 상상에 맡겼을 뿐, 말을 아꼈다. 그렇다. 시 쓰는 법이 마땅히 이러하다 할 것이다.

이제 그 여운 속의 풍정(風情)을 잠시 펼쳐 보자꾸나!

일렬로 늘어선 능수버들의 실실이 늘어진 가지들이 바람을 맞아다가 능청거리며 낭만을 부채질하는 아래에는 술집들이 또한 어깨를 나란히 하여 늘어서 있다. 집집마다 푸른 주기(酒旗)가 손님을 향해 손짓하듯 펄렁거리고, 곱게 단장한 주모들은 목로(木櫨) 머리에 앉아 상냥한 미소를 지어 보낸다. '참새가 방앗간을 어이 그냥 지나치랴?' 아니라도 컬컬한 터라, 낚은 고기 안주하여 얼큰하게 취해들 간다.

여운을 좀 더 확대해 보면, 더러는 삼삼오오 주흥이 무르익어 간다. 이윽고 술집들은 홍청거리기 시작한다. 이 집 저 집에서 취객들의 노랫소리가 흘러나오는 가운데 청 높은 여창(女唱)이 간드러지고, 거리에는 갈지(之)자걸음이 늘어난다.

백성들이 넉넉하고 나라에 원망 없는, 진짜 태평 성세라면, 이쯤

| **장도원**(張道元, 1789~?, 정조 13~?) 자는 인백(仁伯). 호는 동계(東溪) 또는 태암(泰庵). 본관은 금구(金溝). 후기 위항 시인.

이야 흠 될 것도 죄 될 것도 없지 않으랴?

이래서 예로부터 항·포구(港浦口)엔 술집이 늘어나게 마련이었다.

양자진

변종운

갈대꽃은 눈인가
연기이런가?

십 리 갠 물결 위에
둥실 뜬 배여!

한바탕 까마귀 떼
구름 속 들어가곤

비낀 볕 가을빛이
강 하늘에 가득하이.

蘆花如雪復如烟　十里晴波不繫船
一陣寒雅決雲去　斜陽秋色滿江天

〈揚子津〉

評說 강변은 갈대꽃이 한창이다. 눈에 덮인 듯, 안개에 잠긴 듯, 원근 일대가 온통 흰빛으로 일색인데, 청명한 날씨, 끝없이 넓은 푸른 물결 위에는, 흰 돛 단 배들이 한가로이 떠다닌다. 그중

揚子津(양자진) 중국 강소성(江蘇省) 양주시(揚州市)의 남쪽에 있는 양자강의 나루터.

의 일원으로 작자의 배도 둥실 떴다.

난데없이 무수한 까마귀 한 떼가 왁자하게 지껄거리며 하늘을 건너간다. 그들은 아물아물 멀어져 가다 마침내는 흰 구름 속으로 따고 들어 가뭇없이 사라져 버리고 만다.

이 불시의 통과자, 격설 부대(鴃舌部隊)의 등쌀에, 열병을 치르고 난 듯, 이제 간신히 평온을 되찾는다. 그저 되찾은 정도가 아니라, 소나기 지나간 뒤의 우후청(雨後晴) 같은 청신미를 느낀다. 강 하늘엔 석양이 비껴 찡하니 투명한 속에, 만상(萬象)은 거울처럼 맑고 밝고 윤이 나는데, 싸아한 가을 기운이 뼛골에까지 스며드는 듯 느껴진다.

혹은 말하리라, 맑은 하늘, 푸른 물결, 흰 갈대꽃에야 백구며 백로며 기러기의 떼가 천생 배합이겠건마는 그런 백우족(白羽族)들은 제쳐 놓고, 엉뚱하게도 시커먼 장속(裝束), 내숭한 목소리, 무례한 야성(野性)의 까마귀 일단을 등장시켜 세상을 소란케 하다니, 라고—.

그러나, 생각해 보라. 까마귀 떼의 등장은 '斜陽秋色滿江天'케 하는 데 있어, 얼마나 극적인 기여(寄與)를 하였는지—. 일시적 소란이야 겪었다손, 결과적으로 그들은, 강천을 정화하는 청소 부대, 또

蘆花(노화) 갈대꽃.
復如烟(부여연) 또 연기 같음. '烟'은 '烟霞·烟霧·烟雲' 따위.
晴波(청파) 맑게 갠 날의 물결.
不繫船(불계선) 매지 않은 배. 곧 자유로이 떠다니는 배.
一陣(일진) 한 떼. 한바탕.
寒雅(한아) 까마귀를 이름. 자오(慈烏).
決雲去(결운거) 구름을 따고 그 속으로 들어가 버림.
斜陽(사양) 비낀 볕. 석양.
秋色(추색) 가을빛. 가을 기운. 가을의 경치.

는 추혼(秋魂)을 일깨우는 무당 패거리 같은 역할을 한 것이다. 통상적인 정공법(正攻法)으로는 효과를 기대할 수 없는 중환자에게, 위험을 무릅쓰고 독극약을 처방한 역공법(逆攻法)이 극적으로 주효(奏效)한 것이라고나 할까?

작자는 위항 시인으로 당송시(唐宋詩)에도 정통했다. 그는 운율이나 시어에 얽매이지 않고, 오직 시의(詩意)의 창달(暢達)에 유념하였다. 또한 그는 《소재집》 서문에서와 같이, 부미(浮靡)를 배격하고 창건 고아(蒼健古雅)한 시작에 힘썼던 시인이었음을, 이 시에서도 역력히 볼 수 있는 것 같다.

| **변종운(卞鍾運, 1790~1866, 정조 14~고종 3)** 문인. 자 붕칠(朋七). 호 소재(歗齋). 본관 밀양(密陽). 순조 때 역과(譯科)에 급제. 시문에 능했으며, 특히 당송(唐宋)의 시에 정통했다. 저서에 《소재집》이 있다.

나그네 길에서

이조헌

보리밭 바람 향기
아침 윤기 자르르……
밭둑길엔 젖송아지
음메에 음메에…….

별것도 아닌
시골 풍경이지만
고향 떠나 처음 느끼는
아! 이 포근함…….

麥氣朝生潤　田間乳犢鳴
尋常村野景　爲客始閒情
〈西行道中〉

評說 객지에서 느껴 보는 고향 맛이다.
사월 훈풍에 푸른 비단 물결 자르르 밀려드는 보리밭 아침 윤기! 밭 가는 어미 소 떨어져 애잔히 울고 있는 어린 송아지!

麥氣(맥기) 보리밭에 물결을 일으키며 지나가는 바람의 향기.
乳犢(유독) 젖을 떼지 않은 송아지. 어린 송아지.
尋常(심상) 예사스러움.
爲客始閒情(위객시한정) 나그네가 된 이래, 처음으로 느끼는 한가로운 정감.

어느 시골에서나 흔히 보게 되는, 별것도 아닌 풍경이건만, 작자에게는 마치 고향 집에 돌아왔는 듯, 안도감(安堵感)에 젖어 드는 포근한 한때이다.

'보리밭과 송아지'에서 깨친 고향 맛! 이런 맛이야 사람에 따라 정황에 따라 제각기 다르기도 하리라. 혹은 된장찌개나 상추쌈에서, 혹은 다듬이소리나 기적 소리에서, 혹은 무심결에 들려온 낯익은 사투리에서, 혹은 남들의 오붓한 오순도순에서 등등.

시조 시인 이호우(李鎬雨)는 〈살구꽃〉에서 발견하기도 하였으니, 다 그 촉발된 사물은 다르나 정감은 같다 하겠다.

살구꽃 핀 마을은 어디나 고향 같다.
만나는 사람마다 등이라도 치고지고
뉘 집을 들어서면은 반겨 아니 맞으리.

| **이조헌**(李祖憲, 1796~?, 정조 20~?) 자 수경(繡卿). 호 연사(蓮士). 본관 하빈(河濱). 진사. 저서에 《연사유고》가 있다.

장안사에서

신좌모

우뚝쭈뚝 뾰족뾰족
기이코도 괴괴하다.
사람인 듯 신선 같고
귀신인 양 부처레라!

평소에 금강 위해
시를 아껴 두었건만
막상 금강에 와선
시가 되지 않는구나!

矗矗尖尖怪怪奇　人仙鬼佛摠堪疑
平生詩爲金剛惜　詩到金剛不敢詩
〈長安寺〉

評說 1·2구를 단숨에 읊고 나니, 후속구가 탁 막히어 나오지 않는다. 통곡할 일이다. 산을 읊었으니, 물을 읊어 짝을 맞춤직도 하건마는, 시상이 한번 까무러치고 나니 다시는 깨어나지 않

長安寺(장안사) 금강산에 있는 신라 때 지은 큰 절.
矗矗(촉촉) 우뚝우뚝 솟은 모양.
尖尖(첨첨) 뾰족뾰족 끝이 날카롭게 솟은 모양.
※ 이 시는 김삿갓의《김립시집》에 오재(誤載)되어 있기도 하다

는다. 하는 수 없이 3·4구는 깊은 탄식을 익살로 호도(糊塗)하고 만다. 그래 놓고 보니 그런대로 또한 한 수의 시는 시다.

| **신좌모**(申佐模, 1799~1877, 정조 23~고종 14) 문신. 자 좌인(左人). 호 담인(澹人). 본관 평산(平山). 사간, 이조판서 등 역임. 과시(科詩)에 능했다.

연잎

서헌순

진종일 산창에
책 안고 자다 깨니
돌솥에 차 달인 내
아직도 서려 있고

문득 보슬비 소리
발 너머 들리더니
연못 가득 연잎의
가지런한 푸른 잎 잎……

山窓盡日抱書眠　石鼎猶留煮茗烟
簾外忽聽微雨響　滿塘荷葉碧田田

〈偶詠〉

주제는 은서 한정(隱棲閒情)이다.
'抱書眠'은, 누워서 보던 책을 가슴에 지붕 씌워 잠들어 버린 것으로, 한적(閒適)한 은거 생활의 일면상이다.

山窓(산창) 산가(山家)의 창.
石鼎(석정) 돌솥.
煮茗(자명) 녹차(綠茶)를 달임.
簾外(염외) 문발을 친 바깥. 발 너머.

차를 달여 낸 돌솥에 아직도 서려 있는 향긋한 차 향기며 매콤한 연기 내음의 청한미(淸閒味)! 그 깨어 있는 정신이 전구의 '眠'의 혼미(昏迷)를 보상하고 있다.

'微雨響'은, 남은 잠기를 개운하게 마저 헹궈 내는 한편, 전편의 요처인 후구의 '碧田田'을 위한 복선(伏線) 구실을 하고 있다.

일어나 창밖을 내다보는 연당의 장관! '田田'은 연잎들을 상형한 의태어로, 잎사귀 하나하나마다가 윤곽도 반듯반듯 엽맥(葉脈)도 또렷또렷한 '田'자 또 '田'자들로 가득 차 있음이다.

그저 엉성하기만 하던 연당에, 새 비 내음을 맡고, 어디에 숨어 있다가 별안간 저처럼 일시에 얼굴을 내미는지 모를, 저 수많은 연잎들! 그 푸른 잎사귀들이 구슬 같은 물방울을 후루룩후루룩 굴리면서 반듯반듯 가지런히 서로 몸을 잇대고 있는 경관이란, 수면이 온통 '田'자 일색의 푸른 생명으로 가득 빛나고 있는 것이다. 그 푸름은 '綠'도 '靑'도 아닌 '碧'! 그 싱그러운 색감(色感)과, 그 묵직한 음감(音感)은 '綠, 靑'의 따를 바가 아니며, 고시의 "엽엽하전전(葉葉何田田)"이나, 백거이(白居易)의 "유어발발연전전(游魚鱍鱍蓮田田)", 또는 이상은(李商隱)의 "옥지하엽정전전(玉池荷葉正田田)" 등이 또한, 이 생기발랄한 싱그러움을 따를 바가 못 된다. '碧田田'의 운목(韻目)을 얻고 무척이나 흐뭇해했을 작자의 이연 자득(怡然自

忽聽(홀청) 문득 들음.
微雨(미우) 가랑비·보슬비.
荷葉(하엽) 연잎.

| **서헌순(徐憲淳, 1801~1868, 순조 1~고종 5)** 문신. 자 치장(穉章). 호 석운(石耘). 본관 달성(達城). 여러 차례 사신으로 청나라에 다녀왔으며, 경상 감사, 이조판서 등 역임. 시호는 효문(孝文).

得)한 모습을 지척에서 대하는 듯 눈에 선하다.

몽롱에서 붓을 일으켜 한 겹 한 겹 잠기를 벗겨 내고, 드디어는 생의 희열로 가득한 자연미의 찬탄의 장(場)으로 이끌어 간, 점층적 수법도 맛볼 만하다.

대동강 배 안에서

이만용

정에 엉긴 퉁소 소리
물도 엉겨 못 흐르니,
반강은 석양이요
반강은 시름일다.

아득히 멀어져 가는
외로운 배 놓칠세라.
날 보내 놓고, 어느 뉘 다시
다락에 올라 기댔는고?

簫管凝情水不流　半江斜日半江愁
孤舟自向迢迢去　送我何人更倚樓

〈大同江舟中作〉

대동강 이별운이 대부분 송별인 데 반하여, 이 시는 스스로 떠나가는 주인공으로서의 유별운(留別韻)이다.

簫管(소관) 퉁소. 또는 피리.
凝情(응정) 정에 엉김.
斜日(사일) 비낀 햇살. 석양.
迢迢(초초) 아득히 먼 모양.
更倚樓(갱의루) 다시 높은 누각에 올라 그 헌함에 기댐.

떠나는 정과 보내는 정! 그 정과 정의 끈끈하고도 차진 뒤엉김 때문에, 이별곡을 아뢰는 퉁소 소리도 함께 엉기어, 허스키한 쉰 소리로 흐느끼듯 목이 메고, 강물도 한데 엉겨 차마 흐르지 못하고 정체되어 있는 듯한 정황이다.

이 기구의 '凝情'은, 그 놓인 위아래에 다 작용하여 퉁소 소리도 흐르는 물도 한 가지로 점성화(粘性化)하였으니, 이야말로 백천어(百千語)로도 다 못할 이정(離情)의 전면(纏綿)함을 단 한 마디로 응축(凝縮)해 놓은, 고농도(高濃度)의 조어(造語)이다.

승구의 '愁'는 '半江斜日半江陰'의 '陰'에 대입(代入)되어, '강에 번지는 모음'과 '가슴에 이는 시름'이 같은 이미지로 무봉(無縫)하게 이어져 있다.

반강은 이미 산그늘 내린 모음으로 덮여 있고, 그 모음은 남은 반강의 석양마저 적막히 먹어 들어가고 있는 정경으로, 시름인 양 번져 드는 모음 아래, 모음인 양 번져 드는 시름이 강천에 미만해 가는 임별(臨別)의 나루터인 것이다.

결구의 '更倚樓'! 이는 또 얼마나 무한 감개의 여운을 자아내는 시중 제일의 기경처(奇警處)인가?

천리 밖 꿰뚫어 내다보고파
다시 오르네. 다락 한 층을—

欲窮千里目　更上一層樓

당 시인 왕지환(王之渙)의 〈등관작루(登鸛鵲樓)〉 시를 연상케 한다.

나루터에서의 작별로 배웅의 발길을 돌리지 못하고, 멀어져 가는 배를 놓칠세라, 다시 언덕 위의 다락에 올라, 헌함에 몸을 기대고 하염없이 지켜보고 있을 '그 한 사람!' 물과 하늘이 맞닿은 장강의 저 끝, 불티처럼 돛이 사라질 때까지, 감감히 지켜보고 있을 그 한 사람을 마음속으로 그려 보고 있는 것이다. '그 한 사람'을 '何人'으로 부정칭(不定稱)한 것은, 너무도 뻔한 '그 임'을 강조 감탄한 짐짓스러운 둔사(遁辭)일 뿐이니, 서로 떨어지기를 거부하는 마음과 마음의 염력(念力)이 애달프게 상호 감응하고 교감하는 텔레파시의 현상이기도 한 것이다.

| **이만용**(李晩用, 1802~?, 순조 2~?) 시인. 자 여성(汝成). 호 동번(東樊). 본관 전주. 벼슬은 병조참지(兵曹參知)에 그쳤다. 시문에 뛰어나 〈이선악가(離船樂歌)〉 등 걸출한 작품이 많아, 후사가(後四家)의 한 사람으로 일컬어졌다. 저서에 《동번집》이 있다.

거사비

이상적

다 걷어가 거덜 난 고을, 가고나니 거사빈가?
비 빙자 긁어 들여, 말없이 선 돌 한 조각.
어쩌면 구관같이 어진, 신관이여 오신고!

去思橫斂刻碑錢　編戶流亡孰使然
片石無言當路立　新官何似舊官賢

〈題路傍去思碑〉

評說 신관 사또의 수탈의 첫 사업은, 구관 사또의 공적 찬양비 건립에서부터 시작된다. 표면상으로는 관에 아첨하여 기생하는 지방 유지의 발기(發起)로 가장되지만, 실상은 신관의 조종 내지 묵인 하에 이루어지고 있음을 아는 이는 다 안다.

대다수의 주민들이 학정에 시달려 이미 유망민 신세가 되어 버린 것이 도대체 누구 때문인데, 그를 위한 선정비를 세운다고 또 돈을

去思碑(거사비) 선정을 베푼 지방관이 떠난 후에, 그곳 백성들이 그 덕을 기려 세우던 비. 선정비(善政碑).
橫斂(횡렴) 무모하게 거둬들임. 가혹하게 징수함.
刻碑(각비) 비문을 새김.
編戶(편호) 호적에 편입된 백성. 곧 서민(庶民)을 이름.
流亡(유망) 일정한 주거지 없이 유랑함.
孰使然(숙사연) 누가 그렇게 하게 했는가?
當路立(당로립) 길가에 섬.

걷으니, 아무리 초록은 동색이라지만 너무도 어처구니없는 일이 아니고 무엇이랴?

그러나, 이는 전임자에 대한 의례적인 예우인 양 가장된 가운데, 학정을 미화함으로써, 장차 자신의 치적에 대한 함부로의 비평을 봉쇄하는 시위도 되는 한편, 자신의 후임자에 대한 시범이기도 하며, 또한 비 빙자하여 거둬들이는 수익 또한 적지 않으니, 일거다득(一擧多得)의, 할 만한 사업으로 여겨지게 되는 것이다.

드디어 한 조각 돌비가 큰길가에 선다. 주먹만 한 큰 글자로 깊이 새긴 '○○공(公) 선정(善政) 영세 불망비(永世不忘碑)'!

돌이 만일 입이 있다면 할 말도 많으련만, 돌은 입이 없다.

"신관이 어쩌면 저렇게도 구관의 어짊〔賢〕을 닮았더란 말이냐!"의 결구는, 한 가닥 걸어 보았던 신관에의 기대마저도 여지없이 무너져 버린, 허탈감에서 내뱉어진 냉소적인 비꼼이요, 그 인격을 타기(唾棄)하는 신랄한 빈정거림이요, '그 나물에 그 밥'이며, '구관이 명관'이란 깊은 탄식으로, 필경 '賢'은, 신구관을 한데 묶어 낙인(烙印)한 '惡'의 반어적(反語的)인 표현인 것이다.

작자는 홍세태(洪世泰)·이언진(李彦瑱)·정지윤(鄭芝潤) 등과 함께 역관사가(驛官四家)로 꼽히는 시인으로, 이는 갈수록 암담한 민생을 폭로하고, 부패한 관료를 고발한 일종의 비판시요, 저항시이다.

| **이상적(李尙迪, 1804~1865, 순조 4~고종 2)** 시인·서예가. 자 혜길(惠吉). 호 우선(藕船). 본관 우봉(牛峰). 온양 군수, 지중추부사 등 역임. 역관으로 12차나 중국을 왕래하며, 그곳 문사들과 교유. 중국에서 시문집이 간행됐다. 서곤체시(西昆體詩)에 능하여 섬세하고 화려했다. 헌종도 애송했다 하여 그의 문집을 《은송당집(恩誦堂集)》이라 했다.

꿈

이상적

초구 두른 말뚝잠
포근한 결에
어렴풋 돌아온 꿈
고향이어라!

눈 갠 냇갓집엔
아무도 없고
문을 지켜 학으로 선
매화 한 그루!

坐擁貂裘小睡溫　依依歸夢到家園
雪晴溪館無人掃　一樹梅花鶴守門

〈車中記夢〉

동지사(冬至使)를 따라 북경으로 가는 차중에서의 꿈 이야기이다.

무료히 초구 차림으로 수레에 흔들리며 가다, 그 포근한 맛에 깜

坐擁貂裘(좌옹초구) 무료히 앉아 초구를 두름. 부질없이 초구를 몸에 걸침. '초구'는 담비 모피로 지은 갖옷. 귀인·고관의 옷.
小睡(소수) 잠간 졺.
依依(의의) 어렴풋한 모양. 또는 그리워하는 모양.

빡 말뚝잠이 드는 사이, 어느덧 어렴풋이 고향에 당도한 것이다.

하얗게 눈 오고 갠 청명한 날씨인데, 이상하게도 시냇가에 위치한 고향 집은 아무도 없이 텅 비어, 눈 쓰는 사람도 없다. 뜰이며 지붕이며 온 산천이 눈으로 덮여 정백(淨白)한데, 출입문 한녘에, 꽃을 활짝 피운 매화 한 그루가, 학처럼 긴 모가지를 해 가지고 서서, 나의 돌아옴을 문자 그대로, 학수고대(鶴首苦待)했다는 듯 맞아 주고 있더라는 내용이다.

一樹梅花鶴守門!

동식물의 한계가 없어진, 이 매화와 학의 혼연한 동질감(同質感)!

갓 내린 눈꽃인지, 갓 피어난 매화인지의, 흰 옷 흰 모자 차림으로, 깍듯한 예의를 갖추어 날씬하게 서 있는, 학 같은 '매화 문지기', 아니 매화 같은 '학 문지기'의, 그 청수한 자세가 무척이나 인상적이다.

그리운 고향 집, 해마다 눈 내리면 꽃 피우던 문밖의 매화 한 그루, 학의 깃털같이 고결한 '설매(雪梅)'의 그 기품 있는 '설학(雪鶴)'으로의 변신된 몸매! '백설(白雪)'의 중매로 결합된 돌연 변종(突然變種)인 동·식물의 튀기 '매학(梅鶴)'이, 육화 예복(六花禮服) 차림으로, 목을 길게 늘이고 발돋움하여 선 자세이다.

歸夢(귀몽) 고향으로 돌아가 보이는 꿈.
家園(가원) 고향. 향리.
雪晴(설청) 눈 오고 갠 맑은 날씨.
溪館(계관) 시냇가의 집.
鶴守門(학수문) 학이 문을 지킴. 여기서는 '학이 되어', 또는 '학인 양' 문을 지킴. '守'는 '지키다, 기다리다, 맞다'의 뜻.

이를 프로이트 학설에 의하여 분석한다면, 작자의 무의식계에 잠재하고 있는 가장 유력한 꿈의 소재는, 두고 온 처자에 대한 그리움과, 해마다 눈 속에 꽃 피우던 고향 집 문밖에 선 매화 한 그루다. 그것이 임포(林逋)의 이른바 '매처학자(梅妻鶴子)'로 결구(結構)되고, 필경 매학(梅鶴)의 포개진 상(像)으로 분장(扮裝)·재구성(再構成)되어 나타난 것이라 할 만하다.

이 시로 하여 작자는 '鶴守門'이라는 미호(美號)까지 얻게 되었던 것이다.

양어

조운식

새로 심는 씨고기
한 치도 못되는 걸,
어린것은 벌써부터
낚시를 치는구나.

살 곳 얻었다고
꼬리 치며 기뻐 마라.
방생이란 원래가
살생할 맘인 것을—.

新種魚苗未滿寸　已看穉子却敲針
爾莫洋洋欣得所　放生元是殺生心

〈養魚〉

評說 씨고기(種魚)로 새로 넣어 주는 양어장의 치어(稚魚)들이 작은 지느러미를 흔들며 살 곳 얻었다고 기뻐해하는 것을, 연민의 눈으로 바라보며, 그 방생 의도에 대한 인간의 잔인성을 스스로 내성(內省)해 봄이다.

魚苗(어묘) 양어하기 위하여 넣어 주는 새끼 고기. 씨고기. 어앙(魚秧)이라고도 한다.
穉子(치자) 어린 자식.
敲針(고침) 바늘을 두드리어 낚시를 침.

두루 온 생명계에 자행되고 있는 약육강식(弱肉强食) 계열의 최상위에 군림(君臨)하여, 모든 동식물이 다 그 지배하에 있는 인간의 막강한 잔인성은, 실로 중생에 으뜸으로 무소불위(無所不爲)이다.

상고시대의 수렵에서, 차츰 양축·양식으로 손쉽게 대량의 생명을 상품화하기에 이른 오늘날의, 저 허울좋은 '養'자 돌림의 산업치고, 어느 하나도 살생심에서 경영되고 있지 않은 것이 없는 실정에서, 그것은 더욱 극명하게 노골화되어 있음을 본다.

放生元是殺生心!

이 일견 전후 모순의 방언(放言) 속에, 얼마나 역설적인 진실이 폭로되어 있는가를 볼 것이다.

한 사람의 목숨을 그 일생 동안 유지하기 위하여, 알게 모르게 죽어 가야 하는 다른 목숨들을 한 번쯤은 상상해 봄 직도 하니, 그 실로 엄청난 천문학적 숫자일 것임에 스스로도 놀라리라. 동시에 그 가엾은 목숨들에 대한 애긍심(哀矜心)이나 죄의식 같은 것을, 비록 일과성(一過性)으로나마 가져 봄 직도 한 일이다.

그러나, 필경 남의 생명을 희생함으로써야 제 생명이 부지되게 마련인, 동물체로서의 인체 생리인 이상, 그러한 숙명론적 합리론의 자가 변론에 의하여, 애긍심은 잔인성과 상쇄(相殺)되고, 죄의식은 한갓 감상에 불과한 것으로 백방(白放)됨으로써, 살생이 인간의 한 떳떳한 특권으로 여겨지게 되어진 것이다.

洋洋(양양) 느직이 꼬리지느러미를 흔드는 모양. 《맹자(孟子)》에 "始舍之 圉圉焉 少則洋洋焉"이라 있다.

放生(방생) 사람에게 잡힌 생물을 놓아서 살려 줌.

이리하여, 〈군자는 새 짐승을 잡아 요리하는 주방 근처에 접근하지 않는 것(君子遠庖廚)〉(《孟子》 梁惠王 上)이라고 맹자는 가르치고 있다. 이는, 그 불인견(不忍見) 불인문(不忍聞)의 도살 현장에서 자칫 눈뜨게 될 애긍심이나 죄의식 같은 것을 미연에 방지하기 위하여 원천적으로 외면해 버림인 것이다.

'불살생'의 계율이 엄한 불교계의 연례 행사의 하나인, 재가 신도들의 방생 모임도 그렇다. 방생의 당초 취지와 달리, 죽음 직전의 시장 어별(魚鼈)을 사다가 놓아주는 현대식 방생의, 그 일부러 만들어 베푸는 단 한 번의 자비로, 누적된 살생죄가 일시에 소멸된다고 신봉하는 편리한 속죄 발상을 보아도, 그 죄의식의 초점은 정작 살생 그 자체에서가 아니라, 오히려 부처의 계율을 어긴 사실 자체를 중시하는 듯한 인상이요, 한편 또 이는, 불살생의 계율이 불도들에 마저도 얼마나 지키기 어려운 새로운 고뇌였던가를 시사해 줌이기도 하다.

그러고 보면, 여담이기는 하나, 우리 신라 조상들의 가르침인 '살생유택(殺生有擇)'이야말로, 포주(庖廚)를 멀리하는 유교보다, 살생계(戒)로 엄단하는 불교보다, 인간의 감정과 이성의 가장 조화된 중용의 도로, 천고를 두고 떳떳한 우리의 윤리 수칙(守則)이 아닐 수 없을 것 같다.

| **조운식(趙雲植, 1804~?, 순조 4~?)** 자 헌경(軒卿). 호 청사(晴蓑). 본관 한양. 음보로 직산 현감(稷山縣監) 등 역임.

산마을의 봄

현일

버들개지 떠도는 석양, 하산(下山)길 나뭇짐엔
산중 부귀를 말리는 이 따로 없어
짐마다 덤으로 얹힌 한 아름씩의 진달래!

落絮繽紛日欲斜　門前種柳是誰家
山中富貴無人管　個個樵童一擔花

〈山居〉

봄의 영기(靈氣)인 양 버들개지 아스라이 떠도는 산마을, 석양 무렵이면, 가파른 산길을 타고 한 떼의 나무꾼들이, '후후야 갈가마귀야……'로 시작되는 구성진 나무꾼 노래〔樵歌〕를, 한

落絮(낙서) 떨어지는 버들개지.
繽紛(빈분) 어지럽게 떨어져 날리는 모양.
日欲斜(일욕사) 해가 지려 함.
種柳(종류) 버드나무를 심음.
山中富貴(산중부귀) 산속의 부하고 귀한 것. 풍성한 아름다운 자연. 여기서 구체적으로는 '꽃'.
無人管(무인관) 주관하는 사람이 없음.
個個樵童(개개초동) 한 사람 한 사람의 나무꾼 아이. 곧 초동마다.
一擔花(일담화) 한 아름의 꽃.
※ **말리는 이** 금지하는 사람.
※ **송기**(松肌) 소나무의 껍질. 여기서는 껍질을 벗겨 낸 다음, 입에 물고 좌우로 훑어 가며 단물을 긁어 빨아먹던 것. '자루'는 그 세는 단위.

절 한 절 섞바꾸면서 내리닫듯 내려온다. 그 태산같이 짊은 나뭇짐 위에는, 저마다 한 아름씩의 진달래꽃이 덤으로 덧얹혀 오고 있다.

저건 온 산에 지천으로 타고 타는 봄의 불길을 아낙으로 날라다 댕기는 봄의 불씨다. 결코 무례치도 않고 오해될 리도 없는, 오히려 당연하여, 없으면 차라리 서운할, 쥔네(주인네) 집 안방에 보내는 머슴들의 '산 선물'이다. ―더러는, 물오른 살찐 송기 한두 자루 곁들이기도 하여―.

집집마다 한 항아리씩 가득가득 모셔진 진달래! 이리하여 산의 봄은 마을 아낙들의 가슴에로 옮겨 붙는다.

진달래는 꺾는 맛도 시원시원하여 그만이다. 꽃대가 검질기지 않아, 약간 잡아 젖히기만 해도 아무 저항 없이 연하게 동강동강 부러진다. 두고 보기만 하라는 요새의 '자연보호' 수칙(守則)으로는 어림도 없는, 머슴애들의 무지막지 굼틀대는 봄의 격정은, 꽃다발·꽃방망이 정도도 아닌, 마구 우지끈우지끈 꺾어 듬뿍 한 아름 안는 뿌듯함에서야 반분이라도 풀린다는 기세이다.

그러나, 어느 누가 말리랴? 산중의 이 푸짐한 진귀한 것들은 산사람들의 공동소유면서도, 관리하는 이가 따로 없으니, 먼저 취하는 이에게 귀속되게 마련인 것을…….

산에는 산에 대로 산에 사는 맛이 있다. 그것도 철에 따라 철철이 갈아드는 산에 사는 맛!

山中富貴無人管 個個樵童一擔花

| **현일**(**玄鎰, 1807~1876, 순조 7~고종 13**) 문신. 자 만여(萬汝). 호 교정(皎亭). 본관 연안(延安). 연천 군수(漣川郡守), 지중추부사 등 역임. 시문에 뛰어났다. 저서에 《교정시집》이 있다.

이 전·결구에 다시 무슨 내용이 더 필요하랴? 옥에 티나 되듯, 승구는 차라리 군더더기다.

봄잠을 깨어

현일

사립문 닫혀 있고
버들잎 짙었는데,
취하여 기댄 산창
낮 꿈이 깊었더니,

어느 곳 봄바람이
비를 불어 보내는고?
한 목청 꿩 우는 소리
오만 꽃이 활짝 폈네.

巖扉寂寂柳陰陰　醉倚軒窓午夢深
何處東風吹送雨　一聲山鳥萬花心

〈春睡覺〉

評說 '一聲山鳥!' 그것은 봄비에 쾌재를 외치는 장끼(꿩의 수컷) 녀석의 봄 선언일 씨 분명하다. 당돌한 높은 목청으로 온 산천이 떠나가도록 "꿔엉 꿩!" 제 이름을 부르며 외친 소리지만, 우리말로 하면 "봄이야 봄!" 하는 탄성일 것이다. 모두들 깨어나, 이미 천지에 자오록한 봄을 만끽하라 하는, 청산 가족의 정보 교환이다.

巖扉(암비) 암혈(巖穴)의 문이란 뜻으로, 은사가 사는 집의 문. 사립문.

이렇게 한 마디 내질러 놓고는, 후속 소리가 뚝 끊어짐에서 온 산천이 한결 더 깊어지는 가운데, 그 소리를 구령(口令)으로 깊었던 낮꿈도 깨어나고, 온 산천의 꽃봉오리들도 일제히 마음을 열어 활짝 봄을 피워 내는 장관이 연출된 것이다.

一聲山鳥萬花心!

나직이 읊어 볼수록 화창한 봄 냄새가 만산(萬山)에 가득 서리는 느낌이 아닌가?

수초대사(守初大師)의 〈자고 일어나〉도 비슷한 시상이다.

日斜簷影落溪濱 해 비끼니 처마 그림자 냇가에 지고
捲簾微風自掃塵 발 걷으니 산들바람 티끌을 쓴다.
窓外山花人寂寂 창밖엔 메꽃이요 사람은 적적한데,
夢回林鳥一聲春 자고 일어 우는 꿩의 한 목청 봄 소리여!
〈睡起〉

금강 나루에서

윤종억

금강 강물 빛이
기름보다 더 푸른데,
비에 젖는 한 길손이
나루터에 서 있나니…….

제세안민 하겠다던
당초의 큰 포부가
한 조각 거룻배의
사공만도 못하구나!

錦江江水碧於油　雨裏行人立渡頭
初年濟世安民策　不及梢工一葉舟

〈渡錦江〉

비에 젖으며 나루터에 서 있는, 한 초라한 길손! 그건 물론 작자 자신이다.

碧於油(벽어유) (1) 벽유(碧油)보다 더 푸름. '벽유'는 기름처럼 진한 녹색으로 고여 있는 물을 이름. 이익(李益)의 시에 "江淸展碧油"란 구가 있다. (2) 유하(油河)보다 더 푸름. '유하'는 중국 무릉(武陵)을 흐르는 내 이름.
濟世安民(제세안민) 세상을 구제하고 백성을 편안하게 함.
梢工(초공) 뱃사공.

강 건너편에 있는 나룻배 뱃사공을 불러, 물 건너 주기를 부탁해 놓고 있는 중이다.

생각하니 서글프다. 젊었을 때 품었던 그 크나큰 포부 — 열심히 공부하여 과거에 급제하고, 벼슬하여 높은 자리에 오르면, 물에 빠져 허우적거리듯 헤어나지 못하는 어려운 백성들을 모조리 구제(救濟: 구조하여 물을 건너 줌)하리라, 굳게 다져 온 그 포부가 허무하게도 도막도막 차질을 빚어, 이제는 저 한 몸도 스스로 건너지 못하여, 오히려 사공에게 신세를 지려 하고 있으니, 이야말로 사공만도 못한, 한심한 처지로 전락한 것이 아니고 무엇이랴?

누구나 꿈꿔 오는 젊었을 때의 큰 포부가, 살아갈수록 점점 오그라드는, 이 살기 어려운 현실 앞에, 이러한 자조적(自嘲的) 탄식이 어찌 이 길손의 일뿐이랴?

속담에, 도투마리(베틀의 부품) 다듬다가 — 한쪽을 실패하자 — 가래로, 가래로 다듬다가 홍두깨로, 홍두깨로 다듬다가 방망이로, 방망이로 다듬다가 부지깽이로…… 이렇게 실패에 실패를 거듭해도, 그때마다 낙심은 한때의 일일 뿐, 천부적으로 갖추어져 있는 자가치유(自家治癒)의 생리 현상인, 자기 위안, 자기 합리화로, 그 아픔은 헌 데처럼 아물어 가고, 다시 다음 단계의 보다 줄어든, 새로운 설계로 옮아가는, 그런 연속의 인생길을, 오늘도 저마다 생리적 건망(健忘) 속에 아무렇지도 않게 살아가고 있는 것을 — .

이행(李荇)의 탄식도 그러하리라.

平生湖海志　　평소에 품어 온 넓고 큰 뜻이,
老去但逡巡　　늙을수록 문칫문칫 물러날 줄야……

당 시인 장구령(張九齡)의 한숨도 같은 정황(情況)에서다.

宿昔青雲志　그 옛날 품었던 청운의 꿈이
蹉跎白髮年　속절없어라 백발 나이여!
誰知明鏡裏　뉘 알았으랴? 거울 속의 나
形影自相憐　서로 바라보며 가여워할 줄—.

〈照鏡見白髮〉

| **윤종억(尹鍾億)** 자는 윤경(輪卿). 호는 취록당(醉綠堂). 본관은 남해(南海). 기타 미상.

금강산 들어가며 1

김병연

글 읽어 백발이요
칼 갈아 사양인데,

하늘 땅 그지없는
한 가닥 한은 길어,

장안의 붉은 열 말
기를 써 다 마시곤

갈바람에 삿갓 쓰고
금강으로 드노라.

書爲白髮劍斜陽　天地無窮一恨長
痛飮長安紅十斗　秋風蓑笠入金剛

〈入金剛(1)〉

백발이 되도록 문무(文武)의 도를 닦아 왔으나, 끝내 뜻을 펴 볼 길이 막힌 폐족의 한을 안은 채, 길이 속세를 등지고

劍斜陽(검사양) 斜陽은 (1) 반사하는 햇빛과 (2) 석양(夕陽)의 두 뜻을 아울러 가진 말.
痛飮(통음) 술을 흠뻑 많이 마심.
長安(장안) '서울'의 뜻.

자 떠나는 마당에서의 결별의 선언이다.

'劍斜陽'에는 한평생 검술을 익혀 오는 동안, 복수를 다지며 갈아 온 장검, 그 검신(劍身)의 사양에 반사하는 섬뜩한 검광(劍光) 속에, 그러나 이제는 이미 석양으로 그믈어져 가는 백발 인생의 쓸쓸한 그림자가 서려 있음을 본다.

'無窮'은, 위로 '天地'를 서술하고, 아래로 '一恨長'을 수식하여, 무한 시공(時空)의 무한한(無限恨)을 나타내고 있다. 그것은 천형(天刑)처럼 원죄(原罪)처럼 출생과 동시에 덮씌워진 폐족의 자손으로서의 원한인 것이다.

'紅十斗'는, 이하(李賀)의 '진주홍(眞珠紅)' 포도주인가? 그러나, 어찌 꼭 포도주래서 '紅'이며, 붉음으로서만 '紅'이랴? 그에게는 백주(白酒)도 녹주(綠酒)도 다 '紅'으로 비쳐진 것이리라. 원수의 피라 마시는 그 선홍혈의 '紅十斗!' 그 '紅十斗'의 '痛飮', '劍斜陽', '一恨長' 등과의 상승(相乘)에서 오는, 저 거침없는 기협(氣俠)과 등등한 살기(殺氣)는 사람의 모골(毛骨)을 송연(竦然)케 한다.

원수! 도대체 그 정체는 무엇인가? 모르긴 하거니와, 그것은, 무능한 정부, 부패한 관료, 모순투성이의 사회 제도 따위의, 가상 인격체는 아니었을는지?

이를 단죄(斷罪)한 그 붉은 열 말의 통음! 그러나, 일생사로 별러 온 그의 단죄는 그것으로 그만이다. 원수에 대한 보복이 파리 한 마리도 처단하지 못한 채, 고작 자학(自虐)이나 다름없는 '紅十斗'의 '痛飮'으로 막을 내리고 있다. 이 선량하기만 한 작자에게는 기실

蓑笠(사립) 도롱이와 삿갓.

※ 이하(李賀)의 '眞珠紅'이란, 그의 〈將進酒〉의 첫 구 '琉璃鍾琥珀濃 小槽酒滴眞珠紅'을 이름이다.

속수무책이었기 때문이리라.

이제 그는 원한의 세상을 길이 등지고, 금강으로 향하여 걸음을 옮기고 있다. 가을바람에 숙여 쓴 삿갓은 소조감(蕭條感)을 더해 준다. '入金剛'의 '入'의 종성 ㅂ음은, 세상과의 결별을 선언하고 난, 비장한 함구(緘口)이기도 하다.

그의 유작 중 이처럼 심각한 시는 다시는 없다. 일생을 기인(奇人)으로 동서 표박(東西漂迫)하며, 숱한 골계·해학·풍자의 파격시로 조세(嘲世)하던 작자…… 삿갓으로 얼굴을 가리듯, 정색한 자기 심중을 정면으로 드러내 보이는 일이 드문, 이 무골호인 같은 작자의 가슴속에, 이렇듯 통절한 원한이 도사리고 있었던 것을, 떠나는 길에서 잠시 열어 보인 것이다.

그의 시에는 또 다음과 같은 '표랑 일생(漂浪一生)'의 자탄(自歎)도 있다.

날짐승 길짐승도
집이 있건만,
내 평생 돌아보니
마음 아파라.
짚신에 대지팡이
길은 일천리,

| **김병연**(金炳淵, 1807~1863, 순조 7~철종 14) 방랑 시인. 자 성심(性深), 호 난고(蘭皐). 속칭 김삿갓〔金笠〕. 본관 안동(安東). 조부인 선천 부사(宣川府史) 김익순(金益淳)이 홍경래의 난에 항복하여 가문이 적몰된 것에 굴욕을 느껴, 죽장에 삿갓 차림으로 각지를 방랑하며, 해학과 풍자의 많은 시 작품을 남겼다. 《김립시집》이 있다.

물 따라 구름 따라
사방이 내 집.

鳥巢獸穴皆有居　顧我平生我自傷
芒鞋竹杖路千里　水性雲心家四方

금강산 들어가며 2

김병연

푸른 벼랑길로 구름 속 들어가니
누각 있어 지팡이를 멈추라 하네.
용의 조화는 눈 폭포를 뿜어 날리고,
칼의 정신은 일천 봉우리를 깎아 꽂았다.
신선 새 희니 몇천 년 학이뇨?
바위 나무 푸르니 삼백 길 솔이로다.
중은 내 봄잠 노곤한 줄 모르고서,
홀연 무심코 햇가의 종을 치네.

緣蒼壁路 入雲中　樓使能 詩客住筇
龍造化 含飛雪瀑　劍精神 削揷天峰
仙禽白 幾千年鶴　巖樹靑 三百丈松
僧不知 吾春睡惱　忽無心打 日邊鐘

〈入金剛(2)〉

評說 칠언(七言)은 절구, 율시, 배율, 고시를 막론하고, 그 의미 구성과 운율의 가락은 4:3으로 이루어지게 마련이다. 따라서 읽거나 읊을 때도 4:3으로 띄어야 뜻도 통하고, 가락도 잡히게

緣蒼壁路(연창벽로) 푸른 벼랑길을 따라.
住筇(주공) 지팡이를 멈춤.

된다. 이는 수천년래의 관행으로, 아무도 이에 모반을 꾀하는 사람이 없었다.

그러나 과연 기인 기행(奇人奇行)의 김삿갓답게, 작자는 이에 반기를 들고 나선 것이다. 시흥에 따라서는 다양한 변화가 있어 마땅할 일이거늘, 어찌하여 천편일률로 화석화(化石化)한 4:3 형식만을 고집할 것이랴? 이리하여 시도된 것이 이 시의 운율이다.

곧 첫구와 끝구만은 종래대로의 4:3 가락으로 하여 칠언 율시임을 시사해 놓고는, 그 외는 죄다 3:4 가락으로 뒤집어 놓았으며, 그 중에서도 5·6·7구는 3:3:1로 다시 엇가락을 넣어, 오만 멋을 다 부렸음을 볼 수 있다. 한편 이에다 다음과 같이 1·2음절의 토를 달아 가며 읽어 보든 읊어 보든 해 보라. 그 너울너울한 변화의 맛과 능청능청한 운율의 멋은 가히 천이요 만이라 할 것이다.

연창벽로∨입운중하니	누사능∨시객주공이로다.
용조화∨함비설폭이요,	검정신∨삭삽천봉이라.
선금백하니 기천년∨학이뇨?	암수청하니 삼백장∨송이로다.
승부지∨오춘수∨뇌하여	홀무심타∨일변종을하놋다.

가히 칠언의 혁명이라 할 만하지 않은가?

또 끝 연을 내용 면으로 한번 음미해 보라. 중은 내 깊이 든 봄잠이 얼마나 노곤한지 알 리가 없기에 문득 석양 비낀 가의 범종을 사정없이 꽝 울린다. 그 바람에 혼곤히 든 낮잠이 깨지고 말았다는 것

含飛(함비) 입안에 머금어 뿜어 날림.
削揷(삭삽) 깎아서 꽂음.
惱(뇌) 노곤함.
日邊鐘(일변종) 해 그림자 가의 종. 곧 석양 가의 종.

이다. 얼마나 느직한 봄날의 한가로움인가? '꽝' 하는 종소리도 한가로움에 물들어 원파(圓波) 원파로 한가로움의 영역을 넓혀 가고 있으리—.

자탄

김병연

슬프다. 천지간의 남아들이여!
이내 생애 알아줄 이 그 뉘 있으리?

부평초 삼천리 허랑한 자취
사십 년 공부가 부질없었네.

공명은 애써 안 되니 내 원 아니요,
백발이야 공변된 길 슬플 것 없네.

고향 꿈 놀라 깨어 일어앉으니
월조도 남쪽 가지 삼경에 운다.

蹉乎天地間 男兒　知我平生者 有誰
萍水三千里 浪迹　琴書四十年 虛詞
青雲難力致 非願　白髮惟公道 不悲
驚罷還鄉 晨起坐　三更越鳥 聲南枝

〈自歎〉

評說 이 시에서는 앞의 시의 형식적 조직의 변화보다 또 다른 변화를 보여 주고 있다. 7·8구만은 종래대로의 4:3이나, 기타는 죄다 5:2로 숨을 고르도록 되어 있다.

차호천지간∨남아여!　　지아평생자∨유수오?
평수삼천리∨낭적이요,　　금서사십년∨허사로다.
청운난력치∨비원이요,　　백발유공도∨불비라.
경파환향∨신기좌하니,　　삼경월조도∨성남지라.

한밤중에 벌떡 일어앉아, 꿈에 본 고향을 맥맥히 그리며, 생애를 탄식하고 있는, 이 시인의 우두커니 앉아 있는 검은 그림자를 상상해 보라.

언뜻 보면 한 생애를 해학과 풍자로 허랑하게 보내 버린 실없는 사람으로 비칠 수도 있겠으나, 그 속속들이 깊은 곳엔 얼마나 많은 눈물과 한숨의 한스러움이 서려 있는가를 볼 것이다.

嗟乎(차호) 감탄사. 슬프다. 아.
萍水(부수) 부평초와 물.
浪迹(낭적) 정처 없이 떠돌아다닌 자취.
琴書(금서) 거문고와 책. 거문고 타기와 책 읽기.
虛詞(허사) 헛된 말. 쓸모없는 말.
青雲(청운) 높은 벼슬에 대한 꿈.
公道(공도) 공변된 도리.
越鳥(월조) 남쪽 지방의 새. 중국 남쪽의 월나라 새는, 북방의 딴 나라에 가서도 고국이 그리워 남쪽 가지에 둥지를 튼다는 것으로, 고향을 잊지 못함의 비유. 고시(古詩) "胡馬依北風, 越鳥巢南枝"에서 온 말.

삿갓의 변(辯)

김병연

홀가분한 내 삿갓이 빈 배나 같아
한번 쓰곤 한평생 사십 년이여!

가벼운 목동 차림 들송아질 따르고,
형색이 어부이매 갈매기랑 짝했네.

취해서는 구경하는 꽃나무에 벗어 걸고,
흥겨우면 옆에 끼고 완월루를 오른다네.

속인들의 의관이야 그 모두 겉치렐 뿐,
하늘 가득 비바람에도 나 홀로 걱정 없네.

浮浮我笠等虛舟　一着平生四十秋
牧豎輕裝隨野犢　漁翁本色伴江鷗
醉來脫掛看花樹　興到携登翫月樓
俗子衣冠皆外飾　滿天風雨獨無愁

〈詠笠〉

評說 운명처럼 한평생을 같이해 온, 그의 삿갓에 대한 예찬(禮讚)이다. 무심한 듯 허심한 듯 읊조리고 있는 이 '삿갓 예찬'의 뒤안에 한없는 자련(自憐)의 눈물이 고여 있음을 어찌 모른다 할 수

있으리.

'하늘 가득 비바람에도 나 홀로 걱정 없다'니?

이 한 구로 끝맺어 놓고, 그도 펑펑 울었으려니 ―.

눈시울 뜨거워짐을 어느 뉜들 어찌하료?

牧豎(목수) 목동(牧童).

野犢(야독) 들판에 제멋대로 뛰어다니는 송아지. 들송아지.

脫掛(탈괘) 벗어 걺.

携登(휴등) 가지고 올라감.

玩月樓(완월루) 달구경하는 누각.

俗子(속자) 속인(俗人).

外飾(외식) 실속이 없는 겉치레.

※ '生'은 '安'으로, '輕'은 '行'으로, '江'은 '沙' 또는 '白'으로, '醉'는 '閑'으로, '翫'은 '詠'으로 기록된 데도 있다.

시작 과정(詩作過程)

정지윤

가장 영롱한 곳에
영감(靈感)은 서렸어도
큰 공력(功力) 안 들이곤
표현해 낼 수 없네.

묘(妙)에 들려면
범굴을 더듬어 거쳐야 하고,
기(奇)로 빼나려면
용문감(龍門龕) 뚫는 일에 어찌 덜하리?

금당 화창한 날
꽃은 피어 임자 없고,
옥루 맑은 밤에
달은 유정도 하다.

그윽한 오솔길을
때로 혼자 거닐지나,
큰 집 울타리엘랑
가까이 하지 말지어다.

最玲瓏處性靈存　不下深功不易言

入妙應經探虎穴　出奇何減鑿龍門
金塘融日花無質　玉殿淸霄月有魂
幽徑只堪時獨往　勸君莫寄大家藩

〈作詩有感〉

評說 "시란 시적 감흥(詩的感興)의 접신(接神)에서 수태(受胎)·출산된, 영감(靈感)의 소생(所生)이다"라고 말해서 지나치다 할 것은 아니다.

시신(詩神)의 감응에 의하여, 거의 자의식(自意識)이 배제(排除)된 여광 여취(如狂如醉)의 상태에서, 계시(啓示)를 받아 쓰듯 일기가성

玲瓏(영롱) 금옥이 울리는 소리. 또 광채가 찬란한 모양.
性靈(성령) 영묘(靈妙)한 성정(性情). 곧 영감으로 얻은 시상(詩想).
不下深功(불하심공) 큰 공력을 들이지 않고서는.
不易言(불역언) 말로 바꾸어 내지 못함. 곧 표현해 내기 어렵다는 뜻.
入妙(입묘) 신묘한 경지에 듦.
應經(응경) 응당히 겪음. 또는 당연히 거침.
虎穴(호혈) 범굴.
出奇(출기) 기경(奇警)하게 빼어남.
何減(하감) 어찌 덜하랴?
龍門(용문) 용문 석굴(石窟)을 이름. 중국 하남성(河南省) 낙양현(洛陽縣)의 남쪽에 있는 석굴 사원(寺院)으로 용문감(龍門龕)이라고도 한다. 후위(後魏)에서 당(唐)에 걸쳐 조영한 것으로, 석벽에 불감(佛龕)을 만들어 그 안에 크고 작은 무수한 불상을 새긴 거대한 예술 작품이다.
金塘(금당) 아름다운 연못.
融日(융일) 화창한 날.
無質(무질) 주인이 없음.
玉殿(옥전) 옥루(玉樓). 백옥루(白玉樓). 화려한 누각.
幽徑(유경) 깊숙한 곳의 좁은 길.
只堪(지감) 다만 ……할 만함.
大家藩(대가번) 큰 집의 울타리.

(一氣呵成)으로 한 편의 시를 써냈다는, 과거의 일부 낭만파 시인들의 신수설(神授說)은 차치(且置)하고라도, 지성이 중시되며 기교와 조탁(彫琢)에 부심하는 현대 시에 있어서도, 비록 정도의 차는 있을망정, 그 최초의 점화(點火)는 역시 시적 감흥, 곧 영감의 지핌에서부터라고 할 수밖에 없으니, 이 영감의 지핌이야말로 다름 아닌 시심(詩心)에의 수정(受精) 바로 그것이 아니고 무엇이랴? 만일 이러한 지핌도 없이 시가 이루어졌다면, 그것은 한낱 무정란(無精卵)에 불과한 사이비 시(似而非詩)일 뿐이리라.

제1구의 '성령(性靈)'은 바로 이 영감을 지칭함이다. 영롱하고도 황홀난측(恍惚難測)한, 그러나 혼돈하여 분간할 수 없는 미분화(未分化) 상태인 영감의 세계를 일컬은 것이다. 그것은 3·4구에서와 같은 비상한 과정을 거치지 않고서는, 5·6구와 같은 찬란한 시경(詩境)은 구현될 수 없음을 제2구에서 말하고 있다. 범굴에 들어가지 않고는 범의 새끼를 얻을 수 없듯이, 그 영롱한 혼돈경(混沌境)을 몸소 침잠 몰입(沈潛沒入)하지 않고서는 형상화할 수 없으며, 오랜 세월 무한한 정력을 쏟아 아로새긴 용문감(龍門龕)의 조성에 못지않은 정성과 인내 없이는 이루어 낼 수 없음을 말하고 있다.

두루뭉수리에서 이목구비가 생겨나고, 혈맥과 신경이 소통하여, 정령(精靈)이 진좌(鎭座)하기까지에는 심한 입덧과 모진 진통의 산고(產苦)를 치러야 하는, 오랜 인고(忍苦)의 과정이 필요하듯, 온갖 정성과 노력으로 조탁과 연마를 거듭하는, 소위 시수(詩瘦)며 시뇌(詩惱) 등을 겪고서야, 간신히 혼돈한 추상에서 구상화한 시경은 열리는 것이라고, 비유로 역설하고 있다.

'화창한 봄날 임자 없이 피어 있는 꽃'과 '맑은 밤 옥루의 유정한 달'은 고심 끝에 얻게 된 회심(會心)의 시 세계이다.

다만 유념해야 할 일은, 그윽한 시의 오솔길을 홀로 거닐며, 시정에 잠기고 표현에 부심하다 보면, 이미 선인들이 선점(先占)해 버린 명구(名句)에 마주치기가 일쑤인데, 이때 자칫하다가는 그런 대가들의 해타(咳唾)를 흉내 내기가 쉬우나, 시란 어디까지나 독창적인 자기 발견이며 자기 표현이어야 할 것임을, 후진을 위한 충언으로, 또는 자신에의 경계로 덧붙였다.

시심의 잉태(孕胎)에서 한 편의 시를 분만(分娩)하기까지의 험난하고도 고통스러운 시작 과정을 이처럼 긴절(緊切)하고도 극명하게 묘파(描破)한 솜씨는, 과연 사도(斯道)의 거장(巨匠)으로서의 면모를 돋보이게 하며, 능히 수천 어의 시론(詩論)에 필적한 이 한 편의 시는, 시 자체로도 높이 평가되어야 할 것으로 본다. 그리고, 이 시는 그가 소위 음풍농월(吟風弄月)로 시를 도락(道樂)하는 일반 시인들과는 차원이 다른, 인생의 심층의 목소리, 영혼의 울부짖음을 노래하며 생활하는 시인이었음을 우리에게 짐작케 하고 있다.

작자 정지윤은 시인으로서보다 해학가(諧謔家)·풍자객(諷刺客)으로서의 별호인 '정수동(鄭壽銅)'으로 더 많이 알려져 왔다. 위항 시인(委巷詩人)으로서의 그의 시명이 일세에 높지 않음이 아니었지만, 천하의 기인 기객(奇人奇客)으로 수많은 기경(奇警)한 일화를 남긴 그의 인생 행각(行脚)에 세인의 이목은 더 많이 쏠리어 있었기 때문이었으리라.

| **정지윤(鄭芝潤, 1808~1858, 순조 8~철종 9)** 시인·해학가. 자 경안(景顔)·하원(夏園). 별호 수동(壽銅). 본관 동래(東萊). 자유분방한 성격으로 술을 즐기며, 권력·금력에 저항하는, 날카로운 풍자와 야유로 숱한 일화를 남겼다. 김흥근(金興根), 김정희(金正喜), 조두순(趙斗淳) 등과 교분이 두터웠다. 저서에 《하원시초》가 있다.

우리나라 상서(象胥) 출신의 시인으로 세상에 높이 알려진 이로는, 소위 역관 사가(譯官四家)인 홍세태(洪世泰), 이언진(李彦瑱), 이상적(李尙迪), 그리고 정지윤이 가장 빼어났었다.

실제

정지윤

체통 벗어던지고
점잔도 팽개치니
이름 없이 떠돌다
술집에나 죽기 알맞다.

그대 아는가?
갓 나자 터뜨리는 아기 첫울음!
한번 인간에 떨어짐
만 가지 시름일레.

疎狂見矣謹嚴休　只合藏名死酒樓
兒生便哭君知否　一落人間萬種愁

〈失題〉

評說 낡은 인습(因襲)의 껍질을 벗어던지고 나니, 점잔 같은 것은 더구나 소용이 없다. 이름을랑 감추고 별호로만 통하는 술집 행각(行脚)은, 필경 술이나 마시다가 술집에서 객사나 하기 꼭

疎狂(소광) 지나치게 소탈(疎脫)하여 상규(常規)에 벗어나는 일.
見矣(현의) 나타남. 드러남. '矣'는 어조사.
謹嚴(근엄) 점잖고 엄함.
休(휴) 아니함. 그만둠.

알맞은 몸이다. 초생아의 출산 제일성(第一聲)이 '응아' 하고 터뜨리는 고고성(呱呱聲)인데, 왜 그리도 서러이 우는지 그대는 아는가? 아차 한번 인간 세상에 떨어져 남이, 일만 가지 시름 바다〔愁海〕에 내던져짐이기 때문이라네.

친구와의 대음(對飮) 자리에서의 주흥으로도 보이고, 혼자 통음(痛飮)하면서의 독백으로도 보이는 이 시에서, 우리는 적나라한 그의 진면모를 대하는 느낌이다. 매양 비껴 걸어 모로 가는 해학가 정수동의 외면의 모습 뒤에, 언제나 통곡을 감추고 있는 시인 정지윤의 정색한 내면의 모습을 이 시는 보여 주고 있는 것이다.

시름도 한도 많은 그의 생애는, 이미 출생에서부터 운명지어져 있었으니, 그 천부의 명석한 자질도 빛을 볼 수 없게 마련인 중인(中人) 신분의 상서족(象胥族)으로 낙인 찍혀 있었으니 말이다.

그는 권력과 금력을 백안시(白眼視)하며, 모순과 부조리투성이의 사회규범 따위 위선과 가식을 벗어던지고 천하의 기인(奇人) 불기인(不羈人)이 되어, 야유와 풍자로 사회와 인생을 비판했다. 그러면서도 심한 자조(自嘲)와 자학(自虐)의 소리 없는 통곡을 술로 호도(糊塗)하며, 시로 자위하고 있었음을 이 시는 말해 주고 있다.

그는 이 수해(愁海)요 고해(苦海)인 속세를 벗어나려고, 묘향산 보현사로 중이 되어 출가한 사실을, 그의 친구 이상적(李尙迪)의 다음 시로써 알 수 있으니, 그의 인생 오뇌(懊惱)가 오죽했었던가를

只合(지합) 다만 ……하기에 합당함.
藏名(장명) 이름을 감춤.
酒樓(주루) 술집.
便哭(변곡) 문득 욺. 갑자기 욺.
君知否(군지부) 그대는 아는가 모르는가?
萬種愁(만종수) 만 가지의 시름. 많은 근심.

짐작케 하여 준다.

집 나면 즐겁고
집에 들면 시름이라.
미친 노래 곤드레로
사십 년을 보내었네.

티끌 세상 일만 인연
그 모두 끊어 치우고,
염불에만 골똘하여
고개 한 번 안 돌리네.

모르겠네, 성불하여
영운같이 되려는가?
선월대사(禪月大師) 모양으로
시 솜씨도 빼나렷다.

산하도 이제서야
그 소원 풀어 주리.
호로병에 석장(錫杖) 차림.
그 또한 풍류려니…….

出家歡喜在家愁　痛飮狂歌四十秋
塵世萬緣都撒手　空門一念不回頭
未知成佛同靈運　自是能詩似貫休
海岳如今償宿願　雲甁月錫更風流

〈聞鄭壽銅入香山爲僧〉

농가

고성겸

늦가을 새 비 뒤에
보리갈이 하도 바빠
온 식구 들밥 내어
물 건너 밭에 가고……

진종일 사립문엔
사람은 안 보이고
한 비둘기 울고 나면
또 한 놈이 울곤 한다.

晩秋新雨百忙犁　掃送全家饁水西
盡日柴扉人不見　一鳩啼歇一鳩啼

〈田家樂〉

가을의 한적한 전가(田家) 풍경이다.
보리갈이 철이라 일손이 바쁘다. 때를 놓칠세라, 남정은 소

百忙犁(백망리) 몹시 바쁜 농사일. '犁'는 쟁기질함.
掃送(소송) 죄다 쓸어 보냄. 남김 없이 다 감.
饁水西(엽수서) 물 건너 논밭에 들밥을 내감.
啼歇(제헐) 울기를 멈춤.
田家樂(전가락) 농가의 즐기움.

몰고 쟁기 지고, 아낙은 점심 들밥 광주리에 챙겨 이고, 아이들도 함께 온 식구가 물 건너 밭으로 총출동할 제, 검둥이 삽사리도 집 보랄까 봐 지레 앞장서서 다 가고 나면, 온종일 집은 텅 비게 된다.

비 갠 가을 하늘, 은빛 햇살이 눈부신데, 닫혀 있는 사립문께는, 곱게 익어 가는 감나무 가지에 산비둘기 한 쌍이 와서 울고 있다. 집 보는 일은 저들이 자담(自擔)한다는 듯이, 한 비둘기가 한차례 울고 나면, 다른 비둘기가 뒤를 이어 또 한 차례 울곤 한다. 금실 좋은 부창부수(夫唱婦隨)다.

구수한 토장 맛이 나는 약간 떠름하면서도 듬직한 음질(音質)의 목소리, 높낮이가 별로 없는 가락으로 '비들뜰뜰 비들뜰뜰……' 졸립게 운다. 밝고 맑고 고운 가을 햇살 아래, 생을 찬미하는 그들의 노래다. 멀리 어디서 뻐꾸기의 반주도 끼어듦 직한, 이 태고연한 정적 속에, 하루의 해그림자가 평화롭게 옮겨 가고 있는 마을이다.

이는 '田家樂' 33수 중의 하나이다. 이 시로 하여 작자 고성겸은 '고일구(高一鳩)'라는 미호(美號)까지 얻게 되었으니, 그 성가(聲價)를 짐작할 만하지 않은가?

| **고성겸(高聖謙, ?~?)** 한말의 시인. 호 녹리(甪里). 〈한성악부(漢城樂府)〉 18수, 〈동국시사(東國詩史)〉 19수, 〈전가락(田家樂)〉 33수 등이 전한다. 저서에 《녹리집》이 있다.

강릉 경포대

심영경

열두 간 그림 난간
구슬대에 오르니
동해의 밝은 봄빛
경호에 펼쳤어라!

깊도 옅도 않은
잔잔한 봄 물결엔
흰 물새들 쌍쌍이
멋대로 오락가락.

돌아가는 신선의
구름 밖 피리 소리
떠도는 나그네의
달 아래 쳐든 술잔.

하늘 나는 저 학도
내 뜻을 알아서리
호상을 느릿 돌며
짐짓 재촉 않아라!

十二欄干碧玉臺　大瀛春色鏡前開
綠波淡淡無深淺　白鳥雙雙自去來
萬里歸仙雲外笛　四時遊子月中杯
東飛黃鶴知吾意　湖上徘徊故不催

〈江陵鏡浦臺〉

評說 이 시는 '밀양 영남루시(密陽嶺南樓詩)'와 단짝으로, 자주 시창에 오르내려, 이미 만구에 회자된 풍물시(風物詩)이다.

구김살 없이 활짝 펼쳐진 경호 주변의 한가롭고도 평화로운 봄 경치와, 이에 심취하여 마냥 노니는 한 유람객의, 느긋한 풍정(風情)의 이중주(二重奏)이다.

1·2구는 경포대 헌함에서 바라본, 화창한 '강릉' 춘경의 대관(大觀)이요, 3·4구는 명미(明媚)한 경호 풍광의 화평한 기상이다. 신록의 그림자마저 머금은 경호의 녹파(綠波)는, 언제 노도(怒濤)를 일으킬지 모르는 대양(大洋)의 벽파(碧波)와는 달리, 그저 한없이 안

鏡浦臺(경포대) 강릉(江陵)에 있는, 관동 팔경의 하나로, 석호(潟湖)인 경호(鏡湖)의 서쪽 언덕 위에 위치한 누대.
欄干(난간) 누대의 헌함(軒檻).
碧玉臺(벽옥대) 푸른 옥으로 지은 대. 선계(仙界)의 누대 이름. 여기서는 '경포대'의 미칭.
大瀛(대영) (1) 큰 바다. (2) 큰 '임영(臨瀛)'. '임영'은 강릉(江陵)의 옛 이름.
鏡前開(경전개) 거울 앞에 열림. 곧 거울 같은 경호의 수면에 활짝 펼쳐져 있다는 뜻.
綠波(녹파) 녹색의 물결. 봄 물결.
淡淡(담담) 고요하고 맑은 모양.
自去來(자거래) 제 마음 내키는 대로 가고 오고 함.
萬里歸仙(만리귀선) 구만리 장공 하늘나라로 돌아가는 신선.
遊子(유자) 떠돌아다니며 유람하는 나그네. 시인 자신을 이름.
黃鶴(황학) 누른 학. 신선이 타는 학.
徘徊(배회) 천천히 이리저리 왔다 갔다 함. 어정거림.
故(고) 일부러. 짐짓.

온하고 그지없이 정겹다. 깊지도 옅지도 않은 이 경호의 맑고 잔잔한 '綠波'의 이미지는, 춥지도 덥지도 않은 기온, 강하지도 약하지도 않은 햇살, 담탕(淡蕩)한 춘일한(春日閒)에 '자거래(自去來)'하고 있는 '백조(白鳥)'의 이미지와 완벽한 조화로 혼융(渾融)되어 있음을 본다. 또한 이 '白鳥'에는 진퇴 자재(進退自在)한 시인 자신의 거취(去就)마저 넌지시 부쳤으니, 이 곧 경중 유정(景中有情)이요, 정중 유경(情中有景)의 경지이다.

5·6구는 선인으로 자처하는 유자(遊子)의 낭만이다. 한발 앞서 이곳에 하강하여 마냥 놀다 돌아가는 길처의 흰 구름께에서 부는 신선의 피리 소리를 들으며, 그들이 놀던 그 자리에 대체하여 든 작자의 질탕한 주흥이다. 예로부터 일컬어 오는 대로 경포대 다섯 개의 달 — 하늘의 달, 동해의 달, 경호의 달, 술잔의 달, 마음의 달이 한꺼번에 돋아나는 휘황한 조명 아래, 한 잔 한 잔 취기 거나히 무르익어 가고 있는 작자이다.

7·8구의 '黃鶴'은, 동쪽 선역(仙域)인 영주(瀛洲)로 태워 가려고 등대하고 있는 선학이다. 선학이 선인의 속마음을 짐작하여, 짐짓 재촉하지 않을 뿐 아니라, 저 또한 선경에 혹하여 느직이 호수 위를 배회하고 있으니, 그 또한 저절로 일경(一景)을 더해 주고 있는 가운데, 갈 길을 잊은 듯 완월장취(玩月長醉)하고 있는 주인공의, 우화(羽化)인 듯 나부끼는 긴 흰 수염이며 부드러이 흔들리는 넉넉한 흰 옷자락, 그리고 전편에 넘치는 풍아한 멋은 실로 천이랄까 만이랄까다.

이 시를 제격으로 음미하려면, 우리 고유의 시창 가락에 얹어, 조용히 목청 얼러 읊어 보거나 들어 봄이다.

평화롭지 못한 세상, 복잡한 산업 사회에 마차 말같이 쫓겨 사는 주제에, 억지로 평화를 가장(假裝)하여 스스로 안일(安逸)을 꿈꿈은, 자기기만이요 현실도피라고 자괴(自愧)하거나 자책(自責)할 것은 없다. 오히려 그럴수록 잠시나마 선(禪)에 드는 마음가짐으로 자관(自寬)하여, 마음의 몸을 경포대로 옮겨, 느직이 헌함에 기대이고, 지그시 그 시정에 잠기어 볼 일이다. 불안 초조 속 악착스럽게 살고 있는 현대인에게도, 그 도연히 취해 드는 그윽한 정취의 무르익는 화평감은, 능히 누적된 인생의 피로를 풀어 줄 것이며, 이른바 스트레스니 뭐니 하는 그 폐단스러운 유행 증상도 봄눈 녹듯 스르르 사라지게 됨으로써, 필경 '인생이란 아직은 살 만한 것'으로 우리를 느껍게 해 줄 것이다.

| **심영경**(沈英慶, 1809~?) 시인. 자 백웅(伯雄). 호 종산(鍾山). 본관 청송(靑松). 고종 12~13년 사이 삼척 부사(三陟府使)로 재임. 본시는 그 당시의 작인 듯하며, 현재 경포대에 시판으로 걸려 있다.

낙화

현기

연기처럼 비처럼 우수수 지네.
천 리에 흩날리네. 해도 졌는데……

패옥(佩玉) 그림자 아득히 돌아오는 청총(青塚)의 달빛,
비단 무늬 애닯다, 북 놓고 임 그리는 벽창(碧窓)의 직녀(織女).
슬프다. 거듭나도 박명(薄命)한 그대의 향기로운 넋의
마지막 가는 길의 춤소맷자락인 양 가벼움이여!

내게는 무한한 한스러운 임 생각 있어,
막대 짚고 하염없이 사립문을 서성이네, 서성거리네.

似煙非雨轉霏微　千里飄零已落暉
環影遙還青塚月　錦紋悽斷碧窓機
多生命薄悲香骨　抵死身輕戀舞衣
我有相思無限恨　百回笻屐繞柴扉

〈落花 二首 其二〉

評說 아득히 연기 끼듯, 우수수 비 내리듯, 어지럽게 흩날려 천리에 떠도는 낙화의 황혼, 그 자오록한 꽃보라 속에 죽은 아내의 영상이 어른어른 명멸(明滅)하고 있다.

달이 뜬다. 왕소군(王昭君)의 무덤에 들러, 고국 그리는 그 원혼

(寃魂) 더불어, 패옥 그림자 아롱아롱 함께 돌아오는 달이다. 봄도 없는 호지(胡地)에서 애꿎은 한 생애를 끊은 절세 미인 왕소군을 조상하여, 두보(杜甫)는,

금환 패옥(金環佩玉) 쟁그랑거리며
헛되이 돌아오는 밤달의 넋

似煙非雨(사연비우) '似煙非煙 似雨非雨'의 준말. 연기 같으면서 연기가 아니요, 비 같으면서 비도 아닌. 곧 연기 같기도 하고 비 같기도 한.
霏微(비미) 비·눈 따위가 잘게 내리는 모양. '轉'은 한결. 점점.
飄零(표령) 나뭇잎 같은 것이 바람에 불리어 떨어짐. 영락(零落)함.
落暉(낙휘) 낙일(落日).
環影(환영) (1) 금환(金環)의 그림자. 곧 '달'을 형용한 말. (2) 패옥(佩玉)으로 장식한 왕소군(王昭君)의 혼백. (1), (2)의 중의.
遙還(요환) 아득히 멀리 돌아옴.
青塚(청총) 왕소군의 무덤을 이름. 왕소군은 전한(前漢) 원제(元帝)의 궁녀. 절세의 미인이었으나 흉노(凶奴)와의 화친책으로 선우(單于)에게 출가, 마침내 호지(胡地)에서 자살했다.
錦紋(금문) 비단에 수놓은 무늬.
悽斷(처단) 지극히 슬픔.
碧窓(벽창) 푸른 깁을 바른 창. 벽사창(碧紗窓). '機'는 베틀. 직기(織機).
錦紋悽斷碧窓機…… 이는 진(晉)의 두도(竇滔)의 아내인 소혜(蘇蕙)의 고사이다. 그녀는, 첩을 데리고 임지(任地)로 간 후 소식을 끊고 있는 남편의 마음을 돌리려고, 알뜰한 사연의 회문시(廻文詩)를 비단에 짜 넣어 보낸 이야기를 배경으로 한, 이백(李白)의 시에서 따온 내용이다.
多生(다생) 생사를 거듭하여 몇 번이고 태어난다는 불교의 말. 윤회 전생(輪廻轉生).
命薄(명박) 박명함. 또 박복함.
香骨(향골) 미인의 백골.
抵死(저사) 죽음에 이름.
相思(상사) 서로 그리워함.
笻屐(공극) 지팡이와 나막신.
繞柴扉(요시비) 사립문께를 배회함.

環佩空歸夜月魂

이라 읊었지만, 그대의 넋도 저 달빛 타고 내게로 돌아오는가? 아니면, 휘날리는 낙화 조각처럼 저 하늘 어디에 표랑하고 있는 것인가?

온 정성 다 바치고 간 아내, 소혜(蘇蕙)의 그 고운 마음씨, 이백(李白)은,

베틀에 비단 짜는 진천 아낙〔蘇蕙〕은,
연기 같은 벽사창(碧紗窓) 내다보면서,
북 놓고 맥없이 임 그리나니
홀로 자는 빈 방엔 눈물 비 오듯……

機中織錦秦川女　碧紗如烟隔牕語
停梭悵然憶遠人　獨宿空房淚如雨

이라고 읊었다. 흩날리는 꽃잎, 달그림자, 비단 무늬, 벽사창의 포개진 영상에서, 차츰 선명해지는 죽은 아내의 얼굴, 사랑하는 그대여! 진정 가인 박명(佳人薄命)이런가, 윤회(輪廻)하여 꽃으로 거듭 태어났어도, 꽃으로도 저처럼 피기 바쁘게 지고 마는 덧없음이 어이 슬프지 아니하랴? 저 떨어져 나부끼는 표표한 몸매에서, 춤옷자락 하늘대듯 가벼이 떠나가던 임의, 그 가련한 운명(殞命)의 모습이 눈에 밟힌다.

낙화 분분(紛紛). 봄도 막가는 황혼달 아래, 나막신에 막대 짚고, 행여나 오려나, 사립문께로 끝없이 드나들며 서성이는 작자의 어둑한 그림자가 보이는 듯하다.

망처(亡妻)의 이미지인 주어(主語) '낙화'는 전편을 통하여도 끝

내 잠적한 채, '環影·錦紋·香骨·舞衣' 등으로 대유(代喩)되었고, '망처'는 그 대유 속에 낙화의 그림자처럼 은유되어 있다. 그리고, '霏微·飄零'은 그것들의 몸짓이요, '悽斷·命薄'은 그것들의 정황이다.

지는 꽃과 죽은 아내의 혼융(渾融)된 이중 표상(二重表像)에 천공(天空)의 야월혼(夜月魂), 사창(紗窓)의 직녀원(織女怨) 등, 천고 미해결의 정한사(情恨事)까지 곁들이어, 황혼 낙화의 무한 애수(哀愁)를 함축한, 이 고도의 상징성을 아울러 감상할 것이다.

작자는 위항 시인(委巷詩人)으로, 하원(夏園) 정지윤(鄭芝潤)과 병칭되어 시명이 높았으니, 장지완(張之琬)은 그의 《침우당집》에서, '이 두 사람의 이름은 세상에 모르는 이가 없이 떠들썩하다(如今走卒知名字 爭說玄錡鄭壽銅)'(壽銅은 지윤의 별호)라고 증언하고 있다.

| **현기**(玄錡, 1809~1860, 순조 9~철종 11) 시인. 자 신여(信汝). 호 희암(希庵). 소동파의 시풍으로 호방한 시를 잘 썼다. 정지윤(鄭芝潤)과 겨루는 시재(詩才)로, 시신(詩神)이라 일컬어졌다. 저서에 《희암집》이 있다.

마지막 가는 봄날

현기

오늘 진 저 꽃들
어제는 붉었더니,
십 분의 봄 경치에
구분이 비었구나!

피지 않았던들
지는 일 없었을걸,
봄바람 원망 않고
꽃샘바람 원망하네.

今日殘花昨日紅　十分春色九分空
若無開處應無落　不怨東風怨信風

〈春盡日〉

評說 심술궂은 바람 한 떼가 휘젓고 지나는 서슬에 꽃잎은 사정없이 허공을 날아 흩어진다. 바람은 무데무데로 불어오고, 남아 있는 꽃잎은 십 분의 일도 채 아니 된다. 어제만 해도 붉게 빛나던 그 탐스럽던 꽃잎들이 저리도 덧없이 흩어질 줄이야! 겨우 저 반일(半日)의 붉음을 위하여 360일의 알뜰한 영위(營爲)로 정(精)을 비축(備蓄)해 왔더란 말인가?

信風(신풍) 북동풍. 계절풍. 꽃샘바람.

피지 않았던들 지는 일도 없었을 것을, 공연히 피어났다가 저런 허무한 일을 당하고 마는 것이라면, 이를 피게 한 봄바람이 더 근원적으로 원망스러운 것이련마는, 그런데도 사람들은 봄바람은 원망 않고, 이를 지게 하는 꽃샘바람을 원망하고 있다.

마을에 참상(慘喪)이 났다. 모두가 부러워하던 저 건장한 젊은이가 저리도 허무하게 죽고 말다니? 저럴 수가! 저럴 양이면 차라리 태어나지 말았을 것을! 어쩌면 덧없이 왔다가 저리도 덧없이 가버리는 것이랴?

사람들은 마을의 한 젊은 죽음을 두고 못내 슬퍼들 하고 있다.

송한필(宋翰弼)의 〈꽃〉을 아울러 음미해 보자.

花開昨夜雨　밤비에 피던 꽃이
花落今朝風　아침 바람에 지네.
可憐一春事　가엾다. 한 해의 봄이
往來風雨中　비바람 속에 오다 가다니 —.

'今日殘花昨日紅'은 당 시인 최혜동(崔惠童)의 시를 연상케 한다.

물 흐르듯 가는 봄
눈에 뵈나니
오늘 지는 저 꽃
어제 핀 거래.

眼看春色如流水　今日殘花昨日開

또한 권벽의 〈봄밤의 비바람〉(p. 547)을 아울러 음미해 보았으면 한다.

산길을 가다가

이희풍

배때기 새빨간
비단개구리
초록 무늬 깃털의
괴짜 녹두새

이 나무꾼이 널
어떡할까 봐
기겁해 달아나곤
가뭇없느냐?

小蛙紅錦腹　怪鳥綠紋翎
樵客何妨汝　驚逃不見形

〈山行〉

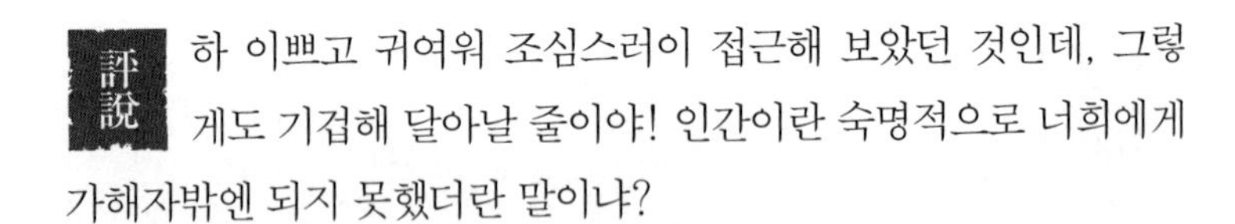

評說 하 이쁘고 귀여워 조심스러이 접근해 보았던 것인데, 그렇게도 기겁해 달아날 줄이야! 인간이란 숙명적으로 너희에게 가해자밖엔 되지 못했더란 말이냐?

小蛙(소와) 작은 개구리.
怪鳥(괴조) 괴이하게 생긴 새.
綠紋翎(녹문령) 초록 무늬의 깃털.
樵客(초객) 나무꾼.

종적을 감춰 버린 가엾은 것. 이 넓고 넓은 세상에, 작은 몸 하나 보전하지 못해, 늘 용려해야 하는 가엾은 것!

본의 아니게 사갈시(蛇蝎視)당한 소외감(疎外感)도 소외감이지만, 그러나 위기일발(危機一髮)에서 벗어났다는 안도감보단, 아직도 어느 구석에 은신하여 놀란 가슴을 가라앉히지 못하고, 기에 넘치게 할딱거리고 있을, 그 작은 가슴이 그저 안쓰럽기만 한 것이다.

何妨汝(하방여) 너에게 무슨 방해가 되느냐?
驚逃(경도) 놀라 달아남.

| **이희풍(李喜豐, 1813~?, 순조 13~?)** 철종 때 문인. 자 성부(盛夫). 호 송파(松坡). 본관 연안(延安).

죽지사

이근수

임 실은 배 실버들로
실실이 맬 제
개지도 정에 겨워
옷에 지더니,

여린 것 창자인 양
실실이 끊겨
임의 넋도 개지랑
되날아가네.

楊柳絲絲繫船歸　柳絮依依落滿衣
腸弱似絲絲易斷　魂輕如絮絮還飛
〈竹枝詞〉

평설 대신, 시의를 부연해 보면;

실버들 천사만사(千絲萬絲) 늘어진 실로
임 실은 배 친친 동여 되돌아올 제

柳絮(유서) 버들개지. 준말로는 '개지'.
竹枝詞(죽지사) 옛 악부의 노래. 경물, 인정, 풍속 등을 노래한 내용.

개지도 정에 겨워 옷에 지더니
애간장 끊어지듯 실은 여리어
임 실은 배의 실도 실실이 끊여
그 배도 둥덩실 떠나 버리고,
그 넋도 개지런 듯 되날아가고
그 봄도 그 바람도 휘몰아 가고……
다 가고 난 강 언덕에 애태우며 섰나니—.

저녁노을 속 봄과 함께 강상(江上)에서 임을 보내는 이규보(李奎報)의 심사도 이러했던가?

殘霞映日流紅	저녁놀 햇빛 어려 붉게 흐르고,
遠水兼天鬪碧	먼데 물 하늘이랑 함께 푸른데,
江頭柳無限絲	강가의 실버들 하고한 실도
未解絆留歸客	가는 임 잡아맬 줄은 알지 못해라!

〈暮春江上送人後有感〉

殘霞(잔하) 남은 저녁놀.
兼天(겸천) 하늘과 합해짐.
鬪碧(투벽) 푸름을 겨룸.
未解(미해) 알지 못함.
絆(반) 얽어맴. 얽맴.
留(유) 만류함.

| **이근수(李根洙)** 조선 근세의 진사. 자는 탁원(涿源). 호는 위사(韋士). 본관 전의. 기타 미상.

녹양(綠楊)이 천만사(千萬絲)ㄴ들 가는 춘풍 매어 두며,
탐화봉접(探花蜂蝶)인들 지는 꽃을 어이하리?
아무리 근원(根源)이 중한들 가는 임을 어이리?

_실명씨

아들 낳고 손자 보고

남병철

진종일 빗소리에 사립 닫고 누웠다가
요즈음 정원 가족 어떤가 둘러보니,
앵두는 아들 낳고 대나무는 손자 보고……

雨聲終日掩柴門　水齧階庭草露根
園史近來修幾許　櫻桃結子竹生孫

〈夏日偶吟〉

評說 앵두나무에는 나무마다 앵두가 다닥다닥, 대밭에는 여기저기 죽순이 쑥쑥……, 봄 들어 이날토록 하늘의 도움과 사람의 공들인 보람으로, 오곡백과가 주렁주렁 풍성하게 자라고 있는, 평화로운 전원 풍경이 여운 속으로 질펀히 이어지고 있다.

1·2구는 비로 해서 누리는 한가로운 정취다. 비 오는 날 찾아올 이 뉘 있으랴? 아예 진종일 사립문도 닫아 둔 채, 느직이 누워 책이나 보다 잠이나 자다 한다. 비 그친 저녁 무렵에야 정원 가족들을 둘러보다 이렇듯 놀랍고도 흐뭇한 광경의 무한 감개에 든다. 행복! 그렇지. 나무마다 아들딸 낳고 손자들 보고! 어디 너들뿐이냐? 나

水齧(수설) 물이 침식하여 흙을 갉아 들어감.
園史(원사) 정원을 다스리는 일. '史'는 고문(古文) '事'의 뜻. 정원 일.
修幾許(수기허) 얼마나 자랐는가?
竹孫(죽손) 죽순(竹筍)을 이르는 말.

도 아들딸 낳아 손자도 보았단다.

사람과 나무 사이 간격이 없다. 정원에 있는 모든 나무가 다 한 가족으로, 자타를 가르지 않았다. 아들딸 낳고 손자 보고, 정과 정으로 얼크러진 오순도순 사는 재미, 나랑 너희랑 무엇이 다를 것이랴?

제4구는 전편의 안목(眼目)이 되는 명구(名句)로, 1·2·3구는 이 끝구를 위한 복선(伏線)이었던 것이다. 축대 아래 풀이 자랐음은 왕래하는 사람이 적었음이요, 풀뿌리가 드러났음은 비가 흐뭇이 왔음이겠으나, 시상으로는 다소 군색한 감이 없지 않아 숫제 불문에 붙이고 말았다.

| **남병철(南秉哲, 1817~1863, 순조 17~철종 14)** 자 자명(子明). 호 규재(圭齋). 본관 의령(宜寧). 이조판서. 저서에 《규재집》 외 많다. 시호는 문정(文貞).

기러기 소리를 들으며……

강위

어찌 구차히
구복을 위해서료?
가을 봄 오고 가기
이리도 바쁘구나!

다만, 찬 하늘
속 시원히 트인 것이 좋아
땅에서보단
구름이랑 가는 날이 많다.

豈爲區區稻粱計　秋來春去奈忙何
只愛寒空如意闊　在泥日少在雲多
〈道中聞雁有感〉

추금(秋琴)은 가난한 집안에 태어났으나, 스스로 각고 노력하여 학문을 이루었고, 장차 세상에 나아가 큰 포부를 펼 꿈을 길러 왔으나, 불운하게도 기한(飢寒)에 쫓기는 몸이 되어, 동서

區區(구구) 사소한 모양.
稻粱計(도량계) 구복(口腹)을 위한 생활의 계책.
奈忙何(내망하) 바쁨을 어찌하랴? 어찌 이리 바쁘뇨? '忙奈何'와 같다.
只愛(지애) 다만 ~을 사랑함.

로 표박(漂泊)하며 답답한 심사를 오직 시에다 부쳐 달래었다고, 김윤식(金允植)은 작자의 유집(遺集) 서문에서 말하고 있다.

이 시는 바로 그 시절의 답답함이 오죽했길래, 떨치고 오른 방랑의 길이 그리도 속 시원했던가를 보여 주고 있다.

가을에 왔다 봄에 가고, 봄에 갔다가는 다시 가을에 오기가 바쁜 철새! 허공의 긴긴 여로에서 해를 맞고 해를 보내어 생애를 다하는 기러기의 여정은 그지없다.

끝없이 넓은 싸늘한 창공의, 마음껏 탁 트인 것이 그저 속 시원하기만 하여, 한 곳에 머무르지 못하고 구름과 동행하여 마냥 훨훨 하늘을 나는 날이 많다는 것이다.

춘거 추래(春去秋來), 배를 날듯, 세월을 갈〔耕〕듯, 운정 만리(雲程萬里) 남북을 왕래하기에 그리도 바쁜 것은, 구복(口腹)을 위해서도, 명리(名利)를 구해서도 아니다. 오히려 그것들의 속박을 훌훌 벗어던지고, 일망무제(一望無際)로 활짝 열린 하늘길에 둥덩실 솟아오른 호호연(浩浩然)한 기우(氣宇), '寒空如意闊'의 통쾌한 개활감(開豁感)에 이끌린 방랑자(放浪子)의 순수한 낭만심에서일 뿐이다.

'在泥日少在雲多'의 생애! 행운유수(行雲流水)와 같은 작자의 방랑벽을 기러기에 기탁하여 읊은 내용이다.

여담이기는 하나, 우리 선인들은, 사물에 대한 기성 관념(旣成觀念)에서 선입관(先入觀)을 이루어, 그 테두리 안에서 어정거리는 일이 적지 않았으니, 기러기만 해도 그렇다. '기러기' 하면, 으레 떠올리는 것은, 소무(蘇武)의 고사에서 유래된 '편지〔雁信〕'다. 그리하여

寒空(한공) 찬 하늘. 구름기 없는 맑은 하늘.
在泥日(재니일) 땅에 있는 날.
在雲多(재운다) '在雲日多'의 약. '雲'은 '天空'의 뜻. 하늘에 있는 날이 많음.

기러기는 향사(鄕思)나 연정(戀情)의 매체(媒體)로 공식화되다시피 되었고, 혹은 기러기의 차서(次序) 정연한 행렬(行列)에서 '형제〔雁行〕'를, 또는 그 일사불란한 대열에서 '엄숙한 행군〔雁陣〕'을, 더러는, 대오에서 벗어난 외기러기에서 '가엾은 정〔哀雁〕'을 느끼는 등이 고작이었다. 이러한 고사나, 전인의 해타(咳唾)는, 시적 배경을 두터이 함으로써 시의(詩意)를 확충하는 효용으로 인용되고 있음은 물론이다. 그러나 작자는 이러한 전고(典故)의 구각(舊殼)을 벗고, 자신의 새로운 시각으로 기러기를 재발견하였으니, 그 시적 형안(炯眼) 또한 높이 평가할 만하다.

끝으로, 같은 시절의 〈춘천 길〉 한 수를 더 보기로 한다.

파란 하늘 담근
강빛을 밟아 가다
소양 새풀밭에
막대 놓고 잠이 든다.

뜬 인생, 긴 방축의
버들만도 못해
봄바람 다 진토록
솜옷 벗지 못하네.

襪底江光綠浸天　昭陽芳草放筇眠
浮生不及長堤柳　過盡東風未脫綿

〈壽春途中〉

소양강 긴 방축에 늘어선 저 수양버들은 한창 흰 솜 버들개지〔柳絮〕를 봄바람에 훌훌 시원스럽게 벗어 날리며, 연초록 봄옷으로 산뜻하게 갈아입고 나서는데, 때에 절고 땀에 전 칙칙한 겨울 핫옷을 여태껏 벗지 못한 채 숙명처럼 걸치고 다니는 자신의 딱함이여!

무슨 긴한 일 있어 저리 오가는지 모를 떠도는 인생길, 햇살 밝은 강가 잔디밭에 지팡이 던져 놓고 벌렁 누워 낮잠을 즐기는, 이 천하 태평인의, 푸념 아닌 자조(自嘲)에, 덩달아 부지중 가벼운 한숨을 흘릴 이도 적지 않으리?

壽春(수춘) 춘천(春川)의 옛 이름.
襪底(말저) 버선 밑. 곧 밟아 가는 길 아래.

| **강위(姜瑋, 1820~1884, 순조 20~고종 21)** 시인. 자 중무(仲武). 호 추금(秋琴)·고환자(古懽子). 본관 진주(晋州). 국문 연구서인 《동문자모분해(東文子母分解)》를 저술하였고, 〈한성순보〉를 간행. 〈황성신문〉 발기인의 한 사람이기도 하다. 국한문 혼용체 연구에도 공이 많았다. 김택영·황현과 함께 한말의 3대 시인의 한 사람. 저서에 《고환당집》이 있다.

오세암에서

서응순

빈 산 옛 절간에
목련이 혼자 피어 있었네.
동봉에 달 오르니
열경이 와 섰는 듯이—.

古寺空山裏　木蓮花自開
東峯明月上　猶似悅卿來

〈五歲庵〉

評說 오세암은 매월당(梅月堂) 김시습(金時習)이 세조의 찬위(簒位)를 통탄하여, 책을 불사르고 중이 되어 한때 몸을 기탁했던, 내설악의 한 암자이다. 당시 이름은 한계사(寒溪寺)였는데, 매월당의 별호가 '오세신동(五歲神童)'인 데서 현재의 암호(庵號)로 개칭(改稱)되었다는 설이 있으나, 그것도 그가 사세(辭世)한 지 150년이나 지난 인조 때의 일이며, 한편 또 다른 유래설도 있는 터이라, 그 경위는 믿기 어렵다. 아무튼 오세암은 매월당으로 말미암아 널리

空山裏(공산리) 인기척 없는 깊은 산속.
花自開(화자개) 꽃이 스스로 핌. 보아 주는 이 없이 꽃만 홀로 피어 있음을 이름.
東峯(동봉) (1) 동쪽의 산봉우리. (2) 김시습(金時習)의 호. (1), (2)의 중의.
猶似(유사) 오히려 ~와 같음.
悅卿(열경) 김시습의 자(字).

알려지게 된 것만은 사실이다.

머리를 깎음은 세상을 숨음이요,
수염을 남겨 둠은 장부의 표시일다.

削髮逃當世 留鬚表丈夫

삭발 유수(削髮留鬚)의 기형으로 변신한 것도 여기에서요, 이후 숱한 기행 기적(奇行奇蹟)을 낳은 방랑도 여기가 시발점이다.

평소 고인에 대한 추모의 정이 남달랐던 작자인지라, 이곳에 들른 감회가 특별하였을 것임은 짐작하기에 어렵지 않다.

밤 들어 뜰을 거닌다. '고인도 이런 밤 이 경내를 바장이었으려니…….' 때마침 절 동산봉우리〔東峰〕에 달이 돋는다. 동봉! 동봉은 고인의 호가 아니던가. 동봉에서 펼쳐 오는 저 달빛! 고인의 현영(現影)인 양 정겹다. 문득 희멀쑥한 그림자가 희뜩 눈에 띈다. 기척은 없어도 사람스럽다. 순간 직감한다. 흰옷 차림의 열경(悅卿: 김시습의 자)이, 오랜 방랑의 길에서 표연히 돌아와 우뚝 걸음을 멈추고 거기 멀쑥이 서 있는 것이라고……. 그러나 다시 보니, 그것은 뜰 한 녘에 서 있는 한 그루의 목련이다. 외진 산사에도 봄은 깃들어, 목련꽃은 바야흐로 한물이다. 그 큰 흰 꽃송이들로 가득 주저리진 나무 덩치가, 열경인 양 은은히 부드러운 빛을 풍기며 거기 어둑히 서 있었던 것이었다.

고인에의 추모의 정이 오죽했으면, 시공을 초월한 환착각(幻錯覺)마저 일으킨 것일까? 마치 갓 피어나는 매화를 임인 양 느꺼워한 노동(盧仝)의 시:

그리운 이 한밤 매화가 피니
흘연히 창밖에 임이 오신가?

相思一夜梅花發　忽到窓前疑是君

또는 달빛에 어른거리는 매화 그림자를 '느끼는 듯 반기는 듯 임이신가 아니신가?' 황홀해하던 정송강(鄭松江)의 상사 일념(相思一念)과도 같은, 일종의 갱장 현상(羹墻現象)이었던 것이다.

| **서응순**(徐應淳, 1824~1880, 순조 24~고종 17) 학자. 자 여심(汝心). 호 경당(絅堂). 본관 달성. 유신환(兪莘煥)의 문인. 현감, 군수 등 역임. 저서에 《경당집》이 있다.

영남루

신석균

옷자락 날리며
영남루에 서면
산은 울멍줄멍
물은 굽이굽이.

성안엔 노랫소리
달빛에 젖고
고깃배엔 피리 가락
조는 흰 구름.

절에서 번져 오는
성긴 종소리
아랑각 언덕 아래
흐르는 낙엽.

갈대꽃 삼십 리
강기슭 따라
무수히 내려앉는
기러기의 떼……

西風人倚嶺南樓　水國青山散不收
萬戶笙歌明月夜　一江漁笛白雲秋
老僧院裏疎鐘晩　烈女祠前落葉流
滿岸蘆花三十里　雁鴻無數下長洲

〈嶺南樓〉

영남루에서 바라본 경관과 감회이다. '강릉 경포대 시'와 아울러 시창으로 널리 불리어졌던 풍물시이다.

가을바람에 흰옷자락 날리며 이 영남루 난간에 기대어 서면, 산하가 점철(點綴)되어 있는 밀양 고을의 대관(大觀)이 한눈에 들어온다. 그것은 마치 그 옛날 조화옹(造化翁)이, 굽이굽이 강물에다 울멍줄멍 청산을 안배(按排)하여 절경(絶景)을 설계해 보고는, 그만 깜박 거두어 치우기를 잊어버렸는 듯, 산수의 경승함이 우연이라기에는 너무나 빼어났다.

달 밝으면 성안에선 노랫소리 평화롭고, 고깃배엔 피리 가락 흰

西風(서풍) 가을바람.
嶺南樓(영남루) 경남 밀양(密陽)에 있는 누각.
散不收(산불수) 흩어 놓은 채 거두지 않음.
笙歌(생가) 생황(笙簧)과 노래. 피리 소리와 노랫소리.
漁笛(어적) 고깃배에서 부는 피리 소리.
院裏(원리) 사원(寺院)의 안.
疎鐘(소종) 성긴 종소리.
烈女祠(열녀사) 열녀의 넋을 모신 사당. 아랑각(阿娘閣)을 이름. 계모의 흉계로 억울하게 죽은 아랑의 전설에서 밀양아리랑이 태어났고, 해마다 향토 축제로 아랑제를 지내고 있다.
蘆花(노화) 갈대꽃.
雁鴻(안홍) 기러기.
下長洲(하장주) 긴 물가에 내려앉음.

구름도 조는 가을 어스름, 노승의 절간에선 무상을 일깨우듯 성긴 종소리 느직이 울려 오고, 아랑각 앞 강물에는 아랑의 핏자국인 양 붉은 단풍잎이 소리 없이 떠내려가고 있다.

누 앞을 가로 흐르는 강기슭은 연기인 듯 안개인 듯 흰 갈대꽃으로 가득한데, 하늘을 건너가던 무수한 기러기 떼도, 이런 경승지를 어이 그냥 지날쏘냐는 듯이, 삼십 리 긴 물가 모랫벌에 일제히 깃을 접으며 대열을 굽이 틀어 비스듬히 내려앉고 있다

'人倚, 散不收, 白雲秋, 疎鐘晩, 蘆花三十里, 下長洲' 등의 낭만의 멋을 보라. 1·2구의, 산수의 경승(景勝)과 등림(登臨)의 개활감(開豁感), 3·4구의 평화롭고 한가로운 환상의 정경, 5·6구의 인생을 돌아보게 하는 무상감(無常感)·소조감(蕭條感), 7·8구의 두드러진 계절감(季節感)·표랑감(飄浪感), 그리고 전편에 가득 넘치는 자연과 인간의 조화감(調和感)…….

저물어 가는 다락 난간에 흰옷자락 날리며 서 있는 나그네의 풍모(風貌)가, 남으로만 느껴지지 않음은 어째서일까?

끝으로, 기구의 '水國'에 대한 약간의 해명을 곁들여 놓기로 한다. 영남루에 올라 산하를 대관하면, 멀리 북천(北川)과 감천(甘川)의 큰 두 물줄기가 서로 다른 방면에서 흘러들어, 합류하여 남천강(南川江), 일명 밀양강을 이루기까지, 마치 두 마리 용이 서로 어르듯, 이리 감돌고 저리 굽이 돌아 평지 일대를 누비어, 밀양 고을을 온통 물의 나라로 만들어 놓고는, 영남루 면전인 삼문동(三門洞)을 섬으로 에워 돌면서야 비로소 한데 어우러져, 낙동강을 만나러 삼랑진으로 빠져나가는 것을 한눈에 바라볼 수 있다.

| **신석균(申奭均, 1824~?, 순조 24~?)** 시인. 자 희조(希祖). 호 연서(蓮西). 본관 평산(平山). 진사(進士). 음부사(蔭府使).

그러므로, 이 강의 원이름이, 여러 갈래 물줄기가 종횡으로 엉기어 흐른다는 뜻인 '응천강(凝川江)'이었음과, 밀양의 고호(古號)가 '응주(凝州)'였던 소이를 실감하게 될 것이며, 따라서, 내륙의 한 고을을 '水國'으로 일컬은 작자의 표현에도 전적으로 수긍이 될 것이다.

늙은 대나무

김흥락

늙은 줄기 풍상에 겨워
구슬퍼라 그 소리 옥이 우는 듯.

궁할수록 단단함이 더욱 귀커니
지나치게 여위다 무슨 흠이랴?

老幹飽風霜　戛如哀玉鳴
所貴窮益堅　何嫌太瘦生
〈老竹〉

評說 숱한 세월 비바람·눈·서리에 시달리고 시달리어, 살기 다 빠지고 여윌 대로 여윈 대나무 줄기, 속으로 다지고 안으로 다스려 깡마른 뼈대만으로 끝내 굽히지 않고 꼿꼿이 버티어 온 늙은 대나무의, 그 고절(苦節), 그 청절(淸節)!

죽관(竹管)을 타고 굽이굽이 서리어 나는 저 구슬픈 피리 소리는,

老幹(노간) 늙은 줄기.
風霜(풍상) 바람과 서리. 많이 겪은 세상의 고생.
戛如(알여) 금석(金石)이 서로 부딪치어 나는 소리. 또 공기가 갈리어 나는 소리.
哀玉(애옥) 슬픈 소리가 나는 옥.
何嫌(하혐) 무엇을 꺼리랴? 꺼릴 것이 없다는 뜻.
太瘦(태수) 몹시 여윔.

생애에 사무친 만고풍상의 서러운 사연인 양 애틋하다.

너른 중공(中空)에 옥(玉)같이 견치(堅緻)한 목질(木質)의 대나무일수록 적재(笛材: 피리 만드는 재목)로서 소중하듯이, 궁곤할수록 불개 정심(不改貞心)의 고절(孤節)을 지켜 온, 강의(剛毅)한 지사(志士)나 구도자(求道者)의 그 지나치게 수척한 면모가 더욱더 거룩하게 우러러보임을 어찌하리.

김흥락(金興洛, 1827~1899, 순조 27~광무 3) 문신. 호 서산(西山). 본관 의성(義城). 유일(遺逸)로 천거되어 지평(持平)이 되고 승지(承旨)에 이르렀다.

옷을 지으려니

신이규

우리 임 키도 미처
크기도 전에
군에 간 지 지금에
삼 년이 됐네.

옷 지어 부치려도
치수를 몰라
자 들고 마음 설레
밤을 지새네.

郎君身未長　出塞今三年
持尺疑寬窄　寒燈坐不眠

〈擣衣曲〉

다 자란 신부에 덜 자란 신랑! 조혼(早婚) 시절의 부부 사이에는 수많은 일화들을 남기고 있다. 꼬마 신랑을 토닥토닥

擣衣(도의) 다듬이질을 이름이나, 여기서는 옷 짓는 일을 뜻함이다.
出塞(출새) 국경 수비로 출정함.
寬窄(관착) 품의 넓고 좁음.
坐(좌) '어쩐지 마음 설레어', 또는 '괜히 마음이 들떠'의 뜻. '앉다'의 뜻과 일자양의(一字兩義)로 보아도 좋을 것이다.

아기 다루듯 길러 낸 아내 이야기며, 아내에게 칭얼칭얼 응석 부리며 보채는 신랑 이야기 등 말도 많지만, 당사자인 아내의 마음은 오죽했을까? '이 철부지 서방님! 언제나 길러 서방맛 보나?'

그러다 나라에 전쟁이 나, 정남(丁男)들 다 출정(出征)하더니, 이윽고 중남(中男)들도 국경 수비군으로 뽑혀 나갔다. 서방님도 그렇게 간 지 이미 삼 년! 옷을 지어 보내려니, 치수를 알아야 마름질을 하지? 이제는 헌헌한 대장부로 자랐을 테지? 훤칠한 키에 두툼한 가슴팍을 마음 사이 그려 본다. 아, 얼마나 믿음직한 그 모습인가? 그러나 옷 기장이며 옷 품의 치수를 구체적으로 얼마를 놓아야 할지 몰라 망설이는 가운데, 문득 감아드는 긴 팔뚝! 넓은 가슴 품으로 꽉 껴안아 압도(壓倒)해 오는, 그 억센 포옹을 환각(幻覺)한다. 아! 언제나 오시려나? 시룽새룽 마음이 들떠, 괜히 자막대길랑은 손에 든 채, 껌뻑이는 등불 아래 꼬박 밤을 지새우고 있는 것이다.

'옷 품'에서 '가슴 품'으로 상념이 옮아간 것이다. 더구나 옷감을 펼쳐 두고 그리운 이의 옷을 마름질하려는 참이 아니던가? 그리운 그 체취며 체온의 접촉감을 직감적으로 전해 주는 매체(媒體)가 '옷'만큼 절실한 것이 달리 또 있을까? 20자 속에 알뜰한 인정의 기미(幾微)가 번득이고 있음을 음미할 것이다.

| **신이규(辛履奎)** 호는 함계(涵溪). 기타 미상.

꽃과 개

황오

우리 집 흰둥이는
낮선 이도 아니 짖고,

홍도화 꽃 그늘에
낮잠이 깊었는데,

꽃잎이 떨어지다
개 수염에 걸렸구나!

吾家一白犬　見客不知吠
紅桃花下宿　花落犬鬚在

〈幽興〉

評說 수염은 남성의 권위의 상징이다. 사또 수염, 운장 수염, 카이제르 수염 등에서 그를 확인할 수 있다. 동물들은 암수 없이 수염을 갖추었으니, 호수(虎鬚: 호랑이의 수염)는 권위의 대표적이라 할 수 있는 한편, 쥐나 족제비, 청설모의 수염도 체구는 작으나, 그 빳빳하고 당당한 품으로는 저들 사회에서는 알아줄 만할 것 같다. 개들도 빠질세라, 수염을 달기는 하였으나, 듬성듬성 놀놀한 이방 수염만도 못한 것을 그것도 수염이랍시고, 달고 있는 것을 보면 우스꽝스럽기까지 하다.

'봄날의 낮잠은 시어머니도 알아준다'는 속담처럼, 개도 춘곤증에 못 이겨, 낯선 사람 짖을 소임도 잊어버린 채, 한물로 피어 흐드러진 홍도화 꽃나무 아래, 바야흐로 '개 팔자 상팔자'로 낮잠이 늘어졌는데, 봄바람에 떨어지고 있는 꽃잎이 개 수염에 간들간들 걸려 있는 것이 아닌가?

개 수염에 꽃이라! 하기야 떨어지는 꽃이 장소를 가리랴만, 하필이면 개코만큼이나 대접받지도 못하는 개 수염에 걸리게 될 줄이야! 만남이란 인연 소치라지만, 인연치고는 괴리가 크다. '개 발에 편자', '돼지우리에 주석 자물통' 격으로, 너무 어울리지 않아 쿡쿡 웃음이 튀어나온다.

그러나 녀석은 지금 '꽃 수염'의 입술 언저리에 평화로운 옅은 미소가 흐르고 있는 것으로 보아, 행복에 겨운 꿈을 꾸고 있는 듯도 하다. 허다한 곳 다 그만두고 하필이면 꽃나무 아래 자리한 것부터가 심상치가 않더라니 말이다. 녀석은 시방 제 딴에는 풍류로운 미수(美鬚)를 봄바람에 흩날리며, 어느 꽃다운 개 아가씨와 함께 꽃동산에서 개수작을 부리고 있는지도 모를 일이다.

익살이요, 희학(戲謔)이다. 나른한 봄날에 가벼운 웃음 한 장면을 선사해 주는, 이 희화적(戲畵的) 해학조(諧謔調)의 골계미(滑稽美) 가소미(可笑味)를 음미할 것이다.

같은 작자의 또 하나의 해학 시 〈그네〉를 옮겨 본다.

小姑十四大於余　소녀 열네 살 나보다 큰 게
學得鞦韆飛燕如　그네 솜씨가 제비 같구나.

| **황오(黃五)** 조선 말기의 시인. 자는 사연(四衍). 호는 녹차(綠此)·한안(漢案). 본관은 장수(長水). 저서에 《녹차집》이 있다.

隔窓不敢高聲語　건넛집 창 안으로 소린 못 치고
柹葉題投數字書　감잎에 몇 자 적어 휙 던져 넣네.

〈鞦韆詞〉

은행잎

이정주

앞마을의 은행나무
그 은행잎이
어찌해 우리 집에
뒹군단 말고?

곤드레로 취한 잠이
밤내 짙어서
비바람 심했던 줄을
몰랐음일레.

前村銀杏葉　何因落吾家
夜來醉眠重　不知風雨多

〈早起〉

評說 뜰을 거닐자니, 난데없는 은행잎이 발끝에 챈다. 이상하다. 우리 집엔 은행나무가 없을 뿐만 아니라, 우리 마을에도 은행나무는 없다. 있다면 저만치 뚝 떨어져 있는 앞마을에나 있을 뿐이다. 그렇다면 내가 곤드레만드레로 곯아떨어져 있는 사이, 비바람이 얼마나 사나웠기에 이런 엉터리없는 장난을 쳐 놓았더란 말인가? 실로 어처구니없는 일이 아닐 수 없다.

'역사는 밤에 이루어진다' 했던가? 우리가 자고 있는 사이에 예측

하지 못했던 일이 감쪽같이 마무리되어 있기 일쑤다. 소소한 신변의 일도 도깨비가 심통을 부려 놓은 듯 망쳐 놓는 일이 허다한가 하면, 물론 그 반대로, 자고 나니 스타가 되어 있더라는 경우도 없지는 않다. 요새와 같은 대중 매체 시대에는 아침 뉴스를 켤 때마다 놀라곤 하는 일이 비일비재다. 소강상태로 대치해 오던 경계를 한밤중에 느닷없이 쳐들어와 전단(戰端)을 일으키는 일이나, 밤사이에 혁명을 일으켜 세상을 획 뒤바꾸어 놓는 일은, 자주 있는 일은 아니지만, 그러나 보라. 다중 충돌의 교통사고, 조폭 난동, 대형 화재, 집단 테러, 강·절도, 등등……, 흉사는 대개 야음(夜陰)을 타고 이루어지는 것임을—.

| **이정주(李廷住)** 순조 때 사람. 자는 석로(石老). 호는 몽관(夢觀). 본관은 강음(江陰). 기타 미상.

흰머리를 어루만지며……

장지완

남들은 밉다지만
백발이 난 좋으이.
뭐래도 오래 삶은
'소주선' 긔 아닌가.

돌아보아 몇 사람이나
이 경지에 이르렀느뇨?
검은 머리로도 다투어
무덤길 가는 터에…….

人憎髮白我還憐　久視猶成小住仙
回首幾人能到此　黑頭爭去北邙阡

〈白髮自嘲〉

評說 백발은 늙음의 표징이자 장수의 상징이기도 하여, 희비가 엇갈리는 양면성을 지니고 있다. 그러므로, '남'들이 미워함은 전자에 편중된 시각에서요, '내'가 사랑함은 후자를 중시함에서

久視(구시) (1) 오래 봄. (2) 장수함. 여기서는 (2)의 뜻.
小住仙(소주선) 잠시 머물러 가는 신선.
北邙阡(북망천) 무덤으로 가는 길.

이다. 곧 장수는 바라지만 늙음은 원치 않는, 소위 '불로장생(不老長生)'의 지나친 욕심 때문에, 늙음의 원망에 가리어 장수의 고마움이 드러나지 못함에서이다.

그리하여 흔히들 백발이 원수란 극언까지 한다. 이 말은 또, 백발을 수용할 만큼 숙성되지 못한 채, 매양 젊은 시절의 기억 속에 자폐(自閉)되어 있다가, 어느 계기에 노물(老物)로 소외되고 있음을 깨달았을 때, 혹은 노익장(老益壯)을 과시하다 필경 늙음에 승복하지 않을 수 없는 궁지에 몰렸을 때의 둔사(遁辭)로도 쓰인다.

어느 경우나, 이는 흔히 말하는 신로 심불로(身老心不老)의 불협화 현상으로, 영육(靈肉)이 괴리(乖離)된 비순리적(非順理的) 사고요, 긍정과 부정이 도착(倒錯)된 모순된 논리가 아닐 수 없다.

이왕 세상에 태어난 바에야 요사(夭死)보다는 장수요, 장수에도 보다 깊이 연륜이 쌓일수록, 그 독특한 맛과 향기와 빛깔로 과일이 익어 가듯, 인생의 진미를 흐뭇이 누릴 대로 누리며 삶이 원숙되어 가는 은빛 광택의 백발이야말로, 관록은 될지언정 저주의 대상일 수는 없는 일이 아닌가?

그러나 영생이 불가능한 인간이고 보면, 장수한다는 건, 신선으로 친다면 잠시 이 세상에 머물러 간다는 '소주선'은 되는 셈이니, 굳이 미워할 일은 아니며, 또 세상에는 풋과일 떨어지듯, 검은 머리로도 빈번히 청산 길을 가는 판국에서, 이만 고지에 다다라, 중도에 낙오된 많은 동로인(同路人)들을 뒤돌아 굽어볼 때, 참척(慘慽) 따위 지극한 불행을 겪은 처지가 아닌 바에서야, 자신의 백발이 구태여 미워지기만 할 리는 없지 않을까 한다.

백발 예찬이다. 인생의 고지에서 굽어본 달관이요 통찰이다.

그러나, 논리도 정연한 예찬임에도 불구하고, 그 속에 서려 있는 일말의 서글픔이 가벼운 익살로 호도(糊塗)되어 있음을 간과(看過)

할 수 없다. 그 크나크던 젊은 시절의 포부, 만의 하나도 이루지 못한 채, 헛되이 늙었다는 자괴(自愧)와 자조(自嘲)도 그러려니와, 하물며 비록 '소주선'으로 자처할망정, 이젠 떠날 날이 임박해 있음을 의식함에 있어서랴?

| **장지완**(張之琬, ?~?) 조선 말. 자 여담(汝琰). 호 비연(斐然)·침우당(枕雨堂). 본관 인동(仁同).

별장

실명씨

십 년을 경영하여
집 한 간 마련하니,
금강의 위요
월봉 앞일다.

복사꽃 이슬 머금어
물 위에 떠 붉고,
버들솜 바람에 날려
배 안에 가득 희다.

돌길 돌아가는 중은
산 그림자 밖이요,
연사에 조는 백로는
빗소리 가이로다.

진작 마힐로 하여
이에 놀게 하였던들,
망천을 그리느라
수고하지 않았을걸—.

十載經營屋數椽　錦江之上月峰前
桃花浥露紅浮水　柳絮飄風白滿船
石徑歸僧山影外　烟沙眠鷺雨聲邊
若令摩詰遊於此　不必當年畫輞川

〈別業〉

이는 시창으로 이미 만구에 오르내리는 시로서, 오늘날에도 오히려 명창 김월하(金月荷)의 목소리로 그 유려한 창을 듣는 터이다.

이 시는 작자 미상으로 떠도는 작품이나, 왠지 생각되기로는, 어느 정자에 원운(原韻)으로 판각되어 걸려 있을 듯도 하고, 그분의

十載(십재) 십 년.
屋數椽(옥수연) 집 한 간. '椽'은 서까래.
錦江(금강) 충남·전북의 경계를 이루어 황해로 흘러드는 강. '上'은 강 언덕. 또는 강의 상류.
月峰(월봉) 공주(公州) 동쪽 5리쯤에 있는 월봉산(月峰山)을 이름일까?
浥露(읍로) 이슬에 젖음.
紅浮水(홍부수) 꽃잎이 발갛게 물 위에 뜸.
柳絮(유서) 버들개지.
飄風(표풍) 바람에 휘날림.
白滿船(백만선) 흰 버들개지솜이 바람에 날아와 배 안에 가득함.
石徑(석경) 돌길. 산길.
歸僧(귀승) 절로 돌아가고 있는 중.
烟沙(연사) 연무가 핀 물가의 모래톱.
眠鷺(면로) 조는 해오라기.
若令(약령) 만약 ~로 하여금 ……하게 한다면.
摩詰(마힐) 당의 시인이며 화가인 왕유(王維)를 이름. 마힐은 그의 자. 그는 일찍이 망천(輞川)에 별장을 짓고, 친구인 배적(裵迪)과 시를 창화(唱和)하며, 그곳 풍경을 담은 망천도(輞川圖)를 그렸다.
輞川(망천) 중국 섬서성(陝西省) 남전현(藍田縣)을 흐르는 강.

문집에도 올라 전하여 있을 듯도 하나, 필자의 과문한 탓으로, 이를 찾아 밝히지 못함을 못내 아쉽게 생각한다.

고종 때 영의정을 지낸 귤산(橘山) 이유원(李裕元, 1814~1880)은 "내가 50년 전에 호남 지방에서 이 시를 들었는데, 지금은 전국에 널리 퍼졌다"고 했으니, 그러고 보면 작자는 최소한 이보다 한 세대 앞 시대의 인물이었을 것으로 추측된다.

이 시는 음악성이 매우 짙다. 시창으로서가 아닌 심상한 송영(誦詠)으로도, 그 거침없이 미끄럽고 부드럽고 너울거리는 천연의 가락에는 금세 혹하지 않을 수 없기 때문이다. 그것은 아마도 그 운율의 구성이, 음운 조직적 견지에서 보아, 우리의 호흡에 잘 맞는 생리적인 면과, 우리의 전래의 가락이나 전래의 멋에 잘 어울리는 정서적인 면과의 조화에서 오는 것이 아닌가 싶다.

개설하면, 그것은 'ㅇ, ㄴ, ㅁ, ㄹ'의 비음(鼻音)과 유음(流音)의 유성 종성(有聲終聲)이 압도적으로 많은 데다가, 자음 접변으로 유성음화하는 곳도 여러 번 겹침에서 오는 유창감(流暢感)과 유려미(流麗美)가, 한시의 일반적인 기본율인 압운율(押韻律)과 평측률(平仄律)에 가세(加勢)함에서 오는 것이 아닌가 추측된다.

다음 내용 면으로 일별하면, 사실적이면서도 환상적이며 낭만성이 짙다.

1·2구는, 오랜 숙원으로 이룩한 별장의 소재(所在)와 그 지세(地勢)의 대관(大觀)이다. 달봉우리의 한 자락이요, 비단 강의 강 언덕인, 배산임수(背山臨水)의 절승처(絶勝處)! '錦'과 '月'에서 풍기는 부드럽고도 우아한 이미지로 하여, 일대의 풍광은 물론, 건물미마저 느껴지게 하고 있다.

밝은 이슬 머금어 제 무게로 떨어지는 복사꽃은 한 가람 붉게 물위에 떠 흐르고, 바람에 흩날리는 버들개지는 나룻배 바닥에도 하얗게 수놓은, 도원(桃源) 별천지의 봄 경치! 여기 산승(山僧)과 면로(眠鷺)를 등장시켜, 한가롭고도 평화로운 운치를 더했다.

산 그림자 내리깔리는 모음(暮陰)의 경계선 바깥에는, 바야흐로 석양을 온몸에 띠고 먼 산 모롱이를 돌아가고 있는 산승의 느직한 걸음걸이가 한가롭고, 한 발을 말아 들고 가만히 서 있는 해오라기는, 잠시 지나가는 빗소리 요란한 강변 모래톱, 어렴풋한 물 연기 속에 조는 듯 꿈꾸는 듯 태평스럽다.

이상의 3·4구와 5·6구의 두 대련은, 완연한 한 폭 동양화의 정취이다.

특히 '山影外의 歸僧'과 '雨聲邊의 眠鷺'는 나직이 혀에 올려 읊조릴수록, 그 유유연(悠悠然)한 의태(意態)와 태고연(太古然)한 한정(閒情)엔, 악착스러운 현대인의 이상 신열(身熱)도, 쌓인 스트레스도, 봄눈 녹듯 사라질 것만 같다.

흐뭇이 만족해하고 있는 작자의 학같이 청수한 면모마저 엿보이는 듯한 작품이다.

패강별곡

김택영

백마 펄펄 돌아가자
닫는 그 마음
삼월이라 강성의
슬픈 노래여!

제 가슴의 가을 풀야
사양 않지만
두려운 건 임의 정
열물결 될라!

대동강 강물은
괜히도 많아
배 띄워 뱃노래로
길이 보내네.

연지볼엔 눈물도
바닥났거니
무슨 눈물 물결에
더한단 말고?

白馬翩翩歸思多　江城三月動悲歌
不辭妾地生秋草　只怕郎心似去波

大同江水水空多　長送歡舟唱棹歌
啼盡紅蓮花兩頰　祇今無淚可添波

〈浿江別曲 二首(次鄭知常韻)〉

정지상(鄭知常)의 〈대동강〉(1권 p. 93)에 차운·화답한, 같은 주제의 '별한(別恨)'이다.

서경(西京)은 예로부터 이름 높은 풍광지(風光地)요 색향(色鄕)이라, 미희도 많고 명기도 많았다. 그러므로 전국의 내로라하는 풍류 남아들이 구름같이 모여드는 곳이기에, 진작부터 남남북녀(南男北

翩翩(편편) 가벼이 훨훨 나는 모양.
歸思(귀사) 돌아가고픈 마음. 귀심(歸心).
江城(강성) 강가의 성.
不辭(불사) 사양치 않음. 달게 받음.
妾地(첩지) 저의 처지. '妾'은 여자 자신의 비칭. '地'는 심지(心地), 또는 처지.
只怕(지파) 다만 ~ㄹ까 봐 두려움.
郎心(낭심) 낭군(郎君)의 마음.
水空多(수공다) 물이 공연히 많음.
長送(장송) 길이 보냄.
歡舟(환주) 배를 반김. 곧 물과 배가 서로 친압함.
棹歌(도가) 뱃노래.
啼盡(제진) 울어서 다함.
紅蓮花兩頰(홍련화양협) 붉은 연꽃 같은 두 볼.
祇今(지금) 지금(只今).
可添波(가첨파) 물결에 보탤 수 있겠는가? '보탤 수 없다'의 반어적 용법.
浿江(패강) 대동강의 옛 이름.
※ **열물결** 가면 돌아오지 못하는 물결. 서파(逝波).
※ **열배** 가는 배[行舟].

女)로 일컬어지기도 해 오는 바이다. 그러나, 만나면 또한 헤어지게 마련이라, 이 대동강 나루터는 그때나 저때나 이별의 현장으로 숱한 눈물을 자아내던 곳이다.

이 시의 보내는 주체는 다 서경의 여인으로, 첫 수는, 나룻배로 인마(人馬)가 건너, 육로로 남행(南行)할 임이요, 둘째 수는, 강류 따라 남포(南浦)로 가, 다시 먼 곳으로 가게 될 임이다.

첫째 수의 기구는 가는 임의 심중을 넘겨짚어, 그 너무도 살같이 내닫는 귀심(歸心)에만 팔려, 이미 자신에게는 관심이 멀어졌으리라고, 생트집 잡아 부리는 비꼼으로, 말하자면 강새암 투의 가엾은 응석이기도 하다.

승구는, 대동문(大同門) 밖 도선장 주변의 술집들에서 흘러나오는 이별 노래의, 여울져 떠도는 분위기이다. 이백(李白)의 "江城五月落梅花" 가락마저 그늘에서 은근히 성원을 보내고 있는 듯하다.

전·결구의 심곡(心曲)을 보자.

"지금은 춘삼월 봄이라지만, 임 떠난 뒤의 저의 처지란 다만 가슴속에 가을 풀만 우수수한 시름의 나날이 될 것입니다. 그러나, 그것쯤야 못 견딜 것 없지마는, 다만 임의 마음, 한번 가곤 영영 돌아올 줄 모르는, 저 대동강 열물을 닮을까 봐 두렵습니다."

자기희생은 감수할지나, 오로지 임의 마음 변치 않기만을 바라는 간절한 충정(衷情)이다.

둘째 수의 기구는 결구와의 호응에서, 대동강 물이 눈물 아닌 맹물임을 입증(立證)하는 한편, '空多'에는, 수량(水量)만 쓸데없이 많아 가지고, 실없이 남의 애정이나 갈라놓는 이별의 매체(媒體) 노릇이나 하고 있는 데 대한 원망의 빗댐이 가득 담겨 있다.

승구 '長送歡舟唱棹歌'의 주체는, 전반은 강물이요 후반은 사공이다. 물과 배는 그야말로 등배가 맞아 서로 친압한 사이요, 배와 사공도 그 뜻이 저 뜻이라, 남의 이별 따위에는 돈단 무심(頓斷無心)하여, 물결은 넘실넘실 열배〔行舟〕를 일렁이어 멋을 부리고, 사공은 뱃노래로 흥을 돋우니, 이는 이별의 슬픔을 약 올리는 짓이나 다름이 없다.

전·결구는, 수량(水量)보다 첨가된 누량(淚量)이 더 많아, 대동강 물은 다할 날이 없다는, 원시의 "大同江水何時盡 別淚年年添綠波"에 대한 강한 반론(反論)이다. '붉은 연꽃 같은 가련한 여인의 두 볼에는, 하도 울고 울어 이제는 눈물도 말라 바닥이 난 처지인데, 다시 무슨 눈물이 남아 있어, 대동강 물결에 보태더란 말인가?' 그러나 이는 원운에 대한 강한 부정인 동시에 필경은 한 차원 높은 더 강한 긍정으로 귀결되어 있음을 본다.

정히 이한(離恨)의 극한적 상황이 아니고 무엇이랴?

| **김택영**(金澤榮, 1850 철종 1~1927) 학자. 자 우림(于霖). 호 창강(滄江)·소호당(韶濩堂). 본관 화개(花開). 을사조약 후 중국에 망명. 고시(古詩)에 뛰어났으며, 문장과 학문으로 그곳에서 이름을 떨쳤다. 《삼국사기》를 교정하였으며, 《한사계(韓史綮)》, 《한국소사(韓國小史)》, 《숭양기구전(崇陽耆舊傳)》 등 저서가 많다.

긴 봄날

오경석

으늑한 집 손님 없어
절간 같은데,
긴 봄날 낮잠 맛이
넉넉하여라!

일만 인연 팽개치고
높이 누워서
때때로 향 피우며
옛 글을 읽다.

深院無客似禪居　晝永春眠樂有餘
抛盡萬緣高枕臥　燒香時讀故人書

〈次大齊韻〉

評說 하늘이 물뿌리개로 푸른 생명을 뿌리는 것처럼 보슬보슬 봄비가 대지를 촉촉이 적시듯이, 긴 봄날의 다사로운 봄마음은 잠뿌리개로 잠을 뿌리는 듯, 봄잠은 소록소록 한낮을 꺼리지 않는다. 이럴 때는 천의에 순응하여, 넉넉히 누리는 것이 좋다. 잔뜩

禪居(선거) 참선(參禪)하는 곳. 선원(禪院).
抛盡(포진) 모든 것을 죄다 내던져 버림.
萬緣(만연) 일만 인연. 모든 관계.

움츠렸던 겨울 동안의 경직(硬直)된 심신을 부드러운 봄의 손길로 실실이 어루만져 풀어내는 해동(解凍) 작업이니 말이다.

사람은 늘 주변의 온갖 인연에 얽매어 살게 마련이며, 또한 끊임없는 온갖 과제(課題)를 안고 살게 마련이다. 작자와 같은 지사(志士)요 서화가면 드나드는 동지들의 청도 많고, 서화의 요청도 많으리라. 그러나 진작 들어 주지 못한 과제들은 늘 쌓이고 쌓여서는 부담감으로 압박한다. 이럴 때 모든 숙제를 후리쳐 던져 두고, 선정(禪定)에 들듯, 마음을 비우는 일은, 이 또한 천의에 순응하는 일이기도 하다. 향을 피워 정신을 맑게 하고, 베개를 높이하여 고전을 읽는다. 사실은 읽다 졸다, 졸다 읽다 한다.

하늘하늘 하늘로 서려 오르는 푸른 향연(香煙)은 영계(靈界)로 통하는 영매(靈媒)로서 분위기를 정밀(靜謐)하고 청정(淸淨)하게 하는 공력(功力)이 있다. 이 향기는 우주원기(宇宙元氣)와 동화하여 사심(邪心)을 잠재우고, 요설(饒舌)을 침묵(沈默)하게 하는 공효가 있다.

拋盡萬緣高枕臥　燒香時讀故人書

작자는 이미 이런 수양법의 달인(達人)인 듯하다.

오경석(吳慶錫, 1831~1879, 순조 31~고종 16) 서화가. 호는 역매(亦梅). 본관은 해주. 오세창의 아버지. 역관으로 개화사상의 선구자. 유대치·박영효·홍영식·김옥균 등과 함께 쇄국을 반대하고, 선진 문화의 수입을 주장했으며, 청나라를 왕래하며 많은 과학 도서를 들여왔다.

전가(3수)

한장석

동산엔 나무 그늘 짙푸르게 쌓였는데,
오동나무 잎사귀는 전방석보다 크다.
고요할수록 숲엔 소리 더욱 드높으니
온갖 새들 합창 속에 한 매미의 반주로고!

園陰濃翠積　梧葉大於氈
靜裏林逾響　千禽間一蟬

서쪽 들 농막에는 풋보리 향기롭고
청삽사리는 들밥 뒤를 따라간다.
질펀히 펼쳐진 유채꽃 넓은 들엔
수없이 날아 쌓는 샛노란 나비 떼들!

西舍麥鎬香　青尨隨午饁
悠揚野菜花　無數飛黃蝶

개울물 소리에 이끌려 오노라니
소나무 그늘 속 돌길이 이어 있다.
흥 따라 들어감에 깊이를 모를러니
물이 다한 곳에 구름이 다시 인다.

泉聲引客來　石徑松陰裏
乘興不知深　水窮雲復起
〈田家雜興 三首〉

세 폭의 아름다운 그림이다. 세 폭 그림을 삼면 벽에 걸어 두고 와유강산(臥遊江山)이라도 했으면 좋겠다.

나뭇잎들은 넓어질 대로 넓어져, 오동잎 같은 것은 전방석보다도 크다. 그런 넓은 잎들이 겹겹으로 쌓여 이룬 짙은 그늘 속에 저절로 이루어진 온갖 멧새들의 합창 소리, 그 소리에 반주하듯 한 매미 소리의 청높은 반주 가락! 숲이 고요할수록 그 소리 더욱 높고, 그 소리 높을수록 숲은 한결 더 고요한, 이 여름 전원의 태고연한 아름다움! 다 자연의 찬미이며 생의 희열이다.

푸른 물결 자르르한 푸른 보리밭에서 은은히 풍겨 오는 풋풋한 풋내! 그 싱그러운 향기는 아는 이나 알 일이다. 들밥 이고 가는 주인 아낙 따라, 앞서거니 뒤서거니 껑충거리는 청삽사리! 길 좌우로 펼쳐져 있는 넓은 유채꽃밭의 그 샛노란 꽃 잔치에 참여한 무수한 노랑나비들의 여광여취(如狂如醉)로 춤추는 군무(群舞) 군무!

자란자란 지절대는 개울물 소리에 이끌리어 발밤발밤 들어가노라니, 오솔길은 소나무 그늘 속으로 끝없이 이어지고 있다. 흥 따라 짐짓 들어가노라니, 산도 물도 다한 막바지에 다시 구름이 일고 있다. 속계와 동떨어진, 구름의 고장, 신선의 경계에 이른 것이다.

'梧葉大於氈'은, 이백(李白)의 "燕山雪片大如席(연산에 내리는 눈

麥篘香(맥추향) 풋보리 향기. 푸른 보리 잎에서 풍겨 나는 풋내.
靑尨(청방) 털빛이 푸른 삽살개. 청삽사리.
午饁(오엽) 들에서 먹는 점심밥. 들밥.
悠揚(유양) 길고 먼 모양. 경치가 아득한 모양.

조각이 돗자리보다 크다)"을 연상케 할 만큼, 터무니없는 과장에서 오히려 직감되는 그 실감을 맛볼 것이다.

| **한장석(韓章錫, 1832~1894, 순조 32~고종 31)** 자는 치수(穉綏). 호는 미산(眉山). 본관은 청주. 유신환(兪莘煥)의 문인. 문과. 대제학, 함경도 관찰사 등 역임. 김윤식(金允植)·민태호(閔台鎬)와 함께 문장가로 유명했다. 저서에 《미산집》이 있다. 시호는 문간(文簡).

술을 대하여

오경화

술 대하니 백발이
새삼 섧구나.
세월은 흐르는 물
멎지를 않네.

산새도 저무는 봄
차마 애달다
소리소리 우짖은들
지는 꽃을 어이리—.

對酒還憐白髮多　年光如水不停波
山鳥傷春春已暮　百般啼奈落花何

〈對酒有感〉

評說 꽃이 피면 마음도 피어나고, 꽃이 시들면 마음도 그물어지는 것, 그것은 사람만이 아니라, 미물도 마찬가진가 보다. 꽃이 진다고 저리도 안달하여 우짖는 산새 소리를 들으면서, 한 잔 한 잔을 거듭하고 있노라니, 어느덧 하얗게 세어 버린 자신의 백발이 새삼 서러워진다. 물 흐르듯 흐르는 세월의 덧없음을 절감하면

百般(백반) 여러 가지. 여러 갈래. 온갖.

서, 또 한 잔을 비운다. 꽃은 여전히 하롱하롱 바람도 없이 지고 있고, 산새들은 아직도 애타게 울어 쌓지만, 저흰들 가는 봄을 못 가게 할 수는 없지 않은가? 다시 한 잔 가득히 높이 들어, 가는 봄을 전송이나 하는 수밖에 —.

꽃이 진다 하고 새들아 슬퍼 마라.
바람에 흩날리니 꽃의 탓 아니로다.
가노라 희짓는 봄을 새와 무심하리요?

송순(宋純)

| **오경화(吳擎華)** 후기 위항 시인(委巷詩人). 자는 자형(子馨). 호는 경수(瓊叟). 본관은 안락(安樂).

회포

홍의식

처량한 비바람이 창틀에 부딪나니
나그네 가을 되니 시름도 하고 하다.

불우한 문학 생애 비틀거림 가련한데,
묵정밭 귀거래(歸去來)도 못 이룸이 한스럽다.

살 궁리는 멀리 거미만도 못했으매,
가슴에 품은 한은 실솔 따라 슬프구나.

나뭇잎 지는 소리 차가움에 잠 못 이뤄
등 심지 돋우면서 옛 시정을 되씹는다.

淒風寒雨打窓楣　騷客逢秋有所思
破硯生涯燐蹭蹬　荒田歸計恨差池
經綸不及蜘蛛遠　懷抱還隨蟋蟀悲
落木聲中寒不寐　挑燈坐閱自家詩

〈書懷〉

評說 가을비 내리는 밤은, 들리는 것도 많고 생각나는 것도 많다. 추정추정 투정하듯 중얼거리는 밤비 소리, 벽 틈에서 귀뚤귀뚤 심기 불편한 서글픈 소리, 이따금 우수수 나뭇잎 지는 소리,

이러한 소리들 등쌀에 잠 못 이루고, 후회투성이 지난날의 이런 일 저런 일을 곱씹고 되씹으며, 모처럼의 한 세상을 그릇 살아온 한스러운 회포를 되뇌면서, 낙엽같이 적어 던졌던 시 나부랭이들을 끔벅거리는 등잔 아래 부질없이 되새김질이나 하고 있는 것이다.

破硯(파연) 깨진 벼루. 순조롭지 못했던 문학 생애를 우의한 말.
蹭蹬(층등) 헛디디어 비틀거리는 모양
差池(치지) 서로 어긋난 모양. 참치(參差).
蜘蛛(지주) 거미.
蟋蟀(실솔) 귀뚜라미.

| **홍의식(洪義植)** 후기 위항 시인. 자는 치의(致宜). 호는 정호(靜湖). 성호(聖浩)의 아들.

여강

김부현

묻노니 여강 풍경 요사이 어떠한고?
승지에 봄이 오니 흥겨움이 더욱 많다.

시흥(詩興)이 솟구치니 청심루 위에서요,
뱃노래 지나나니 신륵사 앞이로다.

모래벌 두 기슭은 훨훨 나는 백로인데,
봄풀 푸른 긴 강에는 아스라한 물결일다!

홍진의 묵은 때를 한번 활짝 씻고 나서
이 몸도 도롱이 입고 어부들이랑 살고지고!

驪江物色問如何　勝地春來興更多
詩句淸心樓上得　棹歌神勒寺前過
平沙兩岸飛飛鷺　芳草長江杳杳波
十載紅塵堪一濯　願從漁子去披蓑

〈驪江〉

評說 눈에 넘치는 화창한 봄 경치, 청심루 위에서의 솟구치는 맑은 시흥(詩興), 훨훨 나는 백로의 한가로움, 아득히 출렁대는 물결의 낭만, 이처럼 전편에 너울너울 넘치는 멋으로 살아 숨쉬고

있는 풍요로운 시구들! 그것은 1·2구의 문답식 서두와, 3·4구의 2 : 5의 파격적인 운율 구성, 인과(因果)의 전도적(顚倒的) 표현 등 그것들은 하루의 맑은 봄놀이에서의 한잔 얼큰해진 취기(醉氣)를 풍기고 있다.

한평생 찌든 속기(俗氣)를 저 맑고 고운 강물에 풍덩 씻어 헹구고, 이런 대자연의 품으로 돌아와 어부들이랑 함께 남은 생애를 욕심 없이 살리라는 염원도 자연스러운 귀결로 이어져 순리롭다.

같은 작자, 같은 제목의 칠절(七絶) 한 수를 아울러 차려 본다.

東來一洗世間憂　여강에 와 세상 근심 한번 활짝 씻고 나서
泛泛滄波任遠遊　배 둥둥 창파에 띄워 가는 대로 맡겼더니,
無數好山舟上過　무수한 좋은 산들 맞아선 보내느라,
不知身已到忠州　몰랐었네. 이 몸 이미 충주에 닿았음을—.

驪江(여강) 한강의 여주를 흐르는 구간의 이름.
杳杳(묘묘) 아득한 모양. 아스라함.
被蓑(피사) 도롱이를 입음. 곧 어부나 농부가 됨.

| **김부현(金富賢)** 후기 위항 시인. 자 예경(禮卿). 호 항동(巷東), 본관 광산. 최기남(崔奇男)의 외손.

비바람 탓

이집

꽃 피면 지나새나
비가 내리고,
버들 푸르면 새나지나
바람이 분다.

꽃과 버들 봄 만나
피는 그 길로
비바람 허공 길에
내맡겨지네.

花開暮暮朝朝雨　柳綠朝朝暮暮風
花柳逢春惟自發　任他風雨過虛空

〈和泰軒歎海天多風雨〉

評說 꽃을 피우기 위해서는 1년 내내 우주의 정(精)을 안으로 안으로 모아 꽃눈을 가꾸어 온 꽃나무의 공적이요, 버들이 푸르기 위해서도 일 년 내내 잎눈을 가꾸어 온 버드나무의 공적임은 말할 나위도 없다. 그렇게 360일 혼신의 공을 들인 귀한 꽃이요 잎

※ **詩題** 태헌이 읊은 '바다며 하늘에 비바람 많음을 한탄한다'는 시에 화답함.
任他(임타) 그러면 그런대로 하는 수 없이 그것에 내맡겨 둠. 예: 惟有詩懷禁不得, 任他憔瘦不勝衣(宋, 王十朋의 詩).

이건만, 일단 세상에 태어나기가 무섭게, 허공으로 지나가는 사나운 비바람 길에 아무런 보호 조치도 없이, 그 어린것들이 내맡겨져, 비바람의 희롱에 속수무책으로 당하고만 있어야 하게 되다니, 가엾지 아니한가? 따져 보면 인생도 그러하다. 고해라 일컬어지는, 갖가지 병도 많고 온갖 위해(危害)도 많은 살기 어려운 이 세상에 태어나자마자, 그 모진 시달림을 겪어야 하는가 하면, 더구나 일부 인생은 똑같은 목숨 받아 사람으로 태어났으면서도, 나기 전부터 이미 운명 지어져 있는 천한 신분의 세습으로 사회의 온갖 수모, 온갖 불이익을 감수해야 하는 모순된 사회 제도 속에 내동댕이쳐지면서부터 더더욱 서러운 시달림을 받아야 함에 있어서랴?

'조조 모모, 모모 조조'는 저 유명한 '연년세세(年年歲歲), 세세연년(歲歲年年)'과 같이 전후 교착의 이중 첩어(疊語)에서 오는 강조의 효과와 운율의 멋을 아울러 음미할 것이다.

※ 당 시인 유희이(劉希夷)의 〈대비백두가(代悲白頭歌)〉의 일절

年年歲歲花相似　해마다 해마다 꽃은 같아도
歲歲年年人不同　해마다 해마다 사람은 달라……

| **이집(李楫)** 후기 위항 시인(委巷詩人). 자 제백(濟伯). 호 화산(華山). 풍모(風貌)가 장대하였으며, 경술(經術)과 의방(醫方)에 대한 저서 8권이 있다.

봉성암

염중보

가느다란 길이
깊은 지경으로
이어지더니
외딴 암자 하나
울멍줄멍 산속에
숨어 있었네.

저 낭떠러지를
더위잡아 오를 이
없을 것이매,
차라리 건너가누나
종소리 멀리
허공 밖으로…

細路通深境　孤菴隱亂峰
懸崖攀不得　空外度遙鍾
〈奉聖庵〉

평설 대신 종소리나 추적해 볼까나!

너무 깊고 높은 산속 낭떠러지 위이라,

중생이 찾아오지 못할 것이매,
차라리 이쪽에서 찾아가는 범종 소리!

사바 세상 중생들에 하소연하듯
허공을 건너 건너가는 범종 소리!

일타 이타 삼사타…… 꼭지를 따 주기만 하면
일성 이성 삼사성……
한가론 듯 허허론 듯
애와치듯 탄식하듯
허공을 건너 건너가는 범종 소리!

저녁놀이 번지듯이
어둠살이 깔리듯이

一打二打三四打　五六七八九十打
一聲二聲三四聲　五六七八九十聲

亂峰(난봉) 어지럽게 흩어져 있는 산봉우리.
懸崖(현애) 낭떠러지.
攀(반) 더위잡아 오름. 무엇을 손잡이로 붙들며 올라감.
空外(공외) 허공의 바깥.

| **염중보(廉重輔)** 후기 위항 시인. 자는 태후(台垢). 호는 누서(樓西).

초가

최윤창

초가엔 닭도
일찍 우나 봐

농부 일어나
쇠죽 먹여선

지새는 달에
사립문 닫고

"이러…… 어디어……"
밭 갈러 간다.

茅舍鷄鳴早　農人起飯牛
柴扉掩殘月　叱叱向西疇

〈田舍〉

評說 자명종에 시간을 재어 놓듯, 주인과는 내약이 돼 있음이렷다.

동네 닭 선등으로 홰 툭툭 엄청 크게 냅다 쳐 놓고는, '꼬끼요오' 한 목청 길게 새벽을 따면, 먼동은 까치눈 뜨듯 간신히 트이기 시작한다. 이 집 주인이야 그 진작 용수철처럼 벌떡 일어나, 쇠죽 한 배

뱃가죽이 팽팽하게 먹여 가지고, 지새는 달빛 아래 사립문 닫아 두고, 주종(主從)의 두 그림자 길게, 재 너머 사래 긴 밭 갈러 갈 제,

"……이러……, ……어디어……"

"……음매……"

는 그들의 대화다.

날짐승 길짐승도 모두 한뜻으로, 이 착하고 부지런한 주인에 봉사하고 있는 아름다운 정경이다.

茅舍(모사) 띠나 짚으로 이은 집. 초가(草家).
飯牛(반우) 소에게 먹을 것을 주어 먹임.
叱叱(질질) 소 부리는 소리. '이러', '어디어' 따위.
西疇(서주) 서쪽 들에 있는 논밭.

| **최윤창(崔潤昌)** 후기 위항 시인. 자는 회지(晦之). 호는 동계(東溪).

세상 일·사람 마음

김진위

세상일은
엎치락뒤치락
사람의 마음도
이랬다 저랬다

세속의 눈흘김은
더더욱 싫어
바다·산 푸름만을
길이 대하네.

世事多飜覆　人情互逕庭
深憎俗眼白　長對海山青
〈用唐人韻〉

인간 세상의 모든 일은 엎치락뒤치락 뒤바뀌기 십상이요, 사람의 마음도 조석변(朝夕變)이 항다반(恒茶飯)이라, 어제

※ **詩題** 당 시인의 운에 차운(次韻)한다는 뜻.
飜覆(번복) 이랬다 저랬다 뒤집는 일.
互逕庭(호경정) 서로 크게 다름.
眼白(안백) 안청(眼靑)의 반대. 흰자위가 하얗게 드러난다는 뜻으로, 눈을 흘김, 상대를 미워함.

친구 오늘 원수로, 또는 군신(君臣) 사이 부부(夫婦) 사이, 애증(愛憎)이 뒤바뀌어, 조승은모사사(朝承恩暮賜死)와 홀종우녀위삼상(忽從牛女爲參商)되기 일쑤인 세상사! 그러기에 인간 세상을 자연 백안시(白眼視)하게 된다. 오직 미더운 것은 자연이요, 자연 중에서도 가장 듬직한 것은 푸른 산이기에 청산을 바라보며 지긋이 마음을 달래고 있는 것이다.

청산은 덕이 있어 만인의 우러름을 받으며,

청산은 너그러워 만물을 포용하며,

청산은 듬직하여 믿음을 저버리지 아니하며,

청산은 말이 없어 남의 허물을 옮기지 아니하며,

청산은 늘 푸르러 청안(青眼)으로 대해 주니, 청안으로 대할밖에—.

※ 朝承恩暮賜死: 아침에 임금의 총애를 받다가 저녁에 사약을 받게 된다는 뜻. 忽從牛女爲參商: 부부가 갈라서게 되어, 삼성(參星)과 상성(商星)처럼 서로 볼 수 없는 처지가 된다는 뜻. 모두 백낙천(白樂天)의 〈태행로(太行路)〉에서 따온 시구.

| **김진위(金震煒)** 후기 위항 시인. 자는 여장(汝章). 본관은 청양(青陽).

한가위 달

고징후

이 달을 모두들
즐겨 보건만,
나는야 그렇게
되지를 않네.

주인 없어 허공에
던져 버렸던,
아내의 옛 거울
바로 그건 걸—.

此月人皆翫　吾看獨不同
分明古家鏡　無主委虛空
〈悼亡後對仲秋月〉

評說 달은 그리움을 불러일으키는 촉매(觸媒) 구실을 한다. 하물며 한가위의 달이며, 더구나 죽은 아내를 일깨우는 그리움에서랴? 남들은 한가위 달이라, 달구경이 흥겨운 모양이나, 작자의 시선은 홀로 초연(悄然)히 슬픔에 젖어 있을 뿐이다. 거울같이 둥근

翫(완) 완상(翫賞).
悼亡(도망) 죽은 아내를 생각하여 슬퍼함. 여기서는 '상처(喪妻)'의 뜻.

달! 아니, 달같이 둥근 거울! 아무리 보아도 이것은 아내가 자주 얼굴을 비춰 보던, 우리 집 옛 구리거울〔古銅鏡〕임에 틀림이 없다. 아내 죽은 후, 주인 없는 것이라 하여, 허공에 던져 버렸던 그 거울! 바로 그 거울이 아니고 무엇이랴? 지긋이 바라보고 있노라니, 눈에 익은 그 거울이 틀림이 없다. 어느새 달도 다가와 가슴에 안겨 있다. 절박한 그리움에, 달을 어루만지고 있는 작자! 이리하여 만인이 관용하는 원칭(遠稱)의 '저 달〔彼月〕'은, 근칭(近稱)의 '이 달〔此月〕'이 되어 있는 것이다. 바야흐로 내 가슴에 안겨 있는 달이며, 남의 것이 아닌, 바로 내 달이기 때문이다. 아, 용자(用字)의 긴밀함이 정히 이와 같은저!

이는 황진이의 〈반달(詠半月)〉의 점화(點化)라 볼 수도 있다. 얼레빗으로 보인 반달이 여기서는 구리거울로 보이는 보름달로 바뀌었을 뿐이다.

| **고징후(高徵厚)** 조선 후기의 위항 시인·역관(譯官). 자는 중구(仲久). 본관은 개성(開城).

을해탄

서경창

그 옛날 계묘년 흉년 때에는
쌀 한 섬 값이 천 냥 했지만
돈이 있어도 쌀이 없어서
장사꾼들 빈 가게만 지키었었네.

이상도 하여라! 금년 흉년엔
한 섬에 이천 냥을 부르는데도
수많은 경향 각지 저자마다엔
널려 있는 곡식이 평년만 같네.

알고 보니 얄미운 모리꾼들이
값 올려 농간을 부렸지 뭔가!

粤昔癸卯歲　米石直千錢
有錢而無米　賈兒坐空廛
異哉今年歉　至石直二千
狼戾京鄉市　所渫若平年
可惡牟利徒　踊貴弄其權

〈乙亥歎〉

評說 인간의 간지(奸智)는 일찍부터 발달하여 재리(財利)만을 노리는 악덕 상인 모리배들은 돈이 된다면 못할 짓이 없다. 그들은 상용 수단으로, 〈허생전〉의 수법인 매점매석(買占賣惜)은 물론, 담합(談合), 야합(野合), 의도적으로 조작한 예언성 요참(謠讖)이나, 유언비어, 허위 정보 퍼뜨리기 등, 온갖 간악한 수단들을 동원하여, 세인의 이목을 미혹하게 하기 일쑤다. 저 유명한 계묘년의 보리 흉년이야 워낙 악살년(惡殺年)이라, 곡식이 실제로 없어서 값이 뛰었지만, 을해년인 금년의 경우는 곡식이 있는데도 값이 오른 것이다. 알고 보니 이 바로 상인들의 농간에서였던 것이지 뭔가?

이 시는, 백성들의 목숨을 담보로, 상도(商道)를 역행하고, 시장 질서를 교란하여 저들만 치부하겠다는 간상(奸商)들의 이 어처구니없는 짓거리에 대한, 참기 어려운 분노요, 증오요, 타기(唾棄)이다.

粤昔(월석) 지난 옛날. 그 옛날.
直千錢(치천전) 값이 천 냥. '直'는 '値'와 같음.
賈兒(고아) 장사치. 상인을 천시하여 이르는 말.
空廛(공전) 빈 가게.
狼戾(낭려) '낭자(狼藉)'와 같은 뜻으로, '많다, 푸지다'의 뜻.
所渫(소설) 흩어져 있는 바. 널려 있는 것.
牟利徒(모리도) 모리배(謀利輩). 도덕이나 의리를 생각지 않고, 오직 재리(財利)만을 꾀하여 상도를 어기는 무리들.
踊貴(용귀) 값이 오름. 등귀(騰貴).
弄其權(농기권) 계략(計略)을 써서 농락함. '權'은 책략을 써서 속임.

| **서경창(徐慶昌)** 후기 위항 시인이며 실학자. 자는 명중(明重). 호는 학포헌(學圃軒). 본관은 전주. 저서에, 1813년 고구마의 재배 기술의 보급에 공이 컸던, 《종저방(種藷方)》 및 《학포헌집》이 있다.

봉황계

김윤식

꾀꼬리 뻐꾸기
번갈아 울어울어
붉은 비 우수수
길에 가득 쌓이네.

노고한 봄, 먼 길에
나귀 등이 포근해
깜박 조는 사이
봉황계에 왔을 줄야!

黃公啼罷郭公啼　紅雨繽紛滿一蹊
春困長程驢背穩　瞥然睡到鳳凰溪

〈鳳凰溪〉

紅雨(홍우) 붉은 비, 낙화(落花)의 은유.
繽紛(빈분) 어지럽게 떨어지는 모양.
滿一蹊(만일혜) 한 가닥 오솔길에 가득함. 나아가는 길에 가득 (낙화가) 깔려 쌓임.
長程(장정) 긴 여정(旅程).
驢背(여배) 나귀의 등.
瞥然(별연) 언뜻 보는 모양. 또는 잠깐 사이.
睡到(수도) 졸면서 ~에 이름.

評說 가는 봄을 배웅하는 전춘(餞春)길의 일단사(一端事)다. 황공·곽공은 황씨 성·곽씨 성으로 의인된 꾀꼬리와 뻐꾸기의 별명이다. 이 철새들의 번갈아 울어 대는, 그 극성스러운 재촉에 못 이겨, 수많은 산꽃들이 붉은 비 내리듯 마냥 우수수 떨어진다. 떨어진 꽃잎들은 잠시 표랑의 과정을 겪고는 오솔길 위에까지 한겹 한겹 수북히 쌓인다.

'새 울음'과 '꽃 떨어짐'의, 이 시청각적 단순한 우합(偶合)을, 작자는 우합으로가 아니라, 필연적인 상관관계로 보고 있다. 곧 철새도 철 따라, 꽃도 철 따라, 그 서로 유전(流轉)하는 시간적 계합(契合)이, 그에게는 일종의 연기론적(緣起論的) 인과(因果)로 비치게 되었음이리라.

가는 봄을 우는 새 울음 따라, 붉은 꽃 비 내리듯 지는 봉황계의 시냇길! '봄은 나귀를 타고 온다'는 속담의 그 나귀를 타고 이젠 가는 봄을 보내러 전춘(餞春) 길에 나선 것이다.

나귀! 그 안존한 키에 충직한 심성, 속까지 멀쩡하게 들여다보이는 끔벅끔벅 사람 눈 같은 눈, 안테나 레이다처럼 이리 가늠하고 저리 재어 보며 무시로 쫑긋거리는 긴 귀, 자랑자랑 방울 소리 더불어 기복(起伏) 없이 종종걸음치는 잔잔한 나귀 등의 그 '포근한 맛'! 작자는 이 '포근함(穩)'에 매료(魅了)되어 아지랑이같이 녹아 내리는 춘곤 속으로 그예 깜박해 버린다. 그것은 단 한 순간의 일일 뿐이다. 그렇건만 놀랍게도 어느덧 봉황계에 와 있을 줄이야! 그 꽤나 먼 길을 용케도 굴러떨어지지 않았음이 신기롭기도 하려니와, 나귀 등에 얹혀 가고 있는 얼빠진 등신 같은 자신의 덩치야말로 분반(噴飯)할 일이 아니고 무엇이랴 싶다.

호곡(壺谷) 남용익(南龍翼)의 〈호서행〉이 생각난다.

驢背春睡足　나귀 등의 봄 잠이 흐무뭇하여
青山夢裏行　푸른 산을 꿈속에 가고 있었네.

〈湖西行〉

김윤식(金允植, 1835~1922) 학자·정치가. 자 순경(洵卿). 호 운양(雲養). 본관 청풍(淸風). 개화파에 속하여 갑오경장 후 외부대신 등 역임. 대동학회(大東學會)·기호학회(畿湖學會)에도 참여한, 구한말 굴지의 문장가였다. 저서에 《운양집》, 《음청사(陰晴史)》 등이 있다.

홍류동에서

이건창

더 크게
더 깊게
다퉈 새긴 이름들
돌 금가고
이끼 메니
뉘 다시 알랴?

한 자도 아니 새긴
'최치원' 님이지만
이날토록 '가야산' 시
사람들은 외우네.

大書深刻競纍纍　石泐苔塡誰復知
一字不題崔致遠　至今人誦七言詩
〈紅流洞戲題〉

評說 이 땅의 경승지(景勝地)면 어디서나 보게 되는, 암석에 새긴 이름들—. 깎아지른 벼랑에 대서특필(大書特筆)로 새긴, 공사(工事)로도 큰 공사인 이름에서, 대소 심천(大小深淺) 갖가지 필체로 새겨 놓은 올망졸망한 이름들이, 이 가야산의 홍류동에도 도처에 늘비함을 본다.

그 이름들은 서로 돋보이려고 전인(前人)들의 이름 사이를 비집고, 더 크게 더 깊게 새겨져 있다.

일찍이 이 땅에 산 적이 있었노라는 그 수많은 이름들이, 고금(古今)을 이웃하여, 저마다 "이리를 보아 달라", "나를 기억해 달라"고 아우성을 치며 안달하고 있는 듯한 정황이다.

사람은 죽어서 이름을 남긴다지만, 저렇게 남기는 이름이 어찌 남기는 이름이 되랴? 저 장삼이사(張三李四)들이 누구의 몇 대손이며 몇 대조인지 어느 누가 알 것이며, 안들 뭐 할 것인가? 더구나 풍마우세(風磨雨洗)하여 돌도 결 일어 이지러지고, 획마다 이끼 메여 판독(判讀)조차 못하게 됨에서랴? 실로 한심한 속물들의 짓거리들이 아니고 무엇이랴?

저렇게 하여 남기는 것이 있다면, 그것은 덕망이나 학문이나 인격으로 남는 향기로운 이름이 아니라, "산천을 훼손한 자가 바로 나 아무개요" 또는 "나 아무개는 요명(要名)이나 하는 외식인(外飾人)이요" 하는 자기 거풍의 냄새 나는 이름으로나 남는 외에 다시 또 무엇이 남으리요?

보라, '최치원' 님이야 이 홍류동에서 생애를 마친 분이지만, 그는 성명 삼자의 어느 한 자도 새겨 둔 데가 없고, 그의 칠언 절구인 〈가야산〉 시의 어느 한 구도 새겨 둔 곳이 없지마는, 그러나 천 년이 지난 이날토록, 사람들은 그의 시와 함께 그의 이름을 두루 외우고 있지 않는가.

紅流洞(홍류동) 가야산(伽倻山)의 해인사(海印寺)가 있는 골짜기의 이름.
戲題(희제) 희롱 삼아 씀.
纍纍(누누) 늘비한 모양.
石泐(석륵) 돌의 결이 일어남. 돌이 결에 따라 금 가거나 부스러짐.
苔塡(태전) 이끼가 메임.

탄식하며 다시 한 번 바라본다. 저 즐비한 '이름'의 공동묘지! 싸느라이 바래진 글자들이 해골(骸骨)처럼 고요히 풍화(風化)되어 가고 있다.

냉소적(冷笑的)인 해학 속에 경세(警世)의 일침을 가한 풍자시이다.

최치원의 칠언시 〈題伽倻山〉은 다음과 같다.

狂噴疊石吼重巒　人語難分咫尺間
常恐是非聲到耳　故敎流水盡籠山

바위 바위 내닫는 물 천봉(千峯)을 우짖음은,
속세의 시비 소리 혹시나마 들릴세라,
일부러 물소리로 하여 귀를 먹게 함일다.

그런데 《동국여지승람》에 보면, "홍류동에 들어 무릉교를 건너면, 절을 향한 5·6리쯤 되는 곳에 최치원의 '제시석(題詩石)'이 있으니, 그 시에 이르기를 '狂噴疊石吼重巒……'이라 했다. 인하여 후인들이 그 바위를 '치원대(致遠臺)'라 부르게 되었다(伽倻山海印寺之洞曰紅流洞 入洞口渡武陵橋 向寺而寺五六里許 有崔致遠題詩石 其詩曰 狂噴疊石吼重巒…… 後人因名其石曰致遠臺)"라는 기록이 있으니, 이 곧 농산정(籠山亭) 맞은편 석벽에 음각한 고운의 전기 둔세시(遯世詩)의 각자를 두고 이름이다. 그러나 이는 조선조 후인들의 의각(擬刻)일 뿐이다. 아무튼 본시의 작자는 이러한 각자나 기록들을 아예 문제삼을 거리가 되지 못하는 것으로 보아 넘겼거나, 아니면, 그것들을 보지 못했음이 아닌가 여겨진다.

한씨 댁 개

이건창

1	季第從西來	막내아우 서도(西道)에서 돌아오면서
	示我韓狗文	'한구'의 글을 써서 내게 보인다.
	讀過再三歎	읽어 가다 몇 번이나 감탄했나니
	此事誠罕聞	이런 일은 진실로 드문 일이라.
2	史家重紀述	사가는 기술을 중히 여기나
	銘頌在詩人	칭송은 시인의 몫으로 있어,
	二美不偏擧	이 두 가지 아름다움 갖춰야겠기,
	吾今當復申	내 이제 시로써 읊으려 하네.
3	狗也江西產	이 개는 평안도서 태어났는데,
	主人韓氏貧	주인인 한씨 댁은 너무 가난해
	所畜惟此狗	기르는 것이라곤 이 개뿐이나,
	神駿乃無倫	그 날래고 영리함은 견줄 데 없다.
4	戀主而守盜	주인 잘 따르고 집 잘 봄이야
	狗性固無論	개의 본성이라 그렇다 쳐도,
	如人忠孝士	어쩌면 충효한 선비와 같아
	智勇貴兼全	지혜와 용기마저 겸했다 하리.
5	貧家無僮指	가난한 집 심부름꾼 있을 리 없어

使狗適市廛　개 시켜 시장 볼 일 봐 오게 할 제,
以包掛其耳　쪽지와 돈을 싼 장 보자기를
繫之書與錢　그의 두 귀에 검싸매 주면
市人見拘來　개 오는 걸 본 가게 주인은
不問知爲韓　으레 한씨 댁 개인 줄 알아
發書予販物　쪽지 보고 팔 물건 넣어 보낼 제,
其價不忍瞞　차마 물건 값 못 속이더라.
狗戴累累歸　그걸 메고 허위단심 돌아와서는
掉尾喜且歡　좋아라 꼬리 치며 기뻐 날뛴다.

6　邑豪欺主人　읍내의 깡패 두목 주인 깔보고
道遇與惡言　길에서 만나자 욕설 퍼부며
肆幾勢欲毆　함부로 사람 칠 듯 행패 부릴 제,
狗見怒而奔　이를 보자 성내어 와락 내달아
咋呀直逼前　호랑이가 돼지를 물어뜯을 듯
如虎將噬豚　으르렁거리며 버럭 대든다.
主人曰不可　"아서라" 주인이 손짓을 하자
麾之狗傍蹲　개는 주인 옆에 주저앉는다.
自後豪斂伏　이로부터 깡패들 움츠러들어
畏韓如畏官　한씨 보길 관원 보듯 두려워하니,
韓狗聞一邑　그 소문 한 고을에 널리 퍼지어
遠近爭來看　원근에서 다투어 구경 오더라.

7　債家欲得狗　빚쟁이가 슬깃이 개 탐이 나서,
急來索錢還　불쑥 와 돈 갚으라 독촉을 한다.
無錢還不得　돈 없어 갚을 길 없음을 알자

	索狗手將牽	개라도 달라며 끌고 나선다.
	主人抱狗語	주인이 하염없이 눈물 흘리며
	垂淚落狗前	개를 부여안고 타이르는 말—
	何意汝與我	"어이 뜻했으랴. 나와 너 사이
	一朝相棄捐	이렇듯 갑자기 헤어질 줄야?
	去貧入富家	아무튼 가난 떠나 부잣집 가니
	賀汝得高遷	너 잘돼 가는 걸 축하해 주마.
	好去事新主	잘 가서 새 주인도 또한 잘 섬겨
	飽食以終年	한평생 배불리 먹고 살거라."
8	別狗入屋中	개를 떠나보내고 방에 들어와
	思狗淚如泉	생각사록 눈물이 샘솟듯 하여
	出門視狗處	문에 나가 그 가던 길 바라보자니,
	狗已中途旋	그는 이미 중도에서 되돌아와서
	銜衣方入懷	옷섶 물고 품 안으로 막 뛰어들 제,
	新主來復嗔	새 주인 뒤좇아 와 또 성을 낸다.
	自牽與新主	개를 끌어 새 주인께 넘겨주면서
	附耳戒諄諄	귀에 대고 거듭거듭 당부하건만
	如是四五日	이렇게 하기를 4·5일 동안
	狗去來何頻	가고 오길 어이 그리 자주 하던고?
9	新主來復語	새 주인 다시 와 호통 치기를
	此狗不可馴	"이 개 길들일 길 전혀 없으니
	狗還錢當出	개는 돌려가고 돈을 내놓되
	勿爲更遷延	다시는 미적미적하지 말라" ㄴ다.
	主人不能答	주인이 무어라 답할 길 없어

撫狗重細陳　개 어루만지며 거듭 달래길
舊主誠可念　"옛 주인 진정으로 생각한다면
新主義亦均　새 주인도 의리상 마찬가지니
汝誠念舊主　네 진정 이 나를 위해 준다면
勤心宜事新　새 주인 애써 섬김 마땅하거늘
奈何違所命　어쩌자고 내 말을 이리 안 듣고
往來不憚煩　오고 가는 번거롬을 꺼리지 않니?"
狗受主人教　주인의 이 말을 듣고 나더니,
却往新主門　새 주인 집 문간으로 물러가더라.

10 白日何太遲　하루해는 어이 그리 지루하던고?
擧首望黃昏　애타게 황혼 되길 기다렸다가
潛還舊主家　몰래 옛 주인집 돌아왔건만,
垂首隱籬藩　고개 떨궈 울타리에 숨어 있을 뿐,
不敢見主人　감히 주인을 볼 수도 없어
但爲守其閽　다만 그 문지기 노릇만 한다.
相去四十里　두 사이 오가는 사십 리 길은
道險多荊榛　가시밭도 많은 험한 길인데,
日日無暫廢　날마다 잠시도 쉬지 않더라.
寒署風雨辰　추우나 더우나 비바람 치나—.

11 兩家久已覺　오랜 뒤에 두 집에서 그 사실 알고
相語爲感歎　서로들 느꺼워 탄식했지만,
狗竟以勞死　그러나 개는 필경 지쳐 죽으매
死葬韓家村　죽은 곳 한씨 촌에 장사 지내니,
行人爲指點　오가는 길손들 거길 가리켜

共說義狗阡　‘의구’의 무덤이라 칭송하더라.

12 烏乎此狗義　아, 이 개의 의로움이여!
可質於聖賢　성현의 가르침에 바탕했었네.
樂毅身在趙　악의는 조나라에 망명했지만
終身不背燕　종신토록 연나라를 배반 안 했고,
徐庶心歸漢　서서는 한나라를 오직 사모해
居魏恥爲臣　위나라의 신하 됨을 부끄려었고,
王猛志中原　왕맹은 중원에 뜻을 두었기
黽勉事苻秦　애써 부진을 섬겨 왔나니,
未若此狗事　이분들, 이 개 일에 견주어 보면
義烈且忠純　그 ‘의열’ 그 ‘충순’ 같지 못하네.

13 國家五百載　조선조 500년 이어 오면서
養士重縉紳　선비 길러 관직을 중히 여기니,
社稷如太山　사직은 태산같이 든든하였고
環海無風塵　사해는 전쟁 없이 고요하였네.
高官與厚祿　높은 관직 후한 녹 받는 사람들
豢飫富以安　부귀에 물리고 안락에 겨워,
甘心附夷虜　오랑캐에 빌붙기를 달게 여기어
賣國不少難　나라 팔길 조금도 어려워 않네.
逆賊悉竄逋　역적들 모조리 숨고 달아나
朝著方紛紜　조정이 바야흐로 시끄러운데,
何由得此狗　어떡해야 이러한 의구를 얻어
持以獻吾君　우리 임금님께 갖다 바칠꼬?
〈韓狗篇〉

각 절의 요지를 살펴보면:

1은, '한구(개 아름)'의 실화를 알게 된 경위.

2는, 한구의 사실을 시로 읊고자 하는 충동.

3~4는, 한구의 생장과 그 주인의 빈곤한 처지.

5~6은, 한구의 기특한 이런 일 저런 일의 사례.

7~10은, 옛 주인에 대한 한구의 알뜰한 정의(情誼).

11은, 피로가 누적된 한구의 죽음.

12는, 의구(義狗)에 대한 세인들의 칭송.

13은, '개'보다도 못한 매국노(賣國奴)에 대한 분노.

개는 영리한 동물이라 하여, 사람과 가장 가까이 사랑을 나누는 애완물이다. 훈련에 따라서는 별의별 재주를 부리기도 하지마는, 스스로 의리를 알아 의롭게 행동하기란 훈련으로선 될 수 없다. 의견(義犬) 이야기는 이 말고도 경주 최씨 댁을 비롯한 몇몇 이야기들

銘頌(명송) 칭송하여 금석(金石)에 새기는 송시(訟詩).

二美(이미) 문(文)과 시(詩).

吽呀(우하) 개가 서로 물어뜯으며 짖는 소리.

諄諄(순순) 곡진하게 타이르는 모양.

樂毅(악의) 중국 전국 시대 연(燕)나라의 장수. 큰 공을 세웠으나, 연나라에 중용되지 못하여 조(趙)나라로 망명했다.

徐庶(서서) 중국 삼국 시대 촉한 사람으로 제갈량을 유비에게 천거함. 후에 조조가 그 어머니를 잡아가자 위나라에 갔으나, 지조를 굽히지 않았다.

王猛(왕맹) 전진(前秦)의 재상. 부견(苻堅)을 도와 그 세력을 강하게 하였다.

苻秦(부진) 5호 16국 중 전진(前秦)의 별칭.

'未若此狗事 義烈且忠純' 한구는 '의열'과 '충순'의 둘을 다 온전히 했으나, '악의, 서서, 왕맹'은 그중 어느 한쪽밖에 하지 못했으므로 같지 못하다고 한 것.

豢飫(환어) 배불리 기름.

韓狗(한구) '한씨 댁 개', '한국의 개'의 두 뜻을 가짐.

이 있지마는, 모두가 단편적인 일단사(一端事)에 그칠 뿐으로, 이 한 구처럼 정에 겹고 의에 두터운 장편적인 일생사는 되지 못한다.

끝으로 덧붙인 13은 이 시의 안목이다.

나라의 중임(重任)과 후대(厚待)로 귀히 길러져, 부귀영화와 안락(安樂)에 겨운 고관대작(高官大爵)의 무리들이 저희 몇 사람의 끝없는 영화를 채우기 위하여 태산같은 신임을 저버리고, 드디어는 반만년의 자주(自主) 역사와 삼천리 강토와 삼천만의 백성을 배반하고, 나라를 팔아넘긴 개보다도 훨씬 못한 매국노! 그 매국노를 성토함으로써 끝을 맺었다.

형식은 고시체, 운자는 평성 '문(文)'운으로 일관했다.

| **이건창**(李建昌, 1852~1898, 철종 3~광무 2) 문장가. 자 봉조(鳳朝). 호 영재(寧齋). 본관 전주(全州). 서장관(書狀官)으로 청나라에 가 문명을 떨쳤다. 고문(古文)에 능했고, 글씨도 잘 썼다. 척양주의자(斥洋主義者)로 일관했다. 저서에 《당의통략(黨議通略)》, 《명미당집(明美堂集)》 등이 있다.

저무는 봄

황현

복사꽃 오얏꽃 봄빛 다 덧없이 가고,
밤내 서창머리 낙수 소리 들리더니,
싱푸른 파초 한 줄기 쑤욱 빼어난 고갱이여!

桃紅李白已辭條　轉眼春光次第凋
好是西簷連夜雨　青青一本出芭蕉

〈村居暮春〉

評說 한때 만인의 가슴을 설레게 했던 꽃들 다 훌훌이 가지를 떠나가고, 찬란하던 봄빛 다 덧없이 시들어 간, 봄도 여름도 아닌 계절의 공백, 괜히 아쉽고 왠지 허전하다. 그예 시무룩해진 환절기의 위화감에 잠기는 나날들이다.

밤 내내 추정거리는 낙숫물 소리를 들으며 잠들었던 이른 아침. 무심코 열친 서창머리, 작자는 문득 '야!' 한 마디 탄성을 지르고 만

桃紅李白(도홍이백) 붉은 복사꽃과 흰 오얏꽃.
辭條(사조) 가지를 떠남. 꽃이 짐.
轉眼(전안) 순식간.
次第凋(차제조) 차례로 시듦.
好是(호시) 좋을시고. 좋구나! '是'는 강세 감탄.
西簷(서첨) 서쪽 처마.
連夜雨(연야우) 밤 내내 내리는 비. 또는 여러 날 밤을 연이어 내리는 비.
青青(청청) 푸르디푸름.

다. 기적같이 놀라운 구원(救援)이 거기 뜰가에 나타나 있는 것이 아닌가? 하룻밤 연해 내린 새 비, 새 물내를 맡고, 저 아득한 지심(地心)에서부터 속속들이 버티어 감돌아 오른, 싱그러운 파초 고갱이 한 대궁이가 쑤욱 빼어나, 잎 한 자락 끝을 너풀거리며 푸른 물방울을 떨어내고 있는 것이다. 마치 푸른 깃발을 흔들며, 온 천지는 바야흐로 신록의 계절임을 선언이라도 하고 있는 듯이…….

이 경이로운 새 생명에의 찬탄이, 이 싱그러운 새 계절에의 환희가, '青青出芭蕉'의, 연달아 몰아치는 'ㅊ · ㅍ' 격음의, 거센 호흡 격한 박동 속에 얼마나 싱싱하게 살아 있는가를 음미할 것이다.

모춘(暮春), 만춘(晩春), 전춘(餞春), 송춘(送春) 등 제하(題下)의 많은 작품들이 한결같이 봄을 여의는 애수에 사로잡혀 있는 가운데, 생기 발랄한 이 한 수의 발견이야말로 구원을 얻은 듯 눈이 활짝 뜨이는 감동이 아닐 수 없다.

함벽정에서

황현

강굽이에 늘어선
잎 누른 버들,
소매 끝 하롱하롱
지는 들국화,
가을바람 탓이라
원망은 마라.
고래로 백발 또한
그대 같네라.

兩行秋柳一灣沙　拂袖亭亭野菊花
莫向西風怨搖落　古來白髮似君多
〈涵碧亭贈申老人〉

한 줄기 강굽이의 양쪽 언덕에 늘어선 버드나무며, 소매 끝에 스치는 길섶의 들국화도 시름없이 하롱하롱 떨어지고 있

兩行(양행) 늘어서 있는 두 줄.
一灣沙(일만사) 한 물굽이에 쌓인 모래.
拂袖(불수) 소매를 떨침.
亭亭(정정) (1) 우뚝 솟은 모양. (2) 아름다운 모양. (3) 의지할 길 없는 모양. 여기서는 (3)의 뜻.
搖落(요락) 흔들어 떨어뜨림.
涵碧亭(함벽정) 합천(陜川)에 있는 정자 이름.

는 조락(凋落)의 계절이다. 그것을 어찌 가을바람 탓이라 원망할 것이랴? 바람이 아니라도 제물에 떨어지게 마련인 것이니, 예로부터 백발 늙은이도 그대들처럼 병 없이도 잿불 꺼지듯 사라져 간 이들이 많으니라.

함벽정에 올라 소조한 가을 경관을 바라보며, 인생의 운명(殞命)도 저러하려니 하는, 꽤나 통념적(通念的)인 감상이다. 그럼에도 진부(陳腐)하다기보다는 오히려 고악부(古樂府)를 대하는 듯한 친숙감이 드는 것은 어째서일까?

그것은 아마도 우선 그 형식 면에서 오는 음악성에서이며, 다음은 내용 면에서 오는 위로의 손길의 너무나 따사로움에서라 할 수 있지 않을는지?

여타 칠절(七絶)이나 다를 바 없는 형식이건만, 그저 심상히 한번 흥얼거려 봄으로써도 금세 가락이 잡히고 맥이 노는 해조의 음률을 들을 수 있으니, 이는 한시 고유의 기본율에서뿐만 아니라, 플러스 알파로 작용하는 우리 국문학적 음운의 이상적 배열에서 오는 것임은 의심할 나위가 없다.

또 결구의 '君'은, '너'가 아닌 '그대'로서, 떨어지는 버들잎과 들국화를 의인한 정에 겨운 호칭으로, '古來의 白髮人'과 동귀(同歸)의 운명으로 묶어, 등을 쓸어 달래며 원망보다는 체념하기를 권하는 알뜰한 위로로서, 이는 필경 자신에로의 타이름이기도 하다.

'西風搖落'의 대상인 '秋柳'와 '野菊'은 '君'으로 호칭되어 '白髮人'과 동귀의 운명으로 한데 묶어진 주제어이나, '湾沙'는 '秋柳'의 소재(所在)를 밝히는 외로는, 아무 데도 연관성이 없는 외톨이로서 주제에로의 긴절미가 적은 것이 유감이다. '湾沙'는 홍수로 떠내려오다 물굽이에 머물러 쌓인 것으로, 언젠가는 다시 홍수에 휩쓸려 갈 일시적인 존재라, 무상의 개념으로 주제에 기여하고 있다는 해

석을 못 붙일 바는 아니나, 그것은 직감적인 것이 아닌, 다분히 부회(附會)의 혐을 면키 어렵기 때문이다.

작자는 경술년 국치에 비분 강개하여 스스로 목숨을 끊은 우국 시인이다. 버들잎 들국화처럼 고요히 떨어질 그때를 기다리지 못하고, 때 아닌 사나운 비바람에 스스로 떨어져 갔다. 세상을 하직하며 남긴 '절명시(絶命詩)' 4수 중 1·3수를 옮겨 본다.

난리에 골몰하여 백발 된 나이
몇 번이나 버리자 못 버린 목숨
오늘이야 진정 어쩔 수 없네.
휘황히 하늘을 비춘 바람 앞 촛불이여!

새짐승도 슬피 울고 해악(海嶽)도 찡그려
무궁화 이 나라가 침몰하다니?
가을밤 책 덮고 천고를 헤니,
어려워라. 인간에 식자인되기…….

亂離滾到白頭年　幾合捐生却未然
今日眞成無可奈　輝輝風燭照蒼天

鳥獸哀鳴海嶽嚬　槿花世界已沈淪
秋燈掩卷懷千古　難作人間識字人

| **황현(黃玹, 1855~1910, 철종 6~순종 4)** 구한말의 대표적인 시인·학자. 자 운경(雲卿). 호 매천(梅泉). 본관 장수(長水), 향리인 구례(求禮)에서 시작(詩作)에 전념했다. 우국 애족(憂國愛族)의 자세로 일관하다 1910년 국치(國恥)를 당하자 자결했다. 유저로《매천야록(梅泉野錄)》이 있다.

목동의 피리 소리

이후

신명 넘치는
피리 엇가락
청산도 덩실
춤을 추일 듯.

귀재어 듣는
늙은 암소의
안갯가에 우뚝
솟은 뿔이여!

橫將一笛聲　欲使靑山動
老牸低頭聽　烟邊尺角竦
〈牛背短笛〉

評說 이야말로 목가적인 농촌의 한징(閒情)이다.
'橫'은, '횡자(橫恣)', '횡일(橫溢)'의 뜻으로, 자유분방하여 구애됨이 없이, 산천에 가득 넘쳐흐름이다. 뿐만 아니라, 모로 비스

將(장) ~로써. ~를 가지고.
欲使(욕사) ~로 하여금 ……하게 하려 함.
老牸(노자) 늙은 암소.
烟邊(연변) 연무(烟霧)의 가.

듬히 탄 '횡승(橫乘)', 엇가락인 '횡조(橫調)', 비껴 부는 '횡취(橫吹)' 등, 실로 일자 다의의 묘용(妙用)이다. '動'은 흥에 겨운 덩실거림이요, '老牸'는 순하고도 너그러워, 철없이 구는 목동에도 이해심이 깊은 늙은 암소요, '低頭聽'은 유심히 귀재어 듣는 자세다. 이때 소리 방향으로 기울인 귓바퀴는, 레이다 노릇도 하고 집음기(集音器) 구실도 한다. '烟邊'은 '연무변(烟霧邊)'으로, '안개의 가'다. 농무(濃霧)의 가장자리를 막 벗어나려는 어름이다. '尺角'은 높은 뿔이다. 귓바퀴를 기울이고 있기에 상대적으로 더욱 우뚝하게 높아 보이는 것으로, 긍과(矜誇: 자랑스러움)의 표상(表象)이다.

이상과 같은 예비를 가지고, 이 만화 같은 한 폭의 그림을 읽어 보자.

달이 구름장을 벗어나듯, 또는 운용승천도(雲龍昇天圖)에서 굼틀거리는 용의 몸뚱이가 흰 구름 사이사이로 도막도막 나타나 보이듯, 청산 길을 걷고 있는 늙은 암소의, 길게 늘이어 뺀 모가지만이 짙은 안개—안개라지만 이는 땅 위로 뭉키어 피어오르는 흰 구름이다—를 막 벗어나는 순간의 포착이다. 등 뒤의 피리 소리로 기울인 두 귓바퀴며, 목동의 피리 솜씨를 자신의 자랑으로 뽐내는, 우뚝하게 솟군 두 뿔이 인상적이다.

한편 안개에 가리어 보이지 않는 부분 또한 읽기에 어렵지 않다. 한나절 풀을 뜯어 불룩하게 부픈 쇠등을, 비스듬히 눌러 탄 목동, 집 찾아가는 길이야 소한테 맡겨 놓고, 산천도 떠나가라 비껴 부는 피리 소리, 그 밝은 음색, 당찬 가락의, 청산도 덩실덩실 춤추일 듯한 흥겨움에, 늙은 암소의 뿔도 자랑스러움으로 한결 우뚝 솟구쳐

尺角(척각) 한 자나 실히 되어 보이는 뿔. 긴 뿔.
竦(송) 우뚝하게 솟구침.

있는 것이다. 많은 자식을 낳아 길러 본 그 자애로운 모성애로, 이 늙은 암소는 목동을 사랑하고 있는 것이다. 등이 눌리는 짐스러움보다는, 송아지처럼 천진한 이 목동에게 무등을 태워 주는 기분으로 그녀의 마음은 마냥 즐겁다.

인간과 동물의 한계를 초월한 애정이다.

소의 몸통을랑 짐짓 안개로 가리어, 소리의 주인공을 감춘 의도는, 마치 땅에서 솟아오르는 듯, 하늘에서 서려 내리는 듯, 좀 더 환상적인 소리의 분위기를 이끌어 가려는 의도에서였으리라.

전원 한정을 주제로, 옛날에야 흔하게 다루어지던 심상한 소재를 가지고, 이처럼 청신하고도 격조 높게 이루어 낸 솜씨는 과연 대수(大手)답다. '橫, 青山動·低頭聽, 烟邊, 尺角竦' 등 천래(天來)의 기자 묘구(奇字妙句)가 열어 놓은 사심(寫心)·사성(寫聲)의 핍진(逼眞)한 경지도 그러려니와, 그 무엇보다도 '老牸'의 등장이야말로 이 한 편을 성역(聖域)에까지 승화시키는 데 결정적인 역할을 했음은 말할 나위도 없다.

| **이후**(李垕, 1870~1934) 학자·시인. 자 선재(善載). 호 낭산(朗山). 본관 전주(全州). 벼슬을 단념하고 학문에 전념하여, 성리학을 비롯한 여러 학문에 박통했으며, 시문에 뛰어났다. 팔공산(八公山)에 은거하여 우국 애족(憂國愛族)으로 일관하며 많은 제자를 길렀다. 저서에 《낭산집》 외 다수.

이 푸른 봄날을

이후

아, 이 청춘의 이 봄날이여!
인생은 모름지기 즐길 것이,
술은 바야흐로 향기롭고
꽃은 활활 타는 것을—.

망설이지 말진저!
내일이면 헛되이 탄식하리.
술은 다하고, 꽃은 흩날고
비바람은 사나우리—.

及此青春日　人生須行樂
有酒方醱醅　有花方灼灼
莫待明朝空長嘆　酒盡花飛風雨惡

〈示或人〉

봄날의 꽃과 술, 한 잔 한 잔 또 한 잔에 취기가 얼큰하다. 〈장진주(將進酒)〉에 보인 이백의 방언(放言)을 방불케 한다.

醱醅(발배) 발효(醱酵).
灼灼(작작) 불타는 듯 붉은 모양.

人生得意須盡歡　인생이란 뜻 이루면 환락(歡樂)할 것이,
莫使金樽空對月　달 아래의 금술잔을 헛되이 마라.

봄은 낭만의 계절이요, 젊음은 인생의 한때이며, 꽃은 발정(發情)한 아우성이요, 술은 휘발성이 강한 발화성 물질이라, 봄과 젊음과 꽃과 술의 맞닥뜨림은 광야의 억새밭에 불길이 번져 가듯 걷잡을 수 없는 사태로 급전하기 십상이다. 한껏 부푼 젊음의 봄마음을 감당할 길이 없어, 몸부림치듯 몸살을 앓는, 청춘의 번민이요 사랑의 고뇌이며 만취(滿醉)의 주정(酒酊)이다. '미성년자 관람 불가(未成年者觀覽不可)'일 만큼, 퇴폐적이요 선정적(煽情的)이어서, 자칫 실화(失火)의 위험성마저 없지 않다.

근엄(謹嚴) 위주의 유학자로서는, 이런 시에 접하는 순간, 아연 삶의 혈조(血潮)를 일으키면서도, 보지 말았어야 할 현장을 보기라도 한 것처럼, 스스로 면괴(面愧)하여, 혀를 차며 외면할 것이다. 남녀 간의 사랑은 인간 환희의 절정임을 누구나 자인하면서도, 유교의 도덕적·교육적 관점에서 금기시 내지 죄악시해 온 굳어진 관행에서의 이 또한 일종의 역금단현상(逆禁斷現象)이라 할 것이다.

그러나 보라. 공자는 《시경(詩經)》을 편찬하고 나서, 수집 수록한 삼백 수의 시는 한마디로 '사무사(思無邪)'하다 하고, "사람으로서 시경 국풍의 주남 소남의 시편들을 공부하지 않으면, 담벼락을 마주해 서 있는 것과 같다(子謂伯魚曰, 女爲周南召南矣乎. 人而不爲周南召南, 其猶正牆面而立也與)" 하여 아들 이(鯉)에게도 《시경》을 공부하라 하였다. 그러나 그 주남 소남의 내용인즉, 노골적인 남녀 애정의 시편들이 많다. 더구나 정풍(鄭風) 위풍(魏風) 등 변풍(變風)에 이르러서는 더욱 심하다.

'사무사'란 심정(心情)을 있는 그대로 발로(發露)하여 조금도 꾸밈

이 없음을 이름이다. 남녀의 정이 서로 사모하게 되는 것이야말로 인간에 부여된 천성(天性) 가운데도 가장 순수하고 원초적인 것으로, 《시경》의 시들은 다 천연스러운 인정(人情)의 발로(發露)라 하여, 시를 배우지 않으면, 더불어 말할 상대가 되지 못한다(不學詩 無以言) 하였으며, 인생을 논함에 있어 한 치 앞도 내다보지 못하는 숙맥불변(菽麥不辨: 콩과 보리를 구별하지 못함)이 되고 만다 하였다.

뿐만 아니라, "군자의 도는 부부(夫婦)에서 시작된다(君子之道 造端乎夫婦)"고 한 《중용(中庸)》이나, "천지가 있은 연후에 만물이 있고, 만물이 있은 연후에 남녀가 있고, 남녀가 있은 연후에 부부가 있고, 부부가 있은 연후에 부자가 있다(有天地然後有萬物, 有萬物然後有男女, 有男女然後有夫婦, 有夫婦然後有父子)"라고 한 《주역(周易)》이나, 남녀가 부부 되고파 발동하는 상호연모(相互戀慕)의 정! 그것은 바로 인류의 시원(始原)인 천부의 성정(性情)임을 밝히고 있다.

그러나 공자의 가르침을 지상(至上)으로 받드는 유학자들도, 그 진수(眞髓)라 할 사무사의 오의(奧義)는 내실(內室)에서만 사유(私有)할 뿐, 대외비(對外秘)로 함구(緘口)해 왔을 뿐만 아니라, 《시경》을 강(講)하는 스승이나 제자나 그 오의(奧義)는 비켜 가고 만다. 그러던 터라, 이러한 시를 대하고 나선 당황한다. 마치 보여서는 안 될 현장을 들키기나 한 것처럼—.

비슷한 시상으로 당(唐)의 여류 시인 두추랑(杜秋娘)의 〈금루의〉를 아울러 음미해 보자.

그대여 비단옷
아끼려 말고,
젊은 그 한때를
아끼려무나!

꽃 피면 그 당장에
꺾고 말 것이,
망설이단 빈 가지만
꺾게 되리니—.

勸君莫惜金縷衣　勸君惜取少年時
花開堪折直須折　莫待無花空折枝

〈金縷衣〉

이 시는 작자 스스로 주해하여, '인생 일대의 황금기인 청소년 시절을 허송하지 말고, 발분 노력하여 뜻을 세우라'는 내용이라고 풀이하고 있다. 그러나 보기에 따라서는 청춘을 향락하라는 쪽으로 더 많이 쏠리게 하는 내용이 아닌가? 작자 추랑(秋娘)은 저 자신이 꽃이면서도, 우물쭈물 망설이고 있는 사내들을 비웃듯, 재빨리 꺾어 주기를 재촉하고 있는 것 같기도 하니 말이다. 아마도 위의 자주(自註)는, 술 깬 뒤의 발뺌으로 추기(追記)한 것이 아닌지 모를 일이다.

어쩌랴? 다 한때뿐인 젊은 시절의 사랑의 홍역(紅疫)인 것을—.

과부의 울음

정상관

과부
추석날
청산을 우네
진종일 우네.

기슭엔 벼
누렇게
익어 가는데
함께 지어 놓고
함께 못 먹다니—.

寡婦當秋夕　青山盡日哭
下有黃稻熟　同耕不同食

〈寡婦哭〉

어린것도 딸리지 않은 푸석한 소복 여인이, 외진 산자락 푸른 숲 속, 잔디도 엉성한 새 무덤 앞에 펑퍼져 앉아 울고 있다.

靑山(청산) 푸른 산. 무덤.
盡日(진일) 해가 다하도록. 온종일.
黃稻(황도) 누렇게 익은 벼.
同耕(동경) 함께 경작(耕作)함. 같이 농사지음.

추석이래서 갖은 음식 차려다 놓고, 소나기 묻어 오듯 설움이 북받칠 때마다 마냥 줄기줄기 목 놓아 운다. 생각할수록 가신 임이 가엾고 불쌍해서, 그럴수록 가신 임이 억울하고 원통해서, 그래서 줄기줄기 소나기로 운다.

그 울음은 자기 신세 때문이 아니다. 쇠털같이 많은 나날, 지겨운 긴긴 세월 수절(守節)하여 살아가야 할 자기 신세이지만, 날 두고 혼자 간 그가 야속하다느니 원망스럽다느니 하는 푸념을 할 수가 없다. 차마 죽지 못해 하던 그 임종의 모습이 눈에 밟혀 애닯거늘, 그런 비정지책을 차마 어찌할 수 있으랴?

내 산 발치래서 새로 일군 논배미에는 저렇게 잘 자란 벼가 한창 누렇게 익어 가고 있다. '우리 부부 날이면 날마다 손톱 발톱이 모지라지도록 저 농사 저리도 잘 지어 놓고, 당신 혼자 이 적막한 청산에 와 말이 없다니—.' 굽이굽이 사연은 통곡으로 번역되어 청산에 메아리진다.

저 차려 놓은 제물도, 가신 임의 땀으로 자란 그 오려논의 소출인 것이다.

가엾다. 무덤 앞의 오늘 저 술은
남편 손수 심은 벼로 빚은 술일레.

可憐今日墳前酒　釀造阿郎手種禾

〈金笠〉

이야말로 역설적이고도 희화적인 인생 비극의 한 장면이 아니고 무엇이랴?

그것은 누구에게나 또 언제 들이닥칠지 모르는, 사랑하는 이와의 죽어 이별은, 겪다 겪다 드디어는 저 또한 죽음으로써 살아 있는 자에게 상속하는 인간의 숙명적인 눈물이 아닐 수 없다. 그러기에, 과부는 망부(亡夫)를 울고, 우리는 망부를 우는 과부를 운다.

죽은 이야 이미 소리마저 삼켰거니
살아 있는 자 매양 측은하여라.

死者已呑聲　生者常惻惻
〈杜甫〉

진정 측은하여라! 과부여! 저 논배미 타작하면, 일 년 내내 먹을 양식인데,

同耕不同食!　두고두고 내내 목메어 어이 먹을꼬? 쯧쯧!

| **정상관(鄭象觀)** 미상.

인생 사십

신채호

인생 사십 참으로
지루도 하다.

가난에 병마저
떠날 날 없네.

원통하다! 산도 물도
끝나는 곳에
목 놓아 통곡도
할 수 없다니—.

人生四十太遲遲　貧病相隨不暫離
最恨山窮水盡處　任情歌哭亦難爲

〈人生四十〉

評說 나라 없는 백성으로 핍박받는 인생살이 40년! 죽지 못해 살고 있는 서글픈 나날이 지루하기만 하다. 이역만리 호구하기도 어려운데, 병마저 떠날 날이 없으니, 심신의 고달픔이 말이 아

山窮水盡處 (1) 후미진 산골짜기. (2) 산과 물이 다한 국경의 막바지.
任情(임정) 거리낄 것 없이 마음 내키는 대로 내맡김. 하고 싶은 대로 함부로 함.

니다. 산도 물도 끝나는 어느 후미진 국경에서라도 목이 터져라 슬픈 노래 부르면서, 땅을 치며 치며 통곡이라도 하면 조금은 가슴이 트일 법도 하다마는, 이미 내 나라 땅이 아니니 어이하랴? 또한 놈들의 감시의 눈길도 피할 길이 없으니 한스럽기 그지없다.

시정을 새겨 보면 대충 이러하다. 지사의 시로서는 너무 나약하고 감상적이라 아니할 수 없다.

이는 나라 잃은 직후, 남만주 일대를 떠돌던 당시의 심경이라, 망국 슬픔의 극한 감정을 그대로 쏟아 낸 것으로 보인다. 이후 점차 기력을 회복하여 빛나는 독립 지사로서의 활약이 있었으니, 이 시는 그 전주곡이라 해 둘 수 있지 않을까 한다.

| **신채호**(申采浩, 1880~1936) 독립운동가·사학자·언론인. 호는 단재(丹齋)· 본관은 평산. 청주 출신. 20세에 성균관 박사, 〈황성신문〉, 〈대한매일신보〉의 논설을 써서, 민족 의식의 앙양과 독립정신을 고취하는 데 힘썼으며, 1910년 블라디보스토크에서 〈해조신문(海潮新聞)〉을 발간, 상해와 북경 등지에서 독립운동에 참여, 상해의 임시정부 의정원(議政院) 전원위원장(全院委員長), 북경에서 〈중화일보(中華日報)〉의 논설을 썼다. 일본 관헌에 체포되어 10년형을 받고 여순 감옥에서 옥사했다. 저서에 《조선상고사》, 《을지문덕전》 등 많다.

나비

변영만

억수로 쏟아지는 한밤 빗속을
불빛 타고 날아든 작은 나비여!

아롱아롱 고운 치마 무늬로
팔랑팔랑 춤 맵시도 애처롭더니

갑자기 면벽(面壁)하여 자리 잡고는
바람에도 끄떡없이 고개 안 돌려……

안선(安禪)할 줄 제 어찌 알고 있던고?
부끄럽다. 세파(世波)에 무너진 내가—.

澒洞中宵雨　媒明小蝶來
斑斑裳飾好　促促無恣哀
面壁俄成住　迎風兀不廻
安禪渠自有　波浪媿吾頽
〈雨夜見趁燈小蝶始終有感〉

評說 비바람이 심한 아닌 밤중에, 불빛 따라 날아든 나비 한 마리! 저 지극히도 가녀린 작은 한 생명이 빗물에 젖기라도 하면—얇은 종잇조각처럼 이내 후줄근히 처져 버릴 저 연약한 날개

로, 빛을 그리어 모험을 감행한 우중의 야간 비행! 무사히 도달한 기쁨을 자축이라도 하듯, 팔랑팔랑 춤추는 공중무는 아롱무늬 고운 치마의 소녀인 양 맵시롭다.

이윽고 그는 벽면에 수직으로 자리 잡아, 두 날개 빳빳이 위로 접어 맞붙이고는 몰아닥치는 바람 앞에서도 고개 하나 까딱 않는 부동의 자세가 된다. 마치 면벽수도(面壁修道)하여 선삼매(禪三昧)에 든 불제자같이…….

춤 날개를 접기가 무섭게 언제 춤추었더냐는 듯 미동(微動)도 하지 않는 천연덕스러움. 이런 광경을 유심히 지켜본 일이 있는 이면, 5·6구의 묘사, 특히 '俄·兀'의 용자(用字)에 찬탄을 보내리라.

비록 미물이기는 하나, 암흑을 기피하고 광명을 희구하는 공통된 성향에서 우리는 일체감을 갖게 되는 한편, 그 스스로 올곧게 지신(持身)할 줄 앎에 있어서는, 오히려 미물보다 부실한 인간 — 걸핏하

澒洞(홍동) 비가 억수로 쏟아지는 모양.
媒明(매명) 밝은 빛을 매개로 함.
斑斑(반반) 아롱아롱한 무늬.
裳飾(상식) 치마의 무늬.
促促(촉촉) 촉박한 모양. 여기서는 춤추는 가락의 빠른 모양.
面壁(면벽) 벽을 향하여 앉음. 벽을 향하여 좌선(坐禪)하는 일.
俄成住(아성주) 갑자기 머무를 곳을 이룸. 곧 부동의 자세로 자리 잡아 앉음.
兀不迴(올불회) 오뚝하게 앉아 뒤돌아보지 않음.
渠自有(거자유) 제 어찌 스스로 가졌느뇨? '渠'는 저 또는 그.
媿吾頹(괴오퇴) 내 무너짐을 부끄러이 여김.
趁燈小蝶(진등소접) 등불 빛을 따라 들어온 작은 나비.

| **변영만**(卞榮晩, 1889~1954) 학자·법률가. 자 곡명(穀明). 호 산강재(山康齋). 판사·변호사·교수 등 지냄. 특히 한학의 석학으로, 저서에 《산강제문초(文秒)》, 《단재전(丹齋傳)》, 《시재전(施齋傳)》 등이 있다.

면 세파(世波)에 휩쓸리기 쉬운 자신을 부끄러워하는, 작자의 겸허한 자기 성찰, 자기 고백을 들을 것이다.

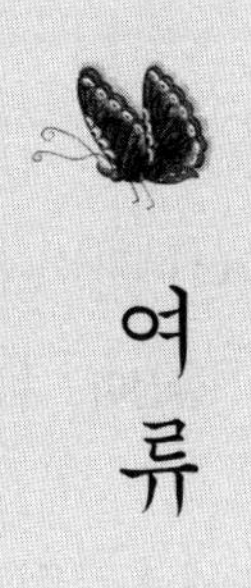

여류

반달

황진이

그 뉘라 곤륜산
옥을 캐다가
직녀의 얼레빗을
만들었던고?

견우님 한번
가 버린 후론
시름겨워 허공에
던져 버렸네.

誰斷崑崙玉　裁成織女梳
牽牛一去後　愁擲碧虛空

〈詠半月〉

어이할꺼나 이 젊음을

설요

구름 마음 되어
순결하자 맹세컨만
깊은 골 괴괴한 절간
사람은 안 보이네.

화초 꽃다울수록
봄마음 이리도 설렘이여!
아, 어이할꺼나
나의 이 젊음을—.

化雲心兮思淑貞　洞寂滅兮不見人
瑤草芳兮思芬藴　將奈何兮是青春

〈返俗謠〉

評說 속세의 인연 욕심 다 끊어 치우고, 구름처럼 담담한 마음이 되어, 오직 불심에 기대어 한평생 순결을 지켜 비구니(比丘尼)로 살리라 맹세하고 다짐했건만, 때로 눈뜨는 사람 그리워지는 마음—한 번 본 적도 없으면서도 보면 알 것도 같은 '그 어떤 사

化雲心(화운심) 구름과 같은 마음이 됨. 욕심 따위 속기(俗氣)를 벗은 담담한 마음이 됨.
思淑貞(사숙정) 맑은 정녀(貞女) 되려고 마음먹음.
返俗謠(반속요) 승려가 속세로 돌아가며 부른 노래. 환속(還俗)의 노래.

람'—사바의 어디에선가 그도 나를 찾아 헤매고 있을 듯, 잃어버린 자신의 분신같이 간절히 마음에 키는 '그 어떤 사람'에의 그리움을 어찌할 수가 없다.

그러나 골은 깊고 절은 적적 괴괴한데, '그 어떤 사람'은 보이지 않는다.

때는 봄이라, 산에는 아름다운 화초들이 날로 꽃다워지며 향기를 놓아 보내는데, 그럴수록 가슴속에 피어오르는 모닥불 같은 번뇌 갈등은 날로 심하여 감당할 길이 바이없다.

아, 도대체 어쩌면 좋단 말이냐? 나의 이 젊은 나이로, 언제까지 이 고뇌를 견디며 청춘을 압살(壓殺)해 가야 한단 말이냐?

그렇게 다지고 다잡고 잡도리해도 잠재울 수 없는 사바에의 향수요, 이성에의 그리움이다.

거의 위험 수위에 다다른 춘정을 감당하지 못해 하는, 방년 21세의 가련한 여승의 파계(破戒) 직전의 몸부림이요 몸살앓이다. 그것은 오히려 인간 본연의 건전한 생리—오랜 동안 자신에게서 억압당해 오던 '생리'의, 자신에의 항거요 반란이기도 하다.

아, 한 젊음을 늙히기에 저리도 힘듦이여!

'思'가 중복되어 있으나, 그 쓰임은 서로 다르니, 전자는 동사요 후자는 명사다.

寂滅(적멸) 무위적정(無爲寂靜)함. 적적하고 괴괴함. 적멸궁(寂滅宮)은 법당, 또는 절간을 이름.

瑤草(요초) 아름다운 풀. 기화요초(琪花瑤草).

思芬薀(사분온) 생각이 분온함. '분온'은 어떤 기운이 성하게 일어나는 모양. 또 향기로운 모양. 또 어지러운 모양. '분온'은 '蒶薀'으로 씀이 옳다.

兮(혜) 운문의 중간이나 끝에 붙여, 잠깐 어세(語勢)를 멈추었다 다시 발양(發揚)케 하는 조사. 사부(辭賦)에 자주 쓰인다.

'瑤草'는 '봄철의 아름다운 화초'인 동시에, '瑤'는 자신의 이름이라, 그녀의 가슴속에 맹동하는 '봄 마음〔春心·春情〕'을 암유하고 있다.

'芬蒕'은 향기, 또는 향기 같은 것의 성(盛)하게, 또 어지럽게 일어나는 모양이니, 그 가슴에 피어오르는 것이 구름이라면 연운(戀雲)이요, 불길이라면 정염(情炎)이라, 그것이 도에 지나쳐 비록 견디기 어려운 고뇌요 고통으로 느껴진다 할지라도 본질은 역시 향기로움에 바탕한 것이니, 이 복잡 미묘한 심리사(心裏事)를 표현함에 있어 '思芬蒕'은 정히 천래(天來)의 묘어(妙語)이며, 이의 대발견은 이 시를 걸품(傑品)되게 하는 데 결정적인 역할을 한 것이라 아니할 수 없다.

瑤草芳兮思芬蒕

이 일구, 만언으로도 표현하기 극난한 저반(這般) 사정을, 손에 잡힐 듯 감쪽같이 그려 내었으니, 더구나 제1구와의 상응 관계에서 보아, 가위 천하 명구임에 손색이 없다 하겠다.

이 한 편, 단 28자 속에 인정의 위곡(委曲)을 다했으며, 은근한 기품을 흩뜨리지 않으면서 또한 솔직 대담한 이 고농도(高濃度)의 표현이 천고에 빛난다.

| **설요**(**薛瑤, ?~693, ?~효소왕 2**) 신라 때의 여류 시인. 당나라에 가 좌무위 장군(左武衛將軍)이 된 설승충(薛承沖)의 딸. 15세에 아버지를 여의고, 중이 되었다가 6년 만에 환속. 시인(詩人) 곽진(郭震, 字는 元振)의 첩이 되었다고 전한다.

※ 이 노래는 《전당시(全唐詩)》에 수록되어 전하는 작품으로, 그 소서(小序)에 이르기를, "설요는 동명국(東明國) 사람 좌무위 장군 승충의 딸로, 곽원진에게 출가하여 첩실이 되었다" 했고, 그 뒤에 붙인 주에는, "이 노래는 '반속요'라고도 하는데, 설씨 나이 열다섯에 머리를 깎고 중이 되었다가, 6년 만에 이 노래를 짓고 환속하여 곽에게 시집갔다"고 기록되어 있다.

대관령을 넘으며

신사임당

백발 자모(慈母) 두고 홀로 가는 이 마음을,
대관령 굽이굽이 돌아뵈는 강릉 땅을,
저무는 산 푸름을 덮어 흰 구름이 가리네.

慈親鶴髮在臨瀛　身向長安獨去情
回首北坪時一望　白雲飛下暮山青
〈踰大關嶺望親庭〉

評說 늙은 어머니를 두고 떠나는, 출가한 딸의 정곡(情曲)이다. 남달리 도타운 효성이지만, 삼종지도(三從之道)야 어찌 어길 수 있으랴? 지아비가 있는 서울로 떠나가는 심정은 착잡하다. 차마 떨어지지 않는 발길이라, 가다간 고개 돌려 보고 또 보곤 하는 출발이기도 하지마는, '回首北坪時一望'은 정작 대관령을 올라가는 과정에서의 정황이다. 대관령 굽잇길, 그 굽이굽이 강릉이 굽어보이

鶴髮(학발) 학같이 흰 털. 백발(白髮).
臨瀛(임영) 강릉(江陵)의 딴 이름.
長安(장안) 서울.
回首(회수) 고개를 돌림.
北坪(북평) 강릉 북평촌. 지금의 죽헌동(竹軒洞)의 옛 이름.
時一望(시일망) 가끔 한 번씩 바라봄.
白雲飛下暮山青(백운비하모산청) 흰 구름이 저무는 산 푸름에 날아 내림.
踰大關嶺(유대관령) 대관령을 넘음.

는 모롱이에 이를 때마다 고개 돌려 바라보는 북평촌, 아득히 멀어 지점(指點)할 수는 없으나, 여태도 어머님은 이 고갯길을 하염없이 바라보며 계시려니…….

굽이마다 모롱이마다 마음과 마음이 감응(感應)하는 혈육 간의 이별이다. 훌쩍 떠나 산모롱이를 돌면 그만인 동구(洞口)의 이별이나 역두(驛頭)의 이별과는 근본 다르고, 멀리 한 점으로 사라지기까지가 고작인 부두나 공항의 이별도 이에 비길 바가 못 된다. 대관령 하고많은 굽이를, 그 굽이 다 돌아 오르기까지 피차의 애틋한 정은 굽이마다 도(度)가 높아지는, 길고도 끈질긴 과정을 겪는다. '時一望'의 '時'가 이 모든 사연을 말해 주고 있다

그러나, 점차 고도가 높아지자 흰 구름이 덮어 내리어 안계(眼界)를 가로막는다. '흰 구름'은 이 이별의 대단원의 막이다. 그것이 가리운 것은, 가까이는 '저무는 산의 푸름'이지마는, 멀리는 '바라보이는 강릉 땅'이요, 아득하게는 '떠나가는 이별의 심정'이다. 이리하여, 산의 푸름도 강릉 땅도 이별의 심정도 다 함께 흰 구름 속, 아득히 저물어 가는 긴 여운으로 잠겨 간다.

특히 음미할 곳은 '暮山青'이다.

'暮青山'과는 간발의 차 같으나, '青'을 주체로 한 이 특별한 강조의 '푸름'은, 한갓 수식어로서의 '青山'의 '푸름'과는 근본 다르다. 부모 그늘에 자라 온 푸른 한 시절도 이제 막을 내리는 양, 모운(暮雲) 속으로 잠겨 드는 산의 '푸름'이 못내 아쉽고 그리워지는 애달픔이 거기 부쳐져 있다. 공열(公悅) 손병은(孫秉殷)의 연구(聯句),

산머리에 손은 구름 끝 흰 데로 가고,
골 어귀에 새는 나무 끝 푸른 데서 운다.

山頭客去雲端白　谷口鳥啼木末青

의 '木末青'에는, 새는 봄을 찬미하여, 이왕이면 나뭇가지 푸른 것을 골라, 그 푸른 가지에서도 가장 푸른 나무 끝 부분에서 노래하고 있다는, 꽤나 긴 정감적인 내용이 담겨 있듯이, '暮山青'에 서린 긴긴 여운에선 더 긴긴 사연을 이끌어 낼 수도 있음 직하지 않은가?

사임당의 친정에 대한 그리움은 다음 시에서도 읽을 수 있다.

천리라 먼 고향 만 겹 봉우리
꿈에도 안 잊히는 가고픈 마음

한송정 위아래엔 두 바퀴의 달
경포대 앞을 부는 한 떼의 바람

雙輪月(쌍륜월) 하늘의 둥근 달과 물속의 둥근 달.
膝下縫(슬하봉) 부모 슬하에서 옷을 짓는다는 뜻으로도 통하지 않는 바는 아니나, 뜻이 군색하다. 아마도 '逢'의 유오(類誤)일 것이다. '逢'은 '만나다' 외에 '(웃어른을) 뵙다' '알현(謁見)하다'의 뜻이 있다.
綵舞斑衣(채무반의) 중국 춘추 시대 초(楚)의 현인 노래자(老萊子)의 고사에서 온 말. 그는 중국 24효자 중의 한 사람으로, 70세에 색동옷을 입고 춤추며 어리광 부려 부모님을 즐겁게 해 드렸다 한다.

| **신사임당(申師任堂, 1504~1551, 연산군 10~명종 6)** 여류 문인·서화가. 호 사임당(師任堂·思任堂). 본관 평산(平山). 율곡(栗谷) 이이(李珥)의 어머니. 강원도 강릉(江陵) 출신. 시문과 서화에 뛰어났으며, 효성과 자녀 교육에 각별하여, 현모양처의 귀감(龜鑑)으로 추앙된다.

모래톱 갈매기는 뫼락 흩으락
물결 위 고깃배는 동으로 서로……

언제나 다시 강릉 길 밟아
때때옷에 춤추며 슬하에 뵈리?

千里家山萬疊峰　歸心長在夢魂中
寒松亭畔雙輪月　鏡浦臺前一陣風
沙上白鷗恒聚散　波頭漁艇每西東
何時重踏臨瀛路　綵舞斑衣膝下縫
〈思親〉

소양곡을 보내며

황진이

달 아래 오동잎
마지막 지고
서리 속 들국화
노랗게 폈다.

다락 높아 하늘은
자 남짓한데
무진무진 기울여
취하는 이 밤.

물소린 거문고에
마냥 차갑고
매화락 피리 가락
애련도 하다.

내일 아침 서로
헤어진 후면
그리움! 푸른 물결로
함께 길려니—.

月下梧桐盡　霜中野菊黃
樓高天一尺　人醉酒千觴
流水和琴冷　梅花入笛香
明朝相別後　情與碧波長
〈別蘇暘谷〉

評說 정인(情人)과의 전면(纏綿)한 이별의 전야곡(前夜曲)이다.

〔1·2구〕 전구는, 백방의 만류도 무효로 끝내 막바지에 몰리게 된 이별의 감정을, 마지막 잎새마저 져 버리는 달밤의 오동잎에 우의한, 처연한 분위기요, 후구는, 한갓 야생의 들국화에 지나지 않은 자신이기는 하나, 가정의 애대(愛待)를 받는 귀품의 '황국화'에 못지않은, 굳은 절개 있음을, 자신의 황씨(黃氏) 성(姓)에 걸어 강조함이다. 그것은 곧, 만물을 숙살(肅殺)하는 서리 속에서 더욱 열기(烈氣)를 뿜는 황국화의 정신이기에, 이 이별 후의 자신의 존심 처신(存心處身)이 어떠할 것임을 넌지시 암시함이기도 하다.

〔3·4구〕 높은 누대에 전별(餞別)의 자리를 마련하고, 무진무진 잔을 거듭하는 이별의 정은 천야만야로 고조되어 있다. '天一尺'이 어찌 누대의 높음만이랴? 격앙(激昂)된 이정(離情)이 거의 만수위

天一尺(천일척) 하늘과의 사이가 한 자 정도로 가깝다는 뜻. 다락의 높음을 과장한 표현이다.
酒千觴(주천상) 술이 천 잔이란 뜻으로, 통음(痛飮)의 과장이다. '觴'은 '杯'.
和琴(화금) 거문고 소리에 조화됨.
梅花(매화) 피리의 곡조 이름인 '매화락(梅花落)', 또는 '낙매화(落梅花)'를 이름.
入笛香(입적향) 피리 가락으로 불리어져 애련하게 들림.
碧波(벽파) 푸른 물결.
蘇暘谷(소양곡) 이름은 세양(世讓). 양곡은 호. 중종 때의 명신. 대제학, 우찬성 등 역임. 문명이 높았다(1486~1562).

(滿水位)에 달하여 있음이기도 하니, '강 달은 나와 사이 몇 자 거리에 밝아 있고(江月去人只數尺)'와 같은, 차분하게 가라앉은 호젓한 분위기의 두보(杜甫)의 달과는 근본 다르며, 이백(李白) 같은 주호도 기껏 '하루에 모름지기 삼백 잔을 기울인다(一日須傾三百杯)'가 고작인데, '酒千觴'은 극한 감정을 어거지로 극복하려는, 일종의 자학(自虐)이요, 자폭(自爆)이 아닐 수 없다. 이는 적어도 '百·千'으로 증폭하지 않고는 직성이 풀리지 않는 격한 심정의 표현으로, 그 위치에 만일 측성자(仄聲字)가 용납될 수만 있었다면 '萬·億'을 취함도 사양치 않았으리라.

〔5·6구〕 저 흐르는 강물 소리는, 보내는 자신의 애틋한 거문고 가락에 어울리면서도, 마치 물 따라 가 버리는 냉정한 임의 마음인 양 차갑게 울려 오고, 피리로 불리는 '매화락' 이별곡은, 흐느끼는 듯 한숨짓는 듯 애련하기 그지없다.

'香'은 '梅花'에 기댄 표현으로, 피리 소리의 후·미각(嗅·味覺)에 공감각(共感覺)된 가련미(可憐味)이다. '流水和琴'에는 또한 백아(伯牙)와 종자기(鍾子期)의 고사, '지음(知音)'을 잃은 한숨마저 서려 있음을 본다.

〔7·8구〕 날이 새면 임은 뱃길로 떠날 것이나, 그 배 멀리 사라져 가고 나면 이 가슴에 여울지는 그리운 정은, 저 푸른 물결과 함께 잠잘 날이 없으리라.

이 끝구의 아득한 여운은, 실로 장강의 물결만큼이나 길고도 길다.

임방(任埅)의 《수촌만필(水村漫筆)》에 보면, 양곡이 이 시에 감탄하여 차마 떠나지 못하고, 다시 주저앉아 버렸다는 일화도 전한다.

시형은 오언 율시나, 수련부터 대구로 구성된 것이 이채롭다.

이 밖에도 몇 수가 더 전하는데, 다 범작이 넘기로 옮겨 본다.

● 만월대 회고

오백 년 끝난 터에
옛 절은 남아,
저녁별 비낀 고목
시름케 하네.

쇠잔한 중의 꿈에
지는 저녁놀
이지러진 탑머리의
하고 한 세월.

봉황새 돌아가고
나는 멧새들
진달래 지는 언덕
풀 뜯는 마소.

번화턴 그 당시야
뉘 알았으리?
봄이건만 가을 같은
오늘날일 줄…….

五百終南餘古寺　夕陽喬木使人愁
烟霞冷落殘僧夢　歲月崢嶸破塔頭
黃鳳羽歸飛鳥雀　杜鵑花落牧羊牛
神崧憶得繁華日　豈意如今春似秋

〈滿月臺懷古〉

● 반달

그 뉘라 곤륜산
옥을 캐다가
직녀의 얼레빗을
만들었던고?

견우님 한번
가 버린 후론
시름겨워 허공에
던져 버렸네.

誰斲崑山玉　裁成織女梳
牽牛一去後　愁擲碧空虛
〈詠半月〉

이 〈반달〉은 그녀가 애송하던 작자 미상의 당인(唐人)의 시와, 후인이 그녀의 자작인 양 그릇 수록한 것이었음을 이가원(李家源) 박사가 밝힌 바 있다. 원전인 《당시품휘(唐詩品彙)》 사이에 상당한 자구 차이가 있다.

이 작품은 또, 황진이의 경우와 같은 오착으로, 《가림세고(嘉林世稿)》 부록인 《옥봉집(玉峰集)》에도 이옥봉의 작인 양 수록되어 있음을 부기하여 둔다.

| **황진이**(黃眞伊, ?~?) 중·명종 때의 개성 명기(名妓). 일명 진랑(眞娘). 진사의 서녀로 태어나, 용모가 출중하고 시·서·음률에 뛰어났다. 서화담, 박연폭포와 함께 송도 삼절(松都三絶)이라 자칭했다. 여류 시인으로, 허난설헌과 병칭된다.

상사몽

황진이

그리운 임 만날 길이 꿈길 말곤 더 없기에
내 임 찾아갔을 제는, 임 날 찾아가고 없네.
이훌랑 함께 길 떠나 '반보기'로 만나과저!

相思相見只憑夢　儂訪歡時歡訪儂
願使遙遙他夜夢　一時同作路中逢

〈相思夢〉

評說 꿈길에마저도 엇갈리는 불운(不運)한 사랑을 해학(諧謔)으로 호도(糊塗)하고 있는, 이 이한(離恨)에 사무친 여심(女心)의 속앓이를 진맥(診脈)해 볼 것이다.

내가 가면 그는 날 만나러 가고 없다. 내가 이럴진대, 그 역시 그러리라. 묘안은 '반보기'를 하는 일이다.

반보기! 그리운 사람끼리 중간 지점에서 만나 보는 반보기! 새댁과 친정 식구 사이에서도 자주 행해지던 반보기였건만, 이제는 쓰일 일이 없게 되었다. 그리움! 그것은 그리고(이별하고) 난 뒤에 필

憑夢(빙몽) 꿈에 의지함.
儂(농) 정인끼리 쓰는 속어로, 여자가 남자에 대한 자칭 '나'. 또는 '저'. '환(歡)'은 여자가 남자에 대한 대칭으로 '당신'.
遙遙(요요) 아득히 먼 모양.
※ **반보기** 두 집 사이 거리의 반 되는 지점에 서로 나와서 만나던 옛 풍속.

연적으로 오게 마련인 이별의 후유증이다. '그리다'는 '여의다' 곧 '이별하다'의 뜻이다. '그리고' 나면 으레 '그리워'지게 마련이다. 무명씨의 옛 시조에도:

어져! 세상 사람들아. 사람 알지 말았으라.
알면 정(情)이 나고, 정(情)이 나면 생각난다.
평생에 떠나고 그리는 정은 사람 안 탓인가 하노라.

정든 사람 떠나보내고 그리워지는 그리움! 스르르 감겨지는 어둠 속으로 아득히 허공을 달리게 되고, 삼삼히 그 모습 떠오르게도 되고, 쟁쟁하게 그 음성 들리기도 한다. 볼을 타고 흘러내리는 것이 있는가 하면, 가슴에서 치밀어 올라 허공으로 사라져 가는 것도 있다. 이런 증후군이 짙어지면서, '다정도 병인 양하여 잠 못 들어 하는 밤'이 잦아지게 되면, 이 이른바 '상사병'이란 아름다운 병으로 발전하게 된다. 얼마나 많은 사람들이 이 병을 앓았던 것이던가? 이럴 때 이를 완화해 주는 유일한 길은 오직 꿈길의 오고감이 있을 뿐이다. 고운 인정이 가고 오는 아름다운 꿈길! 얼마나 많은 사람들이 이 길을 왕래했던 것이던가? 이리하여 그리움은, 한편 이 세상의 인간 정서를 관개(灌漑)하여 늘 따뜻하고 맑게 유지해 주는 정화 작용으로도 기여해 왔던 것이다.

그러나 우리는 이미 그리움의 그 절절한 극한 상황은 느껴 볼 수 없는 시대에 살고 있는 것 같다. 아무리 지구의 먼 끝과 끝에 떨어져 있어서의 만단 정회도 불일 내로 전해 주는 만국 우편 제도는 물론, 사진 있어, 녹화 있어, 녹음 있어, 전화 있어, 게다가 핸드폰이야 인터넷으로는 곁에 앉아 주고받듯 천연색 화상 대담도 할 수 있지 않은가? 뿐만 아니라, 기어코 손 잡아 보거나 안아 보고 싶으면,

속력을 자랑하는 각종 차 있어, 배 있어, 비행기 있어, 언제 어디서나 마음만 먹으면 만날 수 있으니, 그리움이 흐뭇이 숙성(熟成)될 겨를이 없다. 설익어 맛들기도 전에 해소해 버리곤 하니 말이다. 그래, 오늘날은 이승과 저승 사이 말고는, 꿈에 의한 '그리움의 문학'도 퇴색되어 가고 있다.

아니라도 삭막해져 가는 새 세대의 인정이, 이러한 진한 그리움에서의 정화 작용도 받지 못하게 됨으로써 더욱 가속화될 싸느란 비인간화(非人間化)가 두려워진다.

박연폭포

황진이

두멧골 뿜어내는 한 줄기 냇물
천야만야 용추소로 낭떨어진다.

은하수를 거꾸로 쏟아 내는가?
흰 무지개 반공에 걸어 놓은 듯.

우박 흩고 우레 달려 골은 자우룩
갠 하늘에 사무치는 옥 빻는 소리.

여산이 명승이라 이르지 마오,
천마는 해동의 으뜸이라오.

一派長川噴壑礱　龍湫百仞水潨潨
飛泉倒瀉疑銀漢　怒瀑橫垂宛白虹
雹亂霆馳彌洞府　珠舂玉碎徹晴空
遊人莫道廬山勝　須識天摩冠海東

〈朴淵瀑布〉

評說 여류 시인의 시라 하면, 대개 그 시경(詩境), 시격(詩格)은 보나마나 짐작이 가능하다. 몇몇 규수 시인을 빼고는 대다수가 기류이거나 첩실이거나 금실에 금이 가 있는 등의 불우한 처

지에 있는 여인들이기에 정한(情恨)에 겨운 내용임은 어쩔 수가 없다. 이별, 그리움, 기다림, 연정 따위 정한을 주제로 한 향렴시(香奩詩)가 주류임과는 달리, 허난설헌, 운초당 부용, 서영수각, 김삼의당, 강정일당, 홍유한당, 강지재당, 박죽서당…… 등은 웅혼 장대(雄渾壯大)한 시 세계의 출입을 서슴지 않았으니, 황진이의 본시 및 〈만월대 회고〉 등은 그 대표적인 걸작이라 할 것이다.

'폭포 시' 하면 자고로 이백의 〈여산폭포시(廬山瀑布詩)〉를 첫손가락에 꼽지마는, 아깝게도 그 폭포는 벙어리 폭포라, 무성 영화를 보는 감이 없지 않다. 하기야 멀리서 바라보자니 그럴 수밖에 더 있겠느냐며, 비호할 이도 없지 않겠으나, '飛流直下三千尺'으로 까마득하게 쳐다보일 만큼의 거리이고 보면, 내리지르는 굉음(轟音)인들 오죽했으랴마는, 소리에 대해서는 아예 귀를 막고 있으니 어찌하랴? 하다못해 '원뢰(遠雷)' 정도로라도, 그 소리 없음은 이 시의 크나큰 결함이 아닐 수 없다. 그러나 보라, 본시의 제3연을:

噴壑礱(분학롱) 골짜기의 목구멍으로 뿜어냄. 礱은 목구멍 롱.
潨潨(종종) 물이 한데 모여 장하게 흐르는 모양. 종종(淙淙).
倒瀉(도사) 거꾸로 쏟음.
白虹(백홍) 흰 무지개.
雹亂(박란) 우박이 어지럽게 쏟아짐.
霆馳(정치) 우레 소리가 달림.
彌洞府(미동부) 골짜기에 가득히 참.
珠舂(주용) 구슬처럼 아름다운 확. 확의 미칭.
莫道(막도) 말하지 마라.
廬山(여산) 중국 강서성(江西省) 북쪽에 있는 명산. 이백의 '여산폭포시'로 유명함.
天摩(천마) 박연폭포가 있는 산. 천마산.
海東(해동) 중국에서 보아, 바다 동쪽에 있는 나라의 뜻으로, '우리나라'를 일컫는 말.
※ **낭떨어진다** 명사 '낭떠러지'에서 전성(轉成)한 동사.

雹亂霆馳彌洞府　珠舂玉碎徹晴空!

이 소리는 다중적(多重的) 이동감(移動感)마저 살아 있어, 현장감·박진감이 넘친다. 단순한 생각으로는, 폭포 소리야 고정된 자리에서 나는 것으로 알기 쉽지만, 그 여러 갈래의 소리들의 복합 곡선이 수시로 바뀌면서 이루는 이른바 '음(音)의 산(山)'으로 말미암아, 소리 위치가 이동하는 것으로 들리는 것이 사실이다. 그녀는 이를 놓치지 않고 '달리는 우레 소리〔霆馳〕'라 표현하고 있다. 곧 우레 소리가 하늘의 이 끝에서 저 끝으로 달리듯이 폭포 소리도 그렇게 달리는 소리로 들었음이다. 얼마나 핍진한 생동감 넘치는 소리인가? 또 그 수많은 소리 가닥이 한 묶음으로 묶어진 맑은 화음을 일러 '옥 빻는 소리'로 은유했으니, 대체 이런 천외(天外)의 기상(奇想)들은 천부의 시인에게나 주어지는 영적(靈的)인 계시(啓示)에서가 아닐는지?

이 대우구(對偶句)는 그의 또 하나의 명구(名句)일 씨 분명하다.

그녀가 끝 연에서 언급했고, 필자가 벙어리 폭포라 문제 삼았던 이백의 〈여산폭포시〉를 여기 옮겨 둔다.

日照香爐生紫煙　향로봉에 해 비치어 자연(紫煙)이 서리는 곳
遙看瀑布掛長川　아스라이 바라뵈는 허공에 건 장강(長江)이여!
飛流直下三千尺　사뭇 날아 내리지르는 삼천척이야
疑是銀河落九天　구만리 장공(長空) 쏟아지는 은하수런가?

봄 시름 1

이매창

봄바람 살랑이는
때는 춘삼월

이르는 곳마다
흩나는 꽃잎

거문고 상사곡
애끊는 가락

강남 간 그이는
왜 이리 늦나?

東風三月時　處處落花飛
綠綺相思曲　江南人未歸

〈春思〉

사랑하는 이를 그리는 봄날의 애상이다.
봄은 강남으로부터 온다. 꽃 소식도 제비도 강남에서 북상

綠綺(녹기) 거문고. 사마상여(司馬相如)가 양왕(梁王)에게서 받았다는 거문고의 이름.
相思曲(상사곡) 연정을 노래한 악곡의 이름.

해 온다. 그렇건만, 이 봄과 함께 오시겠다던, 강남 간 그이는 감감 무소식! 봄도 이미 막판이라, 가는 곳마다 지는 꽃잎 눈보라처럼 흩날려, 기다리는 심사를 애타게 하고 있다. 거문고를 뉘어 상사곡 한 곡조를 뜯어 보지만, 마음은 마냥 꽃보라처럼 수란(愁亂)만 하다.

매창은 촌은(村隱) 유희경(柳希慶)과 정이 깊었으나, 그가 귀경(歸京)하자 소식이 끊어졌으므로, 오매에 잊지 못하는 정을 시조로 읊었다.

이화우(梨花雨) 흩날릴 제 울며 잡고 이별한 임,
추풍낙엽에 저도 나를 생각는지,
천리에 외로운 꿈만 오락가락하노매.

※ 이 시조는 부안에 세운 그녀의 시비에 새겨져 있다.

그녀는 상대의 매정함에 아랑곳없이, 일생을 수절(守節)하였다 하니, 이 시의 '기다리는 임' 또한 동일인(同一人)일 것임은 의심할 나위가 없을 것 같다.

다음에 〈自傷〉 4수 중 그 셋째 수를 옮겨 덧붙인다.

꽃구름 얼리던 꿈
깨고 나니 허망하다.
이 임 만날 곳

江南(강남) 원의는 중국 양자강 남쪽 지방의 따뜻한 곳을 가리키는 말이었으나, 차츰 상상의 나라로 관념화하여, 봄의 고장, 평화와 행복의 나라, 꿈과 동경의 세계로 전의(轉意)되었다.

어디뇨?
황혼에 아득
수수로워라!

一片彩雲夢　覺來萬念差
陽臺何處是　日暮暗愁多

| **이매창**(李梅窓, 1513~1550, 중종 8~명종 5) 여류 시인. 본명은 계생(桂生). 매창은 호. 혹은 계랑(桂娘)이라고도 한다. 부안(扶安)의 명기. 38세로 요절했으나, 노래와 거문고에 뛰어났으며, 한시도 잘하여, 백여 편이 산일(散佚)되고도 58수가 현전한다.

봄 시름 2

이매창

긴 방죽엔 봄풀이
하도 우거져,
옛 임이 돌아오다
길 헤매실라?

그 옛날 함께 놀던
번화턴 곳엔
만산에 달은 밝고
두견인 울고…….

長堤春色草凄凄　舊客還來思欲迷
故國繁華同樂處　滿山明月杜鵑啼

〈春愁〉

評說 내 집을 드나드는 긴 방죽 길은, 임 가신 후로는 드나드는 사람이 없어, 오래도록 폐로(廢路)가 된 데다가, 이 봄 들어 새 풀이 우거져 있어, 오랜만에 돌아오는 임이, 길 못 찾아 헤매지나 않을까 걱정스럽다.

凄凄(처처) 풀이 무성한 모양.
故國(고국) 옛 나라. 여기서는 '옛 놀던 곳'을 마치 외국에서 회상하듯, 사무치게 그리워지는 심정으로 일컬은 것.

그리운 그 옛날, 임과 함께 즐겨 놀던 곳에는 온 산이 달빛으로 가득한데, 어느 먼 곳에서 하염없이 들려오는 두견이의 울음소리가 어둠을 도막도막 꿰뚫어 온다.

돌아올 줄 모르는, 소식마저 끊어진 임을 금시라도 나타날 듯, 하고 한 나날 기다리다 제물에 속으면서도, 상금도 지치지 않고, 도리어 길 못 찾아 못 오실라 걱정하고 있으니, 어찌 가엾지 아니하랴?

두견이의 저 청승맞은 울음은 저 자신의 서러운 사연의 하소연이련만, 덩달아 남의 사정까지 들추어 함께 울자 강요라도 하는 듯, 흐르는 눈물을 감당할 수가 없다.

매창은 학자요 시인인 촌은(村隱) 유희경(柳希慶, 1545~1636)과 정이 깊었으나, 그가 서울로 돌아간 후 소식이 끊어졌으므로, 오매불망 못 잊는 정을 시조로도 읊었으니:

이화우(梨花雨) 흩날릴 제, 울며 잡고 이별한 임,
추풍낙엽에 저도 나를 생각는가?
천리에 외로운 꿈만 오락가락하여라!

기생의 신분이면서도 촌은을 위해 수절하다, 서른일곱 살을 한 생애로 그녀는 요절했다. '다정도 병인 양하여' 일찍 가고 말았는가? 위의 시조는 부안에 세운 그녀의 시비에 새겨져 있다.

촌은도 매창을 그리워하여 지은 여러 편의 시가 있는 가운데 다음 한 수를 보면:

그대 집은 부안이요 내 집은 서울이매,
그리워도 볼 수 없고 소식마저 감감한데,
오동에 비 뿌릴 제면 애간장만 끊이노라.

娘家在浪州　我家住京口
相思不相見　斷腸梧桐雨
〈懷癸娘〉

'계랑'은 그녀의 이름 '계생(癸生)'의 애칭이요, 매창은 그녀의 호다.

배를 띄워

이매창

높낮은 산 그림자
강물에 거꿀었고
천사만사(千絲萬絲) 능수버들
주막(酒幕)을 뒤덮었네.

물결에 바람 일어
해오라기 졸다 날고
연하 속 두런두런
뱃사람의 말소리들—.

參差山影倒江波　垂柳千絲掩酒家
輕浪風生眠鷺起　漁舟人語隔烟霞

〈泛舟〉

評說 잔잔한 물결에 거꾸로 잠겨 있는 울멍줄멍 높낮은 산 그림자, 연둣빛 실버들의 천사만사(千絲萬絲) 올올이 드러워진 속으로 깊숙이 들여다보이는 주막집, 가벼운 물바람에 졸음 깨어 펄쩍 날아오르는 백로, 안개와 노을 저편 어디에선가 두런두런 들려오는 뱃사람들의 말소리……, 무슨 말들일까? 낚은 고기 안주하

參差(참차) 들쭉날쭉하여 가지런하지 않음.

여 한잔하러 주막으로 가는 길의, 월척(越尺) 자랑일까? 고요와 한가로움, 평화로움과 낭만이 가득한, 우리나라 어디에서나 쉽게 만날 수 있는, 고향같이 정겨운 갯마을의 봄날 저녁 풍경이다.

저기 수양버들 우거진 깊숙한 속에 주막을 베풀어 놓더니, 이윽고 몰려가고 있는 술꾼들의 한 떼, 그 수요와 공급의 은근한 호응 구도를 음미할 것이며, 바람이 불어 물결이 이는 것이 아니라, 물결에서 잔잔한 바람이 이는 '輕浪風生'의 이 인과전도(因果顚倒)의 수사에서 오는 허허실실(虛虛實實)의 멋을 또한 음미할 것이다.

자식을 울다

허난설헌

사랑하는 딸
지난해 잃고
귀여운 아들
올해 여의어
슬프디슬픈
광주 땅에는
두 무덤 마주
새로 생겼네.

백양나무 숲
쓸쓸한 바람
도깨비불빛
흐르는 묘지
지전 흔들며
너희 넋 불러
무술을 친다
너희 무덤에.

응당히 너희
남매의 혼이
밤마다 서로

좇아 놀려니 —

去年喪愛女　今年喪愛子

哀哀廣陵土　雙墳相對起

蕭蕭白楊風　鬼火明松楸

紙錢招汝魂　玄酒奠汝丘

應知弟兄魂　夜夜相追遊

〈哭子〉

지정 무문(至情無文)이라 한다. 지극히 가까운 정분의, 지극히 절박한 감정에서는 글이 이루어지지 못한다는 뜻이다.

어린 두 자녀를 작금 양년 사이에 다 잃고 만, 모정의 아픔이야 실로 어떻다 하랴. 그런 극한 상황에서도 통곡을 삼키고 심서를 가다듬어, 이런 한 편의 시를 이루었음이 우선 대견스럽다

고시체인지라 비록 엄격한 율격을 요하는 것은 아니나, 여기서는 몇 차례의 환운에 의한 압운이 되어 있을 뿐, 기타는 거의 배려되어 있지 않은 채, 조탁(彫琢)도 퇴고(推敲)도 안 거친 대로, 낙서하듯 끼적거려 던져 버린 것같이 거칠다.

廣陵(광릉) 경기도 광주(廣州)의 옛 이름.
雙墳(쌍분) 두 무덤. 한 쌍의 무덤.
白楊(백양) 백양나무. 고래로 무덤에 심어 왔다.
松楸(송추) 소나무와 가래나무. 이 두 가지 나무는 무덤에 심는 나무임에서, 전의(轉意)하여, 묘지(墓地)의 뜻.
紙錢(지전) 무당이 비손할 때에 쓰는, 돈 모양으로 잇대어 둥글게 오려 만든 긴 종이 오리.
玄酒(현주) 제사 때 술 대신으로 쓰는 찬물. 무술.
應知(응지) 응당히 앎. 꼭 그러리라고 여김.
※ 이 시는 1985년, 광주(廣州)에 세운 작자의 시비에 새겨진 것으로 기억된다.

그런데도 이 시가 우리의 마음을 이처럼 크게 울리는 것은 어째서일까? 흐트러진 심사에서는 해조보단 오히려 난조가 제격으로, 독자의 심금을 또한 같은 난조로 뒤흔들어 놓기 때문인지도 모른다. 이는 필경, 시란 형식이나 기교보다는 심충(深衷)에서 솟구쳐 오르는 그대로의 가식 없는 목소리여야 할 것임을 일깨워 주는 것이기도 하다.

허난설헌(許蘭雪軒, 1563~1589, 명종 18~선조 22) 여류 시인. 본명 초희(楚姬). 난설헌은 호, 별호는 경번(景樊). 본관 양천(陽川). 허균(許筠)의 누이로 이달(李達)에게 시를 배워 천재적인 시재를 발휘했으나, 27세로 요절했다. 남편 김성립(金誠立)과는 금실이 좋지 못했다. 작품으로 유선시(遊仙詩) 등 142수와 가사 작품으로 〈규원가〉, 〈봉선화가〉 등이 전한다.

오라버니를 떠나보내며

허난설헌

멀리 귀양 가는
갑산 나그네
함원 땅 길 떠나는
창황한 행색—.

신하는 가태부나
다름없건만
임금님야 어찌
초회왕이리…….

물은 가을 언덕에
가득 흐르고
함관령 구름 사이
해 지려 할 제,

어인 서릿바람
기러길 채니
안항(雁行)이 뚝 끊어져
줄 못 이루네.

遠謫甲山客　咸原行色忙

臣同賈太傅　主豈楚懷王
河水平秋岸　關雲欲夕陽
霜風吹雁去　中斷不成行

〈送荷谷謫甲山〉

評說 '하곡(荷谷)'은 작자의 둘째 오라버니 봉(篈)의 호이다. 그는 문과에 급제, 교리(校理) 등 역임, 선조 16년 병판의 직무상 과실을 탄핵하다가 갑산으로 유배당했으니, 수련은, 그때 그 귀양 길 떠나는 창황한 경상(景狀)을 직서함이다.

2연은, 하곡의 충성을 가태부에 견주는 한편, 그런 충신을 유배하는 임금이지마는 그렇다고 초회왕 같은 어리석은 임금은 아니라고 대를 맞추었으니, 이는 임금은 현군(賢君)이나 간신배의 소행임을 함축하는 한편, 반대급부로 하곡을 다시 굴원(屈原)에 비유한 다중

遠謫(원적) 멀리 귀양 감.
甲山客(갑산객) 함경남도 갑산으로 가는 나그네.
咸原(함원) 함경도의 옛 이름.
行色(행색) 길 가는 사람의 차림새.
賈太傅(가태부) 전한(前漢) 문제(文帝) 때의 충신. 이름은 의(誼). 나이 20에 태중대부(太中大夫)가 되어, 선정(善政)을 상소하다가 대신들의 시기로 장사왕(長沙王)의 태부로 좌천되었으나 우국 충언을 끊지 않았다.
主豈(주기) 임금이야 어찌 ……하랴?
楚懷王(초회왕) 주대(周代)의 초나라 왕. 어리석어 간신배의 말에 농락되어 충신 굴원(屈原)을 내쫓고, 실정을 거듭하다가 진(秦)에 잡혀 죽었다.
平秋岸(평추안) 물이 가을 강 언덕에 치면치면 넓게 흐름.
關雲(관운) 함관령(咸關嶺) 영마루에 떠 있는 구름.
霜風(상풍) 서릿바람.
吹雁去(취안거) 기러기를 불어 채감.
不成行(불성항) 항렬(行列)을 이루지 못함. 안항(雁行)을 이루지 못함. '안항'은 형제를 이름.

적 효과를 나타낸 표현이다. 하나, 그 말투에는 은근히 임금의 부당한 처사에 대한 원망의 일단이 비아냥조로 밑바닥에 깔려 있어, 비록 필화에 저촉되지 않게 교묘한 논리로 우회 표현은 되어 있으나, 그러나 매우 위험스러운 대담한 발언이라 아니할 수 없다

3연은, 변새(邊塞)의 땅 가을 석양의 소조한 경색(景色)을 그려, 오라버니의 창랑(蹌踉)한 발길과 처량한 심사를 언외에 부치었다.

끝 연에서는, 기러기 행렬같이 다정스럽던 성(筬)·봉(篈)·난설헌·균(筠) 등의 여러 형제 남매가, 불시에 불어닥친 가화(家禍)로 창황 망조(蒼黃罔措)하게 된 경상을, 중단된 안항(雁行)에 비겨 길이 탄식하고 있다.

그 후 그는 하곡 오라버니에 대한 그리움을 다음과 같이 읊기도 했다.

暗窓銀燭低　어둑한 창 촛불도 다 타 가는데
流螢度高閣　높은 집 넘나드는 반딧불이여!

悄悄深夜寒　오소소 스며드는 깊은 밤 냉기
蕭蕭秋葉落　우수수 가을 잎은 떨어지는데,

關河音信稀　함관 땅 귀양살이 소식 없으니
端憂不可釋　가슴속 이 시름 풀릴 길 없네.

銀燭(은촉) 백랍으로 만든 초. 은초. 곱게 비치는 촛불.
關河(관하) 관북(함경도)의 산하.
端憂(단우) 평소의 근심.
靑蓮宮(청련궁) 절의 이칭.

遙想靑蓮宮　아득히 그곳 정황 그려 보자니
山空蘿月白　산은 빈데 가을달만 밝아 있고녀!
〈寄荷谷〉

蘿月(나월) 송라월(松蘿月). 겨우살이로 뒤덮여 있는 소나무에 걸려 있는 달. 송월(松月).
※ 갑산(甲山)에 귀양 살고 있는 둘째 오라버니〔이름은 봉(篈), 하곡(荷谷)은 호〕를 그리는 내용이다.

빈녀의 노래

허난설헌

이 얼굴 남들만
못하지 않고,
바느질 길쌈베도
솜씨 있건만,
가난한 집 태어나
자란 탓으로
중매인도 발 끊고
몰라라 하네.

추워도 주려도
내색지 않고,
진종일 창가에서
베를 짜나니,
부모님야 안쓰럽다
여기시지만
이웃이야 그런 사정
어이 알리요.

밤 깊어도 짜는 손
멈추지 않고
짤깍짤깍 바디 소리

차가운 울림,
베틀에 짜여 가는
이 한 필 비단,
필경 어느 색시의
옷이 되려나?

가위 잡고 삭독삭독
옷 마를 제면
밤도 차라 열 손끝이
곱아 드는데
시집갈 옷 삯바느질
쉴 새 없건만
해마다 독수공방
면할 길 없네.

豈是乏容色　工鍼復工織
少小長寒門　良媒不相識

不帶寒饑色　盡日當窓織
惟有父母憐　四隣何曾識

夜久織未休　戞戞鳴寒機
機中一匹練　終作阿誰衣

手把金剪刀　夜寒十指直
爲人作嫁衣　年年還獨宿

〈貧女吟〉

評說 친정이나 시가나 다 명문대가로, 봉건사회의 지배계급에 속해 있으면서도, 피압박 백성에 대한 연민의 정이 남달리 도타운 것은, 그녀의 동생 균(筠)과 함께, 스승인 손곡(蓀谷) 이달(李達)의 훈도(薰陶)에 힘입음이 컸으리라 짐작된다. 단지 서류(庶流)란 이유 하나 때문에, 삼당시인(三唐詩人)의 한 사람으로 시명이 일세에 풍미하였으면서도, 변변한 벼슬 한 자리 해 보지 못한 손곡이었으니, 그러한 이의 사상 감정이 어찌 제자들에 미치지 않았다 할 수 있으랴?

이 시는, 가난한 집에 태어난 죄 아닌 죄로, 늘 고달프고 슬퍼야 하는, 이 착하고도 가련한 노처녀에 부치는 애달픈 동정이다. 장차 어느 색시의 옷이 될지 모를 비단을 짜고, 옷 말라 옷 짓기를 밤낮없이 하건마는, 자신은 늘 헐벗고 굶주리며, 중매쟁이마저 돌보지 않는 소외 지대에서, 독수공방의 새우잠 신세를 면치 못하고 있는, 딱한 처녀의 깊은 시름을 대변한 작품이다.

그의 이런 유의 작품은 이 밖에도 〈궁사(宮詞)〉, 〈송궁인입도(送宮人入道)〉, 〈청루곡(靑樓曲)〉, 〈감우(感遇)〉 등 많다.

다음에 〈견흥(遣興)〉 두 수를 옮겨 본다.

乏容色(핍용색) 얼굴이 못생김.
工鍼(공침) 바느질을 잘함.
工織(공직) 베를 잘 짬. 길쌈을 잘함.
少小(소소) 연소(年少).
寒門(한문) 가난하고 문벌이 없는 집안.
寒饑色(한기색) 춥고 배고픈 기색.
戞戞(알알) 단단한 물건이 맞부딪치는 소리.
阿誰(아수) 누구.
剪刀(전도) 가위.
嫁衣(가의) 시집갈 때 입는 옷.

찬란한 봉황 무늬 아껴 오던 비단 한 끝
떠나는 임에게 정표로 드리오니,
바지는 지을지언정 치마 되겐 마소서.

我有一端綺　拂拭光凌亂
對織雙鳳凰　文章何燦爛
幾年篋中藏　今朝持贈郎
不惜作君袴　莫作他人裳

신혼 때 물려주신 서기(瑞氣) 어린 순금 패물
치마끈에 풀어 내어 가는 임께 드리오니
차라리 내버릴망정 시앗 주진 마소서.

精金凝寶氣　鏤作半月光
嫁時舅姑贈　繫在紅羅裳
今日贈君行　願君爲雜佩
不惜棄道上　莫結新人帶

그녀는 반도 좁은 천지에, 여성으로 태어났음과, 김성립의 아내로서 금슬이 좋지 않음을 평생의 삼한(三恨)으로 여겨 왔다. 그러면서도 원유(遠遊)에서 돌아오지 않는 남편을 기다리는 간절한 마음을 다음과 같이 읊기도 했다.

제비는 처마를 스쳐
쌍쌍이 비껴 날고,
지는 꽃은 우수수

비단옷에 부딪네.

내다뵈는 그 모든 것
봄 시름을 돋우는데,
초록 강남 낭군님은
돌아올 줄 모르시네.

燕掠斜簷兩兩飛　落花繚亂撲羅衣
洞房極目傷春意　草綠江南人未歸

〈閨怨〉

임은 아니 오고

허난설헌

제비는 처마 스쳐
쌍쌍이 날고,
지는 꽃 어지러이
옷에 부딪네.

안방에서 눈 빠지게
봄을 앓나니,
강남도 푸르련만
임 아니 오네.

燕掠斜簷兩兩飛　落花撩亂撲羅衣
洞房極目傷春意　草綠江南人未歸
〈寄夫江舍讀書〉

評說 저 미물인 제비들도 암수 쌍쌍이 짝을 지어, 처마 밑을 드나들며 춘정(春情)을 부추기고, 어느덧 꽃샘바람에 어지럽게 휘날리는 꽃잎들의 스산한 낙화로, 봄도 이미 끝나려 하고 있다. 규방에 갇혀 있어, 이제나저제나 눈 빠지게 임 돌아오기만 기다리며

撩亂(요란) 어지럽게 흔들려 떨어짐.
洞房(동방) 잠자는 방, 침방(寢房). 안방. 규방(閨房).
極目(극목) 시력을 다하여 먼 데를 바라본다는 뜻으로, 눈 빠지게 기다림. 몹시 기다림.

봄을 앓고 있는 몸, 임 계신 강남에도 봄은 왔으련만, 봄 오면 돌아오겠다던 그 약속 저버리고, 임은 감감 돌아올 기척이 없으니, 아. 어이할거나!

정지상의 〈임을 보내며(送人)〉 시의 끝구가 생각난다.

南浦春波綠　　남포에 봄 물결 푸르러지든
君休負後期　　임이여! 오마던 말 어기지 마오.

이 시는 경기도 광주읍 경화여고 교정에 세운 그녀의 시비(詩碑)에 새겨져 있다.

끝으로 같은 작자의 〈한스러운 마음〉과 〈규방의 한〉을 더 옮겨 둔다.

● 한스러운 마음

春風和兮百花開　봄바람도 화창하다! 온갖 꽃 피어나고
節物繁兮萬感來　철 따라 나는 경치 만감이 밀려드네.

處深閨兮思欲絶　규중 깊이 갇혔자니 생각마저 암암한데,
懷伊人兮心腸裂　임 그리움 간절할사! 애간장이 찢어진다.

夜耿耿而不寐兮　한밤을 시름하여 잠들지 못한 채로
聽晨鷄之喈喈　　새벽을 울어 대는 닭소리를 듣는구나!

羅帷兮垂堂　마루엔 비단 휘장 적막히 드리웠고,
玉階兮生苔　축대엔 푸른 이끼 자랄 대로 자라 있다.

殘燈翳而背壁兮　쇠잔한 등잔불은 벽을 지고 끄물대고,
錦衾悄而寒侵下　시름인 양 비단 이불 찬기만 스며든다.

鳴機兮織回文　회문시를 짜자 하고 북바디를 울려 봐도
文不成兮亂愁心　글자는 아니 되고 마음만 수란하다!

人生賦命兮有厚薄　주어진 인생 운명 후박이 다르거니,
任他歡娛兮身寂寞　멋대로의 임의 환락 이 몸의 쓸쓸함이여!

〈恨情〉

※ '회문시(回文詩)'란, 위에서 내리 읽으나 거꾸로 치읽으나, 각각 완벽한 한 편의 한시로서 성립되는 시를 이름이다. 그 효시는 진(晉)의 소혜(蘇蕙)의 〈직금회문시(織錦回文詩)〉에서라 한다. 임 그린 간절한 정을 담은 회문시의 한 자 한 자를 비단에 아로새겨 짜 넣은 것으로, 자기를 돌보지 아니하는 무정한 남편에게 보내어, 그 마음을 돌리게 했다는 내용의 시이다.

● 규방의 한

錦帶羅裙積淚痕　비단 띠 비단 치마 눈물 흔적 아롱짐은,
一年芳草恨王孫　봄풀은 푸르건만 아니 오는 임 탓일레.
瑤琴彈盡江南曲　거문고로 가슴 뜻듯 그리운 속 풀고 나니
雨打梨花晝掩門　낮에도 닫힌 문을 배꽃 빗발이 몰아치네.

〈閨恨〉

기다림

이옥봉

오마던 임 왜 이리 늦나?
매화는 벌써 지려는데,

문득 까치 소리 하 반갑더니,
거울 속 눈썹만 괜히 그렸네.

○○○

오마던 임 안 오시고, 그 매화 벌써 질 제,
문득 까치 소리, 인제로다 여기고서,
부산히 눈썹 그렸던 거울 보기 열없다.

有約來何晚　庭梅欲謝時
忽聞枝上鵲　虛畫鏡中眉

〈閨情〉

뜰 매화 필 무렵에 오마던 언약,
그 매화 지는데도 임 안 오시네

有約(유약) 언약을 둠. 약속을 함.
來何晚(내하만) 옴이 어찌 이리 늦으뇨?

문득 까치 소리 반가운 예감
임 오신다 얼른 눈썹 그리고
시침 떼고 하마나 기다렸지만
화장만 열없게 된 맥빠짐이여!

연인을 기다리는 한 여인의 내밀(內密)한 감정이 깜찍하게 살아 있다.

"명년 춘삼월 꽃 피면 돌아오마."

이는 정인(情人) 사이의 이별 현장에서 관용되어 오는 전래의 상투적 언약이다. 그러나, 본시에서의 '꽃'은 그저 그런 막연한 '꽃'이 아니라, '매화꽃'이요, 그것도 그녀의 집 뜰에 서 있는 특정의 매화나무에 건 기약이다. 기약이 이처럼 긴밀했음에야 기다림도 또한 그러할밖에…….

매화 피자 임이 오는, 그 황홀한 날을 그리며, 초조로이 기다려 온 긴긴 나날이었건만, 그러나 그 매화 이젠 벌써 지고 있음에야, 그 조바심 또한 오죽하랴? 바로 이때다. 문득 그 매화나무 가지에서 짖어 대는 까치 소리! 임 오신다는 예보임에 틀림없다. 갑자기 임 맞을 채비로 부산을 떤다. 부랴부랴 거울 앞으로 달려가, 화장을 고친다, 옷매무새를 바로잡는다, 심호흡을 하며 시치미를 떼고 기다린다.

그러나, 끝내 허탕치고 만 기다림은, '눈썹만 공연히 그린' 후회로

庭梅(정매) 들에 핀 매화.
欲謝時(욕사시) 떨어지려 하는 때.
忽聞(홀문) 문득 들음.
虛畵(허화) 헛되이 그림. 공연히 화장함.
鏡中眉(경중미) 거울 속에 비친 눈썹.

이어진다. 부질없이 속내 보인 일이, 비록 누가 보았대서는 아닐망정, 스스로 못내 열없고도 맥 풀림을 어찌할 수 없다. 이러한 감정을 약간의 익살로 처리한 '虛'의 묘용(妙用)은 볼수록 새뜻하다.

지분(脂粉) 내음 솔솔 풍기는 향렴시(香奩詩)이다.

고려 말에 정당문학(政堂文學)을 지낸 정공권(鄭公權)의, 친구를 그리는 시의 한 구절:

피면 오마던 꽃
다 지도록 아니 오고,
그리며 못 보는 사이
달만 거듭 둥글었네.

有約不來花盡謝　相思不見月重圓

가 생각난다. 다 알뜰한 고인들의 정겨운 마음씨들이다.

끝으로 당(唐) 시인 시견오(施肩吾)의 〈不見來詞〉를 옮겨 본다.

'임 오신다' 골백번, 까치는 짖었건만
해 다 져 저물어도 임 그림자 아니 뵈네.
공연히 연지분갑만 닫았다가…… 열었다가…….

이옥봉(李玉峯, ?~?) 여류 시인. 선조 때 옥천 군수를 지낸 봉(逢)의 서녀로, 진사 조원(趙瑗)의 소실이 되었다. 시 32편이 수록된 《옥봉집》 한 권이 《가림세고(嘉林世稿)》의 부록으로 전한다.

烏鵲語千回　黃昏不見來
漫敎脂粉匣　閉了又重開

시상이 서로 비슷하나, 화장을 할까 말까 하는 망설임 정도로는, 이미 화장까지 하고 나선 뒤의 '허탈도(虛脫度)'에 있어서는, 본시에는 멀리 미치지 못하는 느낌이다.

깊으나 깊은 정을

이옥봉

깊으나 깊은 정을
무슨 수로 부치리까?
말로야 부끄러워
입 도로 다뭅니다.

내 소식 임 묻거든
부디 일러나 주오.
"그 화장 빛바랜 채로
누(樓)에 기대섰더라"고—.

深情容易寄　欲說更含羞
若問香閨信　殘粧獨倚樓
〈離怨〉

評說 '한 가슴 깊은 곳에 깊이깊이 간직하고 있는, 임 향한 알뜰한 정.' 그것이 금이나 옥 같은 물건이라면 임께 부쳐 보낼 수도 있으련마는, 금도 옥도 아니기에 부칠 길이 바이없고, 말로써 이러니저러니 하려니 도리어 부끄러워 차라리 입을 다물어 버리고

殘粧(잔장) 전일에 했던 빛바랜 화장.
倚樓(의루) 누에 기댐. 하염없이 기다리는 자세를 이름.

만다. 그래 차라리 인편에 당부나 해 둔다. 만일 임께서 내 소식 묻거들랑, 이렇게 전해 달라고—.

"그날 이별 이후로는, 빛바랜 그 화장 그대로 몸단장도 아니하고, 날마다 누에 올라 난간에 기대서서, 이마에 손을 얹고 먼 길목 지켜보며, 이제나저제나 임 오시기만을 기다리고 있더라"고 말이다.

'殘粧獨倚樓'에 압축되어 있는, 이 애달프고도 은근한 긴긴 사연을 곰곰이 음미해 볼 것이다.

보아 줄 그 한 분이 없거늘, 단장은 해서 무엇 하랴. 그래 숫제 머리도 아니 빗고 세수도 아니하고, 생과부가 되어 있는 것이다.

송강의 〈사미인곡〉의 한 대문:

"……올 적에 빗은 머리 얽히언 지 삼 년이라. 연지·분 있네마는 눌 위하여 고이 할꼬?"도 같은 정황에서라 할 것이다.

밤낮을 길이 흘러도

이옥봉

이별 한(恨) 병이 되니 술도 약도 쓸데없다.
이불 속 혼자 눈물, 얼음 밑의 냇물인가?
밤낮을 길이 흘러도 아는 이는 없어라!

平生離恨成身病　酒不能療藥不治
衾裏淚如氷下水　日夜長流人不知

〈閨恨〉

評說 작자는 명종 때, 운강(雲江) 조원(趙瑗(1544~?)의 소실이 되어, 임진왜란 때 그와 사별하였으니, '평생이한(平生離恨)'이란 이를 이름이다. 소실의 몸으로 평생을 수절하여 살아가고 있는, 그 애한(哀恨)이야 오죽했으랴? 그 남 몰래 흘리는 암루(暗淚)를 '이불 속 눈물'로, 그것을 다시 '얼음 밑을 흐르는 물'에 잇대어, 드디어는 '일야장류(日夜長流)'로 천연덕스럽게 흐르게 하고 있다. 따져 보면 이 얼마나 엄청난 어불성설의 과장인가? 그러나 그것이 과장이란 느낌이 없이, 순리로 받아들여지게 됨은 어째서일까? 그것은 아마도 '이불 속 눈물'과 '얼음 밑을 흐르는 물'의 잇댐이 거의 이질감(異質感)을 느끼지 못할 만큼 감쪽같았기 때문이 아닐까 한다.

離恨(이한) 이별의 한.
衾裏(금리) 이불 속.
氷下水(빙하수) 얼음 밑으로 흐르는 물.

이처럼 자연스럽게 '얼음 밑의 물'로 몸바꿈한 눈물이고 보면 '밤낮으로 길이 흐름'은 오히려 당연할 수밖에 없다.

'인부지(人不知)'의 '인(人)'은 일반인을 지칭하는 가운데 '임'을 특칭(特稱)하고 있음은 물론이다.

술도 약도 듣지 않는 병이라 한 대로, 시정(詩情) 또한 병적으로 애상에 치우친 감이 없지 않으나, 불우한 태생, 불행한 작배(作配), 원통한 사별로, 남은 것이라곤 원한(怨恨)뿐인, 이 박복한 여인의 진솔한 고백이고 보면, 한갓 감상물(感傷物)로 처리해 버리기에는 아까운 작품이라 생각되지 않는가?

'평생이한'에 병이 된 이 작자는 일 년에 단 하룻밤 잠시 만났다 헤어지는 견우직녀의 만남을 오히려 부러워하고 있음을 다음의 〈칠석〉에서 엿볼 것이다.

無窮相會豈愁思　끝없는 만남인데 무슨 시름고?
不比浮生有別離　뜬세상 이별과야 아예 다른 걸,
天上却成朝暮會　하늘에선 조석으로 만남이련만
人間漫作一年期　인간이 제멋대로 일 년이랄 뿐—.
〈七夕〉

꿈길이 자취 날지면

이옥봉

요즈음 어떻게
지내시는지?
깁창에 달 오르니
한도 겨워라!

가고 오는 꿈길이
자취 날지면
그 문 앞 돌길이
모래 됐으리―.

近來安否問如何　月到紗窓妾恨多
若使夢魂行有跡　門前石路半成砂

〈自述〉

評說 1구의 '안부'는 누구 안부며, 3구의 '문'은 뉘 집 문인가? 주어가 없는 글! 그러나, 일념으로 생각는 이 오직 '임'이요, 오매에 그리운 이 또한 '임'이요, 이별의 한(恨) 사무침이 '임'의 탓이요, 잠만 들면 꿈만 꾸면 '임의 집'인걸, 뭐 때문에 새삼 구태여 '임'이라 일러야 하리?

'임'이니, '임의 집'이니, 그 말들 없음이 백 번 나으이―.

이명한(李明漢)의 시조도 같은 한이런가?

꿈에 다니는 길이 자취 곧 날 양이면,
임의 집 창밖이 석로(石路)라도 달으련마는,
꿈길이 자취 없으니 그를 슬허하노라.

이를 다시 한역한 신자하(申紫霞)의 한역시도 함께 차려 본다.

夢魂相尋屐齒輕　鐵門石路亦應平
原來夢徑無行蹟　伊不知儂恨一生

초승달

서영수각

나그네새는 깃들인 가지 흔들려
하룻밤 안식을 얻기 어려운데,

숲 위의 달은 막 형체 생겨나
가느다라이 구름장 끝에 걸려 있네.

흐르는 빛이 품 소매에 스며들어
한밤중 깨어 서늘함을 느끼게 하네.

먼 길 떠난 사람 밤 길다 시름하리니
하염없이 솔 그림자 둥긂을 바라보노라.

羈鳥棲未定　難爲一枝安
林月初生影　纖纖掛雲端
流光入懷袖　中宵覺微寒
遠客愁夕永　坐看松陰團

〈和杜初月〉

評說 순조 3년 맏아들 석주가 사은사(謝恩使)의 서장관(書狀官)이 되어 청나라로 길 떠난 후, 자식의 평안을 염려하는 자상한 자모의 못 놓이는 마음이 여러 수의 시를 낳게 했는데, 여기에서도

역시 그 나그네 길에 있는 서른 살 큰 어린애 걱정이 전편의 밑바닥에 아닌 듯 깔려 있다.

민망하리만큼 지나친 예감으로 초조 불안해 한 전7구를 보상하여, 끝구 '坐看松陰團'의 둥근 솔 그림자가 구원인 양 생광스럽다.

영수각의 작품에는, 이백·두보·왕유·가도·도연명·맹호연 등 대가들의 시에 차운한 것이 많은데, 두보가 가장 많고, 다음이 왕유이다. 그중에는 이 시와 같이, 같은 제목, 같은 주제인 화운(和韻)도 적지 않다.

다음에 그 원운인 두보의 〈초승달〉을 이 자리에 함께 차려 보기로 한다.

빛이 가느니 시위를 메움 직하고
그림자 비끼니 둘레가 편치 않도다.

가느다랗이 헌 변성(邊城) 저편에서 돋아 오르더니
어느새 저녁 구름장 끝으로 숨는도다.

흐르는 은하의 맑은 빛 변함이 없는데,
관산은 공연히 스스로 썰렁하여라.

羈鳥(기조) 갇혀 있는 새. 여기서는 나그네새. 곧 철새.
纖纖(섬섬) 섬세한 모양.
懷袖(회수) 품과 소매.
中宵(중소) 한밤중. 중야(中夜).
坐看(좌간) 앉아서 봄. 또는 만연히 보고 있음.
和杜初月(화두초월) 두보의 '初月'에 화운(和韻)하여.

뜰 앞에 흰 이슬이 내리어
그윽이 국화에 가득 둥글었도다.

光細弦欲上　影斜輪未安
微升古塞外　已隱暮雲端
河漢不改色　關山空自寒
庭前有白露　暗滿菊花團
〈初月〉

서영수각(徐令壽閤, 1753~1823, 영조 29~순조 23) 관찰사 서형수(徐迥修)의 딸로, 승지 홍인모(洪仁謨)의 부인이 됐다. 당대의 문장가로 이름을 날린 석주(奭周)·길주(吉周)·현주(顯周)의 세 아들과, 규수 시인 유한당(幽閑堂) 원주(原周)를 낳아 기른 현모양처로서 이름이 높았으며, 시명 또한 높아 《영수각고(稿)》에 166수의 시가 전해 온다.

이른 봄

김부용

안개 보슬비
늦게야 개니
새들 좋아라
처마에 울고,
새싹 움트는
화창한 날씨
헹궈 낸 강산
새뜻도 하다.

들뜨는 마음
바늘손 놓고
괜히 책장만
들춰 보지만,
봄시름 나날
더해만 가니
어쩌랴? 온 누리
꽃보라 칠 젠…….

細雨和烟向晩晴　喜晴鳥雀繞簷鳴
潛滋草木絪蒕氣　新刷江山灑落情
針線無心從散亂　床書慢閱任縱橫

閑愁日與春慵積　將奈風花吹滿城

〈早春〉

공규(空閨)를 지키고 있는 여인의 춘수(春愁)이다.

전반은, 초목 군생(草木群生)들도 생명을 구가하는, 화창한 봄날의 찬미요, 후반은 규방 여인의 가슴속에 아지랑이처럼 연기처럼 피어오르는 봄 시름이다.

바깥 날씨가 아름다울수록 번민만 더해 가는 규중에서, 달랠 길 없이 봄을 앓고 있는 여인! 맞이하는 봄도 이러하거니, 온 누리에 꽃보라치는 보내는 봄은 또 어이 견디랴?

潛滋(잠자) 스며들어 적심. 잠윤(潛潤).
絪蒕氣(인온기) 기운이 성하게 일어나는 모양.
新刷(신쇄) 새로이 헹궈 냄.
灑落情(쇄락정) 깨끗하고 시원한 기분.
針線(침선) 바늘과 실. 곧 바느질.
散亂(산란) 흩어져 어지러움. 어수선함.
床書(상서) 책상이나 침상 머리에 놓인 책.
慢閱(만열) 함부로 열람함. 건둥건둥 들쳐 봄.
任縱橫(임종횡) 가로 세로 될 대로 맡겨 둠. 여기서는 기분 따라 책장을 내리넘기기도 치넘기기도 한다는 뜻.
閑愁(한수) 만연히 일어나는 시름. 공연한 수심.
春慵(춘용) 봄날의 노곤함.
將奈(장내) 장차 ~을 어찌하랴?
※ **꽃보라** 꽃잎들이 눈보라처럼 바람에 날림을 이름.

| **김부용(金芙蓉, ?~?)** 조선 중기의 여류 시인. 이름 부용(芙蓉). 호 운초(雲楚). 성천(成川)의 명기로 시문과 가무에 뛰어났다. 연천(淵泉) 김이양(金履陽, 1755~1845)의 소실이 되어 시와 노래로 명성이 높았다. 시문집으로 《부용집》이 있다.

만수위(滿水位)의 춘정(春情)을 감당하지 못해 하는, 한 여심(女心)의 풍랑(風浪)이다.

오강루에 올라

김부용

강루에 달 기다리니 달은 짐짓 잦바듬한데,
물안개 속 먼 피리 소린 무슨 회포 있어서뇨?

향연(香煙)은 꼬불꼬불 내 소원을 자세히도 그려 내고
술기운은 쓸은 듯이 세상 시름 삭여 주네.

물 흐르듯 가는 세월 꽃은 훌훌 떨어지고,
맑은 가을 오는 소식 나뭇잎이 먼저 안다.

임은 아직 나비 꿈이 끝나지 않았는지
남국의 미인이랑 뒷기약 다지는가?

待月江樓月故遲　煙波遠笛有何思
爐香細寫平生志　酒氣潛銷苦海悲
流水光陰花乍落　淸秋消息葉先知
相公未了東山興　南國佳人證後期

〈九秋出五江樓〉

※ 장서각본(藏書閣本)과 진기홍(陳鎭洪) 씨 소장본의 표제는 《운초당시고(雲楚堂詩稿)》인 데 반하여, 황의돈(黃義敦) 씨 소장본에는 《부용집》으로 되어 있고, 그 사이 약간의 대조차가 보인다.

달 뜨기를 기다리는 마음은 임 오기를 기다리는 마음과 한 통속이다.

'술 익자 국화 피자, 달이 뜨자 임이 온다.'
는 멋들어진 옛 시조 가락처럼 밤이라야 만나는 임은 언제나 달을 동반한 영상으로 떠오르게 마련이다.

이 밤에도 달과 임이 두렷이 함께 나타나 준다면, 그 얼마나 신나련만, 어찌 바라랴? 세상일이란 오히려 역반응으로 응수해 오기 일쑤인 것을—, 어쩌다 선심 써 내 편이 되어 준다 할지라도, 어느 만큼의 애를 태우게 한 뒤에야 마지못해 이루어 주는 일이 예사이다. 여느 때 같으면 서슴지 않고 성큼 산머리에 올라서던 달이, 오늘따라 일부러 애달구듯 산 너머서 잦바듬하게 알망거리고 있는 것이 아닌가.

이 일련의 기다리는 마음의 초조로운 감정을 이리도 천연덕스럽게 꿰뚫어 낸 '月故遲'의 맛은 음미할수록 매혹적이요 고혹적(蠱惑的)이기까지 하다.

제2구를 보자. 원문대로 한다면, '때마침 물안개 자오록한 강 저편 먼 데서 들려오는 피리 소리는 무슨 회포가 있어?……'가 된다. 여기서 뚝 끝나고 말았다. 이는 그에 후속될 긴 사연을랑 왕창 생략하고 만 것이니, 곧 '煙波遠笛有何思〔而使人愁〕오'와 같이, 적어도 끝의 넉 자는 독자로 하여금 후속케 한 것이 된다. 그 부분을 보충하면; '이 나를 이리도 시름겹게 하는 것이뇨?'가 될 것이다. 이 대담한 생략! 그러고도 긴긴 사연을랑 독자의 상상에 맡겨 둔, 이러한

爐香(노향) 향로에서 피어오르는 향기로운 연기.
相公(상공) 재상(宰相)에 대한 경칭(敬稱). 여기서는 연천 김이양을 지칭함이다.
※ **애달구다** 창자를 달게 하다. 애타게 하다.
※ **알망거리다** 선선이 나아가지 아니하고, 제자리를 맴돌며 곰지락거리다.

공박(空拍)의 멋은, 마치 백낙천의 〈비파행〉의 일절:

別有幽愁暗恨生　또 다른 시름과 한(恨) 그윽이 서려나니,
此時無聲勝有聲　이때의 소리 없음 있기보다 더 낫더라!

와도 비슷하다. 온갖 기교를 다 부리며 휘모리장단으로 몰아가는 그 흐느끼던 비파 소리가 문득 목이 꽉 막히어, 한 박자를 소리 없는 공박으로 빼먹고는, 다시 '탕' 하고 이어 가는 기법을 평한 것으로, 지금까지와는 또 다른 한이 서리어 나는, 그 공박의 멋은 천하일품이듯, 부용의 이 멋도 그에 못지않다 할 수 있지 않겠는가?

향로에 피어오르는 향연은 그녀의 평소의 소원을 전자(篆字)로 꼬불꼬불 자세히도 기록하여 하늘에 하소연하듯, 하늘하늘 하늘로 서려 오르는가 하면, 한편 거나하게 취했던 술기운은 저도 모르는 사이에 그녀의 슬픔을 쓸은 듯이 삭여 주어, 심기가 일전(一轉)했다.

세월은 물 흐르듯 하여 꽃 피던 지난봄은 임과 하께 훌훌 떠나가고, 어느덧 나뭇잎 하나 뚝 떨어짐에서 천하의 가을을 알게 된다는, "一葉落知天下秋"의 바로 그 가을이, 임은 내버려 두고 저만 혼자 온 것이다.

임은 여태도 어느 꽃동산의 호접몽(胡蝶夢=莊周夢)에서 깨어나지 못한 채, 남국의 아리따운 여인이랑 훗날 기약을 다짐하고 있음이려니…….

끝 연에 서린 작자의 강샘에서 그가 여인임을 재확인함과 동시에 제1구에서, 기다리면 기다릴수록 일부러 오지 않고, 잦바듬히 애달구고 있는 달처럼, 어서 돌아오지 아니하고, 애타게 기다리게 하는 임에 대한 원망이, 수미 쌍응(雙應)으로 감쪽같다.

시상과 시어를 부려 쓰는 솜씨가 뛰어났을 뿐만 아니라, 삼백여 편의 시가 편편이 새롭고 감동적이라, 가려 뽑기도 난감하여 그저 한 수를 눈 감고 짚은 것이다. 여류라는 선입감 때문에, 아니 숫제 기생이란 신분 때문에, 또는 평안(評眼)이 헤프다는 평이라도 들을까 몸 사려서, 모두들 크게 칭상(稱賞)하기엔 인색한 듯하나, 그녀가 시의 대수(大手)임을 구안자(具眼者)라면 인정하지 않을 수 없을 것이다.

장난삼아

김부용

연꽃(부용) 피어 연못에 가득 붉으니,
모두들 저보다 곱다 하더니,
아침 해에 연못가를 제가 지날 제,
모두들 연꽃은 왜 아니 보고……

芙蓉花發滿池紅　人道芙蓉勝妾容
朝日妾從堤上過　如何人不看芙蓉

〈戱題〉

評說 '모두들 연꽃은 왜 아니 보고……'에 후속될 구는: '어찌해 이 몸만 바라보는고?'일 것은 너무나 자명하기에 차라리 여운 속에 묻어 두었음은, 또 하나의 참신한 수사법으로서, 진실로 생략의 미, 여운의 멋의 극치라 할 만하다.

아침 햇살 조명 아래 한 못 가득 활짝 피어 염용(艶容)을 뽐내고 있는 수천 수만의 부용꽃(연꽃)과, 그를 배경으로 연못가를 거닐고 있는 화사한 차림의 '부용'이란 이름의 여인! 똑같은 이름을 한 꽃과 미인의 마지막 경연(競姸)에서 대승을 거둔 미녀 부용!

芙蓉(부용) (1) 연꽃. (2) 목부용. 여기서는 (1)의 뜻.
道(도) ~라고 말함.
勝(승) ~보다 나음.
從(종) ~로부터. ~를 좇아.

황홀감에 사로잡힌 뭇 사람의 시선을 독차지한 미녀의 개화(開花)이다.

꽃은 어디서도 핀다.
입에서도 눈에서도
콧등에서도

꽃 피는 곳엔 향기도 따르나니
입에서도 눈에서도
콧등에서도—.

운영 낙서장에서

그녀도 간 지 이미 오래다. 그러나 이 시를 통해, 그녀는 언제나 독자들의 상상 속에 살아 있다. 독자 저마다가 그리는 최상의 미인상으로, 저만치 거닐고 있는 동영상으로 선연히 떠올려 보시라. 얼굴이며 몸매도 각자의 취향대로, 표정이나 옷차림도 각자의 기호대로—. 영상이 떠오르지 않거든 눈을 감아 보시라.

다음에 같은 작자의 시 〈송악산을 지나며〉 한 수를 함께 옮겨 본다.
'곡고려 곡고려……'는 꾀꼬리 소리의 의성어(擬聲語)인 한편, '고려를 통곡한다'는 뜻을 부친 중의(重意).

松陽物色似當時　송도의 경물은 당시나 같아
吹笛橋邊楊柳垂　수양버들 다릿목엔 풀피리 소리
盡日黃鸝啼不住　진종일 꾀꼬리도 서럽다 울어
聲聲宛是哭高麗　'곡고려 곡고려' 그치질 않네.
〈過松嶽山〉

달밤의 꽃동산에서

김삼의당

하늘엔 밝은 달
동산엔 가득한 꽃

꽃 그림자 달그림자
서로 비쳐 영롱한데

달 같은 이 꽃 같은 이
마주 대해 앉았으니

속세의 영욕 따위야
뉘에게나 있던고?

滿天明月滿園花　花影相添月影加
如月如花人對坐　世間榮辱屬誰家
〈奉夫子 夜至東園 月色正好 花影滿地 夫子吟詩一絶 妾次之〉

評說 '낭군을 받들어 함께 밤 동원에 이르니, 달빛은 밝고 꽃 그림자는 땅에 가득한데, 낭군이 먼저 한 수를 읊기에, 이에 그 운을 좇아 화답하노라'는 소서(小序)를 겸한 긴 시제(詩題)가 붙어 있다.

하늘에는 달, 땅에는 꽃, 달그림자 꽃 그림자 어우러진 은은한 꽃

동산에, 달에 취코 꽃에 취코 사람에 취한, 달 같은 남자와 꽃 같은 여자가, 신선·선녀로 어엿이 변신하여 있어, 속세의 애환(哀歡)·영욕 따위 인간사야 도무지 내 알 바 아니라 한다.

'花·月'을 삼반복(三返復)하여 이리 뒤집고 저리 굴리는 그 어름에, 장구 가락 더덩실거리는 탈춤 춤사위 같은 흥겨움에 이끌리어, 시흥 또한 자승(自乘)하듯 고조되어 가고 있음을 느끼게 한다.

이 두 사람은 1769년(영조 45) 10월 13일 남원(南原) 동춘리 한 마을에서 태어난, 소위 생일 동갑끼리 배필이 된 것이다.

첫날밤에 신랑 신부가 시로 수작하는데, 먼저 신랑의 시:

만나고 보니 우리는
광한전 신선이었던 몸
오늘 밤은 분명
그 옛 인연을 이음이로다.

배필이란 원래
하늘의 정한 바이거늘
세간의 중매쟁이야
공연히 수고로웠음이로다.

相逢俱是廣寒仙　今夜分明續舊緣
配合元來天所定　世間媒妁總紛然

榮辱(영욕) 영화로움과 욕됨.
屬誰家(속수가) 뉘 집에 딸렸는고? 곧 우리에게는 딸려 있지 않다는 뜻. '誰家'는 '누구' 또는 '누구의 집'.
夫子(부자) 덕행이 높은 사람에 대한 경칭. 여기서는 아내가 남편을 공경하여 이름.

이에 화답한 삼의당의 시:

열여덟 살 신랑에
열여덟 살 신부
신방에 밝힌 화촉
좋은 인연이로다.

같은 연월 출생하여
한 문 안에 살게 되니
이 밤의 만남이 어찌
우연이라 하리오?

十八仙郎十八仙　洞房華燭好因緣
生同年月居同閈　此夜相逢豈偶然

이에 신랑이 또 한 수:

부부의 도는 인륜의 시초이니
만복의 근원이 이에 있기 때문이라.
《시경》 주남의 '도요편'을 볼지라도
한 집안의 화합은 새색시에 달렸도다

夫婦之道人倫始　所以萬福原於此
試看桃夭詩一篇　宜室宜家在之子

이에 또 신부가 응수한다:

부부 짝지음이 생민의 시초이니
군자의 도도 이에서 비롯되네.
공경하고 순종함이 아내의 도리이니
필생토록 낭군의 뜻 어기지 않으리라.

配匹之際生民始　君子所以造端此
必敬必順惟婦道　終身不可違夫子

김삼의당(金三宜堂, 1769~?, 영조 45~?) 전북 남원 태생으로, 같은 동네에 사는 생년월일이 같은 하욱(河煜)에게 출가했는데, 시재가 막상막하하여 부부가 창수(唱酬: 시가를 서로 주고받음)함이 많았다. 《삼의당고(稿)》에는 시 99수와 문 19편이 수록되어 있다.

여름날 즉흥

김삼의당

비 한 자락, 바람 한 올
사뿐 지나간
초당의 긴 여름은
맑기도 하다.

한 목청 노랫가락
어디서 오나?
꽃나무 그늘 속
꾀꼬리였군!

雨乍霏霏風乍輕　草堂長夏不勝淸
一聲歌曲來何處　芳樹陰中好鳥鳴

〈夏日卽事〉

'不勝'은 시름이나 슬픔 따위를 '이길 수 없음'을 나타내는 관용어로 不勝愁, -悲, -衣, -簪…… 등, 부정적인 뜻으로만 관용되어 오던 그 '不勝'이, 느닷없이 '不勝淸'으로 나타났다. 상쾌한 기분을 이겨 낼 수가 없고, 견뎌 낼 수가 없다는 표현이다. 흔

乍(사) 잠깐. 슬쩍.
霏霏(비비) 비가 보슬보슬 내리는 모양.

히 속된 표현으로 '좋아 죽겠다. 반가워 미치겠다' 등과도 통하는, 행복에 겨운 엄살이다.

비 내려 하늘·땅을 헹궈 내고, 바람 불어 구름·안개를 쓸어 버린 눈부신 초여름의 은빛 햇살! 그 청신함 감당할 길이 없어 맑고 밝고 평화로움에 몸살 앓듯, 꽃 그늘에서 굴리는 꾀꼬리의 한 목청은, 알괘라! 초당의 규수 시인과의 창수(唱酬)이며 화운(和韻)이렷다!

같은 작자의 〈봄을 보내며〉 한 수를 더 옮겨 본다.

思君夜不寐　그대 그려 밤마다 잠 못 들거니
爲誰對明鏡　눌 위하여 거울은 대할 것이랴?
小園桃李花　동산엔 온갖 꽃 피어나건만
又送一年景　헛되이 또 보내네. 한 해의 봄을—.

〈餞春〉

밤에 앉아

강정일당

밤 깊어 고요하고, 빈 뜰에 달 밝은 제,
씻은 듯 맑은 마음 탁 트여 활짝 개니,
참 나의 본디 모습을 속속들이 볼러라!

夜久群動息　庭空皓月明
方寸淸如洗　豁然見性情

〈夜坐〉

評說 지극히 정밀(靜謐)하고 청정(淸淨)한 시공간(時空間)에 처하여, 그지없이 맑고 잔잔한 자기 품성(稟性)의 본연의 모습을, 스스로 투철하게 꿰뚫어 들여다보게 됨의 기쁨이다.

주제는 결구에 있고, 핵심어는 '見性情'이다.

'性'과 '情'은 물과 물결의 관계와 같아, 고요하면 물이요, 출렁이면 물결이듯이, 잔잔한 상태일 때는 '性'이다가도 사물에 접하여 흔들리게 되면 '情'으로 바뀌게 되는 것으로 본다.

群動(군동) 움직이는 모든 것. 또는 소리나는 모든 것. 또는 모든 동물.
皓月(호월) 맑고 밝은 달.
方寸(방촌) 마음. 흉중(胸中).
豁然(활연) 깨닫는 모양. 의심이나 미망(迷妄) 따위가 일시에 사라지고 마음이 활짝 열리는 모양.
性情(성정) 성과 정. 인간의 본연의 심성.

그러나 본시에서의 '性情'은 '性'과 '情'의 그러한 체용 일원(體用一源)의 사리를 달관 포괄한 개념으로서의 인간 '품성', 곧 인간이 구유하고 있는 '본성'을 이름이다.

그것은 선천적으로 밝은 덕을 지니고 있어, 일단 활연 관통(豁然貫通)하고 보면, 만물의 이치에 이르지 아니하는 곳이 없고, 마음씀이 밝지 아니함이 없으니, 이 곧 군자(君子)의 마음인 것이다.

오욕 칠정의 풍랑에 부대끼어 본성을 잃은 중인(衆人)으로도, 자아를 성찰하여 깨달음을 얻게 되면, 자신의 깊은 곳에 여전히 내재하고 있는, 밝고 영묘(靈妙)한 품성의 참모습을 통투(通透)하게 바라보게 되는 것이니, 이는 곧, 사무사(思無邪)의 경지에서야 얻게 되는 것으로 본다.

관념적인 내용을 추상적 직서적으로 다루었기에, 이해에 어려움이 없지 않고, 따라서, 직접적으로 가슴에 와 닿지 않는다는 결점이 없지 않으나, 성리학의 견지에서 보아, 스스로 자신의 품성을 한 투명한 관념체로 파악한 것이라, 굳이 우회적 수법으로 표현할 필요를 느끼지 못했을 법도 하다.

불교에서 이르는 자비의 불성(佛性)이나, 유교에서 말하는 허령불매(虛靈不昧)한 '선성(善性)'이나, 그 뒷받침하는 배후가 '불(佛)'이냐 '이(理)'이냐의 차이일 뿐, 그 대본(大本)에 있어서는 다를 바가 없는 것으로 보면, 품부(稟賦)의 본성을 활연 개오(豁然開悟)한 기쁨은, 불교의 '직지인심 견성성불(直指人心 見性成佛)'의 법열(法悅)에 맞먹는 심경이라고도 할 만하다.

만학(晩學)으로 정진한 여류 문인으로, 성학(聖學)에도 그 오의(奧義)에 미도(味到)하여, 성정 정득(性情正得)의 진경(眞境)에 도달했음에는, 그저 놀라울 뿐이다.

작자의 유집에는, 사실 시보다 문이 주종을 이루어, 일반 유자들의 문집에서와 같이 '서(書)·기(記)·발(跋)·명(銘)·지(誌)·장(狀)……' 등이 망라되어 있어, 몇 편의 시와 함께 작자의 내면세계를 여실히 비춰 주고 있다.

늘 의(義)에 서서, 덕을 쌓고, 선을 행하려는, 부단한 심성 도야(心性陶冶)에 스스로 애쓰는, 일관된 의지의 흐름을 다음 시들에서도 읽을 수 있다.

● 시어머님 지일당 운에 차운하여

봄마다 꽃은 피고, 사람은 늙어 가고…….
애닯다 한숨 쉰들 가는 세월 어이하리,
이왕에 그럴 바에야 착한 일이나 하리라.

春來花正盛　歲去人漸老
歎息將何爲　只要一善道
〈敬次尊姑只一堂韻〉

● 제야의 감회

좋은 세월 허송하고 내일이면 쉰한 살!
한밤중 어이없어 한탄한들 무엇 하리?
앞으론 심성(心性) 닦으며 남은 해를 살리라.

| **강정일당(姜靜一堂, 1772~1832, 영조 48~순조 32)** 강재수(姜在洙)의 따님이요, 윤광연(尹光演)의 부인으로, 출가 후에 한문을 공부하여 문명이 높았다. 성리학에도 조예가 깊었다. 문집 한 권이 전한다.

無爲虛送好光陰　五十一年明日是
中宵悲歎將何益　自向餘年修厥己

〈除夕感吟〉

이별

계월

애끓는 이 애끓는 이
서로 대하여
눈물 눈으로 눈물 눈을
마주보나니

일찍이 책에나 본
예사롭던 일
어이 알았으리
내 일 될 줄을……

流淚眼看流淚眼　斷腸人對斷腸人
曾從卷裡尋常見　今日那知到妾身

〈奉別巡相李公〉

評說 숱한 이별고(離別苦)를 겪는 가운데, 인생은 주름주름 늙어 가는 것. 사별이야 이미 소리마저 삼켜졌으매, 체념이나 할 수 있다지만, 재회의 기약도 없는 생별이야 두고두고 내내 못 잊는 애달픔이 아닐 수 없다.

流淚眼(유루안) 눈물 흐르는 눈.
斷腸人(단장인) 창자가 끊어지는 듯 슬픔을 앓고 있는 사람.
曾從卷裡(증종권리) 일찍이 책 속에서 본(출처 미상).

혈육 간의 천륜의 정은 물론, 이성 간의 애정, 친교 간의 우정…… 어느 이별이든, 그 자력(磁力)과도 같은 인력을 생짜로 잡아 떼이는 그 아픔이야 가는 이나 보내는 이나 대등할밖에 —.

흥건히 젖은 눈물 눈으로 상대방의 흥건한 눈물 눈에 어리비치는 애끊는 마음을 서로 읽으며, 둘은 말없이 임별(臨別)의 순간을 마주 벙벙히 서 있는 정황이다.

작자 미상의 고시 한 연을 통째로 인용해다가 자기네의 절박한 이정(離情)을 터파(攄破: 속마음을 털어놓음)한 것이다. 남의 일일 때는 예사롭던 것이, 막상 제 일로 당하고서야 실감하게 됨을 실토하면서 —.

반복법, 대우법, 점층법, 인용법 등 수사도 다양하며, 그 형식미 율조미도 맛깔스럽다.

尋常見(심상견) 예사스럽게 봄.
那知(나지) 어찌 알았으랴? 일찍이 알지 못했다는 반어.
妾身(첩신) 저의 몸, '妾'은 여자가 자신을 낮추어 일컫던 말.
巡相(순상) 순찰사(巡察使)의 별칭. 이공(李公)은 이광덕(李匡德)을 가리킴.

| **계월(桂月, ?~?)** 영조 때의 평양 기생. 전라도 관찰사, 대제학 등을 역임한 관양(冠陽) 이광덕(李匡德, 1690~1748, 숙종 16~영조 24)의 애첩으로 전한다.

천 리 먼 임에게

계향

헤어지자 구름과 산 아득히 막혔더니
꿈에서야 임을 만나 웃으며 반기었네.

깨고 나니 반 베개엔 허무할사! 빈 그림자
돌아보니 찬 등불만 깜박일 뿐이어라!

어느 제나 만나려나? 천 리 먼 임의 얼굴
생각사록 부질없어 구곡간장 다 끊인다.

창밖도 스산코야! 오동잎의 빗소리여!
그리움만 돋구나니 눈물 줄줄 몇 갈래뇨?

別後雲山隔渺茫　夢中歡笑在君傍
覺來半枕虛無影　側向殘燈冷落光
何日喜逢千里面　此時空斷九回腸
窓前更有梧桐雨　添得相思淚幾行

〈寄遠〉

評說 꿈속에서나마 만났던 그리운 임을, 덧없이도 헤어져 버린 허탈한 중 애끊는 심사! 가물거리는 등잔불, 오동잎에 확성(擴聲)되는 가을밤 찬비 소리, 가로세로 흐르는 눈물, 기녀의 연정

이라 얕보려 마를 것이 철천의 그리움이야 양가녀에 어이 견주랴?

'운산 묘망, 반침 허무, 잔등 냉락, 공단회장, 오동우, 상사루……' 이러한 정어(情語)만 추려 봐도, 절절한 그 정한이 가슴에 넘친다.

대개 그들 기녀의 연정 시가 오언 또는 칠언의 절구인 경우가 많은 데 반하여, 여기서처럼 칠언(七言) 팔구(八句)의 율시로 그 굽이 굽이 만단정회를 다한 시도 드물다 할 것이다.

半枕(반침) 둘이 베는 긴 베개의 반튼, 곧 옆자리.
冷落(냉낙) 싸느라이 비추는.

| **계향(桂香)** 진주 기생.

그리움

박죽서당

거울 속 저 병든 몸
뉘 가엾다 하리?
약도 소용없거니와
두려울 것도 없네.

후생에 임이 만약
내 처지 되고 보면
이 밤의 이 그리움
그때야 아시려니—.

鏡裏誰憐病已成　不須醫藥不須驚
他生若使君如我　應識相思此夜情

〈寄呈〉

評說 임 소식 기다려도 그 소식 감감하고, 생각 말자 다질수록 더욱 그리워지는 그리움, 어쩐지 이 밤은 안절부절할 수가 없다. 마음을 다독거려 잠재우려 해 볼수록, 그리움은 화닥화닥 불꽃으로 타오른다. 새 곳에 정이 팔려 내 생각 잊은 걸까? 그래 더욱 야속하고, 그래 더욱 샘이 난다.

他生(타생) 후세에 다시 태어남. 후생(後生).

후생에 만일 임과 내가 처지를 바꾸어 태어난다면, 그때에야 나의 '이 밤의 이 그리움'을 그도 절절히 실감하게 되려니—. 이는 옛 시조:

우리 둘이 후생(後生)하여 너 나 되고 내 너 되어
내 너 그려 끊던 애를 너도 날 그려 끊어 보면
이생에 내 설워하던 줄을 너도 알까 하노라.

실명씨

와 시정이 비슷하다. 이는 또 완당 김정희의 〈아내의 부보(訃報)를 듣고〉의 시상과도 비슷하다.

같은 작자의 열 살 때 지음으로 전해 오는 다음 작품을 옮겨 본다. 얼마나 귀여운 동심 그대로의 동시인가?

窓外彼啼鳥　창밖에 우는 새야!
何山宿更來　어느 산에 자고 왔니?
應識山中事　산속 일 네 알 테지
杜鵑開未開　진달래 폈데? 아니 폈데?

| **박죽서당(朴竹西堂)** 조선 헌종 때의 규수 시인. 호는 반아당(半啞堂). 박종언(朴宗彦)의 서녀(庶女). 부사 서기보(徐箕輔)의 부실(副室). 《죽서시집》이 있다.

기다림

경성녀

봄바람 살랑이고 달도 지는 어스름 밤
끝내 아니 올 줄 번연히 알건마는
오히려 문 닫아걸진 차마 못하는 이 마음—.

春風忽駘蕩　明月又黃昏
亦知終不至　猶自惜關門

〈待人〉

評說 이렁구러 애태우다 그녀도 간 지 오래다. 애달픈 봄마음〔春情〕을 안고, 이제나저제나 하는 기다림에 끝없이 여위어 가는, 그 얼마나 많은 옛 여인네들이 이 땅에 살다 갔으랴? 이 어찌 또 옛일만이랴? 그 얼마나 그리운 영혼들이 저 하늘 별들처럼, 못 감는 눈 초롱초롱 이 밤을 지새우며, 원한에 사무쳐 가고 있을 것인고?

猶自惜關門!

밤이 깊었는데도 차마 문 닫아걸지 못하는 기다림! 아니 올 줄을

駘蕩(태탕) 화창함.
月黃昏(월황혼) (1) 달이 돋아오는 황혼. (2) 달이 지는 무렵의 어스름. 여기서는 (2)의 뜻.
關門(관문) 문을 닫아걺.

번연히 알면서도, 손끝이 아려 차마 못 닫아거는 그 가엾은 기다림! 제 김에 속고 속고, 열백 번 속고 속고도, 차마 떼치지 못하는 그 가련한 미련!

이러한 여인들을 옛 시조에서 또 만나 보자.

먼 데 개 자로 짖어 몇 사람을 지내연고?
오지 못할 새면 오만 말이나 말을 것이
오마코 아니 오는 일은 내내 몰라 하노라.

무명씨

동창에 돋았던 달이 서창으로 도지도록
못 오실 님 못 오신들 잠은 어이 가져간고?
잠조차 가져간 임이니 생각해서 무엇하료?

무명씨

| **경성녀** 미상.

대문 밖 수양버들

실명씨

연당 가 수양버들
두세 가지를
봄바람에 한 가지
꾀꼬리에 한 가지

또 한 가진 쓸데없다
한탄을 마라.
선비님 말 맬 때를
기다린단다.

小塘楊柳兩三枝　一許東風一許鸝
莫言一枝恨無用　惟待文章繫馬時
〈題門外柳〉

봄빛이 나날 짙어져 가는 연당 가의 수양버들을 바라보며, 임 오실 그날을 초조로이 기다리고 있는 그 마음이다.

小塘(소당) 작은 연당(蓮塘).
鸝(리) 꾀꼬리.
繫馬(계마) 말을 맴.
※ **부담말** 부담농(負擔籠)을 싣고 그 위에 사람이 타게 안장 지운 말.

기다리는 선비님은
언제 오시나?

남은 한 가지에
말고삐만 매이면
이 봄은 그야말로
신나는 봄일 텐데—.

봄바람 가지는 '능청능청'
꾀꼬리 가지는 '코끼로우'
부담말 가지는 '뻥야호호'
선비님은 돌아와 "어험!"

기다리는 선비님은
언제 오시나?

임을 기다리며

능운

달 뜨면 오마던 임
달 떠도 안 오시네.

그곳에 산이 높아
달 뜨기 늦어서리…….

郎云月出來　月出郎不來
想應君在處　山高月上遲
〈待郎君〉

評說 "달 뜨면 오마"던 언약을 철석같이 믿고, '술 익자 꽃이 피자 달이 뜨자 임이 온다'는 옛 가락의 신나는 장면을 마음 사이 그리면서, 온몸에 달빛을 띠고 달과 함께 찾아올 임을 기다리기 일각 여삼추(一刻如三秋)!

그러나, 임은 소식 없고, 달만 혼자 온 지도 이미 중천(中天)이다. 초조와 의구(疑懼)와 허탈(虛脫)의 나머지, 야속하다 못해 배신감마저 드는 착잡한 심정에서, 작자는 간신히 지성을 회복한다. 그녀는 짐짓 마음을 눅친다.

郎君(낭군) 젊은 아내가 남편을 일컫는 애칭. 여기서는 정인(情人)을 지칭한 말.
想應(상응) 상상컨대 아마도…….
月上遲(월상지) 달 돋기가 늦음.

그곳에 산이 높아
달 뜨기 늦어서리…….

이 얼마나 천외(天外)의 구원인가? 위약(違約)의 탓을 전적으로 산에다 전가함은, 혹이나 있었을 불가피한 사정을 감안한, 임에 대한 최대한의 이해요, 관용(寬容)인 동시에, 착잡한 심사의 가엾은 자위(自慰)이기도 하다. 이는 또, 임의 애정과 신의에 하마터면 눈트려는 의혹의 싹을 스스로 뭉개어 없애려는 모진 자제(自制)이며, 혹은 늦게나마 홀연 나타날지도 모를, 상금도 차마 체념하지 못하는 일말의 바람에서이며, 또한 그런 경우, 능갈맞게도 늘어놓을지 모를 구구한 변명을 봉쇄하는 선수(先手)치기이기도 하다. 그런가 하면 한편, 이 기발한 역설(逆說)은, 직설적인 나무람이나 원망의 천덕스럽고 역겨운 요소를 탈취 정제(脫臭精製)하여 교미 부향(矯味賦香)한 고차원(高次元)의 빗댐이요, 비꼼이요, 빈정거림이기도 하여, 이 오언 일구(五言一句)에 내포된 다중적(多重的)인 함축의 허허실실(虛虛實實)은, 음미할수록 그 맛이 무궁무진하다. 누가 이를, 한갓 어쭙잖은 유녀(遊女)의 사랑 타령이라 하여 일소에 부치고 말 것인가?

'月出' 시각에다 건 만남의 약속도 그렇다. 그 약속에는 달같이 번듯한 미더움이 있고, 달빛같이 황홀한 설렘이 있다. 밤길 걷는 낭군을 동반해 와서, 만남의 현장에 입회(立會)할, 그 '달'의 공증성(公證性)에 의하여, 그 만남은 밀회(密會)도 사련(邪戀)도 아닌 정당성과 변절할 수 없는 신뢰성 영원성마저 부여받게 되리라는 함축의, 그 너울너울한 멋을 보라. 그리고 또 그보다 더 멋스러운 그녀의 여유를 보라. 그 대범하고도 천연덕스러우면서 능소능대(能小能大)한 그녀의 여유는, 팔 폭 치맛자락만큼이나 너그럽고 넉넉하여, 향기로운 풍운(風韻)이 감도는 듯도 하다.

그리고 또한 이 시의 짜임새를 보라. '月·出·來'를 교호로 반복하여, 전편은 전편대로, 우리나라 전래의 수사법인 삼반복법(三反複法)으로 가락이 잡힌, 정연한 해조(諧調)의 형식미(形式美)마저 갖추고 있다.

이를 감히 우리나라 향렴시(香奩詩)의 백미(白眉)라 한다면 실없다 할 것인가?

| **능운(凌雲)** 기녀. 기타 미상.

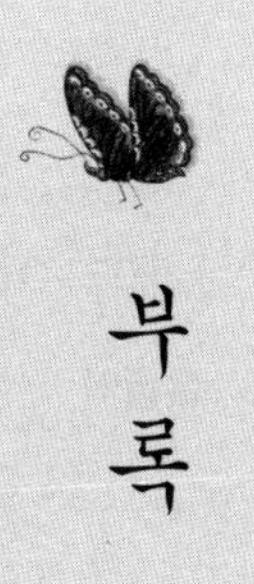

부록

금강 나루에서

윤종억

금강 강물 빛이
기름보다 더 푸른데,
비에 젖은 한 길손이
나루터에 서 있나니…….

제세안민 하겠다던
당초의 큰 포부가
한 조각의 거룻배의
사공만도 못하구나!

錦江江水碧於油　雨裏行人立渡頭
初年濟世安民策　不及梢工一葉舟

〈渡錦江〉

한시(漢詩)의 평측률(平仄律)

〈평측 자기론(平仄 磁氣論)〉

평측률(平仄律)은 한시(漢詩)의 근체시(近體詩)에 있어, 가장 엄격히 요구되는 음악적 외형률(外形律)이다. 그 율격(律格)을 대별(大別)하면: 오절(五絶), 칠절(七絶), 오율(五律), 칠율(七律)의 네 가지가 있고, 이들은 다시 평기식(平起式)인가 측기식(仄起式)인가로 나누어지며, 압운(押韻)은 수구(首句)부터 하는가 제2구부터 하는가로 구별되며, 또 그것들은 평성운(平聲韻)이 보통이나 측성운(仄聲韻)을 쓰는 경우도 있어, 그 갈래는 약 20가지에 이른다.

이들 평측률을 설명한 고금의 이론서들이 무수히 많기는 하나, 하나같이 근본적인 원칙엔 언급이 없고, 다만 그 여러 갈래의 법식만을 번거롭게 면면(面面) 도시(圖示)하여, 그것의 맹목적 암기만을 요구하고 있어, 그 번쇄(煩瑣)함이 이를 데 없다.

이에 필자는 평측률의 이해를 빨리하기 위한 편법으로 자석의 원리를 원용(援用)하여 설명하고자 하는 바이나, 이에는 평측(平仄) 내지 평측률(平仄律)에 대한 기본적인 이해만은 선행(先行)되어야 할 것이기에, 잠시 짚고 넘어가기로 한다.

한자는 표의문자(表意文字)인 만큼, 글자마다 '뜻'이 있고 '음'이 있고 '운(韻)'이 있다.

'운'이란 모든 한자에 잠복하여 있어, 그 음을 고저장단(高低長短)케 지시(指示) 규제(規制)하는 직능(職能)의 담당자(擔當者)로서, 그 실현(實現)은 구체적인 음(音)의 발음상(發音上)에서만 이루어지는, 얼굴 없는, 순 배후적(背後的) 존재(存在)인 것이다.

이 음운(音韻)은 고래(古來)로 평성(平聲)·상성(上聲)·거성(去聲)·입성(入聲)의 사성(四聲)으로 나뉘어 오는데, (漢字의 본고장에서는 그 후 많은 變動을 겪었으나, 歸化 漢字의 四聲은 옛날 그대로 변동이 없다.) 그 특징을 도시(圖示)하면 대략 다음과 같다.

四聲	長短	輕重	高低	平仄
平聲	가장 짧고	가볍고	낮은 소리	平
上聲	가장 길고	무겁고	높은 소리	仄
去聲	다음으로 길고			
入聲	다음으로 짧고			

※ '다음으로 긺'과 '다음으로 짧음'은 통분(通分)하면 비장비단(非長非短)으로, 평성과 상성의 중간음장(中間音長)과 서로 같다.

그러나 시에 있어서는, 다 같이 무겁고 높은 음질(音質)인 상(上)·거(去)·입성(入聲)을 따로 구별할 필요가 없음에서, 이를 하나로 묶어 '측성(仄聲)'으로 삼아, 이와 대척적(對蹠的) 음질(音質)인, 짧고 가볍고 낮은 '평성'과 대립(對立)시켜, 평측(平仄) 양립(兩立)의 체계(體系)로 다루는 것이다.

이의 청각적(聽覺的) 인상(印象)은:

平聲—低, 輕, 短, 淸, 小, 薄, 銳, 淺, 浮, 明, 弱…….
仄聲—高, 重, 長, 濁, 大, 厚, 鈍, 深, 沈, 暗, 强…….

좀 더 부연하면:

평성은 비중(比重)·비열(比熱)이 낮은, 경쾌한 소리요,
측성은 비중(比重)·비열(比熱)이 높고, 듬직한 무게가 실려 있는 소리다.

이상을 다시 요약하면:

평성은 가장 짧고 가볍고 낮은 경쾌한 소리요,
측성은 평성보다는 길고 묵직하고 높은 중후(重厚)한 소리다.

평측률이란, 이러한 대척적(對蹠的) 음질(音質)을 가진 평성자(平聲字)와 측성자(仄聲字)를 규칙적으로 리드미컬하게 배열함으로써 얻게 되는, 시의 음악적 율동성을 이름이다.

그런데, 한시 작시(作詩)에는 운각(韻脚)을 받칠 운자(韻字)를 미리 정해 놓고, 작시하게 되는 것인데, 그러자니 부득이 운자에 구속되고, 또 평측자(平仄字)의 위치(位置)에 구애(拘礙)되지 않을 수 없게 된다. 따라서 그 구체적 작업에는 필경 운자에서 단서를 잡아, 이를 포함한 하삼자(下三字)에서 시정의 가닥을 잡아 나가야 하는 것이니, 이 조구(造句)의 과정을 일러, 흔히 '운목(韻目)을 돌린다'고 한다.

'하삼자(下三字)'란 다음에 보이는 시의 하선(下線) 부분(部分)을 편의상 일컫는 명칭이다.

⑤④③②①	⑦⑥⑤④③②①
春去花猶在	滿庭月色無煙燭
天晴谷自陰 •	八座山光不速賓 •
杜鵑啼白晝	更有松絃彈譜外
始覺卜居深 •	只堪珍重未傳人 •
李仁老의 〈山居〉	崔沖의 '絶句'

※ • 표는 운자

이 하삼자(下三字)는 가장 요긴한 시의(詩意)가 묶여져 이룬, 하나의 의미(意味) 단위(單位)로서, 구중(句中)의 안목(眼目)이 되는 곳이다. 그러므로 독송(讀誦)에서도 윗부분과의 사이에서 일단 멈췄다, 이 하삼자만을 오롯한 하나의 단위가 되게 새 가락으로 발음하는 것이다.

작시(作詩)의 절차는, 맨 첫 운자(韻字)를 기점(起點)으로 한 하삼자 곧 위 시의 '谷自陰' 또는 '不速賓'의 위치부터 다루어 점차로 넓혀 나가게 되는데, 이 하삼자가 정해지면, 여타(餘他)는 그 하삼자의 평측구조(平仄構造)(위 시의 경우는 둘 다 仄仄平)에 따라, 전편의 그것은 이미 결정지어진 것이 된다.

이는 마치 목수(木手)가 집을 지을 때, 먼저 한 귀퉁이의 주춧돌을 다져 놓고, 그 평면에 십자(十字)로 먹줄을 놓아 중심과 방향을 잡아 놓고 나면, 여타의 많은 주춧돌은 이를 기준으로 배열의 좌표(座標)가 저절로 정해지는 이치와도 같다 하겠다.

이제 이 하삼자에서부터 이루어 나가게 될, 작시(作詩) 절차(節次)를 살펴보면, 펴측자(平仄字)의 정위(定位)는 자석(磁石)의 남북극(南北極)의 상관 관계와 신기하게도 일치 부합됨을 발견하게 된다.

곧, 자석 — 말굽자석이든 막대자석이든, 그 두 끝은 반드시 상반(相返)된 남극(S)과 북극(N)의 양극(兩極)으로 이루어져 있어, 이극(異極)끼리는 상인(相引)하고 동극(同極)끼리는 상척(相斥)한다.

平聲＝南極(S)，　仄聲＝北極(N)

으로 가정했을 때, 오언(五言)의 경우, ⑤④③②①(설명의 편의상 역순으로한 것)의 운자(韻字)인 ①에서 격자(隔字)로 거스른 '③②①'의 '⌒'표를 말굽자석이라 보면, ①이 平聲(S)이니, 그 반대 극인 ③은 응당 仄聲(N)일 수밖에 없게 된다. 그러나 ②만은 유일(唯一)하게도 작자의 의지에 의한 선택에 속하는 것으로, 이를 平聲字로 하느냐 仄聲字로 하느냐는 운목(韻目) 돌릴 때의 편의에 따라 결정지어지게 된다. 전게시(前揭詩)의 경우, '谷自陰'의 '自'와 '不速賓'의 '速'이 그것인데, 이는 둘 다 仄聲字이니, 위 시 下三字는 다 仄仄平이 된 것이다.

이렇게 ②의 위치가 仄이 되고 보면, ②에서 격자(隔字)로 역상(逆上)한 ④는

⑤④③②①

그 반대인 平(S)이 되고, 七言의 경우면,

⑦⑥⑤④③②①

④에서 다시 격자로 거스른 ⑥은 仄(N)이 될 수밖에 없게 된다.

그러면 나머지 ⑤와 ⑦은 어디에 속하는가? 이는 平仄 통용(通用)으로 작자의 편의대로 쓸 수 있는 자리이다. 그러나, 그것도 그 가장 이상적인 형태는 역행동화(逆行同化)로 치닮은 꼴이다. 곧, ④가 平(S)이니 ⑤도 平(S), ⑥이 仄(N)이니 ⑦도 仄(N)인 형태이다.

이상을 정리하면:

五言으로는, (平)平仄仄平이요,

七言으로는, (仄)仄(平)平仄仄平 ※( )는 平仄通用

이 된다.

이렇게 운자구(韻字句)가 완성되었으면, 이와 짝을 이룰 제일구(第一句)는 그 반대 구조로 짜여져야 하는데, 그 순서 또한 하삼자에서부터 이루어 나가야 함은 전과 다를 바 없다. 그 도출(導出)된 1·2구를 정리하면:

(平)	平	(仄)	仄	平	平	仄
	↓↑	↓↑	↓↑	↓↑	↓↑	↓↑
(仄)	仄	(平)	平	仄	仄	平

※ ( )는 平仄 통용. ↓↑표는 막대자석으로 상인(相引). 점선(點線)의 우측(右側)만으로는 오언(五言).

이를 南(S) 北(N)으로 도시(圖示)하면:

(南)	南	(北)	北	南	南	北
(S)	S	(N)	N	S	S	N
	↓↑		↓↑	↓↑	↓↑	↓↑
(N)	N	(S)	S	N	N	S

이때 1·2구 사이의 '↓↑'표는 막대자석으로, 1·2구끼리는 이극(異極)이라 자자상인(字字相引)하여 짝을 이룬다. 그래서 1句를 안짝 또는 前句라 하고, 2句를 바깥짝 또는 후구(後句)라 하여, 부부와 같은 한 쌍이 된다. 律詩에서는 이 쌍을 '연(聯)'이라 일컫는다.

이를 소리 내어 읽어 보면:

'평평측측평평측, 측측평평측측평'

이 되어, 마치 아이들의 기차놀이에서처럼 신나는 가락이 일어난다. 또 공교롭게도 '南'은 平聲字요, '北'은 仄聲字로 平仄과도 부합되니, 이를 '남북'으로 읽어:

'남남북북남남북, 북북남남북북남'

으로 읽어 보아도 절로 흥가락이 일어남을 느끼게 된다.

다음 3·4句도 그 절차는 1·2句 때와 다를 바 없다. 이때 유의할 점은, 이번 운자구(韻字句)의 하삼자의 ②는, 먼젓번 운자구의 하삼자 ②와는 서로 반대되게 하는 점이다. 곧 먼젓번 하삼자의 ②가 '仄'이었으면, 이번에는 ②를 '平'이 되게 하는 것이니, 앞의 시에서 보면 '自'와 '速'이 측성이었으므로 이번에는 '居'와 '傳'의 평성자를 쓰게 된 것이다. 이렇게 조직함으로써, 절구이든 율시이든 제1구와 끝구는 언제나 같은 가락으로 수미상관(首尾相關)이 되게 되는 것이다.

이와 같이하여 도출(導出)된 결과를 총람(總覽)하면:

			⑦	⑥	⑤	④	③	②	①	
七言	(가)	1-	(平)	平	(仄)	仄	平	平	仄	五言
				↓↑		↓↑	↓↑	↓↑	↓↑	
		2-	(仄)	仄	(平)	平	仄	仄	平	
				↙↗		↙↗	↓↑	↙↗	↓↑	
	(나)	3-	(仄)	仄	(平)	平	平	仄	仄	
				↓↑		↓↑	↓↑	↓↑	↓↑	
		4-	(平)	平	(仄)	仄	仄	平	平	

※ ↓↑ 표는 막대자석으로 상인(相引). ↙↗ 표는 상척(相斥).

곧 1·2구끼리와 3·4구끼리는 이극(異極)끼리라, 각각 서로 인력(引力)하여 상친(相親)하나, (가) (나)연(聯)끼리, 곧 2句와 3句 사이는 최소한(最少限) ②④⑥은 서로끼리가 동극(同極)이라 상척(相斥)함으로써, 제각기 저들 전후구끼리의 결속만을 강화하는가 하면, 교묘하게도 ①끼리와 ③끼리는 이극(異極)이라 상인(相引)하여 연(聯)과 연(聯) 사이의 유대(紐帶)를 결속(結束)함으로써, 서로의 단절(斷絶)과 이탈(離脫)을 막아, 한 편의 시가 주제(主題)에로 통일되도록 조절되어 있음을 본다.

이상은 제2구부터 압운(押韻)하는 경우를 보인 것이다. 그런데, 절구(絶句)는 임의(任意)이나, 율시는 대개 수구(首句)부터 압운(押韻)함이 보통이다.

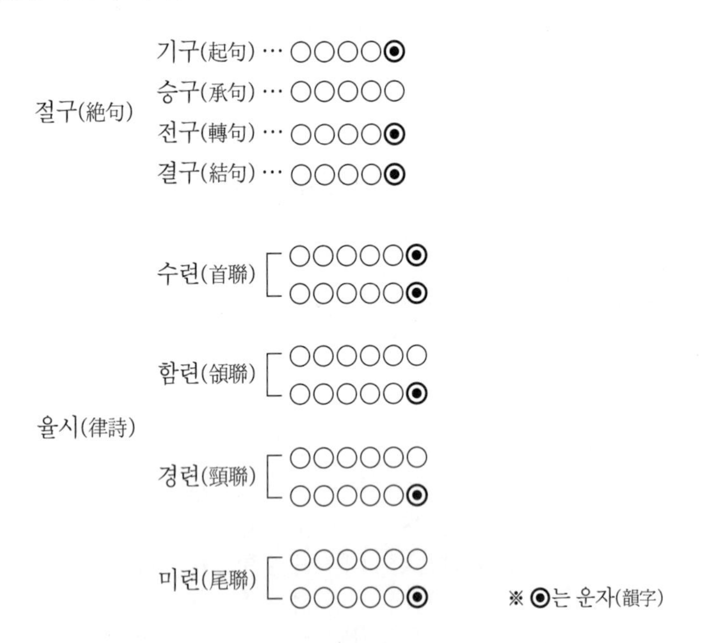

위와 같이 절구에는 석 자, 율시에는 다섯 자의 운자를 먼저 정해

놓게 되는 것이다.

이 경우면 물론 수구(首句)의 '하삼자'부터 다루게 되는 것이나, 그 절차는 전술한 바와 다를 바가 없다. ①이 平(S)이니, 이에서 거스른 ③이 仄(N)이 되는 것은 자동적(自動的)이고, ②는 역시 작자의 편의에 따라 평측 어느 것이든 선택되어짐에 따라, ④와 ⑥도 차제(次第)로 평측이 정립(定立)되는 것이다. ②의 위치에 평성자가 선택되었을 경우의 1·2구(句)를 정리하면:

前句 … (平) 平 (仄) 仄 仄 平 ㊥
後句 … (仄) 仄 (平) 平 仄 仄 ㊥

이 된다. 운자인 平이 전후구에 다 붙다 보니, 이에서 거슬러 도출한 ③의 위치끼리도 仄仄으로 상충(相衝)하게 됨은 어찌 할 수 없다. 그래서, 이를 그대로 수용하거나, 또는 어느 한 쪽의 ③을 平이 되게 하여도 무방한 것으로 하고 있다.

이상을 총괄하여 하나의 도표(圖表)로 집약(集約)하면 다음과 같다.

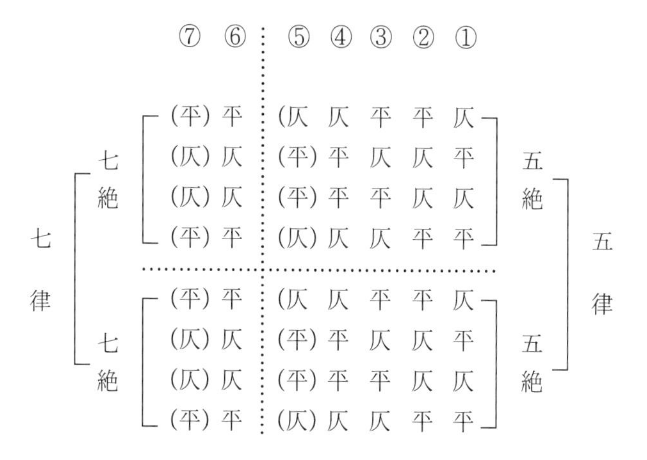

위 표에 대하여 좀 부연하면, 오언절구는 점선(點線)우측(右側)의 20자인 최단(最短)시형(詩型)인데, 이에 ⑦⑥이 접두(接頭)하면 七言絶句가 된다. 또 오언율시(五言律詩)는 오언절구(五言絶句) 둘을 연속해 놓은 형태요, 칠언율시는 칠언절구 둘을 이어 놓은 형태이다.

또 평기식(平起式)이니 측기식(仄起式)이니 하는 것도 수구(首句)의 제2자가 측으로 시작됐으면 측기(仄起)요, 평으로 시작됐으면 평기(平起)이니, 위의 도시(圖示)에서 보면, 오언(五言)으로서는 측기식(仄起式)으로 정격(正格)이요, 칠언(七言)으로서는 평기식(平起式)으로 정격인 것이다. 이와 반대되는 것은 편격(偏格) 또는 변격(變格)이라 한다. 편격이라 하여 격하(格下)되는 것은 아니고, 각각 그 율조(律調)의 특색으로 감칠맛이 서로 다를 뿐이다. 그리고, 그것이 평기식이 되느냐 측기식이 되느냐도, 제1운구(第一韻句)의 하삼자의 ②가 평측 어느 것으로 출발하느냐에 달려 있을 뿐이다.

또 측성자로 압운하는 경우면:

'③②①' 이 '㊥②㊇'

으로 바뀌고, 그 대구는 '㊇②㊥' 이 되는 것으로, 여타(餘他)는 다 평성운(平聲韻) 때와 같은 이치로 풀어 나가면 되는 것이다.

이상과 같이 평측법이란 자기(磁氣) 원리(原理)와도 같아 하삼자의 ②만 결정되면 여타(餘他)는 기계적, 물리적, 그야말로 자력적(磁力的)으로 정위(定位)하게 마련이라, 그 번쇄한 여러 갈래의 법식(法式)을 암기할 필요가 전혀 없게 된다.

위 표는 가장 완벽한 이상적인 율조(律調)를 나타낸 것이나, 고인들 특히 당대(唐代)의 대가(大家)들의 작품 가운데는, 이에 어긋나는 곳이 간혹 있다.

그것은 벽돌을 괴듯 짜올리는 한시작업(漢詩作業)에 있어, 시의상(詩意上) 가장 긴절한 유일자(唯一字)가 평측율(平仄律)로는 맞아 주지 않을 때, 이를 전면(全面) 재조정(再調整)해 보지만, 아무래도 트집이 생기어, 도저히 해결이 되지 않는 고심(苦心)의 나머지, 그렇다고 안목(眼目)이 되는 그 유일자(唯一字)를 대용자(代用字)로 바꿈으로써 시의(詩意)를 망치느니, 차라리 평측률에 죄를 짓자는, 실로 비장한 고심 끝에 감행(敢行)된 부득이한 반칙(反則)인 것으로, 이는 주로 하삼자중(下三字中) 시안(詩眼)이라고 불리는 ③의 위치에서 범행(犯行)된 것이 많다.

그러나, 선인들의 이 부득이한 반칙을, 그 대가(大家)임을 사대(事大)하여 후인들이 이를 수용 현실화하여, 그 반칙(反則)을 정칙화(正則化)해 놓고 있으나, 굳이 효빈(效顰)할 것은 못 되며, 차라리 그런 막부득이한 경우면 어느 위치에서건 시의(詩意)보다는 율조(律調) 쪽을 희생하는, 그런 융통성이나 본받을 일이다. 그리하여 그것이 이른바 요체(拗體)가 되어 흠으로 잡힐지라도, 워낙 내용이 빛나기만 한다면야, 그 파격(破格)이 도리어 매혹점(魅惑點)으로 작용하는 수도 있는 것이니 말이다.

이상은 한시의 작시적(作詩的) 입지(立地)에서 다룬 것이나, 이는 감상적(鑑賞的) 견지(見地)에서도 마찬가지다.

우리는 한시를 대할 때, 시의 내용만 보는 것이 아니라, '염(簾)' 곧 평측성으로 안배된 운율의 짜임새도 함께 보게 되는 것이다. 그것은 보자 해서 보는 것이 아니라, 성독(聲讀)으로든 묵독(默讀)으로든 한번 음상(吟賞)하는 가운데 직감적(直感的)으로 와 닿는 율동감에서, 저절로 느껴지게 되는 것이다. 이에 만일 차질이 생기면 평측법이 제대로 지켜져 있는지의 여부를 점검하게 되고, 그것이 무시되었으면 실점(失粘)이라 하여 격외물(格外物)로 간주(看做)하게 되는 것이다.

이처럼 평측의 이상적인 안배로 일어나게 마련인 운율의, 혹은 낮고, 혹은 높고, 혹은 짧고, 혹은 길게 춤추듯 기복(起伏)하는 그 율동은, 시의(詩意)를 고무(鼓舞)하여 감동으로 이끌어 가는 데에 필수적인 요건이 되는 것이다.

뿐만 아니라, 우리의 귀화한시(歸化漢詩)에는 우리말의 음운과 우리 민족의 미의식(美意識)에 맞도록, 작자의 의식적 또는 무의식적으로 가(加)해진 조율적(調律的) 배려를 보게 된다. 이를테면, 유성자음(有聲子音)의 적절한 안배에 의한 유려감(流麗感), 화창감(和暢感), 그 중에서도 비음(鼻音)에 의한 공허감(空虛感), 무상감(無常感), 격음(激音)의 알맞은 배분(配分)에 의한 박자감(拍子感), 절주감(節奏感), 측운(仄韻)에 의한 침중감(沈重感), 비장감(悲壯感), 측성 앞의 평성의 고조로 말미암은 우리말의 악센트(졸저 《우리말의 고저장단(高低長短)과 악센트》)에 의한 앙양감(昂揚感), 격정감(激情感)…… 등, 평측률과는 따로이 '우리 한시'만에 배려된 또 다른 율조를 도외시할 수 없다.

끝으로 첨언(添言)하지만, 한시란 시인 동시에, 그 자체 하나의 악보(樂譜)이기도 하고, 또한 하나의 조형예술(造形藝術)이기도 하다. 개개(個個)마다 어떤 뜻과 음과 색을 달리한 이 사각형(四角形)의 자형(字形)이 이미 조형미(造型美)를 갖춘데다가, 이를 소재(素材)로 축조(築造)한 한 편의 시는, 그 본래의 정형성(定型性), 자수율(字數律) 때문에 정서(整書)해 놓고 보면, 그 또한 하나의 큰 덩어리의 사각형(四角形) 구조미(構造美)로 나타난다. 그것은 음색(音色)이 서로 다른 평성인 청색(青色) 벽돌과 측성인 적색(赤色) 벽돌을 규칙적으로 안배하여 아름다운 모자이크로 쌓아 올린 조형물(造形物)인 것이다. 이들은, 중종성(中終聲)이 서로 같은 동일운통(同一韻統)의 운자들로 압운(押韻)된 그 기초 위에 쌓여 있으니, 그 각운(脚韻)의 음향적(音響的) 정제미(整齊美)도 그러려니와, 타봉(打棒)으로 그 푸르고 붉은 벽돌을 배열 순서대로 쳐나가기만 하면, 실로폰에서처럼 고운 멜로디가 울려 나올 것만 같은 기절묘절(奇絶妙絶)한 조형물(造形物)인 것이다.

'青青赤赤青青赤 赤赤青青赤赤青……'의
맑은 소리가 흘러나오는—.

우리말의 고저장단(高低長短) 개요(槪要)

이는 졸저 《우리말의 고저장단(1999년, 정신세계사 간행)》의 내용을 간명하게 요약한 것으로, 〈문헌과 해석〉 2000년 여름 모임에서 발표하고, 그해 가을호 〈문헌과 해석〉 통권 12호에 게재되었던 원고임.

1. 고저(高低)는 살아 있다.

우리말의 현대어에는 '장단(長短)'은 있어도 '고저(高低)'는 없다고들 한다. 그것은 늦잡아도 300여 년 전에 이미 죽고 말았다고 학계에서는 단정하고 있다. 이와 같이 광복 후의 국어학계에서 고저를 사망 처리한 지도 이미 반세기가 지난 오늘날에 있어, 새삼스럽게 고저를 운운함은, 흥미도 관심도 없는 일로 받아들여지게 될 것은 오히려 당연한 일일지도 모른다.

그러나 필자는 팔십 평생을 살아오면서, 고저의 사멸설(死滅說)에 대해 승복할 수가 없을 뿐만 아니라, 그 너무나 명백한 사실을 두고도, 굳이 이를 외면하고 있는 학계의 무관심에 대해 불가사의함을 떼칠 수가 없다.

고저가 없는 말! 세상에 그런 말이 과연 있을 수 있을까? 그런 숨죽은 말, 그런 맥 빠진 말, 그런 유령의 저주 같은, 그런 말이 우리의 생활 언어로 과연 쓰이고 있다는 것인가? 하는 의문과 동시에, 만일 그렇다면 오늘날 우리 민족의 구두에 오르내리고 있는, 그 또렷한 '높낮은 가락'은 무엇이란 말인가? 그것은 다만 사람에 따라,

또는 같은 사람이라도 그때그때의 기분에 따라, 일회성(一回性)으로 부침(浮沈)하는 포말(泡沫) 현상에 지나지 않는다는 것인가?

시험 삼아 다음 말들을 시재(試材)로 삼아 고저의 실제를 살펴보기로 한다.

◇ '한 마음 한 뜻'할 때의 '한'의 고도(高度)는, 같은 뜻 같은 품사로 쓰였건만 전자는 낮고 후자는 높으며,

◇ '신〔履〕을 신은 채 '신(神)의 전당(殿堂)'에 오르면, '신'이 노할까요? '신(神)'이 노할까요?'에 있어, 반복된 전후의 '신'의 높낮이에 있어, 전자는 낮고 후자는 높다.

◇ '하늘'할 때의 '하'와 '하나'할 때의 '하'가 서로 다르며, '자주〔頻數〕'할 때의 '자'와 '자주(自主)'할 때의 '자'나, '공주(公州)'할 때의 '공(公)'과 '공립(公立)'할 때의 '公'이 서로 다르다.

◇ 같은 '中'이라도 '中東, 中間, 中庸, 山中, 空中'할 때의 '中'은 저조(低調)이나, '中立, 中國, 中將, 中殿, 中學, 中級'할 때의 '中'은 고조(高調)가 된다.

◇ '公私'와 '工事', '東西'와 '同壻', '青山'과 '淸算'을 음으로 적으라면 똑같지만, 발음을 하라면 전자는 저조요, 후자는 고조이다.

이는 길을 막고 물어 보아도, 약간의 교양이 있는 사람이면, 누구나 그 본연의 고저대로 발음함을 보게 될 것이다. 그러나 그들은 발음은 고저에 따라 달리 해 놓고도, 고저에 대한 변별의식(辨別意識)이 없기 때문에, 전후를 똑같이 발음했는 줄로만 여길는지도 모른다.

여기서 우리는, 그것이 왜 그렇게 서로 높낮이가 달라지느냐 하

는 것은 그 모두 일사불란한 음성과학적(音聲科學的) 대원칙(大原則)에 의하여 일어나는 현상임을 이하에 밝히고자 하는 바이다.

곧 '고저(高低)'는 아직도 여전히 시퍼렇게 살아 있어, 장단(長短)과 제휴(提携)하여, 우리 전 언어권(言語圈)에 걸쳐 생동(生動)하는 현대어의 활력소(活力素)로 작용하고 있는 것임을 알게 될 것이다. 다만 우리의 언중(言衆)은 그것이 높은 가락인지 낮은 가락인지 변별 의식이 없으면서도, 그저 입에 익어 있는 대로 생각 없이 발음하지만, 그러나 대개의 경우 그것이 그대로 원칙에 척척 맞는 발음을 하고 있음을 보게 된다.

이는 적어도 고저에 관심이 있는 사람이라면, 그리하여 고저음(高低音)을 식별(識別)할 수 있는 예리(銳利)한 청각적(聽覺的) 변별력(辨別力)을 갖추어 있는 사람이라면, 누구나 이 사실에 감복하게 될 것이다.

2. 우리말의 고저장단(高低長短)과 사성(四聲)

우리말의 고저장단은 한자(漢字)가 들어오기 이전부터 우리 고유어(固有語)의 속성(屬性)이었던 것으로 추측된다. 그러기에 한자의 사성(四聲)이 아무 거부감 없이 고유어의 성조(聲調)에 동화되었던 것으로도 짐작이 어렵지 않다. 그것은 우리 고유어나 중국어가 다 같은 '고저언어권(高低言語圈)'에 속해 있었기 때문에 가능했던 것이다.

그러므로 역설적(逆說的)이기는 하나, 우리말의 고저장단을 이해함에 있어서는, 우리말의 80퍼센트를 상회(上廻)하고 있는 한자어(漢字語)의 고저장단에서 단서(端緖)를 잡음이 편리할 듯하다. 그것은 한자음의 사성(四聲)과, 그에서 일어나는 규칙정연(規則整然)한 질서를 이해함으로써, 이를 도입(導入) 적용(適用)한 한글 고문헌(古文獻)의 사성점(四聲點) 곧 방점(傍點)에 의한 성조(聲調) 질서(秩序)도 자연스럽게 터득할 수 있을 것이기 때문이다.

3. '사성'이란 무엇인가?

한자는 표의문자(表意文字)인 만큼, 글자마다 '뜻'이 있고, '음'이 있고, 또 그 음의 고저장단을 배후(背後)에서 규제(規制)하고 있는 '운(韻)'이란 것이 있다. 곧 한자는 '훈(訓), 음(音), 운(韻)'의 세 가지 요소로 이루어져 있다. 그리하여 그 수많은 한자음은 '평성(平聲), 상성(上聲), 거성(去聲), 입성(入聲)'의 네 가지 '운'으로 유별(類別)되어 있으니, 예를 들면, 같은 '기'로 소리 나는 자음(字音)도

가볍고 짧고 낮게 발음되는 '평성'으로서의 '奇'와
묵직하고 길게 소리 나는 '상성'으로서의 '妓'와
묵직하고 약간 길게 발음되는 '거성'으로서의 '氣'로

각각 구별된다. 이를 일람(一覽)하면:

四聲	長短·比率	輕重	高低	平仄
平聲	最短 1	輕	低	平
上聲	最長 2	重	高	仄
去聲	次長 1.5			
入聲	次長 1.5			

◇ 한자의 사성 곧 '平, 上, 去, 入'의 구별은 모든 자전(字典: 옥편)

에 글자마다 표시되어 있다. 그 표시 방법은 운자일람표(韻字一覽表)의 대표 운자를 동그라미나 네모 안에 넣어 표시하고 있다. 평성의 대표운자는 다음과 같다.

冬, 東, 江, 支, 微, 魚, 虞, 齊, 佳, 灰, 眞, 文, 元, 寒, 刪, 先, 蕭, 肴, 豪, 歌, 麻, 陽, 庚, 靑, 烝, 尤, 侵, 覃, 鹽, 咸.

평성의 대표운자는 위의 30운이 전부다. 그러므로 위의 글자로 표시된 글자는 '평성'이요, 다른 글자들로 표시되어 있는 글자는 죄다 측성인 것이다. 한자가 수만 자지만 위의 30자로 표시되었느냐 아니냐에 따라 평성이냐 측성이냐로 양분(兩分)되는 것이다.

◇ 평성은 가장 짧고 가벼운 소리라, 구별이 어렵지 않다.
◇ 상성은 가장 긴 소리이기 때문에 또한 구별하기가 쉽다.
◇ 입성은 'ㄱ, ㄹ, ㅂ'종성의 한자에 한하기 때문에, 가장 구별하기가 쉽다.
◇ 거성은 음장(音長)이 길지도 짧지도 않은 어중간한 소리로 발음되어지는 것은, 중후(重厚)하게 발음하다 보니, 덤으로 길어지게 된 때문이다. 곧 중후(重厚)에 수반(隨伴)된 자연부가(自然附加)의 음장(音長)인 것이다.
◇ 입성이 또한 비장비단(非長非短)인 것은, 그 폐쇄종성(閉鎖終聲)이 마무리되기까지는 아무리 빨리 발음하고자 해도, 평성보다는 길어지게 마련이기 때문이다.
◇ 상성과 거성은 예로부터 '상거상혼(上去相混), 상거무별(上去無別)'이 되어 서로 넘나듦이 많다. 그것은 다 같은 측성이면서 음

장(音長)에만 약간의 차이가 있을 뿐이기 때문이다.

◇ 일반적으로 한자의 평성자(平聲字)는 '낮은 자', 측성자(仄聲字)는 '높은 자'라고 관칭(慣稱)되어 오는데, 이 '낮은 자'란 말에는 '짧고 가볍다'는 개념이, 또 '높은 자'란 말에는 '무겁고 길다'는 개념이 내포되어 있는 것이다.

◇ 여기서 주의할 것은 우리의 사성은 중국의 정운(正韻)인 고운(古韻)을 그대로 간직하고 있는 것으로서, 중국의 속운(俗韻)인 현행되고 있는 북경관화(北京官話)의 사성인 '상평성(上平聲), 하평성(下平聲), 상성(上聲), 거성(去聲)'의 사성과는 전연 딴판인 것이다. 그러나 세간에는 이들을 동일한 것, 오히려 북경관화의 그것이 더 근본적인 정확한 것인 양 오인(誤認)하고 있는 학자가 많음은 진실로 딱한 일이 아닐 수 없다. 다시 말하거니와 우리의 사성은 우리나라에 한자가 들어오던 그 당시의 운(韻)이, 그대로 오늘날까지 변동 없이 보존되어 오고 있는 문운(文韻)으로서의 정운(正韻)이지만, 북경관화에서의 운(韻)이란, 중국 각지방의 방언과도 마찬가지로, 한당송원명청(漢唐宋元明淸)의 오랜 세월 동안 유전(流轉)에 유전을 거듭해온 어운(語韻)으로서의 속운(俗韻)이기 때문이다. (그러므로 백화문(白話文)으로 된 중국의 현대시(現代詩)는 관화로 읽어야 제 가락을 얻을 수 있겠지만, 당시(唐詩)의 음율(音律)은, 중국의 학자들이 고운(古韻)으로 읽거나, 우리나라 사람들이 우리의 사성으로 읽을 때에만, 제 가락대로의 운율미(韻律美)를 맛볼 수 있는 것이다.)

4. 사성(四聲)과 평측(平仄)

평측이란, 세분(細分)해 놓은 사성을, 그 성질(聲質)에 따라 다시 유합(類合)하여 양립(兩立)하는 체계(體系)로 개편(改編)해 놓은 것의 명칭이다. 곧 평측의 '평'은 사성중의 '평(平)' 그대로이며, 측은 사성중의 '상성, 거성, 입성'을 뭉뚱그린 것의 이름이다.

그것은 '상성, 거성, 입성'은 그 성질(聲質)이 한결같이 중후(重厚)하고 높은 공통 특징을 가지고 있으므로 이들을 한데 묶어 '측(仄)'으로 삼아, 이와는 대조적(對照的)인 '짧고 가볍고 낮은' '평(平)'과 대립(對立)하는 개념(概念)으로 파악하는 것이 고저장단을 논함에 있어 한결 편리하기 때문에 생겨나게 된 체계인 것이다. 사실 한자음의 고저를 논함에 있어서는 평측 구분으로 족하다. 한시문(漢詩文)의 독송(讀誦)이나 제작(製作)에도 평측 구분으로 족하고, 우리말의 고저(高低)를 가늠하는데도 평측 구분으로 족하다. 또 상성과 거성은 서로 혼동되어 구별하기 힘들지만, 평측으로 논한다면 그 둘은 다 같은 측성이기 때문에 아무런 문제도 없는 것이 된다.

이처럼 평측은 한자어(漢字語)에서뿐만 아니라, 우리 고유어(固有語)의 발음에도 중요한 지표가 되어 오고 있는 것이다. 한글 고문헌(古文獻)에서는 우리 고유어에도 일일이 방점(傍點), 곧 사성점(四聲點)을 찍어 그 정확한 고저장단을 명시하고 있다.

평측의 속성(屬性)을 그 청각인상(聽覺印象)으로 간기(簡記)하면 다음과 같다.

平—低: 輕, 淸, 小, 急, 薄, 近, 銳, 淺, 疾, 明, 陽, 短……
仄—高: 重, 濁, 大, 緩, 厚, 遠, 鈍, 深, 徐, 暗, 陰, 長……

이를 달리 표현한다면 '平'은 비중(比重)·비열(比熱)이 낮은 경쾌한 소리요, '仄'은 비중 비열이 높은 무겁고 듬직한 소리이다.

이처럼 한자의 글자 수는 방대하지만, 소리로 유별(類別)하면 네 가지요, 그것을 다시 줄이면 '平'과 '仄'의 두 가지로 양분(兩分)하게 된다. 그러고 보면, 그 많은 한자지만 그것들의 소리는 '平' 아니면 仄이요, '仄' 아니면 '平'인 것이다.

그런데 놀랍게도 우리의 언중(言衆)은 그것을 본적도 배운 적도 없으면서도, 일상생활 용어의 발음에 있어, 용하게도 대다수가 평측의 고저 법칙에 따르고 있음을 본다.

그것은 아마도 '우리말의 바다〔言海〕'라 할, 이 땅에 태어난 사람이면, 누구나 말문이 터지기도 전인 강보에서부터, (아니 어쩌면 태중에서도) 말뜻은 모르면서도 그 고저장단의 높낮은 물결에 부침(浮沈)해 오는 가운데, 저절로 전통의 가락에 젖어, 자연성숙(自然熟成)으로 이에 동화되어 왔기 때문이 아닌가 여겨진다.

아무튼 현대인의 구두에 오르내리고 있는 고저장단의 성조(聲調)가, 전통의 가락대로 잘 보존되어 오고 있다는 사실은, 그만큼 '고저'의 생명력과 그 보수성의 끈질김에 새삼 놀라지 않을 수 없다.

5. 평측과 고저

우리말의 고저장단은 각 음절(音節)의 배후(背後)에서 그 발음을 규제(規制)하고 있는 평성 또는 측성의 구성(構成) 유형(類型)에 따라 결정된다. 2음절어를 예로 그 구성 유형을 살펴보면, 다음의 네 가지로 나누어진다.

平平, 平仄, 仄仄, 仄平.

이는 2음절어의 경우이나, 우리말의 고저는 3음절어든 4음절어든, 맨 앞의 두 음절의 유형에서 결정되는 일이 많으므로, 위의 네 가지 유형은 다음절어(多音節語)의 고저를 가늠하는 지표가 되기도 한다. 각 유형의 고저의 특징은 대략 다음과 같다:

'仄仄형·仄平형'은 다 측기어(仄起語)로서, 첫음절이 중후하게 발음되는 '측고조(仄高調)'이며,

'平平형'은 평기어(平起語)로서, 문자 그대로 기복(起伏)이 없는 평평한 낮은 가락인 '평저조(平低調)'이나,

'平仄형'은 같은 평기어(平起語)지만, 평성이 다음에 오는 측성을 만나는 순간, 돌연(突然) 기장(緊張)하고 앙양(昂揚)하여 팽팽한 영근 소리(단단하게 야무진 높은 소리)로 바뀌게 되는데, 이를 '평고조(平高調)'라 일컫기로 하는데, 이는 바로 우리말의 고조악센트로 표시해야할 가장 중요한 핵심어(核心語)이다.

다시 말하면, '平仄' 구조는, 仄성을 만난 平성이 仄성의 높은 성세(聲勢)에 압도(壓倒)되어 저의 낮은 소리가 매몰(埋沒)되어 드러나지 못할 것을 염려한 나머지의 반발고조(反撥高調)로서, 이를 '측상평고조(仄上平高調: 곧 측성 위의 평성은 고조된다는 뜻)'라 하고, 약칭(略稱)하여 '평고조(平高調)'라 이름하게 된 것으로, 마땅히 국어사전에 악센트 표를 베풀어야 할 것이다.

이 평고조의 높이는 측고조(仄高調)를 능가하는 것으로, 우리말의 악센트(고저 악센트: PITCH ACCENT)로 사전에 표시되어야 할 가장 두드러진 존재이기 때문에, 이의 변별(辨別)을 위하여 이후 많은 설

명이 소요될 것이다.

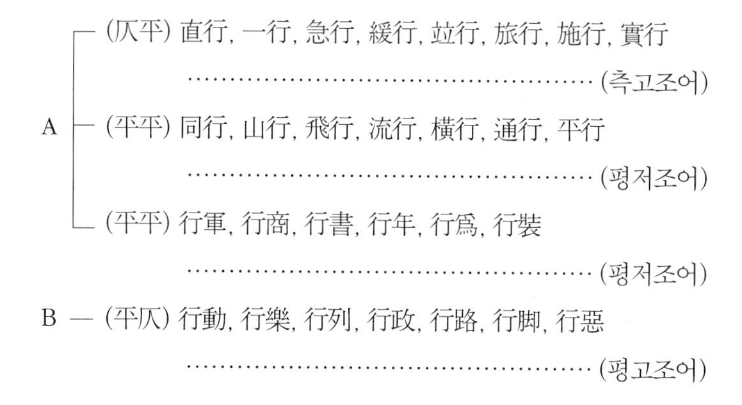

위에서와 같이, 같은 '行'이지만, 그 위치에 따라, A의 '行'의 음은, 첫 음절에서든 둘째 음절에서든 평성 본연의 '낮은 가락〔低調〕'으로 순평(順平)한데 반하여, B의 '行'의 음은 측성 앞에서 고조된 '평고조(平高調)'로서, 발끈하게 높아진 소리로 발음되는 것이다.

네 가지 유형을 일람(一覽)하면 다음과 같다.

- 平平형 — 平低調 — (起伏이 없는 평평하고 낮은 소리)

  예: 交通, 家庭, 軍人, 人材, 遺傳, 淸明, 同鄕, 心中, 音聲, 功勞, 京東, 南山, 同窓, 花郞, 三千, 流行……

  ᄀᆞ숧(秋), 마ᅀᆞᆷ(心), 도ᄌᆞᆨ(賊), 고래(鯨), ᄂᆞ몰(菜), 누의(姉), 고쵸(椒), 몬ᄌᆡ(塵), 소곰(鹽), 시름(愁), 언덕(丘)…… (古文獻에서의 傍點은 무점+무점)

- 平仄형 — 平高調 — (첫음절이 짧고 팽팽하게 긴장된 영근 높은 소리)

  예: 人物, 論說, 安息, 流浪, 高德, 忘却, 心腹, 銀髮, 空氣, 音域, 人命, 噴水, 知識, 恩德, 人道, 全力……

ᄀᆞ숨(胸), 구슬(珠), 동모(伴), 고개(峴), ᄆᆞ쇼(牛馬), 겨슬(冬), 나라(國), 누에(蠶), 기름(油), 놀애(歌), 소리(音)…… (방점은 무점+유점).

• 仄仄형 — 仄高調 — (첫음절이 듬직하고도 묵직한 소리, 곧 重厚한 소리로 시작되는 語頭 高調일 뿐, 語腹이나 語尾에서는 고조가 일어나지 않는다.)

예: 上古, 久遠, 使命, 境界, 妙計, 奉養, 勇氣, 勸誘, 品位, 免許, 否認, 下級, 冷血, 創作, 主上, 固有, 不渡, 壽命, 誘致, 認定, 氣候, 姉妹, 主婦, 廉恥, 氣壓, 指摘, 引率, 末世, 法案, 活路, 入選, 博愛, 列擧, 獨島, 立體, 給水, 一色, 月蝕, 克服, 肉食……

• 仄平형 — 仄高調 — (첫음절이 듬직하게 소리 나고 뒤가 가뜬한 소리)

예: 上旬, 厚生, 史觀, 可能, 喜悲, 共存, 伏兵, 志操, 酒豪, 主人, 印鑑, 急行, 自他, 慣行, 俗人, 卒兵, 合同, 協同, 吸煙……

위에서 보는 바와 같이, 平平형이 기복(起伏)없이 평평하게 저조로 나타남이나, 仄仄형·仄平형이 어두고조(語頭高調)로 나타남은, 그 仄이나 平이 다 제 본분(本分)대로의 자기실현인데 반하여, 오직 平仄형만은 특이하여, 平이 도리어 仄을 능가할 만큼 긴장 고조하는 '평고조(平高調)' 현상을 보게 된다.

여기서 잠시, 평성 본연의 평(平)의 소리와 평고조에서 나타난 평(平)의 소리를 대비하여 보면: 전자는 연하고 부드럽고 낮은 소리인데 반하여, 후자는 빳빳한 소리(硬), 알찬 소리, 긴장된 소리이다. 다음에서 평저조(平低調)와 평고조(平高調)를 대비해 보기로 한다.

◇ 平平형 : 平仄형

평저조 : 평고조	평저조 : 평고조	평저조 : 평고조
工期 : 空氣	空中 : 公衆	東西 : 同壻
悲鳴 : 非命	神明 : 身命	人名 : 人命
憂愁 : 優秀	青山 : 淸算	音聲 : 陰性
銀河 : 銀髮	花期 : 和氣	工程 : 公正
三千 : 三萬	名聲 : 名望	身元 : 身分
同窓 : 同學	收金 : 收入	家庭 : 家屋
歌詞 : 歌手	軍人 : 軍備	論文 : 論說
漁船 : 漁父	心情 : 心腹	城門 : 城郭
安心 : 安息	元金 : 元老	人材 : 人物
朝鮮 : 朝夕	平民 : 平面	油田 : 油價
鄕歌 : 鄕土	光陰 : 光景	衣裳 : 衣食……

이러한 대비(對比)의 예는 매거할 수 없을 만큼 많다.

여기서 만일 평저조의 발음과 평고조의 발음을 서로 바꾸어 발음해 본다면 그것이 옳은 발음 아님을 금방 알게 되리라. 예를 들어 '人名'을 평고조로 발음하고, '人命'을 평저조로 발음한다거나, '名聲'을 평고조로 발음하고, '名望'을 평저조로 발음한다면, 그 경우의 '人'이나 '名'의 발음이 뒤바뀌었음을 알게 될 것이다. 대비되어 있는 모든 어휘의 발음을 그런 식으로 시험해보면 평저조와 평고조의 발음의 실상을 또렷하게 이해할 수 있을 것이다.

'평(平)'의 이와 같은 자가보위적(自家保衛的) 반발고조(反撥高調)는 3음절어, 4음절어에서도 똑같이 나타난다.

• 平平仄형에서는 仄의 직전(直前)인 제2음절의 平이 고조된다.

예: 三千里, 人生苦, 人間性, 空中戰, 陰陽說, 公州市, 無常識, 無公害, 神經質, 精神病, 人形劇, 工場長, 空山月, 雰圍氣, 多男子, 家家禮……

나못닙(葉), 바고니(籃), 어버싀(親), 주머니(囊), 곳고리(鶯)……(고문헌에서의 방점은 무점+무점+유점)

• 平平平仄형에서는 仄의 직전인 제3음절의 平이 平高調된다.

예: 多情多恨, 人山人海, 完全無缺, 高山流水, 東奔西走, 行雲流水, 流言蜚語, 淸風明月, 光風霽月, 深山幽谷, 林間紅葉, 春花秋實……

골가마괴(갈가마귀), ᄇᆞ롬가비(바람개비), 호올아비(홀아비), ᄒᆞᄅᆞ사리(하루살이)…… (방점은 무+무+무+유)

한편, 平平형은 그 平의 행렬이 아무리 길어도 기복이 없는 평저조이다.

• 平平平형 — 平和軍, 朝鮮人, 農繁期, 非人間, 金剛山, 文明人, 無窮花……

ᄌᆞ오롬(睡), 뽕나모(桑), 기르마(鞍), 그스름(煤)……(방점은 무+무+무)

• 平平平平형 — 公平無私, 修身齊家, 全身全靈, 和光同塵, 天衣無縫……

그러나 이 平平형, 平平平형, 平平平平형 다음에 측성성(仄聲性) 어편(語片: 곧 측성성조사(仄聲性助詞)나 측성성접미사(仄聲性接尾辭)……) 등이 붙게 되면 그 붙는 짬에서 평측구조(平仄構造)가 이루어지게 되므로, 그 붙은 '仄' 직전(直前)의 平이 平高調될 것임은 말할 나위도 없는 것이다.

6. 평성단음절어(平聲單音節語)의 고조 현상

위에서 이미 2음절어의 평고조 현상을 보아 왔거니와, 단음절(單音節)의 평성어(平聲語)도 팽팽하고 긴장된 영근 높은 소리인, 평고조(平高調)와 똑같은 현상이 나타난다.

예: 東, 西, 詩, 情, 山, 羊, 神, 鐘, 香, 風, 城, 門, 王, 宮, 金, 銀……
술(酒). 집(家), 콩(豆), 밭(田), 말(馬), 똥(糞), 문(門), 밖(外)……(고문헌에서의 방점은 무점)

이와 같은 평성단음절어는 그 수가 많은 가운데, 한자어는 대부분 귀화하여 한자어란 의식이 희박하게 된 말들이다. 이들은 자신의 음성이 미약하다는 자격지심(自激之心)에서, 본성(本聲)대로의 평성으로 발성하다가는 음성이 확연히 들어나지 못할 것을 염려한 나머지, 자연 긴장 앙양하여 팽팽하고 영근 소리로 반발하는 바람에 평고조의 높이와 똑같은 높이로 나타나게 되는 것이다. 이를 보강고조(補强高調)라 해 둔다.

그러나 비록 약할망정 약자끼리라도 연합하고 보면 '平平' 구조가 됨으로써 억지로 보강할 필요가 없게 되었기 때문에 순평한 평저조인, 평성 본연의 모습으로 되돌아가게 되는 것이다. 위의 예를 가지고 서로 연합하는 보기를 보이면 다음과 같다.

예: 東西, 詩情, 山羊, 神鐘, 香風, 城門, 王宮, 金銀……

술집(酒家), 콩밭(豆田), 말똥(馬糞), 문밖(門外)……

이처럼 따로따로일 때와는 달리, 평평형이 되어 전후음이 다 같이, '짧고 부드럽고 가볍고 낮은', '평'의 본음으로 돌아오게 된 것이니, 그 발음 심리의 미세하고도 미묘한 감정을 이에서도 읽을 수 있게 된다.

7. 우리말의 성(性)

우리말의 모든 말조각[語片]은 그 제1음절이 '평'인가 '측'인가에 따라, 평성성(平聲性) 또는 측성성(仄聲性)으로 양립(兩立) 구분(區分)된다.

모든 품사(品詞), 어미(語尾), 접사(接辭)도 평성성 아니면 측성성이요, 측성성 아니면 평성성이다. 그러므로 조사(助詞)도 평성성 조사(약칭하여 평조사)와 측성성 조사(약칭하여 측조사)로 구별되며, 어미도 약칭하여 평어미와 측어미로 양립(兩立)하게 된다.

그것은 마치 음양 이의(陰陽二儀)와도 같으며 인간의 남녀성과도 같을 뿐만 아니라, 성비(性比)도 균형되어 있어, 그것들이 서로 결합하여 생산해 내는 제2, 제3의 새로운 평측성적(平仄性的) 질서(秩序)는 유전자의 그것과도 같다 할 수 있으니, 우리말의 이와 같은 생명성과(生命性)과 그 속에 내재(內在)해 있는 우주질서(宇宙秩序)의 숭고한 신비에 상도(想到)하면, 누구나 감동하지 않을 수 없을 것이다.

8. 조사(助詞)와 어미(語尾)의 평측성성(平仄聲性)

1) 조사의 평측성성

◇ 평성성조사(平聲性助詞) 곧 평조사(平助詞)는: '까지, 더러, 마저, 마는, 부터, 조차, 하고, 한데, 끼리, 마다……' 등과 같이 '平+仄'(고문헌에서의 방점은 무점+유점)으로 이루어져 제1음절이 '平'으로 된 특수조사가 대부분이며,

◇ 측성성조사(仄聲性助詞 곧 측조사(仄助詞)는: 제1음절이 仄으로 된 조사로서 '가/이, 은/는, 을/를, 와/과, 아/야' 등의 격조사와 '만, 같이, 만큼, 처럼……' 등의 특수조사(特殊助詞), 및 그 밖의 모든 모음저사(母音助詞)들이다.

이제 '체언+조사'로 이루어지는 고저의 변화를, '山'을 예로 하여 보면: 山(平)+平助詞(平仄)…… 山까지, 山마저, 山조차, 山마다…… 등은 필경 '平平仄형'이 되어, 仄의 직전인 제2음절이 平高調됨으로써, '山' 자체는 低調로 발음된다. 그러나 仄助詞가 첨가되면: 山이, 山은, 山을, 山과…… 와 같이 '평측'구조가 이루어짐으로 '山' 자체가 平高調된다. 자세한 것은《우리말의 고저장단》p. 129~130 참조.

2) 어미(語尾)의 평측성성(平仄聲性):

1) 평성성어미(平聲性語尾: 平語尾)는: 제1음절이 平으로 된 어미로서, 거늘, 거나, 나니, 느냐, 도다, 도록, 더라도, 든지…… 등이며,

2) 측성성어미(仄聲性語尾: 仄語尾)는 제1음절이 仄으로 된 어미로서, 다, 게, 지, 고, 고자, 기, 자…… 등 자음어미(子音語尾)와,

아/어, 아도/어도, (으)ㄴ, (으)ㄹ, (으)ㄴ들, (으)면, (으)ㄹ망정, (으)오, (으)리라, (으)ㅂ니다…… 등의 모음어미(母音語尾)들이다. 자세한 것은《우리말의 고저장단》168~169면 참조.

위에 대해 좀 더 부연하면:

※ 여기서 일컫는 고유어에서의 平이다 仄이다 하는 것은 다 고문헌의 방점(傍點)을 기준으로 한 것으로, 현대어에 그대로 적용됨을 보게 된다.

· 기본형 '다'는 측성성이다.

· 접미사 '하다, 되다, 롭다, 스럽다, 엽다, 겹다'는 평성성이다.

· 부사화 접미사 '이/히'는 측성성이다.

· 보조어간(補助語幹)의 시제(時制) '겠, 더'는 평성성이다.
피동(被動) '이, 히, 리, 기'는 평성성이다.
사동(使動) '이, 히, 리, 기, 우, 구, 추'는 측성성이다.
존경의 '시', 겸양의 '옵', 과거인 '았/었', 강세인 '야'는 측성성이다.

9. 체언과 조사, 어간과 어미와의 평측 관계

'체언+조사' 또는 '어간+어미'의 평측 계산은 그대로 통산(通算)하여, 한 낱말의 평측으로 간주하면 그만이다. 이는 복합어(複合語)의 경우도 마찬가지다.

예: 羊(平)+이(仄助詞)→羊이(平仄): 첫음절 平高調
羊+까지→羊까지(平平仄): 제2음절 平高調

믿(信;平)+다(仄)→믿다(平仄): 제1음절 平高調
달(甘;平)+구나(平語尾)→平平仄: 제2음절 平高調

여러 어편(語片)으로 합성(合成)되는 경우도 平仄 계산은, 하나의 어절(語節)인 양 통산(通算)하면 그만이다. 복합어의 경우도 마찬가지다.

10. 성(性)의 전환(轉換)

성(性)은 그 말의 뜻이 전환하지 않는 한, 성은 전환하지 않으나, 그러나 어의(語義)를 뒤집거나, 새 개념으로 바뀌는 경우에는, 그 새 인자(因子)의 성분(性分)에 따라, 선전환(性轉換)이 이루어짐은 또한 자연의 이세이다.

• 仄聲性(仄高調)에서 → 平聲性(平高調)에로의 전환:
所有> 無所有, 祖母> 曾祖母, 放送> 生放送, 教育> 私教育, 武裝> 非武裝, 念佛> 空念佛, 世紀> 今世紀, 發明> 新發明, 得點> 高得點, 手票> 空手票……

• 平聲性(平高調)에서 → 仄聲性(仄高調)으로의 전환:
常識> 沒常識, 君子> 四君子, 公演> 大公演, 期日 > 滿期日, 誠實> 不誠實, 城郭> 古城郭, 收入> 總收入, 韓末> 舊韓末……

• 平聲性(平低調)에서 → 仄聲性(仄高調)으로의 전환:
人情> 沒人情, 朝鮮> 古朝鮮, 人倫> 反人倫, 金剛> 海金剛, 寒風> 雪寒風, 明年> 又明年, 山河> 舊山河, 高調> 最高調, 詩人> 漢詩人, 空中> 半空中……

• 平聲性 접두사(接頭辭)를 취함으로써, 첫음절 平高調가 → 제2음절 平高調로 바뀌는 것:

原則> 無原則, 承旨> 都承旨, 公害> 無公害, 公式> 非公式, 人事> 修人事, 商品> 新商品, 天地> 新天地, 天候> 全天候……

• 仄聲性 접미사(接尾辭)를 취함으로써, 平平 구조(平低調)에서 → 제2음절 平高調로 바뀌는 것:

淸州> 淸州市, 靑松> 靑松郡, 江東> 江東面, 靑山> 靑山里, 神經> 神經質, 春香> 春香母, 人間> 人間性, 忘年> 忘年友, 良心> 良心的, 遺傳> 遺傳子……

11. 복합(複合)에서의 성조(聲調) 대응(對應)

여러 말 조각〔語片〕이 복합하여 이루는 새 어휘는, 그 평측의 통산(通算)에 의하여 고저의 구별이 자동적으로 이루어진다. '山(平)'을 예로 하여 보면:

山蔘, 山峯, 山田, 山羊, 山城, 山家; 산닭, 산밭, 산밑, 산마루, 산바람, 산비탈, 산나물, 산포도, 산딸기, 산능금, 산봉우리, 산꼭대기, 산등성이……

이 말들은 '平+平'의 복합이므로, 平平형이 되어, '山' 자체가 저조로 소리날 뿐만 아니라, 전체가 기복(起伏)이 없는 평평한 무고조(無高調)의 평저조어(平低調語)가 되지만, 그러나

山主, 山脈, 山賊, 山藥, 山麓, 山路; 산길, 산턱, 산새, 산쥐, 산벌, 산임자, 산대추, 산치자, 산자고……

등의 말들은 '平+仄'의 복합(複合)이므로, 平仄형이 되어, '산' 자체가 긴장 앙양되는 平高調로 나타난다.

한편 위의 예어(例語)들에서 후접(後接)한 말들이 평성어인지 측성어인지도 알 수 있으니:

'蔘, 峯, 田, 羊, 城, 家'가 평성자(平聲字)임을 알 수 있으며,
'닭, 밭, 밑, 마루, 바람, 비탈, 나물, 포도, 딸기, 능금, 봉우리, 꼭대기, 등성이'

들은 모두 첫음절이 평성인, 평성어임을 동시에 알게 된다. 곧 이들은 전후어(前後語)가 다 平이기 때문에 平平형으로 되어 평저조로 소리 났기 때문이다. 또

'主, 脈, 賊, 藥, 麓, 路'는 측성자이며,
'길, 턱, 새, 쥐, 벌, 임자, 대추, 치자, 자고'는 측성어임도 알게 된다.

곧 이들은 '平+仄'으로 평측형이 되어 평고조로 소리 났기 때문이다.

또 본고(本稿)의 모두(冒頭)에서 '한 마음 한 뜻'의 전후의 '한'의 고저가 서로 다름을 말한 바 있거니와, 이와 같이 수량관형사(數量冠形詞)와 단위(單位)를 나타내는 체언(體言) 사이는 서로 품사(品詞)가 다름에도 불구하고, 실제에 있어서는 밀착발음(密着發音)을 하게 되므로 '한마음(平平平)'의 '한'은 평저조이나, '한뜻(平仄)'의 '한'은 평고조로 소리 나게 되는 것이다. 다음 수량관형사 '한(平)'을 관(冠)하여 '한'이 平低調되는 경우와 平高調되는 경우로 갈라보면;

• '한'이 평저조(平低調)로 소리나는 단위체언(單位體言)은:

斤, 房, 番, 張, 間, 甁, 독, 뭇, 솥, 짝, 집, 칸, 컵, 패, 마음, 아람, 가슴, 가지, 소리, 시름, 마을, 겨레, 하늘, 수레, 마당, 우물, 마리, 목숨……

등으로, 이들은 다 평성어(平聲語)로서, 한자면 평성자(平聲字)요, 고유어(固有語)면 방점이 없는 말들이다. 또,

• '한'이 평고조로 소리나는 단위체언(單位體言)은:

匣, 個, 點, 劃, 建物, 拍子, 자, 말, 되, 몸, 발, 술, 뜻, 길, 숨, 잎, 짐, 탕, 톨, 돈, 푼, 꼬지, 무리, 바리, 차례……

이들은 다 측성어(仄聲語)로서, 한자면 측성자요, 고유어면 방점이 있는 말들이다.

이상과 같은 복합이나 첨가 등에서의 평측 계산은 한 어절로 통산하면 그만이다. 이를 공식으로 집약하면 다음과 같다.

① 平+平平
平平+平 → 平平平 (平低調)

② 平+仄仄

平仄+仄 → 平仄仄 (제1음절 平高調)

③ 平+平仄

平平+仄 → 平平仄 (제2음절 平高調)

④ 仄+平平

仄平+平 → 仄平平 (仄高調)

⑤ 仄+平平平

仄平+平平

仄平平+平 → 仄平平平 (仄高調)

⑥ 平平平+仄

平+平平仄

平平+平仄 → 平平平仄 (제3음절 平高調)

12. 平·仄을 구별하는 지름길

上聲은 가장 긴 소리(長音)니 알기 쉽고, 入聲은 'ㄱ, ㄹ, ㅂ' 받침 소리의 한자음(漢字音)이라, 또한 알기 쉬우나, 去聲은 현대어에서는 이미 초장음(稍長音)이 아니라, 단음(短音)으로 다루고 있다. 그러나 그 중후(重厚)한 음질(音質)로 하여 平聲과는 자연 구별되지만 초심자로서는 平聲과 헷갈릴지 모른다. 平聲인지 去聲인지를 식별하기 위하여는 다음 방법으로 류추(類推)해 봄이 좋다.

문제의 글자를 'x'라고 가정하고, 'x + 입성자(入聲字)'의 단어를 생각해 내서 이를 발음해 보아, x가 긴장 고조되면 이는 평고조이므로 x는 평성이다.

예:

多: 多角, 多讀, 多目的, 多血質　　無: 無極, 無法, 無物, 無德

求: 求乞, 求職, 求福, 求學　　開: 開拓, 開闢, 開發, 開鑿

工: 工業, 工學, 工法, 工作　　山: 山賊, 山谷, 山月, 山客

위의 어휘들은 첫음절이 한결같이 평고조되는 것으로 보아, 문제의 글자가 평성임을 알게 된다. 또,

水: 水力, 水陸, 水石, 水壓　　主: 主客, 主格, 主席, 主筆

土: 土木, 土族, 土色, 土質　　地: 地脈, 地目, 地熱, 地獄

手: 手法, 手術, 手足, 手帖　　子: 子爵, 子姪, 子癨, 子葉

위의 어휘들은 출발음이 중후한 측고조인 것으로 보아, 문제의 글자가 거성, 곧 측성자임을 알게 된다.

13. 측하무고조(仄下無高調)의 원칙

평고조나 측고조나 한 성조 단위(聲調單位) 안에서는 '측하무고조'(측성 아래에서는 재차 고조가 일어나지 않는다는 뜻)가 된다. 곧, 측성에 하접(下接)한 음절들은 모두 그 측성의 고조산하(高調傘下)에 들게 되므로, 그 이하의 측성들은 약화되어 비고비저(非高非低)로 평준화(平準化)된다.

그것은 위에서 고조로 발음하는 데 이미 많은 힘을 소모했으므로, 가까운 거리에서 다시 고조를 반복하기가 어렵기 때문이니, 이는 다 생리의 자연 현상일 뿐이다. 단 4음절어 중 제3음절이 '之,

於, 而, 乎, 于, 者……' 등의 조자(助字)로 되어 있는 숙어의 발음은 3:1로 띄어야 함에 주의할 것이다.

예:
漁夫之利, 萬物之靈, 犬馬之勞, 而立之年, 靑出於藍, 不請而來, 大同之論, 三顧之禮, 自中之亂, 股肱之力, 十分之六……

고유어에서도 조사는 위 말에 붙여 가볍게 발음하듯이, 한자어에서도 마찬가지다. 오늘날 시중의 사전들이, '어부지-리, 만물지-령, 견마지-로……'와 같이 표기하고 있기 때문에, 일반적으로 '어부지리, 만물 지령, 견마 지로……'와 같은 '2+2'로 어불성설(語不成說)의 발음을 하고 있음을 종종 듣게 되는 것이다. 누가 '十分之六'을 '십분 지륙'이라고 발음할 것인가?

이들은, 다 3, 4음절 사이를 띄어, 끝의 한 음절은 頭音法則을 적용해서, '어부지 이, 만물지 영, 견마지 노, 이립지 연, 청출어 남, 불청이 내, 대동지 논, 삼고지 예, 자중지 난, 고굉지 역, 십분지 육'으로 발음하여야 한다.

14. 원칙에 벗어나는 말과 그 처리 방안

위에서 고저의 원칙을 논해 왔거니와, 개중에는 이 원칙에서 벗어나는 말들이 더러 있다. 그것은 대중이 함부로 잘못 발음하여 굳어진 지명이나, 또는 갑오경장(甲午更張) 이래 대량으로 들어오게 된, 일본에서 조어된 한자어들 가운데, 처음부터 길을 잘못 내서 굳어진 말들이다.

(1) 평측구조(平仄構造)이므로 첫음절이 평고조 되어야 할 것임에도 아니 되는 것:

高等, 英語, 衣類, 期待, 營養, 裝備, 窓口, 關節, 開化, 文化, 天候, 人口, 支拂, 知性, 空想, 株主, 鐘路, 先進國……

(2) 평측구조(平仄構造)가 아니므로 첫음절이 고조될 이유가 없는데도 고조되는 것:

醫師, 依支, 分離, 鄕愁, 言明, 幽靈……

이 밖에도 여러 이유로 변형된 것들이 있으나, 이들은 이미 변형된 대로 굳어졌기 때문에, 모두 그 굳어진 대로 수용할 수밖에 없게 될 것이다.

15. 장단에 대하여

1) 고저(高低)를 배제(排除)한 장단(長短)의 부실성(不實性)

우리는 광복 후 이미 반세기를 자나오는 동안, 국어 교육에서 고저를 배제한 장단만을 강조해 오고 있다. 그러나 고저와 장단은 호흡과 맥박과도 같이, 서로 분리해서 생각할 수 없는 유기적 동시작용을 하는 것이므로 '고저'를 배제한 '장단' 교육이 올바르게 이루어질 수 없음은 오히려 당연하다 할 것이다. 제 나라 국호인 韓國을 漢國과 구별 못하는 처지이고 보면, '曺와 趙', '丁과 鄭', '張과 蔣', '林과 任', '劉·兪와 柳', '陳·秦과 晋', '申·辛과 愼' 등, 남의 성씨의 발음을 그르침은 항다반한 일이다. 위에서 대비한 명사들은 전자는 평성이라, 가볍고 짧은 소리요, 후자는 측성 중의 상성이라 무겁고 긴 소리이다. 그러나 전자의 짧음은 그저 단순히 짧기만 한 소리가 아니라, '韓國'은 평측구조이기 때문에 '韓'의 소리가 '긴장(緊張) 앙양(昂揚)되어 팽팽한 영근 소리'로 나는 평고조이며, '曺, 丁, 張, 林, 劉, 兪, 陳, 秦, 申, 辛'은 평성단음절어로서의 고조음(보강고조)이므로 이 또한 팽팽하고 영근 평고조로서의 짧은 소리로 발음해야 하는 것이다.

2) 장단음(長短音) 발음의 불명확성(不明確性)

단(短)은 1음장(音長)이요, 장(長)은 2음장으로, 장(長)은 단(短)의 2배장(倍長)이다. 또 거·입성은 그 중간적 음장이나, 오늘날은 대부분 평성과 함께 짧은 음으로 취급하고 있기 때문에(단 한자음의 거성은 상성 쪽으로 기울어 장음화한 것이 많다), 다음 예의 첫소리가 (ㄱ) 길고, (ㄴ) 짧음을 명확하게 발음함으로써, 동음이의어(同音異義語)를 확실히 구별해야 할 것이다. 그러나 왕왕 그 장단에 확신이 없는 나머지, 이를 비장비단(非長非短)으로 호도(糊塗)함을 보게 되나, 이는 심히 듣기 민망한 일이다.

(ㄱ) : (ㄴ)	(ㄱ) : (ㄴ)	(ㄱ) : (ㄴ)
측고조 : 평고조	측고조 : 평고조	측고조 : 평고조
秘話 : 悲話	謝意 : 辭意	善導 : 先導
上品 : 商品	戰後 : 前後	性病 : 成病
盛業 : 成業	數學 : 修學	視點 : 時點
市價 : 時價	愛樂 : 哀樂	養病 : 佯病
聖人 : 成人	轉用 : 專用	黨首 : 唐手

장단을 그르칠 경우 정반대의 개념으로 뒤집어질 어휘들도 많으니: '放火 : 防火', '漢族 : 韓族', '諫臣 : 奸臣', '廣州 : 光州' 등 이

루 다 들 수가 없다.

16. 제2음절 이하의 단음화(短音化)

장단은 제1음절에서만 중요한 것이 아니라, 제2음절 이하에서도 그 중요성은 똑같은 것이다. 제2음절 이하에서 단축화(短促化) 경향이 없는 바는 아니나, 그렇다고 이를 아주 단음으로 규정하는 일은 부당하다. 왜냐하면, 이는 말을 빨리 하려는 현대인의 조급한 심리에서 나오는 잘못된 발음이기 때문이다. 그러므로 다음과 같이 제2음절의 (ㄱ) 길고, (ㄴ) 짧음을 대비하여 동음이의어의 발음을 확실히 해야 할 것이다. (ㄱ)은 모두 평고조어이기 때문에, 그 평고조 발음을 제대로만 한다면 끝음의 장음도 자연스럽게 이루어질 것이다.

(ㄱ) : (ㄴ)	(ㄱ) : (ㄴ)	(ㄱ) : (ㄴ)
(평고조) : (평저조)	(평고조) : (평저조)	(평고조) : (평저조)
公案 : 公安	金鑛 : 金光	民政 : 民情
喪葬 : 喪章	公事 : 公私	同姓 : 同聲
公算 : 空山	山火 : 山花	飛上 : 飛翔
純正 : 純情	離恨 : 離韓	花信 : 花神
春享 : 春香	忠信 : 忠臣	親政 : 親庭

또 3음절어의 경우를 보면:

裁判長 : 裁判場, 國民葬 : 國民章, 春香祭 : 春香齋, 月城郡 : 月城君

등과, 또 그 수많은 姓名:

金尙重 : 金尙中, 李純信 : 李舜臣, 朴長遠 : 朴長源, 崔子震 : 崔子眞……

등의 끝 음이, 전자는 길고 후자는 짧음을 확실히 발음해야 할 것이다.

또 우리나라의 행정 구역명은 공교롭게도 '區(平)' 하나를 제외하고는 '市, 道, 郡, 邑, 面, 里, 洞'이 모두가 측성이요, 그중의 '邑' 하나를 빼고는 죄다 긴소리의 측성으로 되어 있어 '○○市～○○洞'에 이르기까지 다 그 끝 음이 장음이다.

고저장단은 그 위치에 아랑곳없이 고루 분포될수록 이상적이다.

마찬가지로 장음도 2음절 3음절 가릴 것 없이, 우리말에서의 천연의 분포 그대로 충실하게 행사되어야 한다. 특히 2음절 3음절의 어말장음(語末長音)은 그 언어의 안정감(安定感)과 진중미(鎭重味)를 더해 줌으로써, 진실성과 신뢰성을 더하게도 한다.

이제 이를 단촉(短促) 일변도(一邊倒)로 몰아간다면, 그 율동성(律動性) 유연성(柔軟性) 진중미(鎭重味)를 일거(一擧)에 잃게 되는 반면, 얻게 되는 것은 경조부박(輕佻浮薄)하다는 인상뿐일 것이다.

언어의 진중은 행동의 진중으로 직결되는 것이며, 사고(思考)에도 유연성을 가지게 됨으로써 사리 판단을 신중히 할 수도 있게 되는 것인 즉, 이러한 언어를 통한 진중한 민족성의 함양(涵養)이라는 교육적 측면에서라도, 우리의 선인들이 지켜 왔듯이, 2음절 이하의 장음을 단음으로 규정하는 잘못은 시정 복원되어야 할 것이다.

아득히 먼 옛날부터 민족과 함께해 왔고, 또 길이 민족과 함께 해 갈 우리의 언어 중심이 유행 따라 흔들려서는 아니 될 일이니, 아무리 그러한 단촉화(短促化) 경향이 있다 할지라도, 오히려 진득이 제어하여 돌아올 곳을 지켜 주어야 할 교육이나 사전이, 도리어 유행에 영합하거나 앞장서는 일은 온당하다 할 수 없기 때문이다.

17. 우리 언어 정책의 당면 과제

이상에서와 같이 '고저'는 소멸된 것이 아니라, 오늘날도 건재하여 장단과 제휴하여 오히려 우리의 현대어에 생기를 불어넣는 활력소로 작용하고 있고, 또 앞으로도 우리말과 함께 길이 운명을 같이 해 가게 될 것이다.

이처럼 고저와 장단은 서로 떼어 놓을 수 없는 유기적 관계인만큼 우리는 마땅히 지난날의 파행적 처사를 청산하고, 고저장단을 그 바른 모습대로 복원하여 번거로우면 측고조 표시는 재고할지라도, '평고조의 악센트 표시와 장음 표시(제2음절 이하의 장음 표시 포함)만은 반드시 사전의 표제어(標題語)에 베푼, 진정한 사전다운 사전이 출현되는 한편, 모든 교육 기관에서 올바른 성조 교육이 이루어지는 그날이 하루빨리 실현되기를 기대하면서, 학계에 촉구하는 바이다.

어찌 우리의 언중(言衆)으로 하여금 길을 두고 메로 가게 해서리오?

아쉬운 대로 우선 당장 평고조(平高調)의 위치에 악센트표(´)만이라도 베풀어, '민둥 사전' 또는 '맥빠진 사전', '숨죽은 사전'이란 기롱(譏弄)에서 벗어나야 할 것이다.

◇ 성조가(聲調歌)

성조(聲調)란 무엇인가? 고저(高低)와 장단(長短)이라.
고저는 말가락의 높낮이를 이름이요,
장단은 말소리의 길고 짧음 뜻함이니,
고저는 수직(垂直)이요 장단은 수평(水平)이라.
수직 수평 종횡으로 동시 작동함으로써
기맥(氣脈)이 상통하는 입체어(立體語)가 되느니라.

한자(漢字)는 글자마다 '뜻'이 있고 '음'이 있고,
그 '음'을 규제하는 '운(韻)'이란 게 또 있으니,
'평성(平聲) · 상성(上聲) · 거성(去聲) · 입성(入聲)' 사성(四聲)이 그것으로,
그 모든 한자음은 사성 중의 하나일다.

평성은 가장 짧고 가벼운 낮은 소리,
'평(平)' 하는 그 소리가 대표적인 그 소리며,
상성은 가장 길고 묵직한 높은 가락
'상(上)" 하는 그 소리가 대표적인 그 소리며,
거성은 중간 길이 묵직한 높은 가락
'거(去)" 하는 그 소리가 대표적인 그 소리며,
입성도 중간 길이 묵직한 높은 가락
'입(入)" 하는 그 소리가 대표적인 그 소리라.

공통된 음질(音質)끼리 간추려 재편(再編)하면
묵직한 높은 소린 상성 · 거성 · 입성임에
이 셋을 한데 묶어 '측성(仄聲)'이라 하고 나니,
가볍고 낮은 소린 '평성' 하나뿐이기에
그 이름 그대로로 측성과 마주 세워
평성 · 측성 양립(兩立)하니 사성보다 간편하다.

한자어만 그러할까 고유어도 똑 같아서,
소리의 음질 따라 사성 평측 또렷하니,
지방마다 방언 있어 못 통하는 말 있지만,
고저장단 그 가락은 어디나 공통일다.

천지에 음양(陰陽) 있고 인간에 남녀 있듯
우리말엔 평측 있어 말 조각조각마다,
평성성(平聲性) · 측성경(仄聲性) 양성(兩性)으로 나뉘나니,
첫 소리의 성(性)에 따라 그 말 성(性)이 결정된다.
어쩌면 그 비율도 남녀 비율 비슷하다.
평성은 녀성인 양 안존하고 유순하며,
측성은 남성인 양 씩씩하고 고매(高邁)하다.
음양이 상조(相助)하고 남녀가 화합하듯,
평측이 서로 얼려 고저장단 이뤄 내니,
그 질서 다름 아닌 우주질서 그것으로,
말 조각조각마다 속속들이 배어 있다.

2음절어(二音節語) 예를 들어 평측 배열(排列) 살펴보면
仄仄 · 仄平 · 平平 · 平仄 네 가지 유형(類型)이라.

이처럼 平과 仄이 앞서거니 뒤서거니
끼리끼리 짝짓거니 온갖 태로 배열해도,
첫 두 음절(音節) 표준하면 4유형(四類型)에 불과하여,
유형 따라 고저장단 자동으로 정해지니,
유전자 법칙인 양 일사불란 정연하다.

仄仄·仄平 측기어는 어두(語頭)에 무게 실려
듬직하게 출발하니, 이 소위 '측고조(仄高調)'라,
'기압(氣壓), 교육(敎育), 합법(合法), 석회(石灰)' 이런 말이 그것이요,

편기어(平起語) 중 平平형은 그 소리도 평평하여,
잔잔히 물 흐르듯 도란도란 '평저조(平低調)'라,
'공주(公州)·청산(靑山)·가을·바람' 이런 말이 그것일다.

그러나 평기어 중 평측형(平仄型)은 독특하여,
'仄'을 만난 '平'의 心氣, 자기 성세(聲勢) 묻힐세라,
안간힘 써 청 돋우니, 이 소위 '평고조(平高調)'라,
'공주(公主)·청산(淸算)·하늘·나라' 이런 말이 그것일다.

위에 든 어휘들은 본디 고저 그대로나,
앞뒤로 접사(接辭) 붙어 그 배열(排列)이 달라지면,
달라진 배열대로 고저 이동 당연하니,

일례로 측고조에 평성이 접두(接頭)하면
'고기압(高氣壓)·사교육(私敎育)·비합법(非合法)·생석회(生石

仄)' 등

평측형이 됨으로써 평고조로 돌변한다.

그러나 측고조엔 측성이 접미(接尾)해도
'기압계(氣壓計) · 교육열(教育熱) · 합법적(合法的) · 석회석(石灰石)' 등
여전히 측고조라, 측하(仄下)엔 무고조(無高調)며,
만일 평평형에 평성이 접두하면
'남공주(南公州) · 향청산(香青山) · 산바람 · 초가을' 등
'평평평'이 이어질 뿐, 여전히 무고조라.

그러나 평평형에 측성이 접두하면
'북공주(北公州) · 학청산(鶴青山) · 늦가을 · 솔바람' 등
'측평평'형 됨으로써 측고조로 바뀌지만,

측성이 접미하여 평평측형 되고 보면,
'공주시(公州市) · 청산리(青山里) · 가을밤 · 바람결' 등
제2음절 평고조로 홀연 긴장하게 되며,
측조사(仄助詞)가 접미해도 '平平仄'형 됨으로써
'公州의 · 青山에 · 바람도 · 가을이' 등
제2음절 평고조로 같은 현상 일어난다.

그러나 평평형에 평조사가 접미하면,
'공주마저 · 청산까지 · 바람부터 · 가을마냥'
제3음절(第三音節) 평고조로 고조 위치 달라지니,
'평조사(平助詞)' 그 구조가 평측형(平仄型)인 탓이니라.

그러나 평측형에 측성이 접두하면
'福公主·大清算·봄하늘·물나라' 등
측고조 가락 속에 평고조는 사라진다.

측기어(仄起語)의 仄高는 어두에 한(限)하지만,
평측형의 평고조는 어복(語腹)에도 일어난다.
'평평측, 평평평측' 이러한 배열(排列)에선
'측' 직전(直前)의 '평'만이 평고조로 고조되어,
제이음절, 제삼음절 거기가 고조된다.

한자어(漢字語)의 용언화(用言化)엔 '-하다, -되다, -롭다, -답다……'
이런 접사(接辭) 붙게 되니, 그 구조는 평측일다.
용언도 체언처럼 고유(固有) 고저(高低) 있지마는,
어미의 평측 따라 고저도 달라진다.

측고조나 평고조나 힘 소모(消耗)가 컸는지라,
계속 힘줌 어렵기에 고조 뒤엔 무고조라.
'측측'으로 이어져도 비고비저(非高非低) 약화하여
첫 고조에 복속(服屬)하니 고조 체면 우뚝하다.

장단은 글자대로 장음·단음 나뉘나니,
장음은 2음장의 상성 소리 그것이요,
단음은 다시 나눠 평단음(平短音)과 측단음(仄短音) 중
평단음은 평성소리 경단음(輕短音)이 그것이요,
측단음은 거·입성의 중단음(重短音)을 이름일다.

이렇듯 장단에도 경중감이 나는 것은,
동시에 작동하는 고저 운기 때문이라.

장단음 가닥지게 확실히 발음해야
고저도 덩그러니 입체로 부푸나니,
길고 짧음 자신 없어 어중간히 호도(糊塗)하면,
고저도 망가지고 바보 말이 되느니라.

우리말의 고저 위치 그 분포를 개관(槪觀)하면
측고조나 평고조나 어두 쪽에 치우치매,
어말(語末) 쪽 장음으로 이와 균형(均衡) 이루거니,
제2음절 장음들을 단음 발음하고 보면
어의분별(語義分別) 불능함은 차라리 고사하고,
우리말의 전체 인상 경망함을 뉘 면하리?
천연의 평측 배합 인위로 깨지 말고,
진중한 언어 품위 본래대로 지켜 가세.

이렇듯 사성 평측 문자 뒤에 숨어 있어,
고저장단 지표(指標)되어 이날토록 지켜오니,
고저도 장단마냥 제도권(制度圈)에 복귀(復歸)시켜
사전마다 표시하고 학교마다 가르쳐서
살아 있는 입체어(立體語)로 가꾸어 보자사라!
현명한 우리 언중(言衆) 길을 두고 메로 가랴?

작자별 작품 찾아보기

ㄱ

ㄴ

ㅂ

ㅅ

ㅇ

ㅈ

ㅊ

ㅎ

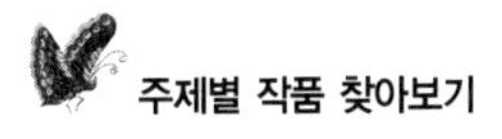
주제별 작품 찾아보기

충 · 효 · 절 · 낙도(忠孝節 · 樂道)

그리운 마음(懷古 · 懷思)

사랑하는 마음(相思·戀情)

생활의 멋(幽興)

통리·달관(通理·達觀)

자조·자탄(自嘲·自歎)

풍자·해학(諷刺·諧謔)

세정·무상(世情·無常)

호기·풍류(豪氣·風流)

민생고·학정(民生苦·虐政)

한가로운 정취(幽閒·閒情)

산에 사는 즐거움(山居樂)

여정·객회·향수(旅情·客懷·鄕愁)

시름·슬픔(愁懷·悲哀)

옛 시정을 더듬어